CRÔNICAS DA TERRA DAS PESSOAS
MAIS FELIZES DO MUNDO

WOLE SOYINKA

Crônicas da terra das pessoas mais felizes do mundo

Tradução
Karen de Andrade

Prêmio Nobel
Companhia Das Letras

Grafia atualizada segundo o Acordo Ortográfico da Língua Portuguesa de 1990, que entrou em vigor no Brasil em 2009.

Título original
Chronicles from the Land of the Happiest People on Earth

Capa
Linda Huang

Preparação
Juliana Romeiro

Revisão
Érika Nogueira Vieira
Clara Diament

Dados Internacionais de Catalogação na Publicação (CIP)
(Câmara Brasileira do Livro, SP, Brasil)

Soyinka, Wole
Crônicas da terra das pessoas mais felizes do mundo / Wole Soyinka ; tradução Karen de Andrade. — 1ª ed. — São Paulo : Companhia das Letras, 2025.

Título original: Chronicles from the Land of the Happiest People on Earth.
ISBN 978-85-359-3992-7

1. Ficção nigeriana I. Título.
25-273152 CDD-Ni823

Índice para catálogo sistemático:
1. Ficção : Literatura nigeriana Ni823

Aline Graziele Benitez – Bibliotecária – CRB-1/3129

EDITORA SCHWARCZ S.A.
Rua Bandeira Paulista, 702, cj. 32
04532-002 — São Paulo — SP
Telefone: (11) 3707-3500
www.companhiadasletras.com.br
www.blogdacompanhia.com.br
facebook.com/companhiadasletras
instagram.com/companhiadasletras
x.com/cialetras

Em memória de Dele Giwa, jornalista investigativo, e Bola Ige, político sans pareil, *ambos ceifados por assassinos nigerianos.*

E para Femi Johnson, um ser humano completo e íntegro e uma espécie rara de joie de vivre *criativa.*

PARTE I

1. Oke Konran-Imoran

Papa Davina, também conhecido como Teribogo, preferia criar as próprias palavras de sabedoria. Como, por exemplo, a célebre frase "Perspectiva é tudo".

A Solicitante da manhã, a primeira e única cliente daquele dia e uma sessão muito especial, exclusiva, na verdade, ergueu o rosto e concordou com a cabeça. Papa D. apontou:

"Vá até aquela janela. Abra a cortina e dê uma olhada."

Estava um pouco escuro na sala de audiências, e, em meio às amplas pregas, a Solicitante demorou até encontrar o ponto onde as cortinas se abriam. Ela pegou o tecido pesado e esperou. Papa Davina fez sinal para completar o gesto, continuando em seu tom suave e quase meditativo:

"Quando você entra neste recinto, precisa esquecer o que você é, quem você foi. Pense em você apenas como a Solicitante. Eu vou ser o seu guia. Eu não sou um daqueles tratantes vulgares da missão profética. A época dos grandes profetas já passou. Estou com você apenas como Presciência. Só o Deus Todo-Poderoso, o inescrutável Alá, é a própria Presença, e quem se atreve a entrar diante da Presença do Único? Impossível! Mas nós podemos entrar diante da Sua Presciência, como eu. Nós somos poucos. Nós somos os escolhidos.

Trabalhamos para ler os Seus planos. Você é a Solicitante. Eu sou o Guia. Os nossos pensamentos só podem levar à revelação. Por favor, abra a cortina. Completamente."

A Solicitante se deslocou junto com a outra metade do pano. O sol inundou a sala. A voz de Papa D. a perseguiu:

"Isso, olhe lá fora e me diga o que você está vendo."

A Solicitante havia subido pelo outro lado da colina, que era uma miséria total e desamparada. Mas, deste lado, o que saltou imediatamente aos seus olhos foi uma desordem muito mais eclética. Bem abaixo, viu, salpicadas aqui e ali, superfícies dispersas de chapas de ferro, telhas de barro e telhados de placas enferrujadas de estanho corrugado, no entanto, havia também algumas fileiras isoladas, mas bem organizadas, de prédios altos supermodernos. Cortando essas zonas de contraste, viam-se filas ruidosas de veículos motorizados de todos os fabricantes. E a cidade estava entrando em seu ritmo matinal, então havia colmeias pulsantes de humanidade, trabalhadores na garupa dos mototáxis serpenteando entre as poças da chuva da noite anterior e os bueiros que transbordavam. Uma parte da lagoa brilhava ao longe. A Solicitante se virou e descreveu as suas descobertas para o apóstolo.

"Agora, eu quero que você erga o seu olhar para o mesmo nível em que estamos nesta sala. Deixe que o seu olhar se eleve a partir desta cidade onde tudo se agita, e o traga o mais perto do nosso nível. Entre o ponto onde você está e o frenesi lá embaixo, o que mais existe?"

A Solicitante não hesitou.

"Lixo. Montes de lixo. Igual à estrada do outro lado; chegar aqui foi como atravessar uma pista de obstáculos. Pilhas e mais pilhas de lixo da cidade."

Davina pareceu satisfeito.

"É, um monte de esterco. Você passou por isso. Mas agora que está aqui, você diria que está de pé em cima de um monte de esterco?"

A mulher negou com a cabeça.

"De jeito nenhum, Papa D."

O apóstolo assentiu, parecendo mais uma vez satisfeito.

"Feche as cortinas, por favor."

A Solicitante obedeceu. A sala deveria ter voltado à escuridão anterior, e ela achou que teria de tatear o caminho de volta, mas não. Setas multicoloridas, parecidas com as luzes que indicam a saída de emergência no piso de um avião, direcionaram os seus passos para uma área diferente da sala. Ela não precisou do aviso de segurança de uma aeromoça para saber o propósito daquilo; seguiu as luzes, que a levaram até um banco primorosamente esculpido. Lembrou-se de uma banqueta real axante que havia visto em fotos.

"Sente-se neste banco. Eu preciso levá-la numa viagem, portanto, fique à vontade."

Foi então que o pregador se levantou.

"Tem muita gente, inclusive compatriotas nossos, que descreve esta nação como um grande monte de esterco. Mas, veja bem, quem faz isso o faz com tom de crítica. Já eu encontro felicidade nisso. Se o mundo produz lixo, o lixo tem que se acumular em algum lugar. Portanto, se a nossa nação é de fato o depósito de lixo do mundo, isso significa que estamos prestando um serviço à humanidade. Isso sim é... perspectiva. Posso lhe mostrar outra coisa?"

A Solicitante assentiu.

"Estou ouvindo atentamente, Papa D."

"Ótimo. Desde o momento em que você falou comigo ao telefone, eu sabia que não era uma Solicitante comum. A sua voz chegou até mim como se fosse de uma pessoa ansiosa por aprender. Aconselho todo tipo de gente. Todas as vertentes da humanidade passam por estes portões. Você ficaria surpresa com o contraste das almas que já se sentaram nesse mesmo banco, se eu escolhesse lhe contar."

A Solicitante sorriu ironicamente, descartando a oferta com um aceno.

"Papa Davina, é por isso que eu estou aqui. A sua reputação abrange não só a nação, mas o continente."

"Ah, sim, talvez."

"E até mesmo além."

"Ah é? Então me diga, o que você ouviu? O que os que guiaram os seus pés até aqui dizem sobre o Papa Davina?"

"Por onde começar?" A mulher suspirou. "Bom, eu posso falar do caso mais recente, o candidato das Seychelles... Você orou por ele, e todo mundo viu no que deu."

Davina fez um gesto de desdém com as mãos, erguendo-as com as palmas viradas para cima, como quem atribui o crédito — e a glória — a outra coisa.

"Eu elaborei uma perspectiva... especial para você."

Ao falar, Papa D. parecia se dissolver na escuridão periférica, mas a sala, cuja abertura da cortina ela mal conseguira discernir momentos antes, foi gradualmente se enchendo de luz, como se substituísse a luz do dia que ela acabara de extinguir. Isso foi só o começo. Sob o olhar da Solicitante, a monótona sala de audiências estava se transformando em um conto de fadas. A mulher arfou. O seu anfitrião, com um braço estendido, parecia girar lentamente. Em sua mão, havia um pequeno dispositivo prateado que também se movia no amplo arco. Era evidente que ele estava de pé em uma plataforma giratória oculta. Papa D. apontou o controle remoto para o teto, e a luz se acendeu. Em seguida, houve outro clique quase inaudível, e um gorgolejo de água interrompeu o silêncio; uma fenda em uma rocha que havia surgido magicamente se revelou pouco a pouco como sua fonte, uma nascente cujas águas diáfanas caíam em cascata, em uma carícia relaxante, e depois serpenteavam até uma gruta onde desapareciam para sempre. Uma vista sinuosa de colinas e vales, planícies e planaltos, cintilava em horizontes distantes, enquanto feixes de luz suave que subiam do chão ao teto banhavam a sala com um brilho psicodélico. Pouco a pouco, um nicho apareceu, depois outro diretamente oposto, um terceiro a noventa graus e, por fim, um quarto para completar uma instalação tridimensional. Os nichos eram espaçados de maneira uniforme, emblemáticos como abrigo para os quatro pontos da bússola. Incrustado no piso de taco polido, um grande mapa do zodíaco assumia progressivamente a sua própria iluminação. Das dobras da fita que serviam de arremate para o arco diante de cada nicho descia uma espiral de fumaça que então pairava sobre os signos do zodíaco. A Solicitante foi envolvida em uma mistura de incenso.

Ela ouviu a voz de Papa Davina:

"Eu estava falando de outras perspectivas. Veja bem, se você habita um monte de esterco, ainda pode garantir que esteja no topo dele. Essa é a outra perspectiva. É o que separa os escolhidos do rebanho comum. Está no âmago do desejo humano."

A Solicitante suspirou. Fora um longo caminho até aquele momento, uma jornada de contrastes e revelações surpreendentes, tanto físicas quanto mentais. Instruída nos protocolos obrigatórios do professítio, ela embarcara em total conformidade, até mesmo com o conteúdo do envelope cor-de-rosa que trouxera consigo e pousara solenemente em uma pequena mesa de altar na entrada do edifício. O que estava em jogo não permitia qualquer desvio dos ritos de passagem para a redenção, alguns dos quais ela normalmente consideraria degradantes para o seu status social. Afinal de contas, ela havia levado muito tempo, quase um ano inteiro, para conseguir aquela audiência, e não era hora de colocar a sua salvação em risco. No caminho, notara alguns catadores de lixo a observando de soslaio, desviando o olhar da encosta na qual procuravam comida para o reduto de Papa Davina, como se dissessem: "Ah, um dia desses, nós também vamos subir esses degraus revestidos de pedra e ser admitidos diante da Presciência". Eles já tinham ouvido tudo a respeito, histórias sobre o interior mágico, que conjurava transformação, em contraste com o exterior de paredes rachadas e cimento trincado. As notícias atravessavam aquelas paredes e tocavam vidas repletas de anseios com insinuações de um destino diferente. Alguns apostavam religiosamente no futebol, alguns na loteria nacional anual, entre outros jogos, mas ansiavam pelo toque final da varinha mágica: a bênção de Papa Davina. Sonhavam com o dia em que eles mesmos subiriam os vinte e um degraus de pedra polida da entrada e seriam conduzidos à sua Presciência. Seja em atividade ou em sonho, eles guardavam imagens do esplendor do recluso, o mágico conhecido como Papa Davina.

A Solicitante era grata à irmã por ter contribuído fielmente com o dízimo para o ministério de Papa Davina. Só se conseguia uma audiência particular com Papa D. depois de pelo menos um ano participando dos cultos que ele realizava lá embaixo para todos, e com um registro ininterrupto de pagamento do dízimo. A irmã havia transferido até os seus "cupons de resgate" para ela. Havia, é lógico, exceções para emergências. Para contornar quaisquer restrições não planejadas, o solicitante deveria primeiro cobrir os atrasos do ano — entre outras tarifas — e pagar o dízimo em dobro. As emergências abrangiam vicissitudes como julgamentos em tribunais, em que a intervenção divina era necessária para amolecer a alma sádica do juiz e pronunciar uma absolvição total, às vezes até condenando a acusação por abuso de poder e desacato.

Ela não estava em situação tão drástica e, como alguns pacientes que vão ao médico, não foi sem antes se automedicar. O caso dela era simplesmente de escolhas comerciais ruins, uma onda de má sorte que persistia por três anos e levara a perdas. Além disso, havia o flagelo das taxas alfandegárias sobre mercadorias que mal sobreviviam às depredações do número considerável de piratas que agora se alinhavam nas enseadas do leste do país. Nada que não pudesse ser compensado com a alocação de um simples poço de petróleo. Foi isso que a fizera recorrer a Papa D.

E agora, enfim, estava frente a frente com o Destino, uma busca cuja realização estava nas mãos do único guardião do professítio. Ali estava o Jardineiro das Almas — outro título de Davina —, com o braço estendido como alguém que empunhava o cajado de Moisés, a sua engenhoca eletrônica era uma varinha capaz de fazer com que a rocha estéril revelasse o seu segredo mais precioso, procriador e mantenedor da vida. No entanto, naquela época primitiva, Moisés só podia produzir água — o cajado do Moisés moderno estava sintonizado com poços de petróleo. O ouro negro aninhado sob terras agrícolas e lagos de pesca ancestrais. As perspectivas mudaram com a modernidade.

Como se os seus pensamentos pudessem ser lidos, a exibição visual foi ampliada pela auditiva: os tubos sonoros e sibilantes de um órgão começaram a ressoar com uma música edificante. A composição a transportou para terras ainda inimagináveis, para visões do que é possível alcançar. A voz de Papa D. reuniu as emoções que haviam se acumulado na mente perturbada e frustrada da Solicitante e, no momento escolhido por ele, a trouxe de volta à realidade.

"O seu banco tem uma gaveta — do lado direito. Abra-a. Você vai encontrar uma pasta e uma caneta-tinteiro. Uma caneta-tinteiro antiga, e não uma esferográfica. Abra a pasta e tire uma folha."

A Solicitante obedeceu. Sua mão tocou a pasta, e ela precisou apenas daquele toque para sentir o luxo do mais fino pergaminho.

"Eu importo direto de Jerusalém", revelou Papa Davina, de forma concisa. A Solicitante já estava convencida de que era o papiro no qual os anjos escreveram o Livro da Vida. "Escreva o que você deseja", exortou ele.

Quando ela terminou e ergueu o rosto, Papa Davina estava ao seu lado. Em uma das mãos, segurava um pequeno e delicado frasco com um líquido claro e, na outra, um recipiente raso de tamanho médio. A Solicitante ofereceu o que escrevera a Papa Davina, mas a Presciência recusou com a cabeça.

"Não. Eu já sei. Você não tem nenhuma revelação para mim. Coloque o pergaminho neste recipiente."

Davina derramou o líquido por cima, sacudiu de leve o recipiente, e a mente da Solicitante viajou até a sua infância, para os primórdios da fotografia, quando a imagem era capturada em papel tratado e depois revelada em uma bandeja rasa como aquela. A pessoa colocava a folha aparentemente em branco, mas com a imagem impressa, na bandeja de fluido químico, sacudia-a com delicadeza e, aos poucos, a imagem começava a se formar, toda molhada como um bebê recém-nascido. A perspectiva agora estava invertida. O processo começou com o visível e terminou com o invisível. As palavras balançaram e se dissolveram, devolvendo o pergaminho ao seu estado original. Mas o líquido, antes claro, agora estava manchado de tinta.

"Beba," ordenou Papa D.

A Solicitante hesitou apenas por um breve momento, recompondo-se no mesmo instante. Hesitar era demonstrar falta de fé e colocar a missão em risco. Ela sorriu alegremente. Tinha chegado até ali — bebeu. Sentiu-se leve, animada. Papa Davina lhe ofereceu um pequeno lenço perfumado para enxugar os lábios. Um enorme peso saiu de seus ombros. De repente, o futuro se abriu diante dela, uma planilha reluzente de infinitas possibilidades. Já se sentia realizada. Ela estendeu o guardanapo para o apóstolo, mas ele o recusou.

"Guarde-o. Coloque debaixo do seu travesseiro a partir de hoje. Não deixe ninguém entrar no seu quarto pelas próximas duas semanas."

A Solicitante assentiu depressa, cada vez mais eufórica.

A voz interrompeu a euforia.

"Você planeja participar do festival que está chegando?"

A mulher hesitou.

"Eu não tinha pensado nisso, Padre Davina."

"É o Festival da Alegria — participe. Foi prometido que você vai receber notícias importantes nesse evento e sinais em sua busca por realização."

"Lógico, Padre Davina. Se o senhor assim ordena."

Davina pousou uma das mãos na testa da Solicitante.

"Busque e você encontrará. Fique em paz. Eu vejo o seu nome escrito em grandes letras douradas no arco do Festival da Alegria que se aproxima. Há felicidade no horizonte."

A Solicitante se ajoelhou, em louvor, com os olhos fechados pelo êxtase. Instruída nos protocolos da congregação Ekumenika, ela não prolongou suas orações indevidamente. Setas iluminadas — simples desta vez, e não em tecnicolor — indicaram o caminho da saída.

A Solicitante mal havia passado pelos portões da Ekumenika e pisado no alto do pico conhecido como Oke Konran-Imoran — a Colina do Conhecimento e da Iluminação —, quando Papa Davina, também conhecido como Teribogo, sacou o celular e discou um número. A voz do outro lado atendeu:

"Si-i-im?"

Papa Davina respondeu:

"Ela acabou de sair. Pode dar prosseguimento, Sir Goddie."

2. O Evangelho segundo a Felicidade

Que a nação conhecida como o Gigante da África tivesse o crédito de abrigar o "Povo Mais Feliz do Mundo" já não era novidade. O que permanecia confuso era como esse reconhecimento fora conquistado e, por consenso universal, merecido. As nações aspirantes precisavam ser resgatadas de seu estado de aspiração invejosa, um mal-estar que induzia a esforços infrutíferos para lhes arrancar a coroa. A sabedoria dos mais velhos aconselha que é mais digno reconhecer um campeão quando a vitória é indiscutível e, então, seguir sob a sua liderança do que ficar reclamando e se contorcendo de frustração. Como os iorubás costumam advertir: *"Ti a ba ri erin igbo k'a gba wipe a ri ajanaku, ka ye so wipe a ri nka nto lo firi"*. Quando encontramos um elefante, temos de admitir que vimos o senhor da floresta, e não comentar casualmente que vimos algo de relance.

Poucas nações, por exemplo, podem se gabar de ter um Ministério da Felicidade. No entanto, essa foi uma inovação que veio de um dos estados mais empobrecidos da federação. Sua ministra pioneira, conhecida como comissária, era a esposa do criativo governador, enquanto parentes e outros membros da família ocupavam vários dos cargos gerados pela singular criação da pasta. No entanto, para que não se atribua somente a essa primeira família a façanha de uma decisão unânime do júri mundial, é preciso mencionar que, entre outras credenciais, o amor e a distribuição liberal de títulos tiveram alguma importância. O fato de que a comemoração popular de um único título era muitas vezes suficiente para implementar os planos orçamentários anuais de outras nações costumava ser ignorado. Havia outras credenciais, muitas vezes negligenciadas, mas monumentais. É preciso citar, por exemplo, as constantes e exponenciais distensões da linha de governantes tradicionais com a canetada dos governadores de estado, em todas as histórias e culturas?

Uma antiga cidade iorubá conhecida como Ibadan, um domínio monárquico antes autossuficiente e sem nenhum sinal visível de gravidez, deu à luz vinte e quatro novos reinos em um dia, em uma era de atestado democrático desenfreado. A façanha não permaneceu sem contestação. Em pouco tempo, foi igualada — ou quase — no extremo oposto do eixo nacional, pelo parto de catorze emirados de outra entidade histórica, conhecida como Kano. Os novos reis/emires foram presenteados por seus governadores presidentes com cargos e pergaminhos de registro real, gerando imensas cerimônias coloridas em meio ao júbilo popular. Coroas/turbantes individuais, evidentemente feitos sob medida e fabricados para se adequar a cada crânio real, foram colocados/enrolados na cabeça e no rosto dos novos monarcas — antes meros líderes de aldeia e chefes insignificantes. E assim por diante; os cínicos profissionais do mundo continuaram incapazes da façanha imaginativa de conceber as imensas festividades país afora que naturalmente iriam inundar de distinções um estado tão liberal, com a garantia de carnavais quase como um evento diário, possibilitando o crescimento do turismo e um boom na indústria complementar de sequestros para resgate.

As nações competidoras em geral ignoravam os muitos e vários fatores que contribuíram para o sucesso, em grande parte devido a interesses pessoais e à obsessão de arrancar a coroa da felicidade da cabeça de quem a merecia. Infelizmente, essas atitudes partidárias e egoístas apenas semearam a confusão até mesmo em relação aos festivais rotineiros do calendário anual (religiosos, seculares, memorialistas etc.), aos quais qualquer nação soberana com o mínimo de respeito tradicional pelo mundo dos vivos, dos que ainda estão por nascer e dos ancestrais, com certeza tinha direito.

Um exemplo típico desses mal-entendidos por parte de turistas em busca de diversão — e, na verdade, de alguns cidadãos nacionais descuidados — foi a tendência de confundir carnavais políticos com *fiestas* populares. Esse fardo de identidade equivocada foi carregado sobretudo pelo Festival da Escolha do Povo. É certo que as *fêtes* políticas e culturais compartilhavam várias semelhanças. Entre elas, a mais notável era o hábito de ocupar quase o ano inteiro, ano após ano, apesar de terem datas específicas, claramente delineadas até mesmo no calendário nacional. Eram, no entanto, duas entidades diferentes. Conhecido como a Festança do Ano, a Concórdia do Povo, a Noite das Noites etc., etc., o Festival da Escolha do Povo, uma *fiesta* popular distinta, sob estrita observância, deveria ser celebrado todo ano no final de semana seguinte ao Dia da Independência. Este último era inequivocamente um evento político. A proximidade entre os dois criou mais uma fonte de confusão, porém pequena e sem consequências, já que quase ninguém mais se lembrava do que se tratava a independência. Um desfile militar, um discurso indiferente à nação, apelos ao patriotismo, a apresentação de uma insípida Lista de Honras Nacionais, e todos voltavam rapidamente aos negócios, para aguardar o verdadeiro evento do ano — e a sua noite de premiação — por aclamação popular!

Alguns cínicos e revisionistas tendiam a insinuar que o festival era uma criação do partido Povo em Movimento para a Ação. Mais uma vez, isso estava longe de ser verdade. De fato, o partido também se apresentava como um modelo de prática democrática, mas todas as noções associativas terminavam aí. O Pompa — a sigla óbvia do partido — reivindicava o crédito apenas por seu liberalismo, que por sua vez permitiu que uma celebração tão festiva, abrangente e apartidária não apenas criasse raízes e prosperasse, mas também se estendesse ininterruptamente em ambos os lados das datas anunciadas até preencher o resto do ano e, às vezes, transbordar para o ano seguinte, com os seus eventos se prolongando para acompanhar o novo início. Nenhum outro festival no mundo poderia se gabar de ter um acúmulo tão contínuo. Ele se tornou não apenas uma celebração móvel, mas uma festividade sempre em dívida em relação aos eventos, cujo resíduo se estendia às edições seguintes.

O Festival da Escolha do Povo fez mais do que melhorar a imagem do governo ou do partido no poder; ele apurou muito o perfil abalado dos cidadãos do país aos olhos do mundo. O Festival, veterano de muitas edições, provou que, apesar do testemunho adverso das eleições políticas, quando tinham uma chance, os cidadãos podiam ensinar ao mundo uma coisa ou outra sobre a cultura política tão erroneamente atribuída aos atenienses. A única forma de intervenção que se podia atribuir ao governo foi o fato de a Noite das Noites, quando o festival atingia o seu ápice com o Prêmio Dedicação do Empregado Novato/Veterano, ter sido formalmente decretada um Patrimônio Nacional. O governo tomou a medida inédita de encaminhar a resolução de habilitação à Unesco — com nada menos do que 25 milhões de assinaturas de toda a nação, verificadas por computador, um feito ainda inédito nas três edições do Censo Nacional. "Se não tivéssemos feito isso, teríamos falhado em nosso dever e, é óbvio, seríamos acusados de indiferença ao patriotismo, à arte e à criatividade. Agora que cumprimos nosso dever, somos criticados por promover alguma agenda sinistra do governo. Simplesmente não há como agradar o nosso povo!"

O Festival costumava ser programado para o fim de semana seguinte ao Dia da Independência, aquela expressão manifesta do triunfo da vontade do povo, um dia histórico no qual os antigos senhores imperiais foram pacificamente destituídos do cargo sem se derramar uma gota de sangue — independência em uma bandeja de ouro, como era alardeado por um dos principais nacionalistas, mais tarde presidente do governo. O fato de a nação ter mais do que compensado esse lapso por meio de uma guerra civil que durou mais de dois anos não pode ser atribuído ao Pompa, que nem existia na época da independência, muito menos na época da guerra de secessão comumente conhecida como Guerra do Biafra. O que importava para o povo era a fênix esplendorosa que se ergueu das cinzas da colonização.

Era um festival de fato único. Terminava com uma infinidade de prêmios, catapultando para a proeminência pública uma nova classe de cidadãos a partir do Prêmio Dedicação do Empregado Novato/Veterano — Denovo —, um reconhecimento do povo pelo serviço público além do dever, ganho ou elogio. E que contraste isso oferecia com a lista anual de honrarias do Dia da Independência, quase como um Oscar alternativo. A lista do Dia da Independência era administrada por uma sigilosa Comissão Nacional da Graça, cuja existência e composição eram conhecidas por quase ninguém. Não recebia nenhuma contribuição de homem, mulher ou criança, além das conspirações ocultas de uma cabala secreta; o Denovo, por sua vez, se estabelecera como a única votação democrática genuína, autenticada e aberta que a nação conhecera desde que embarcara em sua viagem de independência. O prêmio Denovo se tornou o barômetro do pulso público. Ele marcava a testa dos vencedores com o estigma raro e indelével da humanidade primitiva antes da Queda, paralisava toda a concorrência, e ficou conhecido como o Reality Show do Século XXI. Superou até mesmo o *Big Brother Africa* e outros programas voyeurísticos e de participação virtual preferidos do público.

Para o povo amante da música, cujas lealdades oscilavam amplamente entre as polaridades do futebol e da canção, o Denovo eclipsava até o Grammy e a Bienal de Música de Veneza. O *Africa Can Dance* passou a ter dois pés esquerdos. O famoso desfile de moda, glamour e esperanças do Festival de Cinema de Cannes perdeu o seu espectro global de arco-íris com o desaparecimento dos contingentes nigerianos — conhecidos, com uma originalidade impressionante, como Nollywood —, que antes dominavam a paisagem mediterrânea com texturas exóticas. O Denovo provocou uma intensa hemorragia, deixando o famoso cenário do festival de cinema pálido e anêmico. Somente as casas de apostas sobreviveram e até proliferaram — quem iria surgir nas várias categorias do Denovo?, pronunciado tanto como "di-nô-vô" como mais simplesmente "de-nôvo". Nenhum aspirante a astro de cinema ou vídeo ou atleta de dança hip-hop podia se dar ao luxo de perder a principal extravagância nacional — o Prêmio Dedicação do Empregado Novato/Veterano. Uma tentativa de favorecer a igualdade de gêneros e criar um rival, o Dedicação da Empregada Novata/Veterana, terminou em um colapso previsível — as mulheres informaram a esses proponentes que o Denovo era inclusivo em termos de gênero, exigiam uma competição direta em igualdade de condições, e não uma concessão simbólica que apenas degradasse ainda mais o sexo feminino. Tal foi a universalidade de sua aceitação.

Os preparativos para a festa de premiação começavam com chamadas para indicações pelo menos quatro meses antes da Noite das Noites. As plataformas on-line mudaram de autoria da noite para o dia. Foram compradas ou alugadas sob pseudônimos sob as asas do grupo transnacional conhecido como Seja o Primeiro a Comentar, uma plataforma aberta de assinantes da humanidade marginalizada — alguns preferiam chamá-la só de marginal. Alguns desses assinantes tornaram-se semimilionários da noite para o dia. Produtoras de imagens que estavam à beira do colapso conseguiram honrar suas dívidas; muitas pegaram os lucros e se ramificaram em operações de consultoria aliadas, especializando-se, principalmente, em um subproduto que cresceu em alcance e empreendimento e que se tornou famoso e conhecido como "fake news". A formulação de opiniões foi sintetizada, destilada e digerida em um piscar de olhos. O Denovo engoliu as pesquisas Gallup e outros indicadores de tendências e preferências humanas. Era consultado antes da abertura dos mercados de câmbio, listado na bolsa de valores, trocava dados com pelo menos dois terços dos ministérios de Finanças, Cultura e Desenvolvimento africanos. Abriu suas asas para além do continente e estendeu sua influência sobre vários membros da UE e nações asiáticas. No entanto, tudo começou como nada mais do que uma compreensão astuta dos valores sociais de apenas uma nação, sem dúvida um pedaço único de propriedade amplamente celebrado como o Gigante da África.

Criador, patrocinador, organizador exclusivo e júri de um homem só (apesar de haver um painel formal de treze membros que se reunia, era convidado para vinhos e jantares e recebia honorários na noite da premiação), o chefe Modu Udensi Oromotaya, proprietário do jornal *O Inquérito Nacional*, possuía uma mente empresarial astuta que avaliava com precisão o valor de mercado da vaidade e dos holofotes, investia neles de forma individualizada e garantia o seu acesso a todos os cidadãos com situação financeira mediana. Seu nome de batismo, Udensi, fora ajustado para Ubenzy, uma assimilação do Benz de Mercedes Benz, o símbolo de status após a independência, antes de o automóvel ser substituído pelo jatinho particular. Essa iniciativa do setor privado foi consagrada em um evento ritualístico, mas gigantesco, a Dedicação do Empregado Novato/Veterano, um conceito de elasticidade magistral. O prêmio se aplicava a qualquer atividade humana, desde a exposição de uma rede de pedofilia até a ajuda a uma senhora idosa para atravessar a rua — bastava ter certeza de que o evento fosse filmado. Todos os anos, o júri de premiação recebia categorias adicionais; na última contagem, havia trinta e sete. Tudo dependia de qual novo participante da arena pública havia sido avistado, apontado e capturado.

O chefe Oromotaya era um homem de visão inventiva. Quando o público — ou seja, a elite aspirante — presumia que havia alcançado o máximo do desejo titular, ele simplesmente aumentava a aposta, criando assim um pico de aspiração sempre crescente — não muito diferente dos Prêmios do Dia Nacional da Independência, outra fonte de confusão! Os mais perspicazes, no entanto, reconheciam com facilidade uma diferença crucial: estes últimos eram inalteráveis. Quanto à rara confusão com os honoríficos tradicionais, até mesmo o observador mais casual reconhecia que eles eram, em grande parte, descuidados, limitados, promíscuos e horizontais. As criações do chefe Ubenzy eram verticais e autógenas. Dessa forma, ele instigou um espírito competitivo que às vezes resultava, como retribuição, em novos pontos de partida para aqueles que já haviam sido premiados. Essa condição se tornou um traço cultural que foi vividamente capturado no título de uma peça de teatro de — é claro — um filho daquela terra, Nkem Nwankwo, *A minha Mercedes é maior do que a sua*. Criou-se uma condição não muito diferente das emoções experimentadas no estado de êxtase vivido pelos possuídos religiosos. No entanto, das categorias de prêmios em expansão — cada uma das quais desenvolveu naturalmente círculos concêntricos de seus próprios prêmios subsidiários —, nenhuma chegou perto de desbancar o *crème de lá crème* que emergiu por consenso — pelo menos até o momento destas crônicas — do seu lugar destinado como o ápice da cerimônia anual: o Prêmio Anual do Cidadão de Tato e Otimismo, ou Pacto (conforme anunciado no jornal *O Inquérito Nacional*: "Fazemos um Pacto com o homem comum"). Ninguém esperava que o clímax fosse atingido antes de o sol despontar pelas grades prateadas do anfiteatro principal do lugar da premiação, mas nenhum dos assentos ficou vazio por muito tempo. A fila da sala de espera movia-se depressa com um novo ocupante, já munido de uma etiqueta numerada. Eles aguentavam firme, com a empolgação em alta à medida que a hora do prêmio principal se aproximava. E havia um café da manhã tradicional e internacional que fazia valer a pena a permanência, outra fonte de confusão com os carnavais políticos, que garantiam a alimentação de milhares de pessoas antes, durante e depois das disputas eleitorais, após a promessa, o ato e a prova de cumprimento da intenção de voto.

Não é de surpreender, pois para os profissionais do ramo político o prestígio e os rendimentos eleitorais eram palpáveis, talvez até exagerados; mas o Pacto era um diadema para se usar — na verdade, uma auréola, mais precisamente, uma faixa de santificação que os vencedores sentiam que podia ser vista ao redor de suas cabeças em qualquer situação, pronta para ser evocada como testemunho de caráter, inclusive, como às vezes acontecia, quando acabavam em um banco dos réus por práticas pouco sagradas. Poder colocar Denovo depois do próprio nome em um cartão de visita — chefe dr. Sunmole, Me., Lic. Prof., Denovo — já era status suficiente para abrir portas, mas poder acrescentar a identificação Pacto, que só ocorre uma vez por ano, era entrar no panteão dos imortais da nação, com um retrato encomendado pela Galeria Nacional, colocado ao lado dos membros do Conselho de Estado e de uma seleta fileira dos Pais Fundadores. E dava aos seus vencedores, por consenso público, o direito de fazer acordos generosos de confissão, de alegar circunstâncias atenuantes antes da sentença e, se tudo mais falhasse, o benefício garantido da prerrogativa da misericórdia; às vezes, tudo isso era posto em prática antes mesmo do veredito. O direito à imunidade permanente por toda a vida por qualquer crime continuou sendo uma questão de controvérsia pública.

Era de esperar, portanto, que essa categoria fosse disputadíssima. Nenhum apoio do público era pequeno demais para ser cortejado, nenhum era maculado demais para ser desprezado. Cada divisão extraía e maximizava também a sua própria importância, potencial e zona de reconhecimento para o seu vencedor, seja em âmbito profissional, empresarial ou meramente familiar. Foram expressas preocupações sobre o fator intrínseco de subcategorias ilimitadas, seus níveis crescentes de privilégios imerecidos, e, sobretudo, o deslizamento em direção à imunidade total para categorias de vencedores sem merecimento, mas isso foi facilmente resolvido com a doutrina da condescendência popular. Não faltavam precedentes ou paralelos, incluindo o reinado de pedófilos e extorsionários em câmaras legislativas e alojamentos de governadores, imunizados por atribuições religiosas. Não estariam eles expandindo o boom da felicidade até mesmo entre os menores?

O padrão de premiação também passou por variações engenhosas. Havia casos em que o vencedor não podia comparecer pessoalmente aos prêmios, e os motivos para essas ausências eram inúmeros. Um líder tradicional, um magnata dos negócios ou um governador poderia achar — o que era raro, mas não inédito — que era um crime de *lèse-majesté* ser visto com criaturas inferiores do mundo do entretenimento, sindicalistas, agitadores comuns, membros notórios e antipatrióticos do Sindicato dos Funcionários Acadêmicos ou simplesmente conselheiros locais juniores. Um juiz meticuloso poderia achar que a dignidade de seu cargo seria ameaçada pelo ambiente extravagante da noite de gala, ou um bispo ou mulá poderia temer uma perda de público por parte de membros puritanos e, portanto, uma redução dos dízimos ou do *zakat*. A motivação de estender a hospitalidade também deve ser admitida e elogiada. O raciocínio era óbvio: a ausência justificava uma cerimônia especial por si só, especificamente para a apresentação particular. O chefe Ubenzy Oromotaya tinha um temperamento flexível. Na cerimônia em si, o vencedor seria representado por um ministro, um comissário, um secretário permanente, uma primeira-dama ou pelo filho ou filha mais próximo disponível. Depois, o nomeado realizava uma cerimônia especial extra, dentro de sua esfera, e a felicidade era distribuída em cantos da nação em geral ignorados, muitas vezes desconhecidos na realidade até aquela data.

A cobiçada supercategoria do Prêmio Anual do Cidadão era, obviamente, inigualável. Era entregue por um fazendeiro, um feirante, um operário ou um vendedor ambulante, arrancados do meio-fio ou de suas barracas para a ocasião, banhados, vestidos e enfeitados com bijuterias para a apresentação pública. No caso de o vencedor estar ausente, o representante do povo, perplexo, seria o convidado de honra no salão de banquetes ou no local de apresentação do excelso vencedor ausente, com um brinde público às próximas vinte e quatro horas de felicidade. A glória de apresentar fisicamente o símbolo da aclamação popular, nem é preciso dizer, pertencia com exclusividade ao próprio proprietário da mídia, o efervescente Ubenzy Oromotaya.

Talvez valha a pena observar que, no início, a variante in absentia não era permitida — ou você estava presente e era homenageado ou estava ausente e era destituído —, embora isso não impedisse que uma rubrica fosse acrescentada ao currículo, como "Duas/três vezes indicado ao Denovo/Pacto". Para o proprietário e organizador, o absenteísmo também oferecia a vantagem de conceder prêmios em dobro no ano seguinte na categoria ausente. Tudo isso mudou graças à conduta um tanto extrema de um vencedor excepcionalmente temperamental, um governador. Mais tarde, Oromotaya se questionou por que não havia pensado desde o início nas vantagens de uma categoria distinta de ausência: "Não saia de casa, nós levamos o prêmio até você!".

As vantagens eram encantadoramente óbvias. Para começar, aquilo transformava o Denovo em uma *fiesta* móvel, que durava o ano inteiro e abrangia toda a nação, pois cada vencedor comemorava a vitória em seu próprio tempo, em seu ambiente, à sua maneira, e, se tivesse um cargo público, à custa do governo ou da corporação. Quantos conseguiriam encarar a logística de carregar uma vaca, uma ovelha, um carneiro, uma cabra, ou mesmo um camelo bebê para ser abatido e assado no espeto no local do evento, que era o Teatro Nacional, nos arredores de Lagos? É lógico que alguns ficaram muito felizes de ter a faca e o queijo na mão — eles se deliciavam com o brilho e o glamour do baile da Noite das Noites e depois voltavam para casa, para fazer uma mini-*fiesta* própria; e a felicidade se estendia aos menos privilegiados, que não podiam investir o tempo nem o preço da passagem até Lagos. No entanto, o momento decisivo para a mudança formal da política — que, de qualquer forma, evoluiu por conta própria para uma mistura das variantes muito extravagantes e economicamente robustas — não ofereceu nenhum vislumbre de tais perspectivas na época. Na verdade, ficou bem perto da tragédia.

Acontece que o tal aspirante a vencedor, um governador do norte do rio Benue, Usman Bedu, apareceu com um comboio de trinta "ônibus de luxo" e caravanas motorizadas. Os ônibus transportavam todo o seu harém de vinte e sete esposas, mais as famílias agregadas, totalizando trezentas e oitenta e cinco pessoas, e a Trupe Cultural do Estado, incluindo cavaleiros acrobáticos com lanças reluzentes e trajes saídos diretamente das *Mil e uma noites*. Estes últimos perfilaram-se ao longo da rota de chegada à imensa cúpula conhecida como Teatro Nacional — um *Palais de Sports* búlgaro importado até o último parafuso, nó e bloco de cimento —, para acolher os convidados. Era um sinal de gratidão, uma contribuição pessoal não solicitada. O mesmo prêmio, no entanto, fora vendido democraticamente, leiloado por voto secreto, e não pela primeira vez, ao maior lance na manhã anterior à cerimônia. O governador não era esperado. Na verdade, o jovem e animado ganhador havia deliberadamente suprimido suas reais intenções. Tudo fora planejado para ser uma surpresa, uma aparição espetacular e dramática. A cavalaria fora enviada para substituí-lo, uma compensação por sua suposta ausência. O cenário planejado era o seguinte: iriam a galope até o aeroporto para receber o governador e, em seguida, conduziriam seu Rolls-Royce Silver Cloud em uma grande formação até o Teatro Nacional. Nem passou pela cabeça do celebrante o fator de um notório engarrafamento em Lagos, tal era o poder narcótico da Noite das Noites do povo. A chegada de Usman Bedu foi de fato uma façanha espetacular que jamais será esquecida pelos motoristas naquele sábado infame. O jovem herdeiro, que regularmente passava as férias de verão em Londres, tinha visto o cortejo da cerimônia *Trooping the Colour*, no Palácio de Buckingham, e resolveu comemorar a sua vitória de uma maneira não menos esplendorosa.

O chefe Oromotaya não estava ciente de sua presença em Lagos até que a cavalaria chegou fazendo estardalhaço na entrada de concreto A da sala de espetáculos. Acostumado a "regularizar" esses pequenos deslizes à sua própria maneira posteriormente, o patrocinador não esperava a resposta antiesportiva que surgiu do celebrante. Entre o pessoal do governador, no entanto, a perda de prestígio não era considerada algo insignificante. Quando o chefe Ubenzy tentou explicar a "infeliz confusão" a sua excelência Usman Bedu, na sala VIP, a atmosfera de confraternização mudou de forma abrupta. O barão da mídia viu a mão do governador desaparecer nas dobras de sua *babanriga* para emergir com um punhal curvo incrustado de joias que ele só tinha visto em filmes de Bollywood. Ubenzy soltou um grito e seus joelhos se dobraram. Caiu no tapete, apertando o coração. Foi a vez de o governador ficar horrorizado, acreditando que o sociável anfitrião havia morrido de um ataque cardíaco ou algo assim. Ele fugiu do Teatro Nacional e foi direto para a segurança de seu jato particular no aeroporto de Ikeja, ordenando aos assessores que reunissem a sua caravana e levassem os participantes em segurança para casa, do outro lado do Níger, da melhor forma possível. Ubenzy, já recuperado após receber os primeiros socorros direto na garganta a partir de uma garrafa de Johnnie Walker, foi levado às pressas, gaguejando e muito abalado, para fazer um check-up em um hospital particular. De lá, tomou a decisão de "voar para Dubai" para um exame completo e recuperação.

Depois disso, o baile de gala da Noite das Noites daquele ano prosseguiu pacificamente, com Oromotaya monitorando e supervisionando o progresso de sua suíte permanentemente reservada no Hotel Intercontinental, na Ilha Victoria, enquanto o governador aterrorizado recebia os últimos relatórios sobre a saúde de seu anfitrião doente, supostamente em tratamento intensivo em Dubai, pendurado por um fio entre a vida e a morte. Antes de Ubenzy retornar oficialmente à sua base, a paz, como sempre, foi restaurada. O governador não teve escolha. Intercessores garantiram que ele tomasse conhecimento de certo conteúdo sensível em poder do chefe que seria de interesse público e estava pronto para ser impresso no *Inquérito Nacional*. Esse conhecimento permitiu que o governador aceitasse que a Constituição nigeriana estabelecia limites para as rixas de sangue e que uma comunidade de interesses deveria ser o fator decisivo nas relações comerciais. A dupla de duelistas restaurou as relações diplomáticas habituais e jurou amizade eterna. O governador Bedu foi recompensado com uma edição individual especial do Denovo, na qual aceitou um prêmio personalizado recém-criado, a Cimitarra do Povo. Os dois trocaram certificados de chefia: Ubenzy, na cidade natal de Bedu, e Bedu, na de Oromotaya. Bedu ofereceu um banquete que apresentou, pela primeira vez na história da Nigéria, um camelo bebê inteiro recheado — uma especialidade, ao que parece, da Arábia Saudita. Além disso, tornou-se patrono vitalício do Denovo. Oromotaya era famoso por suas formas criativas de tratar com vaselina o que muitos considerariam tumores incuráveis. Essa, afinal, acabou sendo a versão oficial dos eventos, de acordo com o próprio Ubenzy Oromotaya, embora somente quando ele se sentia seguro em seu círculo íntimo.

A busca por esse velo de ouro, o Prêmio Denovo, não era, ao que parece, um assunto para os fracos de coração. Atos de sabotagem e neutralização de imagem, de grosseiros a sofisticados, eram comuns. As fake news se expandiram mil vezes, arruinando casamentos e amizades, além de empresas. Houve mortes repentinas e inexplicáveis. Cultos universitários eram recrutados e soltos nas vizinhanças dos aspirantes, tanto virtual quanto fisicamente. No entanto, muitos admitiram que o concurso para os Prêmios Dedicação do Empregado e, sobretudo, o Prêmio Anual do Cidadão, trouxera à tona o espírito criativo e igualitário universalmente conhecido entre o povo nigeriano. Havia vídeos de um governador comendo *amala*, o alimento básico de farinha de inhame iorubá, em um barraco de camponeses na beira da estrada, com o quiabo escorrendo pela barba rala, enquanto ele lambia as costas dos dedos com uma língua enorme e arrotava para a câmera — nada de talheres de aço elitistas para ele, muito obrigado. E bebia apenas vinho de palma — direto de uma cabaça, e não de um copo de vidro, nem de plástico. Outro vídeo mostrava um senador conduzindo uma mulher idosa em seu utilitário esportivo BMW, que ele mesmo dirigia, enquanto seus assessores carregavam a lenha no espaço traseiro, com a legenda "Oferecendo uma mão amiga". Um destaque foi a foto de um outro governador capinando uma plantação de inhame junto com seus trabalhadores, apenas mais uma voz vigorosa levantada na tradicional canção de trabalho, em preparação e estímulo para a chegada antecipada das chuvas esperadas, com a legenda "Infraestrutura do estômago". Os políticos mais aventureiros foram filmados participando de um concurso de break dance no famoso Federal Palace Hotel, na Ilha Victoria, com a legenda: "Gesto do modesto". E assim foi, com um público empolgado enviando comentários tanto verbalmente quanto pela linguagem taquigráfica dos emoticons.

Houve críticas, como era de esperar. O que acontece com a governança sob uma histeria de *fiestas* cíclicas e em série? Essas vozes foram facilmente silenciadas. A governança, conforme atestado por uma enxurrada de comunicados de ministérios e agências governamentais, seguia sem ser afetada. Na verdade, os negócios atingiram o auge, sobretudo no chamado setor informal. Uma viagem que em geral levava noventa minutos entre duas cidades agora levava quatro, seis, nove, doze horas e, às vezes, se estendia até o dia seguinte, sobretudo na estação chuvosa, quando surgiam lagos no meio da via expressa, sugando até mesmo os caminhões-tanque de petróleo para o seu interior. Esses engarrafamentos criaram mercados instantâneos à beira da estrada — anfíbios, na verdade — que elevaram o PIB informal do país a níveis astronômicos. Os engarrafamentos tornaram a diversificação econômica uma realidade. A própria cultura estava lucrando, porque havia novas entradas no registro de nomes na Nigéria, uma nação que acabara de ganhar uma reputação de inventividade: Tonade (que desembarcou na estrada), Bisona (nascido na estrada), Bolekaja (nascido dentro de uma van de passageiros), Toyota (nascido em um Toyota), Aderupoko (excesso de carga) e assim por diante, nomenclaturas que celebravam os bebês nascidos em transportes públicos ou privados, quando o trânsito ficava parado e os motoristas se tornavam parteiras momentâneas. A caça aos bilhões perdidos se intensificou, liderada pelo próprio primeiro-ministro, que voou pessoalmente para garantir a repatriação de novas descobertas de ativos ocultos, todos anunciados com grande alarde nas Ilhas Cayman, em Dubai, nos Estados Unidos e na Suíça. Esses contra-ataques silenciaram as vozes dissonantes, mantiveram o nível nacional de adrenalina alto e a esperança sempre à beira do ressurgimento. Alguns portadores de cartões partidários negligentes e despóticos foram derrubados a fim de colocar o selo da imparcialidade na distribuição da justiça. Esse ciclo rejuvenescedor — perda, acusação, denúncia e agências hiperativas, advogados, testemunhas, independentemente de se acabavam sumindo no dia do julgamento — foi acrescentado a uma lista de conquistas invejáveis. As batidas no peito silenciaram até mesmo as batidas do festival anual de tambores em um dos estados tidos como felizes.

Portanto, foi um grande choque para o Executivo, os legisladores e os cidadãos quando surgiu a notícia de que a nação havia recebido um título honorário inesperado — e não merecido — de um ex-funcionário público colonial como A Nação Mais Extraordinariamente Corrupta do Mundo! Essa condecoração, que parecia ter sido feita de improviso, atraiu uma denúncia muito mais prolongada e intensa do que o contínuo desaparecimento de pedaços do tesouro nacional. Os trabalhos do dia foram interrompidos em ambas as casas legislativas para debater e condenar a declaração. O que havia de extraordinário, argumentaram os debatedores, em uma norma cultural? Tratava-se de puro abuso de linguagem — só porque a linguagem era deles, isso era um bom motivo para usá-la de qualquer jeito? Achavam que o Gigante da África iria se intimidar com palavras difíceis? Dois terços da assembleia legislativa apresentaram moções para o boicote total dos produtos britânicos, o confisco de todos os bens britânicos, a expulsão de todos os cidadãos britânicos e o rompimento das relações diplomáticas com uma potência estrangeira tão impertinente. Isso mesmo, estrangeira! Será que eles achavam que a nação ainda estava sob o domínio colonial para tolerar tais insultos?

Era o momento certo para o primeiro-ministro, Sir Godfrey Danfere, dar outra vez a volta ao mundo, agora para dialogar com nações estrangeiras que pensassem da mesma forma e para reconstruir a imagem de uma nação maltratada. Acompanhado de uma comitiva que ofuscava a caravana de Usman Bedu, Sir Goddie lançou uma investida sem precedentes. A ofensiva arrebatadora terminou bem a tempo para as próximas indicações do Denovo. Foi um retorno triunfal. Ele estava ansioso para apresentar o relatório, primeiro ao presidente e depois ao povo, em seu discurso "O Estado da Nação", dizendo que os detratores e os ph.Ds profissionais (pessoas horríveis e Difamadoras) eram meros desordeiros, gente insignificante e nulidades internacionais. Eram sabotadores econômicos que se opunham à diversificação da economia de via única, baseada no petróleo. Sir Goddie insistiria na criação de mais Ministérios da Felicidade nos estados que ainda não haviam aderido ao movimento.

"Estive em todos os lugares", anunciou à mídia que o aguardava, com o sucesso inscrito em letras de néon sobre sua figura imponente, o que lhe rendeu seu apelido preferido, a Presença. "Será um grande prazer informar ao presidente, quando me apresentar a ele amanhã, que não ouvi uma única voz discordante em lugar algum. A nação não está em perigo. Ainda mantemos nossa posição de número um como o povo mais feliz do mundo."

No conforto de sua limusine a caminho de Vila Potência, a sua base de operações, ele deu um tapinha no ombro do chefe de gabinete, sentado ao lado do motorista.

“Fale com o Teribogo. Diga a ele que eu preciso de alguma… felicidade… me esperando na vila.”

O chefe de gabinete permaneceu impassível.

“Ela já está lá, Sir Goddie.”

3. O progresso do Peregrino

Foram duros os seus primórdios, as provações e tribulações, longa a jornada, embora intercalada com momentos de alívio lucrativo, do homem cujas origens continuam sendo motivo de especulação sem fim. No entanto, no momento da emissão de seu segundo passaporte, ele foi registrado como Dennis Tibidje. O documento original terminou em uma fogueira à meia-noite, no quintal do primeiro contato em casa, após o retorno apressado ao lar, doce lar. O jovem multitalentoso havia abandonado abruptamente os estudos no exterior. Em um acesso de justa indignação, sacudiu a poeira do Reino Unido dos pés. Havia recebido um convite do reitor da faculdade para se apresentar e defender a honra contra uma acusação de tentativa de estupro feita por uma colega estudante. Nem mesmo os colegas mais próximos da faculdade sabiam de sua partida, nem mesmo a senhoria, a quem ainda devia vários meses de aluguel, além de alguns empréstimos de emergência enquanto "aguardava a remessa da bolsa de estudos".

De volta à sua terra natal, Tibidje logo encontrou um nicho como figurante em Callywood, a versão sudeste (Calabar) do cinema nacional de referência, Nollywood. Havia uma nova cidade cinematográfica no mesmo estado, um cenário rústico, cercado por água, chamado Tinapa, com estúdios ultramodernos e totalmente equipados. Ela fora fundada por um governador fanático por cinema que também era apaixonado pela natureza e por seus imperativos de preservação. As instalações técnicas de Tinapa estavam em uso, mas os profissionais evitavam macular seus produtos com um nome de sonoridade tão retrógrada como Tinapa. Eles preferiam ser vistos como só mais um enjeitado na emaranhada árvore genealógica que tinha suas raízes em um distante estado costeiro dos Estados Unidos, conhecido como Hollywood.

O recém-chegado a Tinapa aumentou o precário sustento de todos os atores com um cargo em uma empresa de publicidade e marketing. Ele também tinha talentos artísticos que o mantinham à tona durante aqueles intervalos estéreis entre os compromissos de filmagem que, com muita frequência, afligiam todos os atores profissionais. Esses talentos incluíam, no caso dele, uma habilidade natural de copiar a caligrafia e as assinaturas de outras pessoas para se munir de documentos vitais em momentos de necessidade. Essa proficiência, infelizmente, também fez com que a sua permanência na empresa fosse breve. Depois de não conseguir apresentar o original prometido do diploma universitário, uma condição para o emprego provisório, acabou apresentando um documento cuja autenticidade era, infelizmente, suspeita, não pelo domínio da falsificação em si, que era impecável, mas por uma contradição nas datas geradas pelo computador. O futuro, naquela ocasião, parecia preceder o passado. Um pequeno detalhe, mas que chamou a atenção de um funcionário excessivamente zeloso, um geek entusiasta de computadores. Os empregadores convocaram Tibidje e o aconselharam a mudar de profissão. Admitiram que estavam tristes por serem forçados a prescindir de um talento como aquele e até lhe forneceram a passagem de ônibus para a suposta casa no estado de Lagos. A origem em Lagos era explicada com a alegação de que fora criado por uma família de lá. Os verdadeiros culpados, no entanto, eram do Delta, do povo itsekiri. Tibidje tinha apenas uma ambição que o consumia, embora a reprimisse e nem sempre a reconhecesse abertamente: mudar suas raízes para as de sua ascendência preferida, Lagos. Não era um anseio sentimental, mas lógico, e que facilitaria alcançar o seu destino profissional desejado.

Por um tempo, o jovem aventureiro permaneceu onde estava, na movimentada cidade de Port Harcourt, ponderando a respeito dos seus passos futuros. A decisão não tardou a chegar. Os três meses em que estivera empregado, bem como as incursões na dita comunidade cinematográfica, foram mais do que suficientes para lhe proporcionar alguns contatos úteis. Assim, foi fácil entrar no mundo do empreendedorismo na internet, concentrando-se nas contas de seus antigos associados. Escapando por pouco de uma batida policial em um café operacional para a fraternidade Yahoo-yahoo, como eram conhecidos os golpistas da internet, Tibidje decidiu que era hora de mudar de ambiente e, na verdade, de persona. A interceptação de um pagamento adiantado à sua antiga empresa por um contrato de publicidade não levou mais do que uma manhã de trabalho intensivo, seguido pelo desvio dos fundos para uma agência de viagens. Foi uma façanha de despedida, cujos frutos foram aplicados em uma passagem de ida e volta para Houston, nos Estados Unidos, via Nova York, e um passaporte que passou pelo escrutínio da imigração. No entanto, faltava um visto. Confiante na capacidade de persuadir os funcionários da imigração de que era vítima de perseguição política, ele voou, aterrissou e, de fato, foi admitido, mas foi direto para um ônibus federal que o levou, junto com uma multidão de viajantes internacionais, até um posto de parada para imigrantes ilegais em Newark, Nova Jersey.

Nove meses depois, tendo lutado contra a Segurança Interna dos Estados Unidos e chegado a um impasse, estava de volta em solo africano, depois de passar esse período em uma penitenciária para visitantes não convidados. No entanto, seu feitiço rendera alguns novos conhecidos, tanto dentro quanto fora do centro de detenção, por meio de telefonemas e até mesmo correspondência com defensores dos direitos humanos, organizações de caridade e senhoras solitárias. Os mais valiosos desses contatos foram os internos — as visitas de capelães cristãos de denominação indeterminada, mas ligados a uma missão da África Ocidental na Libéria. Por algum tempo, o ministério visitante da Naçao do Isla foi alvo do detento. Os ministros do escritório de Louis Farrakhan para assuntos prisionais estavam amplamente interessados na consciência do prisioneiro nigeriano, e sua seção generosamente distribuiu o mandamento do *zakat* ao hóspede martirizado, muito além do que as escrituras exigem. Ele os manteve no controle, garantindo os dividendos resultantes da batalha por sua alma em dois campos rivais. A disputa durou tanto quanto sua estada, enquanto pesava suas opções, decidindo, no final, que a irmandade cristã estava mais próxima de seus esquemas de salvação pessoal. Quando chegou a hora e o ônibus federal voltou para transportar seu grupo até o aeroporto, aquele que foi devolvido ao seu continente natal não era de forma alguma um estrangeiro ilegal visivelmente deprimido, ao contrário da maioria dos outros deportados.

No entanto, ele não retornou ao seu ponto exato de partida. Tibidje conseguiu persuadir os captores a devolvê-lo não à Nigéria, a terra da perseguição, mas à Libéria, a terra da liberdade. Descobriu, por meio de conversas com outros detentos e algumas leituras leves, que a Libéria desfrutava de uma particular condição quase colonial com os Estados Unidos, e isso o favorecia. Em algum ponto dessa trajetória, o futuro ministro de almas anunciou que havia descoberto a sua verdadeira vocação — o evangelismo. Foi uma estadia muito educativa, declarou ele, uma mudança radical em sua vida. Naquela época, o centro de detenção não era totalmente desumano. A comida era passável e suficiente. Havia um punhado de livros e periódicos doados que faziam as vezes de uma biblioteca, quase todos de natureza religiosa. Isso incluía, como era de esperar, as escrituras das religiões cristã e islâmica. O pequeno armário também ostentava "A balada do cárcere de Reading", de Oscar Wilde, *O peregrino*, de John Bunyan, *O profeta*, de Khalil Gibran, os escritos de Thomas Merton e outras obras de busca e elevação espiritual.

A presença do *Kama Sutra* era intrigante. A explicação preferida era que o livro fora doado por um dos detentos, que conseguira convencer o oficial de plantão de que era a bíblia de uma seita hindu oficialmente reconhecida pelas Nações Unidas. Por isso, excluí-la seria uma violação das leis da ONU, das quais os Estados Unidos eram signatários. Ao sair, Tibidje livrou a instalação dessa presença constrangedora. Os presos também podiam assistir à televisão à vontade e até participar de consultas jurídicas pro bono. Ele mantinha a mente ocupada e desfrutava da solidariedade do prelado visitante, a quem até começara a ajudar em seus ritos improvisados no local. Quando finalmente chegou à Monróvia, foi direto para o caloroso abraço dos colaboradores do capelão, que novamente o colocaram sob sua tutela.

Foi um período de aprendizado. Entre outros bens adquiridos durante a internação em Newark, Tibidje agora era capaz de afirmar — e com toda a veracidade — que estivera nos Estados Unidos e que de fato passara vários meses sob a orientação de um servo de Cristo. Tinha um sotaque que provava isso e conseguia nasalizar as sílabas de forma tão convincente quanto qualquer nativo americano; na verdade, o registro vocal de Dennis Tibidje não era mais reconhecível, nem mesmo por seus antigos companheiros, os yahoo-yahoo. O peregrino havia começado a longa odisseia rumo à terra natal.

No entanto, o infortúnio o perseguiu. Mal Tibidje aterrissou em solo liberiano, a guerra civil eclodiu, cortesia de um certo ex-sargento-mor chamado sargento Doe. O imigrante acidental não era um jovem imprudente. Fugiu para a vizinha Gâmbia e depois atravessou para o Senegal. Foi por puro instinto, que era o seu ponto forte. Tibidje sempre obedecia quando a inspiração o incitava a se mover.

Como o Senegal era uma nação de língua francesa, de maioria muçulmana, a estada de Tibidje por lá, com seu temperamento altamente cosmopolita, foi muito breve. Isso o entristeceu, pois o ambiente lhe parecia muito propício, cercado por uma população minoritária cristã de classe alta e complacente. Logo partiu para Serra Leoa, auxiliado pela rede evangélica na costa leste da África, com sua infinidade de crenças imperiais. O apóstolo itinerante ganhava muito bem a vida como pregador "visitante" ou "substituto". Até aparecia ocasionalmente em maratonas de reavivamento televisionadas como orador de aquecimento para a estrela residente do território religioso. No entanto, seu destino continuava sendo a Nigéria, seja no Delta ou em Lagos. O lar o chamava. Era em casa que ele havia decidido parar sua busca e encontrar seu reino apostólico. Cada dia, mês e ano que passava era apenas mero processo de aprendizado, e Tibidje era um aprendiz consciente. Mais importante ainda, era um construtor de redes e um pregador impressionante. Mesmo na Costa do Marfim, onde o idioma era novamente o francês, tal era o dinamismo de sua mensagem — e entrega — que os intérpretes quase iniciaram uma guerra civil na disputa para atendê-lo.

A guerra real parecia perseguir seus passos — era algo daquela época —, porém esse tipo de coisa desagradável apenas fornecia material pertinente para seu progresso de peregrino, contribuindo para narrativas de provação pelo fogo. Isso lhe permitiu fazer sermões sobre libertações milagrosas das mãos de facções conflitantes, praticamente à beira da morte, horrores sobre horrores, salvação em doses suplementares. Ele mantinha as congregações enfeitiçadas, unidas em aleluia pela preservação de um homem obviamente destinado a propagar a palavra de Deus. Seu arrependimento duradouro foi não ter conseguido um lugar no púlpito da imitação da Basílica de São Pedro em Yamoussoukro, a *grande folie* do antigo líder, Houphouët-Boigny. Isso se deveu a uma inesperada conflagração na política da Costa do Marfim, uma escalada de conflito que logo ganhou os louros do derramamento de sangue que então distinguia os Estados da África Oriental, outrora pacíficos.

No entanto, essas vicissitudes sombrias só lhe forneceram material pungente para as homilias de libertação de última hora. Quem poderia deixar de se identificar com o apóstolo itinerante prestes a ser devorado pelos crocodilos de estimação do falecido líder, em cujo fosso residencial os comandantes drogados de uma facção em conflito o haviam jogado, só por diversão. Essas reminiscências, ai de nós!, foram perdidas pela maioria das congregações marfinenses; o apóstolo Tibidje já havia seguido em frente. Próxima parada: a República de Gana.

Foi em Gana, uma zona de relativa estabilidade, onde ele mais tarde afirmaria ter tido a primeira epifania. Aconteceu no meio de um discurso reverberante em uma arena de futebol em Kumasi, um reavivamento evangélico com dezenas de milhares de pessoas, em que era mais uma vez um pregador substituto de última hora. Bem no meio de uma peroração extasiante, ele parou de repente. Algo que acabara de dizer, algo que recém escapara de sua garganta, obrigou-o a rebobinar o som em sua cabeça. Ele foi transportado de volta ao início daquele mesmo ato de fala, à raiz da ressonância, ao momento que equivalia à iluminação de um relâmpago no céu claro. Isso o deixou deslumbrado e com a língua presa, diante de um público de milhares de pessoas igualmente fascinadas.

"Portanto, reúnam-se no lugar da profecia onde quer que o encontrem, procurem o sítio do profeta, onde reside o espírito do Senhor..." Então ele parou, atônito pela clareza de uma mensagem que atingiu a sua exortação habitual com o punho da inspiração: em vez de "sítio do profeta" ele poderia dizer "professítio"!

Olhou em volta, nervoso, torcendo para que ninguém mais tivesse percebido o lapso criativo ou, pelo menos, que ninguém mais com ambições apostólicas na plateia o tivesse registrado. Tal lampejo o deixou nervoso por um momento, pois inseriu dúvidas profundas em sua mente. Seria possível que ele fosse genuíno, afinal de contas? Será que havia de fato respondido a um chamado autêntico para a profecia? *Professítio!* Por que nenhum de seus predecessores havia conseguido formular um nome tão requintado, um nome melodioso de fato, para um local de busca espiritual? Será que, mesmo inconsciente do fato até aquele momento, ele tinha efetivamente… um dom? Foram necessários dias de dúvida angustiante antes de se convencer de que não tinha se desviado de sua verdadeira vocação, a de um negociante espiritual habilidoso e criativo. Ao final do lampejo de iluminação, ele fez as malas e pegou a estrada. Agora era o orgulhoso proprietário de uma Kombi equipada com gravadores e um alto-falante alimentado pelo motor do veículo, sempre pronto para uma sessão evangelística improvisada. Acompanhado por três seguidores fiéis, um deles um motorista substituto, seguiu para o leste. Tinha chegado a hora!

No entanto, ele não voltou para Port Harcourt, não imediatamente; na verdade, não voltou para nenhum lugar próximo ao sul, onde havia feito amigos e contato com celebridades estreladas. Era necessário garantir que tempo suficiente havia se passado, para que ninguém se lembrasse dele em sua antiga emanação. Regressou à nação da felicidade, podendo contar com uma série de associados feitos por correspondência ao longo da costa leste e até mesmo ao sul da África do Sul, alguns deles notórios pelos remédios espirituais que incluíam engolir cobras e ratos vivos para manter o demônio afastado. Na frente doméstica, renovou o contato com uma gama voluntária de olheiros, facilitadores e executores, alguns dos quais se tornaram clientes rotativos em tempo integral das forças de segurança e dos pátios das prisões.

Os homens — e cada vez mais as mulheres — de Deus, mesmo de religiões rivais, desfrutam de um status notável na nação da felicidade. Parecia haver, no fundo, uma disposição básica para unir forças em uma solidariedade de propósito. Mal Tibidje concluiu o primeiro sermão em um antigo armazém de mercadorias, viu-se requisitado nos círculos da classe média alta. Também se deve creditar a ele o sucesso na criação de um ar de mistério que intrigou homens e mulheres da fé e facilitou sua passagem para os escalões médios e depois superiores do poder. Tibidje não precisou anunciar sua estreia como recém-chegado na potencial arena da generosidade espiritual. Antes de deixar Gana, seus batedores haviam se espalhado, antecipando sua reentrada triunfal, e retornaram com suas constatações. Recomendaram-lhe a cidade de Kaduna, cuja população tinha a reputação de estar dividida quase que igualmente entre duas religiões em conflito. O apóstolo, agora plenamente estabelecido, chegou com a cabeça raspada, oleada e brilhante. Deixou crescer uma barba que aproximou sua aparência de um esboço em carvão do sábio Nostradamus que ele guardava. Cada ambiente tinha suas próprias necessidades, cada povo tinha sua própria sede e fome. Sentiu o "chamado" para pregar o evangelho da paz em Kaduna, uma cidade que estava gradualmente se transformando em um microcosmo da Libéria, de Serra Leoa ou da Costa do Marfim. Entretanto, Kaduna não era nenhum desses lugares. De forma alguma poderia ser comparada a Maiduguri, no nordeste do país, um foco de fundamentalistas religiosos, permanentemente sitiada. Em comparação, era turbulenta, mas pacífica. Para um repatriado que precisava de um perfil tranquilo, porém rico em hormônios espirituais, Kaduna era segura e promissora. Não demorou muito para que ele fizesse contato com o governador, que era jovem, inexperiente e aberto a qualquer possibilidade de conciliação para a cidade dividida. Um funcionário público veterano preparou o caminho.

"Se ao menos pudéssemos conter esses assassinos, de alguma forma", lamentou o governador, ao receber Tibidje em uma visita de cortesia.

O visitante não perdeu tempo:

"Você já tentou fazer contato e comprá-los? Jogue dinheiro no meio deles e deixe-os brigar por isso."

Suas credenciais como veterano de guerra na África Ocidental lhe conferiam autoridade. Na própria Nigéria — Tibidje sabia essa história —, um governador do estado de Kano, conhecido como o "Apaziguador Suave", havia feito exatamente isso, pagando uma seita conhecida como Maitatsine, precursora latente do Boko Haram. Os Maitatsine guerreavam sobretudo contra os muçulmanos ortodoxos — esses eram os verdadeiros inimigos do homem e de Deus, que desonraram a raça negra ao se ajoelharem diante dos falsos profetas, os apóstolos escravizados de origem árabe! Os Maitatsine ficavam furiosos com todos os que andavam em qualquer meio de transporte mecânico. A punição para todos esses infiéis era o estrangulamento com as correntes das bicicletas nas quais pedalavam para o serviço ou usavam para o trabalho no mercado. Assaltavam trabalhadores, atrasavam trens, capturavam os homens e escravizavam suas mulheres, fortificavam enclaves e estabeleciam um governo dentro do governo. A solução daquele governador foi, em vez de fugir do demônio, convidá-lo para um jantar festivo com dezenas de milhões de embalagens de comida para levar as sobras.

De fato, em sete anos longe daquela terra, Tibidje descobriu que muitas coisas tinham evoluído naquela parte da nação. O fruto proibido não eram mais os carros e as motocicletas, mas os livros. A palavra escrita. Agora, soldados armados surgiam por toda parte e bloqueavam as estradas com ritos de passagem em zigue-zague, obrigando os passageiros a desembarcarem e atravessarem um *cordon sanitaire* com malas e bagagens, enquanto os veículos vazios seguiam para o outro lado após uma rigorosa revista. O martírio havia assumido um novo significado e, para aumentar seu horror, não mais se contentava com a submissão voluntária à perseguição e à morte ou até mesmo à autoimolação por uma causa, mas exigia a imolação sem consentimento de adultos e crianças, em qualquer lugar, a qualquer hora, em estacionamentos, mercados, escolas e instituições afins, em locais de lazer e de trabalho. As igrejas se apresentavam como os alvos mais provocativos, às quais se juntaram, muito mais tarde, os indecisos espirituais, considerados piores do que o verdadeiro *kafir*, o infiel. A prudência aconselhou Tibidje a estabelecer seu desejado templo no lado sul da ponte. O tema era visível, palpável, preparado com antecedência como se fosse o primeiro simbolista consciente: a ponte física foi construída pela mão do homem e era inevitavelmente um símbolo de separação. Ele seria a ponte espiritual, o mensageiro da paz e da cura. Era apropriado que essas duas virtudes problemáticas, paz e unidade, também estivessem inseridas no hino nacional. Tibidje se apropriou do verso, bem como do fragmento da melodia em que estava inserido, para seu sermão de abertura todos os domingos e como uma doxologia de dispersão. O governador ficou impressionado. Tibidje aproveitou o estágio em Newark de quase um ano de confinamento estreito com as duas correntes religiosas. Ele era uma dádiva, um intermediário de Deus, confidenciou o governador a seus assessores, e um mensageiro natural para os fundos de apaziguamento. Milhões mudaram de mãos e talvez grande parte deles tenha se perdido pelo caminho. Suspeitas foram levantadas.

"Pagamos tudo o que foi combinado com antecedência", lamentou o governador. "Estas são minhas testemunhas e tenho até os recibos."

Tibidje sorriu complacente.

"Bem como eu previ. O dinheiro os dividiu. Eles enganam uns aos outros, e não há mais confiança entre eles. Agora deixe o resto com Deus, que fará com que lutem entre si até a morte."

Problemas de natureza semelhante pareciam perseguir Tibidje. Seu momento não poderia ter sido mais inoportuno. O Boko Haram tinha designado o mesmo período para a ativação de seus agentes adormecidos, seguindo seus próprios planos secretos de unificação através da ponte da divisão. Outras vozes, não tão religiosas, afirmaram que não se tratava do Boko Haram, mas de bandidos frustrados que haviam perdido a paciência à espera do ganho prometido pelo governador eleito. A consequência era tudo o que importava. As fileiras complacentes das defesas militares foram rompidas em uma noite mortal. Os insurgentes se esgueiraram, se posicionaram e liberaram sua ferocidade proselitista reprimida. O quartel-general de Tibidje, que estava apenas pela metade desde sua fundação, mas que já realizava cultos semanais, foi consumido em um batismo de fogo. O governador hesitou. Ainda estava chateado com os fundos que haviam desaparecido sem explicação. No final, porém, decidiu deixar tudo nas mãos de Alá e instruiu seu assessor a enviar uma mensagem de solidariedade — mas sem exageros, ordenou.

Tudo isso deu vantagens a Tibidje. Ele tinha um trunfo: seguidores leais, um núcleo interno cultivado com cuidado de talvez não mais do que quatro a seis pessoas de cada vez. Ele cuidava generosamente do bem-estar dessas pessoas e, em troca, elas cuidavam dos assuntos dele. A cada situação adversa, seu sistema de alerta preventivo e seu instinto de sobrevivência eram aprimorados. Por sua experiência junto à CEDEAO — outro projeto de unificação —, ele não estava de todo despreparado quando sua igreja, ainda não consagrada — isto é, ritualmente —, foi arrasada e dois de seus tenentes massacrados. Foi um revés chocante, um impedimento violento. Tibidje era humano, não fingia ser outra coisa, e, por isso, considerou a possibilidade de desistir. Na verdade, começou a pensar em fazer uma segunda incursão nos Estados Unidos, dessa vez com uma passagem só de ida. Um novo nome. Uma nova história. Um novo começo. Uma nova vida. No entanto, enquanto as emoções se debatiam na alma do filho repatriado daquela terra, ele olhou para o passado e encontrou um espectro castigador: uma missão não cumprida! Uma vida no limbo. Em seu íntimo, algo se rebelou. Lembrou-se de promessas de juventude que havia feito a si mesmo e a seus companheiros.

O estoicismo do pregador ao se resignar a tal adversidade não foi demonstrado de forma mais esplêndida do que quando, não muito tempo depois da profanação, ele se levantou em meio aos telhados caídos e pilares cambaleantes que antes abrigavam seu ministério, com os pés deixando marcas nas cinzas e no carvão, e pregou seu sermão de despedida. Foi um espetáculo i-nes-que--cí-vel. Com a face reflexiva exposta à luz cada vez mais fraca do crepúsculo e uma barba trêmula que parecia invocar a ira da terra, lembrou aos seus seguidores que a destruição havia deixado de ser apenas nos locais de culto cristãos e agora abrangia até mesmo as mesquitas. Os fanáticos muçulmanos haviam começado a infligir brutalidade ainda pior a seus companheiros de fé. Só havia uma resposta: a unidade dos agredidos. A varinha da fé havia caído em mãos diabólicas e precisava ser resgatada, purificada e restaurada para homens e mulheres de boa vontade, fossem eles cristãos ou muçulmanos. Essa vontade unida deve derrotar os perturbadores, uma praga indiscriminada que fez de todos possíveis vítimas, um caos espiritual. Foi nesse momento que o irmão Tibidje buscou e recebeu seu próprio conselho — de um mal nasce um bem maior. A solução, como se fosse um nascimento estruturado e sustentável, atingiu-o com tal deslumbramento que ele ficou sem fôlego. Se ajoelhou, mesmo vestindo suas melhores calças de pregador — vindas diretamente da rua principal de Kaduna, Lavanderia Almas de Deus Ltda., uma calça preta, listrada de cinza escuro —, e se entregou ao que agora era sua principal missão: a busca ecumênica. Não foi uma epifania, mas chegou bem perto.

As tribulações de Tibidje adquiriram um novo significado, uma nova urgência. Sua temporada de um ano no centro de detenção de Newark havia apontado o caminho, só que ele não o vira na época. Até então, nas cinzas marcadas de seu evangelismo truncado, ele também fora dominado pela ideia de Kaduna como uma cidade dividida que exigia a provisão piedosa de patrocínio. Não, isso não era mais suficiente. O que o mundo precisava, não apenas a feliz nação, era de uma religião nova e abrangente! Em suas mãos, oferecidas em uma bandeja de piedade, tinha à sua disposição as duas principais religiões conflitantes, unidas pela vitimologia. O chamado para uma religião de paz, paz genuína, não uma mera retórica espiritual, não! Esse apelo se voltava para o nascimento material. As sugestões surgiram rapidamente. Um espaço único para todos os tipos de fé, um lugar para os videntes reverenciados que atendessem a ambas as religiões em suas culturas equivalentes unidas, emergindo além da controvérsia, neutro e complacente. Ambos os lados se vangloriavam — de fato, comercializavam profetas em superabundância. Quando apresentou o novo rumo ao seu Conselho de Anciãos de três membros sobreviventes, obteve sucesso imediato. Inspirados, eles gritaram:

"Você recebeu o chamado, Apóstolo Tibidje."

O ingrediente principal de que o evangelista logo se aproveitou foi... a bravura! Seu olhar interior se voltou para os anfiteatros transbordantes nos quais ele havia substituído as últimas estrelas do sacerdócio da televisão. Será que eram melhores oradores, tinham lido mais ou sabiam mais sobre o mundo do que ele? *O seu problema*, repreendeu o reflexo no espelho do banheiro, *é a falta de confiança, essa filha ilegítima da memória. Tome vergonha nessa cara!* Ao seu redor, havia governadores, senadores, secretários, banqueiros indiciados, alguns deles até mesmo fugitivos, que se pavoneavam sem pudor em seu esplendor habitual, manipulando o sistema judiciário, festejando e se divertindo como se fossem donos do mundo e não seriam chamados a prestar contas até que os juízes se aposentassem, fossem promovidos ou retirados do caso, as testemunhas morressem ou os arquivos fossem esquecidos. Eles conseguiam fianças e adiamentos judiciais por problemas de saúde, rivais que eram na arte de atuar, porque costumavam entrar na sala de audiências respirando com dificuldade, carregados em macas, apoiados em muletas, enfaixados da cabeça aos pés como múmias egípcias ambulantes, até que no dia seguinte eram vistos brincando nas praias da Flórida, saudáveis e fortes, sem a menor noção de um intervalo decente ou preocupação em agradar os magistrados e juízes antes de mostrarem o rosto em público. Vários deles já estavam se inscrevendo para a próxima incursão em eleições futuras, subornando, fazendo campanha abertamente para as indicações do Denovo. E daí? Quem ainda se dava ao trabalho de relembrar os poucos pecadinhos que o haviam levado a uma odisseia de autoaprendizagem com aqueles que eram menos talentosos do que ele e não conseguiam exibir nem uma fração de seus poderes de oratória? Quanto às escrituras, ele conhecia a Bíblia, o Alcorão, os Upanixades e o Bhagavad Gita de trás para a frente — bom, uns pedaços. O que importava era ser capaz de citar passagens pertinentes a qualquer prelado aspirante. Ou manipular o discurso para esmagar o que quer que ele tivesse guardado em sua memória do Alcorão ou da Bíblia. Tinha feito bom uso da minibiblioteca de Newark, havia memorizado as poderosas declarações de originais, tais como do lendário líder religioso negro Father Divine.

Esse sim — e novamente, talvez pela centésima vez, Tibidje balançou a cabeça com admiração — foi um cara e tanto! Father Divine invocou a ira do Senhor contra o juiz que teve a temeridade de condená-lo por um crime arcano chamado "fraude postal". No entanto, o mundo inteiro sabia que o crime de Divine era simplesmente o fato de ele ter mobilizado os seus companheiros descendentes de escravizados para exigir que fossem repatriados para o seu continente de origem e que o governo dos brancos proprietários de escravos pagasse a passagem de volta para casa e até mesmo pagasse uma indenização por gerações de escravidão. Ninguém poderia obscurecer essa verdade. E assim, quando a sua sentença foi pronunciada, Father Divine, por sua vez, pronunciou sua sentença sobre o juiz:

"O senhor não vai viver para me ver sair da prisão como um homem livre!"

Eita! Uau! Caramba! Sangue de Jesus! Pois vejam só, o tal juiz morreu enquanto Divine estava em suas meditações matinais na cela da prisão. A horda de jornalistas foi atrás dele, ansiosa por sua reação. Divine acabava de ler sobre a partida do juiz do reino dos mortais, mas o carismático filho da terra dos negros não perdeu o ritmo.

"Odiei fazer isso", disse, e retomou suas orações.

Ó gbeléticos! Isso, decidiu Tibidje, era o alfa e o ômega do empreendimento profético, e esse fragmento de história ficou preso em sua alma como um bastão bifurcado de um radioestesista. Se algum dia alcançasse metade desse poder, isso seria mais do que suficiente para colocá-lo entre os sacerdotes imortais. Qualquer juiz que cometesse o erro de tirar a poeira de relatórios antigos e derrubar o estatuto de limitações teria o mesmo destino garantido; ele gloriosamente aceitaria o martírio de um registro criminal como preço de sua realização. Foi o momento testamentário do renascimento formal de Tibidje. Sentia-se como um filho espiritual do filho de escravos tirados à força da mesma porção de terra à qual ele, Tibidje, havia retornado, assim como Father Divine, para reivindicar. A decisão já estava pairando no horizonte espiritual, mas então ele tomou a resolução oficialmente — adotaria uma versão um pouco alterada do nome de seu herói. Se algum dia fosse a julgamento por qualquer coisa e um juiz equivocado cometesse um erro semelhante, ele pronunciaria mentalmente uma versão local da sentença-resposta de Father Divine. Apóstolo Davina — sim, Tibidje tinha escolhido, finalmente, sua mudança de nome — Apóstolo, Profeta, talvez Papa Davina, não faria nada menos potente do que o terrível pronunciamento contra o juiz de seu pai adotivo. O resto viria em seguida.

Os meios? Teria tempo suficiente para resolver isso quando chegasse a hora. Tibidje não tinha dúvidas de que Father Divine havia organizado um golpe contra o instrumento presunçoso e racista da injustiça. Assim, considerava que a sua missão preparatória era nada menos do que garantir a capacidade de dar uma resposta semelhante, mesmo de dentro dos muros da prisão, se a profecia demorasse muito para se cumprir. Não era à toa que mantinha contato próximo com os habitantes de sua modesta origem — os Yahoo-yahoo, os Area boys, para não falar da proliferação de cultos e contraministros com nomes extravagantes que atravessavam culturas tão distantes quanto a Escandinávia e os guerreiros das favelas de sua própria nação feliz: os Islandeses, como alguns se autodenominavam, os Konudi, Black Axles, Dagunro e outros predadores que dirigiam governos paralelos de Zamfara a Lagos, de Bayelsa a Birnin Kebbi e vice-versa. O Apóstolo Davina estava pronto para seguir em frente. Papa Davina estava na cidade, que todos abraçassem a piedade.

Em nome da justiça, quase onze anos completos haviam se passado, afinal, desde o começo desafortunado de Tibidje em Port Harcourt. O caráter nacional estava enraizado na exortação *m'enukuo*, uma contração de *mu enu ku'ro*, que significava "Boca fechada! Deixe estar", e assim por diante. Mesmo aqueles que o conheciam, aqueles que o reconheciam, apenas balançavam a cabeça e *m'enukuo*. Era hora de seguir em frente. Mas em grande estilo. Com bravura. Sem olhar para trás. No espírito do governador de estado descarado que venceu vinte e quatro acusações de fraude financeira de uma só vez, voou para Dubai e viveu feliz para sempre, ou quase: um idílio interrompido apenas por causa de um choque sem precedentes de ambições entre chefões e o proverbial conto moral de uma briga entre ladrões. Segundo o evangelista, era hora de buscar uma glória maior. Ele se mudaria, sim, se mudaria mais para o sul, em busca de maior segurança. Dessa vez, no entanto, cada movimento seria feito com uma desenvoltura espiritual sem precedentes. Atacar. Agir de frente. Derrotar o demônio em seus próprios termos, os termos de Davina. A próxima ação seria um reflexo do dilema atual da nação. Era hora de anunciar um ministério da tolerância.

Ministério? Não, não, não, isso nunca iria funcionar. A confusão entre o secular e o espiritual seria insuperável. Quem é que, no seio da nação, não tinha ouvido falar de um Ministério da Felicidade? Será que ele, o apóstolo Tibidje, agora Papa Davina, herdeiro da tradição do grande Father Divine, iria se deixar dominar por tais banalidades? *Pense diferente*, Davina repreendeu Tibidje. *Pense em algo novo. Grandioso!*

Davina se isolou, lutando com uma avalanche de projetos, cada um com pelo menos uma dezena de opções. Jejuou, cortando completamente o almoço. Sustentava o fio da vida com um café da manhã com quatro bolas de *akara* e uma tigela de *akamu* com algumas frutas locais, e depois nada até a hora do jantar, quando comia um wrap de *tuwo* e/ou bananas-da-terra fritas, com um pouco de *kilishi* para acompanhar. Felizmente, ele era frugal por hábito e abstêmio — em público —, seus vícios estavam em outro lugar. Ao final de três dias, houve um lampejo, ao qual Tibidje sentiu-se incomumente propenso. A rodovia de Lagos a Ibadan, pela qual não passava havia mais de uma década, foi o pano de fundo.

A via arterial ligava a cidade mais densamente povoada do continente africano, Ibadan, ao resto da nação. Era uma rodovia de pista dupla cada vez mais cheia de buracos e, supostamente, com duas faixas de cada lado, às vezes três. Ou quatro. Até cinco… quando a percorrera pela última vez, quase uma década antes, era impossível contar com precisão quantas pistas havia em cada direção. Ele se lembrava dela apenas como uma série de armadilhas mortais que pouco a pouco se tornava a residência — em ambos os lados! — de espiritualidades concorrentes. O pontapé inicial foi dado e um dia começou a corrida para estrangular o tráfego nos feriados religiosos: Páscoa, Natal, Ramadã, Eid após Eid, aniversários de profetas e suas encarnações, sessões de reavivamento evangélico por capricho, dias dedicados ao Dia Nacional de Oração contra secas, enchentes, doenças, corrupção, praga de gafanhotos, colapsos de prédios, incêndios, explosões de caminhões-tanque, sequestradores, pedófilos, assassinatos na estrada, assassinos rituais e assim por diante. Tibidje reconstruiu sua jornada final, que o levara pelas duas rotatórias elevadas nas quais a rodovia virava um anel viário que contornava a própria cidade de Ibadan. Era essa seção final — a segunda rotatória e seu acesso de quatrocentos metros a partir de Lagos, uma mistura de todo tipo de engenhoca motorizada e vendedores ambulantes desorientados — que agora ocupava a mente calculista do Apóstolo Davina. Ele nunca dera muita atenção ao trecho — era apenas um usuário ocasional da estrada —, mas agora lhe parecia uma divisão transcendental: uma parte se dirigia para a antiga cidade comercial e guerreira de Oyó, a outra para a fonte espiritual dos iorubás, Ilê-Ifé, lar dos orixás.

A ideia, ele agora percebia, havia sido implantada nele pela visão, havia muito esquecida, de um prédio azul sujo de dois andares, que tinha uma grande placa ao longo das grades da varanda do primeiro andar. Naquela placa estavam pintadas, em cores berrantes, quatro palavras: O Lar do Crislã. Estrategicamente posicionado no cruzamento da rodovia, era como se seus criadores quisessem declarar aquele local como ponto de encontro e de partida da espiritualidade e do mundanismo. Tibidje se lembrou naquele momento da controvérsia que surgiu na época — foi no lançamento ou alguns anos depois, evocada talvez por algum religioso obcecado pela pureza? Não importava. Naquele lampejo de luz, Papa Davina resumiu sua história em uma palavra: Timidez! Derrotismo. Um proselitismo religioso louvável e de fato inspirado, mas além disso? Estagnação. O Crislã era uma vocação, mas onde ela residia? Essa era a grande lacuna, implorando para ser preenchida! Mas onde? Onde? Com uma alma pragmática e dura, Tibidje sabia que ainda não estava preparado para enfrentar a própria Lagos. Era preciso fazer mais pesquisas e, mais importante ainda, era preciso acumular capital. Milagres eram muito bons, mas mesmo para tirar água de uma pedra, primeiro a pedra tinha que ser adquirida, e para isso era necessário dinheiro.

Papa Davina ordenou que seus tenentes entrassem em ação.

Os resultados confirmaram suas memórias. O Crislã tinha permanecido em um lugar minúsculo por todas as suas décadas de existência. Nem um único metro quadrado a mais de expansão, apenas uma mísera camada de tinta nova desde que o prédio fora erguido, ficando cada vez mais espremido à medida que os terrenos ao redor se desenvolviam. Ele fora eclipsado por outros que chegaram depois, seitas menores e ramos de defesa espiritual menos conhecidos. Permanecera livre de influência até mesmo de um oponente inspirador, separado por apenas dois quilômetros. Esse oponente havia se estabelecido logo antes da primeira das duas rotatórias, ou seja, na periferia sul de Ibadan. Tratava-se de uma propriedade enorme e em constante expansão, pertencente ao guru Mahara Ji, que se autoproclamava um deus vivo. Esse vasto domínio partia da rodovia, em uma encosta de grama bem cuidada, na qual mãos inspiradas de horticultores e paisagistas haviam gravado o nome do guru e sua ordem divina em flores. Na planície íngreme acima da borda começava um pomar e, em seguida, a área de convivência e meditação dos edifícios, escondidos de olhares profanos. Em contraste, o local do Crislã era — para não medir palavras — um cortiço.

Essa projeção de contrastes, atados em unidade de espírito — mais um lampejo de inspiração! —, decidiu Tibidje em sua busca por um motivo estrutural abrangente, um dois-em-um que significasse algo para todos —, um reino encantado situado em um cortiço, alimentando-se um do outro, unindo o mundo conflituoso das religiões em amizade. Instruiu seus batedores a começarem a explorar os subúrbios de Mushin, Oshodi, Ajegunle, Alimosho, todos localizados na agitada cidade de Lagos, mas não dentro dela. O ânimo de Papa Davina se elevou. Começou a se recuperar. O projeto estava começando a ser posto em prática. Só aguardava ser cumprido.

Dai a César o que é de César... Tibidje enviou seus assistentes para os recintos preguiçosos dos registros de imóveis e de empresas. E eis que o Espírito estava novamente em ação, e tudo acontecia exatamente como ele havia previsto. O Crislã estava de fato registrado como religião, mas não como propriedade ou negócio. Toda a hesitação acabou. O guru Mahara Ji havia encontrado seu rival. Não, não como concorrente; Tibidje abominava essas competições vulgares e se contentava em jogar suas cartas de acordo com a dinâmica natural do proselitismo. Solicitou o registro e patenteou o nome. Essa escolha foi nada menos que a Presciência Divina, um ajuste feito sob medida que definitivamente constituiu a Segunda Epifania. A primeira cidade de adoração ecumênica do mundo estava a caminho — Crislãmabad!

A visão estava completa. Agora começava a parte mais difícil, a missão.

Sua jornada pela região da África Ocidental o havia tonificado. A impetuosidade da juventude havia recuado alguns passos. Agora era um sólido combatente de meia-idade, sem pressa, mas também sem titubeio. Tibidje acreditava simplesmente que, embora "um passo de cada vez" fosse um conselho que merecia ser observado, dois passos em sequência tinham ainda mais mérito. Até mesmo os Yahoo-yahoo boys sabiam disso, mas não contavam com nenhum senso de coordenação. Eles aplicavam golpes na internet, depois se envolveram em sequestro de crianças. Era uma falta de finesse terrível. Não tinham noção do panorama geral. Eram criaturas do momento e sempre permaneceriam como bucha de canhão. Ele começaria com um protótipo, faria dele uma plataforma de lançamento enquanto construía lentamente a plataforma de pouso — a sede permanente em, onde mais? Lagos, aí vem o Papa D.!

O restante seguiu em uma progressão lógica. Seu ministério partiria de Kaduna e se mudaria, por enquanto, apenas para um pouco mais ao sul, longe da facção lunática cada vez mais consolidada pelo Boko Haram. Crislãmabad era uma cidade cujo nascimento demoraria muito para acontecer. Por enquanto, a única questão era: onde construir o protótipo? Esse era o único dilema. Tinha de fazer esse teste enquanto a fundação da sede tomava rumo, forma e magnificência. Papa Davina pegou seu fiel companheiro de dez anos de viagens, seu localizador de direção mais confiável, o mapa da África Oriental. Enquanto alisava o rolo do pergaminho, com os olhos percorrendo os contornos de sua terra natal, seu olhar saturado de instintos, sintonizado com sinais e símbolos para qualquer tarefa em mãos, encontrou a resposta. Lá estava ela, trêmula, bem diante dele: Lokoja! A confluência dos dois rios mais importantes da nação!

Uma bomba de pura luz explodiu nas profundezas de sua alma. Cristãos, muçulmanos e animistas realizavam sua principal ocupação — o comércio — nas margens do Benue havia séculos, com uma amizade acima da média. A cidade principal estava aninhada confortavelmente na cúspide em forma de coração dos dois principais rios, Níger e Benue. Os rios são notórios por não se interessarem muito pelos planos dos meros mortais; ali, no entanto, estava um exemplo de favoritismo desmedido: dois rios históricos ecoando as carreiras de duas correntes espirituais imperiosas! O simbolismo implorava para ser transformado em realidade, o fugitivo do ódio veio, viu e se entregou à tarefa. Seu instinto, como ele mesmo disse calmamente na primeira oportunidade de sermão, continuava a lhe servir com perfeição. Isso significava que não se tratava apenas de um instinto, mas de uma coordenação espiritual direta de visão e retorno. Lançou os alicerces de sua igreja temporária — bambu e ripas de madeira, além de tábuas de pequenas embarcações descartadas e redes de pescadores — em uma ilha arenosa na junção oeste dos dois rios, acessível apenas por canoas. Tibidje conhecia razoavelmente bem a geografia de sua nação, mas queria ir além da paisagem natural: a cidade, Lokoja, englobava grande parte da história nacional. Ali, os exploradores Richard Lander e Mungo Park haviam fracassado em sua busca pela nascente do rio Benue, um deles feito prisioneiro ou morto, ou talvez os dois, não tinha mais certeza dos detalhes: a escola já era uma espécie de cesta de várias décadas, balançada e testada pelo que tinha a oferecer, e o resto descartado. Nenhum dos dois intrusos brancos fingia estar em uma missão divina — eram apenas acordos comerciais com chefes analfabetos —, de modo que não havia nada em sua passagem lendária, como indivíduos, para ele se apoiar. Mas os rios! Esses eram diferentes, ricos, prostrados e disponíveis.

O rio Níger e o rio Benue! Sua poderosa consumação bifurcava de forma organizada o norte e o sul da Nigéria, antes de cair em cascata até a costa e espalhar suas veias pelos pântanos, criando o Delta de onde fluíam todas as bênçãos na forma de ouro negro, a espinha dorsal da posição econômica da nação. Papa Davina achava que grande parte disso pertencia a ele. Possuía uma mente justa e calibrada nas relações humanas, por isso concedia esse mesmo direito a seus concidadãos, mas — e seu rosto, sempre que refletia sobre esses pensamentos, brilhava de orelha a orelha — tinha decidido não apenas receber sua parte, mas também a merecer. Possuía pouca inclinação para a música, além, é lógico, da cooptação desse poderoso meio de comunicação no exercício de sua profissão. No entanto, gostava de um cantor e de uma música, cuja letra flutuava em sua cabeça como um enxame de borboletas coloridas no início da estação chuvosa após a longa seca do vento harmatão, quando os casulos se rompem e todo tipo de coisas aéreas ganha vida:

O maná vai chover, não deixe que o céu o assuste
É a escuridão da abundância, não há fúria antes do Dilúvio
A jornada terminará em algum momento, pergunte aos filhos de Sião
Então a colheita virá, doce maná do céu.
Maná do céu, sim, maná do céu,
Doce mãe, sim, mãe, doce maná do céu.

As peças estavam começando a se encaixar. Tinha apenas uma mercadoria para oferecer: espiritualidade. Tudo o que ele precisava era de uma embalagem criativa, e esse era o seu forte. Nada era desperdiçado. Seu treinamento em publicidade e marketing, embora tenha sido rápido, acabou respondendo à sua tão esperada vocação.

Essas foram as pedras angulares sobre as quais a plataforma de lançamento de Crislãmabad foi fundada. O local que havia escolhido, Lokoja, era uma terra pitoresca e pouco sofisticada de simples pescadores e remadores de canoa, embora fosse um cruzamento movimentado para viajantes rodoviários. Enquanto iniciava a construção de seu próprio espaço, Davina alugou um salão. A faixa na entrada da igreja dizia, para facilitar a pronúncia: “Ekumenika”, cuja caligrafia também continha um toque de grego antigo, aumentando o mistério da súbita instalação. Ele rotulou sua partida de Kaduna de Primeiro Êxodo e contratou pequenas frotas de canoas para levar os fiéis até a igreja na ilha. O serviço começou com viagens gratuitas, que logo atraíram devotos do continente para o coração da ilha. Papa Davina então implementou tarifas modestas. Logo ele se tornou o proprietário das canoas. A frota se multiplicou. Em seguida, elas não eram mais uma condução até o professítio da Ekumenika, mas um sistema de transporte comercial controlado por ela. As canoas levavam comerciantes, alunos de escolas e trabalhadores. Aos poucos, o lugar fundou o próprio time de futebol. A frota, decorada em todos os tons do arco-íris, carregava o time de futebol abençoado de jogo em jogo pelo país. Do futebol, eles passaram para os festivais — uma regata de canoas que se tornou um minifestival com a promessa dos governadores dos estados que margeiam o rio de que o manteriam anualmente. Começaram a pingar turistas, até que o fluxo passou a tomar um tamanho razoável, para então virar uma torrente. Tibidje havia encontrado seu nicho. Estava na metade do caminho para casa, na metade do caminho para o centro nacional da felicidade.

A cidade que ele escolhera era de fato feita sob medida. Tinha monumentos centenários, todos esperando para serem reapropriados, embora com uma perspectiva espiritual moderna: a verdadeira cidade de Deus e Alá, arrancada do empresariado sem imaginação da rodovia Lagos-Ibadan. Lagos aguardava a Chegada. Por enquanto, Lokoja era o receptáculo para o espírito ecumênico. Estava se expandindo, consagrando todas as invasões no patrimônio imobiliário da ilha, expulsando silenciosamente os "posseiros" de seus barracos. Tibidje transformou em material o que até então era apenas espírito. Seu ministério avançou rápido, quase milagrosamente, para além do aspecto especulativo. Crislãmabad cobria todas as áreas, espirituais e temporais, eliminando a concorrência — principalmente a dos profetas solitários, com sino e cruz — ou absorvendo-a. Contava com o patrocínio do estado de Kogi, de sua classe média e dos ricos, de funcionários do governo, empresários e políticos. Em pouco tempo, o cenário de Kaduna estava sendo reencenado, mas em uma versão muito melhorada e sem a ameaça de uma praga universal chamada Boko Haram. Era inevitável que o governador aceitasse ser o convidado de honra em um evento cultural, já que a campanha de reeleição havia entrado em um estágio crítico. Encantado com o que viu ao sair do local, pegou um punhado das águas do Benue-Níger com as mãos, derramou-as no rosto e convidou sua comitiva a fazer o mesmo. A maioria nem sequer esperou por suas ordens; já haviam se inclinado para seguir o exemplo. Ao entrar em seu iate, anunciou que enviaria um barco a motor de presente para a Ekumenika — não apenas uma canoa com motor de popa, mas um barco a motor coberto e com capacidade para oito passageiros.

Esse verniz de oficialidade acionou o gatilho da transformação da ilha em paraíso dos "retiros". Acordos foram negociados ali sob a aura espiritual do lugar. Acadêmicos e outras mentes extasiadas buscavam a calma da ilha antes de iniciar ou concluir pesquisas. Os artistas a preferiam por sua serenidade e muitos cavaletes de pintura surgiam à noite e nos fins de semana para florescer com imagens ricas ao longo das margens do rio. Os políticos sabiam aonde ir para se reunir discretamente, protegidos sob o olhar de Deus. Os poderosos além da fronteira de Kogi ouviram falar da ilha e fizeram dela o alvo de sua peregrinação discreta, para escapar de olhares curiosos durante reuniões que exigiam extrema discrição. Foi assim que, de fato, Sir Goddie, nominalmente o segundo líder mais poderoso de uma nação poderosa, mas, na verdade, o indivíduo mais poderoso dela, ficou sabendo e enviou seus assessores mais confiáveis para verificar o local. Eles retornaram com relatórios entusiasmados. Quando Sir Goddie foi visitar, toda a ilha foi esvaziada, embora com discrição profissional. Ninguém ouviu nada, nem mesmo depois que ele foi embora. A faixa era suficiente: "ESPAÇO FECHADO PARA RENOVAÇÃO ESPIRITUAL".

Com Lokoja totalmente consolidada, Papa D. começou a voltar-se para o seu verdadeiro destino, o lar nacional da Ekumenika — Lagos. O setor decidido foi Mushin/Ipaja, na estrada para Otta e Abeokuta, esta última a sede dos primeiros missionários que plantaram o evangelho cristão nos corações pagãos dos iorubás, mas agora um caldeirão de todos os tipos de testemunhos religiosos, incluindo os orixás marginalizados que Papa Davina havia muito tempo decidira que eram um caso perdido economicamente. Algo não está certo nessa religião tradicional, lamentou certa vez, sentado em seu conselho de diretores. É como aquele Crislã na autoestrada, uma vocação sem lar. Eles tinham que acordar. Os orixás nem sequer valiam a pena ser cotados na bolsa de valores, nem mesmo em uma bolsa virtual. Possuíam algum valor turístico para os viciados em exotismo; além disso, ele não investiria um kobo naquela peça de antiquário. Ainda assim, Davina permaneceu sem preconceitos. Convidou os sacerdotes dos orixás para a *fiesta* cultural da Ekumenika e até os hospedou gratuitamente em um dos chalés do professítio.

Em preparação para a vinda final, Papa Davina havia tomado posse de um setor "problemático" de Mushin/Ipaja, com um incongruente afloramento montanhoso que servia como depósito informal de lixo. As gangues de rua e os bandidos políticos que antes dominavam o local liberaram seu excesso de energia incendiando várias pequenas empresas. Eles impunham taxas de proteção aos mercados, desmontavam as barracas dos inadimplentes e planejavam acidentes para suas famílias. Papa D. infiltrou os sucessores modernizados desses fora da lei, os Yahoo-yahoo, e os cultos de assassinos, e lhes atribuiu funções produtivas. O professítio e seus arredores testemunharam cenas incomuns — um prelado titular que em um culto trocou o traje de batina e sobrepeliz, além do báculo episcopal, por um "visual tuaregue": turbante, metade ou três quartos do rosto cobertos e um laço pendurado na papada. Uma semana depois, ele apareceria com vestes cor de açafrão e sinos hare krishna, mas interromperia a semana todas as sextas-feiras com um kaftan muçulmano simples, uma touca e um colar de contas de marfim. Em outras câmaras, presididas por seus assistentes, os ofícios de outras divindades eram realizados de diferentes maneiras. Os deuses e as encarnações, os santos e os demiurgos de todas as terras estavam reunidos sob o mesmo teto, em imagens ou simplesmente manifestados em canções, cânticos e incensos nos espaços abertos. Papa D. se esforçou para se lembrar de uma bravata atribuída ao jihadista Usman dan Fodio, de que ele marcharia das colinas de Fouta Djallon, em Serra Leoa, para mergulhar o Alcorão no Atlântico. Ele, Papa Davina, faria algo melhor. Mergulharia seu talão de cheques na lagoa de Lagos e o traria pingando com os lucros do fluxo de petróleo da nação.

Esse relato é confiável — e feito por ninguém menos que o próprio peregrino, reunido a partir de inúmeros sermões, confidências e relatórios policiais. Foi assim que o homem outrora conhecido como Dennis Tibidje progrediu de Port Harcourt, na costa leste, até Lagos, na mesma nação, passando por Newark, pela Monróvia, por Dacar, Kumasi, Kaduna, Lokoja, até chegar o momento certo — onze anos mais tarde —, quando Lokoja se mudou para Lagos com um fulgor tecnológico ultramoderno. Um completo forasteiro chegara à cidade com uma única missão: estabelecer-se, vencer os donos do poder no jogo deles. Lagos era fértil, receptiva. Tibidje tinha a experiência e a resiliência a seu favor. E ele veio preparado com um triunfo, uma marca que poderia balançar em qualquer direção: o rio Ecumênico. Que todos os invejosos, os obcecados pelo purismo estéril e os sem imaginação zombem ou desafiem o modelo! A centenas de quilômetros de distância, havia dois rios poderosos que testemunhavam o poder da visão ecumênica. Que os cantores de salmos ao rio Jordão e de louvor ao poço saudita de Zamzam superem isso, se puderem. Havia um rio que superava todos eles sem o menor esforço, o rio de petróleo que fluía de uma fonte que não conhecia divisões: *EKUMENIKA!*

4. A ascensão do Zombeteiro

Afasta de mim esse cálice...

Foi um longo cerco, com a ajuda de muitos dos quais o próprio refém tinha pouco ou nenhum conhecimento, mas no final, sim, de fato, foi uma doce vitória a ser saboreada pela esposa já em luta havia muito tempo, a sra. Jaiyesola Badetona. Essa foi a cereja no bolo da vitória que já tinha sido comemorada em vários eventos, todos preparados com devoção — até mesmo com um suntuoso banquete e lembrancinhas, ofertas de gratidão de uma esposa por uma reviravolta inesperada na carreira do companheiro de vida. Esse cônjuge, até então intransigente, descendente de uma casa real, acabou sucumbindo às suas súplicas — e nem um pouco a contragosto. No dia marcado, observaria todos os detalhes de seu resgate, e com precisão. Permitiu-se visitar o Apóstolo Papa Davina para uma consulta espiritual.

A elevação do príncipe Badetona, segundo a sua própria estimativa, foi nada menos que sísmica. Por isso, ele não hesitou em abater a vaca gorda — afinal, orgulhava-se de ser um tradicionalista, o que não tem nada a ver com o fato de ser descendente de uma casa real —, portanto, o sacrifício era esperado, e ele não tinha aversão a repartir a gordura entre amigos, colegas e simpatizantes. De qualquer forma, não poderia evitar ter sido infectado por anos de associação com a grande alma festiva de seu círculo íntimo — Duyole Pitan-Payne, engenheiro e líder reconhecido de seu excêntrico Gongo dos Quatro —, mas aquele espírito alegre era fora de série. O príncipe chegou a conceder um culto de Ação de Graças — o que livrou a casa de uma tensão persistente entre marido e mulher.

Esse sentimento de perseguição doméstica, no entanto, foi o produto de uma série de contratempos, acontecimentos estranhos que ultrapassaram os limites flexíveis da coincidência e foram tão persistentes que até mesmo ele começou a perder a confiança e a permitir brechas em sua carapaça de cínico. Para piorar a situação, esses incidentes desagradáveis seguiram as boas notícias quase como uma causa e um efeito ordenados, começando tão perto da ascensão de sua carreira que ele passou a se perguntar se não havia de fato uma ligação maléfica. A boa sorte atraindo a má sorte, seja por meio de alguma lei peculiar do equilíbrio da natureza — chame-a de carma, yin-yang ou qualquer outra coisa, ou simplesmente, como a esposa e a família concluíram de pronto, ação inimiga!

Você já buscou a intercessão divina? No início, fez jus ao apelido de Zombeteiro. Preferia se dedicar aos preparativos para a tarefa que tinha em mãos e para o seu novo status na vida. Estava disposto a gastar dinheiro em comemorações, mas não aceitava a ideia de se submeter a intercessores divinos em seus fracassos, sucessos, ou ambos, tampouco na ausência de qualquer um deles. Afinal de contas, estava conseguido manter as divindades à distância durante uma carreira monótona — em sua opinião, mais bem descrita como falta de reconhecimento espetacular. Preferia que fosse assim. Isso lhe permitia dedicar-se ao seu hobby favorito, que era simplesmente resolver problemas, sobretudo os de tipo estatístico. Ele fora, e continuava sendo, um gênio matemático reticente. Isso tinha suas compensações, suas vantagens materiais. Um auditor interno, mas com ganhos não auditados. Não via motivo para reclamar ou se alegrar. Era tudo de ordem comercial, e Badetona tinha um temperamento genuinamente reservado. Se dependesse dele, teria até mesmo descartado o título principesco, mas isso agora fazia parte de sua existência e tinha lá suas vantagens.

Jaiyesola, no entanto, tinha uma visão diferente. O cargo carecia de reconhecimento público. Um príncipe sem um trono — a sua linhagem real não teria a vez por mais um século. E então, apesar do traço de genialidade que havia demonstrado desde os tempos de escola até o serviço público, na linguagem dela, não havia nada para mostrar. Ela olhava o círculo íntimo de associados do marido, alguns deles membros do prestigioso Clube de Barcos a Motor de Ikoyi ou do Clube de Moradores da Ilha de Lagos, maçons e rosa-cruzes, e sentia que Badetona estava carente de prerrogativas sociais. O título de auditor interno soava em seus ouvidos como uma sentença de prisão perpétua em confinamento solitário à base de *garri* e água. Assim, ela levou seu caso a Deus, embora sem o conhecimento do marido. Quem poderia lhe dizer que não era dever de uma esposa impulsionar o cônjuge a alcançar patamares mais altos?

Em seguida, começou uma sequência de presságios. As orações foram atendidas, e, com essa ajuda generosa, Badetona começou a se deparar com uma série de infortúnios que, em sua opinião, iam além da mera coincidência. Primeiro, seu computador travou. Isso nunca acontecera antes. Em seguida, ele bateu o dedo do pé — do pé esquerdo! — em uma perna saliente da mesa, que era um daqueles modelos ultramodernos que atendiam mais aos sentidos do que à lógica. Seria coincidência o fato de ela ter tido sonhos terríveis naquela mesma noite? Não demorou muito para que o recém-nomeado diretor-executivo se trancasse fora de casa, pois havia deixado a chave da carteira no escritório. Jaiyesola estava em sua peregrinação cristã, empreendida duas semanas após retornar da viagem com uma amiga muçulmana à Arábia Saudita, para a Hajj menor — ambas eram seguidoras do ministério Ekumenika do Papa Davina. A bateria do telefone dele também escolheu aquela noite para acabar — interrompendo a ligação internacional que Jaiye fez de Hebron durante a qual discutiram por que ela não deveria encher a mala com água benta do rio Jordão, para onde a sua jornada espiritual a havia levado.

Naquela noite, o Zombeteiro dormiu no banco de trás do SUV, na garagem. Havia chegado tarde de mais uma festa em sua homenagem, e seu estado levemente embriagado — ele bebia com moderação — não demorou a levá-lo ao sono. Ao abrir a porta da garagem para tomar um pouco de ar fresco na manhã seguinte, ouviu um barulho no batente superior. Antes que pudesse olhar para cima para investigar, uma criatura escamosa caiu e aterrissou no meio de sua cabeça calva, com as garras finas instantaneamente presas nos tufos ao redor da careca. O primeiro pensamento de Bade foi: *Cobra!* Em seguida: *Escorpião!* Ele deu um pulo diante da iminente parada cardíaca, sem saber como lidar com o que não podia ver, e chocou-se com a empregada doméstica, que estava chegando para o trabalho. Ela se levantou, gritando por ajuda contra o intruso, antes de perceber de quem se tratava. O invasor misterioso aproveitou a confusão para fugir, sendo finalmente identificado pelo que era: um lagarto. Mais tarde, a empregada narrou "o momento mais assustador da minha vida" para a sra. Badetona, quando ela voltou da peregrinação. Confrontado com o relato, Bade rugiu de deleite e acrescentou-o à lista de presságios. Sua última contribuição, apenas uma semana antes, fora o gato preto que encontrou sentado no capô do carro ao sair do supermercado. Ele saboreou a rápida mudança de expressão no rosto de Jaiyesola, sobretudo quando entrou em detalhes sobre o confronto unilateral. O gato se recusou a se mexer, mesmo depois que ele ligou o carro e começou a andar.

"Minha querida, eu juro que aquele gato não parava de me olhar pelo para-brisa, como se estivesse esperando ansiosamente pelo passeio. Tive que parar e pedir ao segurança para me ajudar a tirar ele de lá, para poder ir embora."

Seriam todos esses fatos pouco mais do que uma preparação oculta para a *pièce de résistance* que ainda estava por vir? Naquele dia importante, aguardou a esposa voltar da peregrinação, e, poucos minutos depois do ocorrido, ela já sabia de tudo. Nas palavras do próprio Badetona: "Essa me arrepiou até a alma!". Enquanto Jaiyesola esfregava as mãos para o céu ao receber a notícia, agradecendo ainda mais por ter feito da peregrinação daquele ano uma viagem de devoção com dupla finalidade — agradecimento e proteção —, o príncipe se viu obrigado a admitir que algo parecia ter se perdido desde a sua nomeação. Toda a euforia do sucesso evaporou com o horror que se desenrolou no ponto de ônibus da estrada de Ikorodu, logo antes do viaduto de Maryland. E ele foi pego naquele evento apenas porque, recentemente transferido de uma mesa monótona para chefiar uma nova e glamourosa paraestatal, diretor-chefe no raro Nível 17 etc., etc. — conhecido em todo o país como a superestável categoria de secretário —, havia escolhido esperar na fila daquele ponto de ônibus como um trabalhador comum, aguardando condução para o seu conjunto habitacional. Ele podia ter ligado para uma empresa de táxi ou ter pegado um dos onipresentes *keke napep*, o táxi triciclo importado da Índia. Em vez disso, optou pelo transporte público. Badetona, um dos seres humanos mais tolerantes e flexíveis que se pode esperar encontrar em um campo de reviravoltas, se viu comovido com a noção de que ele, um príncipe e supersecretário, estivesse frequentando uma pequena favela, misturando-se com os passageiros locais que normalmente via através dos vidros fumê de seu SUV com ar condicionado, embora danificado. Jamais poderia ter imaginado as consequências daquela decisão maluca enquanto estava na fila. Pela primeira vez, o experiente Zombeteiro foi forçado a revisar os seus cálculos sobre a lei das probabilidades.

Badetona seguia um modo de existência pragmático que o deixara muito apegado ao seu SUV antigo e barulhento, mas ainda útil. Apenas dois dias após o retorno de sua esposa do exterior — ele perdera aquela disputa: o excesso de bagagem dela estava repleto de sachês enormes de água benta do rio Jordão certificada, além de outros objetos de veneração do arco turístico de locais sagrados —, o sofrido veículo quebrou na estrada de Ikorodu, pouco antes do desvio para Gbagada, em direção a Oworonshoki. O barulho tomou a forma de um chocalho de porcelana rachada que ele nunca tinha ouvido antes, como se um recipiente de lixo doméstico estivesse sendo separado para uma feira de sucata. Suspirou irritado com o fato de aquilo ter acontecido em um dia em que ele mesmo estava ao volante, tendo dado três dias de licença para o motorista viajar. O homem ia se casar com uma nova esposa.

Bade conduziu o carro até a pista de acesso — felizmente, o tráfego estava leve. Os garotos da área de descanso surgiram do nada, como sempre, para dar uma mãozinha. Sua mente se voltou, por força do hábito, para a previsão de como a esposa interpretaria aquela nova interrupção na rotina, e ele sorriu com a esperteza de uma resposta que já estava sendo formulada: *Bom, você acabou de voltar de Jerusalém com uma sacola cheia de bolsas de boa sorte, talismãs e relicários. Você recebeu previsões e prescrições do marabu senegalês que surrupiou de você e da sua amiga muçulmana na Arábia Saudita quase metade do seu orçamento de compras. Por que não houve nenhuma previsão sobre a quebra iminente do motor do meu veículo?* Definitivamente, o primeiro round era dele! E já estava preparado para a réplica dela: *Pra que um marabu para repetir o que eu venho gritando todos esses anos? Se livre dessa lata-velha e compre algo digno da sua posição!* Esse era o momento em que ele daria o golpe de misericórdia. Antes que ela pudesse desfrutar do sorriso convicto de uma esposa experiente, ele colocaria a mão em sua coxa e a silenciaria com a bem-vinda surpresa: *Muito bem, querida, vamos lá. Eu estava só esperando você chegar para me ajudar a escolher o nosso novo carro. Pronta?* Pena que o veículo do novo status decidiu não esperar. Pior ainda, o que se seguiu anulou qualquer brincadeira cuidadosamente ensaiada, réplicas espirituosas e provocações bobas, todos os ingredientes de uma vida conjugal à qual não faltavam vínculos e afeto genuínos. Na verdade, Bade se considerava um marido de sorte.

Não demorou muito para que um mecânico itinerante aparecesse — essa tribo parecia saber com exatidão quando ocorria um desastre, ou talvez eles operassem uma rede de comunicação móvel, um telégrafo urbano. Como sempre, eles chegaram antes do caminhão de reboque do Estado para a obstrução involuntária do tráfego. Em uma rápida inspeção, o especialista confirmou o que já havia sentido — o motor estava "batendo pino", a aflição terminal. O caminhão de reboque da empresa privada, construído localmente, já estava no lugar antes mesmo de o veredito profissional ser dado. Bade esvaziou o carro tirando a pasta e outros pertences, entregou as chaves do veículo, atravessou a rua até o moderno ponto de ônibus, um de uma série de implantes cujo surgimento havia começado a elevar visivelmente o tônus corporal e o moral dos passageiros diários. Tomou seu lugar no final da fila, saboreando em silêncio o breve e voluntário rebaixamento de status social.

Seu suspiro expressava o alívio por ser a última semana em seu antigo escritório. Estava em um estado de espírito relaxado e totalmente acomodado quando um evento ocorreu bem à sua frente, um acontecimento que eliminou todos os ensaios mentais para um interlúdio doméstico lúdico das operações compulsivas de sua mente estatística. Enquanto ele se posicionava no final da longa fila, um homem se aproximou com um objeto achatado sob a axila, murmurou um "Com licença" e, ao mesmo tempo, empurrou-o para o lado. Arrancou a embalagem de papel pardo e mostrou um facão. Badetona o ouviu proferir um xingamento violento em algum idioma desconhecido, ouviu um baque e, com um único golpe, o homem arrancou a cabeça do passageiro que era o próximo da fila. A cabeça caiu contra a proteção de plástico reforçado que jazia derrubada a meio caminho do teto do abrigo de ônibus. Ela quicou no chão, enquanto o tronco esguichava um fluido vermelho, espesso e viscoso, como se fosse um regador de grama. Ignorando o pandemônio que se seguiu, o agressor limpou meticulosamente o facão na roupa do tronco caído e o recolocou com calma na bainha de papel improvisada. Um carro se aproximou, de novo como se fosse um sinal; a porta traseira se abriu. No que algumas testemunhas paralisadas sentiram como um movimento coordenado de lentidão e aceleração, tudo ao mesmo tempo, o veículo engoliu o assassino e saiu em disparada, passando sorrateiramente pelo tráfego da estrada de Ikorodu, indo para o leste em direção à cidade de mesmo nome.

O príncipe levou alguns instantes para absorver o que acabara de testemunhar e, em seguida, sem pensar mais, livrou-se de sua paralisia como os outros passageiros, deu uma corrida irracional e parou apenas após dobrar a primeira esquina e se sentir seguro da fúria imediata de cortes indiscriminados de cabeça que todas as testemunhas involuntárias tinham certeza de que iria se seguir. Um lampejo tão flagrante de loucura não parecia destinado a ser um ato isolado. Mesmo aqueles que não tinham ideia do que havia acontecido não esperaram para descobrir. Os gritos traziam sua própria mensagem inequívoca: "Corra!". Impulsionaram até mesmo os mais lentos a uma resposta combinada: seguir o rastro do pânico para onde quer que ele os levasse, com algumas variações para afastar o cheiro contaminante de sangue. Badetona lançou seus membros a todo vapor, indo para lugar nenhum, para todos os lugares, simplesmente até onde as suas pernas razoavelmente atléticas pudessem levá-lo; era um corredor de fim de semana irregular, e nunca a campanha pública de correr pela vida, e em ritmo acelerado, foi justificada com tanto patriotismo. Parou só na entrada do novo supermercado, logo depois da propriedade de Charley Boy, para olhar para trás apenas pela segunda vez naquela manhã. Ainda sem saber o que fazer, correu para dentro, pulou a catraca e desapareceu em uma sala cuja porta entreaberta tinha a inscrição "Somente funcionários". Inspirou, expirou e inspirou em um ritmo ditado pelo seu interior.

Naquela noite, na segurança do lar, o evento foi narrado por uma voz ainda trêmula que não omitiu nenhum detalhe sangrento da esposa e dos vizinhos, que concluíram com uma pergunta sem resposta:

"Por que você? Pergunte a si mesmo: por que você? De todos os milhões de pessoas em Lagos, por que você? Por que você tinha que ser a pessoa que estava atrás da vítima, um completo estranho? Normalmente, você estaria com o motorista — por que logo hoje era você que estava dirigindo? Por que você decidiu pegar um ônibus, quando podia pagar um táxi? O que o levou àquele lugar no exato momento da decapitação dele — você acha que apenas aconteceu?"

Foi uma interpretação óbvia. Os acontecimentos desagradáveis haviam se tornado muito frequentes nos últimos tempos. Todas as vozes aconselhavam uma visita aos ministérios de cura — qualquer um serviria, mas o clamor era quase uníssono pelo Apóstolo Davina. Quando Jaiyesola convocou a empregada para contar aos visitantes compadecidos — pela décima vez, pelo menos — o episódio do lagarto, todas as teorias alternativas ou contrárias se desfizeram, a lógica sequencial não tinha resposta. O lagarto da garagem! Ele tinha pousado em sua cabeça principesca. Uma cabeça havia sido cortada na sua frente. A cabeça de quem ele achava que estava marcada? Não, não, não, precisava ser tão literal? Ninguém estava sugerindo que era um sinal de que ele também perderia a cabeça, mas definitivamente alguém estava atrás da cabeça dele, de Bade, de uma forma ou de outra. Essa era a mensagem. Se ele não conseguia enxergar isso, entender as generosas advertências da Providência, era por orgulho, falso orgulho, e o que dizem que precede a queda? O orgulho. E quem era o orgulhoso? Resposta: o Zombeteiro teimoso.

Se já havia sofrido o assédio de clãs e ramos familiares distantes após a sua promoção, a notícia de que "escapara por pouco" desencadeou ondas ainda mais poderosas de contra-ataques de orações. O palácio enviou uma delegação, chefiada por um babalaô. Parentes longínquos, que haviam surgido recentemente para compartilhar a recompensa da promoção no serviço, voltaram em peso e trouxeram um cântico adicional: "Isso aconteceu porque você não conseguiu ver a intervenção divina em sua vida! Pior ainda, como você sabe que não há um futuro ainda mais glorioso pela frente, um futuro que, no entanto, exige que você faça isso ou aquilo para consolidar a preferência atual? Nesses assuntos, há prazos. Se você perder o prazo, tudo se inverte — a partir de então, é para baixo. Somente alguns entre os poucos abençoados podem atravessar o véu místico e revelar tudo isso a você". Se os nervos de Badetona ficaram em frangalhos com o evento em si, instigando pesadelos que aterrorizaram sua esposa e depois passaram a contaminá-la até o ponto em que ela começou a tê-los por conta própria, os enxames de intercessores logo completaram a devastação. Será que havia algo no que pregavam? Reconsiderações de experiências combinadas que antes ele havia instintivamente descartado como incidentes cômicos começaram a parecer causa e efeito ou, pior, uma reação em cadeia.

E havia algo mais que nem mesmo a esposa sabia — seu passado vinha bater à porta. Por trás da fachada calma e tranquilizadora, Badetona era um homem muito perturbado. Nos últimos tempos, vinham se acumulando indícios vagos de tempestades à frente, e não eram tempestades psíquicas. Sua mente pragmática continuava a juntar as peças aparentemente desencontradas — tudo parecia extravagante, mas ele começou a considerar uma possibilidade sombria: a decapitação, a hora, o local, sua presença, a vítima — nada daquilo foi um acidente.

Não importava de onde viesse, admitiu o príncipe, ele precisava de ajuda. O ditado de seu povo lhe veio à mente: *O homem é o primeiro a ver a cobra, mas quem a mata é a mulher — que diferença faz, desde que a cobra morra?* Afinal, quem era esse homem, Davina? Que poderes exercia para manter tantos em seu encalço? Nenhum desastre, nenhum evento excepcional, nenhum acontecimento rotineiro, mas ele o tinha previsto em sua profecia de fim de ano, um ritual anual que apresentava todos os eventos divinamente premeditados destinados a se cumprir no ano seguinte. Tudo o que não se cumpria tinha alguma explicação racional — inclusive o próprio cumprimento, mas não de uma maneira tão literal que até os não iniciados pudessem entender.

A pressão externa podia ser afastada, ignorada. Quando complementada pelo protesto silencioso e pelos suspiros abafados de um cônjuge na mesa do café da manhã, do almoço ou do jantar, ela se tornava um fardo. Cada suspiro sofrido era uma repreensão — havia forças malignas e diabólicas em ação, e estava na hora de uma libertação espiritual. *Eu sei que você não tem nada contra psiquiatras, então por que não encara isso como um tipo de terapia? Todo dia, milhões de pessoas como você ao redor do mundo acordam e olham para o calendário, para ver quando devem voltar para o divã, mesmo quando se sentem perfeitamente bem. Portanto, arrisque-se. Trate a visita apenas como um divisor de águas em sua carreira — tem algo de errado nisso?* Tudo se encaixava à perfeição, um sinal estatístico na planilha instável. Por fim, o homem encurralado decidiu que precisava ser libertado da libertação. Se uma visita ao demônio em seu covil senhorial poderia lhe garantir isso, talvez fosse hora de vestir o manto da veneração. Ergueu as mãos em sinal de rendição. *Tá bom, querida, eu vou. O homem me intriga.*

O príncipe Badetona podia ser o mago matemático que tinha a fama de ser, mas Jaiyesola, em certos aspectos, rivalizava — ou complementava — a sua lógica. Assim, quando ela o seguiu até o Oke Konran do profeta no dia da consulta, não foi por desconfiança; não, foi porque ela queria cobri-lo com sua aura até o último momento possível, garantindo assim que o incenso espiritual que emergia dela o acompanhasse por todo o caminho.

As regras eram rígidas. Ninguém além do suplicante podia subir a colina. Assim, ela o acompanhou até a base da encosta, sua presença suprindo a deficiência dele com a abundância dela. Com sorte, o efeito duraria até ele chegar ao portão do templo da Ekumenika, onde, obviamente, as emanações avassaladoras do próprio homem santo tomariam conta dele, o envolveriam e o levariam à sua presença, onde ele seria novamente abastecido, como o tanque de combustível de um carro, para a viagem de volta e por alguns dias, semanas e meses. Ela redobrou as orações enquanto os seus olhos o seguiam por todo o caminho, mesmo quando algumas árvores dispersas obscureciam a sua visão de tempos em tempos. Continuou a envolvê-lo nessa potência de modo tão palpável quanto experimentava a força do coro "Aleluia, Sangue de Jesus", uma força que ela sabia que era transmitida por braços erguidos e trêmulos naquelas sessões de seus guerreiros de oração, quando até mesmo o teto da igreja parecia estar sendo erguido em êxtase, embora invisível para mentes com tanques de combustível vazios de fé. E a parceria dela era verdadeira, de modo que onde, como e em qualquer coisa que estivesse faltando o outro supria. Não tinha dúvidas de que o marido, apesar de si mesmo, estava bem preparado para o encontro com o apóstolo. Ninguém poderia dizer que ele havia falhado de alguma forma. Ela o havia seguido com os olhos e o espírito; sua mente estava em paz. Ele estava cumprindo o seu papel, seguindo as instruções conscienciosamente, subindo os degraus do templo da Ekumenika, o palácio da piedade situado no topo do pico de Oke Konran-Imoran. Ela virou-se apenas quando o viu executar os movimentos prescritos a cada passo do caminho — viu-o ficar sob o arco emoldurado por néon do professítio do pregador enquanto, sem se virar, erguia o braço em um aceno que transmitia um amoroso "Aqui vamos nós, minha querida".

Na metade da subida do Oke Konran-Imoran — embora alguns moradores irreverentes, infiéis espirituosos da mentalidade verdadeira do príncipe, logo o tenham rebatizado de Getsêmani — havia uma sapateira, uma saliência cimentada. Era ali que começavam os degraus pavimentados com seixos. Da base, onde Jaiyesola se separou do marido, até a metade do caminho, os solicitantes simplesmente seguiam como podiam, por vezes escorregando em meio aos seixos na argamassa, ao lixo que às vezes continha fezes humanas e de animais. Algumas figuras eminentes se esforçavam engenhosamente para evitar serem reconhecidas pelos catadores transitórios e os residentes; estes últimos acabariam se qualificando, pelo simples aumento em número e resiliência, para formar um governo local próprio. No final dessa perigosa metade inferior da colina, longe das formigas humanas que reviravam os montes e carregavam a fortuna em sacos pendurados nos ombros, o diretor-executivo de uma recém-criada paraestatal de petróleo, que, segundo rumores, fora criada especialmente para recompensar o seu passado e garantir uma "cooperação" contínua, chegou à borda cimentada com um cercado simbólico de arame. O espaço funcionava como um depósito de calçados e continha até mesmo calçados descartáveis para os mais exigentes ou apenas donos de pés mais delicados.

Não era incomum um suplicante ver a sua consulta recompensada com uma receita que exigia o consumo parcial desses itens descartáveis depois de voltar para casa. Isso exigia que o calçado usado fosse colocado em uma cabaça de vinho de palma ou em um pote de cerveja de painço, onde se transformava em uma infusão — uma colherada três vezes ao dia como profilático espiritual em geral, ou um único café da manhã líquido, engolido de uma só vez, após sete dias e sete noites de jejum. Tal variante gourmet era reservada como uma cura permanente para doenças graves do corpo ou sintomas de forças espirituais malévolas. Havia sugestões de que isso advinha do fascínio supersticioso que a injeção com agulha causava em uma ou duas gerações anteriores na então rudimentar prática médica ocidental do país. Esses pacientes mais velhos chegavam à clínica rural e, mais tarde, aos modernos hospitais-escola não com uma expressão clara de onde estava o problema de saúde, mas com a mente voltada para o seu curativo favorito — uma injeção. Comprimidos ou agentes líquidos eram meros placebos ou procrastinações — a injeção era a chave, não importava a doença. Badetona podia se lembrar dos comentários desdenhosos de alguns de seus parentes mais velhos, de ambos os lados da família: "Ah, aquele médico, ele é inútil, não dá injeção". E, em seguida, transferiam seus problemas para outro lugar. Ou apenas abandonavam a clínica moderna e levavam seus problemas de saúde para o "responsável" local. Podia ser uma enfermeira, uma parteira ou o dono da farmácia mais próxima com uma placa chamativa, desde que essas alternativas estivessem equipadas com uma agulha e um líquido colorido. A injeção do Apóstolo Davina — sobretudo para casos de alta manutenção — era a infusão de carne seca de plástico, mas somente quando ela havia absorvido a potência de cura espiritual ao subir os vinte e um degraus de seixos da colina. Muitos foram os que voltaram para casa cabisbaixos, porque o profeta lhes havia negado a prescrição de plástico. O simples fato de pensar nisso quase fez o diretor-executivo vomitar — nem todas as riquezas do mundo o fariam tomar um gole do produto. Qualquer parente obcecado por plástico, inclusive a querida esposa, estava livre para beber em seu nome, ele não! Submeter-se à chantagem emocional flagrante, tudo bem, só que mais do que isso já era demais.

Com não mais do que essa modesta objeção, o fujão sacudiu a cabeça e voltou às suas incumbências. Tirou os sapatos e, com o rosto novamente contorcido em uma careta de desafio, os substituiu por um par de calçados descartáveis, como se esse mesmo movimento mais uma vez desafiasse o apóstolo a prescrever qualquer descarte de plástico ou terapia com agulhas liquefeitas. Então, mudou de ideia. Se não chegasse usando os sapatos descartáveis, não haveria nada para o apóstolo prescrever. Assim, seguiu descalço. Quando ele surgiu, os olhos atentos de Jaiyesola foram rápidos em ver os pés descalços do marido — isso completou a sua sensação de triunfo; era humildade além do chamado do dever espiritual! Isso certamente aumentaria o estoque de cupons de redenção que ela havia acumulado em favor dele. Três quartos da batalha estavam vencidos.

Ela acompanhou cada passo restante com a entoação silenciosa de hinos de louvor — esse bônus de auto-humilhação não poderia deixar de contribuir para a derrota dos invejosos mal-intencionados que oravam diariamente pela queda do seu marido. Depois de quatro ou cinco passos, o próprio peregrino, sem saber da elevação interior de sua esposa, começou a lamentar a decisão, descobrindo que as solas de seus pés haviam se tornado bastante sensíveis ao longo dos anos devido ao vício em sapatos. Era tarde demais para voltar e pegar aqueles acessórios de proteção — bem a tempo, ele se lembrou de que não tinha permissão para voltar ou olhar para trás. Agradeceu a si mesmo em silêncio por não ter recompensado a esposa com um dia de trabalho desperdiçado e lamentação após uma campanha tão incansável. Tendo chegado tão longe, ele nunca teria se perdoado. Concluiu os dezesseis degraus restantes da ladeira de seixos, lustrada por uma miríade de pés em busca de cura, realização ou celebração de uma promoção, um remédio simples para qualquer um dos catálogos de infortúnios, desejos e inadequações humanas. Ou ameaças.

E a esposa agora podia relaxar. Ela estava um pouco, só um pouco, preocupada com a possibilidade de ele voltar a acenar, mas não, ele não olhou para trás, não se arriscou a ser transformado em estátua de sal. Houve um tempo em que, sim, o Zombeteiro teria olhado para trás deliberadamente, só para provar a ela que nenhuma força na terra ou no céu poderia transformá-lo em uma estátua do que quer que fosse, muito menos de sal. O fato de que, mesmo naquele momento final de tentação temperamental, sem olhar para trás, Bade tenha cumprido o acordo e resistido ao impulso fez com que o rosto dela se iluminasse. Aquilo alegrou o seu coração e gerou uma onda renovada de afeto. Ela acenou e deixou o braço levantado durante uma breve oração, enquanto o portão se abria e o pátio interno o engolia. Sua expressão estava envolta em contentamento. Ela permaneceu por mais alguns instantes em oração silenciosa, depois se afastou de Oke Konran-Imoran com relutância.

Descalço e ligeiramente sem fôlego, o príncipe completou a subida e chegou ao seu destino. Empoleirado no alto de Oke Konran-Imoran, o ninho de águia parecia totalmente inexpressivo do lado de fora. Seu estado de espírito era de resignação, mas também de expectativa. Por alguns instantes, ele apenas ficou parado e olhou para o pesado portão de latão, encimado por um arco de néon apagado, com a inscrição:

Bem-vindo ao Único e Verdadeiro Professítio
MINISTÉRIO DE CURA EKUMENIKA
Oke Konran-Imoran
(Nada em Nossa Terra Viva Está Para Além da Fé)

Ele se permitiu tomar um enorme fôlego, expirou devagar, ajeitou os ombros, pegou a pesada argola de latão e bateu-a contra a porta. Movimentos vindos de dentro quase que instantaneamente resultaram em dois guardas robustos, vestidos com o que parecia ser uma grossa armadura preta. Sua apresentação parecia intimidar qualquer ser humano abaixo dos mercenários das guerras civis da África. Era evidente que ele era esperado. Os guardas não deram mais do que uma olhada superficial de cima a baixo em toda a sua extensão, e depois para além dele, como se quisessem se certificar de que não havia sido escoltado na subida por alguma força oculta, esperando apenas que os portões se abrissem para passar por eles e invadir o santuário do apóstolo. Satisfeitos, guiaram-no por um gramado bem cuidado, uma composição geométrica que fez com que a sua mente se voltasse para onde tinha visto pela última vez um jardim paisagístico no país, com aquele mesmo desenho, só que miniaturizado aqui — sim, é claro, na cidade de Jos, em Plateau, uma antiga residência colonial britânica e um clube chamado Hilltop Mansion. Havia muitos anos no passado seu antigo amigo Kighare Menka, um integrante de um quarteto muito próximo, visto pela última vez abrindo corpos em Jos, uma vez o recebera em sua austera sala de jantar e salão com painéis de carvalho. Com tristeza, perguntou-se o que o cirurgião teria achado da decapitação precisa, cujos efeitos persistentes o levaram a Oke Konran-Imoran, buscando a ajuda do homem chamado Papa Davina.

Antes que tivesse tempo de relembrar os episódios da excêntrica carreira do quarteto desmiolado, Badetona se viu conduzido a uma sala de audiência especial, reservada para pessoas como ele, os raros cuja trajetória de vida havia elevado os limites do possível, estendendo o tapete da esperança para acomodar até mesmo os pés mais calejados e, na maioria das vezes, indignos. À direita da entrada, viu uma pequena mesa-altar. Colocou seu envelope recheado sobre o altar, murmurando de forma inaudível, mas com evidente ressentimento.

Corriam à boca pequena notícias sobre aqueles que haviam sido admitidos, mesmo que brevemente, diante da Presciência — uma ordem diferente da Presença Inviolável. Verdadeiramente atônitos, eles falavam do que haviam visto ou imaginado, da transformação que haviam testemunhado ou conjurado em suas mentes, das profundas revelações que haviam emergido do discurso divino e da sabedoria dos antigos, transmitidas por meio de métodos modernos e formulações engenhosas. A palavra chegava a todos, mas apenas alguns eram escolhidos para a ascensão. Os desfiles de testemunho nos estádios de adoração de Davina para todos os convidados em todo o país já eram mais do que geradores de seguidores; quando somados às maravilhas relatadas por aqueles que haviam tido o privilégio de entrar no pico da própria Ekumenika, o número de seguidores poderia ser considerado fenomenal. A coisa se tornou uma corrida do ouro que deixava multidões para trás. Badetona começava a entender por quê. Viu-se cercado por um esplendor que fez com que sua mente voltasse para o tempo do primário e as fábulas orientais das *Mil e uma noites* e as maravilhas de Aladim e sua lâmpada mágica. No entanto, uma sensação desconfortável também subiu por sua perna, deixando-o com frio entre as escápulas. Sentiu que havia olhos ocultos observando sua reação.

Assim que sentiu isso, um homem entrou na sala tão silenciosamente que já estava quase sentado quando o Zombeteiro percebeu sua presença. Uma calvície reluzente em um cone obtuso, como a que podia ser vislumbrada no centro de seu turbante aberto, era amplamente compensada por uma barba esvoaçante que terminava em cachos oleosos. No meio, não havia mais do que dois centímetros de carne visível. Os olhos estavam protegidos por um grande par de óculos escuros espelhados. O restante do rosto estava coberto por uma camuflagem que poderia ter pertencido a qualquer uma das culturas de dunas de areia ou simplesmente a um pregador itinerante muçulmano. Sua estrutura principal, no entanto, era como a de um manequim com paletó e calça pretos com listras cinza e um colete bordado com pedras preciosas. Ele usava uma bengala com castão dourado com padrão de bola de futebol que parecia ter sido feita sob medida para o terno.

"Por favor, sente-se, príncipe. Espero que a subida não tenha sido muito árdua. Você veio no dia de Arjunava, um deus indiano, não muito conhecido nem mesmo em sua própria terra. Aqui honramos todas as religiões. Unimos nossos corações em um abraço espiritual nos dias sagrados de outras religiões. Nossa missão é celebrar o espírito ecumênico."

Badetona fez o que considerou os ruídos corretos, ainda impressionado com o contraste do aposento com a miséria que acabara de atravessar ao subir a colina Oke Konran-Imoran. Sua esposa não o havia preparado para aquilo. Tudo o que ele e dezenas de milhares de pessoas conheciam do lugar era a parte ao ar livre no pé da colina, o grande e despretensioso adro de ecumenismo que atendia a tudo o que andava sobre duas pernas e, ocasionalmente, sobre quatro, incluindo as galinhas e as cabras que vagavam pela vizinhança.

O príncipe tomou o assento para o qual foi direcionado por seu gracioso anfitrião. Este se acomodou na cadeira oposta, uma réplica das cadeiras de cônsul romano, um modelo que Bade reconheceu do trailer de *Os dez mandamentos*, de Cecil DeMille — ou seria d'O *gladiador*? *A queda do Império Romano*, talvez? Enfim, de alguma dessas luxuosas versões cinematográficas dos antigos clássicos das Escrituras ou da história.

"Não é preciso dizer que", o homem anunciou com toda a calma, a voz assumindo um timbre quase espectral, obviamente cultivado por uma longa carreira de tentativa e erro, teste e prática, mas nunca descartando o sabor básico de sotaque americano, "o propósito de sua visita me foi revelado. Mas eu gostaria que o dissesse com suas próprias palavras. Seja tão detalhista quanto desejar. A minha missão é ouvir, orar e aconselhar. Também transmitir qualquer mensagem, se houver, agora ou mais tarde, de nosso Ouvinte Perfeito, de quem sou mero intermediário."

Para Badetona, foi o suficiente. Não era de perder tempo com detalhes. Fatos. Números. Além disso, os contrastes surpreendentes no itinerário do dia tinham começado a mexer com os seus nervos. Já estava se arrependendo da visita, refletindo sobre como a maior parte daquelas horas poderia ter sido empregada de forma muito mais útil na organização de seu novo escritório. Se conseguisse sobreviver à sessão deixaria os lagartos, os computadores e até mesmo os carros quebrados para a esposa. Entretanto, o ponto de ônibus de Ikorodu o abalara até o âmago de seu ser cético. O ataque chegara inclusive a se apropriar das manchetes nacionais por três dias, antes de sumir no caldo diário servido à nação. Ele fez questão de oferecer uma advertência ao apóstolo — internamente, é claro. Era bom que o esforço hercúleo que a esposa havia feito para fazê-lo aceitar um encontro indesejado valesse a pena, embora ele não imaginasse como.

Ele mergulhou em sua narrativa, falando de forma seca, ressaltando antecipadamente detalhes essenciais. Papa Davina ouviu com atenção, balançando a cabeça de vez em quando, como alguém que já sabia de tudo. O incidente de Ikorodu havia levado a capacidade de absorção de Badetona ao limite, mas nada, absolutamente nada em toda a gama de suas projeções o havia permitido antecipar algo próximo ao efeito que sua fala teve sobre o apóstolo, a figura afro-asiática elegante e vestida à moda de Saville Row que o encarava, com as mãos apoiadas na bengala. Bade ficou assustado. Não conseguia acreditar no que sua audição captava agora. Infelizmente a expressão facial do orador não servia para confirmar o que a voz emanava, já que sua cabeça estava toda coberta pelo traje religioso do dia. Apesar disso, no entanto, o príncipe estava pronto para jurar por sua honra estatística que, por trás do turbante neutralizante e dos óculos escuros, a voz exalava… arrebatamento. Uma disseminação silenciosa, mas muito enfática, do êxtase. Badetona sentiu um calafrio na espinha. Sentiu que o rosto do apóstolo se transfigurou de modo surreal; talvez fosse por causa da cabeça mumificada, que girava devagar, como uma coruja investigando um farfalhar noturno. Em seguida, a fala lenta e uma voz que dizia claramente:

"Isso foi de fato um sinal. Um sinal enviado pelo céu. Você não poderia ter pedido uma mensagem mais auspiciosa do além. Quase o invejo, príncipe Badetona."

Bade piscou os olhos, engoliu em seco e sacudiu a cabeça, livrando-se da improbabilidade de qualquer vestígio de fumaça remanescente das rodadas de comemoração da semana inteira. De qualquer forma, já era de manhã e no dia anterior ele não havia bebido nada além de um copo de vinho branco morno com o jantar. Ele fitou fixamente os óculos do apóstolo e inclinou-se para a frente, para garantir que seu pronunciamento fosse claro, imune a más interpretações.

"Acho que você não me ouviu, Papa Davina. Eu disse que testemunhei, bem diante de mim, um homem decapitar outro, no ponto de ônibus de Ikorodu, pouco antes do viaduto de Maryland."

Mas o comportamento do homem permaneceu inalterado, e ele devolveu o olhar fixo de Bade com a maior calma. As palavras que ele acabara de pronunciar soaram claras, sem nenhuma possibilidade de distorção naquela câmara quase sem som. Badetona balançou a cabeça e falou, escolhendo as palavras ainda com mais cuidado, garantindo que a sua própria resposta não fosse mal-entendida.

"Apóstolo Davina, senhor, ainda não acredito que você tenha compreendido bem o que acabei de contar. Eu disse que estava em um ponto de ônibus. Um homem se colocou entre mim e o passageiro que estava na minha frente — mais precisamente, me empurrou para o lado. Ele sacou um facão e, diante dos meus olhos, cortou a cabeça desse estranho. Eu quase enlouqueci."

Davina se recostou em sua cadeira e assentiu gentilmente.

"Sim, eu ouvi. Um bom augúrio, repito. Um presente divino para você do único, o Ouvinte Perfeito. Você é de fato um homem muito abençoado."

Seguiu-se uma pausa, na qual o Apóstolo Davina jogou a cabeça para trás, com os olhos fechados — Badetona pôde ver pelos óculos espelhados — como se estivesse comungando com alguma presença ausente. Ambos mantiveram suas posturas pelo que pareceram minutos, então Davina voltou à vida, levantou-se e fez um gesto.

"Venha comigo, sr. Badetona. Eu tenho algo para lhe mostrar. Não é nada que o senhor já não tenha visto antes. De fato, você passou por tudo isso em sua ascensão — sim, lembre-se disso — a sua *ascensão*. De agora em diante, tudo está em ascensão. Mas eu gostaria que você visse o presente com uma visão completamente nova. Veja, caro Solicitante, tudo tem a ver com a perspectiva de cada um..."

Menos de dois minutos depois, um homem de meia-idade, com os olhos ainda dilatados pelo esforço de afastar as presenças demoníacas, foi visto atravessando os portões da Ekumenika numa corrida pelos degraus que ele havia subido com tanto cuidado. Ao passar pelas portas do prédio principal, as mesmas do ponto de entrada, seu olho viu o envelope que ele tinha depositado no ofertório ao chegar. Pegando-o, fugiu da Ekumenika. Ao chegar em casa, jogou o envelope no chão e se serviu de uma bebida. Engolindo-a, anunciou ao vazio:

"Eu cumpri a minha parte do acordo. Trouxe de volta o valor da consulta. Há o suficiente para contratar um grupo dos melhores advogados do país e/ou para corromper todo o judiciário. Antes isso do que aquele espírito macabro da Ekumenika!"

Quando o esquadrão de detetives o procurou na manhã seguinte, encontraram-no vestido com o seu melhor terno de três peças, resignado e esperando.

5. Vila Potência

Duyole Pitan-Payne, engenheiro e empresário, um glutão obcecado por "coisas recheadas", gostaria que o seu encontro em Vila Potência tivesse sido marcado para o dia anterior. Isso, é lógico, estava fora de questão. No momento em que ele era recebido efusivamente no primeiro posto de controle de segurança por um jovem e alegre assessor ministerial que se apresentou como Shekere Garuba, "seu equivalente na presidência", a vila já havia recuperado a sua placidez costumeira. Um começo nada auspicioso, e Pitan instintivamente o apelidou de Uriah Heep, um de seus personagens dickensianos perversamente favoritos. Garuba era uma criança grande e fascinada pelo poder, e certa vez descrevera o funeral coletivo de fazendeiros massacrados por pastores furiosos de seu clã fula como um show de mídia orquestrado pelo governador do estado em luto. Ele descartara a epidemia de ebola como uma oportunidade criativa para as sitcoms de Nollywood, mesmo quando seu colega assessor tentara ofuscá-lo, perguntando por que as viúvas, os viúvos e os órfãos não lambiam as feridas e se portavam com mais complacência diante dos agressores pelo privilégio de terem permanecido vivos. A culpa era toda deles, proclamara a dupla. A intransigência dessas pessoas era responsável por qualquer ruptura em seu estado de felicidade, provocando novos ataques aos sobreviventes e à crescente cultura do infanticídio em massa.

O assessor político — seu cartão de visita ostentava o título oficial de consultor especial em energia alternativa — acompanhou Pitan-Payne por entre pavões que faziam a ronda e cujos gritos abruptos e estridentes contrastavam com sua aparência floreada. Ele foi arrastado por um corredor de arcos projetados para galhardear a realidade de duas fés rivais professadas por uma nação saturada de religião. Pitan frequentava a igreja por hábito e uma convicção imprecisa, mas ficou irritado, desejando que o governo simplesmente cuidasse de seus próprios assuntos e deixasse as religiões em paz. Ainda assim, seus olhos de engenheiro avaliaram instintivamente as catracas de segurança, os detectores eletrônicos e outras sentinelas estrategicamente posicionadas para os ritos de audiência, inclusive câmeras camufladas de última geração. Perguntou a si mesmo, por um instante, quem estava monitorando aquilo. Mais seguranças? Ou Sir Goddie em pessoa, também conhecido como a Presença, avaliando cada visitante que se aproximava antes do encontro? Os gritos de pavão o perseguiram até a sala de espera, gritos curtos e agudos que o incomodavam em sua preferência musical, mais parecidos com o zurro breve de burras no cio. Ficou maravilhado — não pela primeira vez — com o fato de a natureza ter sido tão cínica a ponto de oferecer à humanidade criações tão díspares como o jumento e o pavão com um registro vocal semelhante, e surpreso por ninguém ter pensado em inventar um modulador. Pendurado no pescoço dos pavões — é claro que teria de ser decorativo, ou as criaturas vaidosas o rejeitariam —, o objeto pelo menos abafaria as emissões horrendas de suas cordas vocais. Hmm, algo para se pensar.

O assessor especial falava sem parar, mas perdido em pensamentos sobre como poderia melhorar o acesso ao bloco principal do primeiro-ministro, caso alguém cometesse a imprudência de deixá-lo solto no amplo terreno, Pitan-Payne nem precisou se esforçar para fechar os ouvidos às efusivas boas-vindas, às felicitações por sua nomeação para a ONU, às perguntas animadas sobre a saúde da esposa, dos filhos e do restante da família. Seus agradecimentos saíam do que ele chamava de caixa automático, atravessando todo o pátio, os corredores e os vastos espaços vazios, as reuniões e as conspirações. Em algum ponto do caminho, uma figura de máscara branca mirou a pistola do termômetro em sua testa e, em seguida, o direcionou para a pia, onde havia um desinfetante para as mãos. Ele obedeceu de pronto. Outra porta se abriu automaticamente quando eles se aproximaram; o sr. Garuba se afastou para deixá-lo entrar e o convidou a escolher um assento. Foi só então que Pitan-Payne recebeu sua primeira comunicação inteligível do efusivo consultor. Este se curvou, piscou os olhos como se afirmasse um pacto secreto entre eles e disse:

"Não vai demorar muito. O Mordomo do Povo vai recebê-lo em breve."

Pitan-Payne sabia quem ele era — filho do chefe de um vilarejo local, ostentava a reputação de obter privilégios além de suas posses e era conhecido por estar sendo especialmente preparado para coisas maiores. Oriundo de uma ninhada de vinte e três filhos, fora simplesmente entregue a Sir Goddie pelo pai durante um comício político — "Aqui o espertinho de que lhe falei. Pode fazer o que quiser com ele". O jovem foi encarregado de garantir que a tigela de nozes-de-cola do primeiro-ministro fosse constantemente reabastecida com esse estimulante de uma fazenda especial não muito longe de Abuja. Os inclementes boatos nacionais não falham — tendo tentado e fracassado em encontrar em seu histórico qualquer treinamento ou conhecimento sobre questões energéticas, as alegações que corriam eram de que esse era de fato o verdadeiro campo de competência de seu portfólio consultivo: garantir que aquela tigela na mesa do Mordomo do Povo fosse servida com um suprimento adequado da tal fonte de energia, a noz-de-cola.

No entanto, quaisquer que fossem as deficiências óbvias de que era universalmente acusado, detinha um instinto para avaliar o humor das pessoas, especificamente de seu mestre. Garuba havia se tornado hábil em calcular o "momento certo para levantar uma questão, senhor, se é que posso me manifestar", aprendendo a julgar os humores inconstantes de Sir Goddie com uma precisão quase perfeita. Esse talento havia lhe rendido uma missão delicada por parte de seus colegas e superiores, motivada pela visita de Pitan-Payne. Como se estivesse esperando uma deixa, uma figura lânguida e entediada entrou e foi apresentada ao engenheiro como chefe de gabinete. O único interesse do recém-chegado parecia ser avaliá-lo de cima a baixo sem pressa. Entrou na sala segurando uma pilha de arquivos, acenou com a cabeça, o que poderia ser interpretado como um reconhecimento de sua existência, encostou-se em uma parede e depois ficou observando, sem dizer uma palavra. Pitan-Payne, geralmente perspicaz, não percebeu a troca de olhares entre o chefe de gabinete e o inquieto assessor: havia uma janela de horário, e essa janela era agora, pouco antes da invasão de um novo grupo de figurões do partido. Como se o assessor mal pudesse esperar que o convidado se sentasse, concentrou-se nele por alguns segundos simbólicos, gaguejou sua intenção de informar a Presença sobre a visita, prometeu voltar logo e saiu correndo da sala. Com a mensagem silenciosa transmitida, o lânguido oficial se virou e desapareceu porta afora. O engenheiro se viu sozinho, envolto em um silêncio sibilante de poder, sussurros e intrigas.

Lá fora, o assessor especial, notavelmente ágil em seus movimentos, apesar dos tradicionais chinelos de couro que vez ou outra apareciam por debaixo de longo kaftan, atravessou o corredor, chegou às enormes portas duplas acolchoadas do gabinete do primeiro-ministro e aplicou freios invisíveis à sua propulsão. Hesitou, com os nós dos dedos preparados para um toque suave, e, então, de forma um tanto estranha, seu comportamento mudou. Acabara de se lembrar de seu recém-publicado sucesso, a monografia "A formação de um Mordomo do Povo". O lançamento interno da erudita obra — para chefes de departamentos, ministros, membros do partido e uma dupla de funcionários diplomáticos — havia lhe conferido o direito tácito de procurar o primeiro-ministro onde quer que ele estivesse, até no assento do vaso sanitário — de onde, de qualquer forma, o Mordomo já havia respondido a uma dezena de perguntas para validar a narrativa do consultor na compilação de "A formação". Já havia uma continuação — "Por trás do enigma" — prometida para dali a alguns meses. Ao lembrar-se de que agora ele era o cronista da casa, ainda que sem título, abandonou um quarto da hesitação. Por fim, lembrou-se de que hoje era hoje, e não ontem, quando todos circulavam com cautela em seus afazeres, rezando para não serem convocados à Presença nem mesmo para as tarefas mais rotineiras. Ontem, apenas o mais corajoso dos corajosos ousaria cruzar com o Mordomo em qualquer tipo de situação, menos ainda para conversar. O dia tinha começado agitado, mas terminara com um quê de domínio total em um campo político abalado. Uma nova identidade, anteriormente roubada, fora desativada por uma substituição robusta, que agora estava sendo testada em toda a vila. O chefe de gabinete estava certo ao acenar para o assessor em seu caminho. A pergunta deveria ser feita e as respostas transmitidas a seus colegas confusos e ressentidos. Faria o que seus superiores, mais experientes e com mais cicatrizes de batalha, não ousavam fazer. Seu toque tímido e equilibrado anterior se transformou em um ritmo confiante.

"Quem é?!", berrou uma voz que só poderia pertencer à Presença.

"*Ranka dede*",* respondeu o Equivalente, e entrou sem mais protocolos. Trotou confiante em direção à escrivaninha gigantesca, de formato oval. Um antigo ocupante do cargo, tendo ouvido falar do mundialmente famoso Salão Oval, havia ordenado que todos os móveis e a decoração interna fossem projetados para se adequar o máximo possível ao motivo oviforme.

Garuba executou um mergulho para baixo para descansar sobre um joelho, com a cabeça inclinada, o punho direito erguido, mas com o cotovelo apoiado na palma da mão esquerda, na tradicional saudação de deferência de sua parte do mundo, e repetiu os termos da homenagem tradicional de seu povo:

"*Ranka dede*. O homem está aqui, Vossa Mordomia."

"Mantenha-o ocupado. Ainda estamos sob vigilância de emergência, você deve saber. Há muito o que fazer."

"Vossa Mordomia, se me permite..."

"O quê?"

"Este assunto pede atenção imediata, M.P., senhor. Diz respeito à segurança nacional."

Sir Goddie se empertigou, fechou devagar o arquivo diante de si e recostou na cadeira.

"Sou todo ouvidos."

"Diz respeito justamente ao homem que o senhor deseja ver."

Duas horas depois, Duyole Pitan-Payne sentiu sua paciência se aproximar do ranger de dentes típico dos que esperam. Demorando para ser chamado — a audiência era um encaixe —, ele pensou que faltavam apenas cinco dias para as primárias do primeiro-ministro, o que significava que a nação estava começando a se despedir. Tinha visto o proprietário gorducho do *Inquérito*, o chefe Ubenzy Oromotaya, o cérebro por trás dos prêmios Denovo, liderando uma horda equipada com *agbada*, *babanriga*, turbantes, bonés vermelhos de chefes e bandanas femininas — as tropas estavam se reunindo. As consultas ainda poderiam se estender até a noite — mais interessados para preecher as vagas do partido no governo após as eleições que já pareciam

* Do hauçá, "Que você tenha uma vida longa". (N. T.)

ganhas. O visitante começou a se arrepender de sua tendência a emprestar nomes da ficção — e até criações originais — a seus conhecidos e colegas de trabalho. Admitiu um leve sentimento de culpa — bem leve, é verdade. Se repreendeu por ter desviado a raiva crescente da causa real para o ressentimento contra todos os ocupantes do governo, do infeliz assessor até os imponentes pavões de gritos estrangulados e andar comedido. O verdadeiro Uriah Heep não era nenhum deles — o local em si era uma pilha de Uriahs exalando untuosidade. Isso era induzido pela própria natureza do poder. Em silêncio, pediu desculpas aos burros no cio. E ao arquiteto desconhecido dos projetos hipócritas de propaganda de um convívio agradável entre duas religiões que, a apenas um ou dois quilômetros daquele exato local, se agarravam pelo pescoço para piedosamente enforcar ou decepar a outra em face de pouca ou nenhuma provocação. Seu problema, decidiu ele, era menor e pessoal, e só precisava de um pouco de prática: usar o tratamento que o primeiro-ministro preferisse. O Equivalente, o assessor especial do governante para energia alternativa, não perdeu tempo em introduzi-lo, desnecessariamente, naquela arte, ao recebê-lo no primeiro portão de segurança externo.

"Não se esqueça de se dirigir a ele como Vossa Excelência, o Mordomo do Povo. Com ou sem o Vossa Excelência. Ou simplesmente M.P., com ou sem o Sir. Ainda não é oficial, mas já está em uso limitado na presidência desde a noite passada. O senhor é um privilegiado — hoje é o primeiro dia da mudança consolidada. Quando ele ouvir isso do senhor, que é uma pessoa de fora, ele vai comer na sua mão."

Depois disso, tudo se encaixou — o ponto culminante de meses de mobilização secreta de mão de obra e recursos materiais, tudo conduzindo aos embates diretos que se aproximavam. A construção da imagem havia começado, mesmo entre tantas escolhas! Duyole se permitiu uma leve careta. O *Mordomo do Povo*! O que não teria dado para obter nem que fosse uma pequena amostra da saga que precedeu sua criação, culminando nas sessões frenéticas do dia anterior! Optando por não forçar a mente com especulações, no entanto, não demorou muito para cochilar, e seus roncos surgiram instantaneamente, apesar de ter patrocinado a mais recente promoção de auxílios antirronco que parecia monopolizar os cookies do seu e-mail. Era a única desgraça de sua existência, o engenheiro admitira havia muito tempo — uma carreira de emissões estentóreas, às vezes até durante uma apresentação teatral, inclusive óperas, nas quais ele também admitia ter um vício moderado. O estrondo de seu cochilo chegou aos ouvidos da recepcionista, do outro lado da parede. Ele acordou com os estalos dos saltos altos.

Ela parecia chocada.

"O senhor gostaria de ver os jornais do dia?"

"Não, obrigado. Li enquanto estava esperando o meu voo." E então lhe ocorreu verificar seu provável tempo de espera. "É um dos jornais do... primeiro-ministro?"

Sorrindo, a mulher também o corrigiu.

"Mordomo. Mordomo do Povo. Por enquanto, é para ser interno, mas ele gostaria muito que seus convidados aderissem aos novos protocolos."

"Eu não sou membro do partido", ele a lembrou.

"Melhor ainda. Isso torna tudo mais emocionante para Sir Goddie. Está em fase de teste — sabe como é. Os convidados de hoje são as nossas cobaias, por assim dizer."

"O jovem Garuba já me introduziu ao protocolo... eu não me importo. Então... Sua Excelência, o Mordomo do Povo, é isso? Eu me dirijo a ele como Vossa Mordomia? Não, não se preocupe, deixe que eu mesmo resolvo. Eu estava prestes a perguntar: o dia hoje vai ser cheio de novo? Quando entrei, acho que reconheci algumas figuras importantes à minha frente."

Ela baixou a cabeça.

"É sempre difícil dizer. O senhor teve sorte de seu compromisso não ter sido ontem — pra ser sincera, eu não o teria incentivado a esperar. Hoje está calmo, e eu sei que ele deseja ver o senhor. Muito mesmo. São só as... bom, o senhor sabe... as questões partidárias. E quando você acha que uma crise passou..." Ela ergueu as mãos.

Duyole suspirou.

"Gostaria de ter percebido isso."

"Com as primárias dos partidos no país inteiro? Até aqui o cenário é o de um gabinete de guerra. Mas ele insistiu para trazermos o senhor hoje — disse que o senhor tem a fama de ser rápido e resolutivo, e que pode sair sem que ninguém perceba. Hoje... bom, faltam só os retoques finais no manifesto... é a pauta do dia. A nação vai ter umas boas surpresas."

Duyole fez o possível para parecer interessado.

"Mal posso esperar, mas não vou pedir a você para revelar segredos de Estado. A minha pergunta é: como isso afeta o meu compromisso? Será que ainda volto para Lagos hoje ou é melhor reservar um pernoite em um hotel, enquanto espero? Já tem mais de duas horas que estou aqui."

A mulher se irritou.

"Sua Excelência, o Mordomo do Povo, *vai* receber o senhor. Ele mesmo marcou esse compromisso. E já sabe que o senhor está aqui. Eu já mandei um lembrete administrativo para ele."

"O que é isso?" A curiosidade inocente dele pareceu acalmá-la. A secretária tentou recuperar o sorriso.

"É o nosso segredo comercial. Tente ter paciência, eu sei que ele vai receber o senhor. Tem certeza de que não aceita um refrigerante? Também temos chá ou café."

Pitan-Payne balançou a cabeça.

"Não, obrigado. Tudo bem, eu imaginei que a espera ia ser longa. Todos os jornais noticiaram a maratona de reuniões de ontem, mas, como sempre, não deram nenhuma pista do que se tratava."

Ela suspirou, e a lembrança pareceu desarmá-la ainda mais.

"É, ontem foi um dia de crise, uma atrás da outra, mas está tudo resolvido. Vou ficar de olho na lista de espera e venho dizer como está indo." Ela apontou para a mesa de centro. "Tem algumas publicações recentes da vila naquela pilha. Ainda não foram lançadas oficialmente. Na verdade, a de cima é fresquinha, direto da imprensa da vila. O senhor está tendo uma prévia, de graça, sr. Pitan-Payne. Não pode reclamar que não o estamos tratando muito bem."

"Obrigado, vou aproveitar o privilégio."

Ela saiu, desapareceu em seu escritório, e foi a última vez que ele a viu pelo resto do dia. Todos pareciam se revezar para aparecer e desaparecer, inclusive uma faxineira que surgiu com um espanador de penas sofisticado, limpou partículas inexistentes pela sala, sorriu e depois sumiu. Ele estava começando a se sentir como Alice no País das Maravilhas.

Deu de ombros. Era um compromisso, e iria esperar mais do que qualquer atraso. Apenas sua esposa, Bisoye, era capaz de conseguir isso dele — e mesmo assim contra a sua vontade. Havia muita coisa que o intrigava em relação ao súbito interesse do governo em adotar, de fato, uma entusiasmada postura protecionista em relação à sua nomeação para as Nações Unidas. Era suficientemente imodesto para saber que a havia conquistado por mérito;

era mais do que qualificado para receber um lugar na família de especialistas de elite da ONU como consultor da Comissão de Energia. A bênção do governo era totalmente inesperada, suspeita, mas não questionável. Sir Godfrey O. Danfere — conhecido como a Presença, Sir Goddie, Chefe, Líder, Mentor, Poderoso Chefão (às vezes Chefinho) e, agora, Mordomo — contribuíra com um impulso tardio, supérfluo, mas ainda assim determinado. A ordem veio do próprio Chefe, direto para o cabeça da missão nigeriana na ONU, aos berros pelo celular:

"Eu não quero saber de nenhum contratempo de última hora, principalmente se vier de alguma das chamadas nações irmãs, que continuam sem saber o que tem a ver o cu com as calças. Elas não conseguem nem equilibrar o próprio orçamento, mas insistem em ter voto igual na Assembleia Geral. Ou cotas em cargos da ONU. Tem umas que ainda competem conosco pela vaga da África no Conselho de Segurança. Acho bom colocar essa gente no seu lugar, fui claro?"

"Não se preocupe, Excelência." O importante dia da mudança oficial do nome ainda estava a meses de distância.

"Dá um chute na bunda ou enche o rabo deles de dinheiro, qualquer um ou as duas coisas, entendeu?"

"Os envelopes pardos já estão bem recheados para distribuição."

Seguiu-se uma inspiração forte. Sua Excelência Sir Goddie era um homem frugal, e a aquiescência instantânea do emissário havia soado um pouco entusiasmada demais para o seu gosto.

"Não exagere. É para dar mais chute do que dinheiro. Muitos deles não merecem nem um centavo."

"O senhor pode confiar neste gabinete, Excelência. Nós atualizamos constantemente a tabela de valores. E fazemos as secretárias deles assinarem os recibos, claro."

Ele foi recompensado com um familiar suspiro de alívio. Sir Goddie havia, de fato, aprovado — de forma bastante legítima — uma parte considerável do orçamento da "ofensiva diplomática" do país, mas detestava vê-lo desperdiçado, mesmo que levemente reduzido, já que sua principal destinação era o fundo rotativo pessoal do dirigente para viagens ao exterior. Era fundamental que a nomeação não fosse prejudicada no último momento, seja por lobbies rivais ou por intrigas políticas mesquinhas dentro da tortuosa burocracia da ONU. Os Estados-membros eram notórios por darem uma guinada de última hora nos trabalhos, simplesmente por falta de algo substancial para relatar aos seus governos de origem e, às vezes, por simples tédio, um pouco de brincadeira de mau gosto apenas para adiar o inevitável. No caso de Pitan-Payne, a intervenção de seu governo foi meramente — para usar uma expressão polêmica do próprio semilorde da vila — mijar no rio sob uma chuva forte. Nesse aspecto, um Pitan-Payne alegremente desavisado se beneficiou do forte apoio dos assessores estrangeiros do Mordomo. Eles permaneceram contrários ao que no jargão diplomático é conhecido como "esbanjar recursos".

Entre cochilos, folheando os jornais da mesa de centro, recebendo telefonemas da esposa, Bisoye, que precisava se certificar de que ele não havia abandonado o posto em um súbito acesso de raiva e assegurá-lo de que havia serviço de quarto vinte e quatro horas em seu hotel, onde não importava quão tarde fosse a provisão de sua sopa de pimenta com pernil bovino favorita estava assegurada, Duyole fez o possível para afastar a impaciência.

Estava cochilando, quando o chefe de gabinete entrou novamente. Além de fitá-lo mais uma vez, sem nem tentar disfarçar que vinha com a missão de inspecioná-lo, não ofereceu nada em termos de saudação, identificação ou até de reconhecimento de que havia um visitante esperando. Fez menção de olhar ao redor como se esperasse encontrar a sala de recepção vazia ou com outro ocupante. Desapareceu de forma tão silenciosa quanto tinha aparecido.

A intrusão, qualquer que tenha sido o seu propósito, apenas renovou o ressentimento de Duyole. Ele se incomodava por estar preso na distante Abuja, esperando por uma convocação que nunca chegava; preferia estar em Badagry, organizando uma senhora festa de despedida, navegando por panelas, barris de cerveja, rolhas voando, cordeiro no espeto, talvez até carne de veado fresca do mercado de caça... Os olhos de Duyole Pitan-Payne se iluminaram, suas amígdalas se dilataram. O engenheiro tomava um cuidado extra para garantir que o mundo inteiro conhecesse o lema da família: "O amor pela comida é o começo da sabedoria". O *Otunba*, o Pitan-Payne mais velho, contra-argumentava que a história da família não tinha nenhum registro de tal sabedoria, mas o filho apenas respondia que tinha lido aquilo em seus genes, o que talvez tenha pulado a geração do patriarca. De qualquer forma, o mais velho podia muito bem se lembrar de que as reivindicações de Duyole eram restritas à sua própria prole, e não à família do Ancião, e que se o pai o contradissesse mais uma vez ele iria romper relações e formar a própria dinastia.

Originalmente intitulada "Festa da Farra e do Foguete", o convite ainda estava sendo revisado e continuaria sendo até o último chilique do pobre impressor. Mesmo em Vila Potência, um livro de mesa sobre a arte do povo nok despertava ideias de um ajuste que colocaria o Exu de duas faces, o deus iorubá do acaso, como convidado especial de honra. Afinal, tinha sido o acaso, nada mais do que o acaso, o que o levara a adotar um logotipo que, por sua vez, trouxera um entusiasta da arte grega para a sua fábrica, uma jornada que resultara tão fortuitamente em sua agora iminente viagem para as Nações Unidas. Até que não era má ideia, e ele começou a pegar o celular. Não. Passo errado. Descartou a ideia. Por mais que gostasse de irritar os fanáticos cristãos e muçulmanos, temia que isso também pudesse causar mal-estar em alguns convidados — o que ninguém queria! Qual era o sentido de deslumbrar os convidados com a sua habilidade culinária inventiva para então acabar com o prazer gastronômico deles? Seria o mesmo que servir *garri* seco e mandar todo mundo de volta para casa! O logotipo da empresa iria figurar no lugar habitual no cartão. Não iria deixar que nada estragasse um evento que era para festejar não apenas a sua entrada em um clube de pensadores científicos internacionais, mas, o mais importante, o seu desligamento definitivo da consultoria governamental. *Cinco anos inteirinhos sem voltar — pense nisso! Não é à toa que levo Pitan no meu nome colonial. Pitan... sabe o que significa? Lenda! Então que a Farra seja transmitida de geração em geração. Nunca pedi isso, nem sei se mereço, mas não merecer não significa que vou desmerecer — outro lema da família —, então vamos botar essa festa no* Guinness Book of Records. Para uma pessoa que se declarava tão versátil, a sua abordagem pragmática ao organizar festas era trabalhar como um faz-tudo criativo e incansável. Ele se dedicava de forma tão meticulosa ao design eletrônico quanto ao abastecimento e à microgestão do bufê, mesmo para recepções pequenas no escritório.

"Sr. Engenheiro Duyole!", esbravejou Bisoye, uma vez. "Eu posso organizar o meu próprio bufê."

"Pode, claro que pode. Mas bufê não é curadoria. Eu estou só ajudando com a curadoria."

"É a minha reunião particular. Não precisa de curadoria."

"Aí é que você se engana. Eu não vou deixar as suas convidadas pensarem mal do seu marido."

"É. Ainda bem que você sabe — as *minhas* convidadas. E não suas. As minhas ex-colegas de turma! Uma reunião pequena. Vá cuidar daquele seu mascote de quatro cabeças, aquele que você acha que é uma galeria por si só!"

"E não é? É o responsável pelos negócios da família."

"Mas não pela minha festa particular!"

"Mascote. Amuleto da sorte. Logotipo da empresa. Marca da terra... só aí já são quatro galerias de arte em uma."

"Sorte a sua eu não ter ouvido a minha festa particular nessa sua lista."

"Foi assim que eu conheci você. Uma reunião merece..."

"Essa frase não vai funcionar. Essa reunião é só de mulheres."

"Tá bom, tá bom. Se a oferta não é bem-vinda, não está mais aqui quem falou. Se você precisar de alguma coisa..."

"Não preciso. Vá embora. E você não foi convidado."

"O quê? Eu não posso entrar nem para dizer oi?"

"Não!"

"Ah, então tá. Vou falar com o Zombeteiro. Vou ver se ele está livre."

"Está sim. Nem precisei perguntar, porque Jaiyesola vem também. Ele vai levar você para sair... reservei uma mesa para vocês. É um restaurante novo, então depois você pode me contar tudo."

"Ah, você devia ter me falado. E quem é que iria querer ficar com vocês, bruxas velhas? Onde é o restaurante?"

Ela lhe deu as costas e saiu, caminhando com desdém.

"Eu vou pegar o nome e o endereço. Fique aqui."

Milagre do sofrimento heroico, Bisoye mal podia esperar para despachar o marido para as Nações Unidas. Primeiro porque lá ele teria menos tempo para as farras sociais com os colegas de trabalho. Ademais, ela logo percebeu — e apreciou — que Nova York era um ambiente mais seguro para o parceiro de temperamento inquieto: as chances de ele arranjar brigas, fossem políticas ou de outra natureza qualquer, eram muito menores, mas ele não estava nem remotamente ciente disso. A capacidade dele de se envolver em disputas era o que mais a assustava. Sentados juntos na sala de estar, assistindo enquanto o delegado da ONU lia diante das câmeras da sala de reuniões de relações exteriores da Vila Potência a notícia da nomeação única, sua esposa cometeu o erro fatal de perguntar a ele como se sentia. Duyole não a decepcionou.

"É uma sensação estranha... não sei bem como descrever. Uma sensação suave e inebriante, como imaginar que estou organizando uma festa para todas as Nações Unidas." Bisoye soltou um suspiro de dor e se repreendeu.

A esposa sabia quando deixá-lo a sós com sua mente organizadora e agitada que, ela sabia, já estava programando a mudança deles. Ela era igualmente hábil em escolher o momento certo para tocar na ferida.

"Você sabe que vai ter que falar com o sr. Primeiro-Ministro, não sabe?"

A resposta dele foi instintiva.

"Por quê?"

"Formalidade, querido, só uma formalidade."

"Eu não vejo por quê. Ele não tem nada a ver com isso."

"Eu disse que é uma formalidade. Por causa da formalidade. Ah, e também para reduzir a cota natural de inimigos. Ainda temos algumas semanas antes da mudança — pelo menos eu tenho —, e, mais cedo ou mais tarde, um dia vamos acabar voltando."

"E quem disse que ele ainda vai estar no cargo quando isso acontecer? Mesmo ignorando os rumores de uma briga entre ele e o presidente."

"Duyo, eles nunca saem do cargo. Só se substituem."

"Bom, este consultor aqui saiu. Concluiu a sua tarefa vinte e um meses antes do prazo, e isso foi há quase dois anos. Eu descobri a raiz do problema e deixei um dossiê quentinho para ele. Ele nunca pediu para me ver. Nunca disse uma palavra de reconhecimento. Então, o que eu tenho a ver com ele agora?"

Bisoye ergueu as mãos.

"É uma formalidade, Duyo. Ou protocolo, se você preferir. Essas coisas são assim. É só isso que eu quero dizer. Você fez o seu trabalho..."

"E nem recebi a parte final do meu pagamento!"

"Bom, e se for por isso que ele quer ver você? Alguém pode ter lembrado a ele que daqui a pouco você vai sair do país e que o governo ainda lhe deve dinheiro. Talvez não seja culpa dele."

"Alguém tem culpa."

"Ninguém está pedindo para você visitar esse alguém, que, aliás, você não sabe quem é. Pense assim... você mesmo me mostrou o relatório. Empregados sem receber o salário há dez meses. É o mesmo sistema. Pense neles e nos dependentes deles. Como estão lidando com isso?"

Ela foi recompensada com um grunhido. O engenheiro sentiu que estava perdendo a discussão.

"De qualquer forma, é bem feito para mim. Eu devia ter mantido a minha política anterior. Não negociar com governo nenhum."

"Ou então devia exigir pagamento antes de entregar o serviço. Mas o sujeito detesta se separar do dinheiro dele. Antes ou depois, não faz diferença."

"Cara você perde, coroa ele ganha. Talvez eu devesse mandar o Pop atrás dele. Afinal, os dois são rosa-cruzes. Quem sabe a vergonha não o obrigasse a pagar..."

Bisoye parou.

"Por que não pensamos nisso antes? Será que eu pergunto a ele?"

"De jeito nenhum! Isso pode custar caro. Nem pensar. Para usar a frase favorita dele, saio sem alarde."

No início — e isso ele podia afirmar com certeza —, a política era manter os governos à distância: somente clientes privados, comerciais e institucionais. Decisão correta? Era muito restritiva; pior, injusta com funcionários e parceiros dele. No final, embora com cautela, sempre com um plano de fuga rápida pronto para ser ativado, ele sucumbiu ao "teste das águas". Começou com governos estaduais e depois o próprio centro e a hidra de muitas cabeças, que eram os seus ministérios e as estatais, sem ser uma coisa nem outra. Mas absolutamente voraz. O grau e a duração do colapso não tinham precedentes, mesmo para uma nação acostumada a uma cultura de apagões totais. Áreas rurais ou centros urbanos, não fazia diferença. No entanto, os bilhões empenhados continuavam a se vaporizar, para serem reabastecidos anualmente na época do orçamento, sem falar dos orçamentos suplementares. Fábricas morriam, pequenos setores fechavam. Cada novo governo culpava o anterior e, em seguida, destinava fundos ainda mais pesados. Seus parceiros estavam preocupados. Por fim, virou um desafio pessoal — estava na hora de a Marca da Terra fazer uma oferta, e, sentindo-se culpado, ele meio que esperava que eles perdessem. Eles venceram. Abuja, aqui vamos nós. Não demorou muito para descobrir — com certo desgosto, como revelaria ao seu "gêmeo", o cirurgião Kighare Menka — que havia uma forte ética de trabalho no controle, na verdade uma ética pragmática generalizada, quase idêntica à deles dois, com uma literalidade não intencional, só com uma pequena variação — era o primeiro-ministro que botava a mão em todas as massas!

Só restava a pergunta de vinte milhões de dólares: quanto tempo ele iria durar? Foi assim que surgiu o pacto com Bisoye: nos três primeiros meses eu vou segurar a barra, não importa o que aconteça. Combinado? Depois disso, uma garrafa de single malt para cada mês que ele tivesse resistido e uma boa noitada sem qualquer restrição. A nação nunca soube o quanto devia ao feliz atletismo do casal, e Duyole ganhou da esposa várias garrafas de Islay Collector's Reserve — faltou uma para completar a caixa com quinze. Como acusação silenciosa do espírito pouco generoso de Bisoye, ele deixou bem visível na prateleira um espaço vazio na fileira de garrafas. Ele tinha culpa de ter concluído a tarefa tão antes do tempo?

"Então, nesse relatório, é uma pergunta boba, mas... você citou nomes?"

"É claro."

"De gente graúda?"

Duyole deu uma risadinha.

"O seu problema, garota, é que você acha que eu sou suicida. As inferências estão aí — todas claras. Alguém tem culpa — deixe como está. O que mais eu podia fazer? Além de sair de fininho, lógico!"

"De fininho? Com um dia inteiro de festa de rua?"

"Eu precisava fazer alguma coisa com o excesso de talento. Um serviço de trinta e seis meses feito em bem menos tempo. É muito talento engarrafado e não utilizado. Um perigo. Se não tivesse aplicação, você ia ter que me internar."

"E o que você acha que eles iam pensar disso na vila?"

Nunca uma despedida foi tão festejada mutuamente. Pitan-Payne soltou um suspiro de alívio ao se retirar completamente para a sua área de produção privada, muito mais agradável. Sua pressão sanguínea, atestada pelo médico, voltou aos níveis saudáveis e as cavidades de seu rosto foram de novo preenchidas por alguma carne. Bisoye sempre insistia que isso não tinha nada a ver com a culinária dela, pela qual — como todos na casa podiam testemunhar — o engenheiro tinha um interesse mais do que superficial, que se tornava uma falta intolerável quando estava longe de Abuja. Quando passou a ter mais tempo disponível, em vez de viajar de um lado para o outro, passava cada vez mais a noite em Abuja para matar dragões esquivos, invisíveis, mas incendiários, e perturbar o sono de burocratas sorridentes, apologéticos e complacentes. Eles eram tão treinados na estagnação processual, os Uriah Heeps reverentes e solícitos com as suas garras — "com todo o respeito, senhor", "se me permite a ousadia, senhor", "talvez o senhor queira tratar disso pessoalmente com o sr. Primeiro-Ministro", ad infinitum. Havia Uriahs por toda parte, assegurando-se de alguma forma de que relatórios cruciais desaparecessem, de que páginas de acordos contratuais evaporassem, e frequentemente garantindo a ausência permanente de coordenadores com atestados médicos para silenciar qualquer queixoso sem coração. "Alguma vez eles afirmaram ser mais que humanos, sr. Pitan-Payne? Eles ficam doentes, assim como você e eu. Hoje é a vez deles, amanhã pode ser a minha. Ou a sua, sr. Payne. Nenhum de nós é sobre-humano! Por favor, tenha paciência."

Tudo o que é bom acaba um dia, ali não foi diferente. O engenheiro sinalizou o fim de sua colaboração com uma faixa para proclamar o ato de rompimento: "Catorze meses, uma semana, nove dias, sete horas — e ainda estou respirando!". Sempre disposto a ver o lado positivo da experiência, usando sua voz de ópera, ele decantou sua gratidão pela oportunidade que a partida lhe proporcionava de escalar novos patamares nos ritos de dissolução: uma mini-Oktoberfest — havia estudado na Áustria, mas em geral festejava na vizinha Bavária, e nunca deixava passar uma oportunidade de evocá-la. A verdade era que havia perdido a Oktoberfest daquele ano e, com sua agenda ocupada, havia optado por não sair do país até que a tarefa tivesse sido concluída. Seria uma perda de tempo e de dinheiro, ele jurou, já que sua mente estaria em outro lugar, e mesmo um dia de ausência seria suficiente para desfazer todos os ganhos que ele tinha obtido e atrasar o relógio em vários anos. E assim o engenheiro Duyole recompensou sua longa abstinência com uma festa de rua com cozinheiros, garçons e garçonetes em trajes bávaros, e barris de cerveja construídos às pressas e levados até Badagry desde a União dos Estudantes da Universidade de Lagos, na estrada a meio caminho entre Lagos e Badagry, com escolta dos sindicalistas do Clube de Consumidores de Vinho de Palma, em trajes típicos, e com os mascarados andróginos *gelede* de Badagry. A festa de desligamento gerou pelo menos duas adições musicais ao repertório de composições de louvor social de Lagos — infelizmente, não foram gravadas para a posteridade. Duyole ficou sabendo dos planos, comprou as gravações originais e as destruiu na mesma hora. A arte pessoal laudatória entrava em conflito com os "termos de desfrute" de Pitan-Payne, conforme registrado em outro lema da família: "Coma, beba, mas tenha cuidado!".

Esse espetacular rompimento deveria ter sido o fim da associação, mas a separação estava fadada a ter uma pequena extensão, cujo ato final — uma mera visita de cortesia — estava tomando toda a tarde e se estendendo até a noite. O primeiro-ministro não fazia parte da convocação, então por que a visita de cortesia? O que nem Sir Goddie nem o engenheiro sabiam é que, dois anos antes, um completo estranho, alguém da Unesco, deixara uma "solicitação de esclarecimentos" na mesa do subsecretário de Ciências. O colecionador havia retornado de uma caçada a artefatos em Badagry e no Benin que o levara à fábrica de Pitan-Payne. Dois anos depois, as Nações Unidas estavam recrutando, os Estados-membros nomeando, fazendo lobby e apunhalando pelas costas. A nota veio à tona. Pitan-Payne foi contatado. Aí começou a diversão. A sua própria embaixada tinha outras ideias. Outras preferências. Estava ansiosa por outros nomes. E então, que surpresa, e — o horror dos horrores para alguns! — do lugar menos esperado, o próprio Mordomo do Povo! Sir Goddie estava de corpo e alma em favor do seu recrutamento!

Foi difícil de engolir. O culpado consentiu em uma visita de acordo com o protocolo mínimo. Retornaria à cova dos leões na data solicitada, após a qual todos concordaram em aceitar que, a partir de então, ele se tornaria propriedade de corpo e alma do clã internacional — servo deles, ou seja, a serviço da agenda deles e de nenhum outro, sem obrigação com governo nenhum. Ele iria fazer tudo o que a paz da partida exigisse — afinal de contas, estava obrigado a trabalhar com a embaixada em algum nível de tempos em tempos, e concordou com a esposa que não havia necessidade de fazer inimigos. Jurou a ela que daria crédito à Presença pelo privilégio de servir à nação no cenário internacional. Agora, ali estava ele, e não sabia direito se estava em Vila Potência, na Nigéria ou no País das Maravilhas — todos os seus anfitriões intermediários apareciam e se dissolviam no ar, inclusive o seu próprio Equivalente no mundo da energia. Ele disse que iria voltar em breve, e esse breve tempo já havia se estendido por uma hora e quarenta e sete minutos.

Onde diabos no mundo de Uriah Heep ele estava?

6. Padre, é o senhor?

Uriah Heep Jr.? Bem, ele estava tocando o negócio que havia levado o engenheiro a Abuja para se encontrar pessoalmente com o primeiro-ministro. O Equivalente estava sentado diante da Presença, pronto para executar a missão coletiva que lhe fora confiada. Ela se enquadrava perfeitamente em seu portfólio de consultor em energia, e ele não era especialmente avesso a demonstrar que agora tinha uma posição de influência, um recém-chegado, é verdade, mas que havia conquistado o bom ouvido do *oga patapata*.*

"Vossa Mordomia, senhor, sim, achamos que é uma questão de segurança nacional. E com toda a humildade, senhor, eu gostaria de dizer isso na forma de uma pergunta. É uma pergunta, senhor, que está agitando muitas mentes entre os seus apoiadores."

O Mordomo se empertigou diante da palavra "apoiador". Considerando ainda a menção a "segurança nacional", se deu conta de que aquela não era uma conversa para ser apressada.

"Tem certeza de que não precisa de mais tempo? Se preferir, espere até mais tarde, quando eu tiver terminado outros assuntos. Hoje é um dia mais leve, mas, por exemplo, ainda tenho que ver o seu homem, o engenheiro."

* O homem mais importante entre os mais importantes. (N. A.)

"Exatamente, Vossa Mordomia! É por isso que não pode esperar. Tem a ver com ele. Já deve ser tarde demais, mas pelo menos, senhor, antes de o receber, o que vai ser como um endosso final..."

"E qual o problema de fazer um endosso final?"

"*Ranka dede*, senhor, é assim. Sabemos que o senhor deve ter seus motivos, mas não conseguimos entender. A pergunta em nossas mentes é: por que ele? Por que esse homem? Essa é a pergunta, M.P. Um sabotador bem conhecido. Todos por aqui comemoraram a partida dele, e ainda bem que o fizemos, Vossa Senhoria. Porque o que ele fez em Badagry foi comemorar por conta própria, de forma barulhenta e depreciativa para o próprio gabinete do primeiro-ministro. O homem é um insulto ambulante a este governo."

O insulto teria sido ainda maior se eles soubessem que Pitan-Payne se recusara a considerar a oferta até que lhe fosse assegurado, por meio de uma carta do secretário-geral assinada, que a escolha havia sido feita por mérito, após investigações aprofundadas sobre o seu equipamento e as suas operações, e que não devia nada a nenhuma indicação ou intervenção governamental. No entanto — a resposta também explicava com cuidado —, as relações internacionais se beneficiavam de protocolos de consentimento e, melhor ainda, sempre que possível, eram reforçadas pelo endosso nacional. A ONU havia solicitado isso rotineiramente ao governo, e — maravilha das maravilhas! — o governo lhe dera uma resposta e com um tempero adicional de prontidão que deixou o escritório do secretário-geral genuinamente confuso. Em geral, as disputas internas na frente doméstica do indicado atrasavam o processo. Às vezes, isso resultava até mesmo na perda de uma vaga de prestígio para o país. Foi assim que, no local de origem da indicação de Pitan, teve gente balançando a cabeça e torcendo o nariz, à medida que expectativas eram quebradas nos debates sobre o raciocínio por trás de um endosso oficial tão incongruente. O partido, ao que parece, ficara especialmente irritado.

O Mordomo do Povo estudou com atenção seu pupilo.

"Espere um pouco. Você está sugerindo que o partido tem outros candidatos em mente?"

O Equivalente sentiu o pulso acelerar com otimismo. Outros candidatos em mente? Que pergunta! Ele apertou com força o maço de papéis — tantos CVs e referências — que estava abrindo um buraco no bolso de seu cafetã.

"Fizemos uma pequena compilação, Vossa Mordomia. Talvez o senhor queira ver..."

Garuba nem precisava assegurar a Goddie que a maioria dos nomes — que não tinham a menor ligação com o mundo da ciência — ou dos que os indicavam estava disposta a contribuir generosamente para os cofres do partido. Eles seriam capazes de explodir uns aos outros, de contratar herbalistas locais, marabus muçulmanos, faquires indianos, peregrinos de Jerusalém etc. em busca de influência sobrenatural para garantir a sua nomeação, então por que o governo deveria apoiar um ser nômade, basicamente desinteressado, sem apreço, marginal e puramente comercial — sem obrigação partidária, na verdade sem obrigação com ninguém, exceto com seu egoísmo —, e com o qual era impossível trabalhar, que havia enfiado o nariz onde outros haviam prestado declarações juramentadas de boa saúde, um intrometido que insistia em desenterrar arquivos que haviam sido relegados ao esquecimento?

A busca pelas necessidades energéticas do país passara por pelo menos várias dezenas de planos diretores, dando poder a duas gerações de geradores bilionários. E não havia também estimulado os consumidores a entrarem na era da energia solar, levando a nação, independentemente da minoria irregular, ao mundo definitivo do fornecimento de energia moderna e limpa? A última atrocidade desse intruso, eles protestaram, foi a tentativa de reabrir arquivos fechados, como o mistério de uma explosão na principal estação de distribuição de eletricidade do país, que jogou pelo menos cinco sextos da nação em três dias de escuridão total. Sem precedentes, é verdade, mas será que foi pior do que o que aconteceu na cidade de Nova York — a cidade das luzes — alguns anos atrás? Centenas de pessoas ficaram presas em elevadores; até mesmo cirurgias hospitalares foram paralisadas no meio. Eles não estavam preparados. Nunca haviam passado por um colapso daqueles. Quem estava em melhor situação? Eles não sabiam o que fazer; nós tínhamos geradores de reserva. As pessoas dizem que a explosão deixou um punhado de trabalhadores — três deles engenheiros de alto nível — em estado terminal. Quem pode confirmar isso? O que diz o relatório dele? Conhecemos essa parte do relatório. Ele não só suspeitava de sabotagem, mas generosamente anulava qualquer teoria alternativa — não só as impressões digitais de culpa, mas as impressões da palma da mão, da sola do pé, do rosto e das fezes estavam em plena exibição forense, e assim por diante. Como sabemos disso? Parte do relatório foi vazada. Por quê? Com que objetivo? Quem o divulgou? Eu lhe pergunto, Mordomo do Povo, senhor, qual é a sua opinião sincera? Por que ele enviaria uma cópia para o presidente? Exatamente. Para ter certeza de que iria vazar. Foi o presidente que contratou a empresa dele? Não. Foi só para garantir que a imprensa soubesse. Nós encontramos o rastro. O homem de Badagry alegou que havia descoberto várias turbinas, transformadores e unidades distribuidoras de milhões de dólares abandonados no cais, com mais de três anos de naftalina, envoltos em lona, alguns canibalizados, e com faturas já emitidas para um lote adicional, enviado, mas desviado em alto-mar — não por piratas armados da Somália ou de Bakassi — para um parceiro da CEDEAO, uma nação que havia pagado pela mesma remessa. Ninguém sentiu falta das turbinas, então ninguém reclamou. O destino final delas não parecia constar em nenhum projeto de instalação. O que nós temos a ver com isso? O Banco Central Nigeriano não expressou o menor interesse no destino da compra — o BCN, a autoridade final, autenticou os recibos. Esses recibos foram apresentados, examinados e auditados. Portanto, qual era exatamente o problema do engenheiro Pitan-Payne? Ele fora trazido a bordo para resolver o problema de uma aflição epiléptica no fornecimento de energia, não para se aprofundar em questões moribundas que não ofereciam nenhum valor prático para os vivos. E agora esse indivíduo, providencialmente excluído até mesmo da elástica "família governante", um desajustado que comemorara em público a sua dissociação com uma festa de rua de bandidos e estudantes cultistas, fez lobby com sucesso, não, foi com suborno, sem dúvida com suborno, todo mundo sabe da riqueza e das conexões da família dele — eles compraram para ele um cargo que equivale ao de embaixador de energia do país, ele está sendo nomeado emissário para o prestigioso clube de especialistas da Comissão de Energia das Nações Unidas! A nação tinha só essa vaga e ela teve de ser concedida a esse descompensado do Pitan-Payne? Senhor, o nosso povo está fazendo perguntas.

As primárias estavam acirradas, e a elas se seguiriam as eleições. Uma substituição do eleitorado certo; bastava ver e apresentar a margem de lucro nos cálculos eleitorais... Não é que eles não estivessem familiarizados com o que casualmente chamavam de "ajustes administrativos". Sob o cafetã, o Equivalente continuava a acariciar as folhas de papel dobradas, prontas para serem apresentadas ao Mordomo se ele demonstrasse a quantidade certa de interesse para reconsiderar. Ele gostava quando as pessoas faziam o dever de casa. Elas tinham feito, até mesmo em excesso. O CDG (chefe de gabinete) havia lhe fornecido todos os fatos, a maioria dos quais fora facilmente regurgitada — afinal de contas, ele tinha um domínio perfeito da memória, graças ao seu aprendizado do Alcorão. O caso tinha de ser resolvido naquela mesma noite, e o engenheiro incômodo tinha de ser mandado de volta para o seu lugar, de mãos abanando…

"Vossa Mordomia, senhor, o consenso é que a nomeação dele foi um erro. Nunca é tarde demais para reverter, senhor."

O humor de Sir Goddie mudou radicalmente. Ele se levantou da cadeira e rosnou:

"E quem disse que fui eu que o indiquei?"

O consultor especial reformulou a frase depressa, também se levantando, por respeito.

"Não, senhor, não, senhor, eu nunca disse que foi o senhor. Conhecemos essas pessoas na ONU e sabemos como elas gostam de ditar as regras. Mas por que o senhor permitiu isso, M.P., senhor? É isso que é preocupante. Temos pessoas muito mais qualificadas e mais confiáveis…"

Mais uma vez, ele tocou a lista — seria esse um bom momento para mostrá-la?

O primeiro-ministro gritou:

"Sente-se."

Na mesma hora, o assessor desabou no assento. Será que tinha ido longe demais?

O Mordomo do Povo o olhou de cima a baixo, seu desprezo aumentando a cada palavra.

"Sabe, às vezes me pergunto que relatório devo fazer sobre você ao seu pai. Porque às vezes você pode ser muito burro. Muito, muito burro. Você não sabe nem mesmo quando fazer algo em seu próprio interesse. Tudo o que você sabe fazer é ficar reclamando, choramingando, reclamando, choramingando e reclamando."

O assessor se encolheu ainda mais em seu cafetã, desejando nunca ter aceitado a incumbência de seus colegas.

"M.P., senhor, falta-nos sua sabedoria. O senhor precisa ser paciente com os seus filhos."

"Vocês aprendem devagar, todos vocês! Esse é o seu problema. Eu tenho que fazer tudo sozinho, cuidar de todos vocês. Inclusive os sabichões do partido. Os que acham que sabem tudo. E às vezes isso me deixa sem tempo para os meus próprios interesses. Ou mesmo para governar o país."

"Ah, Alá me livre, Mordomo do Povo. Que Alá proíba que alguém aqui se torne responsável por tal crime contra a nação, senhor!"

"Que Alá proíba isso, que Deus proíba aquilo. Ninguém nunca lhe contou a história do 'Ah, Padre, é o senhor?'"

"Não, senhor. Nunca ouvi falar."

"Não? A história do Reverendo Padre, do sacristão e do vinho da comunhão?"

Shekere Garuba sorriu. Era um sorriso pleno que comemorava a redenção, o alívio por não ter avaliado mal a situação. O Mordomo do Povo estava de fato em um estado de espírito pós-crise, o que significava expansividade, o que significava que havia espaço até mesmo para outros assuntos em sua lista de compras particular, o que significava que havia uma história não apenas para instrução, mas para contar aos outros como prova de uma intimidade especial. A postura de ouvinte ávido do protegido era comida e bebida para Sir Goddie, que agora se recostava em sua cadeira e deixava seu *agbada* transbordar pelos braços. Ele deu uma risada, com o rosto radiante como o de um pai amoroso que se deleita com o zelo do aprendizado do filho adotivo.

"Muito bem. Preste muita atenção. Passe essa tigela de nozes-de-cola."

O assessor se aproximou depressa e pegou a tigela de cristal que continha uma variedade de nozes-de-cola, *orogbo* e pimenta jacaré, além de caramelos embrulhados e minicookies, todos testemunhos da solicitude do ministro com a pluralidade de gostos e preferências culturais dos visitantes. Seus dedos pairaram entre as nozes-de-cola e o *orogbo*, decidiram-se pela primeira, pegaram uma, dividiram-na com cuidado ao longo de suas falhas, cravaram a unha em uma cunha para cortar um pedaço. Com um movimento prático do pulso, a jogou para cima, inclinou a cabeça para trás ao mesmo tempo, prendeu-a perfeitamente na boca e começou a mastigar de forma lenta e relaxada. O jovem assessor estava delirando. Aquela iria ser uma sessão demorada, então relegou seu equivalente a esperar o quanto fosse preciso. O fundo de diárias cobriria sua conta de hotel, se necessário.

"Então, ouça com atenção. Havia um padre, e ele notou que toda vez que se preparava para celebrar a comunhão o nível da garrafa de vinho havia diminuído desde a última missa. Fez de tudo para resolver o mistério, mas não deu em nada. Suspeitava fortemente de que fosse um dos meninos do coro — na verdade, ele tinha certeza de que só podia ser um deles —, mas não havia como pegar o culpado, então decidiu recrutar ajuda externa/interna. Uma pessoa de fora, mas que conhecesse o interior. O mais importante de tudo.

"A escolha para essa missão recaiu sobre o sacristão. Muito convenientemente, o sujeito morava perto da igreja, então o reverendo padre o encarregou de aparecer na sacristia durante e fora de seu horário de trabalho, sobretudo à noite, quando o coral ensaiava. Ele suspeitava, com razão, de que era durante o ensaio do coral que o possível membro alcoólatra entrava na sacristia para lubrificar a garganta. Faz sentido, certo?"

"Ah, sim, M.P., senhor, totalmente."

"E ele estava certo. Em pouco tempo, o culpado foi pego em flagrante. De fato, não era outro senão o líder do coro. Você sabe como é essa idade — adolescente que está se tornando homem. O sacristão seguiu as instruções. No momento em que pegasse alguém se esgueirando, ele deveria acender a luz e dar um grito, para que não houvesse fuga nem disfarce. Foi assim que pegaram o líder do coro, exposto e desonrado. Está entendendo?"

"Ah, sim, senhor. Muito mesmo."

"O jovem foi punido, é claro, e esse foi o fim do assunto. Tudo voltou ao normal. Todos se esqueceram do ocorrido, exceto uma pessoa. O próprio sacristão. No que lhe dizia respeito, era uma tarefa para toda a vida. Assim, sempre que não tinha nada melhor para fazer, ele ainda ia se esconder na sacristia, na esperança de pegar qualquer outro culpado. Aquilo havia se tornado um vício. Ninguém sabia que agora eles tinham um viciado entre eles — nada diferente de um viciado em drogas. Às vezes, ele chegava até a dormir na sacristia — sua esposa saía à sua procura. Às vezes, ele não acordava até a manhã seguinte, quando a faxineira chegava para trabalhar. O que era muito ruim.

"Bom, descobriu-se que ele também estava certo. Não era só aquele menino do coro que havia desenvolvido um gosto pelo vinho da comunhão — havia outros. Assim, certa noite, o sacristão excessivamente zeloso foi de novo à sacristia durante o ensaio do coral para satisfazer o vício. Ele assumiu a posição habitual ao lado do interruptor e esperou. Ouviu passos. Seguiu a sua rotina, esperou até que o intruso de fato pegasse a garrafa, despejasse uma boa quantidade e começasse a beber. *Gbaram!* O sacristão acendeu a luz e deu um grito alto. O coral parou no meio de uma cantata e entrou correndo na sacristia. O pobre sacristão ficou paralisado, horrorizado. Tudo o que ele conseguiu fazer foi dizer: 'Ah, padre, é o senhor?'

"Você mesmo pode imaginar a cena. O burburinho morreu na sacristia na mesma hora. Ninguém sabia para que lado olhar. Pois bem, lá estava o padre, com a garrafa e a taça de prata na mão, o vinho deixando um respingo vermelho na frente da batina, enquanto o sacristão permanecia ali, com o dedo apontando, incapaz de dizer outra palavra."

O Mordomo do Povo mordeu outro pedaço de noz-de-cola, demorou-se em sua pausa, um hábito que o tornara um contador de histórias muito requisitado.

"Mas, você sabe", prosseguiu, "eles não viram reverendos padres à toa. Eu mesmo pertenço à igreja e posso lhe dizer o seguinte: não se meta com os nossos reverendos; eles acabam com você sem nem pestanejar. Eles sabem como se recuperar rapidamente de situações ruins. O padre então se endireitou, furioso, e pronunciou algo em latim, talvez uma maldição. De qualquer forma, ele continuou na língua que todos entendiam. 'É claro que sou eu, idiota! E você fez cair a ira de Deus sobre a sua cabeça ao derramar o sangue de Cristo!'"

"Que homem mais *wayo*!*"

"Ah, sim, você poderia dizer isso. Homem *wayo*, de fato. Esses padres reverendos? Eles pensam rápido. Pensam com os pés no chão. Ele soltou mais um pouco de latim, fez o sinal da cruz, repreendeu todos por profanarem o momento mais solene dos deveres sacerdotais, quando ele deve acabar com o vinho que sobrou e engolir as hóstias da comunhão restantes, tendo apenas Cristo como testemunha! Eles sabiam disso? Achavam que eram dignos de compartilhar o momento com ele? Tinham se confessado nas últimas vinte e quatro horas? Hmm. Posso vê-lo direitinho, com aquela mancha vermelha molhada na frente da batina, intimidando todo mundo em latim. É claro que todos os jovens coristas foram enganados, mas não os adultos, como o regente

* Em hauçá, "ardiloso". (N. T.)

do coral e o organista. Está vendo o fardo que o padre teve de carregar pelo resto da vida?"

"Sim, M.P. É um terrível peso na consciência."

A Presença perdeu a calma e bateu na mesa com o punho.

"Eu sabia. Quem é que falou algo sobre consciência?"

O aluno coçou a cabeça, sacudiu-a violentamente, mas não recebeu nenhuma ajuda daquela unidade. O Mordomo do Povo o fitou, com uma expressão de desprezo dominando o rosto.

"Eu fiz um favor ao seu pai encontrando um cargo para você aqui, mas, graças a Deus, nunca esperei que você me aconselhasse sobre qualquer assunto. Eu o mantenho aqui apenas para poder ficar de olho em você. O que isso tem que ver com consciência? Agora, preste atenção. Pergunte a si mesmo: o padre não faz a ronda em sua paróquia? Não vai bater na porta das pessoas para perguntar sobre o bem-estar do seu rebanho? Não aparece inesperadamente em eventos? Ou as pessoas não o encontram de repente? E assim por diante. Agora imagine que você está em casa, alguém bate à porta e grita: 'Tem alguém em casa?' Você reconhece a voz e quer retribuir a saudação. O que você grita em resposta? Pense com cuidado."

O assessor franziu a testa, pensou bastante e a iluminação veio. Ele sorriu timidamente e entoou:

"Padre, é o senhor?"

"Exato!"

O assessor se dobrou de rir.

"Ah, Mordomo do Povo, o senhor é demais."

"Eu não. Foi o padre que não aguentava mais aquilo. Daquele dia em diante, ele não teve paz de espírito. Consciência, o que é isso? O que importa é a paz de espírito. A pergunta que ele sempre fazia a si mesmo, depois disso, sempre que ouvia aquela saudação, era: Será que é uma saudação genuína? Ou estão tirando sarro de mim? As pessoas faziam uma cara séria, ou enfeitavam o rosto com um sorriso bajulador e diziam: 'Padre, é o senhor?'. E o miserável homem não sabia o que pensar."

"Ele devia ter transferido aquele sacristão."

"Na mesma hora! Agora você está usando a cabeça. Trabalho cumprido, pode ir embora. Para outro lugar. Dê uma promoção para bem longe ou mande fazer um curso especial. Eles não podem negar. Ganham ajuda de custo para viagens. Todo mundo gosta de dinheiro. Nós recebemos essa solução em uma bandeja de ouro, e você ousa reclamar? E pode passar isso para todos os que o incentivaram a vir me fazer essa pergunta idiota — você acha que eu não sei? Vocês são todos muito burros. Diga a eles que eu falei que eles tinham de agradecer por terem alguém que conhece do assunto e cuida dos seus interesses. Agora vá e mantenha-o ocupado. Quando eu estiver pronto, traga ele aqui para eu desejar boa sorte e boa viagem. Ande, vá. Ele é imprevisível, igual ao pai. Eu conheço a família. Então não deixe ele sair. Dê a ele tudo o que quiser!"

O assessor ofegou e depois ficou radiante. Um sorriso de gratidão se escondeu em seus lábios, e um movimento corporal distinto acompanhou sua partida. Mas, por causa dos chinelos, quase pulou ao abrir as portas do santuário, então correu alguns metros ao longo do corredor até a sala de espera e deu um susto no engenheiro, tirando-o de seu estado distante de ruminação. Dessa vez, ele se sentou ao seu lado e se acomodou confortavelmente.

"Está tudo certo. O Mordomo do Povo vai recebê-lo a qualquer momento, eu prometo. Se for preciso, eu mesmo o interromperei, não importa o que esteja fazendo."

"A qualquer momento é quando? O nosso compromisso estava marcado para..."

"Ele sabe, sr. Pitan-Payne, ele sabe. E pede desculpas. Está se liberando o mais rápido que pode. Na verdade, a qualquer momento."

Estava na hora de ser difícil, decidiu Duyole.

"Eu preciso de um drinque. Um drinque de verdade. Tem algum lugar aqui onde eu possa arrumar uma cerveja?"

Uriah entrou em pânico, mas só por um momento. Ele tinha ordens para mantê-lo ali, e aquilo parecia ser — cedo demais — o primeiro teste. Empertigou os ombros.

"Alguma marca em particular, senhor? Acho que sei onde podemos conseguir uma cerveja."

"Desde que esteja gelada. Bem gelada. Estou desidratado. O que tende a afetar o desempenho. E o senhor sabe que é preciso estar com a cabeça no lugar quando se está diante de um poder. Qualquer forma de poder. Ainda mais Sir Goddie em pessoa."

"Deve ser o ar condicionado", propôs Garuba, e ele pareceu imensamente aliviado. "Às vezes até eu me sinto sem umidade. E aí percebo que não consigo pensar direito."

Duyole sufocou um riso de desdém.

"Na verdade, cá entre nós, acho que é o meu ronco. Quero dizer, eu sei que é o meu ronco. O guru que vende a cura na internet foi enfático. Sabia disso? O ronco afeta o nível de desidratação da pessoa."

O consultor ficou olhando, de boca aberta.

"Quer dizer que tem uma cura? No meu povo, achamos que isso fica a critério de Alá. Igual a arroto. Não se deve tentar impedir."

"Sério?" E, pela primeira vez, Duyole realmente *olhou* para o seu equivalente, com um genuíno interesse humano. "O senhor não está inventando?"

"De jeito nenhum", Garuba o tranquilizou. "O senhor precisava ouvir os roncos à noite no complexo da nossa família. Acho que uns roncavam de propósito, para os outros pensarem que foram tocados pela varinha especial de Alá."

"Interessante." Duyole pareceu pensar no assunto. Depois de quase quatro horas de espera, sentia-se impelido a ser imprudente, até mesmo a saborear a quase certeza de que a sala estava grampeada. Ele se inclinou para frente e, com a voz mais confidencial, perguntou: "E o peido? Isso também é considerado intervenção divina?".

Como alguém que simplesmente afirmava possibilidades universais, o consultor de energia respondeu:

"Tudo depende. Por exemplo, se o Mordomo do Povo peidasse..."

Isso foi mais do que o engenheiro esperava, e ele mudou de assunto depressa.

"Não, não, não vamos virar o nariz nessa direção. E a cerveja?"

"Só um momento. Vou dar um pulo nos alojamentos. Sua Excelência, o Mordomo, disse que bastava o senhor pedir, e eu deveria entregar."

Ele sorriu. E se foi.

7. Um roubo de propriedade intelectual: A história secreta

Pitan-Payne se recostou na cadeira estofada, inclinou-se para pegar uma revista e puxou a mão depressa. Lá estava, bem no topo da pilha, como a recepcionista havia indicado — *A formação de um Mordomo do Povo*. Ele a pegou pela beirada — parecia quente. Talvez a mulher não estivesse exagerando, afinal. Seus olhos percorreram as páginas — a maioria coberta de fotos brilhantes —, e ele bufou. Tem gente que se satisfaz com tão pouco! Duyole Pitan-Payne não era do tipo que se deixava enganar por coisas superficiais e simplórias. Desavergonhadamente ávido pelo "essencial" e pela "informação quente", ele se empenhava em explorar mesmo a fonte mais marginal, até reunir uma versão tumultuada da anedota mais insípida e incluí-la em seu repertório particular — deixando os fatos e detalhes básicos intactos, mas com uma versão final quase irreconhecível da história original. O parto do *Mordomo do Povo* não era diferente, um drama ocasionado por um dos mais ousados roubos de propriedade intelectual, insistiria ele, pelo qual o criminoso merecia uma medalha nacional ou um golpe direto dos prejudicados. De acordo com todos os sinais que havia recebido desde a sua chegada, não fazia a menor diferença. Por ele, eles podiam conduzir uns aos outros à destruição mútua. Naquele momento, o engenheiro apenas babava de expectativa. A adoção de "Mordomo do Povo" como o novo rótulo de identidade do primeiro-

-ministro parecia ter selado aquela crise sem precedentes. Mas o que de fato havia acontecido nos bastidores?

Um político canalha e praticamente desconhecido, ele havia desertado o próprio partido político, então em oposição ao governo central, embora ocupasse a cadeira do poder em seu estado. Sua ambição era ser governador. Negada a indicação de seu partido para o cargo, ele desertou — o que era normal — e se juntou ao partido no poder. "Ouvi os anseios do meu povo, como convém a um verdadeiro líder, obedeci ao seu chamado e agora ingressei na minha verdadeira família política." A recompensa foi a nomeação instantânea para o cargo de governador de seu novo lar político e agora concorrente do antigo partido.

"Vexame, vetos de urnas e uma vergonha de nação", gritaram os perdedores. Sequestro de agentes do partido, em plena luz do dia e na presença de observadores internacionais; decapitações, urnas voadoras e leitos de rios com os mesmos óvnis; chuva ácida através das fendas das urnas substitutas acorrentadas; uma demonstração de pouco respeito até mesmo pela virtude da originalidade — o mesmo cenário, as mesmas mãos identificáveis: o resultado divulgado era final. Os observadores internacionais deram sua opinião e depois voltaram para casa, para documentar suas descobertas. Que diferença fez?, zombaram os vitoriosos e lamentaram os perdedores. Setenta e cinco por cento das eleições daquele ano acabaram nos tribunais de qualquer forma. O estado estabeleceu um recorde histórico de ataques eleitorais, ostentando nada menos que cento e oitenta e cinco fatalidades, a maioria delas ocorrida em plena luz do dia.

Até aí, tudo bem. Tudo isso era de conhecimento público, mas quantas pessoas poderiam se gabar de ter recebido pelo menos alguma informação privilegiada de verdade? Isso, gabava-se Pitan-Payne, era o que distinguia os homens dos meninos! E lá estava ele, na própria fonte. No mínimo, conseguiria arrancar a verdadeira *fabu** daquele seu equivalente idiota.

Foi só ouvir o barulhinho rápido de sandálias de couro de sola plana estalando entre os calcanhares do usuário e o piso de madeira que percebeu que já estava lambendo os lábios secos — tinha sido uma longa espera, e ele ansia-

* Oriunda do inglês "fabulate", é uma gíria iorubá que significa uma história cheia de fantasias, distorções da realidade e mentiras. (N. T.)

va por aquela cerveja! Se o deus do sucesso tivesse de fato pousado sobre os ombros exploradores de Garuba, ele jurou nunca mais chamá-lo de Uriah Heep. Os passos se aproximaram e a porta se abriu. O convidado do primeiro-ministro nem tentou disfarçar a ansiedade, seus olhos se fixaram nas formas distintas, mesmo sob o disfarce do papel pardo — e não era só uma, mas duas! Duas latas pequenas, mas ele mal podia esperar para saborear o conteúdo.

"Obrigado. Não precisava se esforçar tanto para mantê-las geladas", Pitan-Payne tranquilizou o portador com gratidão.

Shekere Garuba ficou confuso. Levantou uma das formas de papel pardo como se fosse perfurar a embalagem.

"Vieram direto da geladeira."

"Sim, agradeço o cuidado. Aqui. Deixe-me tocar." Pitan-Payne tocou, depois abriu a embalagem e pousou a palma direto na lata, sorrindo de satisfação. "Obrigado, sr. Garuba. A embalagem a manteve na temperatura da geladeira. Que você sobreviva até mesmo à Vila Potência."

A ficha caiu.

"Ah, não, a embalagem não era para manter a temperatura. Era só para as pessoas não formarem uma imagem equivocada da presidência."

"Imagem? Que tipo de imagem?"

"Não queremos que as pessoas pensem que só o que fazemos aqui é beber."

"Ah, claro. Eu sempre me esqueço. Este lugar foi o campo de batalha das imagens, não foi?" Tocou a monografia. "Queria ter estado aqui ontem." Ergueu o lacre da lata, tomou um longo gole e perguntou: "Sir Goddie é abstêmio?".

Garuba deu uma risadinha.

"Quem? O Mordomo do Povo?"

"Achei mesmo que não fosse. E isto aqui não é uma mesquita, é?"

O contato ficou imediatamente em alerta. Sir Goddie tinha razão; o homem não passava de um causador de problemas. Olhou-o com cautela.

"Essa cerveja veio da geladeira particular da primeira-dama — eu fui diretamente aos aposentos dela. Na verdade, ela soube que o senhor estava aqui por meio do Mordomo do Povo. Eu não sabia que eram amigos de família."

"Não somos", Duyole o corrigiu com firmeza.

"Não? Ela falou como se fossem."

O engenheiro balançou a cabeça com firmeza.

"Não é verdade."

Agora o emissário estava confuso.

"Ela até me pediu para avisar que o senhor é bem-vindo para o jantar, se a audiência se arrastar até tarde."

Duyole balançou a cabeça negativamente enquanto tomava um segundo gole.

"Está com cara, não está? Acho que essa reunião nem vai mais acontecer hoje. Só espero que os senhores se lembrem de que vou sair do país em alguns dias. E depois que voltar para Badagry, não venho mais aqui."

"Claro, claro, é por isso que o Mordomo apressou a reunião — o senhor sabe que ele só chegou há uma semana. Olhe, sr. Pitan, ele certamente vai receber o senhor. É por isso que estou aqui. Ele me pediu para lhe fazer companhia."

O engenheiro se acomodou mais confortavelmente em seu assento. A chave para o segredo da história completa estava naquela publicação, então ele a pegou mais uma vez, ostensivamente.

O contato não resistiu.

"É a minha última publicação. Muito recente. Na verdade, acabou de sair do prelo. O que o senhor achou?"

"Eu ainda não tinha começado a ler."

"A capa original dizia *A formação de um servo da nação*. Tenho certeza de que o senhor já conhece essa história. Todo mundo conhece. Mas não o problema que ela causou para nós aqui. Tive de correr para parar as máquinas no dia seguinte àquele infame comício. Essa nova capa... o senhor nem imagina... a gráfica teve que passar a noite aberta, só para mudar a capa. E mais as poucas páginas que continham o *servo* original. A vila é realmente abençoada com uma equipe muito dedicada."

"Por que a pressa? Reciclagem é uma coisa tão comum na governança. Reciclagem e trituração de papel fazem parte do negócio."

"Não há tempo a perder. O Dia da Independência está chegando. As eleições estão logo ali. Para não falar do festival em si. Por sorte, a vila tem a própria gráfica — se quisermos, podemos produzir milhares de cópias sem ajuda externa, até do Alcorão."

Duyole assobiou.

"Impressionante. E a Bíblia?"

“Da Bíblia também. De qualquer livro que o senhor quiser.”

“De verdade. Estou impressionado. Posso ficar com essa?”

O jovem se levantou.

“Vou lhe dar mais cópias. Talvez o senhor queira compartilhar com os seus amigos — os seus colegas cientistas e outros nos Estados Unidos. Na verdade, estamos enviando pacotes para as embaixadas. Por sorte, a versão anterior não foi distribuída — não que isso importe. Sempre é possível mandar recolher.”

Pitan-Payne ofereceu seu mais sedutor sorriso de repórter sensacionalista.

“Está tudo aqui? A história completa?”

“Ainda não, mas em breve. Tudo. O Mordomo do Povo é um líder franco, sabe. Dizer as coisas sem rodeios — essa é a filosofia dele.”

“Deve ser uma leitura fascinante. Obrigado. Mas não se preocupe com as cópias extras. Posso compartilhar esta cópia com outras pessoas.”

“Imagina. Não tem problema algum. Vou cuidar disso. Fico feliz que tenha despertado o seu interesse.”

“O meu interesse? Estou louco para ler — assim que terminar essa audiência. Uma obra magnífica como essa exige concentração, não é algo para ser feito numa sala de espera. Por falar nisso...”

“A qualquer momento, sr. Payne, a qualquer momento. Dê-nos apenas mais alguns minutos.”

“Mais alguns minutos? Por que não? Não estou com pressa. Saí de casa para o aeroporto às cinco da manhã. Só para ter certeza de que pegaria o primeiro voo, que é sempre o mais confiável. Só estou em Abuja...”, ele ergueu o pulso com o relógio em um gesto exagerado, “há mais de quatro horas. Posso esperar mais quatro.”

Sarcasmo desperdiçado; seu equivalente estava simplesmente exultante.

“Esse é o espírito. O Mordomo do Povo aprecia isso. Deixe-me pegar as cópias para você.”

“Não, não, qual é a pressa? Posso levar um pacote quando estiver indo embora. Temos muito tempo.” Ele alisou a publicação fina contra a coxa, curvou-se confidencialmente e ofereceu o próprio sorriso clássico de agradecimento, no melhor estilo de Uriah Heep. “Deve ter dado trabalho. Procurar fatos. Analisar. Depois, juntar tudo e pensar: ‘Ah, missão cumprida.’ E depois ter que refazer tudo de novo, tudo em uma noite? Aposto que o senhor já está pensando em uma continuação."

"O quê?"

"Uma sequência. Uma continuação. Algo como *O Mordomo que ninguém vê.*"

A alegria de Shekere Garuba não tinha limites.

"Como o senhor adivinhou? Na verdade, estou dando o título de *Enigma. O enigma de alguma coisa*, por aí. Porque é isso que ele é — um enigma."

Pitan-Payne ofereceu a sua expressão mais solene e assentiu gravemente com a cabeça.

"Como o senhor disse: um enigma. Foi isso que aquele governador traiçoeiro não percebeu. Ele não sabia com quem estava lidando. Tenho certeza de que esta obra é uma revelação." E deu mais um tapinha no panfleto.

"Na verdade, nem era meu departamento, mas senti que a história precisava ser contada. As pessoas não o apreciam. Elas simplesmente não apreciam o que têm. O Mordomo é uma dádiva de Deus. Um gênio. Ele é o nosso pai, mentor e profeta em um só. As pessoas o entendem mal."

"Eu sei, eu sei." O foco de Duyole mudou para um tom confidencial renovado. "Sente-se — isto é, se o senhor não tiver nenhuma emergência nacional urgente em sua mesa. Aquele homem estranho, aquele candidato a governador — que personagem, hein? O senhor o conhecia pessoalmente?"

Shekere exibiu um ar satisfeito de realização.

"Bom, veja bem, aquilo não foi realmente obra minha. O responsável foi ele próprio. O homem era uma cobra que acabou engolindo uma maçã grande demais para a boca — se me permite citar as palavras do próprio Mordomo."

O rugido de satisfação de Duyole fez o chefe de gabinete surgir do nada. Uma porta, até então camuflada na parede e invisível para ele, abriu-se para fora e, por um momento, um rosto ocupou o vão. Aliviado, Pitan-Payne ouviu uma voz de verdade emergir daquele rosto.

"Está tudo bem?"

O engenheiro acenou para ele com uma alegria exagerada — a cerveja o havia deixado de bom humor, mas, ainda mais importante, estava em uma trilha promissora e até mesmo se sintonizando com o ritmo do ambiente restrito.

"Vá embora. Meu equivalente e eu acabamos de descobrir que temos algumas coisas em comum. Obrigado, mas estamos muito bem."

As sobrancelhas franzidas do chefe de gabinete demonstraram a desaprovação de tal violação ruidosa do ambiente solene do centro de poder do país, mas ele se retirou. Duyole fez um gesto para que o assessor se aproximasse.

"Conte tudo. Vou ficar fora por um bom tempo, então vou perder toda a diversão. Algo para me lembrar e me consolar quando sentir saudades de casa. O senhor deve ter reunido muito material."

O jovem hesitou.

"Bom, não é como se eu tivesse feito algo em particular. O homem era uma matraca. Quando ele abandonou o navio e veio para o nosso lado, para a nossa grande festa, o Mordomo me pediu para ficar perto dele. Trazê-lo para os círculos internos do partido, mas também ficar de olho nele — essas foram as suas instruções. O nosso líder é muito perspicaz, sabe, muito, muito perspicaz. Não se deixa levar pela aparência. As suas próprias palavras para mim foram: 'Não confio em vira-casacas, então fique de olho nele, caso ele se torne uma maçã podre.' Eu prometi que iria ser o verme podre dentro daquela maçã podre, se ele se revelasse assim." Um sorriso de autossatisfação, e ele continuou. "*Oga* sorriu com isso, sabe. Me deu um grande sorriso e um tapa nas costas, como um igual. E disse: 'Você está aprendendo rápido — vou avisar o seu pai, ele vai ficar orgulhoso de você. Muito bem. Você vai ser o verme mortal dentro da maçã. Quando ele a morder, quero ver os seus dentes corroerem.'"

Dessa vez, Pitan-Payne reprimiu a explosão de alegria.

"Gostei disso. Gostei demais! Sabe, o que ouvi as pessoas falarem sobre a ascensão desse governador, é o caso proverbial do homem que toda a comunidade quer ofender. Então, o que ele faz? Está na época do harmatão e está frio. Então, ele esfrega óleo de palma no corpo, se envolve em cobertores e senta na frente de uma fogueira crepitante."

"Exatamente. O sujeito cumpriu a promessa eleitoral e não perdeu tempo para lançar mãos à obra. Nem esperou chegar à obra para lançar as mãos — já estava passando cheques pré-datados na tesouraria do governo, para serem liquidados assim que ele assumisse o cargo! Quero dizer, ainda nem assumiu o cargo, nem fez o juramento de posse. Mas combinou tudo isso com o governador que está deixando o cargo, que ainda está sentado lá agora. Quero ver alguém barrar isso. Quero ver!"

"Mas ele é muito rico. Tem muito dinheiro."

"Eleição custa caro. Consome dinheiro. E os políticos gostam de aparecer. Em meus quatro anos com Sir Goddie, eu vi isso acontecer. Então isso é o que eu lhe digo. Pode falar para qualquer um que o senhor ouviu isso de mim. Esse tal Akpanga, o governador eleito, já assinou pagamentos pré-datados em talões de cheques do governo. *Wallahi!* Escreva aí que eu, Shekere Garuba, disse isso!"

"Por que não fazem uma acusação pública?"

Garuba riu.

"Quem vai ser a testemunha de acusação? O parceiro dele de oposição no crime? Seja para quem está saindo ou para quem está entrando, isso ultrapassa as linhas partidárias. Quem vai aceitar testemunhar?"

"É uma pena que ele tenha imunidade. Isso significa quatro anos para encobrir seus rastros. Os arquivos se perdem. Testemunhas desaparecem."

"Ótimo. Agora o senhor entende a coisa toda. Desde que não ultrapasse os limites, o senhor pode fazer o que quiser. Ninguém nem ligou para isso. Mas o que o homem fez no comício foi a verdadeira sabotagem. Sir Goddie nunca o perdoará. Ontem, o dia todo, ainda estávamos discutindo isso. E quase a noite toda também."

Pitan-Payne se ajeitou e se inclinou para a frente, ansioso.

"Assuntos ainda mais sérios?"

"Pesados. O dia inteiro. Foi uma sessão quente atrás da outra. Somente os membros importantes do partido, do mais alto escalão, podiam entrar. Nem eu fui convidado. Só depois que eles terminaram é que fui convocado para cumprir suas decisões. O senhor consegue imaginar? Isso não está certo." Garuba parecia ressentido, triste até. Pitan-Payne o consolou com o muxoxo mais lisonjeiro de que foi capaz, dando-lhe um tapinha no joelho em um consolo gentil. Garuba sentiu um acolhimento genuíno por aquela farpa que antes era execrada — afinal de contas, ele não parecia uma pessoa ruim, era de fato um ouvido compreensivo e um confidente solícito. Seus olhos percorreram cautelosamente a sala e se detiveram um pouco na parede por onde o chefe de gabinete havia surgido e desaparecido. Satisfeito, puxou a cadeira ainda mais para perto de Duyole Pitan-Payne, cuja impaciência pela longa espera havia novamente mudado a textura de resignação irritada para a de um insaciável coletor de histórias. Já podia se ouvir narrando a reunião de crise da bancada do Pompa "de dentro", imitando vozes e incluindo seus próprios efeitos especiais. Ouviu o seu equivalente comentando: "Mas uma coisa eu posso lhe dizer, o Mordomo do Povo ficou com a melhor parte da barganha. Ele sempre consegue".

Naquele momento, o celular de Duyole tocou, arrancando do engenheiro uma forte expressão de frustração. Tentou interromper a chamada, achando que era a esposa, Bisoye de novo, querendo ter certeza de que ele ainda estava em seu posto. Então, viu o nome de quem ligava: Kighare Menka, seu gêmeo adquirido. Na mesma hora, o engenheiro entrou em modo brincalhão e indulgente, e atendeu a chamada, levantando a mão em sinal de desculpas para Garuba e dizendo o seu nome em seu melhor sotaque teatral de senhor da casa senhorial:

"Aduyole Muyomi Pitan-Payne, engenheiro e chefe da dinastia Pitan-Payne, falando. Posso saber quem diabos está me ligando?"

O que deveria ser seguido de um pedido para que ele lhe desse meia hora ou mais para retornar a ligação. Nem mesmo seu inseparável companheiro dos tempos de escola, o cirurgião Kighare Menka, teria permissão para colocar em risco a deliciosa corrente de confidencialidade que oscilava à beira do parto — a menos que fosse uma questão de vida ou morte.

Pitan-Payne se interrompeu no meio do fluxo de pensamento, com uma carranca pesada no rosto a substituir toda a frivolidade anterior. Kighare Menka acabara de falar em um idioma que ele não ouvia havia anos. Era uma língua reservada apenas para emergências, um SOS interno conhecido apenas por um quarteto cujas travessuras estudantis haviam resultado na famosa marca agora conhecida como Marca da Terra. Sem sequer se dar ao trabalho de murmurar uma desculpa educada, ele se levantou e se afastou devagar do homem com quem estivera trabalhando com tanta falta de sutileza para satisfazer seu desejo por "fofocas internas".

"Forno prontamente aquecido", Shekere Garuba pensou ter ouvido o engenheiro responder a quem quer que fosse. Sua audição não o enganara.

8. Jos

Qualquer pessoa que visitasse Hilltop Mansion, em Jos, no estado de Plateau, na Nigéria, poderia achar precipitadas as alegações de que o sol havia se posto no Império Britânico.

Até aquele momento, nenhum dos habituais frequentadores do salão privativo para membros do prestigioso Clube Manor — em sua maioria locais, mas com uma considerável parcela de estrangeiros — tinha a mais pura premonição de que aquele seria o último pôr do sol que celebrariam juntos naquele robusto legado de ocupação colonial. Era, de fato, um implante nostálgico no campo, uma imponente e majestosa casa de granito, situada em um terreno amplo e simetricamente bem cuidado, embalado por um clima temperado que parecia ter sido divinamente encomendado pelos antigos senhores britânicos. Todo aquele oásis era conhecido como Plateau, um nome que mais tarde seria adotado por aquela parte da região norte do país quando ela foi secionada por uma das ditaduras militares pós-independência.

Naquela noite, durante os preparativos para as comemorações do Dia da Independência, as conversas tornaram-se excepcionalmente acaloradas, e talvez as cinzas residuais, quando todos os membros já haviam se retirado para suas casas, tenham fervido durante a noite e depois explodido em chamas no início da madrugada. Acordados pelas explosões, muitos dos expatriados se aproximaram com cautela das frestas de suas janelas tropicais para espiar, e mais tarde confessaram que, quando vislumbraram as chamas distantes em meio à névoa do início da manhã, confundiram o brilho com os ensaios dos fogos de artifício do Dia da Independência no estado. Teria sido apenas mais um dia de cerimônias de rotina, mas o governador também havia jurado mostrar ao Boko Haram, os guerreiros psicopatas do islamismo fundamentalista, que nada impediria os cidadãos de Plateau de compartilharem os "dividendos da democracia". Assim, o evento foi projetado como um feito de desafio e de conquista do medo. Alguns acharam que era o próprio Boko Haram enviando mais um sinal de que tinha uma agenda diferente para as comemorações do Dia da Independência. Esses pessimistas se mostraram errados.

Os preparativos estavam certamente em alta velocidade, e o exército parecia manter a vantagem contra a insurgência. Infiltrações inimigas ainda aconteciam — havia ocorrido uma naquela mesma manhã, uma mulher-bomba —, mas tinham se tornado menos frequentes e pouco letais. Se o santuário escapista de Hilltop estivesse de fato em chamas — os rumores não demoraram a chegar —, os danos se limitariam a alguns pequenos detritos do passado — o que não era motivo para se lamentar, alguns poucos deram de ombros —, e as centelhas fúteis logo ficariam sob controle. A sentinela de pedra sobreviveria intacta; as rapsódias dos expatriados adoradores do sol, sempre que o sol estivesse apenas se pondo ou encerrando os trabalhos do dia, continuariam como um daqueles traços idiossincráticos que os locais achavam curiosos. Esse era um tópico favorito também entre a elite, uma aflição à qual os britânicos pareciam especialmente propensos. Chega a ser difícil especular o que os locais teriam pensado se soubessem que tais exibições já figuravam, desde os anos 1960, em despachos especiais do oficial do distrito local para o Ministério do Interior, ou seja, o escritório colonial do Ministério de Assuntos Internos. As exceções — como o cirurgião residente dr. Kighare Menka, funcionários públicos seniores, tecnocratas, diretores de escolas e alguns outros sofisticados — eram aqueles cujos tempos de escola incluíam concertos musicais com um repertório de canções que prometiam que o sol nunca se poria sobre o Império Britânico. Esses cínicos provavelmente se perguntavam se a obsessão de seus governantes com os negócios particulares do sol era uma confissão de nervosismo em relação à previsão arrogante. Afinal de contas, não era o mesmo sol que eles vinham vendo se pôr gradualmente sobre essas possessões desde antes de 1960? Um após o outro, os membros do Império pareciam se deliciar em pular da ardente carruagem solar.

Muita coisa havia mudado naquele reduto colonial, mas não a ponto de permitir que os membros reconhecessem, por exemplo, a existência de aberrações como o Prêmio Dedicação do Empregado Novato/Veterano, ou sua joia da coroa, o Prêmio Anual do Cidadão de Tato e Otimismo. Manter os pés no chão era uma coisa; passar tempo em um nível social inferior ao seu, por pura ostentação, transgredia os limites da tolerância. As aparências da presença colonial exigiam apenas pequenos ajustes aqui e ali, e não uma substituição em massa por faixas nacionalistas. O clima temperado era um bálsamo que parecia especialmente projetado também para os sucessores do mandato que partia. Era fresco, sobretudo à noite. Em geral, o sol não os incomodava.

Em algum momento, ele de fato proporcionara aos antigos administradores uma medida de consolo após o sono agitado que encerrava cada dia árduo de gerenciamento dos negócios de uma população inquieta e a perspectiva de mais do mesmo — mais um dia, *suspiro!*, entre os ingratos ladrões e desonestos, *suspiro, suspiro!* Aquele já não era mais o caso. Os afortunados residentes expatriados, cujas janelas dos quartos davam para o leste, podiam se deleitar com a pirotecnia reconhecidamente generosa que compensava a imposição diária de acordar, sinalizada pela entrada silenciosa do mordomo uniformizado. Em um uniforme impecavelmente branco, ele vinha com pés apologéticos e uma bandeja de chá para ser servida na cama — a menos, é claro, que tivesse visto o “mestre” chegar cambaleando em casa depois da meia-noite, após uma longa noitada com os rapazes no clube ou nas zonas vermelhas do interior, como a região de Sabon Gari, concedida a estranhos e infiéis consumidores de álcool. Nesse caso, ele aprendera a esperar uma ressaca na manhã seguinte, de modo que o fiel mordomo abria as cortinas com solicitude extra, para que tanto a vista quanto o ar refrescante, agora também livre de mosquitos, entrassem aos poucos. O agonizante Belo Amanhecido protegia os olhos da primeira incursão de luz, abria-os com cuidado, um após o outro por trás dos dedos abertos, piscava depressa e então bocejava solenemente o ritual de consolação do dia:

“Gabriel, olhe esse céu, essas cores.”

"Sim, senhor. Tô olhando agora mesmo."

"Não é a coisa mais maravilhosa?"

"Sim, mestre, como todos os dias."

Ainda assim, mestres e vassalos foram todos despertados pelo evento impactante, cuja memória iria perdurar nas pilhas de alvenaria carbonizada, nas louças rachadas, enegrecidas e quebradas e nas hastes metálicas e retorcidas que iriam desfigurar a paisagem durante anos. Foi tudo o que restou do robusto legado de uma relação de amor e ódio da era colonial naquela parte norte da nação, um afloramento orgulhoso e majestoso que havia dominado a região por quase dois séculos. Para a população local, em sua maioria comerciantes e trabalhadores que apenas atendiam às exigências do momento, com o rosto voltado resolutamente para a terra, não era de surpreender que fossem eles, que viviam longe da mansão em uma área conhecida simplesmente como ARG (Área Residencial do Governo), os primeiros a notar o desaparecimento noturno do invasor imperial. Esses primeiros observadores consistiam em madrugadores, muitos deles a caminho dos terminais de ônibus, indo de bicicleta para o trabalho ou esperando um táxi livre — mototáxi ou *keke napep*, os triciclos indianos, cada vez mais comuns ali.

Mesmo quando envolta pelas névoas do harmatão, a colina proeminente (apenas uma de uma cadeia que se estendia, com largos intervalos, inclinada e íngreme, por mais de cento e oitenta quilômetros na direção da capital, Abuja) ainda oferecia uma vista — uma não, várias! — pela qual valia a pena acordar cedo, caso você tivesse inclinação para a pintura, como testemunhavam os Constables, os Turners etc., recobrindo com suas molduras a parede da sala de leitura, do bar e dos amplos corredores de Hilltop Mansion: diferentes faces do platô encobertas pela névoa, enquanto o sol rompia corajosamente através de manchas de véus furtivos, como se as centenas de mosquiteiros da ARG tivessem se esvoaçado pelas amplas janelas e aos poucos se desfizessem em graciosas cortinas.

Isso foi antes, quando era possível prever as coisas de acordo com a estação do ano com uma precisão quase que de calendário. No entanto, como em tudo o mais, a chamada "mudança climática" surgiu primeiro sorrateira e então acelerada. Havia outras diferenças, não reconhecidas, algumas muito mais profundamente penetrantes e malignas do que a invasão do deserto, que já era em si própria um exercício prolongado e fenomenal de negação. Às vezes, o cirurgião residente dr. Menka temia que a mudança infectasse as próprias colinas, que ele acordasse um dia e as brumas tivessem se dissipado, mas levado as colinas consigo. Até então, porém, elas pareciam estar resistindo. Menka não queria perder o consolo da fantasia que acompanhava a sua contemplação das colinas de que podia caminhar ao longo da beirada, depois deslizar por uma rampa natural do outro lado e se encontraria em sua aldeia, Gumchi, localizada em um dos vales, mas ostentando montes de granito puro que se erguiam para ofuscar as colinas ao redor. O fato de que sabia que levaria nada menos que seis horas de carro por uma estrada sinuosa para chegar a um vilarejo no qual não entrava havia tantos anos não importava.

Mais impressionante — talvez por ser um tanto incongruente — do que os Constables e Turners amadores, e ocupando um lugar de honra em sua glória rebuscada de caligrafia em crochê, era a máxima perdurada ali pelos primeiros ocupantes da mansão. Era uma relíquia que presidia a espaçosa lareira do salão principal e que havia sobrevivido a gerações de inquilinos de Hilltop. Medindo quarenta e cinco por quarenta centímetros, a decoração de parede trazia a inscrição "Condutas Constituem Caráter", frequentemente invocada com jovialidade pelos membros como o manifesto do Triplo C — ou simplesmente CCC. Apesar de provocar constantemente variações irreverentes, dependendo de quem e em que estado de lubrificação se encontrava, era o pilar inviolável para a conduta dos membros, para a qual até mesmo a estrutura física parecia servir de prelúdio. Mantida em sua condição quase intocada, um monumento ao passado, a mansão histórica de fato também atestava, como corolário, o princípio de que o ambiente condiciona a conduta social. Os visitantes eram recebidos por um interior que era um sonho de qualquer bibliotecário, com paredes forradas por painéis de madeira envernizada, carpete grosso, revistas britânicas velhas e amareladas e lustres requintados, tudo isso após passar por uma entrada de sebes geométricas e uma fachada de paredes cobertas de líquen e vitrais nas arquitraves, para imbuir nos membros — e nos hóspedes — um comportamento que era mera e superfluamente resumido pelo Triplo C em destaque, condicionando os movimentos da equipe doméstica, a colocação de objetos, o nível vocal das conversas e até mesmo os gestos que as acompanhavam.

Infelizmente, tudo isso desmoronou durante a contagem regressiva para o memorável aniversário da Independência. A decoração e o decoro britânicos presidiram pela última vez o marco de Hilltop, um abalo sem precedentes para o qual o incêndio real foi um mero espetáculo de afirmação.

Dentro de seus muros, tudo transcorria como de costume, de forma segura, moderada e previsível. Os membros do clube admitiram ter apenas um conhecimento desdenhoso da loucura que continuava a dominar grandes áreas do norte do país, com muito mais infâmia no nordeste. Verdade seja dita, em um país parcialmente tomado pela turbulência, foram de fato esses acontecimentos os responsáveis por incendiar a noite, mas foi a conduta do próprio celebrante, o dr. Kighare Menka — uma violação grosseira do CCC —, que deixou todos atentos e ansiosos, e assustou seus ouvidos incrédulos, enquanto se torturavam sobre o que pensar do portador de más notícias — talvez até sobre o que fazer com ele. *Condutas Constituem Caráter*? O lado oposto e intolerável disso era a *Má Conduta*. Os associados e convidados simplesmente não podem se sentir desconfortáveis nas dependências do clube. E, ironicamente, o único veículo dos maus modos foi o homem a quem eles tinham vindo prestar homenagem em massa. Não se tratava de um evento formal, o aviso habitual havia sido enviado aos associados: "Venham depois do trabalho. Um de nós — e de um canto pouco conhecido do nosso estado anfitrião, Plateau — trouxe distinção ao clube, tendo conquistado a principal honra nacional, o primeiro membro a entrar na Lista de Honra em qualquer grau. Bebidas por conta da casa entre 18h e 19h30; depois disso, metade do preço até as 21h, e, após esse horário, voltamos às taxas de associação".

A recepção foi toda improvisada, mas seguiu o padrão de longa data, com algumas variações triviais para homenagear a tradição local — a quebra da noz-de-cola e o derramamento de libações para os ancestrais sedentos —, tendo as próprias variações se fundido ao longo do tempo com os rituais herdados. Nada realmente fora do comum. Um discurso de boas-vindas feito pelo secretário para assuntos sociais, algumas reminiscências, elogios e piadas. Um voto de agradecimento. A noite prosseguiu com observâncias familiares e ritualizadas que teriam recebido a aprovação de seus antecessores britânicos. Em seguida, foi a vez de o homenageado, o eminente cirurgião Menka, responder. Não se esperava nada surpreendente, nada único, ponderado ou provocativo, nada polêmico. Um agradecimento comedido pela "honra desse reconhecimento etc., etc.", especialmente significativo naquela época de júbilo nacional. Esperanças de que o próximo ano testemunhasse a saída definitiva dos fanáticos religiosos etc., etc., pietismos proferidos com sinceridade genuína, ao que tudo indica. O evento formal logo terminou; e o clube reafirmou seu ambiente de bonomia gentil britânica.

O convidado de honra havia até assumido sua posição favorita no bar, com a caneca de cerveja na mão. Quando a erupção ocorreu, sua voz soou estranha até mesmo para a sua audição, como se viesse de algum lugar fora de si. Só depois ele reconheceu que se tratava de uma catarse havia muito reprimida e à espera do momento da detonação. No entanto, admitiu para si mesmo que, ao refletir, ela ainda oferecia um vislumbre de algum brilho emergente. Nem tudo estava perdido. O que aqueles colegas — e estrangeiros — estavam admitindo, apesar de seu desconforto, ressentimento e indignação, e justamente por causa disso, era que, apesar do CCC, alguns atos estavam fora do ultraje moral, que a emoção em si ainda era válida na realidade, que ela implicava uma discriminação moral, uma postura que estava começando a considerar simplesmente presunçosa.

Nada disso diminuiu o caráter inesperado da explosão ou o impacto. Menka não estava consciente de sua aproximação. Não tinha explicação e não a ofereceu. Só sabia que algo estourara dentro dele, como se a explosão daquela manhã no mercado tivesse ocorrido no fundo dos recessos de suas próprias entranhas, que então involuntariamente vomitaram todo o seu conteúdo, encharcando Turner, Constable, Ruskin e as inibições do clube em seu fermento engarrafado. Só pôde concluir que ele, Kighare Menka, o famoso dr. Condutas ao Leito, perdeu a calma e violou o princípio fundamental do *Condutas Constituem Caráter*, substituindo-o por uma *Má Conduta* de uma maneira até então sem precedentes e por meio de confissões que teriam revirado o estômago dos fundadores do Hilltop Mansion Club.

Depois de fazer um balanço, o digno cirurgião se sentiu injustiçado. Afinal de contas, não fora o iniciador. Ele havia desempenhado o seu papel, recebera com graça os aplausos dos colegas, aceitara o presente embrulhado, que se recusou a abrir no local, e estava calmamente reunindo seu ser físico para se juntar a seus pensamentos, que o haviam precedido em muito até o seu apartamento de solteiro nas mesmas colinas. Kufeji, o tesoureiro do clube, com quem mantinha uma relação bastante normal, mas cordial, apareceu. Estava com o jornal do dia nas mãos e os olhos grudados em seu conteúdo.

"Dê uma olhada nisso, doutor." Deu uma risadinha. "Parece que você tem uma concorrência acirrada."

Menka, que estava fitando a variedade de garrafas no bar, ergueu a cabeça e perguntou calmamente:

"O quê?"

"O país está cheio de aspirantes a cirurgiões. Basta dar uma olhada."

Menka fez um gesto de descaso.

"Conte uma novidade."

"Não, não, não, você tem que ver isso. Escute." E começou a ler: "'*Treze*', anote bem o número, nunca tivemos tantos de uma só vez, '*treze* suspeitos de pertencerem a gangues de rituais e seus patronos, entre eles herbalistas, um pastor de igreja e clérigos islâmicos conhecidos como alfas, foram presos por agentes da Equipe de Resposta de Inteligência (ERI) do inspetor-geral da polícia...' Ei, espere um pouco, eu não tinha notado isso. É no meu estado! Ah, meus malditos ancestrais! É no meu próprio estado! Maldito seja eu se vou disseminar isso com minha própria boca".

"Vamos lá, sem censura. Leia tudo — não deixe nada de fora!" O leitor não sabia o quão longe sua voz havia chegado, permitindo que os ocupantes de uma mesa próxima o ouvissem nitidamente enquanto ele lia a manchete:

"'Gangue ritualista de treze membros desfeita, revela inspetor de polícia.'"

Outros membros começaram a se reunir, ansiosos pelos detalhes escabrosos. De acordo com todas as contas, o número era excepcionalmente alto. Na maioria das vezes, esses grupos operavam em unidades menores. Era um caso para os livros de recordes.

"De jeito nenhum!", Kufeji protestou. Por que expor o meu próprio estado ao preconceito? Como eu posso saber que não é fake news?"

Isso, previsivelmente, atraiu gritos de escárnio.

"Ah, é? Até agora não tinha nada de fake news. Continue. Termine de ler."

Ele os ignorou, recostando-se contra o balcão do bar e apertando o jornal junto de si para protegê-lo dos olhares curiosos.

"Eu estava me dirigindo ao médico, e não à turba... Tá bom, tá bom, eu leio. 'Treze pessoas foram presas por supostamente terem matado uma dona de casa de trinta anos, a sra. Abosede Adeyemi Iyanda. Os suspeitos são: Segun Olaniyi, quarenta e dois anos de idade; Adewole Oluwafemi, quarenta e um, conhecido como Pastor; Mustapha Iliya, conhecido como Alfa...' A matéria dá o nome de todos os treze, vejamos, trinta e sete anos, cinquenta e seis, quarenta e oito etc., todos parecem ter entre trinta e cinco e sessenta anos."

Ele baixou o jornal e examinou o salão.

"Imagine só, a idade média dos nossos membros de elite. Pelo que sabemos, todos vocês podem fazer parte dos que ainda estão soltos." Ele balançou a cabeça em sinal de tristeza e fez uma reverência, depois continuou. "Outros oito foram identificados, mas ainda estão foragidos; o inspetor de polícia ameaçou incluí-los na lista de mais procurados. A filha da vítima teria escrito diretamente para o inspetor-geral depois que a mãe desapareceu na volta do trabalho para casa. O herbalista confessou..."

Cada vez mais ouvintes estavam se aproximando do leitor. Menka tentou mudar de lugar, mas se viu bloqueado.

"Não, não", implorou Kufeji. "Estou quase chegando na parte que realmente chamou a minha atenção, a parte que lhe diz respeito. Aqui... preste atenção. Escute isso. 'De acordo com a confissão do ritualista, a vítima já tinha sido sua amante, mas agora estava casada com outra pessoa. Alguns clientes o procuraram para fazer um ritual para ganhar dinheiro, por isso ele a enganou e a fez voltar, dizendo que tinha tido uma visão de perigo para ela e que ela precisava de libertação espiritual. Em seguida, contatou Ayo Adeleye para vir e fazer o abate. Depois de mandar buscar comida para a mulher, Segun colocou alguma droga na comida, para que ela ficasse com sono. Ela foi então instruída a se lavar no rio para o ritual de limpeza. Ela obedeceu e tirou as roupas, de modo que ficou completamente nua. Enquanto Abosede lavava o cabelo, Ayo enfiou a sua cabeça no rio, pegou um canivete e a matou. Em seguida, ele e Segun tiraram o corpo do rio...' Agora olhe só isso, doutor, olhe só *isso*! 'Ele desmembrou o corpo, separando a carne dos ossos, conforme orientação de Segun. Alguns deles supostamente assaram a carne e a comeram com bebidas quentes. Entre os itens recuperados pelos agentes da ERI estavam seios humanos em decomposição, uma garrafa e uma cabaça com carne humana queimada e misturada com uma substância líquida, um pé humano completo, pedaços de crânio humano seco. Um SUV Laura placa...'"

A essa altura, a multidão espiando por cima dos ombros do leitor já era considerável e juntava-se a ele com suas próprias informações vislumbradas no jornal, pontuadas por exclamações de descrença, imprecações e propostas de eliminação sumária dos acusados ou implicados. Por alguma razão, a polícia fora excepcionalmente generosa com os detalhes — era obviamente um daqueles casos de ostentação da culpa proporcionados pelo sucesso dos detetives, e de natureza especialmente sensacionalista. Fotografias dos acusados capturados adornavam a página, a maioria deles agachados e segurando cartazes com seus nomes, outros com alguns dos implementos recuperados utilizados na cirurgia rudimentar. Até as placas dos veículos apreendidos na operação apareciam na matéria. Perfis individuais — endereço, ocupação, conexões locais e outras — preenchiam graficamente a página, como que em um esforço para dissipar toda a incredulidade, afirmando que, de fato, não passavam de seres humanos da vizinhança. Os fatos foram fornecidos voluntariamente pelos suspeitos, com tantos detalhes que só se podia imaginar se eles haviam recebido a chamada "droga da verdade", cujo último boato correra o país durante o interrogatório de um dos golpistas fracassados da nação, o infame coronel Dimka, preso em um bordel em Asaba após uma tentativa frustrada de derrubar o regime. Todos os jornais noticiaram que ele estava cantando como um canário, praticamente em estado de euforia.

Sem dúvida, o dia do dr. Menka tinha sido extraordinariamente estressante, revezando-se entre a ala de emergência do hospital e a sala de cirurgia — com uma quantidade de formas humanas um pouco acima da média, às vezes irreconhecíveis. A cota de mulheres fora especialmente enervante — a bomba tinha sido colocada em uma cesta de cebolas na seção de legumes e verduras do principal mercado de Jos. Foram mais de dez horas ininterruptas desde o momento em que ele fora acordado, levas e mais levas de vítimas — em bicicletas, carroças, carrinhos de mão e motocicletas —, até que ele pudesse entregar os ferimentos leves e os casos de choque aos assistentes e, então, encerrar o dia. Tomou banho e trocou de roupa no hospital, depois dirigiu até a recepção do clube com gratidão. Precisava relaxar um pouco antes de por fim voltar para casa. O clube cumpria essa função; na verdade, parecia especialmente adaptado para esses dias de crise, como se a carnificina humana tivesse sido incluída na mansão por seus proprietários falecidos. Aquela casa intermediária era uma terapia eficaz, seguida de um jantar tranquilo e a sós, necessária e totalmente a sós. Depois dos gemidos dos feridos e dos estertores das vítimas fatais, ele necessitava daquele período de solidão, do silêncio restaurador das colinas. E por fim, com sorte, cairia em um sono profundo, insondável e ininterrupto. De manhã, substancialmente revigorado, mas nunca de todo recuperado, voltava ao hospital para fazer a ronda da enfermaria. Essa rotina lhe rendera o apelido, dado por pacientes e colegas agradecidos, de dr. Condutas ao Leito. Sem dúvida haveria algum tempo até que outro ataque o levasse de volta à sala de cirurgia. Se isso acontecesse, apenas se preparava e se movia entre os mortos e mutilados como alguém nascido para aquela ocupação e nenhuma outra. Menka havia atingido um nível de distanciamento que às vezes o fazia se sentir como os urubus que chafurdavam na contagem de corpos e nas manchetes escabrosas que a mídia publicava, para não falar dos que registravam os desastres, com suas câmeras de telefone obsessivamente preparadas para o voyeurismo da internet, perseguindo sobreviventes atordoados e vagando sem nada ver, caminhando por entre escombros, impulsionados por algum destino interior que lhes acenava, alheios ao que os cercava ou até mesmo aos seus próprios ferimentos fatais, simplesmente levados por algum impulso interior até que o fio desgastado e invisível se rompesse e eles caíssem em uma vizinhança de todo não afetada, mortos na chegada.

Em meio a essa brutalidade imprevisível, mas o tempo todo antecipada, foram os ferimentos domésticos, não relacionados à insurgência, que mais esgotaram suas reservas. Algo parecia irreversivelmente desequilibrado, transformando o terreno humano que ele achava que conhecia de modo tão íntimo em meros campos de maceração. Aquela continuava sendo a mais atormentadora invasão de sua liberdade profissional. As vítimas dessa guerra interna não declarada, na maioria das vezes unilateral, composta dos mais vulneráveis e desavisados da sociedade, muitas vezes disputando espaço, pois suas condições exigiam precedência sobre a urgência da carnificina terrorista. Os flashes vieram sem aviso — a "empregada doméstica" de oito anos levada para a emergência naquela mesma manhã, depois de uma viagem que durara mais de uma hora em estradas esburacadas. Ela viajara no meio, entre o motociclista e uma tia histérica. Chegou já meio morta. Quando o tecido solto caiu e ele vislumbrou a massa horrível escorrendo por entre as coxas dela, não teve tempo nem para hesitar. Era prioridade imediata na roleta cirúrgica. Ela morreu assim mesmo, bem debaixo das suas mãos — um fim misericordioso para o estupro em série prolongado de um empresário e seu filho de dezenove anos. Cada um desses abusos apenas fechava os canais de resposta emocional, exceto um — raiva, raiva assassina. Ela se acumulava por trás da máscara cirúrgica neutralizadora e sob as mãos rápidas e intervencionistas, sempre pairando sobre as decisões de vida e morte, nas quais a desesperança dava lugar ao duvidoso, e o duvidoso ao clamoroso — mãos treinadas em parâmetros de designação, indesejáveis, mas essenciais.

Essa era a parte mais difícil, admitia ele abertamente — imunizar-se contra horrores que não emanavam súbita e violentamente do demonismo de fanáticos religiosos e milenaristas iludidos, mas do demonismo civil. Isso parecia ainda mais determinado a vencer a terrível competição de profanação humana, física e mental. Liderando uma equipe de assistentes também cobertos de sangue por entre uma humanidade despedaçada, com instintos afiados à frente, sua mente de fato encontrava alívio na tentativa de dar sentido às crenças que justificavam tais cenas, de configurar visões daquele futuro cujo portal alguns só podiam vislumbrar através da humanidade mutilada.

E nas autoatribuições bombásticas entre os participantes da corrida pelo paraíso. Suas identidades já não importavam mais — pastores nômades mortais ou os mais recentes aspirantes ao manto dos Escolhidos, aparentemente oriundos das regiões de Burkina Faso, eles se autodenominavam Província do Estado Islâmico na África Ocidental. Ou talvez agentes infiltrados da mesma frente doméstica desavisada, de repente galvanizados para a ação por algum telégrafo místico, intoxicados pela fumaça do êxtase religioso que o harmatão soprou sobre o Sahel e ao longo dos rios Níger e Benue, impondo um reinado de morbidade abrangente sobre vilarejos adormecidos! Quem se importava com o nome que recebiam ou que dava a si mesmo? Sua vocação continuava a mesma: morbidade. Os médicos aprendiam a lidar com a cegueira dos rios, mas o currículo médico simplesmente não falava nada de loucura dos rios — a tal enfermidade jamais constou do repertório conhecido de doenças desde os primeiros xamãs, sangomas e babalaôs, então a que se atribuía essa aflição que parecia ser transmitida pelo rio das colinas de Fouta Djallon? Como diagnosticar e tratar isso?

A loucura da sociedade civil estava em um patamar superior, e isso o enlouquecia. Atormentava-o. Como os olhos arregalados de uma criança de três anos em muda acusação, violada por um avô de setenta e seis. Se ao menos aquilo permanecesse — como acontecia com milhões de pessoas — como mero alimento para as páginas sombrias da mídia, exorcizado com facilidade pela imersão em atividades, ocupações que o distraíssem de uma forma ou de outra! Infelizmente, não era o caso. A contagem de corpos dessas guerras de ruínas humanas rivais podia ser menor, mas as devastações internas excediam tanto as bombas perseguidoras quanto as AK-47 giratórias, e não se encontravam todas elas em um ponto comum — a negação da humanidade, ou ao menos a perspectiva do fim da humanidade?

Já fazia um bom tempo que ele havia começado a questionar a diferença, e, por fim, decidiu que não havia nenhuma. Quando os transgressores eram pegos, interrogados e exibidos diante das câmeras da mídia, o público podia esperar as mesmas invocações de influência atenuante de sempre: "Foi o Diabo! Por favor, eu sinto muito, o Diabo me fez fazer isso. Eu não sei o que me deu, mas sei que o Diabo estava por trás disso". E então a insolência suprema, o pedido de atenuação por aversão: "Se me perdoarem, prometo não fazer isso de novo. Vou dedicar o resto da vida a Jesus, a Alá, a Jesusalá". A dupla de estupradores, pai e filho, não decepcionou. "O Diabo me instigou", alegou o estuprador sênior. "Pergunte ao padre na minha paróquia, ele é testemunha. Pergunte a ele quantas vezes eu fui em busca de libertação espiritual." E o seu filho, chefe? O herdeiro? "Ele me pegou no ato, então se juntou a mim. O demônio não faz distinção de idade."

E, de fato, não havia outros, com ainda mais autoridade, versados em sutilezas teológicas — o governador pedófilo liderando a acusação, atestando a culpabilidade do tentador universal e, pela lógica, a exoneração dos transgressores humanos, que seriam vistos como meros agentes indiretos das maquinações do Diabo? Mas que brilhante variante demonológica do púlpito governamental — era de fato o Diabo, argumentou Sua Devota Excelência, mas operando por meio da ausência. Nunca o autoelogio foi tão retumbante — absolvição através de ausência demoníaca, um passo apenas, na verdade, para a beatificação do Diabo! Um garanhão em série de menores de idade, aumentado pelo tráfico transfronteiriço dessa classe vulnerável, ele se empoleirava presunçoso, inatacável, no santo minarete! "O Alcorão não proíbe a cópula com meninas, em nenhum lugar existe tal proibição, então quem é você para acusar? O que o Alcorão não proíbe eu sou livre para fazer." E, para completar: "O próprio Profeta" — e fique certo de que, com os seus lábios lascivos pela imunidade, Sua Excelência, o Meticuloso, jamais esquecia de incluir o ritual "que a paz esteja com ele" — "não se casou com a menor Aisha?". Fim do discurso. Fim da inocência. Início da fístula vaginal.

E é aí, Menka se enfurecia em silêncio, que somos convocados para limpar a bagunça dos apetites por frutas que deveriam mexer com os nervos de qualquer um.

Sem falar dos fantasmas daqueles que ele nunca conheceu e que nunca iria conhecer — casos escondidos entre as anotações de seus antecessores, marcados como EXTREMAMENTE CONFIDENCIAL. O aviso enigmático que dizia "Manuseie com cuidado", obra dos Intocáveis. As fotos explícitas. Os precedentes ensinam muita coisa. Ressuscitados, os arquivos rompem a barreira do tempo, independentemente da eficácia com que o ambiente sedutor se imponha entre o espectador e os vívidos replicantes, eles escalam a barreira física de colinas — nasceres e pores do sol, névoas, clubes sociais ou o que quer que fosse —, onde muitos continuam a buscar fuga. Imagens e mais imagens — quantas delas foram presenciadas em uma semana de imbecilidades rituais e agora eram ignoradas por aqueles colegas que se deleitavam em um refúgio colonial cujas paredes antigas, chaminés de tijolos queimados e princípios emoldurados apenas evocavam imagens do altar de uma igreja distante, um padre ministrante em trajes completos, mãos piedosas erguidas para colher a bênção de Deus. Nessas mãos, infelizmente, um machado prateado erguido acima de uma cabeça confiante e curvada em súplica, seus pedaços supérfluos destinados ao enterro sob o altar em um ritual — previsivelmente a mesma ilusão — para tornar milionários o guardião dos cordeiros de Deus e seus companheiros ungidos, com porções vitais servidas como comunhão entre eles.

Imagens e mais imagens de uma criança de dez anos — só que, para Menka, não era só uma imagem, mas uma paciente de carne e osso, com a perna amputada por ter fugido do noivo de oitenta anos, a quem estava prometida como pagamento de uma dívida. E quem realizou essa cirurgia? O próprio pai enfurecido, para cuja casa ela havia retornado como um santuário contra o casamento indesejado. "Ela me desonrou", lamentou o indignado pai, e devolveu ao octogenário apaixonado a filha sem uma das pernas. Algumas semanas depois, ela estava de volta ao hospital de Menka, dessa vez sem a outra perna. A ingrata havia fugido de novo, desta vez para lugar nenhum, apenas mancando o máximo que podia com muletas rudimentares e esmolas, mas não o suficiente para escapar de um pai agora incandescente, invocando

Alá como testemunha da justa restituição, da honra patriarcal. Naquela estrada de terra, ele cortou a outra perna por tê-lo humilhado perante os homens e Deus.

E então — e Menka balançou a cabeça por hábito, não que isso trouxesse alívio ou remorso — seu próprio passado o assombrava; isso ele se via obrigado a admitir. Acusava-o repetidas vezes. Ele olhava a sua própria comunidade especial de colegas habilidosos pelo mesmo prisma, todos treinados em uma série invejável de proficiências — será que poderiam se oferecer como voluntários para as hostes angelicais que aliviariam o trauma autoinfligido do mundo em que ele habitava? Não, nem mesmo a microcomunidade na qual eles se pavoneavam, privilegiados entre o rebanho. Afinal, foi dos mesmos berçários implantados de suposto esclarecimento que surgiram novas profanações, até então inéditas, de berçários que, no entanto, geraram sonhos de transformação. Ano após ano, um após o outro, esses sonhos se desvaneceram, caíram ou apodreceram. Ano após ano, ele havia adiado o seu modesto sonho a respeito de Gumchi — bom, aquele era um sonho um pouco ambicioso, mas possível —, um modesto retorno do privilégio, só isso. Como os jovens que buscavam educação profissional podiam conviver com os cultos de supremacia que assolavam os santuários do conhecimento — não eram eles produtos desses mesmos ritos de passagem enobrecedores? Será que era pedir muito deles — não, não chegava nem a ser um sonho plausível e futurista, mas simplesmente que se abstivessem de devorar os sonhos dos outros? Será que eles estavam se pavoneando pelo beco escuro da obsessão por causa do poder ou era só por emoção, a pura emoção de matar? Ah, sim, mais imitadores de cirurgiões; sem dúvida, a elite das elites, eles seguiam o manual básico da neurocirurgia, uma simples evolução do feudal "Cortem-lhe a cabeça!". E também podiam se orgulhar de pertencer a uma elite de inovadores, com os pés fincados na estrada límpida do reconhecimento. Tudo isso lhes garantia uma certa reputação, o reconhecimento do beco sem saída da inocência!

Sua mente tentou dialogar com as mentes — se é que as tinham — dos jogos de futebol da meia-noite, cuja originalidade havia atraído e indignado a nação. Quatro cabeças recém-cortadas presas em postes; elas haviam pertencido, não muito tempo antes, a membros de um culto rival. Os jogadores não deixaram de recorrer ao seu próprio demônio fortalecedor — nome comercial Tradição, talvez? Tradição universal. Tradição de fraternidade universitária com um toque cultural local para aprimorar o espírito esportivo desperto e agressivo de um continente? E assim eles prenderam as cabeças de suas vítimas em postes e jogaram futebol entre as traves totêmicas, com o campo iluminado pelos faróis de seus carros caros doados pelos pais. Os gritos de indignação e condenação eram de se esperar, mas Menka deu de ombros; tudo soava vazio, insincero. Tudo estava em sintonia com os pedófilos transfronteiriços, os promotores de fístulas vaginais, a mortalidade infantil e a proliferação de meninas de rua pedintes. Pois era assim que elas terminavam, expulsas dos lares conjugais quando suas emissões fétidas se tornavam insuportáveis para o noivo outrora triunfante, que se deliciava com a adulação de seus pares, colegas legisladores, por um trabalho bem-feito — sim, essa era uma tradição mantida com firmeza.

O legislador, que havia sido humilhado pelo público, não foi aplaudido de pé ao retomar seu assento no plenário do Senado? O mero campus estudantil era o terreno fértil do estado para essa futura liderança. Compartilhava as fronteiras com o púlpito, o minarete e o senado. Os estudantes mereciam seus campos de iniciação, não muito diferentes da gangue de sequestradores próxima ao estado do governador, vampiros pós-modernos que mantinham suas vítimas em gaiolas de grife, algumas por mais de um ano, aguardando resgate. A queixa do líder dos vampiros — a soberba acabou levando à sua captura — era um estudo de culpabilidade invertida: "Os parentes não levavam o resgate a sério. Tive que matar alguns para poder beber seu sangue fresco". Afinal, qual era o motivo do clamor público? Tradição sob cooptação, embora sem voz — ecos de tempos passados ressoando no presente de propriedades vizinhas de óleo de palma transformadas em reinos de escravos. Naqueles tempos antigos de comércio e glória, os antepassados das atuais commodities humanas de dinheiro e transporte, descendentes de exemplos históricos em ação. Ansiosos para impressionar os oficiais da Marinha visitantes com seu controle sobre tudo em seu território, os reis não cortavam a cabeça de alguns escravos e jogavam polo com elas, espetando-as e jogando-as de uma ponta de lança a outra? Então, por que a raiva? *Por que se encolerizam as nações tão furiosamente, e por que imaginam os povos coisas vãs?* Em vão ele também tentou se lembrar de onde tinha ouvido o hino pela última vez, mas desistiu. A indignação era puro sentimento. Os fanáticos por futebol não fizeram nada pior do que tocar variações modernas de músicas antigas. Uma nova geração da era digital, democrática e informativa. Os estudantes deveriam ser homenageados por oferecerem à Copa do Mundo uma ideia original na cultura totêmica — aquelas traves deveriam ter sido adotadas como o emblema da nação. A honra nacional do Dia da Independência lhes pertencia, não a ele.

Nos clubes de Hilltop, proliferando sob qualquer nome, no campus, fora do campus, debatendo em conjunto ou em grupos em torno de vendedores de notícias, desfrutando de sua leitura matinal gratuita — mais cedo ou mais tarde, chegava-se ao mesmo consenso: vasculhar o deserto, varrer o Mediterrâneo, trazer de volta as hordas migratórias, carregá-las em cápsulas e lançá-las ao espaço, para descobrir e estabelecer novas habitações onde, talvez, a redenção os aguardasse. Subjugariam os nativos galácticos e realizariam façanhas ousadas como os antigos exploradores coloniais, assim como as antigas deportações de europeus falidos, salteadores de estrada, ladrões de montanha, prostitutas, ateus, suicidas recuperados, dissidentes crônicos antissistema, vagabundos da imprensa e soldados nômades da fortuna. Outros, ainda, propuseram a criação de campos de extermínio específicos — talvez os primeiros do gênero — como uma instalação de alívio social consciente e deliberada, a ser frequentada inteiramente por pessoas dispostas a matar ou a serem mortas. Afinal de contas, isso já estava acontecendo, tinha ido além da retórica ou dos paliativos. Cada dia parecia vazio, incompleto e até mesmo irreal sem as notícias concorrentes de mais uma grave depredação humana.

Havia muita coisa que Menka desejava enfiar goela abaixo das pessoas que o cercavam naquele clube. Via seu próprio rosto entre os deles e seus clones espalhados, sempre que se deparava com aqueles centros de complacência, mas sempre se sentia inibido, até mesmo estranho. E havia o medo de confundir pesadelo com realidade — a Hilltop Mansion com a ala cirúrgica do Hospital Nacional. Qual era o pesadelo, qual era a realidade testável? Até mesmo o prêmio dele nadava entre os dois, uma enguia escorregadia, transformando-se em partes humanas anatômicas— seriam todas essas partes do pesadelo? O júri chegara a sua conclusão, mas será que o júri sabia de sua história e a aprovava? Desculpavam-na? Desprezavam-na? Racionalizavam-na, como ele havia feito? O fato de ter sido festejado naquela noite, perversamente, trouxera tudo isso à tona, um conteúdo havia muito reprimido, e ele sentiu seu estômago inflamar. O problema, ele queria gritar, é que isso sempre acontece em outro lugar, longe deste observatório no topo da colina, no vasto território nacional, antigo ou elegantemente modernizado. Só acontece em outro lugar, mesmo quando ocorre perto, mesmo que a uma curta distância, logo abaixo dessas colinas, nas planícies edificadas; acontece de forma sombria, explosiva, o tempo todo, onde minha equipe de plantão, sobrecarregada de trabalho, pode testemunhar seu imediatismo palpável — essa é a diferença. Continua sendo em outro lugar, mesmo que os sons ocasionalmente subam a colina vindos da porção nordeste da nação — Borno, Yobe, Taraba, Adamawa, Benue, seções esmagadoras de Kaduna e cidades irmãs, antes distantes da loucura, quase alcançando nossa reunião bem lubrificada nesta catedral secular. As conversas permanecem comedidas, previsíveis, desapegadas, fiéis ao decoro herdado que parece se apegar a esses retratos vitorianos, à decoração restritiva e aos CCCs, assim como as trepadeiras de um século e meio se apegam às paredes externas, distribuindo o bálsamo soporífero de um campo britânico, os inventores míticos originais e guardiões do sangue-frio. E, é claro, somos muito gratos por essas interjeições da retórica do distanciamento erudito, até mesmo do escapismo, da transferência exoneradora da realidade sombria para paráfrases ideológicas — tudo isso que convenientemente engloba até mesmo os horrores mais recriminatórios, dispensando-os em cápsulas perfeitas que podemos engolir e nos sentirmos justificados em nossa indiferença altiva e impotência pomposa. Mas podemos explicar tudo o que quisermos; ainda assim, não podemos evitar o fato.

De repente, veio à tona. O caldo de vários ingredientes, o caldo do diabo, por fim completou a trajetória, e o estômago de Gumchi do dr. Kighare Menka se rebelou. Ele começou a sentir que a própria presença naquele ambiente já o incriminava ou até uma espécie de hipocrisia exacerbada. Será que ele estava se beneficiando de uma vantagem injusta por ser médico e, portanto, estava mergulhando direto nas consequências de décadas de negligências hediondas? Era tarde demais para perguntar, para se obrigar a se organizar e a ter senso de equilíbrio. Algo explodiu. A memória apontou o dedo acusador para si mesmo. De repente, as famosas boas condutas ao lado dos leitos dos pacientes, tão prodigamente elogiadas na cerimônia do Prêmio Nacional de Preeminência, transmitido para o mundo inteiro, desmoronaram sob o ataque de protesto de um idílio Gumchi profundamente arraigado, com seus detritos voando pelas janelas britânicas de pedra e madeira. Aquilo pegou seus inocentes algozes desprevenidos, bem no meio de uma nova rodada de brincadeiras sobre os membros não registrados da Ordem das Facas Curtas, que dissecavam seus pacientes à beira do rio, tendo-os anestesiado com *ogogoro* potente por falta de clorofórmio. Não esquecendo o restante da fraternidade heterogênea, doutores também no nome — os *spin doctors* do governo, os cirurgiões cosméticos da imagem nacional, os médicos especialistas em registros financeiros, a ascendência autoprotetora de colheitadeiras de partes do corpo e especialistas em transplantes da realidade, os apropriadores dos órgãos vitais da sobrevivência social que deslocavam e substituíam à vontade. Como ele próprio, embora não tão tecnicamente, eles exerciam poderes de vida e morte, mais inclinados, no entanto, às escolhas que os definiam, em primeiro lugar e acima de tudo, independente de suas profissões, como agentes funerários sociais.

Fora um daqueles dias em que, depois, Menka desejaria poder reverter os ponteiros do relógio, ou então encontrar uma maneira de conciliar os costumes impregnados da infância com o pragmatismo tão necessário para os ajustes da vida adulta — afinal, vivia entre outros da espécie. Se não conseguisse, ele simplesmente desejaria nunca ter deixado as colinas de Gumchi, quase desejaria nunca ter colocado os pés abaixo da severidade dos eternos rochedos autossuficientes, nunca ter conhecido seu amigo do peito, o irreprimível Duyole Pitan-Payne, e seu Gongo dos Quatro, nunca ter se aproximado dos portões de uma faculdade de medicina. Em geral, esses estados de espírito não duravam muito; o dever e as necessidades dos outros estavam sempre prontos para remediar a sensação de impotência.

Mas ali estava ele, sentado no bar, de costas para o salão principal, e acordou ao perceber que sua caneca de cerveja parecia ter batido no balcão, derramando seu conteúdo sobre os intrusos e encharcado o jornal cujo conteúdo havia desencadeado a nova rodada de autossabotagem. Girou no banco alto para confrontar as vozes que haviam se unido em seu laudêmio apenas uma hora antes e que ainda estavam se deleitando com uma parte do reconhecimento público de seu membro. Uma experiência extracorpórea? Sem dúvida, ele estava de fato consciente de estar se observando a uma, ou mesmo a várias distâncias. Tudo isso pertencia ao âmbito puramente acadêmico ou — recorrendo à formulação resumida de seu próprio povo — remédios após a morte. Nem mesmo ele conseguia explicar, mas sim, havia uma rachadura naquele rosto quase sempre inexpressivo, um traço adicional à cicatriz que, de alguma forma, conseguiu não desfigurar sua aparência. Tudo o que ele ouviu foi sua própria voz no registro mais alto:

"Parem com isso! Isso, fechem a matraca! Já chega. O que vocês sabem? Vocês todos, o que vocês já viram? Eu falei, onde vocês moram? Hipócritas!"

No início da explosão, ninguém percebeu do que se tratava — uma explosão provocada pela raiva. Acharam que ele estava entrando no espírito do jogo. Então viram seu rosto, e toda a conversa parou. As pessoas trocaram olhares, com a testa franzida, alguns copos suspensos a meio caminho do destino. Nada mais aconteceu de imediato, então eles se limitaram a girar o rosto e o corpo de um lado a outro, procurando uma explicação. Alguns, inclusive Muktar, o secretário do clube — ele mesmo havia presidido a posse de Menka como membro —, tentaram se lembrar de quem o havia apoiado de início. Talvez a pessoa pudesse se explicar e pedir desculpas em nome do homem. Caso contrário, ambas as afiliações seriam analisadas. O silêncio que se seguiu não poderia ter sido mais convulsivo se o dr. Menka tivesse simplesmente anunciado: "Não está na hora de concedermos aos laureados do Denovo a associação automática ao Hilltop Club?".

Por fim, uma voz soou, com um tom carregado de preocupação genuína. A voz era de Costello, o ítalo-nigeriano, um dos mais velhos. Estava sentado perto do bar, acompanhando a sessão levemente turbulenta.

"Qual é o problema, doutor?"

A resposta de Menka foi imediata. Ele jogou o braço para todos os lados e sua voz se elevou com desprezo.

"Vocês. Todos vocês! Eu não acredito em nenhum de vocês. Ou vocês são todos hipócritas ou... ignorantes! Seja qual for o caso, vocês fazem parte do pesadelo, e eu digo que não acredito em vocês — pronto. E estou cansado de ouvir toda essa conversa fiada inútil."

A voz de Costello ficou ainda mais solícita, pois ele estava ansioso para avaliar melhor a situação. Considerava Menka um amigo.

"Tenha calma. Eles estavam só brincando. Alguém falou alguma coisa ruim?" As pessoas fecharam a cara e fizeram gestos de perplexidade. "Menka, nós viemos aqui para celebrar você. O que aconteceu, meu amigo?"

O celebrante não era um membro recente, mas poucos se sentiam inclinados ou enxergavam uma oportunidade de se aproximar dele, não que ele parecesse precisar de amizade ou aceitação. Não era um dos frequentadores habituais. Um médico tinha de estar disponível a qualquer hora do dia, portanto, ninguém esperava que ele fosse um frequentador assíduo dos eventos do clube. Contanto que pagasse a mensalidade e liquidasse a conta mensal de consumo.

Mas lá estava ele, imprensado no bar pela pequena multidão, e o desprezo em seu rosto era inabalável, na verdade endurecendo a cada segundo que passava, como se estivesse se preparando para uma explosão terminal. Ela não demorou a chegar.

"Eu não sei o que é pior", e ele estava quase gritando, "essas piadas mórbidas ou as pontificações morais. Foi um ser humano que foi massacrado, talvez o centésimo só este ano — identificado, isto é, denunciado —, e todos vocês acham hilário. E depois vem a moralização — não sei qual é o pior dos pesadelos. Um dia, todos nós vamos agradecer um pesadelo que já se conhece — um só já basta. Mas agora não. Ainda não. Portanto, tudo o que eu pergunto é: o quanto vocês sabem? Mesmo os mais bem informados, o quanto vocês realmente *sabem*?"

Outra voz, mais uma vez não hostil, ainda não, tentou uma contenção bem azeitada. Tinha que haver uma explicação. Aquilo era incomum, sem precedentes.

"Muito bem, nosso dr. Condutas ao Leito", a voz praticamente cantou, "isso não se parece com você, então diga o que não sabemos. O que o está consumindo? Não sei quanto aos outros, mas eu estou perplexo. Não podemos mais brincar? Como você acha que alguém se mantém são neste país? Isso é conhecido como humor negro, caso você nunca tenha ouvido essa expressão. Como médico, você deveria até prescrever para os seus pacientes. O humor negro é bom para a digestão."

Um membro do outro lado da sala ofereceu:

"Talvez tenha acontecido algo terrível no hospital, algo que ainda não sabemos. Além da bomba, quero dizer."

"É isso, Kighare?" Costello se juntou a ele. "Você deveria ter dito. Poderíamos ter adiado a festa."

Foi como se de repente tivessem apontado um maçarico no máximo para o rosto de Menka.

"Vocês todos não comem carne?", gritou ele. "Qual de vocês aqui esteve em um açougue recentemente? Ou talvez nunca tenham ido?"

"Do que o homem está falando?"

"De você. De mim. Todos nós, tagarelando sem parar neste palácio de autoengano. É disso que eu estou falando!"

Kufeji pegou o jornal encharcado, espremeu-o e jogou-o atrás do balcão, voltando para sua mesa.

"Desculpe-me. Alguém parece ter levantado da cama com o pé esquerdo."

Murmúrios de consternação se espalharam pela sala, gradualmente se transformando em preocupação. Será que o condecorado médico da casa finalmente perderia as estribeiras? Aqui e ali, algumas risadas começaram a soar. Foi o próprio secretário, Muktar, que pegou o desafio, com o tom de ressentimento em sua voz cada vez mais alta.

"Do que você está falando, sr. Cirurgião? Você não tem o direito de vir aqui e dar lições aos membros. Muitos de nós aqui somos mais velhos que você! Evitamos falar de política aqui, e também qualquer postura de superioridade. Somos todos nigerianos — não, temos alguns expatriados, mas nem pensamos nisso, eles se tornaram parte de nós. Temos membros do país inteiro. Não, espere, preste atenção", ele afastou bruscamente a mão do vizinho de cadeira, que tentava contê-lo, "já estou farto disso. Os outros podem falar por si mesmos, mas regras são regras." Levantou o braço e apontou na direção da lareira. "CCC — está tudo ali. Detesto ter de invocar o lema. Nunca tive de fazer isso desde que me tornei secretário, mas se for preciso..."

Menka fitou o último intervencionista e depois começou a se mover em sua direção, separando com as duas mãos a pequena multidão que ainda estava ao seu redor. Quando chegou à mesa de Muktar, ele se levantou com firmeza e o encarou.

"E você? Você é daqui. *Nunca* visitou o açougue?"

"O que um açougue tem a ver com isso? Lá em casa quem compra a comida é a minha esposa. Mas posso lhe dizer que não sou vegetariano."

"Ser vegetariano não tem nada a ver com isso."

"Então o que tem a ver com o quê? Por que está se exaltando por nada? Seja direto, cara! Pare com os rodeios."

Um novo participante disse, animado:

"Ah, já sei. Carne de porco! É esse o problema? Alguém sugeriu que descartássemos a política do clube de não comer porco às sextas-feiras?"

Menka nem pestanejou.

"Que eu saiba, não. Mas estou falando de negócios. Negócios, está entendendo? Foi assim que as coisas se degeneraram. E só porque eu sou do norte, isso não faz de mim um muçulmano. Eu como carne de porco."

Muktar respondeu:

"Então seja claro. Primeiro era a carne. Agora são os negócios. Que negócios?"

"Você não me respondeu", retrucou Menka. "Você já foi a um açougue recentemente? Limpo, higienizado, bem regulado por quaisquer padrões — até com código de barras? Um açougue pode ser aprovado em qualquer padrão internacional — produtos são de marca, recém-embalados. Pois é *disso* que eu estou falando. Especializado. E não de carne de porco. Nem de carneiro. Nem de carne bovina ou de aves."

Isso só piorou as coisas. As fungadas competiam com os risinhos. O homem estava claramente desorientado. Algo acontecera no hospital. Parte dos pigarros pode ter sido resultado de empatia ou constrangimento, mas eles recobriram o salão de um desconforto e uma premonição de desastre iminente. Chudi, dono de uma voz rouca, não parecia ter ouvido bem. Balançou a cabeça pesarosamente, lamentando o ocorrido, e se dirigiu ao secretário do clube, que permanecia de pé.

"Menka, se você virou vegetariano, basta dizer logo e nos deixe em paz. Ninguém o está impedindo de lançar uma campanha vegana. Espalhe os seus pôsteres ou seja lá o que você quer fazer."

Isso pareceu funcionar como um sinal para o reagrupamento. A maioria voltou para suas mesas, mas um pequeno grupo gravitou em direção a Muktar, sobretudo os dirigentes do clube, Kufeji na liderança, talvez impulsionado por um sentimento crescente de que aquilo, de alguma forma, constituía um ataque velado à competência de seu executivo. Aquilo exigia solidariedade e contra-ataque, possivelmente uma suspensão. No mínimo, uma multa. Kufeji se aproximou e sussurrou nos ouvidos de seus colegas, mas era claramente um sussurro de palco, destinado à audição de todos.

"Eu acho que o Prêmio de Preeminência subiu à cabeça de Gumchi." O clima estava se tornando nitidamente hostil. "Você prefere o Denovo, aquele prêmio populista? Se quer virar casaca, que vire. O clube pode indicar o seu nome para o Denovo na categoria que você quiser. Ou até para o Pacto.

Podemos apoiar e fazer campanha por você. Não desconte a sua frustração em nós."

Muktar se juntou a ele com uma risada alta.

"É verdade, doutor, toda essa postura repentina por causa de um Prêmio Nacional? O que vai acontecer quando você receber o Nobel de Medicina?"

"*Wissai*? De qual aldeia? Não existe sistema de cotas na Suécia!"

Sem se deixar abater, mas com ênfase estudada, como alguém que estivesse educando alunos imbecis, Menka persistiu.

"Escutem aqui, eu não estou falando de carne de vaca. Nem de cabra. Ou de veado. Eu não estou falando de bife de alcatra, nem de vitela à caçadora, ou costeletas de porco em um restaurante chique. Um restaurante segue os mesmos controles meticulosos. A agência de vigilância local visita as instalações e o depósito para verificar a qualidade, garantir que as moscas não tenham colocado ovos na carne e que as baratas não estejam correndo pelo chão. Você não vai encontrar uma única mosca doméstica zumbindo dentro dessa cozinha. Os padrões são rigorosos. É tudo oficial. E impressionante."

Muktar virou e voltou a se sentar.

"Não sei vocês, mas eu estou cansado dessa palhaçada. Se isto é uma campanha para envolver o clube em algum projeto novo seu, você conhece as regras. A caixinha de missões fica ali. Escreva o que você tem em mente e coloque lá dentro. Na próxima reunião, discutimos. Agora não é hora disso. Nós viemos aqui para comemorar o seu prêmio, e peço desculpas aos outros pelo erro. Isso não vai se repetir."

Os sons ásperos de desagrado foram, no entanto, cautelosos e inseguros. Até mesmo os que antes pareciam desinteressados haviam se animado e estavam examinando atentos o convidado de honra, que se tornara extremamente irritante — mas por quê? Qualquer que fosse a resposta, era a mais grosseira violação do CCC de que os oficiais presentes e passados podiam se lembrar em todos os seus mandatos combinados, uma demonstração sinistra de Má Conduta. O cirurgião parecia estar embarcando em um curso implacável. Algo incomum, até mesmo anormal, estava acontecendo nessa que era, de fato, a sua segunda casa. Os olhares de apreensão estavam logo se transformando em sinais de repúdio total. O cirurgião sentiu-se esvaziado de seus extremos ardentes, esgotado. Toda a espontaneidade inicial foi neutralizada, e ele voltou a adotar uma postura mais calma.

Enquanto seu olhar percorria a sala, identificando indivíduos como se pela primeira vez, seus olhos captaram, através de uma cortina dividida, uma figura na pequena alcova ao lado das portas de batente que davam para a cozinha. Um daqueles flashes de reconhecimento mais estranhos, talvez um equívoco ou uma reminiscência zombeteira. Não que ele pudesse afirmar conhecer todos os membros do clube, mas a figura simplesmente não lhe pareceu pertencer ao grupo, ainda assim achou que já o tinha visto em algum lugar não muito distante. O homem estava de pé, esfregando ociosamente o giz em um taco de bilhar, enquanto avaliava as posições relativas das bolas na mesa imponente, talvez tão antiga quanto a própria mansão, mas em sua condição primordial e bem preservada; sem dúvida desfrutava de uma renovação regular do tecido verde. Instintivamente, Menka ergueu os olhos pelas paredes para ver se a alcova também abrigava um alvo de dardos — nunca havia de fato explorado as instalações do clube, lembrou a si mesmo pela trigésima vez ou mais. De alguma forma, sentiu que a figura, cujas feições ele mal conseguia discernir, estava prestando muito mais atenção às trocas que ocorriam no salão do que à mesa de bilhar. Pensando bem, não tinha ouvido o taco tocar nenhuma bola, nenhum som de colisão das bolas na mesa ou de uma delas caindo na caçapa. A presença de um estranho suspeito pode ter contribuído para que se sentisse um tanto exposto, ou até que havia cometido uma tolice. Começara como a atração principal e agora, em menos de uma hora, era um pária. A presença de um membro suspeito, à espreita, corroeu ainda mais o seu senso de uma chamada à ordem merecida, até mesmo atrasada, deixando o constrangimento em seu lugar. Era hora de ir para casa. A terapia final para o estresse e a excitação do dia, o jantar com o seu eu, agora completamente isolado, o aguardava.

Ao retornar devagar até o bar para pegar o presente e sair, seu olhar também reverteu à sua linha de observação; a figura tinha desaparecido, tão silenciosamente quanto havia surgido na alcova, enquanto supostamente se preparava para a próxima tacada. No salão em si, seus interlocutores voltaram aos grupos de discussão interrompidos, mas apenas em parte. Os sussurros variavam. Alguns o consideravam um maluco ou alguém que havia muito tempo escondia ser bipolar; os demais apenas seguiram perplexos com a anormalidade de tudo aquilo, com a acusação hostil sobre algo que ainda não conseguiam entender. Menka decidiu passar pela sala de bilhar, talvez conjurar sobre o alvo de dardos algumas figuras vilãs in absentia que haviam contribuído para a sua tempestade cerebral e, em seguida, enchê-las de buracos — um de seus modos secretos de aliviar o estresse. Pediu outra cerveja, bebeu em um gole e virou-se para sair. E então, de forma também abrupta, mudou de ideia. Por mais irracional que fosse, o desaparecimento de um estranho, ainda que presumido, o fez se decidir. Não foi mais do que um lampejo intuitivo. Será que a figura à espreita era a pessoa que não havia entregado a mensagem crucial que colocara os funcionários do hospital em um dilema? A visitação havia ocorrido apenas alguns dias antes. Alguém deveria ter entregado uma mensagem para prepará-lo para a visitação em si, e eles não haviam mencionado algo sobre o fato de ser um colega de clube?

A visitação acontecera logo depois do anúncio público da Lista de Honra da Independência, apenas três dias após a cerimônia de premiação. Talvez os seus interlocutores tivessem até assistido ao evento pela televisão, depois se reuniram e decidiram atacar antes que outros tivessem ideias conjuntas e pescassem o seu prêmio. Improvável, mas por que arriscar? Eles certamente foram rápidos.

Relembrando o dia em que tentaram cooptá-lo, o dr. Kighare Menka só podia se maravilhar com o quão incongruente, porém lógico, ele tinha sido. O dia havia começado de forma tranquila, quase que embalado em suas perspectivas. Seu turno prometia ser leve. Apenas duas pequenas cirurgias, e ele começou a esperar ansiosamente por um dos raros momentos em que encerraria o trabalho mais cedo. Faria a ronda habitual para checar os pacientes internados e, em seguida, passaria no clube. Era a sua hora preferida, ele passava o dia desejando aquilo, até que, relutante, aquele momento chegava: as horas logo após a clientela dos almoços de negócios ter ido embora, mas antes do início da noite, que vinha com os fiéis sedentos. Eles iam de carro — alguns com motorista — direto do escritório, tiravam a gravata e abandonavam o paletó assim que atravessavam as portas de carvalho da mansão. Naquele dia ele iria ser um dos primeiros a chegar.

Três homens estavam sentados no corredor do lado de fora do seu consultório no hospital, obviamente aguardando por ele. Aquilo o irritou. Não era seu dia de atender pacientes externos, e ele se dera ao trabalho de não marcar hora para ninguém. Intuitivamente, achou que não eram pacientes. A avaliação não tinha nada a ver com os ternos imaculados que dois deles usavam, nem com a formidável pasta de couro polido ostentada pelo mais jovem da dupla portando ternos sob medida. Os olhos rápidos de Menka avaliaram que seu couro tinha mais de dois centímetros de espessura, como se tivesse sido especialmente fabricado para resistir a um atentado a bomba, e era enfeitado com uma série de fechos com combinação capazes de frustrar todos, exceto o mais experiente especialista em fechaduras que tivesse uma noite e um dia inteiros à sua disposição. Nem o esplendor de uma *babanriga* completa usada pelo terceiro homem, o ornamentado e esvoaçante traje formal da parte norte do país, desempenhou qualquer papel em sua rápida avaliação — foi apenas a sua intuição habitual. O que quer que os tenha levado ao hospital não tinha nada a ver com a saúde deles ou, de fato, com qualquer emergência de saúde. Por outro lado, ele sentiu um tremor distinto e incômodo na pele ao longo da coluna cuja leitura era de que a visita tinha tudo a ver com o bem-estar dele próprio, Menka. Mais uma vez, era tudo intuição, insistiria mais tarde com seu amigo e confidente, Duyole Pitan-Payne.

"Senti um arrepio na espinha. Então, fiz uma careta, dei de ombros e falei: 'Menino Gumchi, aqui vamos nós de novo, vamos ver que tipo de surpresa indesejada teremos hoje'."

Por sua vez, os indesejados sorriram de forma muito afável quando ele se aproximou, derrotando o esforço de Menka de garantir que eles ao menos vislumbrassem algo de seu desagrado. Se viram, isso não pareceu incomodá-los nem um pouco. Um feixe de luz aparentemente coordenado dividiu seus rostos, como se fossem portadores de notícias inoportunas, mas ainda assim boas.

"Vocês estavam me esperando?", perguntou. Haviam se posicionado de forma que ele só poderia entrar em seu escritório caso se espremesse por entre eles. O mais jovem deu um pequeno passo à frente, com a mão livre exibindo um cartão que havia permanecido invisível até o momento da apresentação. A voz emergiu em um tom executivo praticado, profissional, mas acolhedor.

"Meu cartão, dr. Menka. Sim, viemos ver o senhor."

Com uma carranca cautelosa no rosto, Menka passou os olhos rapidamente pelo cartão.

"A minha secretária marcou um horário? Hoje eu não faço consultas."

O sorriso do porta-voz se alargou.

"Nós sabemos, dr. Menka. Hoje é seu dia de cirurgia. Estávamos contando com a sua boa vontade. Mas também tivemos o cuidado de verificar e vimos que o cronograma de cirurgias de hoje estava leve." Acenou com a mão. "Posso apresentar meus colegas?"

A admissão apenas aumentou a irritação de Menka.

"Bom, se você sabe tanto sobre a minha rotina, então também sabe que hoje eu faço as minhas rondas. Ia fazer isso agora."

"É claro, doutor. Viemos preparados para esperar. É um assunto de grande importância, um assunto que acreditamos que vai atrair o amor que o senhor tem por sua profissão. Mas, doutor, permita-me apresentar primeiro", novamente ele estendeu o braço para indicar seus dois companheiros, "meus superiores. Primeiro, meu chefe imediato e chefe de nossas operações no norte."

O superior indicado fez uma reverência e ofereceu um cartão com gentileza.

"Dr. Menka. Ouvimos muito sobre o senhor, muito antes até das recentes honras estaduais. Gostaria de lhe dar os parabéns, doutor. Seu excelente trabalho com nossos feridos... nunca vamos esquecer."

Com o seu constrangimento habitual, Menka ajeitou o peso nas pernas, recebeu o cartão e apertou a mão do homem. O jovem mestre de cerimônias voltou-se para a figura de *babanriga*, cujo cartão também havia saído das dobras de seu traje.

"O senhor não se lembra de mim, dr. Menka", disse ele, "mas já nos conhecemos. Há muito tempo, quando éramos jovens e... ansiosos. Idealistas também, se preferir. Servimos juntos, na época do alistamento. Já então o senhor se destacava entre os demais. O restante de nós — bom, éramos só parte do rebanho."

Menka não se esforçou muito para trabalhar a memória — seu grupo começara com mais duzentos e cinquenta pessoas, e ele servira sobretudo no hospital, interagindo durante todo o tempo com talvez não mais do que uma dúzia ou mais dos que foram admitidos com ele. Após o alistamento, eles foram lotados em todas as partes do país e se dispersaram. Ele leu o nome no cartão — Larinwa Odumade —, e o que leu não significou nada.

"Para ser sincero, não me lembro...", murmurou ele. Então disse depressa: "Bom, não é melhor entrar na minha sala?". Ele gesticulou para a entrada bloqueada. Os três abriram passagem, enquanto Menka tirava um molho de chaves do avental e abria a porta. Ele os conduziu até a sala, esperou até que estivessem sentados e então postou-se de pé do lado da mesa.

Eles se posicionaram no que devia ser uma ordem instintiva de hierarquia: Odumade na única poltrona almofadada, onde Menka costumava desabar depois de horas na sala de operações. Os outros dois ficaram com uma cadeira de encosto reto e um banco alto. Menka então recostou na mesa e deixou uma das pernas pendurada. O sujeito obviamente mais sênior da dupla de ternos começou a falar.

"Doutor, sabemos que o senhor é um homem ocupado e, por favor, aceite nossas desculpas pela intromissão. Não estamos aqui para desperdiçar seu tempo. Ou o nosso. Mas, primeiro, deixe-me acrescentar minhas felicitações àquelas já expressas por nosso jovem gerente. Viemos convidá-lo para fazer parte do nosso conselho de administração. É isso, senhor. A decisão foi tomada há algum tempo, mas estávamos esperando que o nosso presidente voltasse ao país. Ele estava em uma turnê mundial e a interrompeu justamente para poder se juntar a nós nesse convite. Estamos ampliando as parcerias pelo mundo..."

Menka levantou a mão.

"Espere, espere, espere, senhor..." Ele repassou depressa os cartões, para refrescar a mente.

Seu convidado o ajudou.

"Rakuniwe. Dr. Rakuniwe. Professor." E ofereceu um sorriso autodepreciativo. "Infelizmente, não um médico de verdade, como o senhor, é só o ph.D de sempre. O meu campo na verdade é a agronomia. Sou especializado em economia agrícola."

"Sim, professor. Eu estava prestes a dizer que ainda não sei que tipo de colaboração é essa. Estou completamente alheio ao que os trouxe aqui, senhores."

O suspiro sobressaltado de Rakuniwe foi seguido por um longo silêncio. Perplexos, os três se entreolharam e então voltaram-se para o anfitrião, também perplexo, com os rostos franzidos e tão profundos quanto os primeiros raios brilhantes que haviam marcado sua confiança. O interlocutor inicial, o jovem executivo, levantou-se devagar, e a pasta lustrosa deslizou até o chão — ele havia esquecido que estava com ela no colo.

"Dr. Menka, o senhor está dizendo que não tem nenhuma ideia, nenhum conhecimento, sobre o que nos trouxe até aqui?"

Menka balançou a cabeça. Com firmeza.

"Não."

Seguiu-se uma série de suspiros profundos. O trio se reuniu em um grupo, do qual por fim emergiu uma voz de protesto, a do jovem executivo.

"Mas, doutor, o nosso intermediário nos garantiu que havia falado com o senhor. Ele não chegou a fazer uma oferta — não era o papel dele. Estamos aqui para isso. Mas a natureza do negócio, certamente..."

"Eu não sei de nada. Isso tudo é muito estranho." Ele levantou um dos cartões. "É a primeira vez que ouço qualquer coisa a respeito... 'Gerenciamento de Recursos Primários.' Estou me deparando com isso pela primeira vez."

"Unidos contra o desperdício", entoou o professor, quase com um toque de solenidade, batendo na parte inferior do cartão.

"É, estou vendo. É a missão de vocês?"

"Exatamente", disse o jovem executivo, aliviado e ansioso, como se, apesar do contratempo anterior, eles estivessem por fim se entendendo. "É isso que fazemos, doutor. Evitamos o desperdício. Envolvemos e maximizamos os recursos. Recursos humanos."

Depois disso, os três ficaram em silêncio, como se nenhuma outra explicação fosse necessária. O dr. Menka olhou para o relógio, então voltou-se para os seus visitantes e deparou-se com três pares de olhos fixos nele, como se trouxesse dentro de si a garantia de todo o propósito da existência. Mas ele também aguardava um esclarecimento. Não recebeu nada. Decidiu quebrar o silêncio.

"Os senhores me desculpem, mas tenho que fazer a minha ronda agora. Se o senhor quiser explicar como faz isso — essa iniciativa contra o desperdício — e o que realmente quer de mim..."

O diretor de projetos olhou para o seu presidente. Que acenou com a cabeça, assentindo.

"Doutor, tudo isso é um pouco estranho. Nós recebemos garantias de que o senhor tinha sido devidamente informado. Enviamos uma pessoa para ver o senhor, um membro do seu clube, que o conhece muito bem — pelo menos, que afirma conhecer. Ele devia ter estabelecido as bases para esta reunião. Agora estamos em uma situação difícil. Não sabemos muito bem como fazer isso e estávamos pensando…"

O presidente decidiu assumir o controle.

"Por que o senhor não vem conosco, dr. Menka? Quero dizer, venha ver as nossas operações por si mesmo. Então o senhor pode decidir. Não é um negócio comum, não é algo que se vê em qualquer lugar, mas está ganhando terreno. Está crescendo. Expandindo muito, e é altamente lucrativo. Você deve ter notado nesse cartão que eu sou economista, portanto, sei do que estou falando. E posso prever que é só uma questão de tempo até o negócio ser cotado no mercado de ações."

Menka tentou interromper, mas Odumade insistiu.

"Eu sei, eu sei. Vamos levar o senhor ao local das operações para ver por si mesmo. Se encaixa perfeitamente com a sua profissão. A sua parte vai ser só… entrar com a sua experiência profissional. Prestígio. E posição. A nossa missão vai além do gerenciamento de resíduos — o senhor poderia até chamar de prevenção de resíduos. Neste momento, pode parecer que estamos nos movendo rápido demais para o nosso tempo, mas acredite, nós avaliamos a tendência da sociedade e sabemos que este é o negócio do futuro. Nós nos colocamos na vanguarda desse futuro."

O médico sentiu que já estava farto.

"Senhores, a minha equipe está me esperando."

"Ah, sim, claro", suspirou o homem chamado Odumade. "Vamos liberá-lo agora. Quanto tempo normalmente dura a sua ronda?"

O pavio curto de Menka veio à tona.

"Perdão?"

"A ronda na enfermaria. Quanto tempo leva?"

"Desculpe, mas não vejo por que eu devia dar uma previsão para estranhos."

"Eu não sou um estranho para o senhor, dr. Menka. Não estou aqui como um estranho."

Menka ficou surpreso e depois irritado com a mudança abrupta de tom. Será que sentiu uma pontinha de ameaça? Instintivamente, respondeu da mesma forma.

"O senhor é um estranho. Eu não me lembro do senhor de lugar nem momento nenhum no passado e, francamente, prefiro continuar assim." Levantou-se. "E agora, se tiverem a gentileza de me dar licença..."

"Sente-se, sente-se, dr. Condutas ao Leito", respondeu o homem. Ele varreu o ar com a sua manga larga, sinalizando uma clara intenção de ficar onde estava. "Ou, se preferir, por que não faz a sua ronda? E nós simplesmente esperamos até o senhor terminar e então continuamos de onde paramos."

Por alguns instantes, Menka ficou parado, atônito. Horrorizado. Então ele disse:

"Os senhores vão fazer o quê?"

"Esperar pelo senhor aqui. Nós viemos com uma oferta. Uma parceria."

"E eu não estou interessado. Não me interessa se vieram me oferecer a presidência."

O homem deu uma risadinha.

"Não, não. Algo muito mais modesto. Mas sem dúvida do seu interesse. Por favor, faça as suas rondas. Temos uma longa tarde pela frente. Vamos dar uma volta com o senhor — desculpe, não quis dizer que vamos dar uma volta no senhor. Vamos só fazer um passeio propriamente dito. A estrada é meio esburacada, mas só em um pequeno trecho do caminho, e até isso está sendo resolvido. Eu prometo, dr. Menka, que é uma viagem da qual o senhor nunca vai se arrepender."

O cirurgião, famoso pelas explosões que faziam os conhecidos se perguntarem como ele havia adquirido o título de dr. Condutas ao Leito, por fim encontrou a voz.

"O senhores vão se arrepender se não saírem da minha sala — agora! Os três, fora!"

Odumade se acomodou ainda mais confortavelmente na poltrona.

"Se arrepender? Eu gosto dessa palavra. O senhor às vezes pensa em coisas das quais se arrepende, doutor? O senhor se arrepende de alguma coisa? Existe alguma coisa em toda a sua existência da qual se arrependa? Pense no passado, doutor, pense no passado. Pense com calma. Não estamos com pressa."

E então Menka se viu sem palavras. Chantagem? Aquilo era uma chantagem? Sua mente voltou no tempo, imaginando de que crime imenso ele poderia ter esquecido, de tal peso que dava tanta confiança aos seus interlocutores não convidados. Por mais que tentasse, não conseguia pensar em nada.

Então, viu aquele cujo cartão dizia "Diretor de Operações" se aproximar dele, com um tom apaziguador.

"Permita-me intervir, dr. Menka. Peço desculpas. Sinto muito que as coisas tenham tomado esse rumo, hm... bastante hostil. Não era a nossa intenção. Não era isso que havíamos previsto. Acho que isso tem a ver, claro, com o elo perdido. Achamos que iríamos encontrar o senhor já informado. Aparentemente, não. O chefe acabou de chegar de uma longa viagem, então, se me permite dizer, chefe, isso o deixou um pouco irritado. Professor, estou certo?"

O professor murmurou algo incompreensível, mas parecia estar se acalmando. Menka não se sentiu nem um pouco mais tranquilo.

"O senhor veio à minha sala para me chantagear? Sobre o quê? Diga logo! Eu o desafio."

"Não, não, não", persistiu o pacificador. "Dr. Menka, por favor, acredite em mim. Ele falou fora de hora. Vamos fazer isso de outra forma. Vamos nos despedir agora e deixá-lo em paz. Eu vou ligar para o senhor, doutor, e depois venho pessoalmente. Sem o chefe. Ele vai retomar a turnê amanhã, então o senhor só vai precisar se relacionar conosco, os locais. Nós sabemos o que está acontecendo. Eu vou levá-lo para conhecer as nossas operações, e o senhor pode ver por si mesmo."

O outro sócio também se levantou.

"É, vamos fazer assim, doutor. Por favor. Acrescento as minhas desculpas às dele. Foi um mal-entendido. Ainda podemos chegar a um acordo — é uma questão de interesse mútuo. Neste momento, também precisamos conversar com o intermediário que falhou. Precisamos de uma explicação desse parceiro. E de uma nova data para o nosso passeio. Vamos esclarecer tudo."

"Quanto mais cedo, melhor", concordou Menka. "Eu gostaria de saber do que se trata."

"Amanhã está bom para o senhor? Amanhã é sábado."

Menka deu de ombros.

O executivo pegou sua pasta.

"Podemos nos encontrar aqui amanhã de manhã? Nesta mesma hora?" Ele olhou para o relógio. "Onze da manhã?"

Com a cara fechada, o dr. Menka fez que sim.

Ao repassar aquela visita e a manhã seguinte na memória, Menka sentiu-se completamente seguro com a sua decisão — terminaria o que havia começado, se retiraria e nunca mais voltaria ao clube. A certeza o desestabilizou um pouco — uma fase de sua vida havia chegado ao fim. Teria uma última noite no Hilltop Mansion Club, participaria daquela ambígua confraternização. Quando se levantou, ouviu o som de uma moeda batendo na calha de metal de um jukebox, na pequena sala havia pouco abandonada. A relíquia quase esquecida, guardada como uma antiguidade, foi ressuscitada e recrutada — talvez para evitar o reinício das hostilidades pelo convidado de honra? Ou talvez para restaurar o ambiente do clube. Era um objeto incongruente ali e era sem dúvida tolerado exatamente por sua estranheza, raramente usado, uma aquisição moderna em seu tempo que permanecera para aumentar o verniz de pub já estabelecido pela mesa de bilhar e pelo alvo de dardos. De repente, o jukebox negligenciado ganhou voz e desafiou a rotina da Hilltop Mansion pela segunda vez naquele dia. Menka fez uma pausa, com o presente na mão, depois caminhou devagar até o secretário, deixando claro que aquele era o seu destino, tentando demonstrar total despreocupação. Chegando ao seu lado, esperou os poucos minutos restantes para que a música terminasse. Era uma melodia suave, de qualquer forma, nostálgica e apropriadamente antiga. Falava de um vale em algum lugar na rusticidade da terra natal do proprietário original e doador. Junto às colinas de Jos, aquele exilado talvez tenha tentado projetar em sua mente nostálgica a evocação de um lugar chamado Derry Vale. A estranheza da música amenizou por um momento o calor gerado e também reuniu os fragmentos dispersos da cordialidade habitual. Menka chegou à mesa do secretário e se colocou ao lado dele, o único jeito pelo qual sabia que iria receber atenção; até pousou uma das mãos no ombro do homem e o manteve em seu assento com uma pressão que era tudo menos hostil.

Quando sentiu o último som de violino chegando ao fim, Menka ergueu a mão na direção do jukebox para evitar uma repetição. Se necessário, estava decidido a elevar a voz acima de qualquer novo ruído e gerar um choque de decibéis. Estava confiante de que bastava a sua determinação para derrubar qualquer jukebox fabricado no século XX. No entanto, manteve a voz calma e uniforme, num tom conciliatório, ainda que rápido, também para evitar a inserção de outro disco ou qualquer esforço dissidente para silenciá-lo.

"Um momento, por favor, só um momento. Devo a todos vocês um pedido de desculpas."

Funcionou. Ao ouvir a palavra "desculpas", o suposto DJ — era Chudi — parou, outras cabeças se viraram em sua direção e os ouvidos se animaram. Menka os aplacou ainda mais com um tímido balançar de cabeça e as mãos erguidas na altura dos ombros em um gesto de paz.

"Concordo. Eu devia ter usado a caixinha de missões. Nem me lembrava de que ela existia." Soltou uma leve bufada. "A caixinha de missões! Muito apropriado. Alguns aqui foram mordidos pelo inseto missionário, excessivamente, e estou falando de ambas as principais ondas de exportadores religiosos — isso mesmo, aqueles missionários. Enfim, é isso. Todos nós conhecemos a sociedade em que vivemos. Acontece que eu sou um dos que de fato se banham em suas vísceras. Diariamente. Estupro de crianças. Sodomia infantil. Mutilações. Eu sou médico. Trato de casos. Estudei a vítima e o infrator. Mas, na maioria das vezes, tudo isso decorre de uma doença. Eles são os doentes. Os pervertidos. Mais a cota de idiotas que apenas abandonaram a consciência. Acham que dormir com uma criança de três anos vai tornar a vida deles melhor. Que vão ganhar na loteria americana. Ou nas eleições locais. Ou que polvilhar a comida com pó de rim humano defumado vai fazer com que vivam mais. Nós ultrapassamos a África do Sul no índice de estupros casuais."

Fez uma pausa. Eles ainda podiam suspendê-lo por violar as regras do clube — aquele era o seu discurso de despedida, o seu presente de despedida de algo para levar para casa, para a esposa e a família.

"É, eu devia usar a caixinha de sugestões — desculpe, caixinha de missões. Mas acabei de me lembrar também que a noite é minha." Ele abriu um sorriso autodepreciativo. "Eu sou o convidado de honra, não sou? As regras do clube me dão direito a certos privilégios. Estou quase terminando, tenho só mais uma pergunta e depois vou para casa e deixo vocês em paz." Ele fez mais uma pausa, limpou a garganta. "Vocês já se perguntaram por que tem sido tão difícil acabar com a caça ilegal de rinocerontes?"

Novamente um silêncio perplexo. Preferiu não o prolongar, oferecendo ele mesmo a resposta.

"É claro que a resposta é óbvia. O chifre. E para isso, primeiro é preciso matar o rinoceronte. Aprovem todas as resoluções da ONU que quiserem, os japoneses vão continuar pagando somas astronômicas por uma pitada de pó de rinoceronte. E todos vocês sabem por quê, não sabem?"

A atmosfera mudou, perdeu uma grande dose de hostilidade; a tensão diminuiu e as risadas se tornaram lascivas. Piadas e gestos de virilidade passaram de boca em boca, de risada em risada, e depois diminuíram, quando uma voz admitiu discretamente — uma voz que por fim se tornou mais alta.

"Eu devo ser meio devagar, porque ainda não entendi a conexão. O que o chifre de rinoceronte tem a ver com isso?"

"Mito. É só mito." Menka suspirou. "Do ponto de vista médico, é tudo bobagem. Nem o Viagra, nem nenhum dos remédios que funcionam e que vieram antes ou depois dele, contém componente algum do marfim. É um mito. Igual ao coração, ao escroto ou ao púbis humano, seja ele amaciado com um martelo ou misturado na sopa, nessa obsessão desenfreada por enriquecer. Mas tem centenas e milhares de pessoas que acreditam nisso. E algumas levam tão a sério que perdem toda a compaixão humana."

"Então? O que nós temos a ver com isso, doutor, por favor?", perguntou Kufeji, o que havia começado tudo aquilo. "E, desta vez, vá direto ao ponto."

"Oferta e demanda. A lei da oferta e da demanda entra em ação. E o mais frustrante é que é isso que a maioria de nós se recusa a perceber. Tanto o Estado quanto os cidadãos comuns, como você e eu. Nós continuamos falando dos doentes que matariam de qualquer jeito. Mas e os sãos, pelo menos os que chamamos de sãos? Olhe ao seu redor. Dê uma boa olhada ao redor. Não parecemos todos sãos? Ficamos bêbados, mas depois ficamos sóbrios, voltamos à sanidade — concorda? Mas quem sabe onde alguns de nós fazem compras?"

Menka esperou. Parecia perversamente decidido a garantir seu completo isolamento, e nisso sem dúvida estava tendo sucesso. A resposta não demorou a chegar. Veio de Muktar.

"Você tem algo a nos dizer, não tem, doutor? Bom, então diga logo. Você é o convidado de honra. Tem a palavra, mas não exagere."

A voz de Menka tornou-se quase suplicante.

"É, eu tenho algo em mente. Uma preocupação que não me larga. Pode chamar de pesadelo, se quiser. Além dos tumores que tenho de examinar e depois decidir — deixar como está ou remover. Às vezes, sinto que tudo o que leio na mídia é dirigido a mim. Pessoalmente. É, essa é a verdade. A hipocrisia que todos nós vivemos. E os pesadelos. Não, não, não, isso não é uma acusação feita a ninguém aqui, não. Não tenho motivos para isso. Mas veja, este clube não é o mundo inteiro. Não é nem mesmo o mundo real. Eu olho ao redor e, sim, todos nós parecemos tão seguros que isso nos torna complacentes, subestimando o que está lá *fora*!"

Menka ergueu a mão para reprimir os murmúrios crescentes de novos protestos.

"Só mais alguns minutos e eu termino. Já está na hora de vocês aprenderem algo fora de suas barricadas profissionais. Eu só quero que saibam que existem alguns lugares que muitos de nós desconhecemos. Talvez o clube tenha um papel importante, talvez não. Não sei, mas preciso ter certeza de que vocês não podem alegar ignorância depois de hoje, deve ser o missionário em mim. Se eu não os envolver nisso... bom, digamos que eu não poderia viver comigo mesmo depois de hoje. Afinal de contas, este não deveria ser um clube de alienados; por favor, tenham paciência comigo. Vejam bem, os seus homens no poder, os seus líderes comunitários higienizados, moralizando de palanque a púlpito e minarete e vice-versa — vocês deveriam tentar conhecê-los melhor. Talvez descubram que eles vêm de lugares estranhos, lugares que vocês não gostariam de conhecer. Lugares onde eles fazem as suas compras. Mas que tipo de carne eles compram? Kufeji, você começou tudo isso — é disso que estou falando. Está tudo lá, naquela notícia. Eu estive lá. Eu fui levado até lá. E, em momentos como esse, eu gostaria de acreditar em um deus, para que pelo menos pudesse culpar alguma entidade por ter abandonado a humanidade. No resto do tempo, gostaria de ter escolhido outra profissão."

"Ora, vamos", protestou Costello.

"Essa é a verdade de Deus", afirmou o dr. Menka, com sua voz objetiva. "Não que eu acredite nele. Ou nela. De qualquer forma, esse é o fim do meu discurso. Gostaria de agradecer a todos vocês novamente por terem me prestigiado. Agora vou para casa, para abrir o meu presente."

Menka se afastou em silêncio, passando de novo pela sala de bilhar, talvez na esperança de que a figura à espreita surgisse. Estava cada vez mais convencido de que era o emissário desaparecido. Havia apenas o DJ, Chudi, que se apressou na direção do salão principal, sem saber como lidar com qualquer outra explosão de uma convulsão que ele não conseguia diagnosticar. O médico respirou fundo, pegou o celular e ligou para o seu "gêmeo", Duyole Pitan-Payne. Quando ouviu a voz do outro lado, foi como se seus ombros se soltassem e seu rosto relaxasse de alívio pela primeira vez naquela noite, desde o primeiro ruído familiar. Qualquer ouvinte casual teria ficado confuso com a troca enigmática que se seguiu, já que ela parecia transmitir sentido entre os dois. Ela foi claramente responsável pela mudança de humor que tomou conta do cirurgião no final da troca de mensagens em Hilltop, uma mudança que contrastava muito com a do destinatário em Vila Potência, Abuja.

"Forno prontamente aquecido." Parecia um sinal de identificação. "Palito de fósforo e gravetos."

"Menino Gumchi, é você?"

"Gongo dos Quatro."

Ciente de sua localização, Pitan-Payne deu uma rápida olhada ao redor. Nada de anormal parecia ter sido colocado em ação. Havia apenas o sr. Garuba, o seu equivalente. Ele continuou com um registro mais sóbrio:

"É você mesmo, Gumchi?"

"Quem mais?"

"Pesadelo ou o quê?"

"A menor graça. Só o primeiro corte. Fique no aguardo."

Isso fez o outro inspirar fundo.

"Superficial ou profundo?"

"Superficial."

"Denso ou fluido?"

"Os dois. Mas nada muito intenso."

"Nem osso nem medula? Fale a verdade!"

"Um pouco de osso. Só da espessura de um cabelo. Fadiga do metal. Nada que o resfriamento do forno não cure. Estar em contato com alguns rostos antigos em vez de estranhos. Muitas vezes sem rostos. Às vezes, é até melhor sem. Depois de um tempo, a coisa começa a pesar."

"Você nem imagina onde eu estou. Depois eu conto. Mas dei uma olhada no boletim. As notícias de hoje parecem ruins, a bomba no mercado. Foi isso?"

"Nunca é nada específico. Mas pesa. E tem outras coisas. Não é aparente, mas pesa."

"Tudo bem. Tempo de forno?"

"Este final de semana. Vou marcar o meu voo amanhã e ligo para você."

"Atiço o fogo?"

"Não, não do seu lado. Talvez do meu. Quero procurar um dos nossos —

o Bade. O temível quarteto cavalga novamente — não ia ser ótimo? Você tem visto o Bade?"

"Hmm. Assunto espinhoso. Parece que anda isolado. Igual ao Farodion."

"O Faro é um caso especial. Acho que o perdemos. Ele migrou — vamos torcer para que não seja terminal. Não para o Grande Forno de Fundição. Infelizmente, acho que a empresa está diminuindo."

"O Bade está por aqui, mas o forno dele não está funcionando. Teve algum tipo de problema. Irônico, não é? Todo mundo imaginava que esse tipo de coisa viesse do Faro."

"Que triste."

"Pois é. Ele está se recuperando. Muito lentamente. Tem se mantido reservado, só isso. Talvez ache que decepcionou o grupo. Não atende a telefonemas."

"O Menino Gumchi não aceita não como resposta."

Isso provocou um riso do outro lado.

"E o mundo sabe muito bem disso! Certo, boa sorte. Um grande jantar de reunião. Vou avisar a Bisoye — não, acho que vou fazer surpresa. Não, é melhor começar tudo de novo. Levar a 'Festa da Farra e Foguete' a outros níveis — tenho que pensar como. Está vendo o que você fez?"

"Esse trabalhão todo? Vou cancelar."

"Escreva o seu testamento."

"Estou a caminho."

"Seja qual for o caminho — guerra ou paz. Morto ou vivo. Pegue esse avião."

"É para já."

"Forno aceso."

"Minha morte."

"Gongo dos Quatro!"

"Vamos lá!"

"Quatro por um."

"Um por quatro."

O célebre cirurgião dr. Menka olhou rapidamente ao redor da alcova, para ter certeza de que ninguém estava ouvindo. Abriu um sorriso infantil, malicioso, mas satisfeito. Guardou o celular no bolso, ergueu os ombros, parabenizou a si mesmo e foi para casa, pisando duro, como Richard Rowntree no filme *Shaft*. Ao abrir as cortinas, ele surpreendeu um pequeno grupo reunido do outro lado, obviamente aguardando a sua saída. Nenhum deles deixou de notar a transformação no humor do homem que os havia atormentado e implorado apenas dez minutos antes. Tanto o atormentado quanto os atormentadores o encaravam com incredulidade. Menka, a princípio assustado com o comitê de recepção, recuperou-se antes deles, deu uma piscadela e foi em direção à saída.

No entanto, bloqueando seu caminho estava o Velho do Deserto, ladeado por Costello. Ele olhou para o embrulho de presente sob o braço de Menka e entendeu com precisão que Menka estava indo embora. Balançou a cabeça.

"Doutor, o senhor não pode nos deixar assim. Alguns de nós têm perguntas que precisam ser respondidas." Ele deu um passo para o lado. "Venha e junte-se a nós em nossa mesa. Longe dos outros. Onde podemos conversar a sério."

Do outro lado, em Vila Potência, Abuja, Pitan-Payne guardou o celular lentamente. Ao erguer o rosto, viu o Equivalente olhando para ele com um misto de surpresa e suspeita.

"Isso foi uma língua secreta de algum culto?", perguntou.

Animado, Pitan-Payne o tranquilizou.

"Sem dúvida. Só existem quatro pessoas no mundo que falam essa língua. Nós perdemos o contato por um tempo. Agora me conte dessa obra-prima que o senhor escreveu. Quero todos os detalhes. Estou morrendo de fome — o seu chefe foi muito displicente com o meu tempo, mas isso não chega nem perto de como estou faminto por informações privilegiadas. Como o senhor lidou com aquele Matuto?"

O consultor especial parecia descontente.

"Como lidamos? Não sei. Eu estava lhe dizendo — eles me deixaram de fora. Foram só os figurões do partido." Sua voz estava cada vez mais alta e ressentida. "Só fui chamado depois, para ser informado por aquele dr. Merutali — o redator oficial dos discursos do Mordomo — que eu teria de fazer alterações no meu trabalho. Só me deram duas horas, e não pude nem ir jantar em casa. Isso não é maneira de se tratar um autor. Escrever um livro não é o mesmo que apenas escrever discursos. Eu trabalhei até a meia-noite nas alterações. Mas está tudo bem. Se o Mordomo não aprovou, quem é que vai para a cama? Gosto de como ele lidera pelo exemplo. Mas esse governador tem muito a responder!"

9. O gesto do modesto

Quem poderia imaginar que um político novato, recém-ingressado no partido governista Povo em Movimento Para a Ação, teria a capacidade de gerar um dia tão estressante para o residente oficial número dois da Vila Potência? O político em exercício atacado não era outro senão Sir Godfrey Danfere, Cavaleiro da Ordem dos Templários. Pitan-Payne estava certo — ele havia de fato visto um bando de membros do partido, bem como o proprietário rebelde do *Inquérito Nacional*, passando pelo posto de controle de segurança número três, mas a crise já tinha acabado. O que havia vislumbrado ao chegar fora a equipe de médicos-legistas do partido ingressando para receber ordens sobre as linhas de ação para o controle de danos públicos, para apresentar um relatório às suas seções e para preparar o campo para a fase final das primárias, armados com slogans partidários recém-elaborados. O chefe Benzy havia sido convocado para afirmar seu papel no quadro alterado — o prêmio mais importante da anual Noite das Noites e principal atração, o Pacto, o Prêmio Anual do Cidadão de Tato e Otimismo.

Em geral imperturbável, Sir Goddie ficara muito abalado, com a sua carapaça de invencibilidade rachada em um campo aberto e sob o olhar do público. Um mero neófito político, e ainda por cima um desertor, ele havia roubado a sua identidade, e da maneira mais descarada e despreocupada, como se o culpado nem imaginasse que existisse um crime, nem as consequências de tal afronta. Era difícil de acreditar, mas quando por fim foi chamado para prestar contas o homem parecia perplexo. Não negou o fato, tendo ouvido do próprio cavaleiro a adoção daquele nome de guerra, mas continuou alegremente a se apropriar dele como se fosse apenas mais um pedaço de lixo em um ferro-velho. E continuou a gritar que estava sendo perseguido por todo o caminho até sua aldeia e para quem quisesse ouvir.

É uma pena que os assessores de Sir Goddie não tenham verificado as razões pelas quais, apesar de seu apelo popular em seu distrito eleitoral, o partido de oposição do desertor tinha lhe negado a vaga de governador. O partido no poder ficou muito feliz em recebê-lo, garantindo-lhe o seu desejo de acordo com a sua política de SAT — "senha automática total". Como um membro do partido costumava explicar, essa política pressupunha que você havia feito — e passado — em todos os testes exigidos e, portanto, estava qualificado para qualquer cargo em negociação. O líder do partido, o próprio Sir Goddie, candidato a um novo mandato, o recebeu pessoalmente em seu partido governista em um dos comícios mais intimidadores já testemunhados no distrito eleitoral desse mesmo ingrato. O caso foi, portanto, um evento aberto, não uma falha negável que poderia ser apagada da existência ou da memória, tendo sido testemunhada por um elenco de milhões de pessoas e mais alguns milhões de espectadores na televisão. Sir Goddie havia sofrido a humilhação — sozinho e com um punhado de seus marqueteiros — de entregar ele mesmo a bandeira do partido ao malfeitor, ungindo-o como o porta-bandeira do partido e, inevitavelmente, o vencedor das próximas eleições para governador. Goddie levantou-se de seu assento elevado no pódio do comício, entregou simbolicamente o controle do partido e do estado a esse novato em sua própria região, ergueu o braço em sinal de vitória, agitou junto a enorme bandeira para cima e para baixo e de oeste para leste, e cantou em coro a combinação de nome e slogan do partido, "Povo em Movimento Para a Ação". Em seguida, ele foi obrigado a ouvir o discurso de aceitação mais traiçoeiro de toda a sua carreira. Observou a multidão aplaudir em êxtase o bandido, sem desconfiar de que esse filho ungido estava prestes a roubar a sua identidade, o seu selo de imagem política, em sua própria presença, na sua própria cara. Depois de entregar a bandeira, retornou ao seu assento, já entediado com o ritual familiar, com a mente apenas em parte presente durante o restante dos procedimentos. De repente, seu raciocínio errante foi levado de volta à planície fervilhante da realidade por uma retórica sem precedentes e de pura perfídia: "Uma vez eleito, vou abandonar o título elitista de governador e todos os seus derivados, conotações, pressuposições, circunlocuções e outros concomitantes. Concorro às eleições não para governar, mas para servir. Portanto, me comprometo, concidadãos de nosso amado estado, a interagir com vocês como seu servidor, e não como seu governante. Ao assumir o cargo, vou optar por ser tratado como Camarada Servo do Estado (CSE) — e não como Vossa Excelência, o Governador".

Até a flâmula do anúncio, que era protegida por direitos autorais, fora roubada quase palavra por palavra pelo malandro — e reivindicada pela equipe de Sir Goddie, embora isso fosse um tanto injusto. O chefe Akpanga nunca vira aquele roteiro, que era guardado a sete chaves pelo principal assessor de imagem e roteirista de Goddie, o dr. Merutali, às vezes conhecido como dr. Conserta Tudo. Ele insistiu que o discurso não era nem de longe uma cópia do que ele estava preparando — e que nem mesmo terminara ainda — para o seu empregador. No entanto, lamentou Sir Goddie, fora uma punhalada nas costas, bem o tipo de conduta sorrateira que se espera de uma cobra criada. Akpanga era exatamente como o óleo de palma que ele comercializava — gorduroso, um oportunista inescrupuloso —, não é de admirar que ficasse pulando de partido em partido, reclamou o cavaleiro saqueado. "Na época, eu não sabia, mas tinha levado uma cobra para o meu ninho! Aquela Jezebel masculina roubou a minha imagem!"

As primárias para governadores aconteciam rotineiramente antes das primárias para primeiro-ministro, e as presidenciais eram realizadas entre os mandatos, já que esse evento acontecia apenas de seis em seis anos. Talvez estivesse na hora de revisar o processo, com a verificação prévia de todos os discursos de aceitação. Tudo isso ficaria para o futuro. Por enquanto, fora um ataque preventivo bem-sucedido, um golpe de relações públicas, e o gabinete do primeiro-ministro estava justificadamente irritado e desorientado. Aquilo fora roubo de identidade, pura e simplesmente. Por meio de uma proclamação pública, simbolicamente endossada pela figura máxima da estrutura do partido. Os direitos autorais agora pertenciam irreversivelmente ao primeiro usuário aberto. Não havia nada que seu superior pudesse fazer, a não ser sorrir por fora e fazer uma careta por dentro, começar a planejar a morte de Akpanga por mil pequenos cortes e, ao mesmo tempo, iniciar um brainstorming para fazer com que o peão irritante descesse um ou dois degraus na escada da humildade. Foi declarada uma emergência interna. Foram emitidas ordens para um retiro de um dia, ao final do qual...! Ou senão!

A Força-Tarefa de Imagem foi constituída. O debate começou no início da manhã após o comício histórico, presidido pelo próprio líder prejudicado. Tratava-se de um brainstorming de altíssimo nível, sem tempo para cérebros de amendoim que apenas preenchiam as vagas alocadas pelo partido em seu governo. Quando Shekere Garuba entrou, supondo alegre que seu lugar na sessão, como autor de uma biografia de vinte e cinco páginas, metade dela com retratos de página inteira e fotos de ação com legendas, era uma obviedade, Sir Goddie o mandou sair para buscar sua tigela de nozes-de-cola e, em seguida, enviou sua secretária para instruí-lo a entregar os estimulantes a ela e não voltar mais. Embora acreditasse firmemente em delegar, Goddie não confiava em ninguém além de si mesmo em assuntos sérios de Estado; ele estimulava as ideias e passava por cima das besteiras. Era uma escolha difícil; ele teria preferido presidir mais uma sessão de emergência que estava ocorrendo simultaneamente nos mesmos recintos de poder, para ele mesmo apertar o parafuso e ver o criminoso se contorcer. Esse era, é óbvio, o julgamento do candidato Akpanga por atividades antipartidárias, roubo de identidade etc., etc. No entanto, ofereceu uma oportunidade de transformar a necessidade em virtude. Assim, invocou o princípio do *nemo judex in causa sua* — nunca um juiz em causa própria. Designou o caso para um membro confiável do partido, que por acaso era um fã incondicional de Goddie, enquanto ele presidia o braço mais criativo do controle de danos. O relator do julgamento foi o versátil intelectual do partido e Consertador geral, dr. Merutali. Ele também foi o elo do tribunal antipartidário.

A transcrição do julgamento se tornaria um clássico do partido. Ela serviu para um exame de consciência, não apenas dentro do Povo em Movimento Para a Ação, mas também como referência, um documento de advertência para outros partidos em sua ânsia de conseguir "apostas eleitorais seguras". Trechos preciosos, sobretudo aqueles que elevavam o nível de Akpanga como um orador político subestimado — vazados oficialmente, segundo alguns alegavam —, escaparam da censura do partido e acabaram chegando à famosa mídia social. Embora houvesse, sem dúvida, suspeitas de adulteração aqui e ali, os principais trechos foram em geral considerados autênticos, com base no relato do próprio Akpanga sobre sua provação, quando ele retornou para ser recebido como herói em seu vilarejo e foi formalmente festejado pelo presidente de seu conselho local.

Akpanga, ao que parece, foi julgado por duas acusações.

Transcrição do julgamento do governador indicado chefe Akpanga por atividades antipartidárias e conduta que levou o partido a um conflito, à indisciplina e ao descrédito: Acusação I. PLÁGIO E ROUBO DE IDENTIDADE.

"Chefe Akpanga, o senhor sabe por que o convocamos para esta reunião, não sabe?"

"Não, não sei. O senhor diz que eu cometi um crime contra o partido. Ainda não sei qual crime."

"O senhor fez um grande mal ao partido que o acolheu em suas fileiras. O senhor retribuiu a generosidade do partido com malícia e ingratidão."

"Isso é perseguição. O senhor sabe que eu sou popular. Sou o único que pode conquistar essa cadeira em meu distrito eleitoral. Por que estão me perseguindo?"

"Com todo o respeito, sr. Akpanga, nós faremos as perguntas."

"Tudo bem, estou aqui para ouvi-lo. Faça sua pergunta."

"Ótimo. Vamos direto ao ponto. Primeiro, o senhor nega que visitou o líder, Sir Goddie, para agradecê-lo formalmente por ter aprovado a sua admissão em nosso grande partido?"

"Não é esse o costume, não é isso que a nossa cultura nos diz para fazermos como africanos? Fui com toda a minha comitiva. E levei quatro cestas de inhame, dois carneiros, um viveiro inteiro de galinhas-d'angola. Vá e pergunte ao pessoal da segurança no portão, onde eles cuidaram de tudo."

"Os presentes foram devidamente entregues — por favor, evitemos divagações. Queremos ir direto ao ponto."

"Tudo bem, continue."

"Quando o senhor encontrou com o líder, Sir Goddie, o que ele lhe disse?"

"Ele me recebeu como seu próprio filho. Me serviu noz-de-cola, e eu fiz o juramento com schnaps. Ele me deu seu número de telefone especial e me disse para ligar a qualquer hora do dia. Sempre que eu quisesse falar com ele, ele disse, bastava ligar."

"Sim, continue."

"Eu agradeci. E disse que estava pronto para servir ao Pessoas em Movimento de corpo e alma. E falei que a minha lealdade agora estava totalmente com as Pessoas em Movimento, e não com aquelas pessoas inúteis..."

"Certo, sr. Akpanga, muito bem. O senhor se lembra de como se dirigiu a ele?"

"Sim. Eu me dirigi a ele com todo o respeito. Eu falei: 'Vossa Excelência, eu vim aqui para...'."

"Pare aí, sr. Akpanga, pare aí mesmo. O senhor se dirigiu a ele como Vossa Excelência, certo?"

"Foi."

"E então o que ele disse?"

"Ele me interrompeu, igual ao senhor agora. E disse: 'Não, não. Eu quero que o senhor se dirija a mim como Servidor Nacional. É assim que pretendo ser tratado. Quero acabar com isso de Excelência. Chega de Excelência isso, Excelência aquilo'."

"Ah é?"

"Então eu me dirigi a ele como Servidor Nacional, senhor. Eu disse: 'Servidor Nacional, senhor, vim aqui para lhe agradecer'. Acrescentei o 'senhor' porque todos sabem que ele é um senhor, e também porque é meu superior."

Os jurados se entreolharam, com os olhos marejados de alívio e surpresa. Eles esperavam uma negação categórica. Aquilo tornava tudo mais fácil. O promotor ergueu os braços.

"Então o senhor admite."

"É claro. O que há para negar? A partir de então, eu o chamei de Servidor Nacional, senhor. Até em casa, depois do comício, eu me refiro a ele como Nosso Servidor Nacional."

O promotor do partido passou a dar a cada palavra uma gravidade total, esfaqueando o ar na direção de seu peito.

"E ainda assim, sabendo disso, na semana seguinte às primárias do partido, em seu discurso de aceitação, plenamente ciente de que essa designação havia sido tomada pelo líder, o senhor passou a se apropriar dela em seu discurso de aceitação."

Akpanga se virou de um lado para o outro, com uma incredulidade crescente.

"O que há de errado nisso? Eu queria demonstrar lealdade. Ele não é o nosso líder? Eu gostei da ideia, então segui o exemplo. Não somos do mesmo partido? Qual o problema? Ele é do centro, nós somos só do estado, então não tem confusão. Eu acho que todos deveriam fazer a mesma coisa."

Houve silêncio nas salas de julgamento. Por fim:

"Chefe Akpanga, o senhor já ouviu falar em roubo de identidade? O senhor sabe o que significa direito autoral? Legal ou moral, não importa. Direito autoral é direito autoral. O senhor sabe o que é direito autoral?"

"Ah, quer dizer que eu não copiei direito? É isso que o senhor chama de atividade antipartidária? Eh, sempre podemos corrigir. Se for uma questão de gramática ou de ortografia, ninguém está acima do erro..."

Nesse momento, segundo consta, o presidente do painel de julgamento pediu um intervalo. Os jurados se reuniram para refletir sobre o rumo desconcertante que o julgamento havia tomado. Quando chegou a hora de retomar, o presidente se recusou a participar de qualquer julgamento que envolvesse o chefe Akpanga, alegando motivos de saúde.

Em uma câmara separada na mesma ala da presidência, em torno de uma pesada mesa de conferência, o exercício mais extenuante do ponto de vista cerebral atingiu o ápice — a busca de um substituto para a designação agora comprometida. O maquinário estava pronto; os artistas gráficos aguardavam o logotipo para entrar em ação com imagens. O impressor estava ansioso por material; não havia tempo, e Sir Goddie estava impaciente. Ainda bem que ele havia escolhido presidir a sessão, pois assim que a sessão foi aberta para sugestões uma voz ansiosa e empolgada propôs "o Servo da Nação".

Uma olhada no rosto de Sir Goddie foi suficiente. O peão tentou reformular, refinar etc., mas já era tarde demais. O grito "Tire o seu cérebro de inhame daqui!" encontrou-o já na saída, desculpando-se com sinceridade, para ser formalmente banido e confinado em seu escritório até depois da reinauguração. A proposta de "escravo" — "Escravo do Estado" — teve um fracasso apenas menos suicida. O proponente correu para colocá-la em uma moldura retórica: "Estou diante de vocês, um Escravo do Estado" etc. A frase soou menos repelente do que Servo da Nação, mas Sir Goddie disse que ela estava escorregando de forma muito fina e óbvia pela rampa da autodepreciação — algo que se espera somente de fariseus e saduceus. O proponente sofreu o mesmo destino de seu antecessor, com apenas alguns refinamentos na punição administrativa.

O "Valete do Povo" foi o próximo a vir à tona. Foi muito bem recebido — possuía tantos ângulos, tinha um tom exótico, e, afinal, as promessas eleitorais do partido não incluíam um trabalho de limpeza? Quando combinado com "Organizar a nação para o século XXI", tornava-se ainda mais aceitável.

O membro da Força-Tarefa de Imagem treinado nos Estados Unidos, no entanto, torceu o nariz — não cheirava muito bem. Lembrou aos colegas que nos Estados Unidos o valete era o funcionário da garagem. Era quem tirava os clientes de suas limusines, para estacioná-las e buscá-las do fundo da garagem quando os clientes terminavam seus almoços de negócios, jantares, shows ou compras. O primeiro-ministro da nação negra mais populosa deveria ser confundido com um mero atendente de estacionamento que ganhava a vida com gorjetas? O que importava se alguns dos manobristas mais exclusivos eram tão arrogantes a ponto de recusar moedas — mesmo que as moedas excedessem a gorjeta habitual — insistindo no "farfalhar de verdinhas"? O farfalhar soava estranho para os homens importantes do país, pois as notas farfalham mais quando estão soltas, e os especuladores locais estavam mais acostumados com o "baque" de maços de notas de maior valor, recém-impressas, sempre às centenas. Só então a contagem fazia sentido e economizava trabalho. E assim por diante, os argumentos foram se alterando de uma forma ou de outra. Professores, muito viajados, foram convocados internamente para se unirem ao debate. Eles vieram dos Ministérios da Cultura, Educação, Comunicação de Massa, Negócios etc. — larguem tudo e se apresentem à presidência de imediato! Durante o café e o bolinho de feijão *akara*, salgadinhos crocantes, pimentas jacaré, nozes-de-cola e outros indutores de energia instantânea, eles se esforçaram para encontrar o ajuste perfeito dentro da aliança adotada de serviço e lealdade. "Factótum Geral", "Supervisor Nacional", "Superintendente", "Trabalhador do Campo", "Capataz", "Atendente Geral"...

Por fim, ao cair da tarde, uma voz tímida de um estagiário do Corpo de Jovens recém-formado no Instituto de Estudos Teológicos se fez ouvir:

"*Mordomo*, senhores? Que tal *Mordomo*?"

Houve silêncio na sala de conferências. Os olhos do próprio dirigente se iluminaram como dois vaga-lumes.

"O Mordomo da Nação", ampliou a voz hesitante. O brainstorming foi interrompido. Cada especialista verificou os rostos uns dos outros para se certificar — de alguma forma, parecia um ajuste razoável — e, por fim, pousaram no rosto de Sir Goddie, aguardando o veredicto.

Independente do desespero pelas sobras de nomes após o roubo intelectual, Sir Goddie sentiu que havia um significado finamente ajustável, de duas ou até três camadas, no título de consolação — o Mordomo da Nação. Ele se adequava a uma fonte de governança da qual emergiam ordens, mas que insistia em agir de forma subordinada e com uma dignidade plausível. Mordomo dispensava aquela leve sugestão de estar no comando, ao contrário de Servidor, uma função que o beneficiário pretendido, Sir Goddie, detestava por temperamento, embora não a tivesse considerado de fato insustentável antes de ser roubada. No entanto, o problema ia além da mágoa. Tinha a ver com seu título de cavaleiro — um Sir era uma contradição nas funções de servo. A noção de servir trazia à tona seus humores mais irritadiços, mas também as declarações mais vibrantes e memoráveis, das quais talvez a mais citada tenha sido: "Prefiro chutar seus traseiros a lambê-los". Essa frase teve a mais animada retransmissão de mesa em mesa entre os funcionários da vila. "Eu não mandei você chutar uns traseiros?" era a segunda favorita. Ela também atestava a sua familiaridade e identificação com a declaração de um ex-presidente americano durante o ritual de debates televisionados daquele país — "E aí, será que nós chutamos alguns traseiros?" —, sem saber que o microfone ainda estava ligado.

Em silêncio, Sir Goddie envolveu com os lábios a designação proposta, mastigou-a um pouco e descobriu que, de fato, era palatável. Criatura de profundas convicções religiosas, ele a considerou imensamente evocativa. "Mordomia" continha um aroma teológico que ele já havia começado a explorar mentalmente — *Lembremo-nos de que um dia todos nós prestaremos contas de nossa mordomia na Terra etc., etc.* — e que se adequava a um compromisso em tempo integral com a gestão de propriedades e bens no aqui e agora. O líder se perdeu em um devaneio, um desfile de imagens dos mordomos das crônicas das escrituras, às vezes encarregados do controle e da administração total de lares, tronos e impérios comerciais. A cereja do bolo, no entanto, era o seu entendimento popular e não especializado — mordomia como camuflagem para o poder sob a vestimenta de servo. Deliciava-se em especial com a dissimulação implícita de mordomia.

Sabia que o mesmo iria acontecer com o seu gerente de campanha, com a bancada do partido e todos os outros. Os representantes do governo iriam ficar encantados. Era o melhor de todos os mundos. E é claro que ele iria assentir timidamente quando todos viessem parabenizá-lo por sua escolha — gênio, Sir Goddie, puro gênio.

"Da boca das crianças...", começou ele, apenas para levantar a mão para conter outras mãos preparadas para aplausos aliviados. "Mas não é bem assim. Perto, muito perto, mas não exatamente no alvo. O Povo. Troque Nação por Povo e o que você ganha?"

Um coro firme encheu a sala:

"O Mordomo do Povo."

O recém-empregado funcionário doméstico sorriu.

"Nação? Estado? Deixe isso para os internacionalistas. Em casa, sempre dê preeminência ao povo. Não há nada mais categoria de base do que isso!"

Naquela mesma noite, o estudante de teologia foi transferido do estágio para um cargo permanente no escritório ministerial. Isso contribuiu para o descontentamento geral de Shekere Garuba.

O assunto mais urgente do dia havia terminado em triunfo, um perigoso intruso fora derrotado. Com a redesignação resolvida, a tarefa de organizar imagens de apoio poderia começar a sério. Havia muito a ser feito — um torneio diferente, porém relacionado, estava por vir, e outros competidores tinham tido uma boa corrida até o momento na aquisição de credenciais para essa competição. A mente de Sir Goddie já havia se deslocado — poderia ocupar cinquenta planos diferentes ao mesmo tempo. Agora ascendia a um nível ainda mais alto de aspiração: o Pacto! O Prêmio Anual Escolha do Povo. Infelizmente, lá também se escondia o mesmo perseguidor, o chefe onipresente, agora governador indicado Akpanga. Acostumado a estar do lado de quem distribui o que é bom para os outros, Goddie começou a se perguntar se não havia se tornado vítima de uma perseguição não declarada. A deserção de Akpanga para o seu partido era genuína? Ou poderia ser parte de um plano astuto? O homem só podia ter sido plantado! Ele não apenas desistira, ele fora enviado! Sua missão era enfraquecer o partido no poder por meio de um ataque frontal ao fato de o líder estar acostumado a estar no comando.

Concebido como a resposta do povo à "elitista" Lista de Honra do Dia da Independência, o evento alternativo era quase tão bom quanto ter um ás eleitoral na manga. O fato de cair nas mãos erradas na época das eleições não foi uma situação muito bem-vinda. Isso foi além do prêmio em si. O proprietário rebelde da mídia exercia tanta influência que era assiduamente cortejado por qualquer governo que estivesse no poder. Seu jornal, *O Inquérito Nacional*, era uma arma temível de subjugação que fazia com que até mesmo os poderosos ocasionalmente hesitassem antes de dar um passo duvidoso. O prêmio Noite das Noites, de Oromotaya, era, sem dúvida, o evento a ser vencido. Na estratégia de campanha de Sir Goddie, era lógico que a sua nova identidade como Mordomo do Povo constituiria uma vantagem distinta para garantir a indicação ao mais cobiçado dos prêmios da Escolha do Povo — o próprio dr. Merutali não deixaria de enfatizar essa importância nas sessões de estratégia. Não era, como se adiantou em dizer, uma questão de vida ou morte. Entretanto, o papel do *Inquérito* em influenciar os votos na época das eleições só era ignorado por conta e risco do candidato, e o Prêmio Denovo era a evidência mais visível do endosso dessa instituição. O partido havia feito sua "aritmética, granamética e bandidagemética", cortesia mais uma vez de Sir Goddie, e ainda assim venceria sem ele. No entanto, era um adereço que merecia ser pendurado em seu manto de cavaleiro, na verdade, no chapéu alongado em forma de gôndola dos Cavaleiros Templários. A primeira e principal etapa era garantir a indicação e uma fonte de prestígio. Feito isso, o resto era fácil.

O governador eleito Akpanga, em toda a sua inocência, não tinha ideia da magnitude do terreno que tinha usurpado tão descaradamente por meio de sua jogada de servilismo. Tampouco sabia que havia sido descoberto e que agora estava concorrendo ao mesmo prêmio máximo. Akpanga era apenas um desses produtos da natureza em cujas cabeças a varinha de condão do reconhecimento pousa, sem nenhum esforço de sua parte. Produtor e comerciante de óleo — o azeite de dendê para consumo humano, e não de máquinas —, Akpanga estava acostumado a trabalhar com os braços e os joelhos mergulhados no produto viscoso saturado de colesterol, conhecido por sua intensidade vermelho-púrpura profunda. Tinha trabalhado lado a lado com seus operários desde que aprendera, um moleque descalço e seminu, a extrair o precioso coloide, provavelmente o óleo de cozinha mais denso que a humanidade já forçou a extrair dos aglomerados de grãos que rodeavam o topo da palmeira. Até os esquilos, cujo lanche favorito era o fruto da palmeira, achavam que transpor os espinhos para enfiar o focinho nos grãos era um exercício às vezes ingrato, e a colheita dificilmente valia o trabalho. Essa parábola da natureza gerava imagens publicitárias e textos de campanha irresistíveis — o salto da expressão "de um ninho de espinhos, os frutos da vida" para "de um ninho de espinhos, os frutos da sabedoria" era previsível —, palavras que seu partido viria a lamentar, já que cada aparição pública se tornava uma fonte de constrangimento crescente sempre que Akpanga saía de sua zona de conforto. No entanto, na época em que foi encontrado, ele era o maior achado político de todos os tempos! Uma dádiva de Deus. O homem do óleo tinha um talento nato, e logo comentários incisivos envoltos em interpretações populares passaram a ser atribuídos ao bem-sucedido comerciante de azeite, às vezes com sua cabeça emergindo de uma penumbra de grãos. Sua presença nas campanhas garantia uma dimensão realista, um dividendo de relações públicas com um investimento mínimo de mão de obra. A própria trajetória eleitoral de Akpanga foi de um constante sucesso — começando como membro do conselho da cidade, sem contestação em seu próprio ambiente de um eleitorado outrora negligenciado. A partir daí, tudo ocorreu exatamente como a natureza determinou. O azeite de dendê lhe forneceu toda a riqueza necessária para cada passo seguinte. Akpanga tornou-se um ponto de convergência para outros. Logo, passou a ser chamado de Poderoso Chefinho Júnior — a posição de chefão de todos foi concedida a Godfrey Danfere por consentimento universal, mesmo fora das linhas partidárias. Com o primeiro gostinho do cargo e o incentivo de interesses calculistas, veio o estado de dependência. De conselheiro local a presidente do conselho, depois à Câmara dos Deputados... Por fim, quando se aproximavam as próximas eleições, Akpanga declarou: "O cargo de Governador, ou os abandono!".

O partido governista Pessoas em Movimento, orgulhosamente conhecido como Pompa — "Nós somos o povo da pompa e da majestade, Guardiões da soberania do povo etc., etc.", como dizia o hino do partido —, desesperado por uma posição em uma zona tentadora que controlava uma boa porcentagem dos outros depósitos de petróleo mais potentes, ofereceu o cargo a ele sem nenhuma restrição. Sua partida foi um alívio para os apoiadores originais, que desejaram boa sorte ao seu novo partido. "Eles vão descobrir, tudo a seu tempo", sorrindo por trás das mãos, mas, é claro, condenados a suportar as zombarias e os insultos do conto de moralidade de uvas azedas. Como eles estavam certos, afinal, lamentou Sir Goddie, o homem não tinha nada naquele crânio além de azeite de dendê coagulado. Não importava, sua punição o aguardava, com ou sem governador — se olhasse para cima, seu pescoço se contorceria com o objeto pendurado conhecido como Espada de Dâmocles. No momento, era hora de se concentrar no alvo principal — o Festival da Escolha do Povo e seus prêmios altamente valorizados do Dedicação do Empregado Novato/Veterano. Sir Goddie estava de olho no prêmio principal e, se o magnata do azeite de dendê decidisse ser um estraga-prazeres só mais uma vez...!

O Engenheiro Pitan-Payne! Nas idas e vindas do dia, havia se esquecido dele. Sentindo-se genuinamente arrependido, já tinha se abaixado para apertar um botão embaixo de sua mesa quando ouviu a batida na porta.

"Sim?"

Quem estava ligando era o dr. Merutali, seu assessor de imagem, recém-saído da Câmara de Inquisição criada para gerir a má conduta do chefe Akpanga. Havia um olhar malicioso em seu rosto, como alguém que estava se esforçando para reprimir um sorriso, e Goddie imediatamente se irritou. Apenas um punhado de indivíduos, do calibre de Teribogo e do dr. Merutali, tinha o direito de entrar em contato com o primeiro-ministro sem antes consultar o chefe de gabinete.

"O que significa esse sorriso na sua cara?"

Um operador calmo, que não se deixa abalar facilmente, acostumado a lidar com clientes que iam de monarcas biliosos a artistas sedutores, Merutali foi até o Mordomo e colocou duas folhas de papel bem digitadas em sua mesa, sentou-se e serviu-se de uma noz-de-cola.

"Acho que acabou a competição. Podemos prosseguir com as eleições."

O Mordomo do Povo trouxe a pasta para junto de si e a abriu.

"É melhor que isso seja bom."

Transcrição do julgamento do governador indicado chefe Akpanga por atividades antipartidárias e conduta que levou o partido ao conflito, à indisciplina e ao descrédito: Acusação II

Presidente em exercício: "Que os registros mostrem que a audiência deste

Painel Especial foi retomada às 16h30 sob uma nova presidência. Meu nome é Ogusuigbe. O antigo presidente pediu para ser dispensado devido a um ataque de enxaqueca. Todo o restante permanece o mesmo. Chefe Akpanga, estamos prontos para continuar?".

Tendo o acusado, chefe Akpanga, indicado sua prontidão, o presidente interino continuou.

"Chefe Akpanga, também fomos incumbidos de investigar um incidente que ocorreu em sua casa há dois dias, no qual a polícia teve de ser convocada e foram feitas prisões."

"Ótimo, fico feliz que o partido tenha percebido como eu, o cidadão número um do meu estado, estou sendo perseguido."

"O senhor ainda não é o cidadão número um, chefe Akpanga."

"Pela graça de Deus, eu vou ser. Só mais algumas semanas e vou assumir o cargo. Deus disse isso. A promessa de Deus não pode ser quebrada."

"Como membros leais do partido, compartilhamos suas esperanças e orações. Mas agora estamos aqui para lhe fazer algumas perguntas sobre o quanto a sua lealdade ao partido é real, especialmente no que diz respeito à sua imagem pública."

"Vamos lá. Se for uma questão de imagem, teste a minha lealdade e veja."

"O senhor se considera leal ao nosso líder, Sir Godfrey Danfere?"

"Se eu não for leal a ele, a quem mais eu vou ser?"

"O senhor aceita que tem o dever de não manchar a imagem dele ou a imagem do partido?"

"No que me diz respeito, o líder é o líder. Todos nós devemos nos alinhar atrás dele."

"Muito bem. Agora vamos voltar à sexta-feira da semana passada. O senhor recebeu algumas visitas em sua aldeia natal?"

"Ah, sim, um monte de pessoas. Elas vieram com câmeras e fizeram vídeos por todo o lado."

"Elas lhe disseram o motivo pelo qual estavam fazendo isso?"

"Algo sobre o Festival da Escolha do Povo. Disseram que queriam indicar o meu nome para uma homenagem. Algum prêmio que queriam me dar na noite de gala deles. Um bando de mentirosos. Vieram só para me incomodar."

"Só para lhe incomodar? É verdade que essas pessoas o filmaram em casa e no trabalho?"

"Foi o que elas disseram que iam fazer. E eu deixei fazer o que quisessem. Fizeram vídeos em todos os lugares — eu e a minha família. Os meus funcionários, os vizinhos e tal. Então eles entraram na casa e começaram a fazer perguntas. Foi aí que os problemas começaram."

"Que tipo de problema, chefe Akpanga?"

"Eles me insultaram, e eu mandei todo mundo sair da minha casa."

"Eles o insultaram. Como assim?"

"Eles tiram fotos, entram na minha casa e depois me insultam. Disseram que queriam me premiar porque eu sou um cidadão tatu."

"O senhor está falando dos Prêmios Denovo, claro. O Prêmio Dedicação do Empregado Novato/Veterano, cujo ápice é o prêmio do Cidadão de Tato."

"É, foi isso que eles falaram. Isso é um insulto. Eu sou um futuro governador. Só porque venho da aldeia, é por isso que eles deveriam vir e me dar um prêmio de cidadão tatu? Eu disse a eles para arrumarem as suas coisas e irem embora. E mandei o meu povo expulsar todo mundo da minha terra e que nunca mais voltassem."

"Sr. Akpanga, essas pessoas eram do *Inquérito Nacional*. Elas estavam lhe oferecendo a indicação..."

"O senhor não estava lá. Eu estava. Eles não deveriam vir e me dizer que sou um cidadão tatu. O senhor aceitaria esse tipo de bobagem?"

"Mas o senhor tinha de ser violento?"

"Quem foi violento? A casa é minha. Eu não posso aceitar esse tipo de bobagem em lugar nenhum, quanto mais em minha casa. Só porque sigo o meu líder e me chamo de Servidor do Estado, é por isso que as pessoas devem esquecer que eu vou ser governador? Essa é uma posição comum? O que há de errado com o prêmio especial? Que é o que eu espero, um prêmio especial. O que tenho a ver com um prêmio tatu?"

Danfere ergueu o rosto lentamente e inspecionou seu interlocutor com atenção.

"Você sabe, o que eu faria com você se isso se revelasse uma fake news, não sabe?"

Merutali deu de ombros.

"Eu estava presente. Mandei digitar isso às pressas a partir da transcrição para que o senhor mesmo pudesse ver."

Goddie deu uma risadinha.

"Isso é que é jogar pérolas políticas aos porcos da aldeia. Mas você está me dizendo que ele não sabia nada do Prêmio Denovo?"

"Bom… Pode-se dizer que, hmm… mais ou menos."

"Como assim, mais ou menos?"

"Eu me certifiquei de que ele soubesse. Modu é um romântico." Sir Goddie deixou escapar um suspiro profundo de chocada discordância, mas Merutali ergueu a mão depressa, para pedir paciência. "Sim, senhor, acredite em mim, ele é realmente um romântico. É claro que é um homem de negócios, um negociante, mas é um negociante romântico. Ele acredita mesmo em alguns desses prêmios. Não subestime isso. Por isso, fica animado quando encontra alguém como Akpanga. Isso dá um toque autêntico aos seus golpes. Adora injetar exceções em todo o processo. Por sua vez, isso legitima as partes cínicas."

"Sobretudo quando eles têm dinheiro?"

"Exatamente. Eu fico de olho na concorrência, então não há problema. Fiquei sabendo que ele planejava conceder o Grande Prêmio ao nosso homem. Então, fiz uma visita a Akpanga. Eu disse: 'Olhe, o meu trabalho é cuidar da imagem do partido. Isso significa que agora você é minha responsabilidade. Algumas pessoas estão tentando ridicularizá-lo, reduzi-lo ao nível de um homem tatu, só porque você vem de um vilarejo e não fala difícil'. Sabe, com um homem como Akpanga, você precisa descobrir onde o calo aperta. Foi o que eu fiz. Então eu disse: 'Se alguém aparecer falando de um prêmio tatu, rejeite. Não deixe que digam isso duas vezes. Descarte-o na hora'."

Sir Goddie deu um assobio longo e baixo.

"Merutali, você é o demônio!"

"Não, senhor, a política é o demônio em todos nós. Incluindo no senhor, meu amigo. Na verdade, gosto da minha função. Ela traz à tona o que há de criativo em mim." Ele se levantou. "Então, agora, o resto é com o senhor."

"Quer dizer…?"

"Entre o senhor e Oromotaya. Eu já fiz a minha parte. Eu disse que talvez o senhor precisasse vê-lo hoje. Ele está em uma das salas de recepção."

"Ele é um cambista. Quanto você acha que ele vai querer?"

"Tem que ser em dinheiro?"

"Com o Modu, é melhor que seja."

"É aí que o senhor está errado. Eu acabei de lhe dizer que ele é um romântico."

"Então o que eu faço? Encontro uma namorada para ele?"

Merutali riu alto.

"O senhor pode até tentar, mas não pode se igualar a Akpanga. Na verdade, posso ouvi-lo dizendo exatamente isso! Não, tente as honras nacionais. A independência está chegando. Faça uma troca. Ele vai adorar."

Sir Goddie balançou a cabeça e sorriu em um raro gesto de admiração por qualquer objeto que não fosse a sua imagem no espelho.

"Sabe, eu nunca teria pensado nisso."

"Os dois grandes prêmios reunidos em sua própria pessoa? O Denovo deste ano vai entrar para a história, o senhor vai ver."

Sir Goddie suspirou e empurrou a taça de cristal na direção dele.

"Acho que você merece outra noz-de-cola."

10. A audiência

Dessa vez, foi o silencioso chefe de gabinete que veio buscá-lo. Pitan sentiu uma presença mesmo em seu estado de cochilo e acordou com um sobressalto. O homem estava de pé ao seu lado, simplesmente estudando-o sem dizer uma palavra. Pitan recobrou depressa a consciência de onde estava.

"O Mordomo do Povo vai recebê-lo agora."

Pitan olhou o relógio; eram quase sete horas. Em seguida, olhou para seu acompanhante taciturno e o seguiu sem dizer nada. A Presença estava de fato esperando por ele, bem ao lado das portas duplas abertas e acolchoadas em couro.

"Entre, entre." Ofereceu-lhe a mão para um aperto de boas-vindas e, em seguida, empurrou-o para sua mesa. "Sente-se, sr. Pitan." Ele se dirigiu à sua própria cadeira e empurrou a tigela eclética de petiscos na direção do seu convidado. "Então, desta vez, o senhor está abandonando o país inteiro, não só o nosso governo inadequado."

"Sua excelência... desculpe-me, quero dizer, Mordomo do Povo, senhor..."

"Não, não se preocupe com isso. Simplesmente desejamos dar um exemplo, só isso. Chame-me do que quiser. As pessoas o fazem de qualquer maneira, e nem sempre são lisonjeiras."

Incerto, Pitan tentou um tom de simpatia.

"Ah, não pense assim, senhor."

"É verdade, é verdade. Mas quem se importa? Quando você está neste cargo, deve esperar todo tipo de coisa. Então, vamos para a ONU, é isso?"

"É, Sir Goddie. E eu sei o esforço que o senhor fez para que isso acontecesse. É uma honra. Minha família e eu somos muito gratos por esse apoio."

"Não, não, não, tudo é obra de Deus. Vamos agradecer a Deus, que me colocou em uma posição em que posso ajudar. Esta é uma pasta muito cobiçada. Eu teria lamentado se outro país a tivesse roubado de nós."

Duyole tentou colocar seus pensamentos em ordem e acessar o discurso que havia ensaiado, mas descobriu que o havia perdido em algum lugar entre as lembranças do passado com as quais estava matando o tempo na sala de espera. Não teve escolha a não ser seguir o ritmo estabelecido pelo anfitrião e simplesmente responder ao que quer que fosse.

"Talvez eu tenha sido a pessoa mais surpresa do mundo. Eu não fazia ideia de que estava sendo considerado por alguém até receber uma carta do subsecretário da ONU."

"Bom, eu sei que o senhor conhece a Bíblia — 'Observe aquele que é bom no que faz: bons profissionais são solicitados e admirados e não ficam à sombra de ninguém'."*

O sorriso de Duyole fraquejou. Mesmo o discurso semiplanejado, independentemente da direção que tomasse, não o havia preparado para tal elogio. Agradeceu mais uma vez à figura radiante, desta vez por ter formado uma opinião tão positiva sobre ele durante sua consultoria. Esperava que qualquer pequena conquista com a qual pudesse contribuir fosse aproveitada, levando a um fornecimento constante de energia para as necessidades domésticas e industriais. O Mordomo do Povo lhe garantiu que nenhum esforço seria desperdiçado, nenhum recurso seria poupado ou esbanjado. Levar eletricidade às zonas rurais estava no centro do manifesto de seu regime, e eles estavam determinados a realizar isso em todo o país. Bateu com a mão aberta na mesa:

"Com ou sem a ajuda do Banco Mundial ou do FMI."

Duyole piscou, tentou descobrir o que essas duas instituições tinham a

* Trecho retirado de Provérbios 22,29. (N. T.)

ver com o projeto que o ligava ao Ministério de Energia. Nada. Na verdade, seu projeto detalhado havia enfatizado que a nação não precisava da ajuda de nenhum desses órgãos; tudo o que tinha de fazer era maximizar os recursos locais existentes e envolver o setor privado, ressuscitar equipamentos desativados e estações de distribuição enferrujadas em todo o país. E lá se foi o trabalho de catorze meses. Duyole suspirou.

Como se Sir Goddie tivesse lido os pensamentos do engenheiro:

"Ah, a propósito..." Ele abriu uma gaveta embaixo da escrivaninha e tirou um dossiê vermelho, cuidadosamente amarrado com uma fita preta. A inscrição SECRETO estava estampada na diagonal da capa. O Mordomo do Povo deu um tapinha no dossiê com uma delicadeza comovente e se inclinou para frente, como se quisesse enfatizar a confidencialidade. "Devo lhe agradecer por isso. Sei que o senhor deve ter se perguntado por que nunca mandei chamá-lo durante todo esse tempo." Levantou a mão para evitar o que ele supôs que seria o protesto do engenheiro. "Não, não, no seu lugar eu sentiria a mesma coisa. É bastante compreensível. Só quero que saiba que isto", e deu mais um tapinha gentil no arquivo, "é o que chamamos de arquivo ativo. Ativo. Aqui está, parecendo inocente e quieto, mas acredite em mim, sr. Pitan, é um arquivo muito ativo."

"Fico muito aliviado em ouvir isso, senhor."

"Obrigado. Não preciso dizer mais nada. O senhor mesmo vai sentir o impacto deste relatório, mesmo de longe, nas Nações Unidas. Acredite em minha palavra."

Duyole sorriu em agradecimento.

"O senhor não faz ideia, simplesmente não faz ideia do que fez por mim nesse ministério. Eu mesmo estou cuidando disso. O acompanhamento já começou, e não é bonito. Cabeças devem rolar — não, cabeças já começaram a rolar. Até a sua chegada, ninguém tinha conseguido chegar ao fundo da podridão naquele setor. E então, é claro, soluções! Ninguém foi tão longe em todos estes anos. Criticar é fácil, a nação está cheia de detratores. Eles são profissionais. Mas quando se trata de soluções... de repente, desaparecem em plena ação!"

"Fico feliz por ter ajudado, sr. Primeiro-Ministro."

"O senhor é modesto. O que eu não entendi foi por que decidiu sair tão abruptamente. O senhor não estava nem na metade do seu contrato. Qual foi a pressa?"

"Missão cumprida, senhor. Não havia mais nada a fazer."

"Não diga isso. Nunca diga isso. Eu poderia ter contado com sua ajuda na próxima fase. Este é apenas o começo. Se o senhor não tivesse indo embora, já teríamos passado para a Fase Dois — não, já teríamos terminado a Fase Dois e passado para a Três."

O engenheiro sorriu fracamente.

"Estou começando a me sentir culpado."

"Não, não, não, essa não foi a minha intenção. O senhor fez o que se comprometeu a fazer, e o profissionalismo foi impecável. Sei que houve dificuldades. Sei que havia armadilhas. Aqueles idiotas não sabiam com quem estavam lidando. Não sabem nada da linhagem Pitan-Payne. Ah, isso me lembra, como está o seu pai? Ele ainda encontra tempo para as danças de salão de que tanto gosta?"

"Hoje em dia, ele está quase sempre sozinho, Sir Goddie. Então dança até ao som de hinos."

Sir Goddie riu.

"Até de 'Rock of Ages'?"

"Você conhece esse apelido, senhor?"

"Claro que eu conheço. Nós somos da mesma loja."

"Ele está bem. Muito bem. E ativo. Eu até tentei atraí-lo para a empresa."

"Isso é bom. Muito bom. Algumas pessoas preferem desperdiçar a idade. É uma pena."

Duyole riu.

"Acredite, senhor, ele não é do tipo que se deixa desperdiçar. Sempre encontra algo para fazer."

O Mordomo sorriu.

"Mas é melhor envolver a família sempre que possível. Eu aprovo isso. Na próxima vez que eu o vir, vou falar o quanto o senhor fez pela nação. Cabe a nós continuar de onde o senhor parou. Esse processo já começou. O senhor pode deixar o resto conosco. Completamente. Pode considerar que deixou tudo em boas mãos."

Duyole inclinou a cabeça para transmitir desconfiança e apreciação.

Quando Goddie devolveu o dossiê ao seu lugar, levantou a cabeça de repente.

"Ah, quase me esqueci. Eu lhe devo mais um pedido de desculpas. O governo lhe deve um pedido de desculpas. Nós lhe devemos dinheiro. Foi quando solicitei seus arquivos que descobri esse lapso embaraçoso. O senhor pode imaginar? Isso nos envergonha. Eu dei ordens. Esse lapso inaceitável será em breve uma coisa do passado. Já cuidei disso."

"Eu agradeço, Sir Goddie. É claro que eu ia mencionar isso."

"O senhor não seria filho de seu pai se fosse embora sem mencionar isso. Está tudo resolvido." Goddie empurrou a tigela de cristal na direção dele. "Tome um pouco de noz-de-cola. É especial. Vem de uma pequena plantação não muito longe daqui. O sabor é único. Muitas pessoas não conhecem bem a noz-de-cola. Não sabem que ela tem dezenas de sabores, cada um diferente do outro. Este é realmente excepcional. Gosto de usar a analogia do café — o que o café Blue Mountain da Jamaica é para a maioria dos outros cafés, é o que esta é para a maioria das nozes-de-cola. E estou falando de qualquer lugar deste continente."

"Obrigado, senhor." Duyole estendeu a mão em direção à iguaria.

"O proprietário dessa plantação faz ele mesmo uma entrega na vila de quinze em quinze dias, com as nozes-de-cola ainda nas vagens. Foi ideia dele. A minha governanta chama de vagem do primeiro-ministro. Vem de um pequeno vilarejo não muito longe daqui — chama-se Gumchi. Vá em frente, pegue mais de uma. Leve algumas para casa com você."

A mão estendida de Duyole parou de repente, congelada. Olhou interrogativamente para seu anfitrião.

O dr. Goddie parecia intrigado.

"Algum problema?"

"O senhor disse Gumchi?"

"É. O senhor conhece?"

"Conheço sim, Excelência. Meu amigo do peito é de lá. Um cirurgião. Hoje em dia está em Jos."

O M.P. se recostou mais uma vez, maravilhado.

"É mesmo?"

"Sim, senhor. Éramos tão próximos que uma vez fizemos planos para ajudá-lo a construir uma pequena clínica ali mesmo. Quatro amigos."

"É mesmo? Que mundo pequeno. E um vilarejo menor ainda, segundo todos os relatos. Onde ia ser a clínica? Quase não tem lugar lá. É tudo formação rochosa. Tirando aquela pequena plantação de nozes-de-cola, alguns cítricos, não há muito mais. Enviei o ministro da Agricultura para dar uma olhada, caso pudéssemos ajudar no desenvolvimento da cola. Trouxe fotos. Pedras. Só pedras."

"Esse era o desafio, Sir Goddie. Como engenheiro..."

"Claro, claro. Se alguém pudesse fazê-lo, seria o senhor. Só não toque em minhas árvores de noz-de-cola, ou vamos brigar!"

Duyole se juntou ao riso.

"Tenho certeza de que vão ser preservadas, senhor. Isto é, se algum dia conseguirmos realizar esse projeto. Era um daqueles sonhos juvenis, com mais de duas décadas. Formamos uma espécie de pacto de ajuda mútua. Mas todos nós seguimos por caminhos diferentes."

"Ah, sim, assim é a vida. A humanidade se move, mas as rochas permanecem."

"E as árvores de noz-de-cola também, espero, Excelência."

"Nós temos esperança. Todos nós temos esperança. Mudanças são muito boas. E o desenvolvimento. Mas algumas coisas devem permanecer iguais. Todos nós precisamos de um senso de algo permanente."

"Não poderia concordar mais."

"Ah, isso me lembra. Bom, não preciso lhe dizer. O senhor, a sua empresa, adquiriu uma grande influência nacional. O seu nome — meu Deus! — essa Marca da Terra, tudo isso ressoa como algo extraordinário. O nome tem peso. E com esse reconhecimento da ONU... bom, não há como discutir, o fato é que o senhor tem um nome que o país deve levar em conta. Sei que o senhor sempre o usará de forma criteriosa — no interesse da nação."

Duyole ficou tenso, pensando: *Lá vem ele!* Sir Goddie notou bem a súbita cautela, pois tinha anos de experiência observando reações perigosas como aquela, quando arrastava um "voluntário" para missões não voluntárias. Goddie não tinha apetite para recusas e, suavemente, voltou atrás.

"Hmm... agora vejamos. O seu pai falou com o senhor?"

"Sobre o quê, Excelência?"

E Goddie caiu na gargalhada.

"Ele é muito cauteloso. Achei que teria tocado no assunto antes de nosso encontro. Então, vou lhe dizer qual é a melhor maneira que eu acho que devemos fazer isso. Bom, eu vou lhe dar uma dica: nós achamos que a nação tem o dever de promover a Marca da Terra. Torná-la nossa. Um patrimônio nacional. É só uma dica. Quando chegar em casa, converse com o seu pai. Tem só um pequeno serviço relacionado que talvez o senhor possa prestar antes de partir — mas vou deixar que ele explique." Deu um tapa na mesa. "É, vamos deixar por isso mesmo. Ele tem algo a discutir com o senhor."

"Como quiser, senhor. Mas se o senhor preferir..."

"Não, não, sem pressa. Ele vai lhe explicar. Ele e eu falamos a mesma língua. Ih, lá vem problema."

A porta se abriu de leve e o M.P. ergueu os olhos. Era o chefe de gabinete. Duyole fixou deliberadamente os olhos no homem e os manteve ali durante todo o tempo, retribuindo o elogio pelo seu desconforto anterior na sala de recepção.

"Desculpe interromper, Excelência."

Surpreso, Sua Excelência, o Mordomo do Povo, levou os olhos até o relógio de sua mesa.

"Meu bom Deus, eles já estão aqui?"

"Eu os mantive na sala de recepção principal, M.P."

"Que pena." E ele parecia genuinamente lamentoso. "Nossa conversa estava começando a ficar interessante de verdade. Tudo bem, em um minuto."

Era o "empurrãozinho administrativo" da recepcionista. Audiência encerrada.

"Isso me lembra, CDG."

"Sim, Mordomo do Povo?"

"A equipe de segurança do sr. Pitan-Payne — presumo que tenha sido retirada quando ele nos deixou?"

"É rotina, M.P."

"Bom, providencie para que ela seja restaurada de imediato e fique com ele até a partida."

Duyole imediatamente começou a protestar, mas foi impedido por um gesto muito firme e definitivo do anfitrião.

"Vou cuidar disso, senhor", concordou o chefe de gabinete.

"A sua segurança é ainda mais crucial agora do que quando prestava consultoria para um único governo. Agora ele é uma aquisição mundial, não apenas nossa. Por maiores que sejamos, não podemos competir. Não queremos incorrer em infâmia global se algo acontecer a ele."

"Entendido, Excelência."

"E, é claro, sempre que visitar sua casa, Pitan, tudo bem se eu o chamar assim em vez do nome composto?"

"É uma honra, M.P."

"Ótimo. Portanto, não se esqueça de avisar o chefe de gabinete com antecedência. Eu não brinco com assuntos de segurança — pergunte ao CDG, ele me conhece."

Duyole balançou a cabeça, visivelmente chateado com a reviravolta dos acontecimentos. Seu desligamento do sistema era para ser definitivo. Ele fez mais um esforço.

"Excelência, não há mesmo necessidade, eu lhe asseguro."

Seu anfitrião parou e o encarou diretamente.

"Sim, há necessidade, sr. Pitan-Payne. Há toda a necessidade. Não podemos nos arriscar. A situação da segurança é o que é, infelizmente, portanto, é uma responsabilidade que temos de enfrentar."

"Deixe comigo, senhor", o chefe de gabinete tranquilizou seu chefe. "Eu vou cuidar de tudo o que for necessário."

O Mordomo do Povo reajustou seu *agbada*, deu a volta na vasta escrivaninha e levantou seu braço de mangas largas ao redor dos ombros de Duyole.

"O senhor deve vir me ver sempre que voltar de licença ou por qualquer motivo."

"É realmente muito gentil de sua parte, Mordomo do Povo. Pode deixar."

"Odiamos perdê-lo, mas, bom, o senhor sabe o que diz o Bom Livro — neste caso, a Nigéria o ama, mas a ONU o ama mais. Graças a Deus, o senhor tem resistência. Sua estada conosco comprovou isso. O senhor não tem ideia de como as operações são tortuosas naquele lugar; é uma maravilha que qualquer decisão seja tomada ou executada. Detesto dizer isso — não me cite, mas a ONU é um manicômio. Precisa de uma sacudida. Se o senhor realmente quiser conseguir alguma coisa, terá que dedicar seu tempo integral a eles."

Na porta, ele ofereceu de novo a mão.

"Correndo o risco de me repetir, a nação o ama, sim, mas os outros, sobretudo a ONU, não apenas o amam, mas *precisam* mais do senhor."

O conselheiro especial estava esperando do outro lado da porta, com o rosto um tanto perturbado e a voz apologética.

"Sim?"

"Excelência, sinto muito, mas meu assistente não estava pronto com o pacote."

"O quê?"

"Ele não sabia que havíamos antecipado o compromisso do sr. Pitan para esta tarde. Nós o mudamos por causa da maratona de ontem."

"Deve ser um idiota. Será que ele acha que a ONU é toda formada por imbecis como os inúteis que me cercam?" Sir Goddie voltou-se para Duyole. "Desculpe. Pedi a eles que preparassem um pacote para o senhor, algo para lhe mostrar a gratidão do governo e, claro, nosso orgulho. É só uma coisa simbólica."

"Se o sr. Pitan-Payne puder esperar alguns momentos...", Garuba começou.

"Se o sr. O Quê, pudesse o quê, o quê, o quê? Depois você manda para ele. Pegue o endereço e mande entregar pessoalmente antes que ele decole para Nova York!"

"Desculpe-me, Vossa Mordomia. Faremos exatamente isso."

"Agora passe com o sr. Pitan pela segurança e volte aqui. A noite ainda não acabou, portanto, não desapareça com ele."

"Pode deixar, Sua Mordomia."

O Engenheiro e o Equivalente saíram, deixando Sir Goddie sozinho — pelo menos, foi o que ele pensou. Girando o corpo, ele fechou a pesada porta e apoiou as costas nela, então fez uma careta para a sua cadeira reclinável, vendo ali o fantasma de seu antecessor. Recompensou aquele ocupante desalojado com mais um rosnado por ter lhe legado um cientista possuído chamado Duyole Pitan-Payne — sim, talentoso e tudo mais, isso ninguém negava, mas que diabos! Era por isso que tinha que continuar causando problemas para todo mundo? Bom, já vai tarde. Ele deixou escapar um suspiro que ecoou pelos corredores labirínticos do poder. Em seguida, juntou as mãos, esfregou-as, entrelaçou os dedos, enquanto fechava os olhos com força e enrugava o maxilar inferior para cima: para ele, esse era o sinal máximo de satisfação. Se o engenheiro levasse aquela mesma mentalidade para a ONU e eles o expulsassem de volta para casa, já não importaria mais. Seu impacto posterior seria consideravelmente reduzido. A vaga era da Nigéria, e eles não iriam ter nenhum problema em preenchê-la com alguém que merecesse mais. A nação tinha especialistas de sobra em todos os campos, e ninguém acusaria o governo de menosprezar ou sufocar talento — em cada centímetro do caminho, eles fizeram de tudo para aproveitá-lo ao máximo. Os registros não mentem.

Tinha se esquecido da presença de seu chefe de gabinete, que estava ao lado da dupla que partira. Ele tossiu discretamente para alertá-lo da sua presença. Sir Goddie levou um susto.

"Ah, você ainda está aqui?"

"O senhor disse que daria instruções sobre os honorários pendentes dele."

"Que honorários? Ele sabe o que fazer, caso contrário, o contrato está rescindido. Espero ter notícias do pai amanhã à noite. Ele, pelo menos, não é do tipo que joga o dinheiro do governo de volta na cara do governo."

"Muito bem, senhor."

"E temos um dos comparsas próximos em nossas garras — uma rede de corrupção. Verificamos que o sujeito não faz parte de sua equipe de negócios, mas eles são próximos. Não só próximos, o criminoso é um membro fundador dessa Marca da Terra de grande alcance. Tudo o que temos de fazer é associá-los a uma seita secreta — temos a história completa dos membros fundadores e o que alguns deles têm feito ultimamente. Para começar, um bando de bêbados — dá para imaginar uma coisa dessas? Eu tenho as informações. A mídia social dá conta do resto. Ele não pode se dar ao luxo de um escândalo, não nesta fase. A ONU não vai tolerar isso."

"Sua Mordomia está absolutamente certa."

"Vou deixar o pai cuidar dele. Não vai vir nada diretamente de mim — não confio nessa laia. Ele me parece capaz de qualquer coisa."

"Conhecemos o tipo, Mordomia. Pode confiar em nós para fazer o que for necessário, senhor."

"Você faz isso. Oromotaya ainda está esperando?

"Não, ele foi embora, Vossa Mordomia. Junto com o dr. Merutali. Disse que eu deveria informá-lo de que eles estão jantando com a primeira-dama."

"Vou me juntar a eles mais tarde. Eu esperava que o engenheiro também se juntasse a eles, por isso o atrasei. Mas ele é muito teimoso para o seu próprio bem. Ou o pai dele o traz de volta ou você se certifica de que o arquivo dele suma no sistema. Vou lidar com o arquivo inútil que ele me enviou antes de se demitir — como se a nação já não tivesse problema o suficiente."

"Muito bem, senhor."

"O único porém é que ele mandou uma cópia para o presidente. Isso não é conveniente. O nosso presidente muitas vezes se esquece de que é membro de um partido. Toda essa bobagem de não partidarismo quando se senta na cadeira presidencial — ele realmente leva isso a sério! Muito bem. Se for preciso, vamos ter de lembrá-lo de que a merda pode ter um cheiro diferente, mas ainda tem cheiro. Mas ele está em boa situação com o Oromotaya. Tenham isso em mente. Isso significa que o sr. Benzy agora tem uma cópia. Ele tem uma há anos." Apertou a cabeça. "Não sei como vou lidar com todas essas variáveis desagradáveis."

"Estamos cuidando das cópias, M.P. E sempre podemos denunciá-las como falsificações. O dr. Merutali sabe como lidar com isso. O presidente sabe como foi eleito, senhor, então eu não perderia muito tempo com ele, Mordomia. Todos sabem como chegaram aonde estão."

"É melhor que sim. Isso é tudo. Ah, sim, mande entrar aquele idiota assim que ele voltar. Tem mais alguém esperando?"

"Só o indiano, M.P."

O Mordomo do Povo deu um tapa em sua testa.

"O geólogo, certo?"

"Sim, senhor."

"Não vou poder receber. Hoje não. Ele teve uma experiência ruim em Zamfara e acho que não quero lidar com isso agora. Quando o ouro — não importa se o verdadeiro ou o negro — se mistura com religião, os garimpeiros devem aprender a esperar o pior. Diga que não posso vê-lo hoje."

"Se eu puder humildemente sugerir, Vossa Mordomia, talvez apenas aperte a mão dele? Ele está esperando há mais tempo do que o engenheiro e teve uma experiência muito infeliz. Mas ele não está desanimado e quer voltar. Todos os relatórios mostram que ele é um gênio na detecção de depósitos de ouro. Acho que é útil conhecê-lo, M.P., senhor."

Goddie ficou pensativo.

"Tudo bem, tudo bem. Deixe-o dar as caras. Só por alguns segundos."

"Muito bem, senhor."

Em um momento, Goddie estava esperando impacientemente na porta.

No seguinte, virou-se e voltou apressado para a sua mesa. Pegou duas nozes-de-cola e voltou para a porta quando seu chefe de equipe retornou com o garimpeiro indiano a reboque.

"Sir Goddie, é muita gentileza da sua parte, excelência, muita gentileza."

"Sinto muito que este tenha sido um dia tão ruim na vila. E ouvi dizer que você passou por momentos ainda piores em Zamfara. Mas você precisa voltar. Há lugares que meus próprios especialistas podem lhe sugerir. Nós certamente precisamos de você aqui."

"O senhor é muito gentil, sr. Primeiro-Ministro. Tenho que viajar amanhã, mas eu volto. Volto porque sei que há recursos ricos em seu solo e desejamos fazer negócios com o país."

"Você será duplamente bem-vindo. Meu CDG vai lhe dar os números para você ligar. E aqui", empurrando as nozes-de-cola para as mãos desnorteadas, "você conhece a noz-de-cola, não conhece?"

"Com certeza, senhor, com certeza. Já vi no mercado. Estavam por toda parte em Zamfara."

"É um símbolo de amizade, entre outras coisas. Leve essas com você. Tenha um voo seguro e volte logo."

Curvando-se em grande euforia, o dr. Mukarjee foi por fim conduzido para fora, com todo o terror dos dias em Zamfara eliminado, como se nunca tivesse passado por nada daquilo. Ele tinha sido sequestrado por um breve período, até ser rapidamente resgatado pelos vigilantes civis.

"A experiência mais assustadora", continuou a declarar durante as semanas seguintes. "Mas os depósitos de ouro são ainda mais assustadores."

A dupla foi substituída quase que imediatamente pelo consultor especial, sem fôlego após o semitrote para voltar até o chefe.

"Aquele pregador ainda está por aqui?", perguntou Sir Goddie. "Como ele se chama hoje em dia?"

"Teribogo, Sua Excelência."

"Ah, sim, Teribogo. Mande-o entrar", ordenou, com o sorriso mais largo e inquestionavelmente mais gratificante do dia. "Não há mal nenhum em solicitar também uma intervenção divina nesse caso. Acho que o caso do sr. Pitan-Payne requer múltiplas garantias."

Shekere Garuba relaxou, sentindo que o dia tinha corrido muito bem para a satisfação do chefe. Sentiu-se suficientemente encorajado para tomar uma liberdade de despedida:

"Bispo Teribogo? Ah, padre, é o senhor?"

Por um breve momento, o Mordomo do Povo hesitou — será que estava dando liberdade demais ao jovem patife? Não, decidiu ele. A educação dele era garantia de que ele sabia o seu lugar. Assim, Goddie lhe deu uma piscadela conspiratória, seguida de uma noz-de-cola. O jovem a pegou e depois se prostrou inteiro em agradecimento. Esse era, de fato, o maior sinal de gratidão. Uriah Heep finalmente se sentiu acolhido como membro pleno da família.

11. A mão de Deus

Teribogo, conhecido mais carinhosamente como Papa Davina, já estava de todo estabelecido na consciência geral como mais do que um pregador comum. Era um exemplo de diferença e inovação. Na verdade, a mídia de prestígio, em suas páginas dedicadas às buscas espirituais — publicadas às sextas-feiras e aos domingos —, muitas vezes o elogiava como o futuro do Chamado, se o próprio Deus sobrevivesse e Satanás fosse levado ao seu buraco primordial. Satanás é um boxímano, Papa D. gostava de pregar, e juntos, com a força de nossas orações, nós o envergonharemos até voltar à sua toca na selva! Para uma classe de seguidores, essas imprecações inebriantes soariam grosseiras e insensíveis, mas Papa D. era muito combativo e polêmico. Reservava esses floreios retóricos para os cultos abertos na base de sua colina operacional, Oke Konran-Imoran, que, traduzida no verdadeiro espírito da licença canônica, irmã da licença poética, significava a Montanha da Fé, o Aconselhamento. Em alternância ecumênica, incentivada e, na verdade, exigida como um artigo de expectativa para todos os verdadeiros crentes, estava sua versão igualmente reverenciada, Oke Ariran, a Montanha da Visão. Propagadas como única e a mesma coisa, elas estavam unidas na confluência espiritual do ministério supervisor, registradas na Comissão de Assuntos Corporativos (CAC) como Ekumenika LTDA. Papa D. liderava pelo exemplo. Seguindo a tradição de nações oficialmente bilíngues, como o Canadá, Papa D. era famoso por nunca completar nem mesmo o menor fragmento de frase de qualquer pungência ou mistério sem se certificar de que o havia proferido em mais de um idioma.

Os ritos ecumênicos na base da montanha aconteciam em um vasto espaço em forma de Y, cuja haste ficava expostas de ambos os lados ao vento, à chuva, aos mendigos, às cabras e às galinhas, bem como aos vendedores ambulantes de lanches e aparelhos multinacionais, inclusive peças de reposição para automóveis. Em contraste, na extremidade remota de um braço havia um bunker acima do solo quase à prova de som. Esse espaço servia como sacristia e local de meditação, e abrigava cubículos de oração individuais. O outro braço terminava em um "confessionário" especial à prova de som, dedicado às famosas salas de Cuidados Intensivos de Libertação (CILS) do Papa D., onde casos extremos eram libertados do demônio e de todas as suas obras. A libertação podia envolver prescrições como autoflagelação e outras formas de automortificação, entre elas, mas não exclusivamente, sessões de banho frio sentado na imensa pia de batismo e/ou redenção central. O parapeito pelo qual os fiéis desciam do nível do chão era um bloco de mármore sólido de Jerusalém, com a reputação de ser do mesmo depósito de mármore que produziu a laje de cobertura do santo sepulcro. Era um substituto da laje anterior, mais leve, que havia servido fielmente até ser quebrada pela descida de uma de suas seguidoras mais pesadas, conhecidas como guerreiras de oração.

A senhora se afogou, bem à vista de todos. O peso de suas transgressões obviamente rompeu o frágil tampo de mármore, apesar da flutuabilidade de apoio científico supostamente proporcionada pela água. O mesmo peso opressivo do pecado não expiado a impediu de levantar a cabeça acima das águas de apenas um metro de profundidade, importadas do lago da Galileia. Ela se engasgou e se afogou, debatendo-se no que a pequena multidão pensou serem movimentos de êxtase. Teribogo concedeu várias entrevistas à mídia sobre a causa e o efeito do evento, contrastando-o favoravelmente com o número de mais de trezentos peregrinos de todo o continente que sofreram com a igreja dos Santos Abençoados, cujo novo prédio, então em construção sem licença, desabou sobre suas cabeças. O bloco de mármore substituto, evidentemente imune a qualquer peso de futuros fardos de pecado, foi alegremente subscrito por sua congregação agradecida em uma única sessão de promessas, todas prontamente cumpridas no dia útil bancário seguinte.

Esse poço de energia, como era amplamente conhecido, dirigia os assuntos do ministério. O restante era apenas o espaço aberto, coberto por lonas e chapas de ferro corrugado, às vezes demarcado por bambus e caules de ráfia. O espaço podia acomodar um elenco de milhares de pessoas, que dobrava, triplicava e até quadruplicava nos períodos religiosos. Eram realizados cultos o dia inteiro, muitas vezes conduzidos por subordinados bem treinados. Mas em geral o próprio apóstolo presidia, pregava e ministrava a toda a humanidade, sem discriminação de gênero, idade, classe, profissão, etnia, nacionalidade ou *erratismo espiritual* — um termo que Papa D. aplicava respeitosamente a todos os que começaram com diferentes crenças, mas que haviam percebido, ou estavam a caminho de aceitar, o erro de seus caminhos e começavam a tatear o caminho em direção à única verdade — o ecumenismo.

Não era segredo que o modelo distante de Papa Davina era o carismático Father Divine, da Missão de Paz Americana negra, do início do século XX, que, Papa D. estava convencido, havia morrido com os estigmas do martírio na palma de uma das mãos e nos dois pés. Embora tenha adotado uma versão modificada do nome, ele não descartava o próprio nome, Teribogo, que podia ou não ser o seu nome verdadeiro. Talvez nem mesmo ele se lembrasse do nome que lhe fora conferido ao nascer, ou o nome já tivesse passado por tantas encarnações que não importava mais, nem se incomodava com isso. Alguns afirmavam que Teribogo, o apelido em seu cartão de visitas, que lhe oferecia uma tênue identidade com as partes da África Ocidental que falam iorubá, possivelmente não era seu, mas um produto de uma atribuição maliciosa em uma de suas bases evangélicas anteriores em uma parte diferente da África Ocidental; a Costa do Marfim foi mencionada.

Um dos talentos invejados de Papa D. era sua capacidade de converter até mesmo o evento mais negativo ou a mera insinuação em um recurso positivo. Assim, o que se dizia ter origem em algum passado escandaloso se tornava algo precioso e de superação quando ele migrava para um novo local e reinventava o seu ministério. Todos os pregadores que se prezem têm sua melodia característica, uma frase de efeito ou um gatilho de apelo. Teribogo foi aquele que se tornou completamente identificado com Papa Davina: "Baixe a cabeça para a glória". Seu apego confiante ao nome desmentia as versões maliciosas que foram divulgadas sobre sua origem — algum homem em pleno juízo desfilaria, inclusive em seu cartão de visita com letras douradas, um nome de antecedentes duvidosos, especialmente devasso? O nome dava poder à palavra, sobretudo durante as sessões de "libertação". No entanto, essa versão irreverente de sua origem persistiu, difundida por céticos e revisionistas pudicos. Papa D. permaneceu indiferente. Que eles continuassem a colocar suas almas em perigo, manchando um produto de inspiração divina. Papa Davina, autorrepatriado para o subúrbio imundo de Lagos conhecido como Mushin, era também conhecido como Teribogo, e aquele se tornou um nome familiar para todos os que buscavam orientação e intervenção divina, apesar de terem sido vítimas da proliferação profana de conhecimentos apócrifos instigados por línguas pecaminosas.

Tudo isso aconteceu, segundo se dizia, durante uma das sessões de exorcismo do Papa D. — isto é, na presença de uma congregação de mais ou menos cinco mil pessoas. O evento crucial ocorreu fora da vista, na seção especial e privilegiada, mas não fora da audição de uma assembleia que havia atingido o nível de paroxismo de culto ao qual, como em todas as coisas, embora todos possam participar, apenas alguns são chamados. A causa mais comum para a intervenção espiritual com a qual Papa D. lidava era, como era de esperar em uma sociedade atormentada pela inveja dos coelhos, a falta de filhos, uma condição que estigmatizava as mulheres, muitas vezes sem justa causa. Aos poucos, e com ceticismo duradouro, foi permitido que explicações científicas se infiltrassem, incluindo a teoria blasfema de que a causa dessa condição poderia possivelmente emanar da deficiência masculina.

A história da mulher afetada seguiu o caminho habitual. Resultou em sua atribuição ao catálogo de possessão demoníaca — seu útero fora obviamente tomado pelo Diabo, espremido até secar e impedido de germinar. O próprio demônio fora contratado, sem dúvida alguma, por um vizinho inimigo. Papa D., um contador de histórias experiente, tinha fama — ou notoriedade — por seu profundo conhecimento dessa aflição, um conhecimento que ele transmitia por meio de histórias ilustrativas que eram barulhentas, capazes de desarmar e que, assim, satisfaziam o anseio de seu público por uma explicação racional dos mistérios das doenças. A situação difícil da mulher se tornou o veículo anedótico que transportava seu público para terras distantes e vice-versa, mesmo quando o remédio em si estava no santuário interno do professítio de Teribogo em Mushin. Papa D. levava o seu público em um passeio da realidade para a realidade virtual e vice-versa, deixando-os agitados como borboletas em uma corrente de vento. Com uma máscara impassível e sem emoção no rosto, Papa D. mergulhava na lagoa de Lagos e ressurgia na diáspora africana das Índias Ocidentais — especificamente na Jamaica — distribuindo risos e alegria ao longo do caminho, até que chegou a hora de explodir as suposições de causa e efeito.

"Isso me faz lembrar, queridos seguidores em Cristo, de um expatriado da Jamaica que há dias vinha sentindo uma dor aguda na uretra. O problema foi diagnosticado, e ele foi obrigado a beber litros e litros de água. Para o nosso pobre sofredor, isso foi pior do que a doença, pois ele tinha grande aversão a qualquer tratamento com água, exceto embaixo do chuveiro." Risos abafados. "Isso, por sua vez, fez com que sua esposa desejasse que sua aversão à água fosse total e abrangente. Por que isso, você pode se perguntar? Vou lhe contar. Quando ele entrava no chuveiro, em nosso clima notoriamente quente e úmido, era um problema tirá-lo de lá!" Risos. "Era pior quando ele escolhia a banheira, porque quando a banheira estava cheia até a metade o suprimento de água, que em geral era pouco mais do que a média de uma xícara para cada família, secava completamente. Isso levou a petições para que ele fosse designado para um horário especial, depois que todos no edifício tivessem tido sua vez. [Por acaso não sabemos todos? Diga, Papa, deixe que a Companhia de Água ouça isso!]"

Teribogo fez uma pausa. Sorriu. Acolheu todo o professítio com um sorriso indulgente. Somente aqueles que nunca tinham ouvido falar de Papa D. cometiam o erro de achar que ele se contentava em extrair apenas uma lição de moral de uma história. A homilia ainda não estava completa.

"Não importa. Mack — esse era o nome do cavalheiro — finalmente se curvou à prescrição do médico e bebeu sem parar. Ficou com o estômago inchado, mas por fim sentiu o início de um fluxo redentor." Mais risadas; interrupção com aplausos. "O processo foi doloroso. Se você tiver que escolher entre expelir pedras da vesícula biliar de forma natural ou fazer uma cesariana de fachada, não seja corajoso. Apenas diga a eles, tragam o cirurgião." A essa altura, os olhos da plateia já estavam se enchendo de lágrimas de riso. "Sua esposa estava presente. Ela segurou a sua mão e o incentivou a perseverar. Mack fez o melhor que pôde. No entanto, em meio à sua angústia, gritou, apertou a mão da esposa até sangrar e lançou acusações contra a pobre dama. 'Betty, por que você está fazendo isso comigo? Por que está tentando me matar? Eu falei para você sempre catar pedra no arroz antes de cozinhar. Veja agora como você vai castrar seu marido inocente!'"

Então, enquanto os risos e as trocas de palavras da congregação se agitavam na arena divina, a voz do venerável bispo Teribogo, mais um excelente calculista do momento dramático, atravessou a arena e apagou os semblantes presunçosos de suas ouvintes, concentrando-se, por longa experiência, em duas ou três mulheres já selecionadas e sentadas juntas. Teribogo tinha suas ouvintes na palma da mão. Mudando o registro vocal, o superlativo artista rugiu:

"Vocês acham isso engraçado agora, mas pensem por um momento. Antes um milhão de partículas de pedra na vesícula biliar do que uma pedra do demônio no útero de uma mulher. Cálculo biliar dá para expulsar, mas onde está o mais brilhante dos seguidores de Esculápio que pode livrá-la da pedra do diabo no útero? Onde? Não, diga-me. Se você conhece um, aponte-o aqui e agora! Então há aqueles incrédulos que dizem que a esterilidade é uma condição médica? Nenhum pecado é pior do que a ignorância. A ignorância como a daquele pobre escravo liberto do outro lado do mar, que culpa as pedras nos grãos de arroz pela pedra em sua vesícula biliar. Entre uma agonia e a angústia da pedra do diabo no útero, há alguma diferença?"

Em uma voz combinada que quase derrubou a cobertura de lona, veio a resposta:

"Nã-ã-ã-ã-ã-o!"

"Eu disse, existe diferença na ignorância?"

E Teribogo, então, jogava a cabeça para trás e entrava em uma convulsão de riso, depois se interrompia abruptamente e retomava a voz de professor paciente.

"Mergulhem na história de Sara. Que pecado Sara cometeu? Vocês leram em seu Livro Sagrado que ela era desobediente? Vocês leram que foi uma punição por conduta indecorosa? Ela foi desobediente? Não! Ela deu as costas a Deus? Não. Mas ela era culpada de inveja. Ah-ha, você acha que conhece a história? Acha que conhece essa história melhor do que o Papa D.? Sim, ela era culpada de inveja. Ela provocou inveja nos outros, e esses outros se tornaram inimigos. Eles tinham algo para se vingar. Eles invejavam a sua posição social. Invejavam o seu sucesso. Invejavam a sua modéstia. A sua humildade. A sua diligência. A sua família. Invejavam a sua própria existência. Qual foi a vingança? Colocaram a pedra do demônio no ventre daquela irmã."

Uma pedra demoníaca no útero exigia uma ministração profunda e penetrante, administrada pelo médico das almas, auxiliado por toda a igreja como elenco de apoio e coro, embora inconscientemente, mas com profundo fervor. À medida que o êxtase aumentava, Papa D. conduzia a Solicitante faminta por crianças para a capela-mor lateral multiúso, que servia como ofertório particular, para o registro do dízimo, orações particulares de "libertação", sessões personalizadas de bênçãos, consultas e, às vezes, vigílias noturnas do tipo pessoal, em que os solicitantes podiam ser aconselhados a se abrir nus diante do minialtar, no chão frio de cimento, a noite toda, às vezes por três ou mais noites sucessivas, sujeitos a chicotadas misteriosas no escuro por espíritos malévolos. Ocasionalmente, essas sessões eram aliviadas por breves comunhões com o toque angelical de luvas brancas como leite. Eles apareciam no lugar, levantavam a cabeça do solicitante, davam um gole de "água de Jerusalém" nos lábios ressecados, que depois limpavam delicadamente, e partiam.

No dia memorável, sob os cânticos fervorosos e as orações da congregação, Papa D. conduziu o caso especial ao santuário do milagre e do parto. Ela se ajoelhou no banco acolchoado, com a cabeça baixa. O Papa Davina fez a liturgia, entoou orações e amaldiçoou liberalmente os inimigos que haviam infligido tamanha miséria à sua cliente. Na arena principal, o órgão, o coro e a congregação estavam cada vez mais extasiados. Papa D. colocou a mão sobre a cabeça inclinada dela, convenientemente nivelada com o depósito de energias procriadoras masculinas.

Foi um dia de acontecimentos milagrosos. O fervor do pregador, até mesmo seus maiores inimigos admitiram, era excepcionalmente intenso e contagiante. Se isso não era excitação espiritual, disse um fiel, então nada jamais foi ou poderia ser de novo. Naquele dia, o prelado se viu em meio a uma possessão. A varinha de condão da bênção se levantou na ocasião. Quando abaixou a cabeça, a Solicitante percebeu que havia encontrado um obstáculo intumescente e, por instinto, recuou. Papa D. não gostou e levou a mão a sua nuca, puxando-a para a zona energizada. Quanto mais ela tentava recuar, mais determinado ele ficava, exortando-a a *t'eri b'ogo!** De novo e de novo — *t'eri b'ogo, t'eri b'ogo.* Era uma competição de órgãos, o artista da batida musical igualmente possuído, talvez em empatia mística, enquanto o carrossel espiritual de "Louvemos ao Senhor" de milhares de vozes continuava a rasgar o ar santificado. O organista, acostumado a esses surtos de possessão e exorcismo, aumentou a pedalada e puxou todos os registros do órgão, com os olhos arregalados em uma cabeça que se movia da porta da sacristia para a assembleia e vice-versa. Sabia o que podia estar acontecendo, pois até mesmo a respiração pesada se tornara audível sob o intenso *t'eri b'ogo* que emergia ruidosamente do santuário ministerial. E assim, sob inspiração, até mesmo possessão, continuou a tocar até que, de repente, a porta se abriu e a Solicitante, toda desgrenhada, irrompeu no exato momento em que o comando sacerdotal, staccato e urgente, transformou-se completamente em um grito ininterrupto e extático que jamais seria esquecido pela congregação, já que todos ficaram na mesma hora atordoados e em silêncio diante da aparição no instante em que Teribogo deu voz àquele ponto culminante e apaixonado:

"T'eri b'ogo-go-go-go-go-go-go-go-go-o-o-o-o-oooooo!"

Foi um dia de libertação milagrosa. Papa D. apareceu como ganhador do Oscar, com o microfone na mão e o que pareciam ser arranhões, um corte razoavelmente profundo no rosto e um olho inchado, cambaleando apenas um pouco, mas no geral triunfante, como alguém que havia lutado e vencido, uma disputa que ele logo capturou com uma explosão de sons:

"O Diabo era forte, mas Deus era mais poderoso! Aleluia!"

A congregação ficou frenética. A revelação era iminente.

"Louvado seja o Senhor! Aleluia, louvado seja o Senhor! Glória a Ele para todo o sempre."

Foi um dia que virou lenda, aclamado como o dia abençoado em que todos os céticos foram silenciados. Não havia milhares de testemunhas oculares para dizer que viram o Diabo, depois de se apossar da mulher, voltar-se contra o pregador na reclusão da sacristia, bater nele com o próprio báculo e derrubá-lo na pancada? Mas ele reagiu, como o valente veterano da oração

* Em iorubá, a expressão *t'eri b'ogo* significa algo como "a evidência é gloriosa". (N. T.)

que era. Vendo o que estava enfrentando, o Diabo entrou de novo na mulher, e o que eles viram não era a mulher, mas o Diabo que havia assumido a sua forma e voz em uma tentativa de escapar. Ao sair, ela tropeçou, caiu e desmaiou na mesma hora. A prova era incontestável: o demônio fora expulso dela, e a congregação entrou imediatamente em modo triunfal. Ela se debatia contra as mãos que a prendiam, desesperada para dizer algo e tentando apontar na direção do padre, mas quem estava interessado no que o Diabo tentava dizer? Quanto mais ela se debatia, mais evidente era a presença contínua do demônio. Seu marido era o mais fervoroso e inflexível. Ele lhe deu um grande soco no peito, o que fez com que ela perdesse o fôlego no esterno. Ela ficou mole e foi carregada para a sala de recuperação pelos guardas uniformizados de Teribogo. O demônio fora derrotado e — assim diz essa versão — nasceu o Teribogo.

Sir Goddie estava em seu estado mais afável. Esse era seu último compromisso do dia e, por preferência, gostava de terminar o dia com uma nota espiritual. Tinha seu próprio capelão e sua capela — isso fazia parte do cargo —, mas se o proprietário da Ekumenika estivesse disponível, esse prelado de muitas partes era sua escolha para entoar às vésperas do dia. Todos os funcionários foram dispensados. Os dois podiam comungar sem medo de ouvidos ou vozes profanas.

"Entre, entre, Vossa Eminência. Espero que nos perdoe a longa espera, mas este foi um daqueles dias compridos."

"Entendo perfeitamente, Vossa Excelência. Eu entendo. Estes são tempos difíceis."

"Sente-se, Papa D. Relaxe um pouco." Empurrou a tigela de cristal em sua direção.

Teribogo se encolheu instintivamente.

"A essa hora da noite? A cafeína não me deixa dormir."

O Mordomo do Povo sorriu.

"É da vagem do primeiro-ministro."

"Ah, bem, para agradá-lo. Vou guardar uma para amanhã." E Teribogo serviu-se de uma noz da taça de cristal.

Sir Goddie foi direto ao ponto.

"Bispo, talvez tenhamos um problema."

"Nossa missão, Vossa Excelência, o Mordomo do Povo, é resolver os seus problemas."

Sir Goddie se reclinou para trás.

"Tem certeza de que, ao fazer isso, não está criando outros problemas para mim?"

Teribogo expressou choque.

"É impossível. Seus interesses e os do ministério do Senhor estão profundamente entrelaçados."

"Isso inclui o que aconteceu na estrada de Ikorodu?"

Teribogo acenou com a cabeça de forma compreensiva.

"Ah, isso. Tive a sensação de que isso poderia alarmá-lo. No momento em que soube, pensei em você. Na verdade, confiei minhas preocupações a Deus e orei a ele: *Não deixe que nosso primeiro-ministro fique indevidamente alarmado.*"

"Não estou alarmado indevidamente! Do que você acha que eu sou feito? Uma atrocidade como essa! Em plena luz do dia? Bom, pelo menos você não nega que a mão divina estava envolvida?"

"Uma mão em quê, dr. Goddie? Essas minhas mãos fracas?" Teribogo estendeu as mãos e se inclinou para a frente confidencialmente. "Sir Goddie, sei que o senhor não é fã de futebol. Mas pelo menos o senhor acompanha alguns jogos."

"Futebol? O que isso tem a ver com futebol?"

"Eu vou chegar lá. Mas, primeiro, tenha isso em mente. O trabalho apostólico, independente da religião, busca aproximar todos os seres humanos de Deus. De Alá. Se formos bem-sucedidos, teremos feito o trabalho de Deus. No processo, podemos alcançar outras coisas, mas basicamente a nossa missão de vida é apenas aproximar a mente errante do Todo-Poderoso. Às vezes, isso exige esforço. Planejamento. O que importa é que seja bem-sucedido. Nunca devemos decepcionar nosso Criador."

"Pode ir direto ao ponto? Estou aqui desde às sete da manhã! E ontem foi ainda pior!"

"Eu sei, Sir Goddie. Estou aqui há quase o mesmo tempo. Agora, eu estava falando de futebol. Veja bem, Sir Goddie, o que aconteceu na estrada de Ikorodu — eu ouvi falar do incrível evento, quem não ouviu? Bom, o que aprendi foi que, por um lado, um pecador foi levado para mais perto de Deus. Ao mesmo tempo, também foi dada uma lição àqueles que pensam que podem impedir a obra de Deus. Uma lição aberta. Não escondida. Dois eventos se unindo, o princípio da confluência — entendeu o que eu quis dizer, Sir Goddie? Mas para alcançar essa confluência, foi necessária outra confluência. A confluência de tempo e lugar. Juntar duas coisas para formar uma só. A teoria da polícia é que a vítima foi seguida durante todo o dia, talvez durante toda a semana, até que o tempo e o lugar se juntaram em um só. A confluência das confluências. Isso exigiu um trabalho diligente. Eu lhe pergunto, Sir Goddie, o senhor se lembra do jogo entre o Reino Unido e a Argentina? Lembra-se do gol polêmico?"

"Não, não me lembro. Como o senhor já percebeu, não tenho tempo para futebol."

"Houve um gol. Alguns reclamaram de falta. E foi o que pareceu. O momento foi capturado pela câmera, reproduzido e reapresentado depois. Como é que o árbitro e os dois bandeirinhas estavam tão mal posicionados que não viram a falta? A bola foi de fato manipulada. O gol continuou validado. E Maradona disse que tinha sido o quê?"

Mais uma vez, Goddie admitiu ignorância.

"A mão de Deus."

12. Boriga ou fracasso

Eles estavam esperando do lado de fora da sala de bilhar quando ele emergiu — Muktar, Costello, Baba Baftau (aquele que todos chamavam de Velho do Deserto) e o tesoureiro Kufeji. Enquanto ele estava ao telefone com Duyole, um leve vislumbre, não muito distante do esperado, começou a se infiltrar no salão. Nem todos, mas pelo menos alguns deles tinham ouvido histórias, difíceis de acreditar no início, mas cada vez mais comprovadas. Vieram convidá-lo para se juntar a eles em uma mesa em um canto isolado, onde meia dúzia de outros membros já havia se reunido.

"Precisamos saber mais", pediu Baba Baftau. Até então, ele não havia participado das discussões, embora tivesse ouvido cada palavra no seu canto de oração.

"Preciso dormir", protestou Menka. "Deixe eu pegar minhas coisas e ir para a cama."

"Só mais alguns minutos", insistiu Baba. "Não mais do que meia hora, eu prometo. Encare isso como uma emergência hospitalar. Nós somos os pacientes. Precisamos de alguma tranquilidade."

Menka inspirou fundo e cedeu. Gostava de Baftau. Após o telefonema, sentia-se animado, liberado, como alguém que finalmente havia tomado uma decisão irreversível. Nada mais importava. Ele afundou no assento que Baba havia puxado para ele. Foram direto para as perguntas. Suas respostas foram dadas de forma clínica, sem emoção ou comentários. Contou-lhes sobre a visita do trio corporativo e aonde aquilo o levara na manhã seguinte. O subúrbio era conhecido como Boriga.

"É, eu mesmo vi. Fizeram-me uma visita guiada, com um ar de negócios. As mercadorias estavam em exposição. Filas e mais filas de partes do corpo — coxas, tornozelos, pescoços, seios e dedos, tecido de corcunda, tudo bem preservado. Fetos e órgãos reprodutivos. Havia caixas torácicas inteiras suspensas em ganchos — primeiro eu estranhei aquilo. Mas, aparentemente, se você aprisionar um bebê dentro da caixa torácica e deixá-lo morrer naturalmente — é, foi essa era a palavra usada, 'naturalmente', ou seja, de fome —, os órgãos vitais do bebê produzem uma potência dupla, tripla para alguma coisa... esqueci o que exatamente, mas tinha a ver com longevidade. Pois é, tudo bem arrumado em vitrines de vidro refrigeradas. Conservados em álcool. Às vezes em óleo de coco. Rotulados profissionalmente. Eles têm até um cofre. O acesso é concedido a uma clientela muito limitada."

"Eles têm um cofre?"

Muktar quase se engasgou na bebida, gaguejando alto. Uma série de tosses agitadas enquanto seu riso competia com a fala, até que conseguiu expelir sua contribuição.

"Um cofre! Você ouviu isso? Um cofre. Eu avisei a vocês que era uma perda de tempo. Este homem tem feito a ronda de peregrinação. Visitando todos aqueles cofres e catacumbas da Europa e de Jerusalém. Um cofre? O que mais?"

Baba Baftau lhe lançou um olhar malicioso e apontou o caminho de volta para o salão.

"Achei que íamos ter uma conversa sóbria aqui. Fazer perguntas. Se você veio só para se divertir..."

"Não, deixe ele." Menka sorriu. "Um cofre, isso mesmo. Igual a um cofre de banco onde se guardam caixas particulares com documentos importantes e joias valiosas. Portas de aço enormes. Refrigeração vinte e quatro horas por dia. É lá que eles guardam as cabeças. Tanto frescas quanto em vários estágios de dissecação. Quando visitei o local, contei catorze crânios frescos. Todos humanos."

"Você perguntou como eles conseguiram as cabeças?", questionou Kufeji.

"Não. Não precisei. Eles forneceram a informação voluntariamente. Lembra-se do acidente com o ônibus de luxo em Lokoja, os gritos da mídia sobre um enterro coletivo secreto? Vá visitar aquele suposto túmulo e veja se encontra um único corpo sob o solo revolvido."

Mais uma vez, para Muktar, aquilo era demais. O homem estava delirando! Nenhum deles negou que a mídia era uma fonte prestativa de banquetes prolongados de sensacionalismo, pois o ladrão de túmulos ocasional era descoberto, exibido e processado, mas como um negócio organizado? Seus risos irritadiços ameaçavam ressurgir, então saiu silenciosamente do grupo, balançando a cabeça. Havia muito tempo tinha chegado à sua própria conclusão sobre o aparente desarranjo — o médico era faminto por atenção. O prêmio nacional apenas alimentou sua fome. Ávido por publicidade, ele precisava se tornar interessante além de sua fama recém-descoberta.

Kufeji decidiu encerrar o assunto.

"Muito bem. A solução é fácil. Você diz que isso é um negócio? Eu sou o tesoureiro — eu vou acompanhar você em sua próxima viagem de compras. Nós dois vamos nos reportar aos membros do clube. De acordo?"

Isso fez com que Muktar parasse para ouvir. Uma resposta calma, no entanto, cortou o ar atrás dele. Virou-se, incrédulo.

"De acordo. Amanhã?"

Muktar deu um passo para trás.

"O homem está falando sério?"

"Depois da carnificina desta manhã no mercado de Sabo", Menka continuou, "é provável que tenhamos algumas semanas de descanso. A melhor hora é agora, antes que eu fique preso com a próxima emergência. Vamos amanhã. Bem cedo. Que tal seis da manhã? O lugar fica a duas horas de carro daqui e abre às sete, antes do horário comercial geral."

"Acho que vou com vocês." Era a voz de Costello.

Enquanto algumas outras vozes murmuravam no modo voluntário, o cirurgião as interrompeu.

"Acho que só mais um. Dois, no máximo. Eles não gostam de multidão."

Kufeji olhou para ele atentamente.

"Se o que você está dizendo é verdade, não temos que ser membros — quero dizer, como um clube de compras?"

"Não. Você só pode ser apresentado por um membro existente, claro. E você faz um juramento de sigilo. Você é obrigado a fazer esse juramento. E vai ter de fazer uma compra, por menor que seja. Só uma pontinha de um dedo já pode ser cara — tudo depende do seu desespero, do que o seu ritualista prescreveu, do momento e tudo mais. Idade. O dedo de um bebê pode ser mais caro do que o de uma idosa hoje, mas amanhã as posições se invertem — e assim por diante. A compra é para comprometê-lo, para vinculá-lo como um membro participante."

Uma voz veio da ponta da mesa.

"Então, que peça você comprou, Menka? Ou talvez, no seu caso, o que você forneceu? Quero dizer, dada a sua profissão..."

"Exatamente. Foi por isso que eles me procuraram em primeiro lugar. Foi o que eu falei — talvez você não estivesse ouvindo! Me ofereceram uma parceria comercial. Simples assim."

Ele não estava mais buscando atenção. Um considerável flanco de curiosidade havia assumido o controle, com um toque de medo. Havia uma determinação comum de não perder mais nenhuma palavra. O grupo que se distanciou ao redor da mesa se inclinou para frente, com olhos fixos no rosto de Menka, vindos de todas as direções.

"Eles vieram até você. Mas por quê? Porque você apareceu nas manchetes? Esse Prêmio de Preeminência? Foi recente?"

"Ele é cirurgião." Uma mente pensativa obviamente estava trabalhando nisso, de forma bastante consciente. "Faz sentido. Fonte constante de suprimentos. As partes que eles cortam dos pacientes. É óbvio."

Menka suspirou, olhou ao redor da sala do clube, sentindo-se cada vez mais lúcido. Começou a massagear o dorso da mão esquerda com a palma da mão direita, ligeiramente em forma de concha, partindo das unhas, passando pelos nós dos dedos e subindo pelo antebraço até o cotovelo e voltando, parando para acariciar as pontas dos dedos, uma a uma, como se estivesse fazendo os movimentos preparatórios para tirar uma luva do cotovelo.

"É", sua voz assumiu um tom pensativo, "porque eu era cirurgião. Era. Essa carreira acabou. Eu pedi demissão. Quando as coisas chegam a esse estágio..."

Isso pareceu abalar a todos, com a incredulidade estampada em cada rosto. Kufeji quebrou o silêncio.

"Como assim pediu demissão?"

"Saí do emprego", respondeu Menka calmamente. "Abandonei o cargo. A profissão. Preciso de uma mudança." Ele se permitiu um sorriso. "Afinal de contas, você mesmo disse isso. Muita concorrência. Eu nunca suportei concorrência."

Costello pareceu o mais chocado.

"Por quê? Pelo amor de Deus, por quê? Por causa desse negócio? A culpa é sua? O que isso tem a ver com você?"

"Estava na hora de parar, só isso. Sair de Jos. Ir embora de Plateau. Para começo de conversa, preciso de uma mudança de ares. Já tem bastante tempo que estou sentindo isso."

"Para onde você vai?", Kufeji protestou, a leviandade de antes transformada em preocupação genuína. "Você acha que qualquer outro lugar é diferente? Você está deixando uma coisa dessas o perturbar?"

"Não, não, não. Você não entenderia. É uma longa história. Mas eu preciso de uma mudança. Está na hora de ir embora. Ainda não decidi para onde, mas acho que está na hora de uma espécie de semiaposentadoria. Talvez voltar para a minha aldeia. Pensar melhor."

Costello se aproximou e o confrontou.

"Não me leve a mal se eu pareço me intrometer, mas havia algo mais nesse negócio? Algo que você não se importa de compartilhar conosco?"

Menka hesitou.

"Não, não, não. A menos que você queira levar em conta o meu orgulho profissional ferido. Aqueles que ligaram não perderam tempo em colocar as suas cartas na mesa. Até me deixaram um catálogo de preços e me garantiram que todos os valores eram negociáveis. Veja bem, estavam confiantes em relação a mim — isso foi o que me irritou, e ainda irrita, se você quer saber a verdade. Não acredito que teriam procurado outro médico, pelo menos não da maneira confiante que adotaram — como se eu já fosse parte deles! Mas não posso culpá-los por isso. Aprendi muito."

"Como o quê? O que mais?", Kufeji perguntou.

"Como quanto custa uma unha do pé, sobretudo se o paciente morrer. Ou um cabelo raspado antes da operação. Ou pelos pubianos, especialmente os femininos. Ou absorventes menstruais — você ficaria surpreso com as faxineiras, até mesmo as enfermeiras, que tiram essas coisas do lixo e oferecem a quem pagar mais! As pessoas que vieram me ver presumiram que eu sabia de tudo isso, até mesmo que eu recebia uma parte. A convicção deles era tão absoluta, tão inquestionável, que decidi mudar meu tom e fingir que estava só me fazendo de difícil, tentando me colocar em uma posição de negociação vantajosa. Vocês entenderam? A minha equipe, a minha própria equipe, estava vendendo restos de corpos durante todos estes anos, bem debaixo do meu nariz. Vendiam até o sangue lavado da sala de emergência, e isso na época do HIV! Pense nisso por um momento! Descobri que eu estava comprometido havia anos sem nem saber. Foi essa percepção repentina e chocante que me fez decidir. Resolvi entrar no jogo. No supermercado, eu me mostrei interessado. Fiz perguntas, como um parceiro em potencial. Mas, naquele momento, eu já sabia que estava farto."

Costello balançou a cabeça, frustrado.

"Então eles vieram até você? Quem mais eles procurariam? Quantos cirurgiões temos por aqui? A maioria deles paquistaneses sobreviventes da primeira onda de recrutamento estrangeiro."

"E esses por acaso não eram assassinos dedicados?" A voz era de Baba Baftau. Ele acompanhara a prole de governantes, principalmente dos emires, durante sua tutela nas escolas públicas britânicas — Eton e Harrow no topo da lista — mesmo antes da corrida para a independência. E supervisionara a seleção de estagiários para a burocracia pós-britânica no norte. Todos os olhares se voltaram para ele. "Bom, não olhem para mim como se não soubessem disso. É de conhecimento público, nunca escondemos isso. Com a independência no horizonte, estávamos tão ansiosos para nos livrar dos sulistas que recrutamos especialistas de todos os lugares, inclusive de nossos antigos mestres, os britânicos." Bufou. "Esses britânicos! Saíram pela porta da frente e depois voltaram pelos fundos. Quem os trouxe de volta? Os nossos próprios líderes. E receberam contratos especiais. Quase levaram o tesouro regional à falência. Ainda estamos pagando emolumentos a alguns deles, até hoje!"

"Chega de política, Baba", brincou Costello.

"Isso não é política. É história." Virou-se para encarar Kufeji. "Vocês, sulistas, eram pessoas perigosas, por isso fomos avisados. Era mais seguro recrutar britânicos e gente de outros países da Commonwealth, como Índia e Paquistão. Não foi só para o serviço médico. Preferimos importar todo tipo de conhecimento especializado — engenheiros ferroviários, professores, agrimensores — da Índia e do Paquistão, principalmente deste último. Os expatriados eram mais seguros do que as pessoas do sul. Pessoas perigosas. Espertalhões. E ainda tem a questão econômica. Quando os contratos expiravam, dava para se livrar dos expatriados. Mas imagine se tivéssemos nos permitido ficar presos a pessoas como Menka."

"O que você quer dizer com isso? Eu não sou mais do norte?"

O Velho soltou uma gargalhada.

"Do pior tipo. É melhor um sulista direto do que o seu tipo. Nós chamamos o seu tipo de nortista expatriado. Tudo bem, basta ver o que você está desenterrando, por exemplo. Por que você? Eu sou um filho puro-sangue da terra, nasci e vivi aqui toda a minha vida, e nunca ouvi falar desse mercado de carne até agora. Eu sabia tudo sobre os paquistaneses, mas isso? Nunca ouvi falar!"

Chudi o trouxe de volta, com seu ar mais severo.

"Por que falar dos paquistaneses, Baba? Por que você os chama de assassinos? Não foram eles que nos mataram durante o pogrom."

Muktar, que havia retornado ao grupo, estava de pé.

"Não, não. Nada disso, senhores, isso não!"

"Obrigado, Secre. E eu não estava me referindo a todos eles. Estou falando dos charlatães! Médicos charlatães. Faziam cirurgias. Um deles era só um atendente de enfermaria. Nunca fez mais do que limpar o chão e carregar macas. Mas chegou como um médico certificado. Lembre-se de que eu chefiava o serviço público. Eu estava no meio de tudo isso e, hmm, o que não descobrimos! Demorou muito, muito tempo até que percebêssemos como as pessoas estavam morrendo na faca. Foi como se tivéssemos sido atingidos pelo ebola."

O dr. Menka assentiu com a cabeça.

"Eu fui levado ao local onde o hospital enterrou a maioria das vítimas daquele charlatão. É doloroso pensar nisso, mas aqui os poderes faziam basicamente o que queriam. Uma acusação de negligência geralmente não significava nada, desde que não entrasse em conflito com a lei da Sharia. Essa era a realidade."

"Houve a Comissão de Investigação, doutor. Vá e leia o relatório. Eu era secretário da comissão. Na verdade, se estiver interessado, vou trazer a minha própria cópia aqui. Vou deixar na sala de leitura."

Chudi entrou na conversa.

"Eu não vou deixar você esquecer, Baba. Quero ver esse relatório."

"Eu também, mas a verdadeira questão é: alguma coisa foi feita? O falso médico foi processado?"

"Não, foi só deportado. E não precisa me lembrar, sr. Bibliotecário. Já faz tempo que transferi alguns desses arquivos para esta fortaleza, por segurança." Ele levantou a voz e apontou um dedo na direção de Menka. "Quanto a você, *touranchi*! É, você. Você não vai a lugar nenhum. Deixe eu dizer uma coisa, uma coisa que você não sabe, para variar. Ou você sabe como foi indicado? Esse seu prêmio nacional, você sabe como ele surgiu?"

Menka encolheu os ombros, em negativa.

"Não tenho a menor ideia. Veio do nada. Eu nem sabia que alguém prestava atenção no que estamos tentando fazer aqui. Tirando, é claro, quando o Boko Haram faz uma das suas visitas mortais."

"É verdade, e foi exatamente aí que você entrou. O seu trabalho com as vítimas. O Estado tomou conhecimento. O tempo e as ervas daninhas podem ter encoberto o cemitério onde aquelas pobres vítimas foram enterradas, mas os registros ainda estão lá. Assim como o seu próprio registro, o que você tem feito. Estamos em dívida com você. Vocês apagaram a memória de uma época em que legitimávamos a carnificina. Os poderes que estão em Abuja finalmente nos ouviram. Portanto, você me deve um drinque. Pensando bem, você deve uma bebida a todos nós, interrompendo nosso clima de comemoração dessa maneira. Não poderia ter escolhido um outro momento para essas revelações horríveis?"

O que restava da tensão se dissipou. Baba Baftau era um dos clientes mais dedicados do bar, o que não o impedia de interromper a conversa quando chegava a hora de fazer qualquer uma de suas cinco orações diárias. Baba Baftau se interrompia no meio de uma conversa ou de um gole — não importava qual —, voltava para o seu canto dedicado, estendia o tapete de oração e fazia as suas orações. Em seguida, enrolava o tapete, colocava-o no armário e retomava o que havia interrompido. E nunca deixava de fazer a sua peregrinação anual a Meca — nem o *Hajj* menor nem o maior.

Menka olhou para Baba e balançou a cabeça com tristeza. Baftau era um dos dois ou três membros dos quais ele realmente sentiria falta.

"Repito, você vai ficar aqui!", gritou o veterano. "Este estado não vai deixar você ir embora. Vocês também estão se esquecendo dos nossos estados vizinhos, que vêm pedir você emprestado quando têm casos complicados. Se estiver pensando em fugir para Dubai, esqueça. Tenho contatos importantes lá e vou dar um jeito de você nunca conseguir um visto!"

Um grande aplauso veio da mesa, fazendo com que o corpo excluído do salão se perguntasse que novo evento estava sendo lançado. Era como se um manto escuro tivesse sido levantado e um novo espírito tivesse sido abruptamente injetado na noite. As pessoas começaram a esvaziar suas canecas e copos de cerveja, e passaram a se aglomerar no bar para reabastecer. Só uma pessoa não se mexeu. O clima havia se tornado jovial, a camaradagem estava em alta, mas não parecia ter encontrado uma parada no lugar onde Menka estava sentado, balançando a cabeça com ar de dúvida.

Um Muktar alterado se levantou e lhe deu um tapa nas costas.

"Anime-se. Você ouviu o Velho."

Por um momento, Menka ficou assustado. Ao se recuperar, ele se obrigou a sorrir.

"Queria que fosse tão fácil assim. Enfim, amanhã?"

O secretário assentiu.

"Nos vemos aqui. Às seis da manhã."

Menka avisou:

"Só vocês, o tesoureiro — ele foi o primeiro a se oferecer — e Costello."

A tarde transformou-se em noite. A companhia diminuiu gradualmente, a maioria em uma névoa de euforia. A harmonia costumeira foi restaurada e o aparente momento de loucura do célebre membro fora quase totalmente perdoado, se não esquecido. O convidado de honra, que antes mal podia esperar para se retirar para o seu jantar a sós, viu-se ainda preso ao seu banco no bar, estranhamente relutante em deixar seu canto habitual, incapaz de se livrar de um diálogo incômodo com o passado.

As discussões logo se esvaziaram. Houve um último surto, cuja provocação coube a ninguém menos que Baba Baftau. Primeiro, o veterano insistiu que deveria acompanhar a equipe de três pessoas combinada até o empório de carnes. Tinha um sentimento pessoal de culpa pelo fato de tal negócio existir na porta de sua casa, e por nada menos que cinco anos — mesmo que a dedução de Menka fosse apenas aproximada —, sem que ele soubesse de nada. Precisava fazer parte da fumigação do mau cheiro ou aquilo contribuiria para o seu descrédito eterno. A discussão foi acirrada. Baftau jurou que usaria seus "poderes internos" para rastrear os movimentos deles, segui-los e chegar ao destino isolado com um comboio que incluiria um ônibus cheio de *almajiri*. No final, Costello "se curvou ao privilégio combinado da idade e dos direitos injustos de prioridade do cidadão" e cedeu seu lugar ao veterano. Isso atrasou a partida mais uma vez, pois Baba teve que retribuir pagando bebidas para todos os intervencionistas. A tarefa mais difícil foi afastá-lo de mais uma fonte de fracasso pessoal. Como ele, o membro mais antigo do clube e um "filho da terra", profundamente enraizado, com alcance até os galhos mais altos da árvore do poder, poderia não conseguir segurar esse filho rebelde de um vilarejo pequeno e obscuro chamado Gumchi? Sem que os outros soubessem, ele até incluiu a causa em sua última sessão de oração.

"O que eu vou dizer ao conselho?", lamentou. "Todos eles trabalharam muito para trazer essa honra ao clube. Insistiram que eu devia estar aqui para comemorar em nome deles — como se eu precisasse ser persuadido! Agora, um hospital preguiçoso e inútil daquela região vai colher os louros da glória!"

"Baba, eu nem sei para onde eu vou", Menka tentou tranquilizá-lo.

"Não me diga! Com a sua nova fama, vão estar todos atrás de você como moscas em volta de *kilishi* podre. Dubai, Estados Unidos, Inglaterra, Alemanha e todos esses países *touranchi*."

Inconsolável, lembrou à multidão que havia vivido com charlatães por tantos anos que reconhecia um item genuíno quando o via, e que não podia suportar a ideia de perder tal objeto para outros, muito menos quando havia trabalhado para transformá-lo em uma propriedade nacional. Era como um roubo pessoal, e não sabia bem o que pensar disso, e ninguém deveria tentar lhe dizer que essa era a vontade de Alá ou que ele o coroaria com uma garrafa cheia de cerveja Guinness e o mandaria prematuramente para o seio de Alá. Implorou, persuadiu, prometeu novas condições de emprego estritamente criadas para Menka — iria ver o governador no dia seguinte e receberia uma carta assinada e selada, com um contrato novo e uma estrutura salarial única.

Por fim, Menka argumentou:

"Pense assim, Baba, acompanhe o meu raciocínio. Descobrir que um membro, um órgão, algo que você cortou durante um procedimento médico, virou uma mercadoria procurada por outros, com valor de mercado negociável! E não para ser costurado no corpo de algum beneficiário — talvez a vítima de um acidente automobilístico ou de uma fábrica, a prática usual de doação de órgãos agora comum em todos os lugares. Veja bem, nunca se sabe qual vai ser o seu momento de revelação. Essa visita para me aliciar, e depois a minha ida ao mercado de carnes — eu necessitava, é óbvio. Não precisei de convencimento para visitar o depósito e ver com os meus próprios olhos — e todas aquelas perguntas se encaixaram finalmente no alvo. É só seguir a conclusão lógica, considerar todas as ramificações. Imagine-se em uma sociedade — nesta mesma região — em que eles de fato cortam o pulso, o braço ou a perna de um homem por alguns delitos. Isso não está a um passo de impor e aplicar rigorosamente tais sentenças? Sem opção de multas ou prisão — só amputar! E a Associação Médica não pode fazer nada a respeito. Desfigurado para o resto da vida. Como você impede a imposição deliberada de penas tão extremas sempre que a demanda excede a oferta? Essa é a minha pergunta, Baba. Em que direção é possível prever as leis de oferta e demanda?"

A voz de Baftau se elevou, aguda e escandalizada.

"*Haba*, doutor. Você não está começando a exagerar? O islã não permite tal abominação."

"Não, o islã não. Mas o ser humano. Não estamos mais vivendo no mundo que você conhecia, Baba. É só olhar a mídia diária. Os processos judiciais. Todos os dias, somos cercados por novas abominações, atos que você nunca poderia ter imaginado quando era novo — tudo se tornou comum..."

No final, a ocupação foi reduzida apenas aos noturnos mais dedicados, e até mesmo eles gastaram a última gota de sua reputada resistência. A revelação inesperada em si, o desfecho de um momento de tensão, parecia ter pronunciado sua última palavra. Beberam, voltaram-se para outros assuntos, largaram suas canecas e taças de vinho, beberam a última dose de uísque com soda, gim-tônica, apagaram cigarros ou deram a última tragada antes de pegar a estrada. Um após o outro, começaram a se afastar, alguns lançando olhares de incerteza, perplexidade e até mesmo de protesto ambíguo para quem tinha começado aquilo tudo. Baba Baftau se arrastou para longe, murmurando imprecações melancólicas. Aos poucos, a sede do clube ficou em silêncio.

O garçom da noite encerrou tudo, bateu as janelas e deixou para os últimos retardatários a tarefa de fechar a porta quando quisessem. Menka sentiu que a noite por fim havia curado a si mesma — bom, deixara-lhe um resíduo de satisfação por uma decisão tomada. Já estava ansioso pela estada provisória com a família de Badagry. De repente, ergueu o rosto e percebeu que era praticamente o último ocupante — de certa forma, é claro. Ainda havia dois ou três espalhados por ali, mas eles estavam fora de alcance. Não tinham mais interesse no que acontecia ao seu redor, pois estavam sentados em poltronas ou sobre as mesas de bebidas. Mesmo assim, Menka continuou a se demorar. Um arrependimento rastejante — sentiria falta do lugar, da companhia, sentiria falta até da lareira acesa no frio do harmatão, com carvões incandescentes falsos, e da prateleira sobre ela, na qual estava pendurado o ditame emoldurado *Condutas Constituem Caráter*. Pensando bem, sentiria falta de *tudo*.

O cirurgião permaneceu até que a sala de estar estivesse praticamente livre do último membro — tentou se convencer de que isso tinha a ver com o desejo de evitar uma série de despedidas ambíguas ou qualquer conversa sentimental e embriagada sobre deserção. Por fim, o silêncio se traduziu em quase vazio. Terminou a bebida e pegou novamente o presente do clube, ainda embrulhado. De repente, teve vontade de ver o que havia dentro. Então, com cuidado, rasgou um pouco do papel. Isso lhe abriu um sorriso no rosto. Ele deveria ter adivinhado: uma réplica em miniatura da Hilltop Mansion. Assinou o recibo de honra de sua conta e se levantou para sair.

O dr. Menka estava perto da porta quando ouviu o som suave de palmas vindo da alcova adjacente, que ele achava que também estava abandonada. Aquilo o fez perder o ritmo, assustado. Por pelo menos trinta minutos após a última voz arrastada, movimento espasmódico ou ronco irritadiço, ele se iludiu, acreditando que estava sozinho, tendo apenas seus pensamentos como companhia e o silêncio hipnótico. Além disso, tais pensamentos, em grande parte reminiscentes dos bons e velhos tempos de inocência e promessa, deixaram-no em um estado de espírito totalmente tranquilo, por isso ele foi sacudido. O dono das mãos aplaudindo estava emoldurado contra uma janela, um mero borrão no lugar das feições, já que estava de costas para a janela, através da qual uma lâmpada externa lançava um feixe poderoso, fazendo do seu rosto apenas uma silhueta encoberta. A barba criava uma penumbra que tornava o rosto ainda mais misterioso, e não era o tipo de mistério que deixava Menka à vontade. Em um canto, praticamente invisível, outra figura estava caída em uma poltrona, aparentemente um dos membros totalmente incapacitados. A paranoia emergente de Menka chegou a um nível em que sentiu que a figura não estava apenas acordada, mas estava de alguma forma conectada à silhueta da janela. A ideia de um guarda-costas passou por sua mente. As palmas da janela pararam devagar, e uma voz as substituiu.

"Uma exposição impressionante, se me permite comentar. Mas posso fazer uma pergunta?"

Menka hesitou, apertou os olhos e tentou distinguir as feições.

"Que exposição? Enfim, quem é você?"

"Toda ela — eu ouvi a noite toda. Mas principalmente a parte final para o idoso, fiquei fascinado. Doutor, acredite em mim, nós nos conhecemos. Estou falando da sua revelação sobre o supermercado. O mercado de carne humana, para usar a sua própria expressão. Foi uma noite muito informativa. E, como eu disse, seu argumento final com o velho Baftau. A questão da comercialização das recompensas da extração punitiva, como as amputações. Admirei o seu estilo, doutor."

O instinto imediato de Menka foi se afastar do intruso — tinha certeza de que o homem não era membro do clube. No entanto, uma mistura de irritação e curiosidade o fez se demorar. Em vez disso, decidiu desafiá-lo.

"Você não me parece um membro do clube."

O homem abriu os braços em sinal de concordância.

"Muito bem, doutor. Eu não sou. Mas você pode me considerar um seguidor do clube. Sou um daqueles que frequentam lugares como este, onde todos os problemas do mundo são resolvidos. E eu realmente gostaria de fazer uma pergunta. Pelo interesse público, se isso facilitar. Muito pelo interesse público. Sei que a mídia, e especialmente a mídia social, estaria muito interessada na sua resposta."

Menka sentiu um súbito mal-estar, uma quase premonição, mas seu rosto não mostrou nenhum sinal disso.

"Continue."

"Uma pergunta simples, doutor. Qual é a sensação de cortar o braço de um homem?"

Se antes havia silêncio, agora a sala de estar parecia ter se transformado em um túmulo. Durante o minuto mais longo que já havia experimentado, mesmo durante os momentos mais críticos da intervenção cirúrgica, quando uma forma humana jazia indefesa na mesa de operação, Menka viu a língua virar chumbo dentro da boca, imóvel como naquele pesadelo em que sempre rezava para que as suas mãos nunca se paralisassem em um momento de incisão de vida ou morte. Em seguida, sentiu uma onda lenta e crescente de raiva, mas a afastou bruscamente e se preparou. Estava claro que a provação do dia ainda não havia terminado, nem de longe. Sentiu isso, sentiu-se silenciosamente envolvido em uma nuvem de ressentimento. Por que essa perseguição? Aonde quer que isso levasse, pelo menos colocaria o intruso em seu devido lugar.

Menka usou de sua melhor voz clínica.

"Uma operação muito simples, de fato." Falou claramente, em um tom uniforme e expositivo, um tom que contribuíra para que ele ganhasse o título de dr. Condutas ao Leito. "Qual é a sensação? Não há nenhum sentimento envolvido quando operamos. Um cirurgião é treinado para não permitir nenhum. É tudo técnico. Você já comeu joelho de cabra refogado ou assado, não comeu? Ou joelho de porco, se você não for muçulmano. Nos Estados Unidos, o nosso povo chama isso de *soul food*. Em alguns restaurantes europeus, é até mesmo culinária gourmet. Para os chineses, é claro, é uma iguaria. É o mesmo processo, separar o osso do tecido e da cartilagem. A única diferença é que, em um caso, você usa os dentes e os dedos e, no outro, usa fórceps, bisturi etc."

A figura parecia sorrir. O rosto poderia ser confundido com uma máscara mortuária, exceto pelo queixo alongado, o efeito da barba.

"Sente-se", sua voz convidou. "Junte-se a mim para um último drinque."

"O bar está fechado", Menka apontou com naturalidade.

"Verdade. Tem razão. Bom, só para uma troca de alguns minutos. Sei que você esgotou todo mundo com as suas revelações — exceto, é claro, que você optou por não dar crédito à experiência pessoal. Tudo objetivação. Uma ou duas vezes você chegou perto. Pensei: *Ah, até que enfim*, mas não, você escapou. Ainda assim, todos pareceram plenamente satisfeitos. A maioria. Mais ou menos."

"Mas não você. Você tinha uma pergunta a fazer."

"Na verdade, alguns dos membros me conhecem muito bem." Puxou uma cadeira e fez um gesto. "Tem certeza? Esta poderia ser uma troca esclarecedora."

Menka hesitou.

"O que você quer? Você é médico? Ou ativista de direitos humanos?"

De alguma forma, Menka sentiu outra careta de máscara da morte se formar na silhueta escura.

"Não — a minha vocação não tem relação alguma, mas não, não tenho *doutor* antes do nome. E não pertenço a esses agitadores barulhentos dos direitos humanos." Ele empurrou a cadeira para frente, com a palma da mão virada para cima, repetindo o gesto.

Menka recusou.

"Não, obrigado, acho que já disse tudo o que queria dizer por hoje."

"Temos certeza disso, dr. Menka? Eu li tudo sobre o caso na época — como os anos passam voando! Acho que já se passaram mais de vinte anos. Fui deixado em suspense e, desde então, continuo curioso sobre muitos aspectos. Não só fiquei me perguntando o que o paciente sentiu, mas tentei imaginar os pensamentos, o estado de espírito do próprio cirurgião, aquele que retirou o braço. Foi uma grande sorte eu estar aqui hoje. Conhecer você. Ouvir o brinde da nação. Mas, por favor..."

Novamente ele fez um gesto para a cadeira, mas Menka recusou com um gesto brusco de cabeça. A sombra capitulou.

"Certo. Talvez seja falta de consideração de minha parte. Foi um dia difícil para você — o atentado suicida. Deve estar morrendo de vontade de voltar para casa. Ah, isso me lembra que, pelo menos, o seu trabalho foi reconhecido, e eu ainda não dei meus parabéns. Por favor, aceite a minha pequena contribuição."

Menka fez um aceno de agradecimento e se virou para sair. A voz permaneceu bastante educada, persistente.

"Veja bem, eu ainda gostaria que você pudesse ter me atendido. Como foi isso? Sempre quis saber. O juramento de Hipócrates etc. — afinal, qualquer aluno de escola sabe tudo sobre Hipócrates."

Pela primeira vez naquela noite, Menka realmente sorriu. O outro estava pronto para a briga, e ele preferia assim.

"Bom, para começar, o juramento de Hipócrates nunca previu uma sociedade em que você cortaria o braço de um homem por roubar uma cabra, então o juramento não diz nada a esse respeito. Para mim, era só um procedimento médico. Você o encarava como um braço gangrenado que tinha de ser removido. Você seguia o treinamento. Prática padrão. Era indolor. Não havia crueldade envolvida."

"Tenho certeza de que não. Estaria sob anestesia."

"Anestesia geral, isso mesmo."

Um suspiro emergiu da sombra.

"Muito diferente, muito mais humano do que aquelas atrocidades da guerra civil ao longo de nossa costa oeste — manga curta ou manga comprida? Você certamente já ouviu a expressão."

"Se eu já ouvi? Ela me assombra. Só de ouvir me dá calafrios."

Apesar da escuridão, Menka quase podia ver a careta teatral do homem.

"Ugh! Sádicos. E tem criança envolvidas. Crianças-soldado. Os comandantes delas as obrigam a realizar a carnificina, e pior. Drogam as crianças. Imagine o que isso faz com elas. Invadem um vilarejo e usam os facões. Eles dão aos prisioneiros uma escolha: manga curta ou manga comprida? Ou seja, no pulso ou no cotovelo. Sadismo puro."

"Parte da nossa tarefa como médicos é reabilitar essas crianças. É uma tarefa interminável."

"Joseph Kony, o chamado chefe do Exército de Resistência do Senhor, cuidava pessoalmente das suas próprias mutilações, segundo todos os relatos. Narinas cortadas, lábios cortados — ele parecia pensar em novos refinamentos todos os dias."

"O tipo se prolifera por todo o continente. É uma verdadeira tragédia para nós na África." Ao falar, Menka ficou indeciso: aproximar-se do homem para examiná-lo abertamente ou continuar fingindo desinteresse por quem quer que fosse? Aproximar-se apenas o encorajaria, e ele queria encerrar o encontro. De qualquer forma, tinha certeza de que se tratava da mesma figura que havia desaparecido na sala de bilhar — havia algo na postura do homem, de novo, familiar, mas distante. E a voz se juntava para dar a mesma sensação de ser alguém que ele já havia encontrado antes. Ao contrário das perguntas provocativas, o tom não parecia agressivo, nem transmitia qualquer sinal de desaprovação ou julgamento implícito. Era tudo muito teatral, como se fosse uma investigação clínica iniciada com total sobriedade, como se o questionador fosse movido por nada além da curiosidade humana comum. Menka deu de ombros — nada disso fazia diferença para ele. A missão do estranho era colocá-lo na defensiva, colocá-lo em alerta para um propósito ou outro. Então, algo chamou a atenção do cirurgião.

"Ah, foi você que sumiu? A pessoa que devia ter me dado uma mensagem."

"Uma mensagem?"

Menka não tinha certeza, mas sentiu uma hesitação.

"É, eu recebi uma visita dos seus parceiros de negócios. Você devia ter entregado uma mensagem antes deles. O que aconteceu? Perdeu a coragem?"

"Dr. Menka, garanto-lhe que não sei do que você está falando."

"Bom, quem quer que seja, não acredito em você. Tudo me diz que vocês são a mesma pessoa."

"Vamos deixar as coisas assim", disse o estranho. "Talvez quando nos conhecermos melhor?"

"Duvido muito que isso venha a acontecer", disse Menka com firmeza.

"Nesse ponto, tenho que discordar de você. Mas vamos ver o que o futuro nos reserva. Posso lhe fazer só mais uma pergunta?"

Mais uma vez, Kighare Menka foi atraído para os dois lados — sair ou ficar? Tinha certeza de que, se mantivesse a troca por tempo suficiente, a ficha iria cair. Iria desvendar aquela sombra e acabar com a vantagem do anonimato do estranho. Era uma troca unilateral demais, e aquilo o deixava furioso. O cabo de guerra durou pouco, resolvido em favor da curiosidade.

"Certo. Qual é a sua pergunta?"

"E quanto ao ladrão? Você tem a mesma objeção a falar sobre ele?"

"O que tem ele?" Sua voz estava o mais controlada possível, mas severa.

"Bom, os sentimentos dele? Ele ficou ressentido com você? Eu costumava me fazer essa pergunta. Quero dizer, o que ele sentiu? É de se imaginar que até ladrões de cabra têm sentimentos. Eu fico pensando nele, finalmente acordando e descobrindo que o braço sumiu. Como ele se sentiu?" Os braços do orador emergiram novamente da sombra, varrendo a escuridão. "O homem vai dormir com dois braços e acorda só com um."

Menka ficou pensativo, como se estivesse tentando recapturar os momentos de seu primeiro encontro com o criminoso na manhã seguinte.

"Uma sociedade estranha, a nossa. Eu nasci nesta região, em Plateau, não muito longe de Jos, mas mesmo aqui, bem distante do equivalente corânico do que é conhecido em outros lugares como o Cinturão da Bíblia, muitas vezes eu acho as coisas muito estranhas. Quero dizer, improváveis. Eu servi em Kano — mas com certeza você já sabe disso —, que foi onde tudo aconteceu. Agora, eu acho que posso responder à sua pergunta. Naturalmente, vi o meu paciente na manhã seguinte, com toda a equipe do hospital. É rotina. Isso pode ser uma surpresa para você. Não sei como é com os outros, mas quando começamos as rondas o homem já tinha sido visitado pelo chefe da aldeia, pelos dignitários da comunidade, pelo mulá e até pelo emir. O vilarejo estava sob o comando de um dos emirados juniores, tenho certeza de que você se lembra. Eles trouxeram todos os tipos de itens para permitir que ele começasse uma vida nova com um braço só — quero dizer, presentes úteis, inclusive gêneros alimentícios."

"Alguma cabra?" Com o riso de quem está no controle.

Menka conseguiu uma modesta aparência de alegria.

"Não, nada vivo e balindo. Roupas novas. Sementes para plantar. Um facão e uma enxada. Requisitos dessa natureza. O princípio básico era: não podemos deixar que o fato de ter só um braço o leve a uma carreira de crimes. Mas sabe de uma coisa? Vou lhe dizer o que as pessoas de fora — como você, imagino — achariam mais perturbador. Eu também, mas estudei no sul e terminei meus estudos no exterior. Então, você poderia dizer que eu me tornei... desculturado?"

"Mas você cumpriu a sentença."

"Preciso lembrá-lo de que estava prestando serviço militar? No alistamento obrigatório para jovens. O ladrão foi condenado de acordo com a lei da Sharia. Eu recebi uma diretriz para amputar."

O homem fez um gesto de desdém.

"Ah, vamos lá, você era um médico treinado. Diplomado. Formado na Universidade de Bristol, no Reino Unido. A Associação Médica Nigeriana tomou uma posição..."

"E descobriu que não tinha outra opção a não ser abandonar o assunto. Existem leis diferentes, e não só em questões médicas."

"Você não foi excluído do registro?" Mais uma vez o homem adotou uma voz neutra e desinteressada. "No entanto, aqui está você, ainda praticando. Recebendo elogios nacionais."

"Excluído do registro?" Menka riu alto. "Eu não sei quem você é ou o que está fazendo. Sei que você não é da imprensa, ou a sua abordagem seria outra. Seja lá o que ou quem você representa, saiba — é muito simples — que é preciso levar um infrator a julgamento. Caso contrário, você perde quando é processado no tribunal — é o princípio da audiência justa. Básico. Eu me tornei indisponível, sob ordens. Eu estava pronto para ser julgado. As coisas são diferentes aqui em cima — e, aliás, não é só no norte. Lembre-se de que estamos falando também daquele norte, o norte daquela época, tanto antes da independência quanto até hoje para alguns estados que ainda não cruzaram essa barreira regional ou religiosa. Você precisa que eu o lembre dos pedófilos arrogantes cujas vítimas tratamos o tempo todo? Algumas delas sofreram danos para o resto da vida. Nenhum deles foi processado. Pelo contrário, os criminosos alternam entre imunidade governamental e senatorial. Então, de que lei exatamente você está falando?"

"Das suas próprias leis pessoais de autorregulação, doutor. É disso que eu estou falando. O que a sua ética prega, dr. Menka? O que sua ética profissional determina?"

Menka permaneceu tranquilo.

"A lei e a ética muitas vezes entram em conflito. Isso acontece com todos nós, mais cedo ou mais tarde, e na profissão médica com mais frequência. E alguns têm esse dilema imposto a eles muito cedo, em circunstâncias injustas. Mas fazemos escolhas — nesse ponto você tem toda a razão. E, às vezes, essas escolhas não são as mais elevadas. Os médicos não devem cortar uma parte saudável e útil da anatomia humana. No entanto, isso acontece. Aconteceu aqui, e a lei prescreve isso. A experiência conta. E a maturidade. O que é conhecido como desenvolvimento humano. Revisar os primeiros conceitos. Perguntar a quem pronunciou os conceitos em primeiro lugar. E em que estado de desenvolvimento humano? Espero que você não pense tão pouco de mim a ponto de imaginar que eu não tenha pensado nisso. Os médicos não supervisionam a execução dos condenados onde a pena capital ainda é aplicada? No entanto, a pena capital é considerada primitiva em outras nações. Nos Estados Unidos, os médicos aplicam a injeção letal nos infelizes. E depois os padres. Aqueles que ministram aos condenados antes da execução — o que você tem a dizer sobre eles? O senhor já tentou pensar sobre isso nesse contexto? Existe diferença? Com relação às opiniões que tenho pessoalmente hoje, isso é assunto meu. Não estou disposto a compartilhar isso com um estranho."

"Tenha a bondade de me deixar fazer apenas uma última pergunta, doutor. Como você certamente já compreendeu, não estou aqui por acaso."

"É verdade. Eu estava esperando que o senhor revelasse do que se trata."

"É claro. E agora o próprio homem, como ele reagiu depois? Tem razão, senhor, não tenho nada a ver com a mídia. A minha curiosidade é bastante genuína. Pessoal. Mas também relacionada à minha ocupação. No devido tempo, quando nos conhecermos melhor, talvez o senhor entenda. No momento, acho que devo parecer presunçoso."

O rosto de Menka estava franzido em uma carranca intrigada, mas estava decidido a seguir em frente, onde quer que fosse. *Eu mexi nesse vespeiro*, lembrou a si mesmo, *agora vou até o fim*. Sentia-se estranhamente relaxado.

"Como o homem aceitou o fato? Isso foi o que mais me deixou perplexo. Eu achei que ele fosse ficar amargo, zangado ou com pena de si mesmo. Mas não! Aquele amputado continuou sendo uma das pessoas mais alegres da espécie humana que encontrei durante todo o meu curso estudantil. Ele estava com um sorriso de orelha a orelha, engolindo o seu *akamu* — estava na hora do café da manhã, e ele quebrava o jejum como um chefe, como se não tivesse nenhuma preocupação no mundo."

"Bom, talvez cercado por todos aqueles presentes..."

"Não. A reação dele só tinha a ver em parte com a bata nova de algodão, as sandálias ásperas, o lampião de querosene e as sementes de sorgo, tirando o pouco de dinheiro. Era ele, ele mesmo, o seu comportamento. Ele não se sentia mal com a perda do braço. Lembro muito bem das suas palavras: 'Alá quis assim. Fico feliz que o meu braço tenha sido cortado. Vai me ajudar a lembrar a não roubar mais, e é isso que Alá deseja para mim'." Menka balançou a cabeça de novo, como se quisesse libertar a mente de décadas de descrença. "É isso mesmo. Ele não estava nem um pouco angustiado. Posso apostar a minha profissão nisso."

"Incrível."

"Não é mesmo? Bom, boa noite." E então, como se agora sentisse que havia sido enganado na conversa, Menka se virou e acenou na direção de seu interlocutor. "Agora é a minha vez de ser curioso. Você não me disse o que faz. Você não é membro do clube. Não é da mídia. A sua curiosidade é… bom, ela tem um tom diferente das conversas que tenho tido. Acho que tenho o direito de ser curioso."

O rosto escuro pareceu hesitar e, em seguida, disse:

"Eu dei uma espécie de dica. Pode-se dizer que também sou médico, mas só do espírito."

"Ah, um homem de igreja? Um pregador?"

"Mais ou menos. O mesmo negócio. Talvez eu esteja mais próximo de ser um fazendeiro, embora não seja o que eu chamaria de um fazendeiro completo. Estou no extremo parasitário dessa vocação. Eu colho. Colho almas. Outros fazem o plantio, eu colho. Tento ser honesto."

Houve uma pausa entre eles. Então o estranho disse:

"Boa noite, doutor." Ele se afastou da janela e caminhou em direção à porta de serviço. Não fez nenhuma tentativa de esconder o fato de que se mantinha junto à parede, evitando as áreas iluminadas para frustrar o reconhecimento. E então desapareceu na noite.

Menka ficou parado por mais algum tempo, os olhos percorrendo as figuras reclinadas que ainda estavam espalhadas pelo salão. Nenhuma delas parecia ter se movido ou demonstrado evidência de ter estado consciente em um único momento do encontro estranho. O médico balançou a cabeça para espairecer, ou talvez simplesmente para forçar a troca de informações nos compartimentos racionais de seu cérebro.

Todas as emoções acumuladas se dissiparam quando ele por fim se sentou no banco familiar de seu Nissan Patrol, no estacionamento. Permaneceu ali por alguns instantes sem se mover, analisando o desenrolar da estranha conclusão de uma noite já estranha. Não conseguia entender o que estava acontecendo. A parte mais perturbadora era que ele não conseguia nem mesmo começar a identificar qualquer característica notável do estranho, mas tinha certeza de que se tratava de alguém que conhecia, alguém que já havia encontrado antes. Um contorno vago, sim. Tirando isso, nenhuma característica. Não conseguia adivinhar se o homem era moreno, de pele clara, careca, se andava ereto ou curvado, se era baixo, alto ou mediano. Parecia ser apenas uma silhueta que falava, andava, questionava e se esquivava das perguntas.

Bom, podia perguntar a Baba Baftau quando se encontrassem na manhã seguinte — ele parecia conhecer bem os habitantes de Hilltop. E com esse pensamento desdenhoso, girou a chave na ignição.

Eis que o sr. Silhueta reapareceu e se posicionou ao lado do motorista, inclinando-se sobre a moldura da porta. Dessa vez, Menka não tentou disfarçar a irritação — foi tão repentino e, como o estacionamento estava sem iluminação, ele ficou novamente assustado, até mesmo com medo. O pátio estava deserto, não importando a reputação de segurança da Hilltop Mansion. Sua reação o irritou mais do que a intrusão — odiava se assustar em qualquer circunstância. Os próprios ritos de passagem que tinha sido obrigado a cumprir em Gumchi antes de sair de casa pela primeira vez, para ingressar em um colégio interno, baseavam-se praticamente na capacidade de controlar até mesmo as respostas mais instintivas a situações repentinas ou inesperadas. No entanto, ali estava ele, duas vezes na mesma noite, em questão de minutos, e causado pelo mesmo intruso misterioso, de modo que sentiu uma forte onda de agressividade brotar em seu estômago.

"Você de novo? O que foi dessa vez? Preciso dormir um pouco."

"Desculpe o susto. Esqueci de uma coisa importante — teria me lembrado se tivéssemos nos sentado por um momento, mas a nossa conversa também se tornou interessante, não exatamente da maneira que eu havia previsto. Então, eu me esqueci."

Menka esperou que ele continuasse. A voz era segura de si.

"Não precisa manter o seu compromisso", disse ele.

Menka ficou confuso por um instante.

"Que compromisso?"

"Amanhã de manhã. A visita ao mercado de carnes."

Menka devolveu:

"E por que não? O que você tem a ver com isso?"

"Não está mais lá. O mercado de carnes foi transferido."

"O quê? Quando? Para onde?"

"O lugar aqui não era mais viável. Do ponto de vista econômico. Também surgiram alguns problemas de segurança. O conselho de administração decidiu que estava na hora de mudar."

Menka ficou imóvel, sem palavras. O mais alto dos alarmes em sua cabeça era o medo de que ninguém iria acreditar nele agora. Ninguém.

O estranho leu a sua mente com precisão.

"Também não precisa se preocupar com os descrentes do seu clube. Eu garanto que você pode ignorá-los."

"Ignorar! Como? Você acreditaria em mim se tivesse participado daquela conversa?"

"Não. É lógico que não. Todos nós nascemos com o gene da dúvida de São Tomé. Ainda assim, eu garanto que você não precisa se perturbar com isso. Amanhã os membros do seu clube vão estar muito preocupados com assuntos mais importantes."

A impaciência de Menka havia chegado ao ápice. Ele engatou a marcha, e o carro disparou. A letargia do homem desapareceu; ele pulou para trás com uma agilidade impressionante que consolou Menka de alguma forma — pelo menos o havia forçado a fazer algo inesperado. As palavras de despedida do estranho, no entanto, soariam nos ouvidos de Menka por muitos dias:

"Confie em mim!"

Em poucos minutos, uma drástica extensão de uma noite que já fora reveladora e sem precedentes! Então, o que ia ser o bis? Talvez um deslizamento de pedras soltas a revestir a colina de Plateau! Menka tensionou os ombros e dirigiu para casa, pensativo e ressentido ao mesmo tempo. É claro que tinha perdido a calma, mas será que isso era suficiente para gerar aquela intervenção espectral? Para começo de conversa, a presença do homem obviamente não fora acidental, então quem era ele? Apesar de sua tentativa teatral de autoanulação, ainda havia algo nele que provocava lembranças. Estava lá, esquivo, constantemente fora de alcance, mas Menka não tinha dúvidas sobre uma ligação em algum lugar do passado. No início, havia pensado: ah, sim, um chantagista que viera para apertá-lo com a ameaça de denúncia após o prêmio generosamente divulgado. Uma conexão em algum lugar com aquela operação, a excisão do braço ladrão? Esforçou-se para evocar os vários participantes daquele evento de vinte anos, em qualquer papel, por menor que fosse — os juízes, as testemunhas obrigatórias, as enfermeiras, os funcionários da reabilitação. Repassou o carrossel em sua mente — o comandante do corpo de juventude, um soldado que lhe dera a tarefa na clínica, casualmente passando instruções, como se a operação não tivesse nenhuma importância. Só um gesto displicente da mão — "Seu paciente está esperando por você na sala de emergência, cabo Menka. Avise quando tiver terminado". Nenhum dos esboços que surgiram se encaixava perfeitamente no intruso da Hilltop Mansion. Parecia ser uma força sinistra que impulsionava e desviava os eventos para canais predeterminados, mas tudo levava exatamente aonde? Pela primeira vez, Menka parecia por fim entender o impacto total da palavra vórtice. Era ali que ele estava, sim, em um vórtice. Assim que se soltava de uma correnteza furtiva, outra surgia, tentando sugá-lo para baixo.

Tomou outro banho, depois teve o seu jantar solitário, tardio, demorado e sempre restaurador, a mesa posta contra a janela, com uma visão lateral das colinas. Não muito longe dali, era possível distinguir, como sempre, os contornos da sede do clube, algumas luzes internas mantidas acesas durante toda a noite, o poste solitário do estacionamento que agora conferia ao pátio mal iluminado uma atmosfera sinistra — a primeira emanação daquele tipo desde que ele havia se estabelecido nas colinas. Pegou-se observando mais atento o seu mordomo limpar os pratos, fechar a porta da cozinha, como se cada gesto, cada movimento contivesse uma pista dos eventos do dia, mas particularmente daquele encontro final. Tudo parecia ter se desenrolado em dois movimentos. Estavam separados um do outro — talvez a conversa telefônica com Duyole tenha sido o interlúdio de clareza extremamente necessário entre a briga com os membros desorientados do clube e a intrusão do sr. Silhueta. Clareza porque dava crédito a uma decisão já tomada — dar um tempo da atmosfera turbulenta de Jos. Sentiu-se aliviado por ter escondido algo de Duyole — sua carta de demissão, enviada havia apenas um dia. Compartilharia aquilo somente depois que chegasse a Lagos, talvez depois do suntuoso jantar que ele sabia que o aguardava — não precisava ser informado, Duyole mergulharia diretamente só Deus sabe em que planos para ele. Chegaria a Lagos e encontraria ofertas de consultoria já esperando por ele em algum hospital ou empresa particular. Com certeza no hospital universitário. Havia também a visita pendente ao mercado de carnes — como isso mudaria as opções que ainda estavam sendo consideradas? O estranho queria mantê-lo afastado — com que propósito? Mas iria seguir adiante com o plano assim mesmo, sem avisar os outros da tentativa de dissuadi-lo. Voltar atrás agora estava fora de questão. Mesmo que, ao chegarem ao local, descobrissem que ele estava arrasado, os sinais de uma estrutura permaneceriam. E então faria o quê? Investigar? Ou abandonar? Que a manhã decidisse.

O sono não demonstrou nenhum espírito voluntário de cooperação para trazer o alívio tão necessário. Deixar o único outro lugar que ele podia chamar de lar era estranhamente perturbador, e, surpreendentemente, a perspectiva também o enchia de pesar. Tentou se consolar com a aproximação de seu reencontro com Pitan-Payne. Talvez eles até reanimassem os outros membros sobreviventes da adormecida fraternidade — todos os quatro membros prodigiosos, todos eles! Seu sorriso era um misto de autodepreciação e nostalgia, insuficiente para iluminar a escuridão acumulada pelo inesperado final de uma noite de monstruosidades contidas por muito tempo e subitamente liberadas. Bom, Lagos/Badagry o chamavam, e nunca a perspectiva de um interlúdio parecera tão atraente.

Aquele prometia ser mais do que um interlúdio, era mais uma descida de transições compactas entre várias fases. Menka agora admitia conscientemente que muita coisa havia mudado desde os dias de idealismo estudantil, com todas as suas excentricidades. Até mesmo o seu seleto quarteto de sonhadores, que usava camisetas com a estampa combativa do Gongo dos Quatro, com a imagem de um gongo real de Benin e quatro cabeças unidas, até mesmo eles, admitiu ele com pesar, haviam passado por mudanças irreversíveis. O grupo havia se formado já nos primeiros dias de idealismo em conflito, em torno de Duyole, o engenheiro inquieto, amigo e família adotiva. Agora, os membros do Gongo tinham seguido caminhos diferentes, perseguidos ou confrontando imposições e escolhas de pura sobrevivência que aumentavam a cada dia, a cada hora. E então ele se encontrava no mais drástico vórtice de mudança, com cinquenta e sete anos, celebrado, mas enfrentando um futuro indeterminado.

Ele temia que a sua situação agora beirasse o surreal. Em um momento, um médico sobrecarregado e amplamente ignorado, praticamente desconhecido fora de seu meio profissional imediato, só mais um escravo do compromisso. No momento seguinte, um ponto de referência nacional, homenageado pelos colegas com o Prêmio de Preeminência do Dia da Independência do país. Agora, com apenas uma semana no cargo, havia se tornado um fugitivo, embora não da justiça. Mas tudo se resumia à mesma coisa: a urgência de chegar o mais longe possível de onde estava. Sentia-se caçado como qualquer criminoso comum, já desligado de sua consciência habitual de Jos como um espaço amigável e ruminativo, uma cidade que evocava a paisagem e o ritmo de sua própria Gumchi — claro que, mesmo assim, com grandes diferenças. Em suma, Menka começara a sentir o gosto do início da existência no limbo.

Agreste como o próprio terreno, o povo de Gumchi subsistia numa existência rudimentar a partir das manchas esparsas de umidade e folhagem que pontuavam suas rochas vertiginosas. Os viajantes que chegavam de manhã cedo ignoravam as filas de mulheres de Gumchi, ligeiramente curvadas, esperando para atravessar a via expressa. Elas saíam de cabanas escassas para percorrer os trajetos espinhentos a caminho dos mercados como se fossem formigas-soldado, com potes de água, fardos de lenha, inhame e outros produtos agrícolas equilibrados em ombreiras ocultas, pulseiras de contas em volta das cabeças raspadas, uma formação humana que parecia reproduzir aquelas rochas precariamente posicionadas. A visão era um contraste com suas contrapartes do cinturão tropical do sul, vendedores da cidade e outras cadeias de suprimentos da vida urbana que usavam a cabeça — isto é, literalmente — para transporte de coisas. Resumo dos bens: uma escola primária encravada na base da rocha, na planície miserável; uma fazenda de produção de carvão; uma fundição de miçangas apenas um pouco maior do que uma lareira doméstica; e as áreas agrícolas, que incluíam uma microplantação de nozes-de-cola, cujo sabor havia agradado ao paladar exigente do chefe de Estado. Em última instância, não havia nada ali para um médico recém-formado, especialista em cirurgia. De qualquer forma, havia os termos de sua bolsa de estudos a cumprir — cinco anos de serviço ao Estado. Plateau o chamou. A amizade respondeu do outro lado. O primeiro ganhou o cabo de guerra, mas isso também lhe permitiu ter o melhor de dois mundos. Seu rápido amigo Duyole, o elo inicial de uma família substituta, também havia voltado para casa — no caso dele, para o sul, para Lagos e Badagry. Para um sobrevivente órfão de um vilarejo órfão — o que, na verdade, significava uma unidade ocupada e ignorada pelo resto da sociedade —, Menka se deleitava com uma amizade que amortecia os ritos de passagem da escola. Ela se fortaleceu ainda mais durante o período de estresse dos náufragos em uma ilha inclemente conhecida como Reino Unido, com o vínculo permanecendo intacto à medida que cada um deles se adaptava a cada novo ponto de partida chamado, no entanto, de lar.

Quando Menka foi lotado em Jos, ao final de seu ano de serviço juvenil obrigatório na cidade de Kano, Jos era um posto invejado, um lugar lânguido — pelo menos para aqueles que conseguiam viver sem o frenesi chamado Lagos ou, cada vez mais, Kano, Kaduna, Calabar, Enugu e um punhado de outras capitais estaduais. Então, de repente, havia bombas humanas por toda parte, bombas que entravam nos mercados com pernas humanas, muitas vezes de crianças, como portadores inocentes, nas praças dos vilarejos, vendendo comida ou fazendo fila para conseguir um lugar nas garagens de automóveis, doadas generosamente até mesmo para escolas. Igrejas e mesquitas perderam a suposta santidade — era difícil decidir qual das duas seitas rivais atraía o veneno mais profundo dos redentores de bandeira negra. E o voo de balas tracejantes, um carnaval completo de projéteis — audíveis, mas ainda distantes do oásis da Hilltop Mansion, sempre se aproximando, sendo rechaçados, o alívio precioso de silêncios relativos e, em seguida, o recomeço de ruídos agourentos e batidas de cápsulas mortais. Os habitantes da cidade até aprenderam a distinguir as sutilezas letais dos sons. Quanto aos agressores, tornou-se uma pergunta constante para si mesmo: o que eles queriam? Que deus adoravam? Por fim, o seu encontro com os comerciantes de desastres humanos, invadindo a sua clínica, quanta ousadia — bom, depois da prospecção inicial —, para oferecer ações em sua mercadoria mórbida. Estava na hora de agir. Tinha que ser o destino! Menka se orgulhava de não ser supersticioso — ele precisava daquela autoconfiança constante —, mas parecia que algo semelhante ao destino havia tomado conta da situação. Mas primeiro, fugir, nem que fosse por alguns dias. E depois?

A descida para a densa névoa da má formação humana na qual Menka se sentia preso chamou instintivamente a atenção para promessas e projetos passados de afirmação da vida, ou só da sua sanidade, ou talvez tivessem apenas surgido como a própria nostalgia. Aquilo evocava lembranças de contribuições em projetos conjuntos que pertenciam a uma época de visão juvenil descomplicada. Esquivando-se da linguagem ultrapassada da mídia de um time dos sonhos — nenhuma nação que se preze deixaria de celebrar o seu! —, ele e seus colegas gladiadores tinham decidido criar o Master Dream Collective! Nada menos grandioso era digno da convocação dos reinos do idílio, pois, como a maioria dos estudantes estrangeiros, eles estavam encantados com a varinha mágica transformadora que traçara: "Volte e faça a diferença!". Depois de várias tentativas e rejeições, acréscimos, seleções, plágios descarados e criações de igual fervor, a palavra-chave acabou sendo "branding", mais amplamente "rebranding", arrancada — tal é a ironia lógica do vazio — do jingoísmo pródigo dos governos, para os quais era apenas um jogo de palavras pomposo, banalizado, apropriado de forma irrefletida por ministros de viagens disso e daquilo, em uma comitiva sempre crescente de missões mundiais para reposicionar a imagem da nação. Bom, se é para fazer rebranding, reformular a marca, o que você reformula? Que haja algum recheio no invólucro, de preferência algo exclusivo da entidade que está fazendo o rebranding. A rejeição imediata da "marca do rebranding" dos primeiros a chegar era previsível — ela só levava a constrangimento e desafio. Por isso, eles saltaram com a contraproposta: "Tudo bem reformular a marca, mas deixemos que o produto faça o rebranding". Então, uma vez que o produto tenha sido aprovado, garantido, enobrecido e seu padrão tenha se mostrado sustentável, aí vem a marca. O mundo se daria conta e passaria a contar com a marca nacional!

Isso levara à criação da Marca da Nação. Por mais modesta que fosse, a ressonância do termo ecoaria por todo o cenário nacional — continental também, por que não? —, levando a sua marca em todos os lugares, fazendo referências cruzadas e se aprimorando mutuamente por meio do puro reconhecimento e da penetração da marca. Os testes de qualidade seriam fundamentais. Inovações, conhecimento especializado, promessa de entrega, serviços de acompanhamento que puxam a sustentabilidade etc., etc., independente do projeto e do produto. Foi apenas por um capricho que um deles — Badetona, o Zombeteiro, o conspirador prático e experiente em finanças — propôs que eles fossem ao escritório de patentes.

"Nunca se sabe", avisou ele. "Vamos registrar a marca antes que os réprobos assumam o controle." Toda inovação seria um modelo de referência segundo o qual todos os outros produtos — ou empreendimentos — seriam medidos. Não importa quão díspares fossem os produtos, eles seriam vinculados a uma marca principal! Nada fora do comum, simplesmente único, estabelecendo seu pedigree distinto e inimitável: MARCA DA NAÇÃO.

Todos eles tinham sonhos, provocados por aquele inseto tenaz vagamente chamado de "retribuição", um carrapato voraz entre os graduados novatos nos campos mais produtivos da aventura do aprendizado. No Dia da Independência Nacional, muitos ainda estavam dentro ou do outro lado do canal da Mancha, longe da terra natal do colonizador, o Reino Unido, mas essa ausência do local das comemorações (apenas em potencial, se eles soubessem disso!) só alimentou a ânsia dessas aves de passagem no estrangeiro. Se pudessem, teriam alterado o padrão de migração de volta para casa, redirecionando até mesmo os movimentos dos ventos alísios para que pudessem ir direto para casa a partir do local da convocação. A companhia diminuiu — o que era previsível; muitos estavam lá apenas para o convívio e os subprodutos, entre eles a hospitalidade sexual local. Na formatura, restavam apenas quatro pessoas em um grupo inicial de uma dúzia ou mais de entusiastas flutuantes, determinados a manter a fé no inseto que havia mordido fundo e entrado em sua corrente sanguínea. Tudo parecia destinado. Naquela época, o país era dividido em apenas quatro regiões. Duyole lembrou-se de uma herança de família, um bronze de Benin com quatro cabeças unidas, e foi isso. Adotado como o logotipo da marca! Tudo isso foi realmente há trinta e poucos anos? Parecia que uma eternidade havia se passado. Cada golpe militar parecia uma vida inteira.

Menka era muito suscetível. Duyole Pitan-Payne já estava dando sinais de se tornar o engenheiro irreprimível, inquieto e inventivo com uma lista modesta de clientes. Todos reconheciam que ele mantinha o grupo unido — é claro que ele tinha recursos para viajar e se aproximar de todos; vinha de uma família rica —, mas desde o início existira um vínculo especial entre ele e o garoto das colinas. Talvez tenham sido as diferenças que os atraíram um ao outro — um, descendente sofisticado da aristocracia colonial de Lagos e com um sobrenome birracial duplo, separado com hífen. A ligação de Duyole com o pupilo de aparência perdida daquele vilarejo obscuro foi instantânea. Um jovem frágil, propenso a acidentes, que nunca havia saído do assentamento onde as árvores cresciam misteriosamente das fendas das rochas, o forasteiro estava claramente precisando de proteção contra o resto do grupo de colegas da cidade, todos muito experientes. A cicatriz em seu rosto também o marcava como um forasteiro instantâneo, carimbando-o com o estigma de uma excrescência do interior. Para o azar de seus primeiros agressores, os valentões instintivos, sua postura contida escondia um temperamento teimoso em constante revolta.

Na manhã eufórica de um clima de outono à beira-mar, para o clique das câmeras oficiais e da família, o jaleco branco foi ritualmente colocado sobre os ombros do jovem de um planalto central da Nigéria, seguido pela apresentação da caixa laqueada contendo o bisturi e o fórceps de prata. Sua voz trêmula, mas exultante, recitou o juramento de Hipócrates, além de outras afirmações rituais de sua filiação à "guilda dos açougueiros" — a irreverência de Pitan-Payne penetrava em qualquer função ou atividade. Menka acrescentou silenciosamente o seu próprio "juramento gumchicrático" secreto — ele sempre fazia o melhor que podia para corresponder às improvisações deflacionárias de Duyole. Mas Kighare Menka era tudo menos desdenhoso.

Em seguida, veio o ritual final não oficial, mas profundo — *a verdadeira carne no osso duro*. Será que aquilo realmente aconteceu?, Menka perguntou à noite. Pois naquele dia festejaram até o sol nascer no "necrotério" noturno da classe, onde garrafas de cervejarias e destilarias multinacionais davam seu último suspiro. Um galpão da Nissan para equipamentos de estádio na extremidade sul do campo de futebol foi transformado com lampadinhas para o Dia da Convocação, com os foliões vestindo trajes completos de torcedores de time, com cachecóis quase do comprimento da distância entre as traves gêmeas. Ali, ele articulou abertamente, entre soluços, seu juramento de que, mesmo em face de golpes, dissolução da nação, secessões ou falência, casamento ou família, ele iria construir uma clínica de diagnóstico de primeira classe com as próprias mãos no vilarejo de Gumchi. O restante do pequeno grupo não tinha nenhuma agenda especial, pois sua formatura estava prevista para dali a alguns meses ou um ano. De qualquer forma, tinham vindo apenas para comemorar com ele, portanto, formal e solenemente, deram as mãos e juraram se unir para tornar realidade o sonho do Menino de Gumchi — "Um por quatro e quatro por um, sempre o Gongo dos Quatro para sempre!" (Repita quatro vezes, bata nas coxas quatro vezes, bata nas nádegas quatro vezes, esvazie a caneca em quatro goles e bata as canecas viradas para cima quatro vezes. Repita até que reste apenas um participante.) Todo o ritual só poderia ter saído da mente sádica de Duyole, embora ele se esforçasse para admitir que era apenas uma adaptação de um ritual de bebida muito mais antigo, do tempo dos vikings, do século IX. Não importava, ele estava sendo usado nos bares das associações estudantis, dedicado a um misterioso Cardeal Puff — "Eu bebo à saúde do Cardeal Puff pela primeira vez esta noite etc., etc.". Duyole tinha viajado de Salzburgo para uma Bristol mais quente. Ele refletiu sobre o sonho de Kighare por um período menor do que gastou para beber uma caneca de cerveja e logo se ofereceu para projetar e construir a clínica em um lugar que ele nunca havia visitado, apenas ouvido falar — e somente por meio de seu solene embaixador no exterior, Kighare. Depois de estabelecer seu escritório de engenharia em Lagos e colocá-lo em funcionamento, prometeu que Gumchi iria sentir o peso de seu gênio dedicado. Todos acabaram se comprometendo a visitar Gumchi no primeiro ano após o retorno à terra natal.

Os outros dois membros remanescentes, recentemente esquivos, contribuíram, adotando partes do esquema de acordo com suas habilidades ou temperamento. Badetona, o amável estagiário de finanças corporativas, geraria os fundos, obtendo empréstimos de bancos mesquinhos. Farodion — Menka balançou a cabeça de novo, perplexo. O que havia acontecido com nosso quarto membro? Duyole podia ser a mente organizadora e hipereficiente; Faro era o fio condutor, o coração e a alma do grupo. Aquele sim era um sonhador! Com tendência a falar em enigmas, Faro sonhava grande. Seus truques de ventríloquo, com uma interpretação aguda, faziam dele o centro das atenções e, na verdade, uma vez lhe renderam uma participação especial em um desenho animado da Disney. Para não falar da popularidade com o belo sexo — a sabedoria comum era: fique com Faro e, na pior das hipóteses, você terá que consolar suas rejeitadas. Estranho, ele havia sumido completamente! Apenas desaparecera. De fala mansa, ele sonhava em lançar uma indústria cinematográfica muito antes da chamada Nollywood. Era um homem de muitos talentos e se comprometera a equipar a clínica de Gumchi com maravilhas eletrônicas de última geração, digitalizadas até a última agulha de injeção descartável, garantindo que os ancestrais de Gumchi, em nome dos quais ele fez seu juramento de participante, voltassem à vida com uma injeção virtual. “Saúde na era espacial? Deixe comigo!” Sim, esse era Farodion — talvez em Serra Leoa? Ele afirmava que a mãe era saro, descendente dos escravos iorubás que foram replantados no solo de Serra Leoa após serem resgatados em alto-mar por navios britânicos que patrulhavam contra a escravidão. Não importa, quem jamais conseguiu verificar qualquer uma das múltiplas alegações de Farodion? Elas mudavam o tempo todo e, às vezes, da maneira mais contraditória — que biografia ele assumia naquele momento? Talvez o inferno interno de Serra Leoa o tenha consumido?

Com sorte, nada pior do que se dispersar, como os outros, é claro, assim como sua visão da juventude. Carreiras, casamentos, famílias, uma guerra civil, golpes militares, religiões — tudo isso cobrava seu preço. Ninguém de fato disse: "Que se exploda o sonho", não. Ele simplesmente desapareceu, recuou nas brumas do idealismo. Abuja, pensou Menka, com um ressentimento inútil, desempenhou o papel mais importante na sabotagem — uma pena que Gumchi tivesse um vizinho que acabou se tornando a escolha de uma "capital unificadora da nação", a escolha de uma ditadura militar. Para começar, quem iria agora procurar diagnóstico e tratamento em Gumchi quando a capital do país migrara de Lagos para um lugar a poucos passos do vilarejo? Até mesmo aquele fiel herdeiro do assentamento rochoso tinha de admitir o problema. Ele mordeu os lábios em sinal de decepção e engoliu o orgulho de seu local de nascimento. Não havia necessidade de palavras — era muito evidente —, o Gongo fora liberado de sua promessa. A vida prosseguiu normalmente, de forma estável, orientada pela profissão e pela oportunidade. Se a realização e/ou o comprometimento exigissem um estresse extra, o Boko Haram estava se preparando para testar as habilidades e a resiliência de Menka no teatro de operações de emergência — trocadilho sem dúvida aprovado, concordou vigorosamente.

Mas agora — e para Menka isso era de fato a gota d'água — um tipo diferente de despertar, uma virada diferente nos ritos de passagem: o chamado inesperado do consórcio de negócios incomum e sua proposta. Isso já estava acontecendo. Havia se tornado rotina, mesmo sob sua meticulosidade profissional. Tudo isso contribuiu para a surpreendente explosão do forasteiro Gumchi, que havia violado flagrantemente os padrões de decoro da antiga colônia britânica dentro de uma colônia, a cidade ecumênica de Jos. A essa altura, a teimosia dos Gumchi havia se fundido e se tornado inextricável na disciplina arraigada do cirurgião — depois disso, tudo entrou em parafuso. O vórtice ameaçava engoli-lo; era algo que ele sentia. Seus instintos médicos prescreveram um período de respiração...

Nesse momento, tanto o corpo quanto o cérebro já haviam se cansado. O dr. Kighare Menka finalmente caiu em um sono profundo.

Na manhã seguinte, não foi o despertador do telefone, programado para às cinco e meia, que o acordou, mas uma ligação preventiva, cerca de vinte minutos antes do horário previsto para o alarme. Quem estava ligando era Duyole Pitan-Payne, e sem nenhum traço de brincadeira do Gongo dos Quatro.

"Acordei você?"

"Duyole?"

"É, sou eu. Ligue a televisão."

"O que está acontecendo? Qual é o problema?"

"Só ligue a televisão. Veja as notícias."

"Qual canal? O que foi?"

"Qualquer canal. O seu clube está pegando fogo. A Hilltop Mansion."

"O quê! Onde você está?"

"Em Abuja, ainda. Acordei cedo para pegar o primeiro voo de volta para Lagos. Liguei a TV para ver o jornal e o que vi? O antigo clube engolido — a colina inteira parece estar pegando fogo."

"A colina? Que colina?", perguntou, ainda tentando se livrar do sono inadequado.

"A Hilltop Mansion, o clube, sei lá como você chama. O lugar onde fica — ou ficava — o clube, pelo que estou vendo." Duyole podia ouvir Menka se levantando, talvez tentando localizar o controle remoto. "Imagino que vai afetar os seus planos, não?"

A voz de Menka estava agora tingida de ansiedade.

"Mas é onde eu moro. Eu estou aqui… cadê o maldito controle?"

"Você mora na mesma colina? No mesmo lugar da sede do clube?"

"Foi o que eu disse. Meu apartamento tem vista para…"

De repente, um estrondo irrompeu do lado de fora da porta do quarto. Menka levantou a voz.

"Só um minuto… Ei, Duyole, tem gente na porta. Você ainda está aí?"

"Estou. Que barulho é esse?"

Menka gritou para a porta:

"Quem é? Só um minuto, tá bom?"

Duyole ficou ansioso.

"Talvez você devesse atender a porta, Menka. Tão cedo — você estava esperando alguém? Deve ter a ver com o incêndio."

As batidas se intensificaram, mas agora se juntaram a várias vozes elevadas em registro de pânico total:

"Doutor! Doutor! O senhor está acordado? Estamos evacuando. Todos para fora!"

"Menka, o que está acontecendo aí?"

"Estou indo, estou indo... Espere um momento, Duyole."

Duyole gritou, com uma voz que não permitia discordância:

"Vá atender a porta, Kighare. Depois você me liga, mas vá atendar a porta. Agora!" E desligou o telefone.

Lá fora, nos gramados segregados, pessoas amedrontadas se enrolavam em cobertores contra o ar frio da montanha, que se aquecia cada vez mais com as rajadas de vento vindas do fogo que, por enquanto, ardia a uma distância segura. Em um curto perímetro além das chamas, outras formas também rudemente despertadas, a maioria em silhuetas, emolduravam as encostas. Menka se moveu instintivamente para sua posição habitual de vigia, de onde por vezes confessava: "Sinto-me senhor de tudo o que observo". Dessa vez, no entanto, ele confessaria mais tarde que tivera momentos irracionais em que sentira que o fogo, na verdade, assumia a forma de cães de caça já preparados com o cheiro das próprias roupas que ele havia vestido às pressas, de modo que pareciam estar indo direto para o seu bangalô e, especificamente, para sua pessoa. Como espetáculo, o fogo não deixou nada a desejar. Parecia ter uma mente própria, mas uma mente de malícia concentrada, com uma qualidade de força elementar, entregando-se a transformações em série, apenas para confundir os observadores sobre sua real intenção. Certamente atraiu os olhares dos moradores das colinas, desalojados de suas casas, sem mencionar os das planícies abaixo, que haviam sido despertados pelos estalos incomuns que chegavam longe, bem como pelas agitações humanas àquela hora da madrugada. Às vezes, as chamas pareciam correr agachadas, dobradas pela própria tempestade de fogo que levantavam ao longo dos túneis formados pelas cordilheiras, como se planejassem cercar os prédios e prender os observadores, depois consumi-los em uma varredura onívora e combinada, apenas para mudar de tática, erguer-se a toda a altura e depois lamber as tigelas de granito até as bordas. De repente, os surtos mudavam de formação, rodopiavam como coloridos disfarces e, a um sinal, desciam as encostas das montanhas em uma velocidade projetada para hipnotizar, intimidar e, em seguida, subjugar o público cativo reunido abaixo. O fogo parecia humanizado, orquestrado e malévolo. O que parecia uma série de investidas da cavalaria pelas encostas transformou as chamas em uma falange de galhardetes que se fundiam uns com os outros, se separavam e se reagrupavam, depois giravam em velocidades surpreendentes por diferentes inclinações, desapareciam em ravinas profundas apenas para levitar praticamente debaixo do nariz dos bombeiros improvisados às pressas e dos dois caminhões dilapidados que, mesmo assim, haviam montado uma linha heroica de resistência ao ataque. Infelizmente, não tinham água. A resistência recuou várias vezes. E, então, essa horda demoníaca parou, como se estivesse observando a derrota, estalou os lábios em sinal de satisfação, depois virou as costas com desdém e praticamente se afastou, diminuindo em cintilações inócuas, apenas para irromper em um ponto diferente da bússola em uma finta calculada, forçando a frota de dois caminhões a mudar sua linha defensiva e selecionar outra linha de resistência. Nunca o simbolismo aspirou tão heroicamente à potência, já que, sem água, permanecia um mistério a diferença que a mudança "tática" de posição pretendia fazer.

Em determinado momento, Menka pensou contar três focos separados na coleira, trabalhando de forma independente, vorazmente exploratórios. Depois, enquanto tentava se lembrar se alguém que ele conhecia morava naqueles locais, eles seguiram em direções opostas, consumindo o que parecia ser a linha de alojamentos da equipe doméstica, que também continha barracas de vendas e uma granja de aves. Viu as gaiolas serem cercadas e se dissolverem. Os focos então convergiram, compararam notas, separaram-se mais uma vez e retomaram as investidas de sondagem, arrotando vento quente à medida que avançavam. Era a vez das casas dos colarinhos-brancos. Para aquele setor, pareciam ter adotado um movimento de pinça saído direto dos manuais militares. As estruturas esqueléticas no estacionamento já sinalizavam a escala da devastação, e ele quase podia seguir os rastros de fogo ao longo da hera que antes cobria a fachada da mansão, incluindo a varanda até as portas maciças. Logo adiante, como que para confirmar a execução de uma estratégia bem planejada, a cavalaria de chamas que estava camuflada nas entradas mais profundas do vale, a mesma linha de cavalaria que havia se retirado de vista ao longo da outra calha do vale, fez sua emboscada, com os estandartes em chamas. Com um rugido triunfante, ela levitou e subiu os picos mais baixos, ganhando força, e depois se dirigiu ao tanque de água principal, onde uma figura uniformizada lutava contra uma torneira enferrujada que parecia ter sido sabotada antes da força invasora. Menka olhou para aquelas chamas e foi como se fosse uma coisa pessoal, uma declaração unilateral de hostilidades sobre um pedaço de propriedade que não sabia que estava sendo disputado. Afinal de contas, ele nunca havia reivindicado a propriedade. Tudo era propriedade do governo, e o aluguel mensal era automaticamente deduzido do seu salário.

Ele observou a fila inútil de moradores passando baldes de água de mão em mão, voltou para o seu bangalô e começou a empacotar aleatoriamente os seus pertences.

13. Transplante cirúrgico

A ligação só foi retomada no meio da manhã, pois, nesse intervalo, Pitan-Payne estava no ar. Mais calmo, contra o remoto pano de fundo de um ossuário outrora chamado Hilltop Mansion, e já completamente esquecido das reminiscências da madrugada, mas com as conversas da noite anterior no clube ecoando vívidas em sua mente, para o dr. Menka a casa agora simbolizava, por muitas outras razões, um ossuário. Como talvez toda uma era. As conversas de pânico e evacuação das primeiras horas também foram esquecidas. Os papéis se inverteram, o engenheiro diagnosticou com precisão o dilema do médico. Passou a prescrevê-lo da única maneira que sabia. Não bastava convencê-lo de que se mudar de Jos era inevitável. O homem de Gumchi precisava ser persuadido a entrar em um estado de espírito que visse que a reviravolta dos acontecimentos, mesmo sinalizando um fim, também se alinhava com o sonho que todos tinham compartilhado desde a juventude. Precisava ser persuadido de que a mudança era, de fato, uma base para o cumprimento de promessas, aproximando a visão central que os havia guiado durante décadas.

A impaciência o atormentou durante todo o voo para Lagos, que, obviamente, parecia interminável. Assim que aterrissou, ele correu para a sala VIP, se enfiou em um canto e ligou. O relatório de Menka foi direto:

"Acabou, Duyo. A Hilltop Mansion foi abaixo."

"Mas você está bem? O seu bangalô?"

"Nós não corremos perigo. Chegou perto, é verdade, mas não muito. A mansão era o verdadeiro alvo, e foi completamente destruída."

Seguiu-se um silêncio.

"Alguma explicação? Suspeitas?"

"Nada ainda. Mas foi claramente um incêndio criminoso."

Seguiu-se outro silêncio.

"Não tem motivo para mudar os seus planos, tem?"

"Nem um pouco. Preciso dessa pausa mais do que nunca."

"Estou pensando em mais do que só uma breve pausa, Kighare. Durante o voo, eu só conseguia pensar… talvez seja hora de tornar isso algo permanente."

Mais silêncio.

"Você pensou na possibilidade?"

"Está tudo acontecendo rápido demais. Não tive tempo de atualizar você, mas tem muita merda sendo jogada no ventilador esses dias. Não sei quando isso vai respingar em todos nós."

"Então se mexa, Gumchi. Faça alguma coisa. Faça um transplante."

"Um quê?"

"Um transplante. Você é cirurgião. Faz isso o tempo todo."

Menka levou um susto. Um transplante? Era como se Duyole tivesse estado na Hilltop Mansion quando as recentes ondas de adaptação corporal surgiram, buscando aquela exposição improvisada e amarga. Por um breve momento, quase se perguntou se Duyole era o personagem evanescente da alcova, entreouvindo as conversas. O absurdo da ideia o fez temer que os eventos das últimas doze horas tivessem desregulado sua mente. Quase com medo, ele sondou:

"Do que você está falando?"

"De você, ou melhor, de Gumchi. É o destino. Você acredita em destino? Traga Gumchi para Lagos. Faça um transplante. É disso que eu estou falando."

Menka soltou um suspiro profundo.

"Não, não! Lagos, não."

"Onde, então? Me diga? Qual vai ser o próximo lugar?"

"Eu não tinha pensado nisso. Ainda estou tentando absorver o que está acontecendo aqui. Ao meu redor."

"Bom, comece a pensar."

"Você me conhece, garoto de vilarejo. A sua Lagos..."

"Não, não é bem Lagos. É o vilarejo ao lado, a minha Badagry."

"Qual é a diferença?"

"Muita. Escuta, garoto, você ainda está mentalmente preso ao seu preconceito primitivo de Gumchi. Tudo bem, sugira outro lugar. Você precisa de um novo começo. Já remendou vítimas suficientes do Boko Haram para merecer aposentadoria integral. E agora isso!"

"Não pense que isso nunca passou pela minha cabeça!"

"Ótimo. Então, faça o transplante. Retire-se daí e coloque-se em outro lugar. Eu sou engenheiro. Fui treinado para me adaptar. O que importa é a ideia. Adequada ao tempo e ao lugar. Há uma população crescente de amputados, fantasmas sonâmbulos mutilados. Crianças. Centenas, chegando a milhares. Sem nenhuma perspectiva a não ser juntar-se às hordas de *almajiri*, aqueles infelizes que mais tarde se tornam alimento fácil de conversão para o Boko Haram. E agora o ISWAP, a Província do Estado Islâmico na África Ocidental. Então, nós criamos um centro de reabilitação modelo — o mais moderno em próteses. Damos a eles uma vida nova. Uma forma diferente de aconselhamento. Uma nova direção. São os mesmos planos que você cultivou por muito tempo para Gumchi."

"Gumchi não tem amputados. Para começo de conversa, não entramos em guerra. Só temos as doenças causadas pela natureza. O Boko Haram ainda não havia nascido quando estávamos na faculdade."

Duyole se conteve bem a tempo de lembrá-lo do antecessor do Boko Haram, o Maitatsine — que havia feito de Menka um órfão. Nunca teria se perdoado por ter remexido naquela ferida, que continuava a supurar, Duyole sabia muito bem, em seus órgãos mais íntimos. Quase engolindo a língua, mudou rapidamente de assunto.

"Pare de tentar ser literal. A ideia, Espertinho de Gumchi, a ideia! Todos nós a adotamos. Mão sobre mão, lembra?"

"É, *quatro por um* e toda aquela besteira de estudante. Somos todos adultos, Engenheiro Pitan. Os tempos mudaram."

"Exatamente! E você está ficando velho. Não me diga que na sua idade vai pedir transferência para outro hospital do governo."

A resposta foi rápida e definitiva.

"De jeito nenhum!"

"Ótimo. Isso está resolvido. A não ser, é claro, que você vá para a fila de emprego. Mas admito que, com as suas honras nacionais, talvez você não precise ficar na fila. É só aparecer."

"É isso mesmo. Posso vender a medalha e viver com os lucros."

"Ela é só banhada a ouro, não se iluda. Por dentro é de estanho."

"E aposto que é estanho de outro lugar, não vem nem das minas de Plateau."

"O ouro está em outro lugar — na verdade, não muito longe de você. Estão se matando uns aos outros por ele, fingindo que a matança é por outra coisa. A religião, como sempre, é o bode expiatório. Bom, é parte disso, não me entenda mal, mas tem ouro, ouro de verdade, lá em cima. Zamfara, por exemplo. E toda a merda fundamentalista começou lá. Toda essa besteira de reforma islâmica. É a corrida do ouro. Eu vi fotos tiradas furtivamente."

"Tem ouro sendo extraído em todos os lugares — estamos mudando de assunto?"

"Eu não. Então, está resolvido. Mas é claro que sei que você tem outras opções. Existe um pequeno povoado ao longo do Benue que sofre com cegueira do rio. O presidente Carter visitou uma vez. Talvez ele encontre um emprego para você."

"Deixe de ironia. O que eu sei sobre oftalmologia?"

"Bom. Então, em caso de dúvida, a terra natal. Badagry, por que não? Um centro totalmente novo. A especialização mudou. É a ideia que conta — a ideia, Gumchi, a ideia! E a ideia não é só sua, lembre-se disso. Ela pertence a toda a casa — todos os quatro membros ainda ativos."

"Quatro? Achei que tivéssemos só três. Qual foi a última vez que você ouviu falar do homem com quem se pode contar em todas as situações?"

Duyole deu uma risadinha.

"O Farodion? Ele vai aparecer. Não sei por quê, mas sinto que está ativo em algum lugar por aí, preparando-se para fazer uma surpresa e mostrar o resto do quarteto. Pessoas como ele não desaparecem simplesmente."

"Sempre otimista."

"Por que não? Mas sempre certo, não? Bom, quase."

Menka soltou um enorme suspiro, que o engenheiro pôde sentir do outro lado do país.

"Tudo isso é passado, Duyole. Dias de grande otimismo. Acabamos com isso. Espalhados por todo o país — e talvez no exterior. Fim dos Grandes Sonhos."

"De jeito nenhum. Nós simplesmente nunca chegamos a Gumchi. E não foi culpa de nenhum de nós. Não voltamos para o país que deixamos. Abuja não existia como Abuja, mas também desempenhou um papel. Principalmente contra o sonho de Gumchi. Por que alguém deveria ir a Gumchi quando tem Abuja ali na esquina? Será que pensamos nisso? Na época, a capital era Lagos, agora Abuja é tudo. Eles até deram ao principal hospital especializado o nome do chefe de Estado mais brutal e ladrão que a nação já conheceu. E depois de tudo o que a nação suportou antes de se livrar dele. Ainda acho difícil de acreditar."

"Talvez seja essa a atração. Nossos queridos compatriotas têm gostos exóticos."

"E a principal rodovia para Abuja, a moderna capital do país? Também chamada de avenida Sani Abacha?"

"É a atração principal."

"Você só está sendo do contra. Pura teimosia de Gumchi. De qualquer forma, esqueça isso. Eu só estava dizendo que o projeto original nunca teve chance. Era inadequado. A localização era sentimental. Eu sou engenheiro, mas na época não era. Agora sou, e lhe digo: local errado. Portanto, mantenha o projeto, mude o local. Simples assim."

Houve silêncio.

"Ei, você está aí? Está me ouvindo?"

Cansado, Menka disse que sim.

"Não podemos lutar contra a realidade. E neste momento você está desempregado, certo?"

"Quem está negando isso?"

"Então venha para Lagos. Eu obrigo você a ganhar o seu pão, não se preocupe. Não sou só um engenheiro; eu me tornei um homem de negócios. Desenvolvi o instinto assassino dos negócios. Posso levantar os fundos, e você faz o trabalho duro. Por que ficar de bobeira? Você sabe que eu prosperei —

pois é, essa expressão feia, mas é verdade. Eu prosperei. Com trabalho duro e sólido. Sem fazer concessões. É o meu dinheiro, e eu posso investir como quiser. O momento não poderia ser melhor. Percebeu o lado positivo? De qualquer forma, se pagará por si mesmo — você vai ver. Tenho tudo planejado. Venho trabalhando nisso desde a sua primeira ligação. Não tinha mais nada para fazer enquanto esperava Godot! Ah, acabei de lembrar — que coincidência. Depois eu conto. O homem come cola de Gumchi. E me deixou esperando por horas! Não importa, voltemos aos negócios. Vamos até ter lucro, o que não estava originalmente no plano idílico. Na época, era tudo pro bono. É incrível a generosidade com que os jovens oferecem o que não têm, não é? Bom, isso é o que importa. Quanto à própria Gumchi, faremos algo pela velha senhora rabugenta — dadas as devidas proporções, claro! Uma clínica de barro e madeira em seu vilarejo no meio do mato, escondida em algum lugar nos andares do seu arranha-céu, com escadas de pendurar. Nada sofisticado. O seu povo não vai notar a diferença. Então, o que você acha? Que momento melhor do que agora?"

Menka estava ouvindo apenas pela metade. Conhecia muito bem a minúcia instintiva de Duyole — tudo teria sido elaborado naquela mente agitada, em detalhes. Era isso que impulsionava o seu negócio, que o levava a um sucesso surpreendente. Ouviu a voz de Duyole se elevando acima de seus pensamentos.

"Você não tem nada ético contra cirurgia plástica, tem? Só Deus sabe quais tabus primitivos vocês ainda seguem naquele lugar. Tem um monte de velho enrugado querendo fazer lifting facial — eles não querem envelhecer, seja homem ou seja mulher. É aí que vamos ganhar dinheiro. Escuta, Badagry fica do lado de Lagos — sei que você odeia essa palavra, mas fica. Isso significa um fluxo da clientela excedente de Lagos. Graças a Deus, temos a internet — podemos trabalhar de perto pela rede, com projetos e tudo mais. Enquanto a estrutura estiver sendo construída, com você me dizendo onde colocar esta sala e aquela instalação e o que mais for, você segue atendendo em algum hospital universitário de sua escolha. Ou clínica particular. Mesmo sem a sua nova honraria, você poderia escolher. Quero dizer, quantos cirurgiões ainda temos? Foram todos para Dubai. O Hospital Universitário fica convenientemente entre Badagry e Lagos — você pode ir de uma para a outra, sempre presumindo que não seja sequestrado no caminho, é claro", finalizou a voz de Duyole, alegre.

Ou, de fato, dentro das instalações do hospital, Menka acrescentou silenciosamente, enquanto fazia as rondas de rotina na enfermaria, ou até mesmo na própria sala de cirurgia. Aquele último estágio de refinamento ainda não tinha sido registrado, mas outros sim. A sua profissão estava rapidamente substituindo os clérigos como uma espécie em extinção, alvos valiosos na nova epidemia de destruição de mitos — *chega de santuário, da próxima vez, o altar!* Mais cedo ou mais tarde tudo vira passado. Plateau ou Lagos, Maiduguri ou Yenagoa, quem poderia apostar qual era mais ou menos vulnerável? A nação participava avidamente dessa comunhão de hóstias do desenvolvimento. Ninguém podia mais jurar onde estava a sanidade. Ou a segurança. Ou a sacrossantidade.

"Isso me lembra, Menino-G, eu sei que essas coisas não contam para você, mas sabe, ainda temos que beber aquele seu prêmio. Não há muito o que comemorar hoje em dia, então por que não um merecedor genuíno e... Fique quieto! Nada de falsa modéstia ou eu mesmo vou providenciar o seu sequestro. Quantos Prêmios de Preeminência são distribuídos todos os anos? Não, diga-me. Um. Só um. Quando foi a última vez que alguém da sua — como você disse que era o nome do seu vilarejo — ganhou um? Então pronto, é isso aí. Uma comemoração tranquila, pelo menos. Quanto ao centro, reservei um lugar ótimo junto da lagoa. Era para ser uma das filiais da nossa oficina, mas expandimos em outra direção. O crescimento excessivo foi tão grande que o governo ameaçou revogar o meu certificado de ocupação — falamos disso quando você chegar. Negócios com reunião, só a família. E — ah, sim — você se lembra do Damien?"

"Você deve estar ficando senil. Como eu poderia me esquecer?"

"Bom, só queria ter certeza, já que faz tanto tempo que você ajudou a resolver essa pequena questão. Ele finalmente apareceu. Voltou para o seio da família, esposa e dois filhos. Está vendo? Não comemoramos muito o retorno do filho pródigo, então esse é outro motivo para abater um novilho gordo. A comemoração vem com a celebridade, e é isso que você se tornou — uma grande celebridade! Não seja tímido. O pai reclama que teremos de marcar dois encontros para falar com você agora."

"Tudo bem, tudo bem. Estou pensando."

Duyole sentiu a vitória e se moveu para se consolidar.

"De qualquer forma, você precisa de um descanso. Como seu psiquiatra não reconhecido e não remunerado, prescrevo uma folga. Não exagere nas coisas. Você não precisa decidir imediatamente, só descanse um pouco. O que diz a Sagrada Escritura? Médico, cura-te a ti mesmo — não é isso?"

Antes do incêndio, Duyole não teria desperdiçado uma gota de saliva tentando persuadi-lo a ir para o sul, não pelo período prolongado que seu esquema exigia. Breves consultorias, sim, enquanto supervisionava a construção, mas de fato fixar residência lá? Para Menka, o sul significava Lagos. Lagos significava o Purgatório. Badagry era apenas um eufemismo para Lagos, um vizinho contíguo para o excesso de mão de obra da cidade e uma válvula de escape para uma existência muito tensa. O filho nativo de Gumchi estava mentalmente preparado para o Serviço Nacional da Juventude de um ano em qualquer lugar, até mesmo em Lagos. Era uma comissão de deveres em todas as áreas para a qual ele estava totalmente preparado, mesmo quando Lagos acabou sendo o seu grande prêmio. No entanto, após esse período obrigatório, o vínculo de cinco anos com a bolsa de estudos era mais flexível. Ali, havia uma opção, e ele fez questão de exercê-la — nada de Lagos. Qualquer lugar, menos Lagos! Nenhum incentivo poderia fazer com que ele cumprisse a sentença em Lagos, nem mesmo a proximidade com seu amigo de longa data, Pitan-Payne. No entanto, aqueles eram de fato dias felizes, quando "frenética demais" era a acusação mais depreciativa que ele poderia fazer contra a metrópole. Optou por Jos, a cidade mais próxima de suas próprias colinas escarpadas de Gumchi, cujo povo guardava tanto para si que era conhecido como a tribo invisível da nação, descoberta internamente e depois alocada em números arbitrários de população em cada censo que se cancelava.

Pitan-Payne guardou a pièce de résistance, mas *sans résistance*, para o final. Havia calculado tudo meticulosamente. Estava acostumado a avaliar o vínculo temperamental do Menino de Gumchi com sua aldeia, algo que poderia funcionar na direção oposta aos incessantes esquemas de Duyole. Estava se esforçando para avaliar o que realmente *se passava* na cabeça de Menka, sabendo apenas o que acontecera em Jos. Isso, por si só, já era suficiente para que ele tomasse todas as medidas necessárias para tirá-lo daquela zona quente sem demora. Além do mais, havia o status recém-adquirido, que certamente poderia abrir as portas para ele fora do país. Não foi um processo semelhante que levou o próprio Pitan-Payne a se lançar na direção indesejada das Nações Unidas? Eles tinham esse padrão estranho de saltar ou subir de nível uns com os outros. Deixou passar alguns segundos em silêncio e depois jogou a isca do prêmio — afinal, mesmo os laços simbólicos às vezes se mostram mais eficazes do que os reais.

"A propósito, Bisoye e eu discutimos um nome para o centro de reabilitação." Eles não haviam discutido, pois não havia muito tempo desde os eventos do dia anterior, mas não era hora de ser fiel a fatos meramente auxiliares. "O que você acha de Instituto de Reabilitação de Gumchi? IRG para se contrapor ao ARG (Áreas Residenciais do Governo). Ou Centro — não, IRG é muito mais parecido e incômodo do que CRG. Mas não importa. A decisão é sua. Você decide. A ideia foi sua em primeiro lugar; ou melhor, obsessão. Aqueles tempos antigos conhecidos como época da inocência. Sabe de uma coisa? Essa sua rocha estéril pode nos ensinar algumas coisas. Como sobrevivência. Extrair o sustento praticamente do nada etc., etc. Então já tem um ponto de atração. Pode até despertar a curiosidade das pessoas: *por que Gumchi? O que tem ali? Vamos descobrir. Foi isso que trouxe aquele grego para Badagry? De onde veio esse logotipo?* Está vendo o que quero dizer? De onde veio Gumchi? E as pessoas vão procurar. Não tem nada de errado com um pouco de turismo. Podemos trabalhar nisso, sabe. Se ao menos o Farodion estivesse por aqui... ia ser um prato cheio para a necessidade que ele tem de se autopromover."

"Você ainda conta que ele vai aparecer."

"Nós vamos encontrar o Farodion. Tenho certeza. Juntos de novo, hein? Vai ser um banquete e tanto. Tudo ideia da Bisoye, então você não pode recusar. É a sua chance de se redimir pela primeira vez. O que você acha?"

Menka refletiu sobre a sua situação. Planos mudam. Uma explosão louca pode derrubar um edifício ou acabar com um sonho de uma vida inteira — tudo depende do momento e do contexto. O que aconteceu naquele dia foi suficiente, por si só, como o prelúdio de uma mudança sísmica na vida. Duyole, como sempre, o apoiou imediatamente. A ideia de Gumchi em Badagry-Lagos não parecia ser uma grande contradição. Tudo ainda parecia favorecer o seu antigo grito de guerra, reprimido, mas nunca abandonado — *Gumchi Primeiro!*

É, Gumchi primeiro, mas primeiro os negócios inacabados de Gumchi. Ajustar-se depressa, e depois revisitar Boriga, só que dessa vez mais bem preparado. Como? Até o momento, o dr. Menka não tinha ideia, apenas que isso envolveria uma pesquisa cuidadosa, discreta e talvez até perigosa. Pitan estava de saída — era tolice esperar que as Nações Unidas lhe concedessem uma licença antes de assumir as suas funções. Isso deixava apenas o príncipe, que eles chamavam de Zombeteiro. Sem dúvida, a primeira parada em Lagos seria uma visita a Badetona. Ele circulava em ambientes de negócios, tinha conexões cuja existência nem mesmo o gregário Pitan-Payne conhecia. Parecia estranho, mas Bade tinha ouvidos mais atentos do que todos os outros — exceto, talvez, Farodion.

Foi então que Kighare Menka fez uma pausa. Estranhamente, sua cabeça voltou àquela noite pós-convocação que, graças às objeções semânticas de Farodion, começara como uma promessa, mas terminara em uma aposta. É certo que as bebidas fluíram livres e a noite tornara-se cada vez mais contumaz. Há uma diferença, Farodion continuou a insistir, entre *Gumchi Primeiro* e *Primeiro, Gumchi*. Um significava um projeto fechado, puro ego, enquanto o outro indicava um mero ponto de partida, com indícios de muitas coisas, e outras, a seguir. Uma promessa pendente, como disse ele. *Primeiro, Gumchi* mantinha o projeto infinito, explorando-o permanentemente. Incluía tanto o conhecido quanto o desconhecido, elástico. *Primeiro, Gumchi*, depois... Está vendo?

Não, Menka não via. Mais precisamente, recusava-se a ver. Ou ouvir. Teatralmente, tapou os ouvidos com os dedos e balançou a cabeça. Até mesmo os Estados Unidos reconheciam a justiça da ação afirmativa, argumentou. Gumchi era o lar de nativos desprivilegiados, os indígenas negros em meio a colonos brancos afluentes que fingiam ser negros, chamando-se Badetona, Farodion e um meio-irmão conhecido como Pitan-Payne — a camuflagem perfeita que denunciava o fato de que ele era um imigrante. E assim, *Gumchi Primeiro*. Acima de qualquer outra condição. Um simples caso de reparação. De acordo?

Tudo isso era um gracejo familiar e embriagado, mas Badetona foi quem notou, e depois comentou, algo que achou preocupante. Não havia o menor sinal de brincadeira no rosto de Farodion quando ele retrucou:

"Nesse caso, vamos começar todos no mesmo nível de jogo. Então, veremos quem vai acabar ganhando a marca da nação."

Mesmo em seu estado de absorção prejudicada, isso pareceu ao príncipe excepcionalmente pesado!

14. Badetona

Foi necessário um longo período de silêncio paciente, talvez duas horas da presença do dr. Menka na casa luxuosa do fracassado financiador do Gongo dos Quatro, mas por fim algo transpôs o refúgio de Badetona, aquela distância até então impenetrável que ele havia colocado entre si e o mundo. Ele levantou o rosto de repente e deu uma longa olhada em seu visitante, Menka, como se quisesse compensar os dias e semanas de retraimento. Sentou-se ereto, e seus ombros habitualmente curvados pareceram encontrar apoio. Eram os ombros de um aposentado de setenta e cinco anos com sobrepeso, mas ele tinha apenas três anos a mais que sessenta.

"Quanto mais você se lembra", suspirou, "mais profunda é a escuridão que o envolve."

Kighare Menka não deu sinais de ter ouvido, no entanto ficou tenso em cada fibra esperançosa de seu corpo e esperou que ele continuasse, mas não houve mais nada. De qualquer forma, Badetona sempre fora um homem de poucas palavras, mais à vontade com números e planilhas. Meia hora depois, sua esposa entrou na sala, pegou os copos vazios e os colocou em uma bandeja, além do pires intocado com o *chin-chin* caseiro, os biscoitos favoritos dele. Ela não tentou fingir que tinha acabado de chegar — o combinado era que ficaria na antessala, ouvindo, com a porta ligeiramente entreaberta. Fazia trinta minutos que ele não falava, mas ela se controlou. Deixara os dois juntos, na esperança de que a presença do antigo companheiro, embora cinco anos mais jovem, despertasse algo em sua mente. Demorou-se pegando, arrumando e reorganizando os copos, limpando as manchas inexistentes no tampo de vidro da mesa de centro cara, porém nada mais aconteceu.

Ela levou a bandeja, retomou o seu lugar no posto de escuta, mas por fim entrou de novo na sala de estar. Badetona tornara a afundar naquele buraco escuro da mente do qual havia saído por pouco tempo. Ao que parecia, não haveria mais nada — pelo menos, não naquele dia. Eles conversaram livremente, como se o marido não estivesse presente. Nos últimos meses, ela havia aprendido que não importava o que acontecia ao redor dele.

"E ele permaneceu assim o tempo todo? Desde que foi libertado?", Menka perguntou.

Ela assentiu com a cabeça.

"Pergunte a Duyole. Ele pode confirmar."

"Ele contou alguma coisa sobre o que fizeram com ele?"

"Nada. Nem uma palavra. Como você sabe, ele ficou com eles por quase oito meses."

"Algum indício de... tortura? Quero dizer, como eles o trataram?"

"Não há nenhuma marca nele. Nenhum sinal de maus-tratos. Se ao menos houvesse... pelo menos..."

"É, eu sei." Menka suspirou. "Às vezes, a pessoa quer só... alguma coisa, sabe, qualquer coisa que possa ser apontada como... física. Nem que seja só um hematoma pequeno ou algo assim."

"O que sabemos é que eles o mantiveram no subsolo. Todo mundo conhece o lugar. Eles o chamam de Caixa-Forte." Ela parou de repente e colocou o dedo sobre os lábios. Quando Menka tentou se virar para ver o que havia causado a mudança, ela fez um sinal para que ele ficasse quieto.

De fato, Badetona havia se mexido de repente. Ele se levantou, olhando vagamente ao redor, talvez em busca de uma mente que fora levada embora, uma mente que ele agora se convencera de que estava naquela sala.

A esposa e o amigo o observavam. Badetona andou por um pedaço da sala, como se a estivesse dividindo em seções para se adequar a uma dimensão que apenas ele parecia ver. Repetidamente, seus olhos percorriam devagar as paredes, e em movimentos curtos, como os de uma lagartixa. Os olhos subiam lentamente, desciam, depois corriam e paravam, pareciam explorar uma fenda, uma mancha, apenas para correr para mais um segredo murado, depois retomavam em um súbito impulso de velocidade. Ele soltou um suspiro. Então, após uma aparente luta, seus olhos se afastaram das paredes. Ele se virou, quase como se tivesse percebido que estava sendo observado, mas depois sorriu, como se quisesse garantir a seus observadores que não se importava.

"Do chão ao teto", disse ele. "Do chão ao teto e tudo empilhado. Dia após dia. Depois de um tempo, eu não conseguia mais contar. Eu disse isso a eles."

A esposa lançou um olhar ansioso para Menka. Ele entendeu a pergunta e acenou com a cabeça ansiosamente. A mulher se preparou e insistiu:

"Sim, querido?"

As lágrimas começaram a brotar nos olhos de Badetona e depois escorreram por seu rosto. Como que por empatia, as palavras também saíram em uma torrente, mas com suavidade.

"Nós contávamos", ele murmurou, e a sua voz assumiu um tom nivelado e explicativo. "Não, eu contava, enquanto eles observavam. Eles trabalhavam — isto é, me observavam — em turnos. Às vezes, traziam a própria bebida — em geral era café quente, ou refrigerante. E traziam comida, claro. Então apontavam para a minha bandeja. No começo, eu me recusei a comer. Falei que ia contar primeiro e comer depois que terminasse. Eles pareceram achar isso divertido. Mas isso foi no começo, antes de eu saber o que eles tinham planejado. Todos os dias eles me perguntavam o que eu queria para o almoço. Ou para o jantar. Eles eram muito educados. Depois, quando eu recusava, eles me imploravam, dizendo que não podiam começar a comer até que eu tivesse terminado. Eu falava para eles comerem, e que depois eu comia. Eles reclamaram que eu não estava sendo justo com eles. Eles estavam só cumprindo ordens e eram tão prisioneiros quanto eu. Então eu voltei a comer."

A voz de Bade assumiu um tom de assombro.

"Várias e várias vezes. Eles perguntavam: 'Tem certeza de que não misturou as moedas? Os números estão diferentes dos últimos. Talvez seja melhor tentar de novo'. Eu olhava em volta e perguntava: 'Qual pilha?'. Eles davam de ombros. 'Como vamos saber?', disse um deles. 'É você quem tem que nos dizer'."

Já fazia quase três meses desde a libertação de Badetona, quase um ano desde que enfim vieram buscá-lo. Ele estava esperando quando chegaram, vestido com seu terno de executivo. Quando bateram à porta, ele não disse uma palavra sequer. Nem mesmo para perguntar quem eram. Assim que abriu a porta naquela manhã — "Logo depois de nossas orações matinais", revelou a esposa com um tom de voz que quase acusava Deus de estar por dentro do assunto —, ele *soube*. Soltou um enorme suspiro, que soou como um suspiro de alívio. Ouviu a voz da esposa na cozinha, onde preparava o café da manhã.

"Quem é, querido?"

Ele continuou como se não tivesse ouvido, abriu mais a porta, ficou de lado e os conduziu em silêncio para dentro da casa.

"Sim, entrem, senhores", ele praticamente sussurrou, como um mordomo inglês bem treinado, imerso em maneiras impecáveis. Ele se permitiu apenas um breve olhar para as três silhuetas que o confrontavam, sem esperar que falassem, nem mesmo que se apresentassem, dissessem o que estavam fazendo ou lhe fizessem alguma pergunta. Apenas suspirou, virou-se e os conduziu sem dizer mais nada pelo corredor que terminava na porta do quarto de hóspedes principal. Gesticulou em direção à porta fechada: "Tem uma parte aqui". Ele ficou de lado enquanto eles entravam e abriam um armário após o outro. Depois disso, tudo se passou quase sem palavras. Do quarto de hóspedes, ele os conduziu ao mezanino revestido de mármore, que antigamente era a sala de jogos das crianças, mas é claro que todas elas haviam crescido e seguido caminhos diferentes. Em sua cabeça, passou brevemente uma visão da natureza de sua própria infância — será que foi um tempo de inocência?, ele se perguntou. Não importava, o quarto dos seus filhos dispersos e bem-sucedidos estava agora cheio de caixas de aparência inocente. Os livros escolares e os cadernos de exercícios haviam sido todos jogados fora em troca de conteúdos mais valiosos — quem usava cadernos de exercícios hoje em dia, afinal? Ele se lembrou da primeira conversão daquele cômodo em mais um espaço de armazenamento. À medida que cada pilha chegava, precisando de mais espaço, e ele se aproximava da área livre, sentiu sua primeira pontada de arrependimento naquela manhã. Foi breve, talvez o único momento em que houve um lampejo em seus olhos; tirando isso, tudo fora uma calma aceitação. Até mesmo um alívio. Tudo havia terminado, os anos, até mesmo as décadas de engano, de falsas aparências. Na maioria das vezes, ele não tinha mais expressão. Eles eram seus convidados, e ele estava lhes mostrando a casa.

O líder pegou seu walkie-talkie e falou com alguém. Poucos minutos depois, a equipe de evacuação subiu as escadas, com uma eficiência suave. Ele os observou olhando para os cofres improvisados, agora abertos, que pareciam conter todas as moedas do mundo, empilhadas ordenadamente do chão ao teto.

"Pode contar", disse ele. "Acho que você verá que está tudo certo. Eu mantinha registros."

Bade tinha uma reputação por isso. Ele mantinha registros. Se destacava na manutenção de registros, desde seus tempos de estudante em Manchester. Outros procuravam sua ajuda para criar planilhas para seus clubes e atividades. Seu grêmio estudantil o nomeou tesoureiro. Para ele, os números eram o alimento e a bebida. Quando a equipe de evacuação, vestida com macacões sem bolsos, começou sua tarefa, ele se virou abruptamente e os deixou sozinhos para executá-la, ignorando o pedido de que ele permanecesse e testemunhasse o processo — e a contagem.

Era esse mesmo percurso que ele agora refazia de tempos em tempos, sempre que algo lhe ocorria na mente, em geral com a esposa, apenas a esposa, como plateia. Mas sem dizer uma palavra. Naquele dia da visita inicial, ele de fato passou por ela no patamar da escada, a caminho do quarto das crianças, com os pés arrastando como se já tivesse sido transportado para outro país e outra época, quando os criminosos tinham bolas de ferro presas aos tornozelos. Depois de chamá-lo da cozinha sem obter resposta, ela subiu para chamá-lo para o café da manhã. Portanto, ela estava no alto da escada quando o marido os levou até o primeiro espaço de armazenamento. Talvez ele a tenha visto, talvez não, mas passou direto, sem dizer uma palavra.

Será que tudo estava por fim acabando, a esposa agora se permitia sonhar, os oito meses de ausência, o encarceramento dele, que havia terminado apenas para ser substituído por outro período de ausência, dessa vez da mente? Será que a voz de um velho amigo havia desencadeado algo em sua cabeça? O que quer que tenha provocado a reencenação daquele primeiro percurso que dera início ao dia do desastre parecia ter perdido a força. Badetona apenas voltou ao seu estado anterior. Ele se recostou em sua cadeira, com a cabeça chorosa apoiada nas mãos e os cotovelos apoiados nos braços da cadeira.

Ela falou suavemente.

"Eu estava em casa quando eles chegaram. Foi — ah, sim, dois dias depois do jantar de reencontro da turma com Bisoye. Ele saiu com Duyole — mal sabia eu que ia ser a última vez que iria vê-lo como era antes. Lembro que ele acordou muito cedo. Tomou banho, vestiu-se e depois se sentou, como se estivesse esperando um convidado. Foi estranho. Eu fiquei observando do alto da escada, no corredor. Na verdade, eles passaram por mim, cinco deles. Dois estavam de terno escuro, um outro de camisa polo. Um deles estava de moletom. Eu o reconheci na mesma hora. Eu o tinha visto antes, na verdade, várias vezes, fazendo corrida na rua."

Presa naquele andar enquanto eles passavam por ela, a sra. Badetona chegou a reconhecer um rosto e soltou um suspiro. Foi só então que percebeu que ela e o marido estavam sendo vigiados havia semanas, meses até, e que o atleta regular não era um corredor, mas um agente destacado para manter a casa sob vigilância até que eles estivessem prontos para agir. O quadro se desenrolou diante dela. Só Deus sabia quantas vezes aquele corredor — ou até mesmo outros transeuntes que pareciam inocentes — tinha visto o caminhão da entrega chegar com os pacotes. O suprimento vinha em todos os tamanhos, às vezes em caixas que antes transportaram garrafas d'água, cerveja ou suco de frutas — só que esses conteúdos eram mais suculentos. Os observadores provavelmente haviam tirado milhares de fotos. Sim, ela também devia estar no álbum deles, na galeria de bandidos, embora eles nunca a tivessem chamado para um interrogatório, nem mesmo depois da prisão do marido. Não havia quase nenhuma necessidade — as evidências estavam literalmente espalhadas pela casa. Espalhadas? Bom, de certa forma, mas tudo estava arrumado, suas fileiras meticulosas permaneciam praticamente intactas, exceto quando eram empurradas para dentro dos armários e de outros recantos para dar lugar a novas remessas. Em geral, elas chegavam quando Badetona estava em casa, obviamente por acordo, então ele cuidava do armazenamento. Mas, às vezes também havia entregas enquanto ele estava no trabalho. Sempre que isso acontecia, ela atendia e apontava o espaço atrás da porta ou ao longo das paredes do hall, sobretudo para as caixas maiores. Quando o marido chegava — do escritório ou das visitas de auditoria —, ele assumia o controle. Um comando prático e eficiente. Ele carregava as caixas até o escritório improvisado no mezanino e registrava a entrega em sua planilha, usando um sistema especialmente desenvolvido. Era um sistema que servia tanto para entregas físicas quanto para transferências virtuais em uma infinidade de empresas e contas espalhadas por todo o mundo. Eles não eram provenientes de uma única fonte. Os depósitos físicos, no entanto, eram inteiramente dele, e os ganhos se espalharam por duas décadas, começando com o fato de ele ter sido descoberto como um talento natural, um quase gênio na arte da contabilidade criativa. A expressão "lavagem de dinheiro" era considerada uma abominação no vocabulário do experiente funcionário público e de seu seleto círculo de negócios.

Bade era frugal, discreto, reservado. Tudo menos chamativo ou ostentoso. Ele quase nunca dava festas. Quando o fazia, não fechava as ruas nem montava tendas para acomodar a multidão da cidade e fazer propaganda de seu poder transbordante. Todas as atividades ficavam dentro dos muros do compound. Essas eram qualidades que o destacavam para a promoção e o recrutamento. Sua indulgência mais extravagante era o cruzeiro anual com a família. Até mesmo os ajustes no interior da casa para compensar a usurpação das caixas que se acumulavam constantemente eram modestos. Tinha um gosto impecável, mas um estilo contido. Ele deplorava os colegas que ostentavam riqueza. Não tirava férias em Dubai ou em Paris, mas ficava em um dos navios da *Queen*, que faziam itinerários entre o continente sul-americano e o Caribe, e ele e a esposa eram sempre discretos, mesmo no barco. Uma vez, foram de avião até Adelaide, nos antípodas, e depois fizeram um cruzeiro pelas ilhas do Pacífico Sul. Quando os vizinhos curiosos perguntavam sobre a sua ausência, eles respondiam: "Estávamos precisando de um descanso, então fomos visitar o nosso povo na aldeia".

Havia uma pergunta que Menka sabia que tinha de fazer.

"Esses anos todos, você não disse nada a ele?"

"No começo, sim, eu falei. As entregas eram irregulares. Às vezes, passava meses sem chegar nada. Depois, vinha uma enxurrada. Uma coisa era constante: os pacotes só aumentavam. No início, eu reclamei — não posso fingir que não sabia. É claro que eu sabia, e sabia que isso significava problemas. Ele dizia que não tinha escolha. Se não aceitasse, disse ele, eles iam começar a suspeitar dele e aí... podiam até se livrar dele de alguma forma. Outros tiveram mortes repentinas — sempre em circunstâncias misteriosas, sem solução até hoje. Talvez para sempre. Acidentes de carro improváveis. No final, o dinheiro foi só aumentando e aumentando, espalhou para os outros cômodos. Começou no escritório, depois foi para os guarda-roupas, e os armários sobressalentes — ele até construiu mais armários —, depois passou para o próprio quarto em si. Naquela altura, eu me mudei para um dos quartos de hóspedes menores. Não conseguia conviver com a visão daquela coisa crescendo, crescendo, crescendo. Então ele começou a usar os espaços no andar de baixo. Eu tentei convencê-lo a levar para a aldeia dele, mas ele não quis. Disse que o mínimo que devia aos ancestrais era não contaminar a casa da família."

"E desde que ele voltou do... daquele lugar... ele não se moveu mais além do que eu vi hoje?"

"Você é o primeiro a compartilhar esse percurso, sabe, essa segunda parte. De alguma forma, com você aqui, achei que ele fosse ir além... ele nunca fez mais do que você acabou de ouvir. Se ao menos ele continuasse!" O humor dela mudou com uma brusquidão que assustou o visitante; seu rosto se contorceu com uma raiva que ele nunca havia testemunhado na mulher que ele conhecia e com quem interagia como esposa de um amigo. Com o peito arfando como se fosse ter um ataque, ela gritou: "O que é isso? O que eles fazem com as pessoas lá dentro? O que acontece naquele buraco do diabo que eles chamam de Caixa-Forte?".

Menka se encolheu instintivamente, depois se recuperou na mesma hora, deu um passo na direção dela, pousou as mãos em seus ombros e a sacudiu gentilmente. Badetona pareceu ter ouvido o grito, pois se virou para eles, pareceu um pouco perplexo e então continuou a olhar, como se os estivesse vendo pela primeira vez.

"Sou eu, Zombeteiro. Kighare Menka. Do Gongo dos Quatro. Quatro por um..."

Ele já havia tentado aquilo várias vezes. Não fez diferença. Badetona simplesmente ficou olhando. Menka voltou para a esposa.

"O que fazem com eles? Na superfície, nada de ruim. Conheço algumas pessoas que passaram por isso. É deliberado. Tortura psicológica. Eles os tratam bem, com boa comida e até bebidas. Fora isso, alguns minutos para esticar as pernas, e é isso. Nada de livros, nada de leitura. No restante do tempo, eles lhes impõem essa única ocupação: contar o dinheiro. Repetidamente. É só isso que eles fazem. Eles os obrigam a contar o dinheiro, todas as várias moedas — euro, dólar, iene, rublo, naira, o que quer que tenham encontrado na casa, onde quer que seja, até mesmo nas fossas. Transferem tudo para o Caixa-Forte, e é aí que começa a provação. Eles os obrigam a contar e a registrar o dinheiro. Repetidamente. Fingem que houve um erro, se não na contabilidade, então nos números da moeda. Só o Diabo poderia ter imaginado tal tortura. Se não foi o próprio Sir Goddie, então foi o seu clone do inferno."

Por um tempo, eles continuaram observando Badetona, que havia voltado à imobilidade total. Menka sabia que sua visita não iria resultar em mais nada. Ele se levantou e se preparou para ir embora. Não havia mais nada a dizer.

"Foi bom você ter vindo." A voz dela soou amarga. "Já faz mais de três meses que ele foi liberado, mas não apareceu mais ninguém. Além do Duyole, é claro. Todos os que ele chamava de amigos, aqueles que ele ajudou e promoveu de todas as formas, tornando ricos, alguns não valiam nada no início, e hoje são multimilionários. Será que eles se lembram dele? Eles se importam? Não, todos o abandonaram. Tratavam este lugar como se fosse o clube deles — você sabe que não gostávamos muito de sair, então eles vinham socializar aqui. Comiam aqui, bebiam aqui, contavam piadas idiotas e se sentiam em casa. Desde que ele foi solto, nenhum deles passou por essa porta — nenhum deles! Tirando o psiquiatra. E você precisava ver quanto ele cobra!"

"O que ele falou?"

"Paciência. Ele só precisa de tempo, e vai se recuperar. O que ele achou que eu estava fazendo? Uma fortuna para dar um conselho idiota desses! Eu falei que não precisava mais voltar."

Menka estremeceu, sentindo-se um hipócrita. A sua visita não fora completamente altruísta, embora tenha mantido o propósito para si mesmo.

"Eu volto", ele prometeu. "Agora que me mudei para Lagos, posso vir de vez em quando."

O "obrigada" dela saiu do fundo do coração, o que só fez Menka se con torcer, ainda mais culpado. A ansiedade dela o fez desejar nunca ter batido naquela porta. Sem querer, ela enfiou a agulha ainda mais fundo. Ele se perguntou por que Duyole não dera nenhuma dica sobre o que esperar.

"Eu sei que ver pessoas, mais pessoas com ligações passadas com ele — não importa quão pequenas sejam — vai ajudar. Um dia isso vai trazê-lo de volta. Algo no passado, talvez. Mais cedo ou mais tarde, alguém vai dizer alguma coisa que vai tirá-lo dessa escuridão. Eu tenho certeza. Mesmo na única vez em que Papa Davina o visitou, eu detectei uma mudança. Pequena, mas estava lá. Algum tipo de reação apareceu em seus olhos. Eu não confio totalmente no homem, mas…”

Menka parou.

“Quem você falou?”

“Papa Davina. Você sabe quem é, com certeza. Todo mundo conhece.”

Menka assentiu.

“Sei, claro. Então eles se conheciam?”

Ela hesitou.

“Eu… na verdade eu não sei”, admitiu. “Mas quando o problema começou, todo mundo, sabe, veio conselho de todo mundo — parentes, colegas de escritório, pessoas de quem eu nunca tinha ouvido falar antes —, todos vieram oferecer conselhos. Foi quando a notícia da prisão dele começou a se espalhar que eles passaram a manter distância. Mas esse era o único nome na boca de todos. Para intercessão por meio de oração, sabe. Então, quando ele estava sob a custódia dessas pessoas, eu me aproximei do ministério. Estava desesperada.”

Menka assentiu com a cabeça, pensativo.

“Ele tem uma reputação, eu sei. Ele tem uma filial em Jos.”

“Todos me aconselharam a me filiar, e foi o que eu fiz. Paguei o dízimo, para nós dois. Participei de vigílias que duravam a noite inteira. Depois, claro, quando ele foi liberado, nessa… como você está vendo agora, nessa condição, eu redobrei a minha participação. O profeta tem uma reputação e tanto. Quem sabe, se não fosse por ele, talvez a história fosse ainda pior. Pelo menos o Bade nunca foi levado a julgamento. Ele não teria sobrevivido à acusação pública. Eu procurei ajuda em todos os lugares, mas… bom, acabei chegando no Papa D.”

“O Bade foi ao… er… como é o nome agora?”

“Professítio. O local sagrado da profecia.”

“Isso, professítio. O que estou tentando dizer é… na condição dele? Quero dizer, ele saiu de casa assim?”

Ela hesitou e, em seguida, começou a falar em surtos vacilantes, como se estivesse ocupada em oferecer um relatório de outra pessoa, e não de sua própria situação. Menka se sentiu desconfortável.

“Uma vez. Só uma vez. E foi antes dessa… dessa provação. Quando tivemos certeza de que eles viriam buscá-lo. Ele foi sozinho naquela única vez.

Depois disso, tentei convencê-lo a me acompanhar, mas... era como se o nome Davina não significasse nada para ele. Ele não cedeu. Você sabe como ele é teimoso! Então, fui sozinha, em nome dele. Davina pareceu entender e, depois disso, ele mesmo veio aqui. Só uma vez. Eu sei que isso acontece raramente. E ele veio com algum tipo de traje religioso — ele troca de trajes o tempo todo. É como se não quisesse que as pessoas vissem o seu rosto inteiro. Tem boatos de que sofreu um acidente e ficou desfigurado. Alguns dizem que uma mulher o atacou com uma garrafa quebrada e deixou cicatrizes. Mesmo na sede, ele fica fora da luz forte. As pessoas vão até Davina, não é ele que vai até as pessoas, mesmo que elas estejam morrendo. Ele só envia as suas receitas — coisas para fazer ou evitar. Óleo sagrado para se autoungir e pergaminhos de oração. Ele abriu uma exceção para o Bade. Às vezes ele telefona para verificar se houve alguma mudança em sua condição."

Ela notou que Menka parecia distraído.

"Você o conheceu pessoalmente? Em Jos?"

"Não." Menka balançou a cabeça. "É só que o nome dele surgiu, na verdade, tem surgido no meu caminho recentemente." Ele fez um gesto na direção de Bade. "Só estou surpreso de que o Bade tenha concordado em ir até ele. Não deve ter sido fácil. Você sabe como costumávamos chamá-lo na escola?"

Ela sorriu um pouco.

"O Zombeteiro. Eu mesma dei o apelido. É, precisou de bastante convencimento."

"Posso imaginar. Então agora você é um membro pleno do templo do Padre Davina, ou algo assim?"

"Bom, acho que se pode dizer isso. Já assisti aos cultos dele algumas vezes, mas não me considero realmente uma seguidora. Mas você sabe, quando os problemas realmente acontecem, não importa onde, em qualquer lugar, em todos os lugares, a pessoa procura ajuda. E Davina tem uma reputação."

"O Bade também tinha. Vê-lo assim... dói. Dói muito. Na escola, a reputação dele era inigualável. Brilhante. Até mesmo os funcionários viviam aterrorizados com ele quando se tratava de matemática. Era intocável."

"Eu sei, eu sei."

"Ele estava muito à frente de qualquer livro didático. Ainda mais na trigonometria. A área preferida dele. Recitava todas as fórmulas assim que acordava. O Bade? Deixava o melhor dos nossos professores com complexo de inferioridade, massacrava os adversários a torto e a direito. Ele contou do outro apelido que tinha — o *nom de guerre* dele? Nós costumávamos participar de uns concursos de matemática entre escolas."

Ela negou com a cabeça.

"Você precisava ouvir os gritos quando as equipes subiam no palco para a competição. 'O demolidor da trigonometria! O demolidor da trigonometria — acaba com eles!' E ele adorava! Não preciso nem dizer que ele destruía os adversários!"

Badetona fez um movimento repentino e assustado. Os dois se viraram, e lá estava Bade, se levantando, dessa vez como se estivesse em um transe levemente acelerado. Menka levou depressa o indicador aos lábios. A esposa assentiu com a cabeça, com as duas mãos em forma de concha cobrindo a boca. Eles o observaram caminhar devagar, mas com determinação, em direção a uma pilha de livros na mesa de centro. Badetona ficou olhando incerto por alguns segundos, depois se abaixou, como se fosse escolher um. Seus lábios se moveram silenciosamente, mas ambos os observadores leram bem o que ele disse: "O demolidor da trigonometria", com os olhos apertados, como se estivesse na dúvida ou fazendo muita força lembrar. Então, Jaiyesola apontou a porta com a cabeça — era melhor ela sair? A hesitação de Menka foi muito breve. Ele respondeu com um vigoroso aceno de cabeça. A esposa saiu na ponta dos pés e retomou seu posto de ouvinte atrás da porta.

Atrás da porta ligeiramente entreaberta da cozinha, posicionada de modo a não perder uma única frase que pudesse lhe dar esperança, Jaiyesola repassou anos em seus pensamentos, enquanto esperava com uma intensidade que não tinha tido motivos para exercitar desde o retorno de Bade, cuja mente havia entrado em um estado vaporoso. Por um lado, o positivo — ele fora liberado mais cedo, a equipe assustada de detetives não sabia mais o que fazer com ele. Afinal de contas, Bade havia mais do que "cooperado". Os fundos em sua posse estavam, em sua maioria, intactos, e ele não tinha utilidade para eles nem mesmo como testemunha de acusação de outros, os mais durões que resistiram, determinados a conseguir sua absolvição por meio das artimanhas técnicas de seus experientes advogados de defesa e/ou com canais secretos para o judiciário. Até mesmo uma mudança no governo poderia resultar em uma anistia geral, com ou sem restituição. Era tudo uma questão de resistir, de se exibir em funções públicas como se quisesse afirmar que estava com a consciência limpa. Até mesmo dar festas cada vez mais luxuosas para marcar a aquisição de mais um título de chefia ou doutorado honorário — havia instituições o suficiente brotando feito fungos, prontas para atender a uma modesta contribuição.

Por outro lado — bom, que tipo de alívio havia em receber aquele artigo danificado, com a mente afiada se debatendo no vazio para se agarrar à realidade? Como havia se tornado previsível, quase instintivo desde a liberação dele, os pensamentos dela passaram a explorar possíveis lacunas ou erros no regime de súplicas sem restrições que precedeu — e certamente possibilitou — a ascensão fenomenal do marido no serviço público. Então, onde estava a fonte dessa drástica reversão? Ação inimiga? Talvez, mas a teoria podia ser facilmente descartada. Jaiyesola se orgulhava de suas credenciais espirituais de veterana; essas credenciais eram mais do que suficientes para afastar as conspirações mais diabólicas contra o marido. Afinal de contas, elas não haviam falhado? Onde estavam esses poderes quando, do nada, Badetona recebeu, mesmo sem se candidatar, um dos cargos mais invejados e disputados a que qualquer funcionário público poderia aspirar — e naquela idade em que ele já estava quase cheirando a naftalina? Onde estavam esses alardeados poderes?

Poderia ter sido a sua fase inicial de recusa em reconhecer os poderes de intercessão do profeta? Na verdade, a rejeição de Bade a essa ajuda tinha sido nada menos que definitiva, uma oposição repugnante à própria ideia. Será que isso resultou em uma punição psíquica que agora se manifestava em sua deterioração mental? Que falha fatal, a falta de fé, que minava a eficácia de qualquer proteção espiritual. Para piorar a situação, a súplica havia sido transmitida por meio de uma terceira pessoa, embora essa substituta fosse a sua própria esposa. Talvez tenha levado muito tempo para persuadi-lo a subir a colina de Oke Konran para se consultar, ser abençoado e ser fortalecido. Seria essa a punição por seu desdém anterior? Quanto mais eles estavam condenados a gastar? Até o último suspiro de suas posses? Tudo fora levado embora. Eles haviam vendido e hipotecado tudo para contratar advogados, todos no prestigioso grau de advogados seniores da nação, o glamouroso clube de elite dos advogados credenciados. Agora, tudo o que lhes restava era a fé, que, infelizmente, era irregular e parcial. Ela lamentou o fato de ter sido deixada sozinha para gerar e depois vigiar a promessa de salvação deles. Badetona era muito cínico — não foi essa a característica que a atraiu para ele em primeiro lugar? Ele mesmo nunca deixou de reconhecer o contraste durante todo o namoro, evocando-o em favor de uma união — "Polos semelhantes se repelem, polos diferentes se atraem, então é melhor você se casar comigo e parar de lutar contra o seu bom senso!". E o casamento de fato permaneceu o mais próximo da felicidade que se pode encontrar em um lar comum, ela uma cristã crente nata, ele o mestre da deflação que compulsivamente encontrava o ponto fraco no refúgio religioso mais bem fechado. O lar era repleto de risadas, as crianças foram criadas em um equilíbrio entre o hilário e os espaços solenes de tolerância mútua. Agora só havia silêncio. Os filhos estavam crescidos, dispersos. Restava apenas o silêncio que eles haviam deixado para trás. Agora, ele havia ido além do silêncio de crianças ausentes, de um lar vazio. Havia a pesada nuvem de culpa, talvez até mesmo a culpa que passava despercebida. Havia também o silêncio da esperança, como se, uma vez negada a voz ao desastre, confinado dentro das paredes do lar e da mente, o miasma se dissolvesse e a nuvem opressiva se erguesse do teto.

Havia lacunas? Pontos fracos em sua missão de intercessão? Requisitos não cumpridos? Ela balançou a cabeça — não! Não havia nada, nem mesmo por meio dele, nenhuma negligência. Essa era a outra característica do caráter do homem com quem ela se casara. Podia levar dias, semanas ou até meses, mas, uma vez que ela conseguisse romper suas obstinadas muralhas de defesa, obrigando-o a concordar com seus esquemas, por mais estranhos que fossem, ele cumpriria sua parte do acordo ao pé da letra! Ela fez uma pausa e reconsiderou. Talvez fosse esse o problema — *a letra*? Quando se tratava de questões espirituais, a letra simplesmente não era suficiente. O espírito chama o espírito, e o espírito deve ser verdadeiro. Não havia nada que ela pudesse fazer quanto a isso. Uma pessoa só pode se contentar com o que possui, e ela nunca se enganou achando que possuía o espírito do marido. O que ela fez com a vida deles foi dobrar a dela, reforçando assim a dele. E ela se certificava de que não houvesse confusão — quando orava, por exemplo, ou dava o dízimo, ela se certificava de que os poderes observadores entendessem que havia uma separação de atribuições: "E isso para o meu marido, isso para o meu amado Bade, que eu sei que o senhor colocará sob o seu divino benefício de compreensão e crença no seu devido tempo, Senhor Jesus no céu seja louvado. Amém".

De qualquer forma — e seu rosto se contorceu em uma careta —, quem era alguém para julgá-la? Por que nenhum deles havia se unido a ele? Era sempre a mesma coisa — cada um por si e Deus somente pelos justos. Justos? Isso mesmo, justos! Ela se atrevia a dizer justos. O seu Bade era um homem justo, não era pior do que os outros. Lutar por sua parte na generosidade pública era mero senso comum. Também evitava o pecado do orgulho, que é o maior pecado aos olhos de Deus. Sentir-se superior aos outros era o verdadeiro pecado — as pretensões de ser mais santo que os outros! A sua vida girava em torno do marido, e o vínculo era consagrado em oração. Primeiro, orar pelo progresso dele. Ela não sabia o que os outros faziam para serem promovidos? Alguns se entregavam a rituais malignos. Até mesmo o sacrifício de bebês. Eles faziam pactos com o demônio, vendiam a alma e assinavam com sangue. Ela, ao contrário, só buscou a ajuda do Apóstolo Davina. O sucesso que se seguiu foi dela, ela foi o para-raios que superou a falta de fé do marido e trouxe o maná dos céus. Ela obrigou seu Salvador a perdoar o homem que era seu pior inimigo, o mais reticente em sua própria causa. Ela faria tudo de novo, um milhão de vezes, se necessário. Quem disse que Deus era um defensor do fracasso?

Ela ouviu passos e abriu a porta com cuidado. Menka se aproximou. Ela viu seu marido além dele, parado, olhando para o livro em sua mão. Menka balançou a cabeça com tristeza.

"Não aconteceu mais nada", disse ele.

15. Badagry

Várias semanas haviam se passado desde a sua partida da ainda fervilhante cidade de Jos, a cidade das minas de estanho, com os contornos das colinas arborizadas ainda muito presentes em sua mente. Seus pertences por fim chegaram de caminhão, tendo sobrevivido aos buracos das armadilhas para elefantes, às invasões desenfreadas das rodovias pelos mercados de beira de estrada, aos postos de controle e extorsão da polícia militar, às carreatas com sirenes, ao gado e aos motoristas kamikaze, drogados até as guelras com todos os tipos de alucinógenos acessíveis, locais, contrabandeados ou recebidos como parte de algum pagamento. Ele tinha viajado na frente e aterrissara agradecido, tendo optado pela igualmente imprevisível companhia aérea doméstica. Enquanto se entretinha com o conteúdo do caminhão, tentando impor alguma ordem ao manicômio de caixas rasgadas, presentes de última hora e arquivos de documentos, o eminente cirurgião, dr. Kighare Menka, em silêncio se autodiagnosticou como exausto de corpo e mente, exaurido até a medula óssea, e que talvez fosse um candidato a uma neurocirurgia pelas próprias mãos. Com um suspiro de pesar diante da improbabilidade da perspectiva — não era neurologista, só operava músculos, tecidos e órgãos —, foi até o armário de bebidas que lhe acenava e prescreveu e distribuiu sensatamente um restaurador para si mesmo. A visita a Badetona foi talvez a gota d'água. Tinha depositado tanta esperança naquela aliança, mas a cabeça do homem que ele conhecia estava longe de estar acessível. Duyole Pitan-Payne estava nos momentos derradeiros de uma partida iminente. Sentia-se isolado, sozinho com o fardo de uma descoberta que, infelizmente, não permitia um simples ato cirúrgico de excisão. Chutando obstáculos teimosos que se recusavam a lhe abrir caminho, o cirurgião foi até a poltrona do alojamento temporário, com uma única pergunta a atormentá-lo: quanto tempo é temporário? Duyole Pitan-Payne o havia tirado do inferno de Jos e o havia replantado no suntuoso anexo de hóspedes, e ele sabia que poderia ficar ali para sempre, se quisesse. Entregando-se ao conforto da poltrona aveludada, não precisava de um leitor de mentes que lhe avisasse que Pitan-Payne e a esposa, Bisoye, estavam ocupados confeccionando todos os incentivos extravagantes para lhe oferecer, com a intenção única de fazê-lo concordar bem com aquilo — aceitar aquele como o seu novo lar sine die. Esqueça Jos. Esqueça seu estado-mãe, Plateau. Esqueça o Cinturão Médio. Esqueça até mesmo Gumchi, o seu vilarejo natal. Ou, pelo menos, relegue-os a uma posição marginal, sobretudo preparatória, em sua vida e nova carreira. Apenas se mude!

A campanha não foi nada velada, a começar pelo motorista de Duyole, que o encontrou no aeroporto e o levou direto para a mesa de jantar, sem permitir que ele passasse no anexo de hóspedes, para onde a sua bagagem seria levada. Quanto ao jantar, mesmo para os padrões de Pitan-Payne, foi sem dúvida o banquete improvisado mais luxuoso ao qual Menka já havia sobrevivido, e uma prece pela sobrevivência era a oração mais fervorosa que qualquer convidado poderia proferir silenciosamente, mesmo que fosse por um aperitivo tão modesto.

O esforço, admitiu com pesar, era desnecessário — era como pregar para os convertidos. Afinal de contas, ele mesmo havia iniciado o resgate, embora em uma base estritamente temporária, apenas uma pausa para recuperar o equilíbrio. O patriarca em pessoa, o *Otunba* Pitan-Payne, brincalhão, astuto, ágil e sempre jovial, e sua consorte silenciosa, a robusta Mamma Kressy, o ajudaram. Ela jantara com ele uma noite, sem aviso prévio, depois de anos de solteirice após a morte da esposa, e sem a menor indicação de seus antecedentes, em um dos famosos jantares "improvisados" de Duyole. Essa era a especialidade do *Otunba* Pitan-Payne: surpresas e depois mistério. Ela se tornou um elemento permanente da família, quase inseparável do *Otunba*, cujas unhas dos pés pareciam ter se tornado sua principal zona de devoção — a família jurava que, não importava a hora do dia em que chegassem à casa do *Otunba*, sua única ocupação como amante era aparar as unhas dos pés dele ou simplesmente massagear os dígitos nodosos de raiz de gengibre que ostentavam aquela glória suprema. Ela aprendera até a estalar os dedos dos pés, uma façanha incomum que às vezes realizava durante o jantar, com o pé do *Otunba* descansando em seus joelhos sob a mesa. Foi preciso a primeira série de estalos para que a família entendesse por que ele sempre insistia que ela se sentasse à sua frente e não ao seu lado. Aquela era também a única contribuição audível que Mamma Kressy fazia em qualquer discussão, por mais animada que fosse.

Então havia o irmão Characo, assim chamado por causa do desempenho medíocre no campo de golfe e da preferência por uma gentil xícara de chá inglês ao final da partida, no último buraco fora do campo — conhecido como Buraco 19 —, em vez da variedade mais potente preferida pelos outros. Characo tinha uma afecção ou uma aflição nos seios da face — era impossível decidir qual —, cuja consequência era a tendência de pontuar até mesmo as declarações mais comuns com uma fungada, principalmente quando estava empenhado em divulgar uma afirmação duvidosa, o que acontecia na maior parte do tempo. Isso tornava a conversa com Characo um tanto desconexa. "Ah, aí está, o Homem de Gumchi em pessoa." *Funga, funga.* "Ainda ontem, o Pai Eterno", *funga, funga*, "estava dizendo que queria muito", *funga, funga*, "que o país tivesse", *funga, funga*, "mais pessoas talentosas da sua parte do mundo." *Funga, funga. Funga.* Ele alegava ser um vendedor, mas parecia ser mais conhecido como comprador disso e daquilo para os poderosos. Estava em seu estado vergonhoso costumeiro, com as piadas fracas sobre o falo.

Também em evidência estava Kikanmi, o "Cérebro de Badagry", o mais velho da família e autêntico corretor de imóveis, moderadamente bem-sucedido. A profissão já lhe rendera um cargo de comissário estadual de terras e habitação durante o regime militar, uma nomeação que nenhum outro comissário, antes ou depois, pôde esquecer, já que seu mandato se tornou referência para todos os comissários de todos os governos estaduais, vivos ou mortos, em atividade ou aposentados. "Essas pessoas simplesmente não apreciaram o que fizemos quando estávamos no governo, sabe." Em sua própria opinião, o magnata do setor imobiliário guardava entre as duas orelhas toda a inteligência humana, herança da família Pitan-Payne, o que era uma inteligência muito especial. Ele achava que o fato era universalmente reconhecido. Isso estimulava nele o hábito de levar de dez a quinze minutos para digerir um comentário banal e, em seguida, persistir em interpor exposições pesadas sobre um ponto de discussão do qual ninguém se lembrava mais. Menka não conseguia resistir à sensação de que ele considerava o irmão mais novo, Duyole, pouco mais do que um mecânico de beira de estrada que, por acaso, combinava a substituição de peças sobressalentes com um talento para os negócios. Como Kikanmi enxergava a ele próprio, dr. Menka, era um enigma que o cirurgião nunca tentou resolver.

Resmungando por trás dos dedos, mas rindo, fazendo careta e beicinhos de encorajamento para a tarefa da família, estava a irmã mais nova de Duyole, Selina, que viera às pressas como reforço de sua butique e salão de cabeleireiro em Yaba, com a reputação de ser uma ninfeta discreta — tudo menos delirante. Havia um consenso geral de que ela havia começado a se acalmar um pouco desde que conhecera o parceiro atual, um garanhão reformado que descobrira tarde demais que finalmente havia encontrado o seu par.

O pastor-alemão Jiro, que latia do compound como se quisesse estimular o ataque emocional combinado, constituía, por si só, um formidável aliado da família. Jiro, desde o nascimento, de uma ninhada de oito filhotes, tinha se afeiçoado a Kighare ainda novo, em sua primeira visita à casa dos Pitan-Payne — Duyole simplesmente arrastara o órfão para casa durante as férias escolares e, depois disso, ele permaneceu como um frequentador assíduo. Os visitantes casuais presumiam que era alguém da família, de uma forma ou de outra — isto é, até verem as fracas marcas tribais de tridente que emergiam dos cantos de sua boca. Mais tarde, o pastor-alemão ganhou o apelido de Des leal, devido ao seu hábito de pular no banco vazio ou no porta-malas do carro de Menka sempre que percebia um movimento que indicasse a sua partida, e tinha que ser fisicamente arrastado para fora pelo dono, auxiliado pela equipe doméstica, liderada por Godsown, o mordomo-chefe, que cuidava sobretudo de sua alimentação e, portanto, gozava de um pouco de respeito. Se o patrão e o amigo tinham motivos para chamá-lo ao mesmo tempo, ele invariavelmente trotava na direção de Kighare, como se — os empregados domésticos gritavam de desgosto — fosse o estranho que alimentasse suas mandíbulas cheias de baba. Desde o reaparecimento de Menka, após mais de um ano de ausência, ele patrulhava os arredores da sala de jantar, soltando rajadas caninas periódicas para avisar à vizinhança que seu amigo estava na cidade. Todos estavam presentes e celebrando o que ele temia, mas também ansiava ser o primeiro de muitos outros jantares de boas-vindas que estavam por vir.

O recém-celebrado cirurgião, agora um tanto desenraizado, tentou amenizar seu deslocamento assegurando a si mesmo que estava embarcando apenas em um mero projeto de transformação — mesma ideia e conteúdo, local diferente, apenas um ajuste de formato. Não havia conquistado de forma leviana a reputação de Gumchi Cabeça-Dura. Centro de Reabilitação Gumchi — sim, podia se acostumar com a ideia. Mesmo que fosse em Lagos, é, isso se encaixava no compromisso de *Gumchi Primeiro*. Ele passou os olhos superficialmente pelas caixas, tentando se lembrar qual delas continha o mantra de longa data, visto pela última vez no relevo de seu cinzeiro de porcelana. O mantra o acompanhava por toda parte, tendo sido emoldurado e pendurado sobre a sua cama no colégio interno, cuidadosamente escrito em letras maiúsculas nas folhas soltas de seus livros didáticos etc. Foi uma reação ao fim súbito e cruel que o colocara entre as fileiras dos órfãos. Parecia tê-lo amadurecido da noite para o dia. Ele levou o cartaz para o outro lado do Atlântico Norte depois que sua situação difícil — e sua aptidão para o aprendizado — chegou ao conhecimento do Estado e produziu o consolo de uma bolsa de estudos que o levou, passo a passo, a subir a escada ocupacional, catapultando-o para a proeminência nacional. O Menino de Gumchi nunca se esqueceu. Agarrou-se ao mantra como se toda a sua apreensão de vida estivesse alojada no cartaz, progressivamente miniaturizada e depois lançada no espaço virtual por meio da inserção na caixa de assinatura de sua conta de correio eletrônico. Mesmo quando os quatro amigos se uniram e adotaram o projeto Gumchi como seu empreendimento conjunto de "retribuição", não houve concessão, nem atenuação. Isso contribuiu para sua notória "cabeça de coco", à qual até mesmo o guru de marketing Farodion, de fala mansa, fazia frente, apenas para recuar com uma lança quebrada.

A alegria crescente do cirurgião, reforçada por essas reminiscências, permaneceu apenas até o seu olhar se voltar de novo para as caixas. Com o descarregamento da primeira leva de bagagens de Jos praticamente o deixando sem lugar para descansar, a irrevogabilidade de sua repatriação começou a se fazer sentir. Olhou os destroços ao redor e parou quando viu o seu rosto amarrotado e levemente marcado — três linhas como um tridente em cada bochecha, irradiando dos dois cantos da boca — refletido no espelho interno da porta do armário de bebidas e livros. Assobiou, olhou para o reflexo e, em seguida, começou a submetê-lo a uma discussão concisa:

"Espertinho de Gumchi!" O apelido o acompanhara do colégio interno até a faculdade e mesmo ao longo de duas décadas de carreira profissional. "Você e a sua boca grande de Gumchi! Desta vez você realmente conseguiu!"

Irritado ainda mais com o silêncio estagnado de seu reflexo, derrubou o copo, colocou os dedos indicadores nos dois cantos da boca e puxou a carne macia por dentro, esticando as bochechas e distorcendo o rosto até que os tridentes desaparecessem na pele e sua mandíbula começasse a doer. Era uma rotina de automortificação que ele mantinha desde a infância, quando servia aos adultos — especialmente aos professores — como um dispositivo de economia de trabalho para administrar a punição à criança que errava: "Fique no canto, de frente para a classe, e puxe as bochechas!". Bufando, Menka deixou a mente vagar para a noção de educação — hoje em dia, refletiu ele, isso seria considerado abuso infantil. A rotina tornava o seu rosto ainda mais grotesco pelos esforços de advertir pais e professores pelo mesmo orifício maltratado, e os sons que surgiam eram distorcidos e sem sentido para um público inexistente:

"Isso, vá em frente, abra mais. Abra o máximo que puder. Agora tente colocar o pé dentro. Eu sei que você consegue. Você faz isso o tempo todo. Vá em frente, ninguém está te impedindo. Você nunca aprende, não é? Eu falei, abra mais. Mais ainda, idiota!"

O jantar de reencontro ressurgiu com a sua mistura de garantias e ansiedades — calor, exasperações: família. O casal estava certo ao perceber os sinais de desorientação assim que o viram. Continuaram a observá-lo atentamente durante o jantar, começaram a acenar com satisfação um para o outro à medida que ele relaxava cada vez mais na companhia deles e se transformava no Menka que conheciam. Ele próprio começou a se sentir totalmente à vontade, sua psique voltou aos velhos tempos, recuperando uma solidariedade perdida, quase como se a dupla desaparecida do bando também estivesse presente. Quase podia sentir pedaços de seu eu disperso flutuando de volta aos seus lugares habituais.

Badetona fora um grande revés. Assim que ele voltou daquela visita sombria, Menka atacou o engenheiro.

"Por que você não me contou? Nem mesmo uma dica!"

"Não, era melhor você descobrir por si mesmo. O que eu ia dizer? Que ele se atrapalhou, perdeu o rumo e depois a cabeça? Eu o visitei várias vezes, mas ele continua... bom, do jeito que você o viu. Desde que foi liberado. Tentamos fazer o que podemos com a Jaiyesola, mas ela também é muito inflexível."

"Estão planejando levá-lo a julgamento?"

"Essa era a ideia. E então o submeteram a algo, e foi isso que aconteceu. Seria estúpido e duplamente cruel, até mesmo sem sentido, colocá-lo no banco dos réus. Acho que eles sabem disso e, por isso, o deixam em paz. O Pai Eterno também está de olho nesse aspecto — ele é próximo de Sir Goddie."

"Ah, eu não sabia disso."

"Os dois são membros de uma dessas sociedades secretas: os rosa-cruzes."

"O que é isso?"

Duyole riu.

"Não faço ideia, mas é o que dá vigor ao velho. Eu vou me inscrever. Você o viu no jantar."

O patriarca estava em seu estado mais irreprimível, descaradamente paquerador, à beira dos oitenta anos. Reconhecia-se com facilidade a origem do traço gregário e irreverente de Duyole, embora os demais atributos do engenheiro parecessem ser de sua própria fórmula secreta. O *Otunba* aceitou ansiosamente participar do jantar de reunião: era sua chance de abordar a delicada missão imposta a ele por seu companheiro de loja. Uma tentativa anterior, que também havia falhado em aliciar Bisoye como aliada, havia esbarrado em uma parede de tijolos, mas o traço de persistência parecia ser de família. No entanto, se o *Otunba* esperava encontrar um aliado em Menka nessa campanha, a tarefa estava se mostrando difícil. Menka se recusava a ser atraído.

"Então, doutor, quem é o seu candidato?"

A princípio, o dr. Menka ficou confuso, sua mente estava em qualquer lugar, menos em assuntos eleitorais.

"Candidato a quê, senhor?"

"Nas eleições."

Bisoye interveio:

"Pai, não o incomode. Você sabe que não existe eleição. É tudo decidido com antecedência."

"Além do mais", acrescentou Duyole, "que eleições? A política ou o festival? Explique o que você quer saber. Você gosta de misturar as coisas, pai."

O idoso o dispensou com um gesto.

"Deixe o bom doutor responder. Você é só um fanático anti-Goddie, então ninguém está lhe perguntando nada."

"Mas você perguntou. Mais do que isso, pelo que me lembro."

"Não mais. Você não vai nem estar aqui nas eleições. Ninguém precisa do seu voto."

Duyole voltou-se para Menka.

"Ele está nos pressionando para patrocinar o amigo dele para o Prêmio Denovo. Falei que de jeito nenhum. Dá para imaginar? O Gongo dos Quatro e o Pompa!"

"Isso não tem nada a ver com o partido. O Pompa e o Denovo são duas coisas diferentes. O Denovo é concedido a indivíduos. E a instituições. E não a partidos políticos."

"Tente separar o Goddie do Pompa e o que você tem?"

Bisoye deu um suspiro.

"Lá vamos nós de novo. Achei que estava tudo resolvido."

Não para a irmã, ao que parecia.

"Eu ainda acho que teria sido uma boa fusão. Querendo ou não, Sir Goddie é a marca nacional. Posso até ver as manchetes: Marca da Terra patrocina a Marca da Nação. O que você acha, doutor?"

Menka balançou a cabeça e se concentrou em seu prato.

Bisoye assentiu, satisfeita.

"É isso mesmo, Kighare. Não deixe que o arrastem para isso."

"Doutor, os seus jovens amigos não entendem como as coisas são feitas. Se você se unir a Sir Goddie, ele vai modernizar a sua aldeia de um dia para o outro. Quando você se der conta, vai ter outro arranha-céu no céu. Quantos são hoje? Não me lembro."

Bisoye Pitan-Payne sabia aonde o sogro estava querendo chegar. Assim que o *Otunba* sentia oposição ou fracasso, suas provocações tendiam a se tornar insípidas. Tentou afastá-lo.

"Pai, você sabe que não tem arranha-céu em Gumchi."

O velho fez uma careta de agonia.

"Não? Tem certeza? Quando fui na última vez..."

Mesmo sabendo que era perda de tempo, o filho se juntou à tentativa de detê-lo em seu caminho.

"Você nunca foi a Gumchi, pai. Não sabe nem onde fica."

"Não preciso nem ir. Dá para ver os arranha-céus de bem longe."

"Qual foi a última vez que você viajou para o norte, pai?", perguntou Selina.

"Isso não importa. Arranha-céus em Gumchi? Se estiverem procurando o original, é aí que vão encontrar. Muito antes de o primeiro aparecer em Lagos. Confie em nosso povo, eles não perderam tempo em dar um nome para ele — *Ilé gogoro* —,* e seguiram com a música *On'ilé gogoro*. É, muito antes de toda essa música e dança, Gumchi já podia se orgulhar de ter pelo menos dois ou três arranha-céus. Talvez até mesmo antes do Empire State Building, nos Estados Unidos. Os americanos copiaram Gumchi — como sempre, sem reconhecimento."

Seus ouvintes deram de ombros. Até que ele tivesse feito todo o curso, não haveria como detê-lo. O velho deu uma risada.

"Bom, como você chama aquelas rochas que ficam umas em cima das outras? As de cima não só arranham, elas abrem caminho do céu ao paraíso. Pergunte ao seu amigo, ele é um dos habitantes das cavernas. Eles moram dentro dessas rochas, igual a um edifício de apartamentos."

O indefectível riso histérico de Selina encheu a sala de jantar, mas os demais só se permitiram sorrisos constrangidos. Bisoye e o marido trocaram olhares, lamentando agora terem convidado o velho. Nervosos, ficaram na torcida de que fossem só as piadas primitivistas descabidas do *Otunba*, e não o sinal de uma noite de mau humor. Todos admitiam que o *Otunba* gostava muito da família, como Kighare também gostava dele, mas eles continuavam a subestimar a tendência do patriarca de se entregar a brincadeiras quase grosseiras, em sua maioria derivadas de noções de sofisticação da aristocracia colonial lagosiana, superior aos "nativos" do interior. Houve momentos no passado que eles preferiam esquecer, torcendo para que as vítimas convidadas

* Do iorubá, "torre". (N. T.)

tivessem perdoado ou generosamente descartado como efeitos da idade avançada e da dissociação ocasional da realidade.

Menka, no entanto, agiu rápido para apagar qualquer lampejo de inquietação, com a voz genuinamente calorosa.

"Eu tenho uma cobertura reservada para o senhor lá, sempre que quiser visitar."

O constrangimento desapareceu. O *Otunba* gritou:

"Sem um elevador adequado? Você quer que eu suba e desça escalando? Na minha idade? Duyole, o seu amigo quer me matar."

"Muito bem, pai, esse é o meu próximo projeto de engenharia. Um elevador particular, só para você."

"Ah, assim está melhor. Mamma Kressy!" Ela ergueu os olhos de sua tarefa com as unhas dos pés com um sorriso largo no rosto, mas não se demorou. "É para lá que vamos na próxima Páscoa. Passar a Sexta-Feira Santa bem perto de Deus. Vamos testemunhar a Ressurreição de camarote."

O *Otunba* foi recompensado com a habitual mistura de choque e riso. A reunião se aproximava da meia-noite, com toda a cordialidade. Foi um sucesso. Por acordo tácito, eles fariam com que o filho ausente se sentisse totalmente em casa. O aparente forasteiro era o outro filho pródigo, Damien, que retornara havia pouco ao seio da família. Sua presença retraída em geral passava despercebida e sem dúvida não inibia o bom humor geral. Só ele parecia um pouco desconfortável, nunca se juntando à conversa, embora fosse solícito com todos do seu jeito calmo, certificando-se de que os copos estivessem cheios e a comida fosse direcionada para pratos vazios ou para olhares examinadores. Comia com moderação e seu copo não parecia baixar de nível. Bisoye garantiu o revezamento dos pratos. Por fim, movimentos embaixo da mesa indicaram que Mamma Kressy havia começado a recolocar as fivelas das sandálias do *Otunba*. Ela gentilmente levantou a perna de seu joelho e reverentemente ajudou-o a pousar os pés no chão acarpetado. Era seu sinal para o *Otunba* de que estava na hora de ir para casa.

Depois que todos se dispersaram, Kighare, sentado na segurança aconchegante de uma sala íntima, que parecia projetada exatamente para essas confidências, observou seu amigo e acenou a cabeça com apreço. Nada em

Pitan-Payne o surpreendia mais. O engenheiro havia começado a trabalhar em uma solução permanente desde o início, sem perder tempo com medidas temporárias. Isso agora era óbvio. Kighare o abordou sem rodeios. Duyole apenas deu de ombros.

"Depois daquele primeiro telefonema, aquele que você fez do clube, foi impossível me concentrar em qualquer outra coisa."

"Você é um preocupado nato. A Segurança Interna dos Estados Unidos daria alerta amarelo. Ainda longe do alerta vermelho. Achei que tinha deixado isso claro."

"Você acha que eu ainda lembro dos detalhes desse código obscuro? Qual foi a última vez que algum de nós teve motivos para recorrer a ele?"

"Bom, pois devia ter usado. A maior parte foi obra sua. Vamos ver. Foi o Farodion — isso mesmo, ele foi o último a evocá-lo. E já tem uns vinte anos."

"Ah, sim, o problema da maconha na alfândega. Estúpido. De qualquer forma, ouvir você foi o suficiente, por mais casual que você tenha tentado parecer. Escute, Gumchi, eu o conheço muito bem — não discuta! Eu sabia que tínhamos de tirar você de lá. E de forma permanente. Não só por um curto período. Mesmo que isso significasse eu mesmo ir até lá para botar fogo no maldito lugar e tirar você de lá. Bisoye concordou plenamente."

Menka sorriu.

"Deve ter concordado mesmo! Você acabou com o senso de julgamento dela."

"Bom, e nós estávamos errados?"

Com os copos sempre cheios do uísque puro malte favorito de Duyole, Menka se sentiu ainda mais aquecido pelo brilho de uma amizade e gratidão renovadas. Logo, ele lembrou de se resguardar até mesmo da menor demonstração desta última por meio de palavras, gestos, linguagem corporal ou qualquer outra coisa ao redor do casal — sobretudo dos olhos atentos de Bisoye.

Eles não ouviram a porta se abrir, só uma voz solícita perguntando:

"Precisa de alguma coisa, pai?"

Era Damien.

"Ah, obrigado, Damien. Não sabia que você ainda estava aqui embaixo."

"Pensei em dar uma olhada antes de ir dormir."

"Obrigado, mas..." Olhou em volta. "Acho que já temos tudo. Vejo você amanhã."

"Boa noite, pai. Boa noite, tio."

"Boa noite, meu jovem. Seu pai e eu teremos uma longa noite."

"Aposto que sim, tio. Boa noite, senhor."

Duyole começou a rir.

"Olhe só para ele, dê uma olhada. Puxou ao pai, adora *fabu* como ninguém. Não se preocupe, nos próximos dias vou lhe contar o que você está louco para ouvir. Primeiro me deixe extrair tudo dele."

Damien pareceu levemente envergonhado e protestou:

"Ah, pai. Eu estava só tomando o cuidado de ver se você tinha tudo de que precisa."

Mais uma vez, Duyole soltou uma de suas gargalhadas.

"Mentira! Tome cuidado para a reserva de puro malte não sumir com você. Eu mereci cada uma dessas garrafas, mas isso é segredo de família. Pode se servir uma dose e depois deixe esses velhos ultrapassados com as suas conspirações."

Diante disso, Damien sorriu e ergueu as mãos.

"Está vendo como ele me trata, tio."

"Ele me trata pior, Damien. Ignore-o."

Damien saiu, fechando a porta atrás de si.

"Por onde começar?", suspirou Menka.

"Por qualquer parte. Por qualquer parte. Tudo bem, comece do início. Não deixe nada de fora. Quero ouvir tudo."

Menka apontou com a cabeça para a figura que saía pela porta.

"Como ele está?"

Pela primeira vez naquela noite, o rosto de Duyole ficou nublado pela incerteza.

"Hmm. Está pegando o jeito, aos poucos. Uma coisa é certa: está determinado a se acertar. Muito interessado, muito interessado. Eu o trouxe para a empresa, então ele está totalmente integrado nos negócios da família. Mas precisa subir na carreira. Outros ajudaram a construir a empresa, ele não. São superiores a ele."

Menka assentiu.

"O Gongo dos Quatro em sua essência. Eu não esperava menos. E ele?"

O rosto de Duyole se fechou em um pensamento profundo.

"Não sei dizer. Mas ele não tem escolha no assunto. É uma questão de princípio." Interrompeu-se abruptamente. "Espere um minuto." E levantou a voz. "Damien!"

"Estou indo, pai."

"Quase me esqueci. Tenho algo para você", disse Duyole a Menka. "Alguém trouxe um pacote para você. Disseram que você só deu este endereço para eles."

"Eu dei?"

"No Clube Hilltop. Disseram que é de um tal de Baba Baftau."

O rosto de Menka se iluminou.

"O Velho do Deserto! Ele é um dos verdadeiros corações genuínos daquele lugar. Lembrei, agora, ele disse que ia me mandar um pouco de *kilishi*."

"Você come essa coisa?"

"Ajuda o estômago a parar de roncar quando você não consegue parar para almoçar. Mas este tem uma história especial. Não se preocupe, faz parte da saga geral."

Damien entrou.

"Damien, você pode por favor olhar no canto do meu estúdio", pediu Duyole. "Tem um pacote de papel pardo, meio fino, meio plano. Está amarrado com uma fita, em algum lugar da minha bancada de trabalho. Você vai ver assim que entrar."

"Pode deixar. Está vendo? Eu tinha razão, afinal." E Damien se voltou para a sua tarefa.

"Ele sempre cumpre a palavra, aquele velho", explicou Menka. "Prometeu que todo mês me mandava *kilishi*, só para ter certeza de que eu não vou esquecer deles. Como se eu pudesse esquecer!"

"Nem eu. Desde a hora em que liguei a TV e vi aquele inferno…"

"Foi exatamente isso, um inferno. Nunca pensei que aquele prédio antigo pudesse pegar fogo de forma tão intensa. Você acha que foi mesmo um incêndio criminoso?"

"O que mais poderia ter sido?"

"Ou você estava tentando apagar alguém ou alguém resolveu apagar você. A segunda opção é mais provável. O que o piromaníaco não sabia é que essa era a maneira mais segura de fazer você cavar ainda mais. Ele devia ter aprendido com aqueles que sabem tudo sobre o Gumchi Cabeça-Dura!"

"Sabe, Duyo, só agora, o que você acabou de dizer — é, só agora me ocorreu que talvez você tenha razão. Talvez tenha sido eu quem incendiou a mansão. De certa forma, pode-se dizer isso. Algum tipo de reação em cadeia, ainda não tenho certeza de como foi desencadeada, mas é, pode ser. Pode ser."

Pitan ergueu os braços.

"Tudo bem, vou deixar você contar do seu jeito. Mas fique sabendo — voltando ao que eu estava dizendo antes — que o único problema que eu vi foi o de sempre, como fazer você agir em seu próprio interesse. Bisoye e eu juntamos as cabeças e bingo! Ela encontrou a resposta — e a ideia de Gumchi? Foi há tanto tempo que demorou alguns segundos para ela se lembrar. Ela é brilhante, não é? Então ela teve que esfregar na minha cara, é lógico. Você precisava ouvir: 'Vocês, homens! Vocês são tão diferentes. Nós não esquecemos uma coisa dessas. Você me contou isso quando estávamos namorando, um dia antes de finalmente me pedir em casamento'. E eu contei, mesmo. Parece que foi um dia depois que voltei da sua formatura. Ela disse que eu não parava de falar sobre ir com você ao seu vilarejo remoto nas montanhas, para construir uma clínica em uma superfície rochosa — um exagero, é claro, eu nunca teria sugerido construir algo tão impossível. Ela inventou isso."

Menka riu.

"Tem certeza? Você está falando do dia seguinte..."

"Ah, por favor. Você está querendo dizer que, mesmo depois de uma longa viagem de trem de volta pelo canal da Mancha, eu ainda não estava sóbrio? É só que você é um péssimo perdedor e está do lado dela porque eu bebi mais que todos os competidores debaixo da ponte, incluindo vocês três."

"Tudo bem, eu sou um péssimo perdedor. Isso não quer dizer que você não tenha se gabado de que iria fazer isso."

"Ouça esse cirurgião charlatão. Eu perguntei a ela por que eu ia dizer uma coisa dessas — sabe o que me respondeu? Que achou que eu estava tentando impressioná-la. As mulheres são assim."

O riso deles foi interrompido por uma batida suave na porta, e Damien entrou novamente.

"Não tem nada lá, pai. Pacote nenhum, nem fino, nem plano. Ou de papel pardo."

Duyole franziu a testa.

"Tem certeza? É impossível não ver."

O jovem confirmou.

"Não tem pacote nenhum. Procurei em todos os lugares."

Duyole mordeu os lábios.

"Que estranho. Eu podia jurar que deixei lá. Bem naquela escrivaninha, o vi lá no início da noite." Ele dispensou o filho com a mão. "Já sei. O de sempre. Peguei e guardei em algum lugar que tinha certeza de que não ia esquecer. Tudo bem, obrigado. Depois eu acho. Não se preocupe, Menka. Amanhã de manhã, você recebe."

"É mais provável que seja à tarde. Sei que vou dormir como uma pedra quando terminarmos."

"Eu vou dormir para sempre. Tudo bem, obrigado, Damien. Não preciso de mais nada."

Damien protestou com a voz aguda:

"Sem problemas, pai. Pode me acordar se lembrar de mais alguma coisa."

Ele saiu. Duyole coçou a cabeça.

"Não me lembro de ter visto esse pacote nem colocado em outro lugar."

"Esqueça isso. *Kilishi* não estraga."

Duyole deu de ombros.

"Eu sei. Passei o dia todo procurando pela casa itens soltos de que talvez você pudesse precisar no anexo. Devo ter deixado em um armário ou algo assim. Vou encontrar. A não ser que esteja morrendo de vontade de provar algo rápido..."

"Depois do *asun* de carne de cabra da Bisoye? De jeito nenhum. Muito tarde para isso."

"Nesse caso, quero o menu completo. O que realmente aconteceu em Jos? Vamos ver a essência completa. Em detalhes escabrosos. Com cebolas, guarnições e pimentões. Não economize. Não deixe nada de fora."

Kighare deu um gole na bebida, pousou o copo com um cuidado exagerado e se recostou na poltrona.

"Tumultuoso não descreve bem, Duyo. Tumultuoso. E estranho. De alguma forma, eu perdi a calma. Nenhum outro dia se compara, desde o dia em que perdi meus pais."

Pitan evitou seus olhos.

“Posso acreditar. Pegá-lo ao telefone no momento em que o mundo inteiro estava batendo na sua porta e gritando para você sair — foi quase tão ruim quanto assistir ao ocorrido de camarote. Tudo bem, temos a noite toda. Conte!”

16. O *Codex Seraphinianus*

Jos não deixou o cirurgião de Gumchi ir embora tranquilamente — pelo menos, não o subúrbio recém-descoberto chamado Boriga. Seguiu-o até Lagos. Na verdade, precedeu-o, se ao menos ele tivesse feito um esforço para se lembrar de seus primeiros dias de sensoriamento remoto. Uma enxurrada de breves incursões em Lagos, no entanto, o havia embalado em uma falsa sensação de segurança — Boriga havia feito o resto. Mesmo que o demônio não tenha se mudado para Boriga, alguns de seus discípulos o fizeram. Como ele mesmo admitia, a mente de Menka nunca abandonou totalmente Jos — Boriga era um assunto inacabado e, para o orgulhoso e experiente profissional, assuntos inacabados eram o mesmo que esquecer um par de fórceps nas entranhas de um paciente e depois costurá-lo para receber alta. As honras eram iguais. Era o ditado iorubá de novo: a criança que jura que sua mãe não dormirá que se prepare para noites sem dormir. Uma vez estabelecido — dentro da adaptação elástica dessa condição —, ele iria reunir forças e cauterizar a afronta ulcerosa à sua profissão. A ética podia esperar. Sua proeminência recém-adquirida passaria pelo primeiro teste de valor — com certeza ela deveria fornecer acesso aos níveis mais altos para uma intervenção maciça.

A sua principal preocupação era se adaptar a uma nova cultura, mas não um choque cultural insuperável. Afinal, Badagry, apesar de estar intimamente ligada a Lagos, ainda era Badagry. Pitan-Payne estava à disposição, embora em um ritmo frenético para resolver seus assuntos e seguir para a missão na ONU dentro do prazo. O engenheiro parecia prosperar com calendários intercalados e, de qualquer forma, agora tinha Menka para cuidar das pontas soltas em sua ausência. O momento não poderia ter sido mais bem planejado. De fato, em uma de suas refeições juntos, ele se aproximou de Menka para sussurrar a confidência:

"Eu tinha as minhas suspeitas, mas agora tenho provas sólidas. Fui eu quem incendiou a Hilltop Mansion, só para trazê-lo a Badagry."

O inesperado e o planejado pareciam se encaixar à perfeição, como as engrenagens finamente ajustadas em seus protótipos mecânicos. E, embora Lagos/Badagry não tivesse a empolgação de receber cargas repentinas de detritos humanos dos últimos esforços do Boko Haram para superar Alá à sua própria imagem, era possível contar com o equivalente gratuito de várias direções. Por exemplo, a explosão quase diária de um caminhão-tanque na via expressa ou no centro da cidade. Ou um caminhão sem teto, carregado de gado e seres humanos, que tomba em uma ponte e cai vários metros sobre um afloramento rochoso no meio do rio. Às vezes, de forma mais parcimoniosa, uma vítima do *amour-propre* militar — de uniforme ou *mufti*, não fazia diferença. Aquela turma parecia acreditar na segurança dos números, e bastava um sargento de baixa patente se ofender com outro motorista que talvez se recusasse a dar passagem a seu carro, um mero "civil maldito", que não se importava com o fato de que ele tinha o direito de passar. Era necessária uma medida educativa no ato. Com as armas em punho, o grupo que o acompanhava, treinado para obedecer até mesmo ao comando de um simples estremecimento dos lábios, saltava do veículo de escolta, arrastava o infeliz motorista, desafivelava os cintos de segurança, chicoteava-o até perder os sentidos, jogava-o no porta-malas do carro ou no chão da van de escolta e levava-o para o quartel para receber mais instruções. No entanto, o infeliz às vezes criava um problema ao sufocar durante o trajeto, o que levava a sociedade a desenvolver estruturas para neutralizar esse inconveniente.

A sequência contraditória e irônica ocorreu a Menka pela primeira vez. Sim, pensando bem, os militares quase nunca registravam uma fatalidade — uma ou duas vezes, talvez até três vezes em um mês. É, o excesso de acidentes acontecia, mas, na maioria das vezes, o descarte terminal era deixado para a polícia, cujo local de execução favorito era um bloqueio de estrada legal ou clandestino. Talvez um viajante recalcitrante ou um motorista de ônibus tenha se recusado a colaborar com um suborno ou insultado o posto do policial solicitante com uma quantia irrisória. E não era necessário que fosse o infrator original, mas algum defensor público que soubesse gramática *demais* e interviesse em favor da possível fonte de extorsão. O resultado era previsível — a vítima ou o defensor do Bom Samaritano entrava instantaneamente para as estatísticas dos mortos por "descarga acidental". A expressão ainda era atual, mas muitas vezes era tudo menos isso. Os acidentes haviam se tornado infrequentes e fora de moda. O que mais se esperava era que o policial frustrado e de lábios franzidos apontasse a arma, calma e deliberadamente, para a cabeça da estatística incrédula e apertasse o gatilho. De novo, o inconveniente do descarte de corpos.

Mas, então, a própria comunidade de vítimas: que raça fascinante de humanidade! Os papéis, ao que parecia, haviam se tornado alegre e compulsivamente intercambiáveis. Permitindo que ele tivesse apenas alguns dias para "recuperar o fôlego e se orientar", Pitan-Payne não perdeu tempo e levou-o para inspecionar o terreno designado para o Instituto de Reabilitação Gumchi, para as vítimas do Boko Haram, do ISWAP e de outros redentores — nada como aproveitar enquanto é tempo! No caminho, a visão familiar da multidão agitada — como o dia iria se justificar sem algum tipo de erupção nas ruas em algum lugar, em qualquer lugar? Presos no trânsito, a distração favorita dos passageiros era tentar adivinhar a causa e até mesmo fazer apostas. Aquela manhã, a primeira de Menka em quase um ano no sul, não decepcionou. Se não fosse pela obstrução dos espectadores, eles poderiam ter reivindicado o privilégio da visão de camarote. Para compensar essa obstrução, no entanto, foi possível ver homens e mulheres trotando alegremente, com a expectativa estampada no rosto, em direção ao ponto de atração cercado. Vinham de todas as direções, alguns saltando sobre as capotas dos carros, esmagando as pernas contra os para-lamas, espremendo-se entre os corpos que chegaram antes ou apenas lutando para encontrar pontos de observação. Eles subiam em veículos estacionados e no canteiro de concreto elevado. Os ônibus urbanos diminuíam a velocidade e paravam, os *keke napeps* se afastavam, os motoristas e os passageiros se acotovelavam em ambos os lados ou na direção de uma sarjeta larga que afundava em um bueiro. O sinal abriu, e Pitan-

-Payne seguiu em frente, tendo como última imagem compartilhada um par de braços musculosos erguidos acima das cabeças, segurando uma pedra enorme e batendo o objeto na sarjeta. Muito provavelmente uma cobra, Pitan sugeriu. Com a estação chuvosa, muitas delas se esgueiravam pelos pântanos até os bueiros e entravam sorrateiras em estacionamentos e até em escritórios.

Um furgão da polícia desceu a rua correndo contra o tráfego, com as luzes estroboscópicas piscando e as sirenes tocando, então Menka olhou para trás e viu a multidão se afastando com relutância dos desordeiros uniformizados. Isso abriu uma avenida bem em tempo de Menka ter um breve vislumbre de algo caído na sarjeta, uma forma outrora humana, mas não mais. Na verdade, a única identidade humana que lhe restava era a túnica vermelho-iodo e as calças pretas, ainda reconhecíveis como o uniforme de um oficial da LASTMA (Autoridade de Gerenciamento de Tráfego do Estado de Lagos), uma unidade desarmada cuja função era apenas fazer circular o tráfego, parado tão prontamente por motoristas truculentos quanto pelos mercados de beira de estrada, vendedores de todas as mercadorias do mundo que haviam tomado conta das ruas, pechinchando, negociando, passando troco e bens em seu próprio ritmo. Se as atividades atrasavam o movimento e faziam os sinais mudarem de vermelho para verde e vice-versa mais de meia dúzia de vezes, não estavam nem aí.

Mais tarde, naquela noite, a televisão contou a história completa. Depois de medidas preventivas inúteis, a autoridade começou a prender os vendedores e a apreender seus produtos. A equipe da LASTMA, com seu furgão estacionado em uma rua lateral, perseguiu vários desses infratores. Em uma tentativa desesperada de escapar da captura, um deles correu direto para a frente de um veículo em alta velocidade, foi arremessado para cima, aterrissou com um baque sinistro na calçada e permaneceu ali, imóvel. Em um instante, uma multidão se reuniu. Incendiaram o veículo estacionado da LASTMA e aumentaram o apetite por vingança. Os policiais desarmados já haviam fugido. Um grupo os perseguiu e acabou encontrando um bode expiatório a uma certa distância da cena real do crime. Começaram o ritual de espancamento de sua presa. Ele se soltou, correu para a sarjeta e tentou rastejar até o bueiro para se proteger. Eles o arrastaram para fora pelos pés, com o tronco e a cabeça manchados e fedendo à lama acumulada no túnel bloqueado. Os transeuntes, totalmente ignorantes do início ou do meio do caos, recusaram-se a ficar de fora. Pegaram a arma de assalto mais próxima e se juntaram à gratificação da emoção do dia, um fenômeno da nova geração de cidadãos. A pedra maciça, erguida acima de uma multidão de cabeças, tremeu de leve contra o horizonte de arranha-céus ultramodernos de Lagos antes de cair nos ossos e no cérebro. Ela assumiu uma dimensão icônica que se fixou instantaneamente no álbum cirúrgico de retenções de Menka, uma insígnia desenfreada da transfiguração de uma psique coletiva.

"Eu tenho invejo de vocês", comentou Menka na manhã seguinte, quando eles se depararam com a cobertura da mídia impressa, com o café escaldante incapaz de competir com a náusea provocada pela fotografia sensacionalista ampliada na primeira página. "Vocês estão indo embora por um tempo. Vão ser poupados de imagens assim."

"Eu me sinto culpado", confessou Duyole. "Culpado, mas, tem razão, não vou sentir falta desse espetáculo."

"Cuidado!" Menka advertiu depressa. "Eles têm os seus equivalentes por lá. Pergunte à população negra."

"Não. Não é assim. Às vezes acontece um Rodney King, é verdade. Ou uma onda fascista de 'não consigo respirar'. Os Estados Unidos são um produto da cultura escravocrata, a prosperidade é a recompensa pela crueldade racista. Aqui é diferente. Aqui, eu vou confessar, é uma coisa que vai... eu preferia evitar essa palavra, mas não consigo... é uma coisa que vai na alma. Desafia a noção coletiva de alma. Algo está quebrado. Além da raça. Além da cor ou da história. Algo se quebrou. Não dá para remendar." E então Pitan--Payne ofegou, fez uma pausa, dobrou as páginas e passou o jornal para Menka. "Dê uma olhada nisso. Não que isso mude alguma coisa, mas... aqui, leia você mesmo."

Havia uma conclusão contundente. Não alterava nada. O vendedor em fuga, que ninguém havia pensado em ajudar, estava bem vivo. Ele havia se levantado, recuperado a maior parte das mercadorias espalhadas e voltado para casa, apesar de um tornozelo torcido e alguns hematomas. A maioria dos espectadores havia se retirado para uma distância segura. Continuaram a fazer o que estavam fazendo antes: filmar a ação com o celular. A polícia, no entanto, capturou o Golias com a pedra final, que dera o golpe de misericórdia. Ele permaneceu no local, aparentemente admirando a evidência de seu trabalho.

Depois, protestou com veemência contra a injustiça de sua prisão:

"Pensei que ele fosse um ladrão armado."

Foi Baba Baftau quem levou Jos até Menka em sua própria pessoa, acompanhado por Costello. Sem nenhum aviso além de um telefonema para dizer que estavam em Lagos e que gostariam de dizer oi. Comovido e encantado, Menka lhes deu o endereço. Recebeu-os na bagunça de seu apartamento, sentindo-se impressionado principalmente com o Velho do Deserto. Na idade dele, viajando de Jos, e pela estrada!

Baftau ignorou os protestos do engenheiro.

"Não foi nada. Costello veio a trabalho para Lagos, então eu pedi uma carona."

"O senhor sabe que eu trabalho em uma construtora, doutor", explicou Costello. "Eu tinha que inspecionar uns projetos no caminho. Então não tive escolha. É sempre a estrada."

"E eu estou desempregado", lembrou Baftau a Menka. "Não só sem emprego, mas sem clube. A Hilltop Mansion não existe mais. Já que não tenho mais nada para fazer com o meu tempo, fico dando trabalho para o nosso amigo Costello."

"Mas essa estrada é perigosa… Ah, claro." Menka lembrou-se de repente da sua hierarquia no governo, embora estivesse aposentado.

Baftau o encarou com ar combativo.

"Eu sei que estou velho e aposentado, mas não sou bobo nem estou pronto para ser descartado. Dê uma olhada aí fora e veja o que nos acompanhou desde Jos. Quero ver algum sequestrador tentar as suas bobagens."

"O senhor não deve saber, doutor, mas o Baftau é membro do conselho da empresa. E ele gosta de acompanhar os projetos."

"Depois de cinquenta anos sentado atrás de uma escrivaninha, isso deveria surpreender alguém?"

"Nem um pouco", admitiu Menka. "Não é de admirar que você continue tão ágil. Pensei que você só ficava sentado na Hilltop Mansion, relembrando os bons e velhos tempos."

"E fugindo das minhas esposas", rugiu o velho. "Pergunte ao Costello. Às vezes, ele me visita. Na minha idade, seria de imaginar que elas me deixariam em paz. Mas não. Ainda querem que eu resolva as suas brigas. Mas agora o nosso santuário se foi. E você sabe que, como bom muçulmano, não posso ser visto em bares. Então, o que eu vou fazer?"

Costello deu uma piscadela.

"Não dê atenção. Ele tem se mantido ocupado. Muito ocupado. Foi por isso que ele veio."

"Que nós viemos!", corrigiu o velho. "É, doutor, nós andamos ocupados. Você nos deixou um desafio muito grande. Você me enganou, doutor, especialmente a mim. Dentro do meu próprio ambiente nativo. O senhor me privou do sono. Então, após o incêndio, eu liguei para o Costello — somos velhos amigos. E falei: vamos procurar esse lugar."

Menka se empertigou no assento.

"E você encontrou? Em Boriga?"

"Onde mais? É, em Boriga."

"E ainda está aberto?"

Costello disse:

"Nós encontramos, mas também não encontramos."

Menka não pediu mais detalhes. Em vez disso, sua mente voltou na mesma hora para o encontro final na noite anterior ao incêndio. Foi mais para si mesmo que ele disse:

"Aquele cara sabia do que estava falando."

Os ouvintes se entreolharam, com o rosto expressando a mesma pergunta. Menka inspirou fundo e contou cuidadosamente o encontro com a figura que o perseguia, aquela que havia lhe garantido que o mercado de carnes fechara. Então, quem era ele? Um membro desgarrado do clube? Ou talvez até um fantasma?

Esse era um mistério que nenhum deles conseguia resolver. O Velho do Deserto levantou as mãos.

"Foi você que ele assombrou. Eu nem sequer notei nenhum estranho naquela noite."

Costello refletiu, com o rosto cada vez mais enrugado:

"Acho que vi essa pessoa de que você está falando. Ele chamou a minha atenção por um breve momento — é, na sala de bilhar. Eu estava indo ao banheiro. Mas depois esqueci. Eu estava lá para comemorar, só isso. Até você lançar a sua bomba."

Menka pareceu um pouco constrangido.

"Então, um estabelecimento complexo como aquele desapareceu praticamente da noite para o dia? Ou foi incendiado, igual a Hilltop? Aliás, vocês têm alguma pista? Algum incendiário conhecido foi citado?"

"Uma coisa de cada vez, doutor, uma coisa de cada vez. Primeiro, o incêndio. Eu acho que foi uma distração. Foi para nos manter ocupados enquanto o supermercado era evacuado. Foi uma operação bem ensaiada. Costello acha a mesma coisa."

"Muito bem elaborada." Costello assentiu. "Tão bem elaborada que, na minha opinião, foi tudo planejado. Ou seja, eles tinham um plano de emergência. Ao primeiro sinal de perigo, evacuariam. Transferiam tudo para um armazém já arrumado ou outro empório de vendas. Tudo já preparado e equipado com antecedência. Pronto para ser usado a qualquer momento."

O velho assentiu com sabedoria.

"Eu estou inclinado a pensar isso. Acho que eles simplesmente se mudaram para outro lugar."

"Dentro de Jos?"

Costello negou com a cabeça.

"Não, acho que não. Sabe, dr. Menka, eles são astutos nesse negócio, mas não conseguem apagar totalmente os rastros. Estavam com pressa. Eu sou um construtor, como o senhor sabe. Visito prédios. Incompletos, abandonados, ocupados, pré-fabricados — todo tipo de construção. Até locais que ainda estão sendo demarcados. É algo que está no meu sangue. Então eu sei vasculhar. E encontro coisas interessantes."

Costello pegou a sua pasta, abriu e tirou um caderno parcialmente queimado. Ele o entregou a Menka.

"Você conhece alguém que saiba de criptografia? Dê uma olhada nisso. Está quase todo em código."

O Velho do Deserto deu uma risadinha.

"Não consigo entender nada. Mas Alá é grande. Imagine se eu não tivesse ido com Costello."

Costello assentiu com a cabeça.

"Eu sou italiano. E aqui eles adotaram algo que foi inventado por um italiano — é o chamado *Codex Seraphinianus*. Então, eu entendo uma palavra aqui e outra ali. Não muitas. Mas vi nomes de partes do corpo humano, e depois uns breves comentários. Entendi do que se tratava. Só um pouco, bem pouco. E essas folhas pertencem a uma documentação maior. São como anotações de um trabalho maior. Quando as pessoas se mudam, elas queimam. Se você é intrometido e vasculha o lugar de onde elas acabaram de sair, vai encontrar focos de chamas, não só de papel. Quando as pessoas se mudam, elas queimam. Portanto, dr. Menka, deixe-me ser direto. Não estamos lidando só com uma loja. É uma rede. Boriga é só uma parte. Eles estão aqui em Lagos. Tem endereços aqui, mas eu não sei ler. Precisamos de um especialista para nos ajudar, alguém que saiba como entender essa linguagem especial. Este caderno dá muitas pistas. Boriga é só um dos lugares. Quando olho para este diagrama, acho que está dizendo quais são as cidades. Uma coisa que li — aqui, deixe eu mostrar — é que eles estão desenvolvendo um software para facilitar a operação. Muito fácil. E infalível. Se você olhar com atenção, vai ver que algumas páginas parecem rascunhos de folhas de livros contábeis. Outra é como um formulário de pedido. Está aí, em italiano claro. Então, eu relaciono alguns fatos, algumas imagens e diagramas, e tudo isso nos aproxima do quadro completo. Mas precisamos encontrar um profissional."

Menka pegou o caderno semichamuscado, virou-o em suas mãos, examinou os rabiscos, os desenhos e, de repente, seu rosto se iluminou.

"Eu sei quem! Mesmo que o próprio Duyole não possa, ele está a caminho da ONU. Não consigo pensar em ninguém melhor para fazer isso agora." Ele pegou o celular, visivelmente animado. "Vou ligar agora mesmo", mas Costello pousou a mão em seu braço, detendo-o.

"Um momento, doutor. É alguém em quem você pode confiar? Temos que manter isso muito restrito."

Menka sorriu.

"É uma pessoa em quem confiaria a minha própria vida."

"Quem é?", perguntou o Velho do Deserto.

"Ele se chama Pitan-Payne. É um engenheiro eletrônico. Não sei se criptografia é dos seus talentos, mas logo vamos descobrir. Somos amigos desde a infância. Ele é o meu anfitrião. É o dono deste apartamento."

"*Alhamdulillah*." O velho sorriu. "Se você diz que confia nele com a sua vida, para mim basta."

"Para mim também."

Menka ligou. A conversa deixou os dois visitantes olhando-o fixamente.

"Estação da missão?", Menka perguntou.

"Pistões esfriando."

"Vazamento de Jos. Aqui, em carne e osso."

"Ah." Houve uma pausa. "Pode fazer, pode fazer?"

"Dois labiais."

A voz de Pitan demonstrou alívio, alegria, até.

"Vamos lá?"

"Colaterais."

"Vamos lá!"

"Um-cinco, chegar aí?"

"Vamos lá!"

Ao desligar, Menka assentiu para a dupla e disse:

"Ele está em casa. Eu disse que vamos passar lá daqui a quinze minutos. Está nos esperando para o almoço."

Costello não resistiu e perguntou:

"Que idioma era esse?"

"Pitan-Paynese", disse Menka. "Bom, todos nós contribuímos, mas a língua é principalmente dele. É um hábito, então ele o impõe ao resto da gangue. Eu sei que ele vai gostar de lidar com isso. Se não puder, vai arrumar alguém que possa. Vamos?"

Damien estava esperando na porta para recebê-los e conduzi-los à sala de estar. O dr. Menga o apresentou como o Pitan-Payne "estrangeiro" que havia decidido recentemente voltar para casa. Baba Baftau lhe ofereceu seu cartão e um convite aberto para visitá-lo a qualquer momento em Jos. O anfitrião logo apareceu com um avental de cozinha, limpando as mãos, cheio de desculpas pela ausência da esposa. Ela estava ocupada na fábrica, preparando-se para a partida, e ele não queria interromper.

"Ignorem isso", disse Menka. "É a chance dele de provar que cozinha melhor do que a esposa."

Baba Baftau ficou escandalizado. Continuou encarando, incrédulo.

"O bom e velho Godsown está de plantão — é o mordomo. Damien vai dar uma mãozinha, então para que incomodá-la? Damien, cuide deles enquanto eu concluo os negócios na casa das máquinas."

E com isso ele se foi, um tanto pesaroso por não ter conseguido preparar em pouco tempo um banquete suntuoso para os primeiros visitantes do dr. Menka desde que ele havia se mudado. E eles vieram de Jos! Não importava, eles se encontrariam para um "jantar de trabalho" completo antes de voltarem para Jos e ele mesmo partir para os Estados Unidos. Nesse meio-tempo, ele estava resolvendo algo com a empregada doméstica, então será que eles podiam relaxar por alguns minutos? Se ao menos Menka aprendesse a avisar com antecedência…

Menka ergueu as mãos.

"Escutem isso. Eles só me ligaram hoje de manhã."

Mas Duyole já estava indo embora. Ouviram-no dando instruções em seu caminho de volta para a cozinha. Baba Baftau parecia ter acordado de um transe.

"O seu amigo está cozinhando?"

Costello riu.

"Mas eu já lhe disse, eu cozinho. A maioria dos italianos sabe cozinhar. Gostamos de brincar na cozinha."

"Mesmo que ele não cozinhe", insistiu Baftau, "*wallahi*, esse seu amigo, *ko*, ele é sempre assim? Há muitos como ele em Lagos?"

Menka deu de ombros em sinal de resignação.

"Pode parar. Tem dois minutos que você o conhece."

Pitan-Payne se juntou a eles em menos de vinte minutos. Ele pousou o caderno carbonizado na mesa, ao lado do prato, e o virou página por página. Por fim, soltou um suspiro e balançou a cabeça com firmeza, em sinal de derrota. Muito profundo. É, havia mexido com os códigos de guerra das potências do Eixo — tudo parte do currículo eletrônico. No entanto, isso era diferente de improvisar uma língua colecionando palavras, para um quarteto de jovens de inclinação cabalística, da qual talvez apenas dois membros ainda se lembrassem. Ia copiar uma página e mandar para alguns contatos da época de universidade. Alguns deles são ótimos codificadores, assegurou a seus convidados, até mesmo os britânicos conseguiram decifrar um famoso código na Segunda Guerra Mundial. Isso prejudicou os planos de Hitler de invadir a ilha.

Ao final do demorado almoço, que se estendeu até o início da noite, todos concordaram que Costello estava certo — havia matéria mais do que suficiente para ocupar a mente, como uma rede robusta de comércio especializado de partes do corpo. Boriga não era um caso isolado.

Alá assim o quis; Baftau o louvou. Costello, de fato, tropeçara em um caderno de anotações descartado havia muito tempo, com um início rudimentar, uma fase que já havia sido superada e que havia se transformado em uma vida comercial sofisticada dentro da vida como um fato consumado. Uma linguagem clandestina já estava em andamento, não muito diferente das abreviações usadas em mensagens de SMS, mas integrada a imagens, a nova linguagem de uma geração conectada, os prenúncios de mentes enlouquecidas da era espacial, prosperando em um mundo de emoticons com carga virtual. Os aperfeiçoamentos engenhosos continuaram de forma constante. Um glossário de termos já estava em circulação limitada, adaptado às necessidades dos veteranos e dos novatos, com símbolos altamente codificados para as formas mais problemáticas de extrair as partes do corpo necessárias e introduzir novas variações na arte de trinchar a carne, que concedia a essa mercadoria especial tanta reverência estética quanto a carne bovina, de carneiro, de veado, de cavalo e de outros herbívoros, incluindo a carne de avestruz, que ultimamente havia se tornado moda entre a elite consciente do colesterol.

O sucesso do novo empreendimento e a rapidez de seu crescimento foram uma surpresa apenas para aqueles que não deram crédito aos profissionais de marketing especializados, que eram mestres na profissão e haviam feito seus estudos de viabilidade em camadas muito diferentes da sociedade, incluindo até mesmo a nova ciência da simulação consumista. Como os habitantes locais são uma raça notoriamente desconfiada de homens de negócios — não sem motivo, já que todo empreendimento, antes mesmo de sair da prancheta, já havia gerado uma ou duas dúzias de imitações, falsificações e adulterações —, tomou-se o cuidado de garantir que não houvesse espaço para qualquer confusão entre o item autêntico e até mesmo seres suspeitosamente marginais como Mami Wata, *ologomugomu*, *ebora*, bruxas *iwin*, carne de macaco e todas as outras criaturas insuspeitas e liminares que às vezes se apropriavam de formas humanas, a acreditar nos testemunhos de pescadores e fazendeiros que voltavam para casa no crepúsculo. Foram introduzidas certificações para halal e não halal.

O sigilo era, obviamente, a mercadoria mais cara que entrava em produção — a segurança total das operações tinha de ser garantida, e por qualquer meio necessário, dado o estado mental ainda não desenvolvido de uma população que não estava de todo pronta para aceitar inovações, mesmo quando essas inovações já estavam proliferando e se aproximando da norma. Daí o intrincado códice alfanumérico — que tipo de mente histórica poderia ter pensado nisso — complementado por novas imagens. O inventário se expandia o tempo todo, com páginas suplementares sendo adicionadas on-line a uma versão simplificada do *Codex Seraphinianus*, acrescidas de imagens de mitologias antigas, que foram desenvolvidas em um léxico fácil de memorizar e o tempo todo atualizado. A escolha do *Seraphinianus* foi um golpe de mestre para prender o público, uma vez que, entre outras igrejas carismáticas, a ordem dos querubins e serafins exercia o maior fascínio até mesmo para os infiéis crônicos, com suas vestes brancas imaculadas, masculinas e femininas, flutuando sobre a paisagem, As cabeças das mulheres cobertas por uma touca fofa, o sino e o rosário balançando pelas ruas e mercados, dentro e fora dos cultos devocionais, seu comportamento recatado alternando com excitações musicais durante os corais de pandeiro, tambor e sino nas horas dedicadas ao culto. A mera referência a um *Codex Seraphim-sei-lá-o-quê* era suficiente para imbuir o *Codex* — e o negócio ao qual ele servia — com o ar de autoridade escriturística que era igualado apenas pelos catecismos mais antigos do cristianismo e do islamismo, o sacerdócio de ambos bem versado nas habilidades de recrutamento e conversão. Quando o novo mercado de bens de consumo adquiriu um tom de religiosidade, todas as reservas remanescentes entre os fracos de espírito desapareceram. O comércio floresceu sob a égide da espiritualidade.

Começou com poucos, espalhou-se para abranger comunidades, mas sempre sob os mais rígidos controles. A expansão dessa comunidade de compras foi medida, cada setor foi cuidadosamente cultivado e meticulosamente consolidado. Os dissidentes eram apenas contornados ou neutralizados por meio de campanhas on-line contínuas de desgaste que os deixavam escolhendo entre o silêncio e a internação em instituições psiquiátricas, suas acusações eram cada vez mais enfraquecidas por serem colocadas sob uma luz tão absurda que os fazia duvidar de sua própria faculdade de observação, julgamento ou sanidade. Em casos extremos, havia desaparecimentos — que, de qualquer forma, haviam se tornado comuns. Ninguém mais fazia perguntas sobre essas lacunas repentinas em residências, empresas ou reuniões familiares; as fotos mais recentes de pessoas desaparecidas nos balcões das delegacias de polícia estavam desbotadas havia pelo menos dez anos. O recrutamento era rigoroso. Cada novo cliente se comprometia a recrutar apenas pessoas dentro de um círculo de confiança; quanto mais longa a convivência, mais seguro. Mesmo assim, pessoas de fora, sobretudo políticos com círculos eleitorais conservadores, uma vez cuidadosamente examinados pelo conselho de administração local, também podiam ser aprovados como alvos de recrutamento.

A penetração nos círculos crescentes de clientelismo era, portanto, em grande parte, tatear no escuro. Apesar disso, houve deslizes; alguns, como Boriga, foram fechados com sucesso. No entanto, esses eram, em grande parte, centros de treinamento cuja segurança ainda não era impermeável. O mais surpreendente foi o fato de não ter sido feita uma única prisão. De alguma forma, as batidas policiais ocorriam bem quando a escola havia encerrado suas atividades, ou fechado "para férias", para nunca mais voltar a funcionar — ou seja, não no mesmo local. O que era encerrado em Yenogoa simplesmente ressurgia em Potiskum. No entanto, depoimentos confiáveis sobre o currículo de treinamento foram coletados — como introduzir o assunto, avaliar a receptividade, sondar a inclinação, fazer proselitismo, quando fazer a revelação final e factual — o ponto de não retorno. Os vendedores e as vendedoras de estilo urbano e elegante aprenderam quando abandonar a clientela promissora inicial por considerá-la sem esperança, o que fazer quando um erro era cometido e o recruta hesitante se tornava perigoso, apresentava sinais de denúncia ou apenas agia de forma suspeita. As células já estavam se autorreproduzindo. Cada célula tinha o seu próprio supervisor, desconhecido dos outros membros. Mas, na maior parte, era um processo individual — um a um e pessoa a pessoa ad infinitum. Os sistemas de entrega eram constantemente aprimorados, os armazéns eram rotacionados, os cronogramas escalonados e os depósitos alterados para frustrar a investigação. Quando um elo era quebrado, ele era deixado sozinho, sem reparo, mas um novo circuito logo era construído em torno do ponto enfraquecido, assim como o stent em um bypass coronário.

A trilha era longa, mas meticulosamente traçada. Ela levava ao destino do membro errante após a excisão, o que eles faziam de fato com a peça sobressalente recém-designada. Por sua vez, levava à lenta e agonizante descoberta de que, em vários supermercados, os itens expostos nas vitrines refrigeradas eram apenas um disfarce — bem, não exatamente; os inocentes ainda faziam compras para o consumo normal da família —, mas outros também para variedades muito mais exóticas e, na lista de entrega sustentável, havia à venda nos recônditos das lojas variedades exóticas, muito mais do que permitia a imaginação do comprador médio, muito mais do que até mesmo a colheita mais extravagante exigida por lei dos vendedores de *kilishi* e dos aliciadores de cabras aliados. Não é de admirar que esses últimos tivessem tanto desprezo pelo Boko Haram e por outros pretendentes a uma vocação mais elevada, com um dever homicida para com o além.

A cabeça recebia o maior tratamento reverencial, o que não é de surpreender. Quando o homem-bomba atacava, quase nenhuma parte negociável era deixada sem alguma degradação drástica, exceto a cabeça. Por alguma razão, a cabeça sempre saía voando, e não apenas as cabeças nigerianas, apropriadamente conhecidas como cabeças de coco, por causa da fama de serem recuperáveis — parecia ser apenas a lei da natureza ou, mais estritamente, a lei da dinamite ou do que quer que estivesse embalado no cinturão suicida. A história e a arte ficaram do lado da cabeça. Desde Salomé e a Dança dos Sete Véus até Saddam Hussein e sua *danse macabre* terminal na corda do carrasco, quando a cabeça se separava do corpo à medida que a alavanca era puxada, a queda provou ser uma raridade, uma raridade fugaz de suspensão, logo após uma queda total, já que o laço simplesmente escorregou do pescoço solto e o corpo caiu no vazio raso. Os nigerianos são ávidos seguidores dos eventos estelares de seu mundo, e talvez isso tenha criado a apreciação fenomenal dessa coroa da anatomia humana. De qualquer forma, a cabeça era o prêmio principal, permanecendo muito procurada mesmo se degradada, como às vezes acontece no caso de um homem-bomba. Mesmo assim, a depreciação de seu valor era insignificante, e não era preciso muito tempo para que qualquer patologista que se prezasse transformasse até mesmo uma cabeça gravemente mutilada na peça central da sala de exibição no santuário mais íntimo, na qual a entrada era concedida apenas ao *crème de la crème* dos clientes mais valiosos. Isso explicava por que a polícia estava sempre pegando suspeitos com cabeças humanas, às vezes em embalagens de celofane, em uma sacola de compras, dentro de um saco de feijão, *garri*, inhame ou fécula de mandioca. Até mesmo uma vez em uma mochila de estudante, sufocada em pães e sacos de maconha. A maconha, ao que parece, era um artifício inteligente dos estudantes cultistas. Se interceptados, eles tinham certeza de que a polícia se apoderaria da maconha como sua parte — que era mais imediatamente comercializável e não exigia refrigeração. Naquela ocasião, no entanto, se depararam com um adversário à altura, já que a patrulha era muito rígida e sem absurdos e insistiu em apreender a cabeça e a erva para deixar os estudantes livres. Os saqueadores desolados estavam levando a cabeça para um campo de futebol noturno para completar um quarteto de traves — cada cabeça presa em um poste — e não começariam o jogo até que a quarta trave fosse fechada, caso contrário, o ritual estaria incompleto, o que os forçou a enviar uma equipe de invasão ao campo do culto rival para o número quatro crucial. Era o mesmo grupo de culto, ao que parece, que estava negociando uma aliança com o Boko Haram para obter um suprimento regular de cabeças, mas a partida ocorreu durante um dos exercícios militares, de codinome *Atari-afori*, e o comandante local que havia se colocado à frente da equipe de negociação do Boko Haram foi preso enquanto comprava armas de um dos comandantes militares de campo.

É claro que sempre havia o mercado de Onitsha — "Você encontra de tudo no mercado de Onitsha, até mesmo uma cabeça humana". Isso era para ser uma hipérbole, um modo de dizer ou uma canção de louvor. No caso do mercado de Onitsha, era a última opção. Um caso de humor ácido. Você extrai humor daquilo que sabe que não era para ser engraçado. Também era uma estratégia de vendas — para onde mais você envia turistas ávidos por lembranças? Os mercados de Okporoko ou de roupas de segunda mão, até os vilarejos de artesanato e as cavernas históricas logo se tornavam insignificantes. Não importa, turista adora favela — eles chamam de rota não convencional, onde os *outros* turistas (sobretudo os de pacotes de viagem) jamais ousariam pisar. O mercado de Onitsha era assim, mas será que manteve essa reputação após a Independência? Sempre houve fogo no mercado de Onitsha, ele foi arrasado repetidas vezes, para ressurgir das cinzas — isso é conhecido como a síndrome da fênix. A guerra pôs fim a tudo isso. A guerra de secessão, quando a realidade superou a hipérbole. E essa foi uma guerra que começou com imagens de viúvas em estado de choque retornando a Enugu para encontrar as cabeças dos maridos em bandejas apoiadas em seus colos… A mística da cabeça tinha uma longa história, muito antes de se tornar uma mercadoria tão cobiçada por cultistas e políticos, lavadores de dinheiro e sequestradores, para ser armazenada nos cofres refrigerados de supermercados de luxo, fornecida sob encomenda antes das eleições, julgamentos e outros empreendimentos de grande investimento.

A cabeça do bebê permanecia uma categoria especial própria, valendo mil mea-culpas em sua restauração da inocência invocada e conferida por meio da rota cíclica do infanticídio, a ironia sublime que exige a comissão como garantia de imunidade. Caso contrário, fígado, pulmões, rins, genitais, baço, todos os órgãos vitais — seios femininos, dedos etc., etc. — nada é desperdiçado, todos são prescritos, mas a cabeça agora, até mesmo um fragmento do crânio, passa a se juntar ao chifre de rinoceronte como o estimulante garantido da libido masculina e do controle metafísico do resto da humanidade, faça chuva, faça sol, faça as contas no Dia do Julgamento...

Julgamentos morais são carregados de risco. Era mesmo justo chamar os mercados de perversos? Os catadores são essenciais para o ciclo da natureza; alguém tinha que limpar a bagunça, e a propriedade abandonada não discrimina. É verdade que os mortos não contam histórias, mas, em sua maioria, eles deixam para trás pertences reveladores. Um par de tênis Nike novinho em folha, uma pulseira de ouro, até um ou outro relógio de ouro — alguns dos usuários chegavam direto de Dubai, voltando para casa. O Natal e o Ramadã são famosos pelos acidentes de trânsito, pelos disparos acidentais, pelo aumento do tráfico e assim por diante. Não dá para criticar esses esquemas voluntários de saneamento. A natureza odeia o desperdício. O fato de ter atingido esse nível de desvalorização humana era... *pausa*, *pausa*, por falar nisso... não é tudo só uma questão de perspectiva? Outro ponto de vista poderia ser, e muito legitimamente, a revalorização. Uma revalorização do ser humano. Então, o que exatamente é isso? Quem tem o status moral para avaliar? Talvez apenas os não humanos, esperamos que do espaço sideral.

Era difícil passar um dia sem um "disparo acidental" em bloqueios oficiais e clandestinos. Esses "acidentes" não eram sempre culpa da postura teimosa desses sabichões gramaticais, que se diziam impecavelmente versados em seus direitos, em sua dignidade cívica e em suas prerrogativas legais? E daí? Os idiotas desinteressados em avanços revolucionários se recusavam a obedecer à lei tácita de delitos cometidos conforme a demanda, às vezes não mais do que cem nairas, o equivalente a vinte e cinco centavos de dólar americano, quase nada mais do que o preço de um cigarro em seu vilarejo, menos do que o custo de um embrulho de *kilishi*. A submissão a uma lei tão simples de oferta e demanda lhes daria permissão para prosseguir sem impedimentos até o seu destino. Como carregadores de princípios do fardo da lei, esses guardiões da segurança de um povo não negavam que houvesse gananciosos entre suas fileiras, ovos podres na cesta que exigiam quinhentos — um dólar americano e meio — e achavam que uma contraproposta de apenas duzentos ou trezentos — quarenta a sessenta centavos — era um insulto mortal que só poderia ser eliminado com um "disparo acidental" que abrisse a cabeça do ovo e espalhasse sua gema na pista. A consequência continuava a mesma — e alguém precisava fazer a limpeza depois. Entravam os catadores. Uma nova estatística passou a fazer parte da história local do poder transformador, enquanto o novo setor corria para reabastecer seu estoque de material de consumo.

Menka nem se deu ao trabalho de incluir a carnificina constante nas estradas, a linha de suprimentos voluntários que anunciava sua mais recente contribuição sob manchetes sinistras: "Acidente automobilístico trágico no estado de Kogi: setenta e três passageiros morreram instantaneamente"; "Ônibus de luxo capota e pega fogo: cento e treze passageiros morreram queimados"; "Por que o enterro apressado? Desaparecidos: mercadoria dos comerciantes". Ou explosões de oleodutos como uma norma existencial no coração das cidades. Elas evaporavam comunidades em um flash sensacional, arremessando cidadãos adormecidos no ar da meia-noite para jogar seus fragmentos em lagoas e calhas de vazamento de petróleo até que as comunidades dispersas atingissem uma consumação estrondosa de fogo. Enfim, unidos!

Inúmeras vezes, Menka se viu refletindo sobre a última safra de explosões humanas, mesmo com ele lúcido, mas em geral esgotado de mais uma maratona cirúrgica em massa. Como o novo empreendimento de mercado pode ter demorado tanto para ganhar vida e pegar fogo? Mais cedo ou mais tarde, no entanto, a lei da oferta e da demanda se impõe. O processo era impecável, a própria linguagem da transmissão embrutecia as sensibilidades humanas. Ficar preso em um ônibus tombado e ser queimado vivo perde lugar nas cozinhas de solidariedade da empatia, mas se torna mais claramente palatável quando transmitido como "ser assado até ficar irreconhecível". Malpassado? Ao ponto? Bem-passado ou torrado demais, além do valor calórico? A indiferença se transforma em tolerância ativa, a carnificina se torna vicária, uma forma de teatro participativo sombrio, porém alegre. Como era possível não antecipar o fim lógico, o término da lógica implacável de um entorpecimento progressivo das sensibilidades que sustentava o clientelismo furtivo de um comércio outrora impensável? Impensável? Qual foi a última vez em que isso foi considerado impensável? Quando as anormalidades deixaram de ser a norma? É difícil definir uma data. Pedidos por correio de produtos descartáveis de morbidez — sim, isso Menka já havia previsto. Pedidos pela internet — esse seria o próximo estágio: "Comprei no eBay! Respingos de Sangue e Cérebro. Certificado de Autenticidade da Patrulha Policial XYZ, atestado por selfie". Como nas cadeias de fast-food, onde você pode ver um cardápio completo com descrições de itens que se tornam quase irresistíveis por meio de uma fotografia exuberante. Bens valiosos em leilão, relíquias de família... afinal, até mesmo Achados e Perdidos tem uma data de validade. No final, se ninguém vem buscar, os itens vão a leilão. No entanto, nem os gênios da Preeminência Nacional haviam chegado à conclusão lógica segundo a qual, impulsionado pela tecnologia, um mercado havia levado os negócios para além de um início confuso e para transações on-line simplificadas. Mas isso aconteceu. De fato aconteceu.

Aconteceu mesmo. E afetou todos os quatro — inadvertidamente reunidos em uma busca bizarra, de maneiras sutis a flagrantes. Duyole, em sua resposta imediata, logo apelidou o quarteto improvisado de Quadrante Preocupante, com ele mesmo na ponta da flecha como Soldado Preocupado — para diferenciar do Gongo dos Quatro. Era apropriado. Eles se preocupavam até com as notificações de rotina de seus bancos, com as ofertas on-line, com as promoções imobiliárias e até com os famosos cookies on-line, presumivelmente destinados a serem compreendidos apenas pelos especialistas do *Codex*. Até os convites do Zoom para eventos sociais e profissionais. Palavras, normalmente inocentes, passaram a ter conotações suspeitas. A inovação dos drive-throughs — comuns com farmácias, McDonald's, Kentucky Fried Chicken e outros, nos quais as compras eram feitas pela janela dos carros — assumiu ângulos conspiratórios. Quem eram aqueles sentados atrás de vidros fumê, fazendo pedidos em quiosques especiais instalados no final de departamentos isolados de shopping centers? Somente os figurões nigerianos desavergonhados e mãos de vaca iam às compras sozinhos ou acompanhados de seus mordomos ou empregadas domésticas, mas alguns haviam entrado para a desprezada categoria de plutocratas do tipo "eu mesmo dirijo". Ou então passavam de carro por essas seções, faziam os pedidos por meio do motorista, mas tomavam posse imediata dos pacotes refrigerados e em temperatura ambiente. Os pedidos eram feitos com antecedência, por números, e-mail ou telefone. O motorista recebia, mas logo passava as guloseimas para o figurão, sentado no "canto do proprietário", onde elas prontamente desapareciam em uma pasta ou nos volumosos bolsos do *agbada*.

Para Baftau, isso significava encontrar uma nova missão na vida. Na refeição de despedida obrigatória para os visitantes de Jos, o idoso revelou que havia abandonado os locais habituais de suas raras visitas a Lagos. Em vez disso, pediu para ser levado aos mercados de carne, passeou pelas barracas como qualquer comprador ou inspetor anônimo, desacompanhado.

"Queria ter certeza de que o diabolismo não havia chegado ao estágio de troca de carne", confessou. "Com essas pessoas, nunca se sabe."

Costello circulou entre os colegas locais, sondando com perguntas, olhando para cada um com uma desconfiança pouco habitual e verificando seus hábitos de compras. Pelo menos, garantiu a si mesmo, ainda não havia nenhuma indicação de salame ou linguiça de fabricação nigeriana nas seções de frios das delicatéssens gourmet. A mudança em Duyole foi a mais perceptível. Parecia incapaz de disfarçar o fato de que a situação o irritava. Logo ele, reconhecido como o solucionador de problemas, não tinha conseguido colocar o dedo instantaneamente na chave vital para desvendar uma revolução de um mercado claramente arraigada, mas estava condenado a ficar longe de tudo em poucos dias. Bisoye percebeu a queda acentuada na ebulição normal de seu irreprimível esposo. Ainda assim, ela atribuiu o fato à aproximação da mudança dele para as Nações Unidas, uma mudança cujas implicações só começaram a ser percebidas à medida que ele organizava progressivamente a partida.

"É como um parasita", murmurou Menka. "Ele entra no corpo, se alimenta dele e, em alguns casos, o domina completamente. Saber disso já é ruim o suficiente. Quando prolifera, por onde você começa?"

O clima só se acalmou quando Bisoye entrou de novo na sala de jantar, ficou atrás da cadeira de Duyole e teatralmente colocou a palma da mão na testa dele, como se quisesse verificar se havia algum sinal de febre. Seus convidados, a princípio intrigados, começaram a provocar o casal com aquela demonstração de afeto. Ela balançou a cabeça.

"Eu ando preocupada com ele. Tem alguma coisa de errado. Ele nunca interferiu em meus preparativos para um almoço de despedida — isso é novidade. Nunca. Nem mesmo quando o jantar foi reduzido para que Papa Baftau pudesse pegar seu voo de volta para Jos."

A explosão que se seguiu mudou a atmosfera sombria e os trouxe de volta ao seu estado habitual. Mais ou menos. As despedidas foram muito mais gentis e animadas. Até Menka começou a se sentir reconciliado com as implicações de seu transplante apressado. De qualquer forma, Lagos, ele tinha certeza, levaria o fio de Boriga à sua legítima conclusão. Conhecia Duyole de muito tempo, reconhecia seu humor e podia apostar seu bisturi de prata de formatura que o amigo já estava tramando algo. Detectou aqueles períodos familiares de ausência, encerrados por um súbito encobrimento turbulento quando ele voltava para a empresa. De certa forma, estava quase voltando aos dias de estudante e de companhia.

Satisfeito, Kighare retornou para seu apartamento depois que Jos partiu de Lagos. Desabou na cama, todo vestido, naquele estado mental feliz de um interlúdio ativo em que se tem a certeza de que um problema foi assumido por outros, nada diferente da adoção de uma criança problemática. O cirurgião não se sentia mais isolado. De qualquer forma, estava cheio demais para sequer fingir que tentaria dar mais uma olhada nos detritos espalhados pelos cômodos. Em segundos, dormia profundamente. Acordou horas depois sem saber onde estava, a que horas do dia era, apenas com aquela sensação extracorpórea de acreditar que acordara em um planeta ainda não descoberto. Durou pouco.

De repente, o dr. Menka percebeu o que o havia acordado — o som de uma explosão. Sentou-se e ouviu atento. Não havia mais ruídos. Nenhum grito, nenhum movimento de pânico, nenhum pedido de ajuda, nenhum movimento desordenado, maldição ou louvor a Deusalá. Veterano da frente nordestina do Boko Haram, sentiu algo familiar, mesmo para os sentidos meio despertos. Levantou-se, ouvindo atentamente enquanto caminhava devagar até a janela para olhar na direção da casa principal. Não, não havia nenhum sinal de incêndio, nenhum lampejo de chamas iminentes, mas ele tinha certeza de que o som mortal tinha saído da casa principal da família.

17. Uma rivalidade mortal

Aquela vitalidade se fora? Não parecia possível. Dissipar-se, esvair-se, sem mais nem menos? Contra toda a sua avaliação profissional, o dr. Kighare Menka lutou para se convencer de que a figura deitada no leito do hospital, aparentemente inerte, estava repleta da energia coletiva do mundo, mas apenas sob animação suspensa. A inatividade atormentadora iria acabar a qualquer momento, e o seu amigo Duyole iria irromper com novos esquemas agora em gestação oculta e uma risada efervescente que zombava com ares infantis: *E tu, Brutus?* Enganei você! Tal força de vida não conhecia restrição, não aceitava deficiência. Não era por falta de competidores nessa liga especial de inibição zero. Desde o colégio interno, muitos tentaram controlar esse espírito. Até mesmo ele, reconhecido como o amigo mais próximo e mais sofrido, às vezes dava um chute em Duyole por baixo da mesa. A resposta era garantida — um desconforto frontal: "Pare de machucar meu tornozelo!". A companhia ficava do lado dele, deixando a biqueira de contenção enterrada sob gargalhadas estrondosas. Aquela forma agora reclinada conhecia o efeito que criava nos outros. Ele gostava disso. Isso o inspirava a exceder a última provocação ultrajante em qualquer espaço de tranquilidade, qualquer espaço que se contentasse em simplesmente ser deixado em paz. Não afrontava nem homens nem animais. Houve momentos naqueles primeiros dias em que, sentindo-se de repente sobrecarregado, até mesmo ameaçado por essa superabundância de puro entusiasmo, Menka sentiu que a sua salvação estava em tentar rivalizar com ele, provar que também podia exalar essa espontaneidade da pura alegria de viver, que tinha isso em si, mas que simplesmente preferia mantê-la sob controle, usá-la em ocasiões especiais. Acabou admitindo a derrota. E quem seria o primeiro a esfregar seu nariz nisso? Ninguém menos do que o provocador orgulhoso. "No fundo, Menino Gumchi, você é só um eremita do deserto em licença temporária."

Duyole Pitan-Payne — e nunca um cartão com um sobrenome composto foi entregue por seu proprietário com mais prazer do que um vinho do Porto vintage. "Aduyole Pitan-Payne falando..." Sim, Menka assentiu com pesar, seu amigo tinha razão. Para aquele cirurgião de um vilarejo pouco conhecido chamado Gumchi, o teste mais recente e definitivo começara havia apenas dois meses, com sua personalidade reticente colocada no centro das atenções do público e já murchando com a explosão de notoriedade. Até mesmo as poucas aparições das quais ele não conseguia escapar pareciam ondas de calor fora de época de exposição pública, fazendo com que desejasse nunca ter ouvido falar de uma medalha de honra nacional. Ou então que isso tivesse acontecido em um ambiente diferente, onde tais incidentes eram levados a sério, nada diferente da nova camada de tinta que foi adquirida pela única loja de bairro de Gumchi — sem aumento de clientela, sem ramificação, sem diversificação, sem sessão de fotos para a mídia, apenas uma maravilha de uma olhada e de volta ao seu negócio de vender cigarros soltos, leite condensado em latas, açúcar em cubos, sal às colheradas, pequenas montanhas de noz-de-cola em uma bandeja, os envoltórios de papel pardo bem dobrados do famoso *kilishi*, carne de cavalo seca, além de uma variedade de bugigangas que mais pareciam sobras resgatadas da capital vizinha, Abuja, para dar a Gumchi um verniz de atividade comercial. Nesses momentos, Menka sentia falta de Gumchi com pontadas dolorosas de privação injusta.

Não resistiu quando seus colegas lhe negaram um lugar na equipe cirúrgica. Conhecia todos, tinha trabalhado com eles no passado. Era capaz de deixar as emoções de lado, cortar o amigo, sondar e costurar de novo. Suas mãos estariam firmes como em qualquer outro paciente, mas os demais negaram com firmeza. Eles lhe deram um banquinho no bloco operatório, e ele observou os movimentos de suas mãos, às vezes as expressões em seus rostos mascarados. Acompanhou a comunicação silenciosa entre eles, nascida de décadas de prática, e sabia exatamente o que suas mãos estavam fazendo — sondando, cortando, suturando. Tudo o que ele teria sido capaz de suportar. De fato, sem manusear um par de fórceps, sondando um tecido para extrair um corpo estranho após o outro, sentia suas mãos em harmonia com as deles e sabia que seu amigo estava em mãos tranquilizadoras. Tudo parecia irreal, ele como espectador enquanto os outros faziam o trabalho, mas acabou por admitir que era melhor assim. Sabia quando o paciente entrava em choque e depois entrava em coma. Quando tudo terminou, eles o retiraram juntos e o colocaram na terapia intensiva. Agora Menka estava apenas observando. O coma entrou em um segundo e depois em um terceiro dia. Tudo o que podia fazer era passar bobinas de distrações em sua mente — qualquer coisa que não fosse se concentrar nas perspectivas. Apenas mantê-lo vivo, tanto física quanto mentalmente.

A tarefa impossível era se separar daquele paciente, deixando apenas o amigo, o mesmo substituto superqualificado cuja lista de visitantes era rigidamente controlada. E eles eram obrigados a usar máscaras cirúrgicas para reduzir o risco de infecção. Infecção? O cirurgião achava essa preocupação irônica — uma precaução que ia na direção errada. Qualquer infecção não seria nada mais do que um retorno justo. Esse amigo havia infectado tudo e todos com seu vírus desenfreado da existência. Parecia injusto com os outros. Agora era a hora da vingança, quando aquele espaço antisséptico, cercado por telas verdes clínicas, deveria estar repleto de amigos, colegas e arrombadores de portões, emprestando-lhe vibrações de força, mas todos haviam sido banidos. Resistindo até o fim, até mesmo sua esposa, Bisoye, foi forçada a sair naquele primeiro dia, mas apenas para outro quarto, com uma cama e sedada até que os parentes pudessem levá-la para casa. Ela voltou para uma casa onde mensagens de solidariedade e indignação pública substituíram a pilha de cartões de convite que estavam sendo preparados para distribuição. O sábado daquele fim de semana foi designado como a festa multimegamagnum por ninguém menos que o próprio paciente. E isso apesar de o evento ter sido supostamente concedido à sua esposa, menos gregária, para cuidar do cardápio, da lista de convites, da banda, da decoração, das lembrancinhas e de tudo o mais que definisse um esbanjamento dos Pitan-Payne. Afinal de contas, a iniciativa fora dela em primeiro lugar — uma festa de despedida para o irreprimível esposo, que estava indo para uma missão nas Nações Unidas.

Isso fora em um tempo já esquecido. A realidade em andamento a deixou com protestos inúteis, já que o próprio objeto de comemoração tomou conta do evento, transformando-o em um caso triplo. Agora havia o sucesso de Menka para comemorar, Duyole lembrou à esposa e à família, aos jardineiros, aos que telefonavam e aos cães de guarda indiscriminadamente. "Ele acha que está me superando, mas espere, tem outra coisa pela frente. Pretendo enterrar o prêmio dele sob essa festa." Em seguida, o retorno de Damien, o filho pródigo, portanto, "faça a sua aritmética bíblica direito, querida... isso exige o abate de dois bezerros gordos, um para Damien e outro para Menka. Acha que eu esqueci?". O crime de Menka, por pelo menos trinta anos sem esperança de remissão, continuava sendo uma desculpa duradoura. O Menino Gumchi havia escolhido desertar depois de voltar da formatura em Bristol, indo para o norte, para a sua casa, em vez de se juntar ao seu "gêmeo" no sul, em Lagos. Mesmo quando Menka passava por Lagos a caminho de outro lugar, ou quando fazia uma parada ao voltar, o simples fato de vê-lo era um retorno do filho pródigo, cada comemoração mais pródiga do que a anterior.

Na verdade — e era prudente sempre checar Pitan-Payne — a designação, por acaso, era mais apropriada para Damien, o filho distante, que havia aparecido na casa em circunstâncias misteriosas, já com trinta e seis anos, mas com uma esposa e dois filhos. Para Menka, o mistério não era nada disso. Ele ainda se retraía toda vez que se lembrava das negociações discretas que, no final das contas, conseguiram reinserir a pedra lisa e rolante na lareira da família, superando a oposição feroz da irmã de Duyole, cujo direito de posse parecia ainda mais violentamente incorporado do que qualquer um que já tivesse discernido remotamente em sua esposa, Bisoye. Afinal de contas, ela era a dona da casa e, portanto, a única que tinha o direito de recusar primeiro, como foi murmurado e alardeado com sotaques desconcertados tanto por intervencionistas quanto por comentaristas de poltrona. Mesmo antes dela, na lógica do direito, estariam os dois produtos de seu primeiro casamento "ultramar", Katia e Debbie, filha de uma canadense negra. Elas não expressaram nenhum ressentimento em relação ao acréscimo familiar — mais precisamente, à revelação. Selina ignorou todos esses argumentos. "Só depois que estes seios murcharem", ela disse, enquanto apertava os dois seios com as mãos, alertando para uma longa espera à frente para todos esses otimistas. "Você quer sentir como eles ainda estão firmes? E isso não é silicone!" Ela ameaçou acampar na porta do casal, noite e dia, antes que um "impostor" poluísse a linhagem vintage dos Pitan-Payne. "Aquele filho bastardo e seus bastardos brancos de segunda geração? Deus nos livre de qualquer coisa ruim!" Até mesmo a inevitável capitulação foi do modo mais desagradável, amargo e implacável. Ela boicotou a casa dos Pitan-Payne por meses, até ser chamada pelo patriarca da família, o Pai Eterno — apelido adquirido a partir de seu hino cristão favorito, "Rock of Ages", sobre a Rocha Eterna —, a quem todos obedeciam, algumas vezes.

O pseudoprodígio que estava de vigia ao lado da cama sentiu os ombros caírem como se tivesse sido atingido de novo pela simples lembrança da intromissão na família, embora a convite apaixonado do próprio Duyole, sua mediação foi acolhida com alívio por todos, inclusive pela irmã Selina. Menka era seu deus ex machina salvador das aparências, lançado de paraquedas direto do céu. Isso o elevou instantaneamente na classificação privada da família dela, ainda marginal, não mais do que um status honorário, mas ainda assim, a partir de então, com direito a ser chamado de "médico da família". Já havia um, sua antiga cartela de pacientes rotineiramente estendida pelo próprio patriarca para cobrir cada novo acréscimo de sangue ou vínculo tolerado. No entanto, não custava nada poder se dar ao luxo de fazer uma brincadeira ocasional — "Como eu estava dizendo a um dos médicos da família, você sabe, o famoso dr. Menka, o célebre cirurgião...".

Os dois irmãos estavam entre as primeiras visitas, não muito tempo depois de Menka e a ambulância que havia chamado imediatamente terem partido. Recusou-se a aguardar a chegada do esquadrão antibombas, conforme ordenado pela polícia. "Vocês fazem o seu dever quando podem", disse. "Eu vou fazer o meu, e o quando é agora", e desligou o telefone. O esquadrão antibombas, o barulho e o caos, e o som enlouquecedor da ambulância para o hospital haviam despertado toda a vizinhança, a maioria da qual ouviu e pensou que fosse mais um caminhão-tanque. Ou mais um prédio implodindo sobre si mesmo. Esses sons se tornaram os companheiros da existência. Depois disso, começaram as procissões — para casa, para o hospital, para o necrotério, para dentro e para fora do famoso marco, as Millennium Towers. No hospital, apenas alguns familiares mais próximos puderam se aproximar. Os parceiros de negócios de Duyole, todos juniores, ficaram ressentidos por terem sido mantidos afastados, mas foram compreensivos em sua maioria. Havia Ekete, o diminuto Ekete, elegante mesmo quando estava em evidente sofrimento; Runjaiye, sempre com um ar de perplexidade, mas que era a espinha dorsal da produtividade da equipe. A leal fornecedora de refeições e amiga da família, Sisi Sangross, chegou acompanhada de uma empregada carregando uma carga de bagres frescos, *eja osan*, direto para o hospital, incapaz de entender por que lhe foi negada a entrada com sua oferta, concordando apenas relutantemente em redirecionar seus pés para a casa. Ao saber que Bisoye tinha sido levada de volta para a casa, sob efeito de sedativos, todo o ressentimento desapareceu e ela voou para a casa para ficar ao seu lado.

No hospital, o fluxo de visitas se transformou em uma enxurrada de pessoas decepcionadas. Passariam mais três dias até que chegassem as duas moças do primeiro casamento de Duyole, uma do Reino Unido e a outra dos Estados Unidos. Por enquanto, eram clientes chocados e solidários, bisbilhoteiros da mídia, membros do clube... Sir Goddie enviou uma delegação especial, transmitindo solidariedade e uma promessa de vingança contra os criminosos. Os emissários pediram especificamente ao filho Damien que contatasse o Mordomo do Povo o mais rápido possível.

O corretor imobiliário Kikanmi, o Cérebro de Badagry, sentiu-se especialmente prejudicado. Chegou à casa logo após a partida da ambulância e foi de imediato acompanhado pelo vendedor geral. Encontraram um inconsolável Godsown, seu antigo mordomo, sentado na soleira da porta, com as mãos na cabeça. Ele apontou um dedo trêmulo na direção em que a ambulância tinha ido — "Eles mataram o *oga*, jogaram bomba para acabar com o *oga*. Ambulância levou o corpo embora etc., etc.". Os dois irmãos uniram forças, correram direto para o necrotério do hospital, expressaram irritação ao serem redirecionados para o hospital, depois para o bloco operatório, onde ficaram ainda mais surpresos ao serem excluídos da sala de cirurgia, sendo aconselhados a voltar horas depois ou então a esperar na antessala pós-cirúrgica, onde poderiam apenas ter uma visão do paciente que estava sendo levado. Kikanmi, com o nariz permanentemente voltado para o céu, indignado com o ambiente, levou sua reclamação direto ao suposto ocupante daquele espaço.

"Que país atrasado! Em outros lugares, há uma janela pela qual se pode observar a operação." Ele voltou para suas rondas de serviço; Characo, para seu clube de golfe.

Em poucas horas, a mídia social estava pingando sangue: "O nomeado para o setor de energia da ONU foi bombardeado, mutilado e está irreconhecível". No entanto, o mesmo mingau irreconhecível estava sendo transportado em um dos aviões da frota presidencial para Nova York para receber tratamento, com ninguém menos que o chefe da equipe aérea do país nos controles.

E o mesmo OVNI foi levado de maca pelas portas duplas da sala de cirurgia do University Teaching Hospital, no sul da Nigéria, com o dr. Menka empurrando a maca. Ele permaneceu um pouco atordoado pela estranha perseguição do déjà-vu, dessa vez aparentemente dirigido a sua pessoa. Viu-se de novo seguindo uma rotina familiar — saiu do hospital para o seu apartamento cerca de seis horas após a operação, embora não tivesse participado fisicamente. Foi direto para o banheiro e relaxou no chuveiro. Depois, tomou um café quente com uma dose dupla de leite e açúcar e voltou para o hospital. Passou na casa principal, para ver como estava a esposa. Godsown fora deslocado da soleira da porta, mas agora estava sentado no banco em geral ocupado pela unidade de segurança, olhando para o nada. Sua posição anterior era ocupada por um detetive todo armado e equipado, que lhe recusou a entrada. Godsown correu para explicar quem ele era. O policial foi inflexível. Somente os residentes listados podiam entrar — sob ordens.

Menka conteve a explosão iminente de Godsown.

"Apenas chame o Damien."

Godsown balançou a cabeça e respondeu:

"Mas o sr. Damien tá no hospital."

Menka fez uma pausa. Só então se deu conta de que não tinha visto Damien desde que ele tinha ido embora com a ambulância naquela manhã.

Um carro chegou. Era Runjaiye, do escritório. O rosto de Menka se iluminou. Ver o hipereficiente Runjaiye o tranquilizou mais uma vez, pois sabia que havia alguém que poderia tomar conta da situação enquanto o chefe estivesse incapacitado.

"Não estou autorizado a entrar", informou ao sócio júnior. "Estamos tentando encontrar Damien. Ele está no escritório?"

"Não. Ele não está no hospital?"

"Não. Estava torcendo para estar no escritório."

"Ele passou no escritório, sim. Achei que tinha ido ver se estava tudo bem. Ele ficou a maior parte do tempo na sala do sr. Payne. Depois foi embora, achei que tinha vindo para o hospital."

Menka negou com a cabeça.

"Agora, eu me lembro — ele me falou alguma coisa, mas foi tudo muito caótico. Eu só queria colocar Duyole na ambulância e sair. Bisoye se recusou a sair de perto dele. Eu falei para o motorista ir imediatamente."

Godsown interveio.

"Ele voltou pra dentro de casa. Disse que ia trancar a oficina do patrão onde a bomba explodiu pra ninguém mexer em nada até a polícia chegar. Depois, escapuliu. Achei que tinha seguido cês tudo até o hospital."

"Tudo bem, diga a ele que eu passei aqui. Só queria dar uma olhada na senhora. Vou ficar no hospital de agora em diante. Não deixe de me ligar assim que ela acordar. Nós lhe demos um remédio para dormir, entendeu?"

"Ah, sim, sinhô. Eu vi quando a enfermeira trouxe ela de volta. Eles carregou ela direto pra cama. A empregada tá com ela. E Sisi Sangross veio ficar com ela."

"Ótimo." Ele se virou para Runjaiye e apontou para o detetive. "Por favor, entre em contato com o chefe desse homem e diga a ele que os médicos precisam ver os seus pacientes."

Menka ainda estava lutando para manter os olhos abertos e ler além da mesma página na qual ele parecia ter parado desde que assumira a sua posição. Pelo menos ali ele podia exercer o seu privilégio de médico, onde outros haviam sido expulsos. Fora uma longa vigília. Estava decidido a estar presente quando o menor piscar de olhos ou contração muscular sinalizasse uma nova reivindicação de vida. Cada vez que a sua cabeça tombava e ele acordava de novo, lançava um olhar rápido para a cama, na esperança de que Duyole não tivesse acordado e o pegasse cochilando. Já podia ouvir a repreensão inabalável do paciente, a mesma resposta sempre que Menka o advertia para não se esforçar demais: "Médico, cura-te a ti mesmo". Menka sentiu que precisava de uma intervenção além do repouso; definitivamente, uma cura séria estava sendo prescrita.

Ademais, vigiar Duyole o assolava, de corpo e alma. Se ao menos tudo se limitasse a "Médico, cura-te a ti mesmo!". Menka temia que, na verdade, tudo se resumisse a "Médico, conhece-te a ti mesmo!". Havia a aparente conversão de seu corpo em um campo de batalha para manter os pesadelos afastados, uma consequência das descobertas sombrias que prejudicariam para sempre a sua fé cirúrgica. O prêmio só piorou as coisas — a exposição pública — justamente quando ele desejava, ansiava pelo anonimato total, o melhor prêmio imaginável, o dom de desaparecer... e então, de repente, uma comoção!

Menka não podia acreditar no que ouvia, mas... não, de fato, ele estava bem acordado, não estava no meio de um pesadelo e não estava tendo alucinações. Naquela atmosfera clínica e curativa, nada menos que um sopro violento subia as escadas com sotaque humano. Aproximou-se do último lance, perseguido por dois, e depois três pares de mãos que o seguravam e imploravam freneticamente: "Senhora, senhora, por favor, senhora, os pacientes...". O sopro, no entanto, estava além do alcance. Menka se jogou da cadeira e correu para interceptá-lo antes que chegasse ao seu andar e invadisse o espaço fechado de Duyole — ele havia reconhecido uma voz feminina e isso o deixou ainda mais irritado. Não era outra senão a irmã mais nova do paciente, Selina.

*"Broda mi, broda mi, se'wo l'araiye fe se bayi?"**

Alheia a todos que a viam ou ouviam, ela subiu as escadas correndo, com uma garrafa de água transparente em uma das mãos, executando movimentos misteriosos ao redor da cabeça e para fora, em impulsos bruscos para longe de si mesma, na direção de inimigos invisíveis, com a outra mão se defendendo da contenção. Ao mesmo tempo, ela lançou uma torrente de maldições iorubás contra todos aqueles cuja inveja presumivelmente havia organizado o ataque ao paciente:

"Não terão sucesso! Você vai derrotar todos eles. Você vai para as Nações Unidas e vai voltar ileso. Você vai ganhar honras maiores. O mundo vai conhecer o nome Pitan-Payne. Aqueles que odeiam ouvir esse nome ficarão surdos com o som desse nome, em nome de Jesus. As pessoas mesquinhas deste mundo, invejosas dos abençoados, aquelas que nunca desejam o bem dos que veem sendo bem-sucedidos, que veem prosperando, que veem fazendo o

* "Irmão, meu irmão, é você quem o mundo maligno tentou maltratar dessa maneira?" (N. A.)

bem aos outros, derramando o bem sobre os outros, aqueles para quem a grandeza vai permanecer para sempre uma mercadoria desconhecida, em nome de Jesus, pois não suportam vê-la nos outros, aqueles cujo único objetivo na vida é derrubar os outros em seu auge, emboscá-los em seu caminho para a glória, arrastar os outros para baixo das alturas da realização, alturas alcançadas por meio do trabalho de suas mãos — oh, nós os conhecemos, conhecemos suas maquinações sujas, mas eles se ajoelharão em seu fracasso, para nunca mais se levantarem, em nome de Jesus, amém. Podem fingir qualquer amizade que quiserem, mas Deus vai expor todos eles. Deus vai acabar com eles, Deus vai frustrar suas tramas. Eu juro, meu irmão, nenhum deles vai viver para ver seus maus pensamentos triunfarem, em nome de Jesus."

Foi uma atuação eletrizante. Ela parecia estar possuída, como se não houvesse nenhum outro ser humano naquele hospital, com ela vindo diretamente de algum reservatório de fortificação psíquica cujas energias — conforme as instruções — ela deveria descarregar direto na figura reclinada antes que sua potência se dissipasse por atraso, por meio de um movimento ou feitiço mundano de neutralização, como reconhecer a existência do amigo cirurgião que tentou interceptar sua investida.

"Eu quero ver o meu irmão. Ele está com vocês há dois dias. Onde o estão escondendo? Eu quero ver o que o inimigo fez com ele."

"Controle-se, Selina."

"Quem é você? Não se atreva a me dizer o que fazer com o meu irmão!"

"Selina, sou eu, Kighare…"

"E daí? Você é da carne e do sangue dele? Eu digo que preciso ver o meu irmão."

"Você vai ver. Mas precisa ficar quieta. Ele está descansando. Não o perturbe."

"Eles o mataram. Eu sei que mataram. Vocês estão todos mentindo para mim."

"Silêncio, já falei. Você precisa ficar quieta ou eu mesmo expulso você. Jogo escada abaixo."

Isso pareceu tranquilizá-la. Selina olhou para ele com certo espanto. A essa altura, os visitantes de outros pacientes estavam aparecendo para observar a comoção. O dr. Menka a levou até o cubículo de Duyole e apontou, puxando ainda mais a cortina para isolá-lo completamente. Perplexo, observou

Selina cair de joelhos, enterrar o rosto no colchão e começar a soluçar. Era um soluço seco e arrasador que não deixava escapar uma lágrima sequer. Ele deixou o choro seguir seu curso. Como que para compensar a seca, ela se levantou e começou a dar a volta na cama, com a garrafa na mão, espalhando seu conteúdo no chão. Feito isso, ajoelhou-se de novo, dessa vez escolhendo uma posição próxima à cabeceira. Em seguida, começou a fazer orações, explodindo em voz alta de tempos em tempos. O dr. Menka fez sinal para que as enfermeiras se retirassem.

Selina permaneceu em comunicação com forças desconhecidas por mais alguns minutos. Quando terminou, se levantou, ajeitou o vestido e olhou para Kighare Menka.

"Eu o avisei para não trazer esse bastardo para a casa da família. Azar, foi isso que você trouxe para a família."

E saiu. A enfermaria do hospital ficou em silêncio. O dr. Menka examinou o paciente. Não houve nenhuma mudança em seu estado. Retomou seu turno. A interrupção havia banido toda a sonolência e a substituído por um sentimento de deboche, o ressentimento de uma inadequação autoimposta. Qual era o sentido de todo aquele treinamento e reputação se não conseguia nem remotamente avaliar a profundidade do coma de Duyole? Ou se conectar com ele de alguma forma, em algum nível? Ser capaz de afirmar com alguma segurança que o engenheiro estava *pensando* em alguma coisa de onde estava? Certamente, algum esforço de recordação estava em andamento e os neurônios do pensamento tinham uma maneira de se conectar. Alguma coisa compartilhada do passado? Nada profundo ou espetacular, apenas algo, alguma trivialidade a que se agarrar, algo que garantisse que um fio, por mais desgastado que fosse, permanecesse intacto. Então, a transmissão de seu próprio domínio de competência poderia começar. Contato. Gradualmente, esse fio levaria seu amigo de volta, centímetro a centímetro, à vida real, por mais profundo ou amplo que fosse o abismo!

O cirurgião especialista, modelo de clinicalidade, começou a trabalhar, arrastando sua rede pesada em uma sucessão de carretéis, um atrás do outro. A monotonia foi jogada ao mar. A trilha de Duyole estava repleta de passeios esotéricos nos quais às vezes gastava tanto tempo e energia quanto em suas premiadas — e lucrativas — invenções mecânicas. Um dos passatempos do engenheiro era fabricar dispositivos inúteis, mas eloquentes, principalmente conversões. Desgostoso, como milhões de seus colegas que sofriam com o fracasso ritual da agência de eletricidade do país, uma vez ofereceu à agência nacional de energia, conhecida como NEPA, sua "obra-prima da solução". Tratava-se de um dispositivo que, segundo ele, gerava escuridão fora das horas solares regulamentares da natureza. Entregou o protótipo ao ministro de Energia, e Menka forneceu a seguinte nota: "Isso o deixa livre para se concentrar na produção de luz, já que os nigerianos agora podem produzir a sua própria escuridão com o toque deste interruptor". Nenhum dos dois estava disposto a arriscar uma aposta de que um funcionário de alto escalão não correria para o Escritório de Patentes com o monstro, tentando fazê-lo passar por sua própria invenção. Os detritos robóticos da loja de brinquedos Kids R'Us, aumentados de forma extraordinária com tampas de garrafas de prata, cacos de vidro quebrado, centenas de sementes oblongas da árvore extravagante, raios de uma velha bicicleta Raleigh em círculos brilhantes, todos emitiam um rugido assustador quando ligados; ainda hoje adornam as câmaras do Escritório de Patentes em uma seção chamada "Soluções energéticas".

Assim que Kighare Menka se lançou nesse devaneio, se viu desligando-o com um estremecimento. O médico não era supersticioso — pelo menos tentava se convencer de que não era —, mas não era hora de invocar a escuridão, mesmo em tom de brincadeira, não enquanto ela fosse a usurpadora da consciência de Duyole. Ele se esforçou desesperadamente para encontrar um substituto — algo não menos maníaco, talvez, mas que também significasse travessuras, risos, com certeza uma aglomeração de pessoas, uma chuva de pedrinhas brilhantes que caíssem na cabeça de Duyole e o fizessem acordar de onde quer que estivesse preso. Sua mente se voltou para as Oktoberfests compartilhadas; juntos, eles abriram caminho pelos *biergärten* da Bavária. A gritaria estridente e o *yodeling* de altos decibéis foram logo silenciados pela lembrança da briga de família — local de origem do caso do filho nascido fora do matrimônio —, e Menka passou com a mesma rapidez para a arena operística mais neutra, sem dúvida um dos lugares favoritos dos Pitan-Payne. Era muito mais confortável, mas não era um lugar onde Menka pudesse ficar imerso por muito tempo com a concentração necessária, já que o médico era notoriamente surdo e às vezes se perguntava em voz alta por que os atores sérios escolhiam distorcer os diálogos quando podiam apenas falar como seres normais. Continuou a vasculhar o depósito — bom, uma casa de recuperação, talvez? Sua mistura favorita — as artes, sim, mas o negócio era limitado, comer era a arte primordial, e o que dizer da cura e da cultura?

Daí surgiu a fase da medicina alternativa — "Um primeiro passo, é claro, apenas o primeiro passo" — sempre um primeiro passo com Pitan-Payne, o início de algo maior, mais grandioso, mais elaborado, mais intrincado. Era ali que seu espírito alegre encontrava espaço suficiente para vagar, em uma mente de bolha geodésica que, ao contrário da pedra rolante, juntava musgo do tipo mais nutritivo. "Veja, seu açougueiro, onde há uma doença tradicional, deve haver uma cura tradicional. Veja o caso da febre de Lassa — o homem não pode mais nem comer carne do mato. Um dia os caçadores se rebelarão e eu me juntarei a eles. Aqueles *oyinbo* nos deixaram para resolver tudo sozinhos — por que não? E o ebola? Como sabemos que a solução não está aqui? Quero dizer, na medicina tradicional. Eles dizem que é a nossa doença. Quem se importa? O que importa é quem a cura! Tudo se resume a uma escolha entre o laboratório e o necrotério."

Kighare estremeceu ao ouvir a palavra, mas dessa vez se recusou a recuar, balançando a cabeça desafiadoramente e obrigando o carretel a continuar. A troca de acusações sobre o instinto de Duyole de que Gumchi tinha a chave ajudou.

"Agora, uma vila intocada como Gumchi — o lugar ideal para pesquisar a medicina tradicional. Intacta. Perto da natureza." E as próprias reservas gritantes de Menka: "Você consegue enfiar isso na cabeça? Eu sou só um cirurgião. A minha especialidade é abrir as pessoas, depois que os outros recomendam isso". Entra a pausa agravante e o choque de inocência praticado. "Ah? Mas médico é doutor, ainda que não tenha doutorado. Espere, espere, não tão rápido. Vamos voltar um pouco. Eu sabia! Você achou que tinha se safado, não foi? Eu sabia que já tinha ouvido isso antes — Muhammad Ali, foi ele que falou: 'Como eu ganho a vida? Eu bato nas pessoas'. Você roubou a frase dele — que vergonha!"

Menka, com o propósito desencadeador esquecido, permaneceu envolvido em uma chamada de FaceTime de longa distância nas ondas de rádio de Gumchi. Como uma tábua de adivinhação, o bloco de anotações de Duyole emergiu e pulou em seu colo enquanto discutiam em sua oficina, com seu entusiasmo apagando todo o resto. O lápis começou a brilhar em toda a sua superfície lustrosa. Uma hora depois, eles haviam chegado ao estágio de selar o acordo com sua bebida ritual de prêmio, o Laphroaig single puro malte, com cinquenta anos de fermentação no barril, doado por aquele cliente efusivamente satisfeito — "lembra-se dele?" Aquele projeto pendente, o trabalho em andamento sempre presente na memória, abandonado, recuperado, revisitado, revisado, repreendido, chamando-os — com certeza aquele cérebro hiperativo se lembraria de tudo, lutaria para recuperá-lo, reinvesti-lo onde ele pertencia. Tinha que deter sua flutuação no espaço sem direção, reativar o brilho que parecia estar colado em suas retinas desde o nascimento, um brilho também de autoironia desinibida. Menka continuou a rastrear esse brilho enquanto mudava de propósito descontroladamente, seu proprietário pegando um telefone em sua presença para fechar o escritório mais cedo, a fim de levar a equipe a uma cerimônia de batizado de crianças, participar de uma reunião do clã ou de uma festa de aposentadoria do jardineiro ou do segurança, rindo:

"Sabe, é constrangedor, mas acho que estamos recebendo a melhor parte da barganha — até demais. Você viu a cara deles quando chegamos? Só de ver como eles se animaram eu me senti pronto para correr para a oficina e trabalhar mais oito horas seguidas. É injusto."

Pitan-Payne era capaz de interromper uma agenda com muito tempo de planejamento para comandar uma festa espontânea no escritório para um funcionário que acabara de ficar noivo. Só Menka conhecia o verdadeiro impulso daquele que estabelecera um recorde de farras no escritório no setor comercial de luxo de Badagry. Uma funcionária apaixonada havia trazido o noivo — parecia ser a tradição da casa — para uma inspeção geral. De um rápido intervalo para bebidas na hora do almoço a festa cresceu e se espalhou pela sala de reuniões adjacente, depois desceu para a sala de exibição para acomodar os penetras de outros escritórios que encerraram o expediente do dia — eles sabiam que quando as luzes do famoso edifício de Pitan-Payne se acendiam era porque havia coisa boa acontecendo. Em Lagos, para uma conferência médica, Menka se viu como convidado de honra improvisado:

"Para apoio moral, Gumchi, para apoio moral. Eu não confio no homem." Então, por que se preocupar? Por que se dar ao trabalho? "Culpa", admitiu alegremente o engenheiro. "Culpa. Nunca vi o homem antes, nunca ouvi falar dele, então por que desconfiar dele? A escolha é dela, e ela é uma das melhores. Está vendo como todo mundo está aqui? É por ela. Todos a adoram — pergunte a qualquer pessoa na rua ou nos mercados onde ela faz nossas compras."

"Você é muito perverso", suspirou Menka. "Admita que gosta de festas. A mesa de trabalho o aborrece, ao contrário das oficinas. Eu já notei: quando está na oficina, você nunca inventa festa. É só quando está no escritório."

E novamente a parada repentina, a reflexão de cinco segundos.

"Você acha mesmo?" Uma reflexão coroada com uma careta — de duração máxima de cinco segundos. Já havia começado o planejamento para a próxima festa. "O estresse mata qualquer um com casus belli — está na hora de deixar o *casus pança* ditar o ritmo!" O mesmo planejamento meticuloso, até para as infligências de curto prazo. A mesma atenção. A mesma supervisão pessoal. O mesmo ardor. O mesmo entusiasmo insano, uma vez empreendido, sua fórmula favorita de "proporção inversa" dominando a escala de extravagância à medida que ele extraía o talão de cheques da hospitalidade: "Quanto mais baixo o cargo, maior o agradecimento".

Era impossível aceitar que aquele era o homem cuja vida estava se esvaindo diante de seus olhos.

Quem mais se empenharia tão intensamente em dissipar o arrependimento que continuava a rondar a mente de Menka — a mistura usual de lógica e loucura, intercalada com distrações anedóticas e propostas criativas e difíceis para tirar sua mente do passado? *Você fez o que considerava seu dever, agora esqueça. E, se não conseguir, pelo menos estará fazendo algo em relação àqueles que não o deixarão esquecer — os exploradores da carne e os extorsionários.* Mas a sombra não se mostrou tão fácil de ser dissipada, arrancando de Menka o súbito desejo explosivo de que seu caminho nunca tivesse cruzado com o do vendedor de *kilishi* que tinha o sequestro de cabras como atividade secundária! Um erro, quando ele finalmente confidenciou a causa da repentina queda de desânimo, bem no meio de uma reunião, reservando o desfecho corajoso para quando estivessem sozinhos. Vendedor de *kilishi*! A provocação perfeita para um contador de histórias compulsivo e um imitador irreprimível, mesmo quando ele era um receptor de terceira ou sétima mão, não uma testemunha ocular. Duyole não precisou de mais do que uma frase, talvez simplesmente ouvida por acaso e desconectada do contexto, e o transmissor pronto reformulou uma cena e a fez cair em um passeio selvagem até os limites mais extremos da licença criativa. "Eu ouvi direito? Vendedor de carne de cavalo, uma ova! O homem é um gênio. Ele disse mesmo: 'Vossa Senhoria, eu não roubei a cabra, ela simplesmente me seguiu até em casa'?"

A pausa calculada de Duyole e o movimento lento de um pedaço de carne espetado a caminho de sua boca na mesa de jantar devolveram o sorriso incerto no rosto de Menka à sua dimensão máxima. Pena que, com certeza, ele não conseguiu levar nem mesmo um fantasma fracionário dele para os cavanhaques do tribunal da Sharia que pronunciou o veredicto. Os doutos juristas não acharam graça. Ficaram ainda menos impressionados com o advogado de defesa, que reformulou a versão dos eventos do vendedor em um jargão jurídico complicado que era incompreensível até mesmo para o intérprete do tribunal. O acusado já havia se declarado culpado, e o resto era "gramática". Posse ilegal era roubo — e ponto-final. É uma pena que ninguém tenha pensado em convidar Duyole Pitan-Payne para testemunhar na qualidade de *amicus curiae*, embora nunca tenha sido chamado ao tribunal, não contribuindo em nada além de repetir a defesa do acusado em seu próprio registro vocal para quebrar a parede sem humor dos turbantes contra as perspectivas de redenção certamente alojadas no coração do ladrão de cabras comum! Variações seriam desnecessárias, apenas o lamento mímico de Duyole da frase curta: "A cabra me seguiu até em casa, Vossas Senhorias". Durante o jantar, Duyole não precisou de estímulos para embarcar no seu número, colocando a culpa direto no advogado de defesa: "Eles deviam ter insistido para mudar a acusação. Passar de roubo para aliciamento. Pergunta: Era um bode ou uma cabra? Supondo que fosse macho, o acusado provavelmente baliu como uma fêmea no cio, induzindo assim o bode a segui-lo até a sua casa. Os caçadores fazem isso, aprendem os chamados dos animais selvagens para atrair a presa para a morte. O advogado devia ter chamado o acusado e tê-lo feito balir como uma cabra. O bode apaixonado iria responder e... caso encerrado! De qualquer forma, todo mundo não sabe que o veredicto é sempre decidido com antecedência e pelo chefe da aldeia? Depende muito também da filiação partidária do acusado. Em todo caso, onde estava a imprensa? Ninguém se lembra de ouvir nem um pio...".

"A-M-A..."

Aos poucos, um pouco desorientado, ele recuperou a consciência, mas...

"A.M.A."

Clara, inconfundível, embora fraca, a voz de seu "gêmeo". Uma voz de baixo-barítono que emergia quase que espectralmente enfraquecida, como se não pudesse suportar o peso da consciência, enquanto ele subia em suas periferias. Menka se assustou e levantou da cadeira junto à cama. Sentiu-se um pouco descontente consigo mesmo. *Vigiar e rezar* — não era para isso que havia se instalado ao lado da cama de Duyole? Passou as costas da mão sobre os olhos e piscou.

"Duyo?"

Quem mais poderia ter sido? Estavam apenas os dois no canto isolado da ala de recuperação. E, de qualquer forma, quem era o irreverente que o chamava de Açougueiro Mente-Ausente? Ainda um pouco trêmulo, Menka virou os olhos devagar na direção do som que ele agora tinha certeza de que havia saído da cabeça apoiada. O ocupante da cama inclinou a cabeça ligeiramente na direção de Menka.

"Fique quieto." Menka ouviu sua própria voz, rouca de emoção. Sua recompensa foi um sorriso febril do paciente. Menka o retribuiu. "Onde você estava, meu amigo?"

A resposta foi um verdadeiro Pitan-Payne. Menka ficou de pé sobre a cama e conseguiu ler nos lábios:

"Não, onde *você* estava? Tem mais de uma hora que estou observando você."

Menka sorriu timidamente, impressionado.

Na verdade, foram apenas cinco minutos, ou até um pouco menos, desde que ele saíra do coma, ficara imóvel por alguns segundos, então revirou os olhos para se orientar, registrou Menka pelo canto aguado de um dos olhos e ficou ali, perplexo. Mas assim era Duyole Pitan-Payne. Era a única indicação necessária para qualquer pessoa que cruzasse o seu caminho de que a famosa joia da coroa dinástica dos Pitan-Payne havia sido de fato restaurada na sala de exibição da família, e com um brilho impecável. Os amigos, a família e os negócios já haviam abandonado havia muito tempo a presunção de que uma mente técnica tão reconhecida deixaria os outros desconcertados por uma adesão estrita aos fatos, mas não, o engenheiro desprezava alegre essas entidades áridas como poeira se elas entrassem em seu caminho, sendo esse caminho uma missão para "celebrar" os fatos de modo a eliminar o tédio do mundo. Quanto a um cenário mutuamente entrelaçado que estava sendo guiado ao longo dos caminhos neurais de Gumchi pelo olhar desesperado de Menka para atraí-lo de volta aos amigos e à família, é claro que ele não tinha noção. Pitan-Payne acordou se perguntando o que estava fazendo em uma seção isolada da sala de recepção, enquanto dispersava e reordenava seus pensamentos para uma audiência com o primeiro-ministro. O que achou estranho, um instante depois, foi que não estava apenas ali, mas deitado de costas, sob algum constrangimento, mas esperando para ser chamado à Sua Presença. Havia uma pia ao lado da cama, com o agora obrigatório desinfetante para as mãos, supostamente para afastar o vírus em fúria — essa era a única imagem que o ligava a uma memória perdida. A última vez que ele se lembrou dela era uma pia de porcelana azul-nuvem, com o hidratante envolto em uma bainha macia e acolchoada, com a marca do brasão nacional. Agora a pia era de um branco reluzente, meio rachada na altura dos olhos; o frasco de desinfetante era liso, enquanto um leve cheiro de antisséptico substituía o perfume da antessala da recepção. Enquanto sua mente se esforçava para desvendar o mistério, um nome a invadiu, um personagem não favorito, mas irresistível, de um mundo fictício distante, ao qual Duyole permanecera viciado durante toda a sua vida — o mundo de Charles Dickens. Não tentou explicar isso, nem mesmo para si, mas aquele mundo dominava grande parte de sua existência, que parecia ter começado maior do que a vida desde o nascimento. Era necessária apenas a provocação certa para que o sr. Engenheiro Pitan-Payne começasse sua hilária interpretação reduzida de Oliver Twist — "Por favor, senhor, quero um pouco mais" —, enquanto segurava o prato e os talheres na mão, com os olhos rolando em admiração salivante de ponta a ponta de uma porção gastronômica em uma ocasião nigeriana habitual. Quanto aos restaurantes em que a porção, em sua opinião, era insuficiente, ele calmamente profanava o decoro com a sua interpretação de barítono do apelo do orfanato, com a voz elevada de propósito para garantir que os outros comensais ouvissem e vissem, e então respondia de qualquer maneira — ele de fato não se importava: desconcertado, ofendido, conspiratório ou acenando abertamente com aprovação, levantando o polegar em solidariedade a um defensor dos direitos fundamentais do *casus pança* há muito tempo buscado. O lado sério do Twist adulto quase nunca era visto em público, mas estava no centro de seu contrato tácito com a sociedade. "Menino Gumchi, aonde quer que eu vá, tem alguém que precisa desesperadamente de um pouco mais. O que devemos fazer?"

Mas a mente de Duyole estava longe daquele náufrago do orfanato. Era um tipo totalmente diferente de peixe dickensiano que estava em sua consciência. Menka ficou apenas um pouco surpreso quando, depois de um silêncio, uma quietude quase total que se seguiu à primeira indicação de vida de Duyole, sua frase seguinte foi:

"Por que Uriah Heep nos deixa esperando?"

"Quem diabos é Uriah Heep?", perguntou, levando o ouvido junto aos lábios de Duyole para não perder o menor som. Mas era como se o notório "cair fora" de Duyole tivesse se fundido com a enorme piscina das profundezas de cada mente. Havia um sorriso em seus lábios, como se ele gostasse da frustração de Menka, enquanto ele entrava, ou talvez apenas reentrasse, em um mundo de suas memórias mais insistentes.

A mente de Duyole vagou por todos os lados. Chegara àquela época da vida em que os esquemas brotavam de seus chapéus de inverno para fornecer calor a ramos tropicais desenraizados como ele, posicionados como nuvens em forma de cogumelo que se esforçavam para descarregar a umidade em segmentos ressecados do mundo. E qual era a vastidão árida que mais precisava disso? Para ele e seus companheiros de cruzada — Menka, sempre a figura constante —, a resposta estava na advertência comum: "A caridade começa em casa". E foi aí que eles se concentraram, cada um em seu próprio campo. Para Pitan-Payne, engenheiro e fanático por aparelhos, o objetivo era criar uma empresa de ferramentas de precisão e explorar as possibilidades da energia alternativa. Treinamento, formatura, estágio em Munique, Salzburgo, Koblenz, impressionado com a então famosa ética de trabalho do norte da Europa, às vezes atribuída aos suíços, outras vezes aos alemães. Até esses contatos práticos, Duyole presumia que essa ética era monopólio dos Pitan-Payne e das famílias aliadas da aristocracia colonial, de estirpe anglicana, em que o catecismo era incutido em sua infância até o ponto de fazê-los trabalhar para ganhar dinheiro em tarefas que eram obviamente planejadas apenas para impressioná-los com o fato orientador da vida: o dinheiro era o maná do céu que crescia na árvore da diligência. Ao descobrir, muito mais tarde, que seu pai, o patriarca do clã, o Pai Eterno, havia de fato direcionado seus pés pós-graduandos até o norte da Europa, ele mergulhou ainda mais fundo nessa reputação extracurricular.

“A história caiu sobre nós em Badagry”, ele exortou seus filhos, “e os Pitan-Payne são a linha de frente desse chamado histórico.”

Duyole nunca teve certeza de qual lado da história enchia o velho de tanto orgulho: o fato de a fortuna da família ter sido construída com base em seu lucrativo papel no comércio de escravos ou o fato de os Pitan-Payne terem sido os primeiros a abandonar o comércio quando as fragatas britânicas subiram os riachos de Badagry para impor sua cruzada de abolição. O velho continuou a ver o sucesso comercial de Duyole, culminando com esse último chamado internacional para o serviço, como a marcha contínua dos Pitan-Payne em formação histórica, de Badagry e o trágico ponto de partida para as Nações Unidas! Era a história se completando em um triunfo familiar. Duyole admitia francamente que havia uma certa simetria nisso. De fato, achava muito gratificante, exceto, é claro, os portos de escala protocolares em seu caminho. Lá estava ele em desacordo filial com o Pai Eterno. Se fosse possível, o velho o teria acompanhado na visita a Sir Goddie, vestido com seu uniforme completo da Ordem Rosacruz.

Duyole Pitan-Payne absorveu mais do que um rigoroso regime germânico. Um cientista comprometido também com a ética de uma educação completa, ele não negligenciou os refinamentos da mente. E assim, a Oktoberfest, o festival da cerveja de Munique, por exemplo, registrou seu primeiro frequentador africano na pessoa de Duyole Pitan-Payne, estudante de engenharia elétrica de Badagry, Lagos, Nigéria. Munique ficava a uma curta viagem de ônibus de Salzburgo, em cuja universidade o engenheiro obteve seu diploma inicial, em um país famoso pela tradição de um tipo diferente de música — a valsa vienense. O Payne mais velho encontrara essa elegante diversão em sua juventude, conhecida na época como dança de salão, uma importação colonial cuja promoção era assiduamente perseguida pelos interesses culturais rivais do Reino Unido, da França, da Alemanha, da Bélgica etc. Seus oficiais coloniais davam aulas e passaram a tradição para uma linha de professores e missionários locais dedicados. A valsa era o rodopio favorito do *Otunba*, sem dúvida alguma. Em sua juventude, o Pai Eterno ficou famoso nos círculos sociais de Lagos como um dos mais graciosos terpsícores do gênero. A ambição de sua vida foi realizada quando ele por fim visitou o centro de produção dessa música maravilhosa, Viena, a indiscutível capital mundial da valsa. Depois disso, nada mais importava a não ser garantir que todos os seus filhos fossem desenvolver a mente nessa cidade. O filho pioneiro mostrou-se um tanto errante e acabou em Pordenone, no norte da Itália, onde morreu em circunstâncias bastante misteriosas. Duyole veio em seguida, um contraste de conquistas. Não conseguiu ser admitido em Viena, mas Salzburgo não apenas chegou perto como superou Viena, com seu Festival de Música de Salzburgo anual. A partir dessa base fortuita, o jovem Duyole, herdeiro do gene musical passado pela linhagem da família em um padrão errático, descobriu um mundo muito mais variado do que seu pai jamais suspeitava que existisse. O filho multitalentoso expandiu ainda mais o atributo da família em um espírito eclético. Graças a um colega, descobriu os corais baseados em gaitas da Oktoberfest de Munique, um evento de cerveja que Duyole achou muito mais próximo de seu temperamento e que ficava a menos de duas horas de ônibus ou trem das salas de aula de Salzburgo. Ele abriu uma exceção para Mozart, e comparecia religiosamente ao Festival de Salzburgo sempre que o compositor era apresentado. Entretanto, Munique era uma pulsão diferente, um clima diferente, que preenchia o significado primordial de *festivo* no entendimento intuitivo de Duyole. Com o tempo, tornou-se uma peregrinação anual: todos os anos, ficava no mesmo Hotel Badehof — uma evolução, depois do albergue da YMCA —, no mesmo quarto, o de número 121, posteriormente designado por ele como seu número da sorte. Mesmo depois de uma elaborada reforma, o quarto 121 continuava na cobertura, com sua generosa varanda, de onde ele podia observar os telhados da Baviera e ter uma visão panorâmica dos desfiles de rua com seus tambores, os suspensórios de couro, chapéus tiroleses com penas esvoaçantes, bandas de metais e garçonetes em trajes da festa.

Um casamento apressado e de conveniência com uma *Fraulein* roliça não era nenhuma surpresa, promovido em grande parte pelo imperativo, marca iorubá, de nunca negar a uma criança nascida fora do casamento o direito ao seu nome, por mais suspeita que fosse a paternidade. “É? Ou não é?” Na época, ninguém falava em teste de DNA. Uma cerimônia judicial, rapidamente seguida de um divórcio, provou ser um modelo de separação mútua e amigável. Ambos permaneceram amigos por muitos anos depois. Dotado de uma voz estrondosa não treinada, que ele exercitava em operetas desde que entrara para a escola, em Lagos, Pitan-Payne cantou a versão de Mario Lanza do papel-título de *The Student Prince* até que a agulha furasse o LP de baquelite. Ele foi o músico amador mais surpreso de todos os tempos ao descobrir, depois de anos de vida madura e gostos ampliados, que Mario Lanza não era considerado nem mesmo uma voz séria no palco de ópera, muito menos o melhor tenor que já existiu.

O mundo da microengenharia — especialização elétrica — foi o que fez com que seus dedos, em suas próprias palavras, "se mexessem!". E esse, mais especificamente, era o micromundo que ele jurou implantar na sua cidade natal/antigo depósito de escravos, Badagry. Marcá-la com a exclusividade de um produto cujo selo seria reconhecido no mundo todo — e valorizado ao máximo — como uma especialidade que se tornaria sinônimo de seu solo de origem. Vale do Silício? Por que não Vale de Badagry, que já foi o Vale das Lágrimas? Seria a sua contribuição para o Master Dream Collective, a visão parental à qual ele se comprometera, com os outros três em sua projeção de "suar após estudar" — a vida que Duyole levaria depois da formatura. Tudo parecia se encaixar no ciclo histórico de transformações, mas esse era apenas o estímulo romântico, um bônus marginal. A marca registrada, comercializada mundialmente como Marca da Terra, era um gongo do Benin, outro depósito de escravos ainda mais brutal. Os vínculos eram intermináveis. A história da apropriação extravagante desse gongo remontava aos tempos de estudante, uma história mordaz mantida em segredo "exceto entre amigos" e cinzas de charutos de noites inteiras, quando reminiscências estrondosas rompiam a paz da noite. Vinte anos se passaram; o gongo havia de fato alcançado um status equivalente ao de um selo de qualidade no bloco de ouro ou o certificado verde de um site do Google. E havia o marco das Millennium Towers para exibi-lo para toda a cidade, e até mesmo para a nação! Dizer que tinha pegado fogo era ser excessivamente expansivo. Com certeza, as chamas se espalharam pelo recinto das Nações Unidas, e isso aconteceu de forma muito fortuita, por meio de seu braço cultural, a Unesco. Agora, que vidente desesperado teria ousado prever uma trajetória tão improvável?

Um colega cientista, representante permanente da Grécia na Unesco, procurou localizar o original em bronze da marca registrada, que possuía afinidades com uma divindade de quatro cabeças há muito desaparecida do panteão grego, um duplo Jano, segundo ele. Cães, grifos, cavalos, dragões, serpentes e outros monstros míticos — todos eles tinham representações existentes, com as múltiplas cabeças em geral saindo dos ombros em pescoços igualmente convulsivos e automotrizes, e não uma cabeça humana estática e fundida de quatro em um, como no bronze de Benin, cada cabeça quase toda executada. Não, o diplomata aprendeu, não havia nenhuma besta ou divindade de quatro cabeças em nenhuma mitologia africana, apenas o modesto legado de duas, sendo a mais notável o irreprimível senhor da encruzilhada, Exu. A curiosidade do homem parecia insaciável. A busca o levou logicamente à fábrica de Duyole, em Badagry. "Será que poderia pelo menos ver a peça original da qual o logotipo foi derivado? E talvez conhecer o escultor, se estivesse vivo?" Pitan não podia garantir a segunda opção, mas dirigiu com ele até a Cidade do Benin e o setor de fundição de bronze. A viagem pela estrada foi escolha do visitante — um desejo de "beber no ambiente". Foi o que ele fez, saltando do carro a cada parada no caminho até o Benin cambaleando, bêbado — ao que tudo indicava. Ainda assim, a viagem por quilômetros de crateras lunares foi em grande parte aliviada por conversas interessantes sobre as invenções humanas desde antes de Arquimedes até o painel solar. No Benin, ele ficou entusiasmado com os rituais de realeza e o histórico fosso de defesa que cercava a "Cidade de Sangue". O escultor não foi identificado, mas pelo menos o mitologista faminto pôde encomendar uma réplica, que chegou devidamente à sua mesa em Paris alguns meses depois. A viagem de volta para Badagry foi muito mais tranquila, apesar da turbulência do ar que atrapalha os voos durante a estação chuvosa — ele já havia bebido o suficiente nos buracos! Por fim, partiu com uma melhor compreensão das origens de sua própria mitologia grega, sobretudo a da massa desordenada da qual todos os fenômenos supostamente emanam — o Caos.

Assim começou uma jornada fortuita que enfim o levou ao órgão principal, as Nações Unidas. Do nada, cerca de dezoito meses depois, veio a consulta e, em seguida, uma oferta formal para ingressar na Comissão de Energia, tudo graças à força escultural de um gongo de quatro cabeças — uma composição não muito singular, em sua opinião. Ou bela, por assim dizer. Na verdade, era atarracado, sem graça, quase feio. Mas era um quatro em um. E talvez o escultor tivesse em mente os quatro elementos — terra, água, ar, fogo, todos compostos de matéria, a matriz da profissão do engenheiro? E então, muito mais tarde, Duyole argumentou que ela capturava a essência serena da realeza iorubá, sem se importar que fosse inequivocamente de fabricação beninense; até as crianças na escola sabiam como as histórias e as culturas dos edos (do Benin) se entrelaçavam com as dos iorubás, então quem iria discutir? A serenidade das quatro cabeças, argumentou o engenheiro, vinha do fato de que elas abraçavam o mundo em uma única bússola espiritual. Tudo isso veio depois, racionalizando uma escolha já estabelecida, que na verdade começou com um ritual de bebida viking adaptado — com a cerveja como libação ritual, e não a retsina grega ou a sangria espanhola, que tanto viciava os turistas —, longe da terra do vinho de palma, do hidromel de sorgo e do ardente *ogogoro*.

18. Uma vigília muito distante

Damien aguardou a polícia e o esquadrão antibombas em casa, após a saída da ambulância. Permaneceu com eles enquanto andavam pela oficina, espanavam detritos, coletavam amostras e faziam perguntas. Acompanhou-os de volta à delegacia, pois estava ansioso para compartilhar, em sigilo, algumas de suas observações. Não queria fazer isso em casa — com medo de bisbilhoteiros — e insistiu em não falar com ninguém abaixo do nível de comissário. Quando se juntou ao dr. Menka ao lado do leito do doente, o cirurgião ficou aliviado ao vê-lo tentando desempenhar o papel de homem, para que todos soubessem que ele era alguém em quem os demais poderiam se apoiar em uma crise, embora estivesse com os olhos turvos e parecesse nitidamente privado de sono. Era um paciente em potencial a menos, e Menka estava mais do que agradecido. Fazendo uma breve análise clínica da situação, prescreveu que poderia começar a se concentrar em seu paciente número três — o dr. Kighare Menka!

"Parece até que voltei a Jos", declarou ele. "Então o melhor é seguir a rotina. Vou para casa, vou tentar jantar, depois passo na Bisoye para ver como ela está e volto ao trabalho. Eles vão arrumar uma cama para mim perto dele."

Nesse momento, o paciente se remexeu, mostrando sinais de vida talvez pela terceira vez naquele dia. Seus olhos notaram a presença de Damien, e isso pareceu despertar algo nele. Seus lábios se moveram, e Menka aproximou o ouvido. Foi recompensado com algumas palavras decifráveis.

"A minha maleta... no escritório... a maleta... diga a Damien que eu... quero a maleta."

Menka balançou a cabeça, meio irritado, meio desesperado. Sua voz foi curta.

"Eu não vou dizer nada disso! Quer fazer o favor de esquecer o trabalho por enquanto? Dane-se a sua maleta! Como você vai se recuperar se continuar se preocupando com os negócios? Deixe o Runjaiye e os outros fazerem o seu trabalho." Voltou-se para Damien. "O seu pai não tem jeito. Se preocupando com uma maleta? Em uma hora dessas!"

Damien ergueu os braços.

"Tio, ele é seu amigo. Você o conhece. Agora está vendo com o que temos de lidar. Acha que nada funciona sem ele. De qualquer forma, pode ir. Não tenha pressa, eu fico com ele."

Menka percebeu que Duyole ficou ainda mais agitado. Dessa vez, no entanto, sua inquietação não parecia resultar de um desconforto físico, mas de um estado de espírito. Mesmo sem o som, Menka decifrou por leitura labial as palavras em sua boca e ficou exasperado — ele continuava falando *maleta*. Então pensou, bom, quem poderia dizer no que ele estava trabalhando? Ali estava ele, deitado na cama, imóvel, incapaz de articular todas as suas necessidades, mas quem sabia onde a sua mente estava funcionando e em quê? Decidiu despachar Damien, nem que fosse para descansar a cabeça do amigo.

"Pegue a maleta, Damien. Eu espero você voltar."

A maleta era o escritório móvel de Pitan-Payne — documentos, diário, registros, cigarros, isqueiro e outras muletas humanas menores. Guardava nela seus documentos mais secretos, inclusive o "dossiê especial" — anotações sobre empreendimentos e negócios que, em resumo, exigiam um exame minucioso por meio de seus contatos especiais necessitados de proteção. O dossiê fora crucial durante o período de consultoria no Ministério de Energia. A maioria dos rabiscos estava em um código especial que era, pelo menos, dois ou três níveis mais específico do que o jargão improvisado pelo Gongo dos Quatro, que dependia mais de gestos, tom e contexto do que de significados específicos. A maleta em si era protegida por um cadeado com senha de sete dígitos — uma chance de uma em mais de cinco milhões, gabava-se, a favor de qualquer arrombador de cofre. O engenheiro era separado desse minicofre somente quando o motorista ou um mensageiro o transportava de/ou para o carro à sua frente, ambos constantemente à vista. Bom, talvez só o fato de ver a maleta em seu armário no hospital, sob sua própria custódia, o fizesse relaxar.

Menka assentiu de novo para Damien. O jovem saiu.

Era doloroso ver seu amigo obviamente agitado por algo que não conseguia expressar. Seus olhos indicavam que havia algo urgente em sua cabeça, algo que ele lutava desesperadamente para confidenciar ou pedir, mas todos os esforços apenas o cansaram, e logo cedeu. Foi um alívio vê-lo caindo no sono. Os períodos de aparente alívio foram ficando cada vez mais longos, e, por fim, seu corpo ficou totalmente relaxado e ele começou a roncar de leve.

Talvez tenha sido a música de fundo dos roncos de Duyole contra o silêncio, mas algo fez com que Menka percebesse uma nota discordante. Possivelmente uma coisa pequena, pensou, mas que o deixou inquieto. Sua cabeça insistia em voltar à manhã da explosão, revivendo cada segundo daquele primeiro som sinistro que acompanhara o amanhecer — a descida das escadas, a corrida até a casa principal e a visão de Godsown lutando contra o sono, atordoado e confuso, o cheiro familiar de cordite que eliminava qualquer dúvida. Depois, a sequência de atos acelerados. Bisoye aparecendo no andar de cima — a luta para mantê-la afastada, forçando-a a voltar para o quarto, enquanto Duyole era retirado. A explosão ocorrera no estúdio, no porão. Damien, ao que parece, passara o tempo todo dormindo e surgiu, como Menka ficou sabendo mais tarde, muito depois de a ambulância ter saído, com Menka acompanhando o engenheiro contundido, quase sem respirar, coberto de sangue. Depois da operação, quando voltou à casa para ver como estava a esposa, Damien não estava em lugar nenhum — ele presumiu que estivesse no escritório; e o escritório — isto é, Runjaiye — presumiu que ele estivesse no hospital. Damien permaneceu desaparecido por um bom tempo, mesmo quando os retardatários — colegas de trabalho, amigos, a mídia — ainda estavam à espera de notícias, apesar de o acesso ao paciente ter sido recusado, todos ávidos por qualquer notícia sobre a condição da vítima. As conversas casuais que se seguiram parecem ter colocado Damien como preocupado em proteger a oficina, assim que acordou. Ele tinha decidido permanecer e proteger o estúdio, enquanto aguardava a chegada da polícia. Terminados os serviços prestados à polícia, foi para as Millennium Towers para proteger o escritório do pai, segundo ele. Só apareceu no hospital na tarde do mesmo dia. Assim, o médico imaginou-se no lugar dele: *Agora você, Kighare, coloque-se na posição desse jovem, um pai pairando entre a vida e a morte — você se importaria em proteger a cena do crime? E o escritório, a cinco quilômetros de distância*... Menka se livrou da inquietação, resumiu o jogo de prioridades em uma palavra desdenhosa: *Lagos!*

O que estava na mente do paciente logo foi esclarecido com a chegada dos próximos visitantes — sua sogra, com o irmão de Bisoye, Denrele, a reboque. Precisavam de um documento sob a custódia de Pitan-Payne, e era urgente.

Denrele explicou:

"Sabe, doutor, por coincidência, viemos de Kwara hoje de tarde — nem sabíamos do ataque da manhã. O próprio sr. Pitan nos deu essa data. Não é hora de incomodar o senhor ou ele com esses assuntos, mas... bom, o senhor percebe como tudo isso é estranho. O documento é crucial para uma sessão no tribunal depois de amanhã."

Menka ficou aliviado e, de repente, preocupado. Se Duyole guardava algo importante, um documento em ação, por assim dizer, estaria em sua maleta. Quem saberia o código para abri-la? Certamente não Bisoye, nem nenhum de seus filhos, nem seus parceiros de negócios. Duyole, que acreditava no princípio da necessidade de saber, guardava segredos naquela maleta. Quando Menka se virou para olhar o paciente, como se esperasse encontrar uma solução ali, encontrou um brilho em seus olhos, seguido de um perceptível aceno de cabeça e o fantasma de um sorriso. Menka sorriu de volta e completou o gesto do "Vamos lá!", que sabia que ele queria muito acrescentar. Se isso era de fato o que o havia deixado inquieto, então sua cabeça estava funcionando normalmente. Mais uma vez, foi com uma sensação de admiração misturada com empolgação que o cirurgião percebeu que a cabeça de Duyole havia mantido o compromisso. Sentiu uma vontade enorme de comemorar.

Logo depois, o próprio sr. Damien subiu as escadas, com uma pasta na mão, mas não a maleta. Viu os visitantes.

"Ah, vocês já estão aqui", e acenou triunfante com as declarações juramentadas.

"Você encontrou?"

"É, imaginei que era por isso que o papai queria a maleta. Eu estava presente quando lhes deu a palavra."

"Ah, você sabia a combinação."

"Ela estava destrancada. Estava aberta no estúdio. Ele devia estar trabalhando quando... bom, quando aconteceu. Eu notei de cara, na mesa dele. Aberta."

Impressionada, a mulher abraçou Kighare. Abraçou Damien. Inclinou-se e deu um beijo na testa de Duyole.

"Eu mesmo vou acompanhá-los", disse o dr. Menka, conduzindo-os até a saída. "Depois vou fazer uma pausa. Devo confessar que estou ficando com os joelhos fracos. As mãos estão um pouco trêmulas. Estou com fome."

"E você precisa dormir", insistiu Damien. "Tio Kighare, por favor, vá dormir — na sua própria cama. Eu fico com este turno. O hospital tem um médico de plantão, à noite. Eu prometo acordá-lo quando sair. Pode deixar, eu juro."

Novamente a agitação do engenheiro pareceu ressurgir. Algo que ele precisava dizer, lutou para dizer, mas o esforço só o enfraqueceu. Revirou os olhos entre Damien e Menka, como se quisesse uni-los de alguma forma, mas a capacidade de falar parecia ter se esgotado com as poucas palavras que ele havia pronunciado. E então a pergunta sobre um Uriah Heep que os deixara esperando. Onde? Por fim, o paciente pareceu se conformar com a impotência de tudo aquilo, fechou os olhos e adormeceu.

Menka se conformou com a pausa necessária. Quatro horas depois, estava de volta à enfermaria do hospital. Damien ocupava a sua cadeira vaga, dormindo profundamente. Menka o mandou para casa, elogiando a sua sorte por ter herdado o dom do pai para cochilar. Antes de se acomodar, verificou as anotações no cartão de cabeceira e depois fez um exame de rotina no paciente.

O dr. Menka se virou na mesma hora e disparou pelo corredor à procura da enfermeira da noite. O médico de plantão já estava subindo as escadas. A partir daí, o mundo pareceu girar em um ritmo demoníaco.

"Dr. Menka?"

"Sim."

"Desculpe, mas as notícias não são boas. Você viu as minhas anotações."

"Vi."

"Eu o examinei há cerca de meia hora. Não temos o medicamento mais importante em nossa farmácia."

"Está falando sério?"

"Estava saindo do estoque. Não temos nem mesmo uma ampola."

"Vamos achar. Vamos começar checando outros hospitais."

Antes do amanhecer, houve uma conferência de médicos, além de consultores particulares que puderam ser acionados. Aneurisma! Lançado seu desafio sangrento. Um medicamento estava na ponta da língua de todos, mas o hospital não tinha nenhum. Ligações telefônicas para instituições irmãs — os hospitais universitários de todo o país, sempre começando pelo mais próximo. Tudo acabava em ausência. Damien mal havia se acomodado na cama quando foi acordado, convocado e encarregado de coordenar todos os esforços. Hospitais particulares, de novo se espalhando em círculos concêntricos — eles chegaram até a abrir o mapa do Google. Em seguida, a espera angustiante pelo horário de funcionamento, agradecendo silenciosamente por não ser final de semana, seguida pela espera agonizante da abertura das portas das farmácias. Onde havia farmacêuticos conhecidos — Lagos e Badagry, Abeokuta, Ibadan, Benin —, seus cafés da manhã foram interrompidos por ligações frenéticas. Nas Millennium Towers ordenou-se que todos os seus carros e motocicletas de entregas fossem abastecidos, com motoristas e motociclistas prontos para arrancar em qualquer direção. A medicação não foi encontrada em lugar nenhum, nem em Badagry, nem em Lagos. O estado de saúde de Pitan-Payne piorou. Parecia ter sido complicado por um derrame.

O consenso era geral.

"É hora de tomar uma atitude drástica." Menka suspirou, angustiado com a ironia — Duyole, entre todas as pessoas, obrigado a participar da chamada trilha de turismo médico!

"Mesmo para um transporte aéreo, precisamos primeiro estabilizar. O medicamento é essencial."

"Eu sei", esbravejou Menka.

Foi a ironia que provocou sua irritação incomum. Uma clínica de diagnóstico de última geração estava entre as plantas dos projetos das Millennium Towers de Duyole; na verdade, se estendia por três décadas, o tema central de um compromisso coletivo do qual Duyole era o pivô. Agora eles não conseguiam encontrar nem mesmo um medicamento básico. Mas pelo menos podiam começar a procurar uma ambulância aérea.

Menka continuou em um tom mais equilibrado.

"Não podemos esperar até encontrar o medicamento. O que vier primeiro espera pelo outro — não, bom, estritamente o medicamento vem primeiro. As ambulâncias aéreas não podem ficar paradas por muito tempo. Um paciente meu em Jos tem vínculos com uma empresa de petróleo que, obviamente, tem uma ambulância aérea. Posso acioná-los agora mesmo. Se necessário, vamos apelar até para o primeiro-ministro."

Damien interveio depressa:

"Espero que não chegue a esse ponto. Papai não ia gostar de ser obrigado a..."

"Está maluco? Neste momento, Damien, a opinião do seu pai não conta. Além do mais, ele é propriedade internacional. E uma responsabilidade nacional. Até mesmo honra — se é que ainda resta alguma em Vila Potência!"

Começaram a fazer contatos, em todos os sentidos — leste e norte. Menka ligou para o antigo hospital em Jos. O resultado foi zero. A equipe das Millennium Towers juntou-se à busca, entrando em contato com hospitais missionários e lojas de medicamentos patenteados em suas cidades e vilarejos — nunca se sabia o que poderia estar escondido fora do circuito regular. Mesmo que o medicamento estivesse vencido, eles podiam experimentar uma ou duas ampolas. Essas datas de validade preferiam errar pelo lado da segurança, de modo que sempre havia uma margem de aposta. Quando o efeito dos sedativos passou, Bisoye se transformou em aço. Calmamente, mas com firmeza, ela chamou a sua turma:

"Liguem para todos os seus contatos médicos, mas encontrem esse medicamento para mim!"

A Marca da Terra ativou a sua dúzia ou mais de filiais em todo o país. Nada veio à tona. Parecia inacreditável, mas a droga não estava em lugar nenhum.

Finalmente, foi de fato uma espelunca, uma farmácia com estoque modesto de propriedade de um aposentado de oitenta anos de idade, em um vilarejo obscuro perto de Ogbomosho, que produziu o milagre. O governador do estado foi contatado e concordou em fornecer uma escolta para levar o medicamento a Badagry.

* * *

O conselho de especialistas se dispersou, a equipe de logística tomou as rédeas e dividiu as tarefas entre si, para a evacuação de Pitan-Payne, reforçada pela família, empresa e amigos. O irmão Kikanmi rejeitou a oferta de Menka de conseguir uma ambulância aérea por meio de seus vínculos profissionais — a família, garantiu, tinha as suas próprias esferas de contatos e cuidaria disso. A ligação se estendia desde os tempos de estudante de Duyole, quando o velho se juntara a ele em Salzburgo, pela primeira vez, em sua formatura. Em sua lista de locais de interesse estava uma filial da famosa fábrica de chocolate Lindtz, situada nos arredores de Salzburgo. O *Otunba* prontamente negociou a representação da empresa na Nigéria, uma parceria que se tornou um caso de mão dupla, pois o astuto empresário também passou a atuar como agente dos exportadores de cacau do país. Sua tentativa de estender esse interesse a Gana não foi tão bem-sucedida. O povo da Lindtz estava disposto e contratos foram assinados, mas o sentimento nacionalista dessa veterana fonte de cacau se mostrou intimidador, e o *Otunba* sabiamente vendeu sua parceria ganense para uma empresa local, concentrando-se no considerável mercado nigeriano e em seu crescente mercado de exportação. Os Lindtz são nosso povo, anunciou o irmão Kikanmi; podemos contar com eles para a ambulância. Só mais tarde Menka ficou sabendo, e com grande satisfação, que o serviço já fora solicitado antes. Um membro da família havia sofrido ferimentos horríveis em um acidente automobilístico e a empresa Lindtz prestara socorro. A nova tarefa foi entregue a Characo. Ele entraria em contato com a embaixada austríaca e se encarregaria de todas as tarefas relacionadas à documentação — autorização de pouso, vistos de emergência para a tripulação, hospedagem, isenções etc., etc. Ele ignorou todas as ofertas de assistência. Conhecia *todo mundo*; sua influência na aviação em nível ministerial era abrangente. Acompanharia a tripulação pelos protocolos de imigração na chegada e obteria autorização para a partida.

Menka ficou muito aliviado com o fato de a família ter entrado na briga, especialmente para a aquisição do requisito mais crucial: uma ambulância aérea! Isso o liberou para assumir tarefas de quase igual importância, como organizar sua admissão no hospital universitário da antiga universidade de Duyole, ligando Badagry a Salzburgo. Houve um breve contratempo, logo resolvido, quando os irmãos começaram a flertar com Dubai, que na época era a grande escolha de destino médico. No entanto, contra a ligação com o chocolate do patriarca e sua paixão pela valsa vienense, não houve disputa. Agora podiam preparar o paciente para a evacuação no setor terrestre. Menka organizou uma escolta da Patrulha Rodoviária de Badagry até o aeroporto de Ikeja. Suas clínicas envolviam uma interação constante com a polícia de trânsito — a safra garantida de acidentes de trânsito que exigiam pontos e coisas piores —, e ele sabia exatamente para quem ligar em toda a hierarquia. Damien pegava as pontas soltas e agia como um quebra-galho geral. Menka fez saber como era crucial que, assim que a ambulância terrestre chegasse ao aeroporto, ela deveria obter uma passagem direta para a pista de pouso a fim de evitar qualquer perda de tempo ou atraso, o que seria prejudicial à condição do paciente. Duyole não deixaria Badagry até que o avião estivesse praticamente pronto, com toda a documentação concluída, a tripulação no lugar, o avião reabastecido e liberado para a decolagem.

Menka não hesitou em explorar seu novo status, muitas vezes surpreso — e francamente encantado — ao descobrir a influência que exercia dentro das estruturas de poder da nação, até mesmo em recantos em geral considerados inacessíveis. Jurou nunca mais reclamar das imposições negativas do reconhecimento se Duyole saísse inteiro dessa. Nesse meio-tempo, exploraria a benesse ao máximo. Fez com que o comandante da rodovia entendesse que aquela era a chance de as patrulhas exercitarem todos os seus frustrados instintos sádicos para eliminar qualquer obstáculo no trânsito e para usar o treinamento em furtividade, intimidação e direção kamikaze de modo a garantir que o paciente chegasse ao aeroporto Murtala Muhammed, em Ikeja, em uma velocidade que só seria controlada sob a autoridade do médico acompanhante encarregado do bem-estar do paciente. "Se ele disser para rastejar, caiam de barriga para baixo. Se ele disser para voar, transformem a ambulância em um helicóptero de ataque!" Em seguida, começou a trabalhar com os telefones, fazendo verificações de última hora sobre cada detalhe da partida. Fez o possível para se afastar de vez em quando, fazendo com que seus colegas sentissem que Duyole era o paciente deles e ele apenas um pneu sobressalente, mas a intenção ficou muito aquém da conduta. Em uma nação como a dele, em questões de vida e morte, a logística de tal partida carregava o fardo mais escorregadio da execução. Não se tratava mais de um caso de competência profissional, em que ele poderia deixar seu amigo em outras mãos com confiança. A realidade era que preferia conduzir uma sequência de operações delicadas durante um dia inteiro do que uma hora negociando obstáculos burocráticos e outros disparates do oficialismo. Telefonou. Discutiu. Interveio. Irritou-se. A confiança fanfarrona de Characo, as suposições sobre a cordialidade implícita nos crachás dos clubes, nas redes comerciais e na garantia de resultados em uma crise o incomodavam. Com a maior delicadeza possível, pediu ao Kikanmi sênior que ficasse de olho nas tarefas de seu júnior. De forma tão educada quanto possível, Kikanmi o lembrou de que esse era um empreendimento familiar. Menka absorveu o desprezo e retraiu suas antenas.

O cirurgião foi o primeiro a admitir — era uma criatura de intuições. Se tudo tivesse dado certo, seguindo planos e designações cuidadosos, teria insistido em um lugar naquele avião como um paciente de emergência que precisava de atenção mental. Kikanmi relatou triunfantemente a chegada da ambulância aérea, mas ele foi até lá para ver com os próprios olhos, primeiro reservando um hotel no aeroporto para passar a noite. No aeroporto, foi apontado o avião estacionado. Mesmo parcialmente satisfeito, ainda verificou se os documentos do avião correspondiam à aeronave — marca, letras, cores e descrição. Estava tudo certo. Apesar das circunstâncias, Menka declarou que a visão era o objeto mais bonito que ele havia visto desde as montanhas de Jos. Deliciou-se com um suntuoso jantar individual no restaurante mediterrâneo do hotel e dormiu profundamente. De manhã, dirigiu até o terminal para aguardar a ambulância terrestre. A autorização foi dada e a comitiva partiu de Badagry. Menka se encheu de alegria, saiu do carro e entrou no prédio do aeroporto, informando sua presença ao balcão de liberação.

Estava tudo em ordem. Esperavam por eles, a rota estava liberada para a passagem direto para a pista. O oficial encarregado diretamente da partida do avião se juntou ao comissário de bordo em seu walkie-talkie, monitorando o progresso. O dr. Menka ouviu, pegou o celular e falou com o médico para saber como o paciente estava se saindo. Sua condição era estável, nada mudara. A tripulação também havia recebido autorização. Pouco tempo depois, o micro-ônibus deles chegou ao portão de embarque especialmente designado — só então, ao ver o ônibus, Menka percebeu que, na verdade, haviam se hospedado no mesmo hotel. Tripulação sortuda, mal sabiam que tinham sido salvos do pessimismo arraigado de um maníaco. Observou-os entrarem confiantes no prédio do aeroporto e sentiu que decolava para lugar nenhum. Involuntariamente, começou a entoar um cântico de vitória da escola perdido na memória. Estava tudo bem com a equipe da escola!

Em seguida, vieram as carrancas, as vozes desesperadas e os gestos selvagens no balcão. O sr. Solução, ao que parecia, não estava em lugar nenhum. Também estavam faltando as autorizações de voo e os documentos que as acompanhavam, parte dos quais ele, Menka, havia verificado e comemorado na noite anterior. Characo Solução foi visto pela última vez correndo na direção do terminal doméstico e depois sumiu de vista.

Foi então que o homem de Gumchi finalmente deu as boas-vindas às tão esperadas formigas que rastejavam por seus intestinos. Isso trouxe uma sensação de alívio — pelo menos tinha por fim acontecido, e da maneira que sempre acontecia na terra das pessoas felizes. De última hora. Irracionalmente. Quase irreparável. Pelo menos agora havia algo em relação ao qual era possível alguma forma de ação contrária. Isso significa progresso! Ele se apresentou à tripulação. Até a sua chegada ao aeroporto, haviam permanecido alegremente inconscientes de qualquer falha. A chegada a Lagos no dia anterior tinha sido perfeita. Agora, juntos, descobriram que havia de fato um problema no departamento mais essencial: a documentação! Praticamente no último momento antes da decolagem, do espaço aéreo austríaco, com base nos últimos raios X transmitidos de Badagry para Salzburgo, foi decidido que um neurocirurgião deveria acompanhar o paciente da Nigéria — uma operação de emergência durante o voo era improvável, mas foi considerada uma possibilidade. O avião já estava equipado para esse tipo de urgência. Isso significava, entretanto, que Salzburgo forneceria um anestesista que chegaria com o avião. Tudo isso foi combinado antes da decolagem. A imigração foi alertada e a equipe de recepção preparada para as mudanças.

A chegada foi de fato impecável. A tripulação, mais o extra repentino, foi liberada pela imigração. Agora que estavam prontos para decolar, no entanto, para se despedir da terra da felicidade, algum funcionário do aeroporto, modelo militar, os havia antecipado, rejeitando a explicação para o aumento de um membro na tripulação. Em vão, o oficial de protocolo da Marca da Terra apontou para ele que o membro adicional havia sido liberado para entrar na Nigéria na tarde anterior. Não! A permissão, insistiu, foi solicitada e concedida apenas para uma equipe de quatro pessoas — por que então haveria cinco que haviam chegado no dia anterior e agora estavam tentando deixar a terra feliz? Esse figurante era um imigrante ilegal. Apreendeu até mesmo os passaportes que todos haviam entregado como garantia de sua partida matinal no horário previsto. As explicações que haviam sido aceitas como racionais na chegada eram agora tratadas como provas de alguma conspiração sinistra — contra quem e por qual motivo, ninguém sabia dizer. Todos os documentos disponíveis foram apreendidos, o inflexível guardião do reino partiu, ninguém sabia para qual escritório. Não haveria autorização para deixar o país.

Não era o momento de se indignar, mas Menka fez pior. Não foi a primeira vez que sentiu pena de Duyole por sua infeliz aquisição de irmãos, o que às vezes o forçava a considerar se a melhor maneira de retribuir sua amizade não seria eliminando discretamente um deles, em especial Characo. Menka se sentiu traído. Seu celular estava com a temperatura elevada durante toda a noite — ficava quente ao toque, sobretudo devido às chamadas relacionadas às tarefas de Characo. E não foi o cirurgião que iniciou todas as ligações: outros ligaram para ele, o médico laureado do país, para verificar se ele estava de fato envolvido nas exigências feitas pelo vendedor, algumas das quais não tinham nada a ver com a evacuação de emergência de um paciente. Characo não era do tipo que perdia oportunidades.

O cirurgião passou várias vezes pela lista de verificação. O avião havia chegado? Sim. A tripulação passou na imigração? Sim. Fez check-in no hotel? Sim. Ambulância? Sim. Escolta? Sim. Exigiu saber se estava esquecendo de algo, se havia algum problema de última hora ou simplesmente incertezas em que ele, ou qualquer outra pessoa, precisasse intervir. Se houvesse alguma necessidade de pedir ajuda de qualquer direção, não importa em que nível, por favor, Menka implorou, por favor, me chamem. Fico disponível vinte e quatro horas por dia — prometo a vocês que posso ficar sem dormir por dias. Estou acostumado a ser acordado em emergências. Basta me avisar. No entanto, não foi suficiente para o todo-poderoso Characo dizer um simples "não, obrigado". Sentia uma necessidade desesperada de avisar a todos que havia praticamente assumido o controle de todos os serviços do país, até mesmo para conseguir entrar nos banheiros do aeroporto.

E agora o Solução estava desaparecido, e ninguém parecia saber onde ele estava. Preso no famoso trânsito de Lagos? Enclausurado na torre de controle, examinando o tráfego aéreo e as condições meteorológicas para o melhor momento de partida? Repreendendo o chefe de Estado por atrasar a partida de seu irmão para uma cirurgia no exterior? A única coisa que havia vazado — graças a alguns setores solidários da administração do aeroporto — era a natureza do problema e talvez, apenas talvez, como ele poderia ser resolvido.

A ambulância manteve seu progresso desde Badagry, chegando minutos depois do horário previsto. Entrou diretamente na pista com o barulho das sirenes, escoltada pelo equivalente local da SWAT. No entanto, em vez da transferência instantânea projetada, as ambulâncias terrestres e aéreas agora se encaravam a uma distância de talvez vinte metros, incapazes de transferir a carga crítica da maca terrestre para o avião. Menka abriu as portas do veículo, onde Pitan-Payne estava amarrado à maca, e exclamou. Já devia saber! Lá estava Bisoye com o paciente. Não, havia mais. Sua mala muito viajada — a reconheceu imediatamente — estava ao lado dela, pronta para acompanhar seu homem à Áustria. Deu um tapa na cabeça, irritado consigo mesmo. Deveria tê-la avisado. Supôs que o cunhado dela, que sabia e, na verdade, tinha concordado com a capacidade do avião, levara a bordo a adição de emergência, a teria avisado. Ele próprio havia considerado a possibilidade de voar com o paciente e só percebeu que isso não era possível quando viu o avião na noite anterior — todas as perguntas sobre a capacidade real de passageiros do avião foram respondidas com evasivas. Menka achou isso extremamente desconcertante, quase como se fosse um segredo de Estado. Havia espaço para a equipe médica que viera da Áustria e para apenas mais uma pessoa — o neurocirurgião.

"Desça, Bisoye", disse a ela o mais gentilmente que pôde, e a ajudou a descer, primeiro pegando sua mala. "Depois você vai. Olhe para mim. Eu sou cirurgião, mas não neurocirurgião. Só tem um assento livre, e ele pertence ao nosso especialista em Lagos. Você nem sequer é enfermeira. Certo?" Ela negou, submissa. Era evidente que passara a noite acordada. Toda a energia anterior parecia ter se evaporado. Bisoye parecia estar atordoada, como se a enormidade da partida de Duyole e a incerteza da missão em si só tivessem surgido recentemente. O enrijecimento em sua espinha dorsal havia se dissipado por completo, talvez devido ao término das tarefas que ela havia realizado antes da partida dele e à ausência de novos desafios. Menka sentiu que ela devia ter passado a noite naquele estado, completamente esgotada, capaz apenas de seguir Duyole para onde quer que ele fosse.

Menka a conduziu até o aeroporto e encontrou um assento para ela. "Você devia ir para casa e descansar. Vou chamar um táxi. Vou marcar o seu voo antes mesmo de sair do aeroporto."

Ela se animou na mesma hora.

"Hoje? Eu posso viajar hoje à noite."

"Bisoye, você precisa recuperar suas forças. A cirurgia só vai acontecer daqui a uma semana — essa é a nossa projeção otimista. A menos, é claro, que haja uma mudança imprevista na condição dele. Caso contrário, nada menos que uma semana. Após o voo, ele deve ser reestabilizado. Você tem muito a fazer por ele aqui, antes de partir. Vá para casa, descanse. Coloque a frente doméstica em ordem. Verifique as coisas no escritório, para que você possa levar notícias. Isso é o que Duyole iria querer — você sabe disso. Ele se alimenta das últimas notícias. Estou certo?"

Ela sorriu fracamente, concordando com a cabeça.

Naquele momento, Characo surgiu, ainda mais exausto. Os documentos do voo foram levados para a sala do comandante do aeroporto, no setor doméstico, na outra extremidade do aeroporto. Characo tinha ido até lá, atrás dos documentos, e agora estava de volta, parecendo incomodado, desnorteado — partira como um filé de alcatra fumegante e retornava com uma sobra congelada. Ele balbuciou a sua provação: fora praticamente expulso da sala pelo comandante, com uma bronca por perturbar a sua paz de espírito por causa de documentos que eram claramente irregulares. Não tinha intenção de liberar um avião que havia tratado as regras de imigração do país com desprezo deliberado e, agora, como ficou claro, com a conivência de "nigerianos antipatriotas"! Por quem esses estrangeiros nos tomam? Uma república das bananas? Era o roteiro dos colaboradores "civis sanguinários" com inimigos estrangeiros de novo.

"O que fazemos agora?", lamentou Characo.

"Primeiro as coisas mais importantes. Bisoye precisa voltar para Badagry — ela veio na ambulância. Vamos pegar um táxi para ela."

Com uma avidez surpreendente, Characo ofereceu seu carro.

"Meu motorista está aqui. Ele pode levá-la para casa. Eu dou um jeito de voltar."

Menka não conseguia acreditar no que ouvia — Characo tão de pronto se sacrificando? Algo de fato sem precedentes deve tê-lo atingido na sala do comandante. Ou talvez simplesmente por ver todos os planos bem elaborados desmoronarem em torno de suas suposições. Mas o cirurgião apenas acenou com a aprovação, registrou o alívio com que Characo pegou a mala de Bisoye e a acompanhou até onde o seu carro estava estacionado.

"Vou ficar perto da ambulância", gritou o médico para ele. "Me encontre lá para um brainstorming."

Felizmente, era uma daquelas manhãs de frescor no aeroporto, então Menka disse às enfermeiras para retirarem a maca e colocarem Duyole ao ar livre. A escolta policial havia partido; a própria ambulância estava trabalhando de acordo com um cronograma e faltava apenas meia hora para a partida. Não fazia sentido reter um veículo de que o hospital poderia precisar para outros casos. Com certeza Duyole não voltaria para Badagry — isso Menka já havia resolvido. Custasse o que custasse, o avião partiria com seu amigo dentro dele, sob cuidados profissionais. Os maxilares de Gumchi estavam cerrados enquanto observava as enfermeiras retirarem a maca e colocá-la com cuidado na pista. Talvez tenha sido essa ação que provocou a próxima erupção. Um jipe aberto veio rugindo em direção ao grupo, desviando no último momento para parar paralelamente à maca. Um soldado uniformizado saltou armado, sendo impossível saber sua patente. Qualquer que fosse a fulminação ensaiada no caminho, no entanto, congelou em seus lábios. Em vez disso, se endireitou e fez continência.

Menka lhe poupou o trabalho de fazer perguntas, apontando para a maca.

"Meu amigo precisa de ar fresco. Não gosto que ele fique preso nesse veículo, especialmente porque não sabemos quanto tempo vai levar até que o avião possa decolar."

"Ah, esse assunto o envolve, senhor?"

"Muito."

Seus olhos se arregalaram.

"O avião está com problemas, senhor. Um grande problema."

"Foi o que eu entendi. Diga-me com franqueza, o que o seu comandante quer? Estamos em um impasse. Os documentos que ele quer não existem. Não podem ser apresentados. Não há nada, absolutamente nada que possamos fazer. A embaixada austríaca foi contatada, estão trabalhando de sua parte, mas cada momento de atraso põe em risco a vida do homem que está aqui deitado."

O soldado se aproximou confidencialmente.

"Senhor, aquele homem, o responsável por essa operação, fez besteira. Aquele de bigode. Em vez de lidar com a situação com gentileza, ele começou a fazer ameaças. Então o comandante pegou os papéis e foi embora."

"Eu não estava presente, mas acho que posso imaginar o que aconteceu. A pergunta é: o que você recomenda? Você conhece o seu comandante, eu não."

O homem se aproximou ainda mais.

"Graças a Deus você está aqui, senhor. Se o nosso *oga* o vir, vai liberar os documentos na mesma hora. Tenho certeza disso."

"Tudo bem. Vim aqui para me despedir do meu amigo, não para vê-lo morrer na pista. Faço o que for preciso. Onde é o escritório dele?"

"No setor doméstico, senhor. O senhor tem que sair de novo..."

Menka o interrompeu.

"Sair, entrar no trânsito, passar pelos portões de pagamento, pegar mais trânsito. Nesse meio-tempo...?" E ele apontou para a maca.

"Não tem outro jeito, senhor."

"Como assim, não tem outro jeito?" Menka fez um gesto na direção geral do terminal doméstico. "É o mesmo campo de pouso. As pistas se comunicam — está vendo, aquele avião é um serviço doméstico. É um tráfego normal. Então, qual é o problema?"

Os olhos do soldado se arregalaram ainda mais.

"Você está sugerindo...?"

"Eu estou sugerindo..." Ele deu um tapinha no jipe. "Que este é um dos veículos de patrulha, certo? Você sobe e desce, dá voltas e voltas. Até nós, civis, podemos ver isso quando estamos sentados no avião. Vocês têm as suas faixas exclusivas e estão realmente em serviço. Isso inclui emergências." Ele apontou para a maca. "Isso sim é uma emergência! Uma questão de vida ou morte."

O soldado abriu e fechou a boca. Ele deu mais uma olhada na maca e no fardo que ela carregava.

"Entre, senhor."

Aceleraram pelas vias periféricas, cortaram as pistas de pouso e em pouco tempo chegaram junto do setor operacional doméstico. Na frente da sala do comandante, o oficial pediu:

"Mas não diga que eu lhe disse que ele está aqui ou que tem os documentos. Está negando que os documentos estejam com ele."

Menka deu uma piscadela.

"Por quem me toma? O seu comandante vai ficar feliz que você tenha feito essa boa ação, eu prometo. E se isso lhe causar problemas, não se preocupe, vou deixar todos os meus contatos."

"Vou estacionar atrás deste prédio, para ele não me ver quando você for embora."

"Se preferir não esperar, eu dou o meu jeito de voltar", Menka sugeriu. "Talvez ele mande instruções, enquanto eu enfrento o tráfego normal."

O soldado sorriu e fez continência.

"Vou esperar aqui mesmo, doutor."

O dr. Menka entrou ao som de brincadeiras, risadas e flertes — ruídos alegres, normalmente não associados à sala de um comandante de qualquer unidade de segurança nacional. Um cabo alerta, que ocupava a recepção, ergueu o olhar. Ele o reconheceu, a descrença evidente em seu rosto. Então saltou da cadeira, cortês e solícito. Menka sentiu que começava a desempenhar, passo a passo, um papel que lhe estava sendo instintivamente atribuído. Com uma voz despreocupada, porém profissional, disse ao cabo que informasse ao seu chefe que ele, dr. Menka, estava ali para tratar de um assunto de absoluta urgência, uma questão de vida ou morte, que deveria ser entendida literalmente! O cabo entrou em ação. Na porta, hesitou um pouco e depois bateu.

Uma voz vinda de dentro gritou com raiva:

"Quem diabos é esse mesmo? Eu falei para não ser incomodado!"

O cabo se virou para Menka com um gesto de desamparo. O cirurgião passou por ele e entrou na sala. O comandante ficou olhando, pronto para explodir. No momento seguinte, o reconhecimento também saltou em seu rosto. Ele levantou, empurrando a cadeira para trás em uma saudação.

"Doutor, desculpe, doutor, ninguém me disse que o senhor estava me esperando."

"Eu vim por causa da ambulância aérea que está detida", anunciou Menka.

"Que ambulância? Ah... o... aquele avião. Sente-se, doutor, sente-se, por favor." Ele virou para os convidados, duas mulheres e um homem. "Hmm... podem me dar licença, por favor? Voltem mais tarde, quando eu tiver acabado de falar com o doutor." E os conduziu para fora da sala, então gritou por seu assistente e voltou a se desculpar profusamente. "Eu não sabia que o senhor estava envolvido. Ninguém me informou..."

"Não tem problema. Por favor, seja qual for a burocracia que precise eliminar, eu conto com o senhor para isso. A vida do meu amigo está se esvaindo, bem na pista. Perdemos noites de sono com isso, mais de uma semana inteira planejando e, finalmente... acabamos tentando matá-lo na sua pista de pouso."

O comandante gaguejou.

"Deviam ter me contado. Ninguém me avisou. Ei, você, traga-me o documento sobre o avião detido!"

"*Sah*?"

"O avião austríaco, você é surdo? Que outro avião você deteve?"

Depois de dez minutos, o dr. Menka estava de volta à pista, no lado internacional, com os documentos de liberação. Characo estava esperando ao lado do avião com Bisoye. Rapidamente, ela explicou:

"O Tio C. me contou do atraso, então implorei para que me deixassem ficar até que tudo fosse resolvido. Pelo menos eu poderia dar um tchauzinho. Desculpe estar tão abatida antes, mas agora estou bem."

Menka riu.

"Ah, é, eu tinha esquecido. Você é a autêntica fanática dos problemas. Quando aparece um problema, você convoca as suas reservas. Claro. Vamos todos nos despedir dele juntos. Agora está tudo em ordem. Temos autorização. O comandante está emitindo as instruções necessárias."

Entregou a Characo os papéis acertados e o vendedor começou a cantar e a dançar em louvor, o inverso da chuva de maldições que sua irmã havia feito anteriormente contra os algozes de seu irmão, tudo intercalado com suas costumeiras fungadas.

"Melhor, ah, homem de Gumchi", *funga, funga*. "Foi Deus que garantiu que você estivesse aqui hoje." *Funga, funga*. "Só você poderia ter feito isso." *Funga, funga*. "São todos uns filhos da mãe, esses soldados. Sabe, até ameaçou atirar em mim. Depois ameaçou confiscar o avião! Como se não soubéssemos que tudo o que ele queria era um suborno. *Awon oloshi.*"

Agora era só uma questão de tirar a tripulação de seu confinamento informal, ligar os motores para que Duyole pudesse ser içado em um avião com ar condicionado e depois mandá-lo para a estratosfera. O dr. Menka deu instruções de última hora e se afastou um pouco da maca para que o casal pudesse passar alguns momentos a sós. Além disso, sentiu a necessidade de saborear, sozinho, o que acabara de conseguir para um amigo — muito mais delicioso do que matar um dos irmãos mais dispensáveis de Duyole — antes que perdesse o gosto de seu imediatismo, mesmo advertindo a si mesmo que não se acostumasse demais com a posição social conveniente.

Mais tarde, Menka voltou abatido para o seu apartamento. Desanimado, tentou mais uma vez colocar alguma ordem em seu lixo de Jos, mas desistiu. Em vez disso, simplesmente tornou a arrumar a mala de viagem, pronto para a convocação da Áustria, onde o amigo seria submetido à cirurgia decisiva. Pelo menos o momento era bom, refletiu. Não tinha emprego. Seu tempo era só dele, e parte desse tempo tinha de ser dedicada a reflexões profundas.

Era um hábito que não podia evitar, totalmente involuntário, mas não o considerava anormal, e, mesmo que fosse, era uma anormalidade que chamava o anormal. Uma vez que o dia não tinha sido marcado por nenhum evento fora do normal, o que mais se poderia esperar? E assim, enquanto afundava cansado em uma poltrona, se deparou com mais um pequeno acontecimento, que havia descartado com força, vindo à tona mais uma vez no momento em que sua mente começou a rever os acontecimentos do dia.

Por que um filho se recusaria a realizar uma tarefa tão simples? Seu pai quer a pasta dele — bom, traga a pasta! Mesmo que um item de total insignificância tenha criado a necessidade daquela maleta, ele — nós — pedimos a maleta, não qualquer item dentro dela. Por que procurar um documento dentro da maleta em vez de simplesmente trazer a maldita maleta? Por que presumir que o homem não pediria outra coisa amanhã, hoje, mesmo antes de você voltar com esse item isolado? Por quê?

PARTE II

19. O discreto funeral da burguesia

E então, como sempre acontece, tudo acabou — esperanças, perguntas, incertezas. Duyole Pitan-Payne chegou a Salzburgo, mas não passou do terceiro dia na cidade da música.

De repente, praticamente da noite para o dia, os Pitan-Payne foram submetidos a uma transformação intrigante. Uma morte na família, sobretudo de alguém que representava a força vital daquela família — viva, ou seja, não se alimentando do passado, real ou mítico, mas vivendo e respirando, recriando e reforçando socialmente qualquer legado existente ou apenas imaginado —, uma morte dessas pode se revelar um evento extremamente traumatizante para a autoestima dessa família. Isso ia além, talvez, de ser ele o sustento de todo o clã. Assim como o provérbio do elefante, o evento não é apenas "algo que acabou de passar — *fiiri*!", mas um bueiro aberto no meio de um cruzamento lotado; a família se vê balançando na beirada, instável, pronta para tombar ou recuperar o equilíbrio. De que outra forma, Menka perguntou às paredes de seu apartamento — de que outra forma entender? Ele era apenas um cirurgião, um manipulador de peças sobressalentes que não envolviam o cérebro. E assim, o homem de Gumchi se sentiu perdido, desejando — não pela primeira vez, e por causas diferentes — ter escolhido uma especialização diferente. Quando tentou formular a mudança, descobriu que a fórmula mais útil era simplesmente aceitar o fato de que os Pitan-Payne haviam escolhido catapultar seus membros de uma simples família, mesmo uma notável com um pedigree reconhecido, para ser a Família. Com letras garrafais. Ou Dinastia. Talvez com a primeira letra em maiúscula, como nos antigos manuscritos iluminados.

Não importava o que tivesse sido antes, o clã parecia ter finalmente se encontrado, varrido o pó de seu pedigree e destino não reconhecidos. A humanidade normal poderia se submeter à indignidade de ser enterrada na terra natal, mas não a Família — com letra maiúscula. É difícil negar que, uma vez que o fôlego se foi, o resto é sentimento. No entanto, toda a comunidade em torno desse indivíduo — parceiros de negócios, amigos, comparsas, devedores, beneficiários — parecia unida na crença de que uma Marca da Terra, mesmo sem reconhecimento em outras terras, apenas não era doada a outras terras perpetuamente, ainda que seu provedor morresse de todo insolvente ou tivesse se tornado tão condenado ao ostracismo que amigos e parceiros não suportassem passar o chapéu para trazê-lo de volta para casa. A menos, é claro, que as circunstâncias de sua partida fossem tão indescritíveis que tornassem o retorno à sua própria terra uma abominação. A Família pensava diferente. Quando fizeram os cálculos com toda a objetividade, e conforme amplamente manifestado no desenrolar dos eventos, a Família parecia consistir em apenas um quarteto — o patriarca e os irmãos —, de modo que Menka passou a se referir a eles como o Quarteto *Otunba*. E aparentavam se apresentar com cordas discordantes. Não parecia possível, mas o quarteto estava decidido que a vida e a alma da família, de Badagry e além — Duyole Pitan-Payne, personificação de uma interpretação original do espírito das pessoas mais felizes do mundo — deveria ser enterrada em uma terra distante, simplesmente porque esse era o lugar onde dera seu último suspiro. Mas não foi "simplesmente porque". Era muito mais do que isso, como seu amigo do peito das colinas escarpadas de Plateau estava prestes a descobrir.

Os protestos foram previsivelmente instantâneos e incisivos, cobrindo todos os cantos da associação e até mesmo os encontros casuais. Os sócios juniores de Duyole na empresa, Runjaiye e Ekete, lideraram uma delegação das Millennium Towers até a casa do *Otunba*. Encontraram-no sem Mamma Kressy, com os dedos dos pés em paz dentro dos chinelos. Haviam protestado antes com Timi, que teve seu senso de onipotência restaurado. Ouviu-os, entre uma fungada e outra, e depois entregou uma mensagem curta, direta ao ponto. O sr. Timi instruiu o emissário que até mesmo os colegas mais próximos ainda eram estranhos. Não tinham nada a ver com os preparativos para o enterro de Duyole.

"É", *funga, funga*, "vocês são de fato colegas de trabalho de Duyole." *Funga, funga*. "Mas esse relacionamento termina nas Millennium Towers. Vocês não fazem parte da Família, a quem cabe a decisão final. Já tomamos essa decisão — o sepultamento vai ser na Áustria." Ekete, com a voz estridente e incrédula, reuniu a equipe e narrou a troca unilateral, com seu corpo já magro assustadoramente encolhido pela rejeição. No dia seguinte, pediu um dia de folga.

Agora era a vez de Menka, e o médico fez apenas uma pergunta ao irmão: "O que a viúva, Bisoye, quer?"

Ela havia voado na noite seguinte para ficar com o marido — foi impossível detê-la por mais tempo —, e estava no hospital, mas não ao lado do leito, quando ele deu seu último suspiro. Era concebível que ela tivesse participado de tal decisão?

Era difícil de acreditar, mas a Família não considerava os desejos da jovem viúva importantes. A Família, ao que tudo indicava, não se estendia à viúva; não incluía, naquele momento, nem mesmo os filhos. Aparentemente, foi concedida aos filhos uma categoria especial própria, a ser cortejada aos poucos, calculando que os despojos da morte romperiam suas fileiras e forjariam novas alianças. O cirurgião de Gumchi se viu em águas estranhas, sem saber o que fazer. É claro que ele já havia encontrado variações da mesma "cultura familiar", até mesmo de natureza mais horrível, ainda em prática. Menka sabia de sociedades em que a viúva passava por provações hediondas para provar que não havia participado da morte do cônjuge. Em algumas comunidades, depois de dar banho no homem morto, a mulher era submetida à tortura medieval do julgamento por provação. Ela era forçada a beber o resíduo da lavagem ritual do cadáver. Se ela vomitasse, era considerada uma assassina. Se mantivesse a lama no estômago, bem, que pena. Ela tinha que encontrar uma maneira de se recuperar da náusea e até mesmo do envenenamento. A essa altura, é claro, sua cabeça já estaria raspada e seu corpo submetido a chicotadas. Era mantida trancada em um quarto escuro e sujo, onde comia, urinava e defecava. Era trazida para fora periodicamente e submetida a uma inquisição coletiva pelas mulheres da família — o que ela havia cozinhado para o homem que o havia enviado para se juntar aos ancestrais? Essas sessões eram, de fato, bem-vindas para a viúva, pois era quando ela desfrutava do luxo da luz e do ar fresco, exceto, é claro, pelo fato de que esse interrogatório era feito no auge do sol, ao meio-dia, para queimar a culpa de sua alma. Assim, ela se sentava nas areias quentes ao sol enquanto seus interrogadores lhe faziam perguntas e acusações no conforto de uma varanda sombreada. Depois disso, voltava para a cela e para o seu férreo racionamento, em um chão duro de barro ou cimento, sem sequer um tapete de palha. Mas não se supunha estar em Badagry e que um século inteiro havia se passado desde que o transporte de escravos havia cessado? Kighare Menka começou a se perguntar o que era pior: estar entre a aristocracia de Badagry ou em Jos, onde pelo menos os restos humanos eram tratados com respeito comercial.

Assim teve início uma saga emocionalmente contundente, um mergulho nas intrigas familiares que o fez pensar seriamente em buscar atendimento nas mãos de Papa Davina ou, de fato, de qualquer divindade útil. Não conseguia mais resistir a uma forte suspeita de que ou a família estava possuída por demônios ou ele estava. Por enquanto, no entanto, se contentou em consultar um colega médico e verificar sua pressão arterial. Como havia começado a suspeitar, todos os sintomas de estresse eram superabundantes. A cautela constante de Duyole o alcançou do vazio: *Médico, cura-te a ti mesmo.* Compeliu-o a apagar todas as emoções exaltadas e a voltar ao básico. Com calma, se perguntou: o que o código do Gongo dos Quatro exigia dele em uma situação como essa? A resposta foi direta: Trazer Duyole para casa. Levá-lo para Gumchi, se era isso que significava, e enterrá-lo lá. Foi uma decisão tranquila e sem alarde, tomada com a convicção do que o próprio Duyole teria feito se ele, Menka, fosse o objeto de um mórbido cabo de guerra. *Você não o quer? Muito bem, eu fico com ele.*

Menka dirigiu os quarenta quilômetros de estrada destruída até Lagos, indiferente aos solavancos dos novos buracos que não estavam naquela rota nem vinte e quatro horas antes. Encontrou Characo em sua mesa, sua confiança restaurada com a aparente designação como principal facilitador e porta-voz da família. O sr. Timi era expansivo. A morte era uma toga grande demais para o pilantra como um todo, mas ele se esforçava para preenchê-la. Estava ao telefone com a Áustria, ditando os preparativos do funeral para o agente funerário austríaco. Se Characo sentia alguma tristeza, não havia nenhuma em evidência — mas Menka admitiu que suas próprias emoções também não estavam à mostra. Não era o momento e não havia motivo imediato para dar espaço à tristeza. Era hora do embate, e o forasteiro estava pronto para enfrentar todo o clã de impostores Pitan-Payne, um por um ou todos juntos.

"Timi, você sabe por que eu estou aqui. Apenas me dê uma resposta direta. De quem foi a decisão de enterrar Duyole no exterior?"

Characo exalava uma confiança pura e inabalável. Foi uma decisão do Pai Eterno, mas com a qual a Família concordou plenamente.

"Sei que você tem os seus motivos. Posso compartilhar, para que possamos estar todos em sintonia?"

Characo se acomodou totalmente em sua cadeira.

"Ah, homem de Gumchi." *Funga, funga.* "Você conhece o nosso povo, eles gostam de barulho. Adoram ostentação. Tudo o que mais querem é uma oportunidade de fazer um show. Vêm de todos os lugares, todos querem aparecer, mas...", *funga, funga*, "quais deles estão mesmo de luto, homem de Gumchi? Quantos nessa multidão foram lá só para serem vistos? Para se exibir? Vulgaridade, esse é o problema de nosso povo — não é mesmo? Você sabe disso, não sabe, Gumchi? Alguém como você pode entender. É um cirurgião. Você se trancafia no interior do país, atendendo às vítimas do Boko Haram. Até esse prêmio recente, alguém o conhecia? Ou se importava? Não. Esse é o seu estilo. Detesta ostentação, por isso é diferente. A maioria dessas pessoas só está interessada na parte do 'olha eu aqui'. Quantos deles realmente se importam com Duyole?"

Menka ouviu, incrédulo. Não conseguiu entender a relevância daquilo. De qualquer forma, só podia se maravilhar — será que esse homem não conseguia reconhecer a si mesmo, seus valores, no próprio tipo social que estava denunciando? Não que isso inserisse qualquer validade racional, mas será que realmente não conseguia se lembrar de que ele, o sr. Characo Procurador da alta sociedade, era o suporte do vazio, da rapidez, da falsidade de valores e do exibicionismo da sociedade suflê que estava condenando? Seu estômago revirou. Duyole tinha sido um homem de multidões. Seletivo, sim, mas adorava companhia. Adorava as pessoas, adorava estar com as pessoas. Será que esse vigarista impertinente estava criticando seu amigo? Como podia se atrever? Os dedos de Menka coçavam. Inspirou e expirou. Seria mais saudável mudar a direção da conversa, e se preparou para sair.

"Presumo, então, que a decisão seja definitiva."

"Com certeza. É a decisão da Família. E não é que a Áustria seja estranha à Família — na verdade, consideramos Salzburgo quase uma extensão da Família."

"Porque Duyole estudou lá? Porque se formou lá?"

"Mais do que isso, Gumchi, mais do que isso. O Pai Eterno — talvez você não saiba disso — há muito tempo tem conexões comerciais com a Áustria. Nós fizemos amizade. O pessoal da Lindtz nos conhece. Nós os conhecemos. Já visitaram aqui, você sabe. Eu os levei para conhecer a Nigéria. Conhecem bem o local, talvez até mais do que você."

"O que isso prova, Timi? O que a viúva tem a ver com isso, por exemplo? As crianças?"

"A Família está de pleno acordo."

"Isso inclui a esposa, Bisoye?"

"Eu falei com ela ontem. Ela está muito receptiva à ideia, é, está totalmente de acordo."

Isso foi inesperado e um revés. Será que o luto também havia distorcido o pensamento de Bisoye? Bisoye? Não, não podia ser, de jeito nenhum! Por um momento, Menka se perguntou se era ele que estava com a sensibilidade abalada, mas depois se lembrou de que Runjaiye e companhia o haviam precedido naquela mesma missão de protesto.

"Você tem certeza disso, Timi?"

"Ah, sim, eu disse a ela que era isso que a Família queria..."

"Você fica dizendo 'Família, Família'. Eu estou falando da família do Duyole."

Pela primeira vez, o procurador pareceu se colocar na defensiva. Mexeu-se desconfortavelmente.

"Bom, eu estou incluindo as crianças. Elas estão de acordo."

"As crianças! Ah, lógico, é, nisso eu posso acreditar. Eu falei para o Duyo para trazer as crianças para casa com mais frequência. Que não as deixasse crescer achando que a Europa e os Estados Unidos eram o mundo inteiro."

"No início, elas também pensavam como o Ekete e os outros, mas o Damien me garantiu que todos os filhos mudaram de opinião."

Ah, Damien? Damien era um caso especial. E quem havia trazido Damien para casa? Ele, Menka. *É bem feito para mim*, pensou. Então, como se descrevia o que as crianças haviam se tornado, como elas se consideravam? Como parte da família nigeriana, a família iorubá? Essa era uma pergunta que Duyole sempre fazia a si mesmo. Mas, por outro lado, sua viúva? A mesma Bisoye, uma princesa por direito próprio, sendo filha de uma das casas reinantes de Ondo. A casa era tão próxima do trono que a "cerimônia de pedido" foi realizada no palácio do Osemawe, o rei supremo de todos eles. Todos se reuniram e acompanharam Duyole ao evento de pedido, levando os tradicionais presentes de inhame, óleo de palma, fardos de *aso oke*, noz-de-cola e o que mais? Lá passaram pelos ritos solenes de pedir a mão dela, recebê-la formalmente em nome de Duyole e celebrar o noivado. Não, algo estava errado. Menka não conseguia ver Bisoye consentindo que Duyole fosse abandonado em solo estrangeiro, assim como não conseguia imaginar que Duyole, se pudesse exercer sua vontade naquele momento, deixaria de denunciar — até mesmo renegar — a família pelo que estavam prestes a fazer. Por mais confuso que fosse em alguns aspectos de sua escolha de estilo de vida, havia declarações muito frequentes, profundas e consistentes sobre o modo de existência do morto que não permitiam tal farsa. Menka teve que contestar a afirmação de Characo.

"Se Bisoye disse que você deveria enterrar o marido dela na Áustria, ela estava fora de si. Foi dominada pela dor — você deve saber disso. Em seu estado de espírito, ela provavelmente concordaria com qualquer coisa, mesmo sem saber as implicações do que está sendo dito. É fácil para mim imaginar a sua condição. Se eu fosse você, não consideraria o consentimento dela conclusivo."

"Bom, homem de Gumchi, você conhece a tradição. Duyole pertence à Família, e os desejos da viúva na verdade dependem do que a Família diz."

"Deixe de besteira, Timi. Você sabe que não vai ter descanso. Ninguém vai aplaudir essa decisão."

"Eu sei, eu sei. Já fui bombardeado por protestos, mas está vendo? Isso é típico do nosso povo." E era como se soubesse onde a mente de Menka estava nos momentos anteriores. "Sabem como esquecer a tradição quando é conveniente, mas são sempre os primeiros a invocar a tradição, a tradição. E aí? Isso é consistência para você. Você é uma pessoa tradicional, não é mesmo, um homem de Gumchi? Você sabe que a tradição proíbe que o pai compareça ao funeral do filho."

Menka se perguntou por que um raio uníssono de todos os guardiões divinos da tradição não atravessou as paredes do escritório e derrubou Characo de seu assento, queimando-o no caminho por submeter sua audição tão pacientemente a tais falácias ilógicas de um maldito analfabeto. Aquilo ultrapassava os limites mais extremos de distorção que já havia suportado. Seus olhos endurecidos perguntaram a Characo se estava delirando. Talvez o irmão Timi tenha percebido isso e decidido não aguardar sua manifestação.

"Trazê-lo para perto do Pai Eterno é a mesma coisa, se você pensar."

"Espere, espere, Characo, espere um pouco. Que tipo de raciocínio idiota você está tentando me impingir? Eu não sou iorubá, mas não pense que você pode enganar este filho legítimo da aldeia de Gumchi. O seu pai não precisa estar a menos de cento e sessenta quilômetros do funeral. Do que você está falando, pelo amor de Deus?! O Duyole podia ter morrido aqui, podia muito bem ter morrido no hospital de Badagry. Ou mesmo no aeroporto, onde você e o comandante do aeroporto o mantiveram por horas, quando era para ele ter decolado. Ele já estava morrendo na pista, dentro da mesma Lagos onde todos vocês foram criados pelo velho. E aí? Você teria ordenado que a ambulância aérea seguisse com o corpo para a Áustria, para garantir que o seu pai não estivesse presente no funeral? Characo, por favor, me poupe. Sinto muita falta do meu amigo e talvez eu não esteja sendo coerente. Mas estou com a mente limpa. Então, vamos dar um pouco de lógica a isso!"

"Ah, homem de Gumchi, você não está entendendo. Você tem que pensar no Pai Eterno, no próprio *Otunba*. Deixe eu dizer o que ele falou, está bem? Aí você vai entender a verdadeira natureza do homem. Eu perguntei: o que você quer que a gente faça, para trazer o corpo de volta? Sabe o que me disse, hein, homem de Gumchi, sabe o que ele me disse? Ele falou: 'Essa ideia de trazer de volta é para você colocar na mesa e servir no meu jantar?'. Está vendo? Esse é o tipo de homem que ele é. Queria saber qual era o propósito de trazer o corpo de volta. Qual era o objetivo? Portanto, é a mesma coisa. Estava nos lembrando da tradição."

Menka queria ouvir de novo, mas essa também foi a reação de muitos. Parecia ter se tornado um hábito. Algum pronunciamento de Characo, e o ouvinte pedia para ouvir tudo de novo, apenas para garantir que a sua audição não tivesse se distorcido sob o famoso impacto de seu fungar. O vendedor agradeceu, seus olhos brilhando com um orgulho estranho, quase fanático.

"O *Otunba* é durão, muito durão. Qual era o objetivo de trazer o corpo de volta, era isso que ele estava querendo dizer — entendeu? 'Essa ideia de trazer de volta é para colocar na mesa e servir no meu jantar?'" E Characo balançou a cabeça, maravilhado com a profundidade da declaração do patriarca. "O Pai Eterno é como poucos, eu lhe digo. Que homem profundo. Profundo. Às vezes, profundo demais até para nós, seus filhos. É único."

Characo andou nas nuvens pelo resto do dia, e até mesmo por alguns dias antes do funeral. Em uma das sessões de planejamento da Família, contou como havia surpreendido o cirurgião com uma resposta incontestável.

"Eu lhes digo, acabei com ele. O homem de Gumchi simplesmente se levantou devagar. Estava tão atordoado que nem sabia que estava andando para trás."

O vendedor geral foi bem sincero. Kighare Menka se levantou lentamente, recuou quase todo o caminho até a porta, olhando para Characo com os olhos de um louco. Em sua cabeça agitada, havia apenas uma pergunta alarmante: será que o *Otunba* Pitan-Payne estava na lista de clientes do *Codex Seraphinianus*?

Ainda menos consolo aguardava Kighare Menka na Áustria. Chegou preparado para o temido momento. Era isso. Não havia mais nada a ser dito, apenas desenvolver uma estratégia de contato mínimo, despedir-se do amigo, ir a algum lugar para lamber as feridas, depois voltar e ocupar seu tempo com o caso do *Codex*. Ficou grato por isso. Era algo que ocupava sua mente, que a afastava dos pesadelos. Tinha sido um dia agitado, reembalando todas as suas tralhas de Jos tão pouco tempo depois de começar a desempacotar e se instalar em uma nova residência, mas os presságios eram claros. O Gongo dos Quatro havia tocado sua última badalada; por fim estava de volta a Gumchi. Trazer Gumchi para Lagos? Que sonho! A nova ordem exigia que encontrasse um pequeno chalé em Abuja, talvez em Bida — sim, por que não Bida, a terra da cerâmica? De lá, se deslocaria para Gumchi e, lenta e gradualmente, construiria o Centro de Reabilitação, continuando o trabalho que havia iniciado. Gumchi Primeiro? Não, Gumchi Agora. Estava certo desde o início, quando resistira a todos os incentivos de Duyole para se estabelecer no sul para que pudessem realizar os sonhos dos jovens — Lagos simplesmente não era lugar para a fábrica de sonhos de Gumchi. Deixem Lagos para os Pitan-Payne, agora merecidamente esvaziada de sua única alma sustentadora. Essa era uma alma que de fato entendia o valor da felicidade. Permitiu-se um sorriso irônico de gratidão — foi poupado de se sentir em casa apenas para criar raízes de novo. Quanto às dores do luto, tudo isso viria mais tarde. Por enquanto, a dor estava relegada a um mero nó de insensibilidade. Não sentia nada. Tinha que confrontar a jovem viúva — mas que tipo de palavras de consolo poderia proferir?

Ela estava em seu quarto, tendo a companhia de Selina. Pelo menos agora tinha o ombro de outra mulher para chorar. Tentou imaginar como as coisas se passaram para ela nos poucos dias que antecederam a chegada de Selina. Deve ter sido uma dupla crueldade. O luto, sim, mas o fato de Duyole ter morrido tão longe de casa, o que a deixou privada do consolo das mulheres da casa. Elas teriam se revezado para estarem juntas, sem deixá-la nem por um momento, dormindo em seu quarto e cuidando dela até o funeral, e até mesmo permanecendo por dias ao seu lado, semanas depois — essa foi a outra crueldade. Kikanmi, que chegou antes de qualquer outra pessoa, tentou cumprir esse papel, auxiliado pelas duas filhas de Duyole — não tinha muita certeza de quanta empatia poderia esperar delas, considerando seu ressentimento compreensível e de longa data em relação à "nova mulher".

O cirurgião estava preparado para o efeito de sua aparência, mas havia subestimado a intensidade. Além disso, não estava ciente de que havia chegado em uma frente de batalha. Foi imediatamente dominado pelo derramamento de emoções. Até mesmo Selina enxugou uma lágrima furtiva. Talvez isso tenha sido produto de lembranças repentinas de momentos compartilhados, momentos que agora acabavam para sempre, e um amor genuíno pelo ausente gerador desses momentos. Sua mente também permaneceu em seu dever — evitar que a viúva se machucasse por causa do luto excessivo. Bisoye entrou em ondas sucessivas de soluços, tornando-se inconsolável, e Selina assumiu o controle com uma mistura eficaz de compaixão, aspereza e raiva zombeteira de sua pupila: "Tudo bem, já chega. É, está doendo, eu sei que está doendo. É injusto. A vida é injusta. Às vezes nos perguntamos por que Deus tem uma mão tão pesada, mas… Está bem, pode sofrer. Isso não tem como evitar. Mas agora chega, chega. Já deu. Você precisa cuidar da sua saúde, sabe. Eu digo, basta! Quer que eu vá embora? Tudo bem, eu vou. Se acha que só tenho de pensar em limpar o chão depois, é melhor pensar de novo. Temos que passar por tudo isso toda vez que um amigo ou associado de Duyole aparece? Pronto, pronto, vamos lá, vamos lá. Se recomponha... ah, não se preocupe... Ah, eu não ligo, olhe para mim tentando manter as aparências. Mas exagerar é errado, você sabe disso, exagerar é muito errado, vira autoindulgência. Pronto, pronto, pronto, coragem. A tia Selina está aqui, vamos enfrentar isso juntos...".

Menka já havia testemunhado essas cenas inúmeras vezes, uma avaliação intuitiva do grau e das fases da angústia, a habilidosa reanimação de uma ferida quando ela é aberta e reaberta. Selina se mostrou de fato competente, exibindo um conhecimento totalmente inesperado e uma preocupação afetuosa. Menka ficou muito aliviado e resolveu se relacionar com ela com mais empatia dali em diante. Julgara-a completamente mal, decidiu. O caso Damien fora só uma aberração.

Por fim, a tempestade diminuiu, e Menka abordou o assunto que estava na cabeça de todos.

"Bom, Selina, imagino que a Família não tenha mudado de opinião? Não estamos aqui para acompanhar o corpo de Duyole para casa?"

A transformação foi instantânea. Em um momento, Menka estava ouvindo o ronronar do consolo e, no momento seguinte, a voz insistente da Família.

"Tio Kighare, essa foi a melhor decisão que podíamos ter tomado. Não tinha outra opção. Na verdade, de certa forma, tivemos sorte por ele ter morrido aqui, foi um ato de Deus. Eles são profissionais aqui, quero dizer, na funerária; não são como as pessoas barulhentas e bagunceiras com que teríamos de lidar em casa. Quem puder vir vai vir, quem não puder vai se lembrar dele do seu próprio jeito. Mas todo mundo vai saber que nós lhe demos uma despedida digna de realeza."

O cirurgião voltou-se para a viúva.

"Você concorda com isso?"

Ela torceu as mãos.

"Acho que sim, doutor. Eu realmente não sei o que fazer."

"Timi me disse que você está de pleno acordo."

Selina entrou na conversa imediatamente.

"Ah, sim, não estamos discutindo outra coisa. Sentimentos à parte, doutor, há alguma outra opção? Sabe, temos muita sorte por ele ter estudado aqui, tantas pessoas o conheciam. Fomos dar uma olhada nas instalações, verificamos tudo. É tudo muito elegante, você vai ver por si mesmo. E a música! Tinha um funeral acontecendo na hora — os agentes funerários nos deixaram dar uma espiada e também andar por lá. Não existe nada nesse nível de bom gosto e decência quando se trata do nosso próprio povo."

Menka se levantou.

"Ah, bom. Não havia mal nenhum em ter esperanças. Parece que está tudo resolvido. Que assim seja, então."

Em sua cabeça, no entanto, o cirurgião havia resolvido que isso era tudo, menos o fim. Bisoye estava claramente sob algum controle emocional, e Selina era o agente de transmissão. De qualquer forma, Menka por fim estava farto. Aquilo o deixava enjoado e com raiva. Bisoye o acompanhou até a porta e perguntou em que quarto ele estava. Menka disse a ela, acrescentando que ia primeiro ao bar para tomar um drinque de que tanto precisava. E então, algo em sua expressão — era um apelo inequívoco de um prisioneiro em busca de libertação. Menka não havia ganhado o título de dr. Condutas ao Leito à toa, mas qualquer pessoa, mesmo com a antena mais calejada do mundo, teria percebido aquela súplica muda. Ela estava de costas para Selina, então não foi nada especialmente sutil. A mensagem era clara e inequívoca: *Por favor, tire-me daqui!*

"Pensando bem", disse o médico, "por que você não vem comigo? Tenho a impressão de que você só fica trancada no quarto o dia todo — estou certo, Selina?"

"Não consigo arrastá-la para lugar nenhum, doutor. Eu já tentei."

"Bom, desta vez ela vai." Menka a pegou pelo ombro e a empurrou na direção do corredor.

"Mas, tio K..."

"Eu trago ela de volta daqui a meia hora, Selina. Ela vai tomar um drinque com esse médico, mesmo que ele tenha que forçá-la a beber."

Menka a empurrou para fora, caminhando em um ritmo acelerado, meio esperando que Selina saísse correndo da sala com a proposta indiscutível de que ela também precisava de uma bebida. A porta permaneceu fechada, no entanto, enquanto as comportas das emoções de Bisoye se abriam de novo. O aguaceiro resultante continuou por todo o caminho até o bar, interrompido apenas quando Menka lhe perguntou:

"Onde você *realmente* quer que o Duyole seja enterrado?"

"Onde mais, Doutor? Onde mais, a não ser na Nigéria? Em Badagry. Eu *sei* que ele gostaria de ser enterrado lá, onde escolheu se estabelecer. Nem mesmo em Lagos. Em Badagry, onde deixou a sua marca. Onde lançou aquela infame festa de rua ao escapar da jaula do governo. Eu sei que ele quer descansar onde ergueu as Millennium Towers, a primeira do gênero em Badagry. Que laços profundos ele já afirmou ter com Salzburgo? Ele estudou aqui — e daí? Todo mundo estuda em algum lugar."

"Eu vou perguntar de novo: você quer que o corpo do Duyole seja levado para casa?"

"Como eu ia querer outra coisa? Como alguém pode pensar em outro lugar? Eu não entendo o que eles estão fazendo. A tia Selina dita por mim e fala em meu nome. Eu não tenho permissão para dizer nada. Tudo o que ouço é a família isso e a família aquilo. Eles assumiram o controle de tudo o que tem a ver com o Duyole. Não me deixam falar."

"Quer dizer que você nunca expressou o desejo de que ele fosse enterrado aqui, na Áustria? Em momento algum?"

"Tio Kighare, nos dois primeiros dias, eu sabia onde estava? O que eu falei? O que eu estava fazendo? Que roupas eu estava usando? O que você acha que eu entendi sobre o que alguém estava dizendo? Eu posso ter dito que sim. Talvez tenha dito. É bem provável. Mas era isso que eu queria? Alguém me perguntou o que eu realmente queria? Quando a tia Selina veio, tudo o que ela ficou martelando na minha cabeça foi a necessidade de ele ser enterrado aqui. Que necessidade? De quem? Ninguém explicou. Já estava tudo decidido, tudo. Eu estava apenas sendo informada. Ninguém se preocupou em perguntar o que eu queria. Eu estava só sendo informada das decisões da família. Até a chegada da Debbie e da Katia, e as duas começaram a protestar, eu nem sabia quem realmente havia decidido o quê ou como. Eu ficava perguntando por você: 'Onde está o doutor? Onde está o doutor? Por que o dr. Menka ainda não chegou? Quando ele vem?'. Eu liguei para o seu número e deixei recado."

O médico balançou a cabeça.

"Eu não recebi nada. Mensagem nenhum. Foi você que ligou?"

"Não. A tia Selina sempre se oferecia como voluntária. Eu nem sei onde está o meu telefone."

"É. Faz sentido."

"Eu não tinha ninguém, só essas pessoas me dizendo o que fazer, o que estava sendo feito. Ninguém me consultou sobre os preparativos para o funeral. Eles decidiram qual funerária, qual cemitério, escolheram o local do enterro, falaram com o agente funerário. Eu não sei mais se vai ser um evento dos Lindtz ou o funeral do Duyole Pitan-Payne. Eles são uma família estranha, doutor. São todos estranhos. Eu acho que foi por isso que o Duyole se mudou. Ele era diferente. Tem alguma coisa estranha com eles. Ninguém age do jeito que eles estão agindo depois do ataque. E em uma semana desde a sua morte..."

O bar estava praticamente deserto. À medida que ela foi se acalmando, Menka conseguiu com gentileza que ela compartilhasse com ele algo que havia tentado capturar sozinho — os últimos momentos de Duyole. Não sabia se era o momento certo, mas de quem mais, além dos médicos, ele poderia saber sobre um momento tão marcante e particular? Podia antecipar a versão anticlimática do Cérebro de Badagry, provavelmente pontuada por algum comentário grosseiro que ele consideraria uma expressão de virilidade. Quanto a Damien, Menka preferia nem pensar nele.

Menka teria sido mais sábio se tivesse pensado nesse filho, pois o pouco que havia apenas conseguiu inserir mais pontos no modelo de morbidade, mesmo para um veterano como Menka. O cronograma determinado sofrera um revés inesperado. Uma convulsão repentina, e o cérebro praticamente parou de funcionar, com os pulsos elétricos ficando cada vez mais fracos a cada minuto. O paciente ficou sobrevivendo por aparelhos, com os pulsos cerebrais cada vez mais fracos. Foram feitas ligações telefônicas para o patriarca a quatro mil quilômetros de distância. Damien havia chegado e estava reunindo e transmitindo as opiniões conforme achava adequado. Os médicos fizeram as suas recomendações. O ônus da decisão estava além da esposa, que estava muito abalada — como ela poderia consentir em desligar os aparelhos? Ela era capaz de enfrentar desafios diretos e práticos — mas daria conta desse?

Quem por fim apertou o botão? Foi Damien. Ele ficou do lado do pai — muito diferente do que acontecera em Badagry — durante a maior parte do dia crucial. Quem tomou a decisão final? Bisoye não sabia, apenas que Damien e o tio, Kikanmi, em Salzburgo, e o outro tio, em Lagos, por telefone, haviam se envolvido em breves conversas. Por fim, os médicos afirmaram que até mesmo os pulsos fracos haviam cessado. Desligar os aparelhos tornou-se puramente acadêmico. Naquele momento, Bisoye já estava perturbada demais para se lembrar da sequência de eventos. No entanto, um detalhe da narração do filho sobre o fim do marido ficou gravado em sua mente devastada. Quando ela chegou a esse ponto, seu comportamento mudou. As lágrimas congelaram, e um brilho duro e quase incandescente de repulsa surgiu em seus olhos, e demorou um pouco para que ela recuperasse a voz.

A Família — incluindo sua mais recente adição, Damien — parecia ser dotada de uma capacidade incomum para sentimentos bizarros, quase como se seus membros realizassem um concurso secreto para descobrir quem era capaz de fazer declarações da natureza mais bizarra, proferidas de uma maneira que fosse considerada por eles, mas por ninguém mais, como tendo tocado o leito de lodo da profundidade do oceano. Assim foi a frase do patriarca — "Essa ideia de trazer de volta é para colocar na mesa e servir no meu jantar?" —, que parecia ter feito vibrar um setor havia muito enferrujado das pulsações cerebrais de Characo, uma vez que ele tinha o dever de repetir o mantra em todas as oportunidades. Ou talvez tenha sido simplesmente a natureza da perda pessoal ou da perda de potencial que promoveu a ascendência do grotesco na aflição dessa família de pérolas da verborragia. O que estava fora de questão, no entanto, era a atribuição compulsiva de singularidade, a roupagem de importância reveladora envolta em uma expressão sinistra que rivalizava com a última das que estavam na licitação para deixar o gosto mais estranho na boca.

Depois que a decisão foi tomada e devidamente transmitida a Damien, a quem essa tarefa ao que parece fora designada pela Família, ou da qual ele apenas se apropriara como se fosse a pasta do pai, Damien ficou sentado ao lado da cama, enquanto a vida do pai se esvaía. Suas insinuações de mortalidade ou continuidade foram legadas ao mundo em palavras que ele passou a apresentar a todos os tipos de público, começando pela viúva, logo após o evento:

"Eu segurei a sua mão e senti a sua força fluir para mim enquanto ele morria. Eu podia sentir a sua força fluindo para dentro de mim."

Incapaz de absorver esse anúncio confiante de uma herança mística, e em uma frase que provavelmente foi obtida de alguma literatura barata, o masoquista em Menka não iria descansar até ouvi-lo dos próprios lábios de Damien. Aproveitou a primeira oportunidade naquela noite para incentivar Damien a compartilhar a experiência sublime com ele, uma experiência que, em todos os seus anos de profissão, ainda não havia encontrado. Damien não precisou de incentivo, empregando quase as mesmas palavras que havia usado ao compartilhar sua aquisição com a viúva e com todos que cruzaram seu caminho em Salzburgo e por algum tempo depois:

"É, tio, eu senti a força dele fluindo em mim, ela estava fluindo por todo o meu corpo, passando pela sua mão até mim."

Menka estava preso dentro do denso círculo de dor, bem perto do centro, mas, ao que tudo indica, permaneceu imune às suas emanações paralisantes. Sentiu-se grato por isso, e sua salvação foi possível graças ao fato de que também havia círculos de demanda e dependência que se tocavam ou se cruzavam e que sobrecarregavam suas forças. A maioria dos que vieram a Salzburgo conhecia Menka, sabia de sua proximidade com o falecido e, por isso, se comportava como se o médico fosse o centro de cada um desses círculos, como se tivesse a chave para o mistério que dominava todos aqueles que agora se encontravam juntos, alguns pela primeira vez, a humanidade dispersa que havia orbitado, muitas vezes independentemente, em torno do falecido. Um após o outro, eles se dirigiam ao seu quarto ou o encontravam no bar ou nos corredores. A principal preocupação deles era, invariavelmente, encontrar uma chave para a decisão de enterrar Duyole na Áustria e, em seguida, quais eram as razões para isso. E, para começar, ele fazia parte dessa decisão?

Vieram da Nigéria, do Líbano, do Reino Unido, da França, dos Estados Unidos, da Itália e de Cannes — era verão, e tanto os nigerianos abastados quanto os apenas solventes já estavam espalhados pelo globo. O funeral foi realizado às pressas, como se os proponentes de sua doutrina irreverente não estivessem à vontade com a própria decisão e quisessem limitar o número de testemunhas de um momento de traição. Era um aviso que o cirurgião deveria ter levado a sério. Ainda assim, foi um número impressionante de pessoas que fizeram a viagem, todos que puderam, apesar da notificação extremamente inadequada, alguns chegando mesmo após o término do funeral. Tal era o comportamento de muitos — de mal-humorados a fervorosos — que deixaram Menka se perguntando se tinham vindo para o funeral em si ou só para expressar um protesto, registrar seu descontentamento ou apenas exigir uma explicação para tal anormalidade. Uma coisa é se deparar com um espaço de repente esvaziado na vida de uma pessoa, outra bem diferente é ter um ritual de acomodação negado, negociar a paz com esse vazio repentino nos arredores físicos de um espaço compartilhado de vitalidade. Talvez a viagem deles também tenha servido como terapia, pois afastou suas mentes do domínio do que, de outra forma, seria considerado um luto vicário. Uma mágoa e um ressentimento inconsoláveis usurparam o território da perda.

"Por quê, por quê, por quê? Mas por quê? Por que estão fazendo isso? Com certeza, doutor, o senhor deve saber."

"Não acredito que a família tomaria essa decisão por si só. Tem alguma coisa por trás disso, algum tipo de pressão em algum lugar. Com certeza devem ter consultado o senhor."

Não, não consultaram.

O desespero por uma resposta era tão grande que algumas mentes se voltaram para a política.

"Será que é o governo? Duyole ou a família entraram em conflito com o primeiro-ministro? Ou com o presidente? Mas Duyole ficou fora de toda essa política. Proibiram o retorno do corpo à Nigéria?"

Não, não é o governo, Menka lhes garantiu. Na verdade, o idoso é amigo do primeiro-ministro. Pergunte à Família.

Talvez o mais próximo dos parceiros de negócios de Duyole fosse o magnata do transporte marítimo Rimode Isame, de Yenagoa, mas radicado em Londres. Foram os preparativos para o funeral que o catapultaram para o quarto de Menka, como todos os outros, depois que ele depositou sua bagagem em seu próprio quarto.

"O que você sabe sobre isso, Kighare? Por que escolheram enterrar o nosso amigo neste lugar?"

Kighare soltou seu vigésimo suspiro do dia.

"Você vai ter de perguntar aos irmãos dele."

"Será que é tarde demais? Quero dizer, o que podemos fazer? Você já falou com o pai deles? Talvez devêssemos ligar para ele juntos. Não podemos deixar isso acontecer. Como vamos explicar isso em casa? O que as pessoas vão pensar de nós? O Timi está aqui? O Kikanmi está envolvido nisso?"

"Está. Quanto ao velho, é o principal promotor. Dizem que é um assunto de família, e a Família — em letras garrafais — decidiu."

Isame soltou um gemido prolongado.

"Você percebe que isso é sério, não percebe? É muito mais sério do que imaginamos. Estamos falando do Duyole Pitan-Payne das Millenium Towers! Se ele quisesse ser enterrado fora da Nigéria, teria construído as suas torres no exterior! As pessoas imaginam todo tipo de coisa. Você vai ver. Elas até insinuam... ah, posso até imaginar. Os rumores da mídia. As fofocas. Vão dizer que ele teve uma morte vergonhosa, qualquer coisa. O nosso povo é capaz de inventar todo tipo de história. O que vamos fazer para impedir isso?"

"É tarde demais", disse Menka. "Tudo o que podemos fazer agora é começar a planejar a exumação dele."

"Ahn? O que você disse?"

"Eles são um bando de teimosos com falsos valores. Talvez caiam em si. Se isso vai acontecer ou não, não importa. Você acha que os amigos do Duyole na Nigéria vão deixar isso em paz? A *verdadeira* família dele? Existe uma família com a qual você nasce, eu sei disso. Mas, aos sessenta anos, estou aprendendo que tem também uma família que se adquire, que se constrói em torno de si mesmo. Eu acabei de conhecer vários membros dessa família. Com certeza existem centenas de outros. Então você tem razão. A tempestade por causa disso vai ser forte."

"Mas ainda temos que fazer esse funeral?"

"A menos que você saiba como convencer o patriarca da família de que ninguém vai obrigar que ele coma os restos mortais do filho, receio que sim."

Isame ficou naturalmente perplexo, e Menka deixou-o a par de tudo.

Uma batida à porta. Menka atendeu e, dessa vez, eram as filhas. As duas garotas se agarraram a Menka, encharcaram sua camisa com lágrimas e se jogaram em sua cama. Em seguida, viram Isame e tentaram se controlar.

O magnata da navegação se levantou.

"Não se preocupem comigo". Sorriu. "Kighare, eu vou ajeitar minhas coisas. Depois conversamos um pouco mais."

Damien veio atrás delas, arrastando os pés. Apesar da ansiedade de Menka por eles, o médico se viu estudando-os individualmente, com atenção. Ficou emocionado ao ouvir Damien expressar preocupação — e parecia genuíno — sobre como o seu tio Kighare estava enfrentando tudo. No entanto, por trás de sua solicitude, Menka achou que havia detectado alguma ponta de embaraço. A causa logo ficou clara.

A efervescente Katia abriu o interrogatório sem nenhum aviso.

"Tio Kighare, por que o nosso pai está sendo enterrado aqui?"

A mais velha, Debbie, acrescentou imediatamente:

"Não estamos entendendo nada. Por que ele não vai para casa? Ele não ia gostar de ser deixado aqui, todos nós sabemos disso. O mundo inteiro sabe disso."

Menka se abaixou devagar em uma cadeira, horrorizado. Obviamente havia cometido uma injustiça com eles.

"Mas me fizeram entender que era isso que todos vocês queriam."

"De jeito nenhum!" Os gritos das garotas surgiram em uníssono. "Ele pertence a Badagry. É a cidade dele. Quanto aos negócios, só o vovô tem conexões com Salzburgo. O papai só vinha aqui para fazer os exames médicos anuais, e isso era uma herança do tempo de estudante. Até isso o irritava — o deixava constrangido."

"Bom", Katia ponderou, "ele gostava do festival de música."

"É, gostava, e ia a Munique para a Oktoberfest. Eram as férias dele. Tirando isso, que outro vínculo que ele tinha em Salzburgo!"

"Mas o seu tio Timi me disse claramente, com toda a certeza, que esse também era o desejo de vocês."

"Não presta atenção nele, tio. É tudo culpa do Damien. Ele é um fraco. Ele concordou com o que o tio Timi lhe disse. Tudo isso foi antes de chegarmos aqui. Desde então, nós demos um jeito nele e agora ele está conosco. Não queremos que o nosso pai fique aqui."

Damien hesitou e pareceu ainda mais envergonhado. Precedido pelo que deve ter sido uma severa repreensão por parte das irmãs, tinha a imagem de um colegial travesso pego em uma pequena infração.

"Bom, tio, eu também achei que ele ia ser levado para casa, mas quando liguei para o tio Timi ele disse que isso era o que havia sido decidido pela Família. O tio Kikanmi confirmou."

"Damien é um fraco nas mãos deles", disse Debbie. "Deixou fazerem gato e sapato dele. Ele me ligou quando eu ainda estava nos Estados Unidos, e eu falei que não fazia o menor sentido. E ele sem dúvida não tinha o direito de falar por nós."

"Mas eu não falei", protestou Damien, e Kighare nunca o tinha ouvido soar tão manso. Era como se alguém tivesse lhe dado uma surra. Menka teve a sensação de que, por ser o homem da família, havia se esquecido de que tinha uma irmã mais velha e percebeu tardiamente que havia se excedido, tomando decisões em nome dos outros. Isso incluía a decisão de desligar os aparelhos? Não, aquilo não tinha sido escolha dele, mas ele continuava a se comportar como se fosse. Mais tarde, Kighare ficou sabendo que ele havia de fato se convertido fervorosamente à posição da Família e que tinha tentado fazer com que as irmãs aderissem à ideia. Só desistiu depois que elas gritaram com ele pelos fios telefônicos até que ele se submetesse.

Menka inspirou fundo. A sala ficou ainda mais cheia com a chegada da mãe delas, a primeira esposa de Duyole. Ela bateu à porta e também foi admitida. O quarto de Menka estava se tornando rapidamente o ponto de encontro da família — com letra minúscula — e de outros dissidentes. Enquanto se abraçavam, a divorciada, de fala mansa, implorava em meio às lágrimas:

"Kighare, por que estão fazendo isso? Você é amigo dele. Não deixe que se safem dessa. Por que abandonar o Duyole aqui? É isso que ele merece — ser deixado entre estranhos?"

Menka a acalmou.

"Eu falei com a Bisoye mais cedo. Tudo o que posso dizer é que todos vocês parecem ter sido muito mal representados. Assim que escapou das garras da Selina, a Bisoye mal pôde esperar para começar a fazer as mesmas lamentações e protestos."

"A Selina é uma vadia, controladora de mentes. Eu conheço bem", disse Katia.

Menka se permitiu um sorriso.

"Tudo bem. Posso presumir que todos vocês concordam? Todos vocês querem que o Duyole volte para casa, é isso?"

Isso provocou um murmúrio apaixonado de frustração, raiva e dores reprimidas.

Menka os silenciou. Ele se sentiu muito calmo e confiante ao fazer a sua promessa a essa outra família, embora fosse mais um voto de consolo para si mesmo:

"Eu vou levar o seu pai de volta para casa."

Ninguém perguntou como ele pretendia fazer aquilo, e ele não tinha nenhuma ideia própria. Enquanto falava com Bisoye, sua mente começou a explorar vários cenários para o que já era um compromisso silencioso, nada menos. Começou a imaginar uma ação judicial nos tribunais nigerianos, nos tribunais austríacos, uma campanha pública, o envolvimento até mesmo da Igreja, uma ofensiva diplomática, um apelo ao senso nacionalista, orgulho, campanha na mídia, qualquer outra coisa que fosse o orgulho desses profissionais do tráfico emocional. Viu a possibilidade de até mesmo criar incidentes após o término do sepultamento inicial, incidentes que poderiam reproduzir na mídia nigeriana até que os pedidos de repatriação do corpo de Duyole para Badagry esmagassem a conspiração da família — se é que era uma conspiração. Tudo o que ele *sabia* era que Duyole ia voltar para casa, e mais cedo do que a Família havia previsto. Nunca teve tanta certeza de que voltaria para casa.

"Muito bem. Como sou médico, a primeira coisa que me ocorre é o embalsamamento. Você precisa garantir que ele seja embalsamado adequadamente." Ele se voltou para Damien. "Damien, você acha que pode fazer disso a sua preocupação especial — você parece ser razoavelmente próximo dos tios, então aumente a pressão. Eu mesmo vou dar uma olhada nisso, mas tente se lembrar — e isso vale para todos vocês — que não sou da família de sangue. Não sou nem o médico da sua família. Já fui lembrado desse fato, e não de forma muito sutil."

"Pode deixar, tio. Sei que ele vai se encontrar com o agente funerário amanhã."

Lá vamos nós de novo, pensou Menka. *E o déjà-vu vai me perseguir todos os dias da minha vida*... O mesmo cenário de Badagry, quando todos dividiram o trabalho de levar Duyole para a Áustria, agora a saga é inversa. Ergueu as duas mãos.

"Vou ser franco com vocês, crianças. Fico feliz que seu tio Timi não esteja envolvido desta vez, o que significa que acho que não vou precisar ficar conferindo o trabalho de ninguém. Vou presumir que quando se comprometem, vocês se apresentam. É um assunto de família, então vocês só precisam ajudar e monitorar uns aos outros. Não deixem os seus tios e a tia Selina em paz. Aumentem a pressão. Quem sabe, talvez não seja tarde demais para acabar com isso — o enterro de fato. Se a pressão for suficiente, mesmo agora eles podem se ver forçados a reconsiderar. O *Otunba* ainda pode mudar de ideia."

O *Otunba* não mudou de ideia. Houve um momento em que chegou a surgir uma Pausa no horizonte. Até o Cérebro de Badagry interrompeu as negociações para um caixão. Os convidados ficaram mais animados, porém tranquilos. A conciliação era simples: um memorial, a habitual "celebração da vida", em Salzburgo, e depois o funeral em casa. Kikanmi fez com que a notícia se espalhasse rapidamente e ficou andando de um lado para o outro com uma alegria que não existia enquanto ele suportava o peso do opróbrio popular. Characo chegou de Badagry e parecia que era ele quem havia trazido a boa notícia. Ao mover-se entre a multidão naquela mesma noite, exalava o ar de um beneficiário da anistia celestial, transmitindo uma atmosfera de concordância com o resto do mundo. Até mesmo suas fungadas pareciam mais uma declaração de alívio do que uma aflição cultivada. O bar reagiu com a exuberância que subjazia a todas as noções de celebração da vida.

Pela manhã, o patriarca havia voltado atrás e a exibição exuberante do bufê de café da manhã austríaco estava em ruínas. A notícia foi recebida como estranha, muito estranha. De fato, incompreensível. Todos tinham considerado a garantia na hora de dormir a resolução mais racional, uma conversão bem-vinda, embora tardia, à humanidade do parceiro de vida de um homem ou de uma mulher, decidida por ambos em plena maturidade e sanidade. Passando por cima e além dos desejos da viúva, veio o decreto: sepultamento em Salzburgo! Os convidados reunidos não fizeram nenhum esforço para esconder seu descontentamento, e os três anciãos da Família em Salzburgo se viram isolados. Estavam mal-humorados, na defensiva e agressivos, conciliadores e desafiadores — não parecia humanamente possível, mas era de fato o padrão —, tudo em um único gesto e pronunciamento. Não fazia diferença. A repreensão mais humilhante veio dos amigos expatriados, que eles esperavam que aplaudissem a decisão da Europa como último lar de Duyole.

O *oyinbo* se mostrou o mais implacavelmente hostil. Sentado no bar, na tarde seguinte, Menka ficou com as orelhas em pé quando ouviu Kikanmi, cada vez mais irritado com o ataque geral, admitir:

"Afinal de contas, no futuro, tudo pode acontecer, quando as coisas tiverem se acalmado. Então talvez a conclusão seja de que é melhor exumar o corpo e levar para casa."

A resposta de todos era:

"Então, por que fazer o enterro aqui, para começo de conversa?"

Um inglês, cujo comportamento permanecera indisfarçavelmente desdenhoso, naquele jeito polido que os ingleses cultivaram ao longo dos séculos, girou no banco acolchoado do bar e entrou na conversa pela primeira vez.

"Quando que *coisas* se acalmarem, irmão Payne? Eu falei com os meus colegas em Lagos, e a questão de fato é a total ausência de barulho. Não tem nada para se acalmar. Ninguém parece sequer saber que o Duyole não está mais na Nigéria. Ninguém sequer imagina que isso seja possível. E, de qualquer forma, por que enterrar aqui se você vai exumar depois?"

Characo retrucou:

"Bom, agora é tarde para mudar de planos. Todos os preparativos já foram concluídos."

"Tarde demais por quê?", insistiu o britânico. "O que já é tarde demais? Podemos fazer um culto amanhã, como planejado, sem problema, mas o que nos obriga a fazer um enterro? Eu confirmei. Os agentes funerários não se importam. Na verdade, iriam adorar. Vão ser pagos duas vezes. Nós podemos ajudar. Por que o seu próprio povo está sendo privado de prestar as últimas homenagens a ele? É claro que não é tarde demais — eu não quero ouvir isso. Não tem nada de tarde demais."

Ele deu as costas para o resto do salão, apenas para se virar novamente.

"E digo mais, caso alguém afirme outra coisa. O Duyole ainda é muito admirado na comunidade universitária. Eles lembram dele e acompanharam a sua carreira, mas presumiram que você estava aqui para levar o seu irmão para casa e lamentam a sua decisão de enterrá-lo aqui." E, ao se virar novamente, deixou no bar o que parecia ser uma taça de aquavita e saiu.

"Você vai falar com o coveiro, não vai?" Menka achou que era a oportunidade perfeita para interpor a sua principal preocupação. "Já que você admite que existe a possibilidade de levar o Duyole de volta para casa em algum momento no futuro, você vai se certificar de que ele seja embalsamado adequadamente, não vai?”

De sete a oito ouvintes naquele bar se voltaram ansiosos para o Cérebro de Badagry para ouvir sua resposta.

“Ah, vou”, ele prometeu. “Pode deixar. Como eu disse, tudo isso pode mudar da noite para o dia. Não precisamos continuar discutindo o assunto.”

Um ônibus esperava para levar os enlutados do hotel para o necrotério. Todos notaram quando o ônibus entrou na reta final para o local das despedidas litúrgicas. À medida que se aproximava da capela, a pista foi ficando cada vez mais florida, os canteiros impecavelmente cuidados. Mesmo o ar assumiu uma ascendência regulada de aromas, como se as próprias rodas do micro-ônibus acionassem válvulas ocultas que liberavam baforadas medidas de fragrâncias florais no ar. Tudo era de fato preciso, ordenado, previsível.

Houve um atraso no hotel. Outro amigo havia chegado de avião naquela mesma manhã, esperaram ele se livrar das formalidades na recepção do hotel. Enquanto o ônibus esperava, o único elemento que parecia natural naquela situação antinatural se sobrepôs a todo o resto — a consciência da proximidade do momento da verdade, quando as despedidas finais são feitas. Sem mais recriminações, ou ressentimentos. Só uma consolidação invasiva da tristeza. O fardo de uma ausência permanente começava a pesar sobre cada um individualmente. Sem mais subterfúgios. Ou descrença. Seria possível pesar o silêncio.

Menka perguntou a Damien baixinho:

“Você cumpriu o combinado?”

“Cumpri, tio.”

O retardatário chegou, confuso e se desculpando. O ônibus partiu e todos se submeteram a um novo ataque da ausência iminente. Então Menka ouviu o som de alguém sugando um longo fôlego e exalando-o em elogios espontâneos.

“Olhem só para essas lindas flores austríacas, olhem só para elas. Lá na Nigéria, teriam ficado à mercê das cabras, que iam se esbanjar.” Era Selina, a voz transbordando de desprezo. “O nosso povo simplesmente não tem senso de beleza.”

O silêncio foi retomado, mas com uma textura diferente, que a mulher talvez tenha interpretado mal. Isso apenas encorajou a inquietação de sua língua. Menka deu uma rápida olhada na jovem viúva, Bisoye, e viu seus olhos se arregalarem em choque e descrença.

"Na Nigéria", a irmã enlutada continuou, "é uma perda de tempo deixar coroas de flores no cemitério — as cabras entram e comem tudo." Em seguida, ela balançou a cabeça com tristeza e repulsa, enquanto cuspia seu desgosto com os lábios franzidos. "O nosso povo não tem utilidade para coisas feitas para a beleza. Para eles, é uma perda de tempo. Se não podem comer, não dão valor."

O silêncio que se seguiu não era mais o início da tristeza. O constrangimento permeava o ônibus com sua variedade de nacionalidades: libaneses, austríacos, britânicos, alemães, um americano, entre outros. Discretamente, Menka lançou olhares ao redor em busca de reações. Encontrou apenas perplexidade e rostos desviados. Então pensou: será que essa não é a irmã do mesmo corretor de imóveis que usou da influência para que um governador destruísse parquinhos infantis, arrancasse um cemitério antigo, destruísse um espaço verde sombreado por cajueiros e amendoeiras para congestionar a cidade de Lagos com um complexo de escritórios e negócios feio e atarracado? Os mesmos que destruíram os cinturões verdes de Lagos, que já estavam diminuindo — o parque simbólico de Onikan e o famoso calçadão da lagoa da Marina, legado pelos mestres coloniais, entre outros? Tudo isso para satisfazer o desejo das construtoras por prédios altos e sufocantes? E agora, na "culta" Salzburgo, um jorro conjunto de irmãos em louvor à preservação de espaços verdes?

Selina ficou mais extasiada e, consequentemente, mais depreciativa em relação a si mesma. Sua voz em geral frágil havia se tornado um pedaço de areia arranhando as janelas do ônibus, transformando todos os outros em um público cativo e ressentido. A irmã em luto embarcou em uma missão de preleção, e o ônibus era a sua sala de aula para alunos com problemas de aprendizagem. Ela fez a todos um comentário sobre como os europeus amavam o campo, seus jardins e a sensibilidade incomparável dos profissionais em relação às demandas do luto e dos funerais.

"O que o nosso povo entende de funeral?", perguntou, diante das sebes de Salzburgo. "Ah, eles entendem de ficar bêbados e encher a pança com comida de graça e contratar o maior número possível de bandas para cantar louvores ao falecido e fazer *miliki* a noite toda — nisso, vocês podem contar conosco, é, nós sabemos como aproveitar um funeral. Nunca aprendemos a honrar os nossos mortos, a não ser com barulho, excesso e consumo ostensivo. Basta olhar para isso, para o ambiente cênico. Nossa! Que contraste!"

Quando desceram do ônibus, quase uniformemente gratos pelo fato de a torrente de elogios à horticultura austríaca ter sido, pelo menos por enquanto, contida, já havia música tocando na capela. O necrotério ficava separado da capela por uma varanda de tamanho razoável, por onde amigos e parentes passavam para prestar suas últimas homenagens.

Naquele dia, a cremação recebeu a aprovação de Menka. Não há nada que possa ser feito em um rosto que já foi expressivo e que perdeu a vitalidade. Apenas uma máscara mortuária permanece para imitar o que se conheceu. Tais formas deveriam ser sua carne e bebida — estremeceu; "carne e bebida" não era mais uma expressão neutra e inocente —, mas isso era a usurpação de uma vitalidade que se tornara inseparável de sua total autoconsciência. Não havia nada, nenhuma semelhança entre a forma inerte e um companheiro com quem se jantou e bebeu, riu e brigou. O ocupante daquele caixão forrado, vestido para imitar a vida, tinha recebido a tecnicidade dos detalhes — um lenço de bolso em um paletó com abotoamento duplo, um cravo —, mas continuava sendo uma decepção. Ainda assim, aquele era seu amigo, e agora seu duplo, pois ele já se via em seu lugar. Tinha substituído a si mesmo e agora estava deitado, eternamente inconsciente dos rostos, se é que havia algum, olhando para o seu, admitindo para si mesmos a mesma sensação de terem sido enganados na realidade, já que isso não passava de uma imitação plastificada do rosto que um dia conheceram.

Seguiram o caminho da música até a capela, um Handel, transmitido sem problemas em uma acústica abafada. Parecia fornecer a medida certa de solenidade e tranquilidade, uma neutralidade calmante que a tornava universal para todos os ouvintes. Alguns olhos já começavam a brilhar com gotas de lágrimas, as fungadas eram mais altas e mais frequentes, e o cirurgião se perguntava quanto tempo levaria até que o próprio sucumbisse, com os olhos se juntando às torneiras que brotavam por todos os bancos. Resistiu, talvez graças ao agravamento da viagem de ônibus daquela manhã. Além disso, houve um interlúdio de homenagens, começando pelos presentes, que se levantaram, falaram de coração e voltaram aos seus lugares. Nem todas foram melancólicas; algumas foram até mesmo reminiscências alegres, temperadas com humor caseiro e afeto áspero. As homenagens presenciais foram seguidas pelas mensagens transmitidas, que acabavam de chegar por fax e foram lidas por ninguém menos que Characo. Entre elas, uma do primeiro-ministro, Sir Goddie. Isso foi mais do que suficiente para evitar qualquer invasão furtiva do canal lacrimal. De fato, a única coisa — exagerou Menka — que o impediu de profanar os ritos solenes com uma gargalhada irônica foi o trecho final. A mensagem elogiava a "decisão dolorosa, mas corajosa, uma demonstração brilhante de patriotismo", de enterrar o herói do povo bem onde ele havia caído. Isso provocou arquejos e troca de olhares intrigados na capela. Qual era o interesse de Sir Goddie nesse evento abertamente ressentido?

No entanto, o discurso que por fim o deixou sem fôlego, logo após o de Sir Goddie, e que destruiu completamente a máscara já desgastada de autocompostura de Menka, veio do fundador do famigerado professítio mundial, Papa Davina! Davina? O que diabos Davina sabia a respeito de Duyole Pitan-Payne para se juntar a ele e mandá-lo embora com um tributo e um discurso moralizador? Para dar um toque de sal e pimenta no ferimento, o sr. Teribogo continuou a repetir o sentimento do Sir Goddie, desta vez elogiando a "submissão piedosa e humilde" da família em sua decisão de enterrar o filho na distante Áustria, onde Deus, em sua infinita sabedoria, havia escolhido chamá-lo para casa. O médico sentiu-se pessoalmente afrontado e, dessa vez, quase pulou de seu banco para arrancar a folha de papel de Characo e rasgá-la em pedaços. Então, de repente, tudo se acalmou. Prescreveu para si mesmo uma calma instantânea. Esquecimento. Os mortos são um prato cheio para o mundo se banquetear; que assim seja. *Não estamos prestes a enterrar os nossos em seu lugar estranho, acompanhados por cerimônias de seu próprio mundo espiritual? Por nossa própria escolha? Por nosso próprio livre-arbítrio?* Sua raiva voltou sua guerra silenciosa ao padre oficiante. *Sim, o senhor, para começar — quem diabos é o senhor, sr. Clérigo! O que somos nós para o senhor? Ou para qualquer um desses rostos estranhos? Que relação ou entendimento o senhor tem com a terra pela qual vivemos e morremos, com as cabras pendentes que devoram as sebes, as flores e as coroas de flores deixadas em nos-*

sos cemitérios? Pior de tudo, o que você sabe sobre Duyole Pitan-Payne, o fundador do Gongo dos Quatro? O que você sabe sobre os seus caprichos, as suas fraquezas, a sua generosidade, as traições que ele sofreu até mesmo daqueles que lhe eram mais próximos? O que você pode sentir em relação a essa última traição? Quem é você para pronunciar palavras e pedir hinos para acompanhar esse filho de Badagry em seu ponto de não retorno?

A missa foi misericordiosamente breve. Uma mudança na música acompanhou os enlutados enquanto passavam pelo caixão, agora fechado, e entravam na rua onde o carro funerário esperava para levar Duyole ao cemitério. O ônibus precedeu o carro fúnebre, que seguiu inexoravelmente em direção ao seu local de descanso final. Kighare Menka já sabia até onde o acompanharia ou, mais precisamente, até que ponto não acompanharia seu amigo, mas não tinha ideia de onde exatamente se despediria. Cada momento se tornava mais longo. Vindas de diferentes cantos do mundo, uma perda comum reunira tantas pessoas, e a disputa havia de fato conseguido criar um senso de comunidade, que podia até mesmo se orgulhar dos párias, ironicamente o centro formal dessa comunidade, envergonhados, mal tolerados e terrivelmente conscientes de sua presença ambígua. Menka sentiu que devia solidariedade a essa comunidade e continuou a adiar o momento da revolta expressiva. Estava decidido a voltar atrás, mas achava difícil dar o passo que diminuiria aquela família atingida. A saída da capela teria sido ideal, mas ele sentiu que isso seria muito cedo, muito abrupto. Quando passou pelo caixão, deveria simplesmente ter continuado a andar, saído da capela, de todo o complexo da morte e da profanação da existência de Duyole. Havia perdido aquele momento e agora se sentia preso.

Foi o próprio cemitério que veio em socorro. Era um cemitério fechado, e não aberto. Um muro de pedra mais ou menos da altura da cintura de um homem cercava esse destino terminal, deixando uma abertura para o carro fúnebre e a procissão que o acompanhava. Agora entendia por que o ônibus havia chegado antes — para permitir que os enlutados descessem e caminhassem até o túmulo antes do carro fúnebre. Ninguém poderia contestar as condições imaculadas do interior desse enclave — um vislumbre através dos portões abertos revelou um local de descanso para aqueles cujos antecedentes talvez pudessem ser rastreados até os assentamentos anteriores aos Habsburgo, relíquias de séculos de guerras, desarraigamentos, reassentamentos e consolidações de clãs. Os gramados, as lápides de mármore gravadas com nomes de dinastias familiares, os caminhos cuidadosamente regulados entre os túmulos, todos testemunhos de uma meticulosidade cultivada. Esse, então, foi o local de descanso escolhido para Aduyole Pitan-Payne de Badagry, que já foi o ponto de não retorno para os escravos que eram levados para o outro lado do Atlântico.

E assim, na entrada onde o ônibus parou e os enlutados começaram a desembarcar, Menka também o fez, só que ficou de lado e esperou enquanto a procissão passava, depois o carro fúnebre, com sua carga coberta de coroas de flores, e disse a seu amigo um *au revoir* silencioso. Agora, o ato tinha ido além de uma mera promessa ou convicção, tinha se transformado em um dever. Menka aceitou que havia declarado guerra a essa farsa e, pela primeira vez desde que chegara a Salzburgo, sentiu uma tranquilidade total. Caminhou de volta para o ônibus como se tudo estivesse resolvido e não houvesse mais nada que pudesse irritar sua alma.

O grupo que fora até o túmulo retornou meia hora depois, com lágrimas nos olhos vermelhos. No momento definitivo em que a abominação final foi cometida e o caixão baixado na sepultura, houve uma súbita explosão de lamentos, como nunca se ouvira naquele cemitério discreto, uma detonação tão surpreendente que o padre oficiante parou de repente sua liturgia, assustado, sem saber se era um protesto contra algo que ele tinha dito ou feito, alguma ofensa cultural que havia cometido naquilo que sempre conhecera como momentos de luto silencioso. Isame, o magnata do transporte marítimo, foi o primeiro a se manifestar, e isso foi como o sinal de partida para um contágio que se espalhou instantaneamente. Seguiu-se um dilúvio, uma cacofonia de gritos. As antigas pedras teutônicas reverberaram com os uivos de angústia primordial do coração de um continente distante, e o padre parou, perplexo, incapaz de continuar. Só podia observar impotente, desconcertado com o espetáculo para o qual seu treinamento não o havia preparado. Choque cultural — sim, era isso, em plena manifestação.

Finalmente, porém, o tumulto diminuiu. O padre se apressou durante o resto da cerimônia, temendo, sem dúvida, outra explosão indecorosa, mas não, a cascata já estava contida, deixando apenas uma fungada ocasional. Os enlutados deixaram Duyole entre sua família e clã recém-adquiridos e se retiraram para se juntar aos vivos.

O ataque de choro parecia ter trazido catarse; certamente agiu para dissipar a nuvem de silêncio que os teria acompanhado na viagem de volta ao hotel. Agora, tudo era brincadeira e atribuição amigável de culpa. Discutiram sobre o grito singular que aterrorizou o pobre padre e quase o fez deixar cair seu livro de orações. Quanto ao verdadeiro iniciador da epidemia, não houve discussão — todos concordaram que se tratava de Isame, e agora começaram a identificar o próximo duto lacrimal a pegar e espalhar a doença. Rimade interrompeu essa linha de debate e fez um aceno de cabeça jocoso na direção de Menka. Ele, Isame, era pelo menos mais corajoso do que alguns, como o suposto produto de Gumchi, endurecido como uma rocha, além de médico. Não, pior, um cirurgião, acostumado a cortar pessoas sem pestanejar. No entanto, tudo desmoronou naquele momento da despedida final; Menka não conseguira nem mesmo atravessar os portões do cemitério. O forasteiro de Gumchi, no entanto, não estava com um humor caridoso; se recusava a admitir uma interpretação errônea em relação a esse afrouxamento das tensões. Sem sorrir, e em um registro plano, respondeu que vinha de uma cultura que não suportava testemunhar abominações, como enterrar a própria carne e o próprio sangue em solo estrangeiro, exceto sob coação.

Runjaiye, o sócio júnior, concordou com a cabeça. Havia se sentado perto de Menka e agora falava em seu iorubá hesitante.

"Eu não consegui me segurar. Uivei com todo mundo — na verdade, fui um dos primeiros. Mas foi só depois que eu pensei, de repente: *É verdade, isso? Estamos mesmo abandonando o Duyole aqui?* Foi aí que senti uma coisa se quebrar dentro de mim. Eu não consegui mais controlar nada."

Menka se virou e encarou Kikanmi com firmeza.

"Espero que você consiga colocar o exército austríaco de vigia nesse cemitério vinte e quatro horas por dia. Porque — vou ser bem franco — eu vou voltar com o Duyole para casa."

Aparentemente não era só o luto ruidoso que era contagioso para o grupo heterogêneo de destituídos. Talvez houvesse um vírus de antropofagia no ar, importado de Badagry. Além disso, jogado entre pais que concebiam a ideia de consumir seus filhos no jantar — mesmo que pela via da negação — e filhos que brincavam de vampiros místicos e canalizavam a força vital de seus pais para a própria corrente sanguínea, Kighare Menka, temporariamente aliviado de uma rede de consumo humano, viu-se desejando uma participação indireta antes de deixar Salzburgo. Ou talvez apenas como uma estratégia de cauterização, para tirar de sua psique os outros tipos de devoradores de homens? Não importa, sua aflição assumiu a forma branda de compartilhar uma refeição com o falecido in absentia, talvez com uma cadeira vazia colocada para esse ausente em um ritual consagrado pelo tempo. Isso poderia ter se originado de um sentimento de incompletude dos rituais de despedida anteriores, já que havia parado perto do cemitério e rejeitado resolutamente qualquer participação adicional no enterro. Acima de tudo, havia uma necessidade desesperada de escapar de tudo em sua última noite em Salzburgo, tendo decidido fugir na manhã seguinte bem cedo. Não queria estar em nenhum lugar acessível aos representantes da Família, nem mesmo se eles tivessem começado a repensar e a iniciar os planos para a exumação de Duyole. Sabia que todos jantariam no hotel. Iria organizar aquela refeição — sua primeira do dia, o que o aproximava ainda mais da comunhão — sozinho; isto é, sozinho, mas não totalmente. Em toda Salzburgo, não havia lugar algum em que Duyole tivesse parado para comer, mesmo que fosse só um sanduíche, que não tivesse deixado um registro permanente de um gosto excepcional. Tudo o que Menka precisava fazer era encontrar um desses lugares. Pediria exatamente o que Duyole havia comido em sua última refeição naquele restaurante. Se não se lembrassem com exatidão, apenas pediria qualquer refeição que eles se lembrassem de ter servido a ele em algum momento anterior. Isso seria mais do que suficiente. Ele e Duyole nunca haviam estado juntos em Salzburgo — Paris, Frankfurt, Roma, Milão, Cannes, Londres etc., mas nunca em Salzburgo. De repente, sentiu a necessidade de participar indiretamente de um dos espaços perdidos de sua rica existência. Quanto mais ele pensava nisso, mais se aproximava de uma necessidade espiritual e purificadora.

De repente, como poderia ter se esquecido, Menka se lembrou de que Duyole sempre falava de um restaurante nos arredores, não muito longe da fábrica de chocolate Lindtz, uma das muitas descobertas onde ele tinha deixado sua marca. Também sabia a quem perguntar — desde o momento de sua chegada, um dos colegas de Duyole na faculdade havia telefonado e oferecido qualquer assistência de que Menka pudesse precisar para ajudá-lo no que ele sentia que seria uma estadia dolorosa. Duyole falara muito do cirurgião para ele, membro do Gongo dos Quatro, que o amigo chamava de açougueiro glorificado de Gumchi, cuja população não chegava a um décimo da de Salzburgo. Depois do enterro, talvez prevendo algumas feridas psicológicas que Menka poderia estar tratando, se preocupou com os planos do visitante para o resto de sua estada e, sobretudo, para a noite após o enterro. Só Deus sabe o que ele devia estar pensando, mas o homem tinha claramente decidido que Menka não deveria ser deixado à própria sorte. Foi muito persistente, achando que devia algo a Duyole, para cuidar de seu amigo cirurgião. Deixou seu cartão.

Menka então procurou o cartão, encontrou e ligou. Ele sabia em qual restaurante Duyole poderia ter aumentado a sua fama gastronômica? O homem riu alto — é claro! Podia dizer onde ficava? Gostaria de fazer uma refeição lá, disse Menka, e se os garçons se lembrassem da última visita de Duyole, gostaria de comer exatamente o mesmo que ele havia comido no almoço, jantar ou o que quer que fosse.

Foi uma noite cruel, uma noite de inesquecível crueldade. Quando fez menção de sair, pensando em escapar antes que os outros começassem a se reunir para o jantar, ele os viu! Estavam juntos com o seu anfitrião voluntário, esperando. O homem amigável e solícito achou que era uma ideia tão apropriada que decidiu convidar toda a família do falecido. Todos. A Família, a família, a família ampliada, a família que consentia e a família que discordava. Em silêncio, Menka repreendeu o amigo que ele havia planejado comemorar pela sua escolha de colegas locais. Como o homem pôde não ter percebido que ele precisava desesperadamente ficar sozinho? Sozinho, sozinho, sozinho, sozinho! E se isso não fosse possível, então apenas as crianças e a viúva. Mas com certeza não a Família.

Fugir era impossível. Por um breve momento, pensou em se retirar para o seu quarto e pedir o que quer que fosse, mas o magnata dos transportes também estava lá, ansioso para estar com ele. Menka se sentiu preso. Se culpou. Se ao menos sua mente estivesse menos confusa com os eventos do dia e suas demandas iminentes, com todas as armadilhas que passaram por uma despedida solene, teria antecipado a natureza expansiva de seu anfitrião voluntário. Cerrou os dentes e se submeteu a uma noite de penitência. Eles se amontoaram no micro-ônibus fornecido, o mesmo que havia servido como seu Purgatório no início do dia.

O maître fez suas recomendações e anotou os pedidos. Sim, se lembrava muito bem do que Duyole havia pedido, e ofereceria ao médico aquele mesmo macarrão e carne de veado. A guarnição estranha — que não era da cozinha — estava prevista, mas não em uma dose tão pesada. Até mesmo ele havia subestimado a capacidade da Família de se aprofundar nos sedimentos básicos em busca do banal.

Se ao menos ficassem quietos!

Será que estavam realmente encantados com os procedimentos do dia? Sem dúvida sabiam que estavam isolados pela escolha que haviam imposto a todos os outros! Ou será que estavam tão ressentidos com a evidente desaprovação ao seu redor que se sentiam compelidos a justificar suas ações por meio de uma glorificação contínua dos bens de estrangeiros? Nem eles próprios deviam saber a resposta, apenas que se sentiam impelidos a falar e a falar, a dotar seu gosto de uma adequação forçada. Quanto ao jantar em si, devoraram seus pedidos com um prazer inabalável, enquanto os outros ficavam cada vez mais embaraçados e chateados, se contorciam, lançavam olhares dissimulados entre si e talvez repreendessem Duyole silenciosamente por seu único erro imperdoável, o fato de ter saído de um ninho tão incongruente.

"Aquele cemitério, você tem noção de quantas gerações de austríacos foram enterradas lá? Conseguir um terreno naquele lugar não foi fácil, sabe? Se não tivéssemos contatos, quero dizer, eles conhecem a família Pitan-Payne aqui... Você sabe que os austríacos são muito rigorosos. O cemitério só pode receber um determinado número — o limite é decidido com antecedência."

"Pois é! Depois de um certo número, é isso. Não importa quem você seja. E é claro que eles são muito seletivos — não é como em casa, onde *t'aja-t'eran** consegue arrumar lugar a qualquer hora..."

"E as flores... lindas, tão lindas."

"A música — vocês não adoraram a música? Eu falei que o meu irmão adorava Mozart, e foi isso que eles escolheram. Esses agentes funerários real-

* Cães e gado. (N. A.)

mente honram a profissão. Sabem como colocar as pessoas no estado de espírito certo."

"A atmosfera geral..."

"Ah, não, nem fale da atmosfera... impressionante. Simplesmente superior. Como eles conseguem manter um cemitério tão limpo, como se fosse um jardim?"

"Igual eu falei, as cabras teriam comido todas as flores. Os porcos iriam fazer a festa. Não, me diga, onde em toda a Nigéria é possível encontrar um jardim — quero dizer, um cemitério — tão bem cuidado? O nosso povo tem muito o que aprender. Ah, é, muito."

"É, mas será que as pessoas sabem disso? Elas têm noção do tamanho da lacuna?"

"Bom, elas viajam, né? Veem essas coisas. Quero dizer, não é como se não tivessem olhos."

"Mas isso não causa nenhuma impressão nelas, nenhuma mesmo."

"É triste. Comer e beber, o povo só entende disso. A ideia que têm de um funeral é trazer a banda e ficar se divertindo a noite toda. Vem gente que você nunca viu. Eles costuram até *aso ebi** e desfilam com ele. Meu Deus, que contraste! Tudo tão calmo aqui, tão decente e de bom gosto. Digno..."

"Ah, isso é, digno. É o que eu chamo de respeitável e digno."

Bisoye levantou-se em silêncio, pediu licença e foi ao banheiro. Metade da mesa a seguiu ansiosamente com os olhos, mas o trio não perdeu o ritmo. Um garçom a acompanhou até o banheiro e indicou o caminho. Em seguida, o maître reapareceu em seu traje branco e sua voz era uma mistura de surpresa e desagrado.

"Sua comida está esfriando, *Herr Doktor*. Eu a preparei de forma especial, do jeito que o seu amigo gostava. O senhor nem tocou."

"Ah, me desculpe." E Menka rapidamente enfiou o garfo na massa e tentou enrolar alguns fios.

"Ou talvez o senhor não tenha gostado? Se preferir, pode pedir outra coisa."

"Não, não, por favor. Está delicioso." Não estava mentindo e logo enfiou uma garfada na boca. O maître ficou ao seu redor por alguns instantes e de-

* Roupa para uma ocasião social. (N. A.)

pois fez uma inspeção no restante da mesa. Os irmãos não tinham motivos para temer sua desaprovação. Menka estava começando a girar a próxima garfada quando as provocações recomeçaram. Era Kikanmi em pleno voo mais uma vez, e o cirurgião sabia que o resto de seu macarrão estava condenado a ficar no prato e a congelar lentamente.

"Sem contar que, tirando todo o resto, era destino, sabe. A nossa família tem um vínculo com a Áustria. Perdemos um irmão aqui, sabe. Morreu e foi enterrado aqui."

"Seu irmão morreu na Áustria?", perguntou o inglês cuja voz Menka tinha ouvido pela última vez no bar.

"Morreu." Selina acrescentou: "Ele era uma espécie de, ah, você sabe, um andarilho. Como veio parar aqui, só Deus sabe, mas foi depois que o Pai Eterno visitou Viena pela primeira vez. Acho que ouviu falar da cidade e decidiu experimentar. Era tudo entre ele e o *Otunba*. Mas um dia recebemos a notícia de que havia morrido. A Família mandou avisar que ele deveria ser enterrado em Viena. Quem poderia imaginar, naquela época, que teríamos essa ligação tão próxima com o pessoal da Lindtz?"

"Sim, é verdade", concordou Kikanmi. "A Família parece atraída pela Áustria. Nossos destinos estão ligados de uma forma estranha. Talvez de uma vida anterior. Provavelmente eu mesmo acabarei sendo enterrado aqui."

Menka encontrou a sua voz.

"E você iria gostar mesmo de ser enterrado aqui? Se pudesse escolher, iria gostar?"

"Claro que sim. Onde quer que eu caia morto, basta cavar um buraco e me enterrar. Quando você lida com a terra acaba aprendendo que toda terra é igual em qualquer lugar."

Isso provocou gritos instantâneos na mesa. Seus companheiros, tanto cidadãos quanto pessoas em trânsito, começaram a gritar sobre experiências competitivas — o que tiveram de desembolsar informalmente e depois formalmente para garantir o pedaço específico de imóvel que tanto buscavam para um negócio específico —, esquecendo até mesmo o domicílio básico. Outras vozes gritaram sobre a privação de última hora de terras alocadas — certificado de ocupação emitido, carimbado com o selo do governo, apenas para receber desculpas e ofertas de áreas alternativas, mais notoriamente terras à beira de lagoas recuperadas com fundos públicos, mas compartilhadas apenas entre os ungidos. Os testemunhos voaram como flechas flamejantes sobre a oferta de substitutos de valor tão semelhante que recusaram a oferta sem ver. A torrente de paixão gerada foi tão grande que o Cérebro de Badagry poderia, se quisesse, afirmar com justiça que foi somente graças a ele que a conversa finalmente superou a noite sombria, tornando-se animada e espontânea.

Cerca de vinte a vinte e cinco minutos depois de seu profundo pronunciamento, Kikanmi por fim pareceu recuperar seus pensamentos, surgindo com mais uma revelação sobre a família.

"Veja bem, a família tem uma tradição militar. Temos um tio — ainda vivo — que de fato lutou na Birmânia. Estava na Força de Fronteira da África Ocidental, comissionado em Gana. Costumava dizer que, quando você se alista, o seu corpo pertence à Rainha. Portanto, um pedaço de terra é igual a qualquer outro."

Isso acabou com a reticência prolongada do dr. Menka.

"As culturas são diferentes", observou. Havia jurado silêncio a si mesmo, rezando para que Kikanmi fizesse o mesmo voto trapista em deferência à ocasião. De qualquer forma, ele apenas se conformaria com seus surtos espasmódicos de reflexão presumivelmente profunda.

Agora Menka se sentia pessoalmente agredido.

"Não! Fale por você ou por sua família. Mas não ouse sugerir que se trata de um código militar universal. Os israelenses às vezes se arriscam a perder mais soldados só para trazer seus mortos para casa. E os Estados Unidos ainda estão procurando os corpos dos soldados da Guerra do Vietnã. Portanto, não me diga que é uma coisa militar."

"Muito bem." Era o inglês novamente. "Eu estava prestes a fazer a mesma observação. Há exércitos em que é considerado uma questão de honra trazer os seus mortos para casa, se possível."

"Na época em que seu irmão morreu na Áustria", continuou Menka, "era muito mais complicado trazer um cadáver para casa. Era incômodo e caro. Isso aconteceu há um bom tempo, não foi? A viagem teria sido feita de barco."

Timi defendeu a honra da família.

"A Família nunca teve problemas em cuidar dos seus, não importa o que fosse necessário. Foi simplesmente uma decisão tomada."

"Ah, bem", suspirou Menka, "quando você por fim conseguir seu desejo de ser enterrado na Áustria, em um cemitério exclusivo e dinástico, lembre-se de que um personagem chamado Adolf Hitler era austríaco. Depois, reze para que um dos herdeiros dele não assuma o controle do seu recém-adquirido burgo como prefeito ou burgomestre ou seja lá o que for. Talvez ele possa simplesmente decidir que a sua presença profana a memória dos antepassados dele, que um negão grande e preto foi enterrado em seu solo ariano e que está na hora de restaurar a pureza racial do cemitério. Tente dizer então que o destino de Salzburgo está entrelaçado com o da família Pitan-Payne."

Foi nesse momento, desejando poder evaporar e ressurgir em solo de Plateau, que Menka olhou em volta e notou que Bisoye havia se ausentado por quase meia hora. Alarmado, comentou sobre o desaparecimento prolongado, empurrou sua cadeira para trás e foi procurá-la. Selina fez um esforço hesitante para se levantar, mas o médico prosseguiu mesmo assim, murmurando:

"Vou procurar." Encontrou-a no vestíbulo, chorando até a alma. Agora se arrependia de não ter esperado por Selina. Tentou consolá-la, persuadi-la a voltar para a companhia das pessoas, sem chance.

"Não é só tristeza", ela conseguiu dizer. "É toda essa conversa horrível que sai da boca dos irmãos dele. Eu não aguentava mais ouvir aquilo."

Selina chegou momentos depois. Menka deixou a viúva sob seus cuidados e caminhou lentamente de volta à mesa. A voz do maître era cáustica quando se ofereceu para reaquecer o prato de Menka ou preparar um prato novo. O cliente, castigado, estremeceu, implorou para que não se incomodasse, pediu desculpas e esperou que entendesse.

"Vim aqui para uma espécie de Última Ceia", improvisou Menka. "Mas acho que só traí o seu Cristo de novo."

É claro que aquilo só deixou o maître confuso, que fungou, orgulhoso, mas manteve-se firme.

"Guardei para o senhor o nosso famoso strudel de maçã — gostaria dele frio ou ligeiramente aquecido? O seu amigo sempre encerrava a refeição com um."

"Não tenho dúvidas. Mas nada de sobremesa, por favor, nunca fui muito de doce como ele. Quase nunca como sobremesa."

O homem ficou escandalizado. Parecia pronto para expulsá-lo.

"O strudel de maçã austríaco não é uma sobremesa, *Herr Doktor*. É uma tradição."

"Eu sei, obrigado. Você devia ouvir os elogios do nosso amigo. Mas, acredite, vou me limitar ao prato principal."

Com cuidado, Menka retomou seu assento, puxou seu prato para perto, murmurando para si mesmo:

"Hora da penitência, Espertinho de Gumchi — *um por dois, vamos lá* —, coma!" Tomando consciência disso apenas alguns momentos depois de seus movimentos iniciais, se tornou cada vez mais deliberado em cada gesto, especialmente quando partiu um pouco de pão, tomou um gole da taça de vinho abandonada e voltou a comer. Menka se forçou a engolir garfadas de massa congelada e carne de veado malpassada, na verdade ainda escorrendo sangue vermelho, embora fina, enchendo a boca, mastigando com uma consciência lenta e reverencial. O maître permaneceu junto do seu ombro, implacável, impiedoso.

20. Volta ao lar

Kighare Menka não estava, não podia estar de luto. Não por enquanto, sem dúvida. A agitação de sua mente não deixava espaço para o luto. É verdade que havia a companhia constante da perda, mas não teve sentimento algum de desânimo. Com tanta ferocidade em seu interior, apenas não sobrava espaço para o luto, e o pouco espaço que restava era ocupado por um senso de urgência.

Você quer levar o corpo dele para casa — por quê? Para servir no meu jantar? É, senhor Patriarca Otunba *Pitan-Payne, querido e respeitado Pai Eterno, se é isso mesmo que significa para o senhor, é melhor começar a arrumar a mesa, trazer seus melhores talheres de prata e se arrumar para o jantar com o seu traje da loja. Pois é exatamente isso que eu pretendo fazer!*

Para começar, havia um voo diurno para Lagos?

Havia. Via Frankfurt. Isso significava a companhia aérea Lufthansa. Recusando-se a considerar que agora estava praticamente preso em uma zona cega de pura obsessão, o dr. Menka levantou-se cedo — mal dormiu — antes que o resto do hotel começasse a se mexer. Dessa vez, estava preparado para encontrar qualquer membro da Família, caso houvesse algum sonâmbulo entre eles. Passaria direto, sairia do hotel, sem trocar uma palavra. Se tivesse o azar de se encontrar no mesmo ônibus, indo para o mesmo aeroporto, se recusaria a reconhecer a existência deles. A única exceção seria Damien, e isso só porque queria lhe fazer uma pergunta. Menka lhe confiara pessoalmente uma missão que poderia afetar os seus planos, e precisava obter o resultado. No jantar, fez a pergunta ao principal responsável por essa tarefa, o irmão mais velho Kikanmi. Quando todos começaram a brincar de dança das cadeiras ao redor da mesa grande — na verdade, várias mesas juntas — tentando decidir quem deveria se sentar ao lado, em frente, perto etc., Menka foi até Kikanmi e fez a pergunta, mas a resposta que recebeu foi vaga, evasiva e quase desdenhosa. A resposta foi dada de forma tão despreocupada que foi com grande dificuldade que Menka se impediu de repeti-la em voz alta para o benefício de qualquer ouvinte, apenas para colocar Kikanmi na berlinda e extrair a resposta direta que sua intuição já proclamava. Agora só faltava Damien para lhe dar uma resposta verdadeira. Pensando bem… e Menka pegou o telefone. Fez uma pausa, olhou para o relógio, hesitou, deu de ombros para todo o sentimento de culpa e discou para o quarto de Damien assim mesmo.

A voz soou pesada com o sono interrompido.

"Quem é? Espere um minuto… que horas são?"

"Não importa a hora, Damien. Está me ouvindo?"

"Estou, tio K. Algum problema?"

"Não. Estou indo embora e quero saber se você passou a minha mensagem para o seu tio."

"Mensagem. Que mensagem? Ah, é, passei. Eu estava junto."

"E ele o embalsamou?"

"Tenho certeza de que sim. Quando eu falei, o agente funerário estava presente. Eu os deixei juntos — tive de ir à floricultura…"

"Tudo bem. Vejo você na Nigéria."

"Está indo embora?"

"Estou. Desculpe ter acordado você. Pode dormir."

Cerca de quatro horas depois, já estava em Frankfurt, aguardando o voo de volta para casa, e ligou para o embaixador de seu país em Viena. O diplomata havia comparecido ao funeral em nome do governo e partira tão perplexo quanto todos os outros. Era seu plano estar presente de qualquer maneira, mas revelara em sigilo à família que o próprio primeiro-ministro tinha telefonado e ordenado que estivesse lá, representando o governo. A mensagem que foi lida veio logo em seguida. Além disso — tudo em estrito sigilo — o ministro das Relações Exteriores, por conta própria, o instruíra a descobrir discretamente por que o famoso engenheiro e consultor das Nações Unidas estava sendo enterrado na Áustria. O diplomata retornou de Salzburgo para sua base frustrado — "um povo cabeça-dura", resmungou em voz alta durante todo o caminho de volta para Viena. Ao telefone, era como se estivesse esperando para desabafar.

"Dr. Menka, eu não sabia o que fazer com aquelas pessoas. Eu implorei a elas. Eu as adverti. Eu disse: 'Ouçam, vocês sabem que isso faz parte de nossos deveres. Quando um de nossos cidadãos morre, nós nos envolvemos'. Portanto, temos experiência. Algumas pessoas tomam essa decisão em um estado de confusão — elas só querem acabar com as coisas. Um funeral. Um funeral qualquer. E então, é claro, elas pensam que essa é a maneira mais natural de fazer isso se estiverem morando no exterior no momento da morte. Mas depois mudam de ideia. Querem levar o corpo para casa e nos procuram para pedir ajuda. Não consideram que isso complica as coisas. É preciso fazer a exumação. Então, por que a pressa? Eu os aconselhei a deixar o corpo no necrotério e a esperar uma semana ou mais para pensar no assunto. E é uma pessoa que conhecemos. Eu o conhecia pessoalmente. Ele não é do tipo que você deixa em solo estrangeiro."

Menka se sentiu mais leve.

"Obrigado, senhor embaixador. O senhor vai ter notícias minhas."

"Qualquer coisa que eu possa fazer, é só me avisar. Você vai ver. A família vai mudar de ideia. Em geral mudam. Mas estes nem sequer pensaram nisso. Na verdade, eles praticamente nos mandaram cuidar dos nossos próprios assuntos. Como se não fosse para isso que estamos aqui. Isso faz parte dos nossos assuntos. Então eu dei o nosso conselho padrão, sobretudo para o irmão mais velho — embalsamar. Não deixar de embalsamar e de comprar um caixão forte. Esse sempre foi o nosso conselho na embaixada."

Era como se o embaixador soubesse do fio persistente que estava correndo na cabeça de Menka.

"Você fez isso? Você deu esse conselho a ele?"

"É lógico. O que mais eu podia fazer? Estamos envolvidos desde que o Pitan-Payne veio de avião para a cirurgia. E quando isso aconteceu, entramos em nosso procedimento rotineiro para auxiliar o corpo a ir para casa. Então você pode imaginar a minha surpresa quando disseram que iam enterrar aqui. Eu me encontrei com eles, junto com o pároco. Nós dois pregamos e pregamos, mas não surtiu efeito, então tudo o que eu pude fazer foi dar a eles o conselho de sempre — embalsamem e comprem o caixão mais forte que puderem pagar!"

O cirurgião lhe agradeceu.

E ainda assim ele não tinha ideia de como iria realizar o seu — não, o desejo de Duyole. Ele não precisava ser informado — isso era o que Duyole teria desejado, nada mais! E então, talvez abrir um processo na Áustria, em nome da viúva e dos filhos? Não, talvez seja melhor fazer isso na Nigéria. Ou então embarcar em uma operação secreta para desenterrar o corpo e levá-lo para casa? Ele não considerava isso nem um pouco descabido — Menka estava confiante, podia jurar que as autoridades de Salzburgo, o burgomestre ou o que quer que fosse, cooperariam totalmente. O que era o engenheiro nigeriano para eles? Por que iriam querer o seu corpo no cemitério consagrado às suas famílias e ancestrais? Se o pior acontecesse, Salzburgo aceitaria a autoridade da esposa sobre a de seus irmãos estranhos. Ou dos pais. Menka fez seus cálculos: esposa mais ex-mulher mais dois filhos e meio (Damien sendo a metade, como um fator duvidoso) contra o pai e três irmãos. Mesmo a esposa sozinha deveria vencer o resto — qualquer juiz sensato decidiria a favor dela. Nem sequer deveria ser necessário ir a julgamento. Tudo o que precisava era de uma ordem judicial, de qualquer tribunal, contanto que eles agissem antes que o inimigo descobrisse a trama e maquinasse para obter uma liminar ou contraordem — portanto, sim, uma ordem judicial direta seria o melhor. Estava preparado para fazer qualquer coisa, *qualquer coisa*, para obter uma. O que importava era apresentar um documento à embaixada para obter a sua cooperação formal. Se tivesse que ser forjado, ele, Menka, o forjaria pessoalmente.

Durante o voo de volta para casa, ele passou as horas em que estava acordado pensando apenas no plano, começando com uma pequena lista de colegas que haviam se formado na Áustria. Ou, na verdade, em qualquer universidade de língua alemã. Útil, mas não crucial, já que o inglês era praticamente o segundo idioma da Áustria. Um deles surgiu quase que na mesma hora em sua mente de explorador e, providencialmente, estava próximo — trabalhava no Hospital da Universidade Estadual de Lagos. Aquele jovem médico havia se formado, ele se lembrava, na Universidade de Frankfurt.

Menka não perdeu tempo — foi direto do aeroporto para o hospital universitário. O jovem, que ainda não suspeitava que seria um ladrão de corpos, estava fazendo a ronda. Ironicamente, ele se lembrou dos visitantes da rede corporativa que havia encontrado esperando do lado de fora da sua sala, outro déjà-vu inquietante e persistente. Quando o jovem médico voltou, ficou visivelmente surpreso ao ver seu famoso veterano e o acompanhou até a sua sala, pedindo desculpas por tê-lo feito esperar. O dr. Menka respondeu com o seu próprio pedido de desculpas por incomodá-lo sem hora marcada, e esse foi o fim de todas as preliminares.

"Quando você poderia partir para a sua antiga base, não bem na Alemanha, mas na vizinha Áustria?", perguntou Menka.

O jovem médico piscou para ele, confuso. Ainda não havia se recuperado da presença daquela estrela idosa do firmamento médico, que havia pouco tinha honrado a profissão com seu trabalho com as vítimas do Boko Haram, culminando com o Prêmio Nacional de Preeminência. Em poucas frases, Menka descreveu a missão.

"Mas meus deveres aqui, senhor..."

"Você pode deixar isso comigo. Estou vindo direto do aeroporto e você é o meu primeiro porto de escala. Assim que você concordar, eu falo com o reitor. Já trabalhei aqui antes — estou até considerando retomar essa associação. Acredite em mim, eles podem dispensá-lo por uma semana. Se necessário, até me ofereço para cobrir a sua agenda, mas isso não vai ser preciso."

Ekundare gaguejou e se prontificou a obedecer.

"Ótimo. Amanhã cedo vou providenciar as passagens, conseguir algum dinheiro para o hotel e a alimentação... Espere. Você ainda tem um visto válido, não tem?"

"Ah, sim, na verdade a minha esposa ainda está na Alemanha."

"Ah, isso é bom. Você vai poder visitá-la depois que cumprir a sua tarefa. Vou trabalhar nisso o dia todo amanhã, para que você possa pegar o voo da noite."

"Assim tão rápido, senhor?"

"Quanto tempo você acha que temos? Você é médico, então não preciso dizer o que acontece com um cadáver debaixo da terra. O que você e eu sabemos que está acontecendo agora mesmo!"

Menka não fez nenhuma tentativa de evitar a imagem do corpo em decomposição, estágio por estágio. No fundo de sua medula, ele sabia que Kikanmi não havia embalsamado o corpo do amigo. Mesmo sem a evasiva de sua resposta no jantar, ele lera a resposta em seu rosto. Ele e a Família haviam decidido tornar a repatriação um *fait non accompli* antes mesmo do esforço, colocando todos os obstáculos possíveis no caminho de qualquer pessoa que decidisse trazer seu irmão de volta para casa. Era uma luta estranha, pois ele também havia percebido nuances, mesmo em sua mais obstinada iteração de uma finalidade, um ato consumado — por trás de tudo isso havia uma aceitação vil de que a repatriação poderia ser inevitável. Estava lá, talvez o efeito de seu completo isolamento. Eles reconheciam em segredo que as chances estavam contra eles e se sentiam marginalizados. Uma parte deles chegara a avaliar objetivamente que não poderiam enfrentar os direitos combinados da viúva, das crianças e da mãe, junto com o peso moral dos nigerianos e a obsessão de um intrometido chamado Kighare Menka. Sabotadores que poderiam tornar o caso extremamente desordenado. Mas, por quê, por quê, por quê? Isso era algo que Menka achava frustrante.

Em seguida, Menka foi confrontado com uma questão prática. Ele era um hóspede na casa de Duyole, e seu anfitrião estava morto. Sua próxima missão era em seu próprio nome — encontrar um novo lugar para descansar a cabeça, armazenar seus bens materiais e planejar sua ofensiva antes que a Família o expulsasse. Em última instância, Gumchi, mas, no momento, uma consultoria com o hospital universitário. Eles lhe arranjariam um apartamento temporário. Caso contrário, um de seus alojamentos para casos de supervisão prolongada. Se necessário, encontraria um pequeno hotel até que houvesse uma vaga. A ideia o deixou sóbrio de repente — parecia condenado a se tornar um eterno errante. Sua mandíbula se apertou — já eram dois. Um deles também encontraria a sua paz quando o outro fosse por fim enterrado.

Então, claramente, Duyole falou do além-túmulo. Uma semana depois do funeral austríaco, a família foi chamada à casa do falecido pelos executores para a leitura ritual do testamento. Ao refletir, o dr. Menka suspeitou que o testamenteiro, Cardoso, um antigo parceiro de negócios de Duyole, havia deliberadamente antecipado a leitura. Ele conhecia o conteúdo do testamento: Duyole havia decretado que fosse enterrado em sua terra natal, Badagry, e especificamente no cemitério da Capela dos Apóstolos da universidade. O dr. Menka já se sentia realizado, apenas com aquela voz que intervinha por si só.

A notícia foi transmitida a ele com alegria por um sócio júnior na sala do executor — ele mal podia esperar para descrever os tiques rápidos no rosto de Characo, em especial quando esse item foi abordado. A ligação de Debbie veio quase que de imediato, efervescente de empolgação — ela tinha, é claro, voltado para casa por um tempo antes de retomar sua estada nos Estados Unidos. Todos os que podiam, e tinham direito, haviam garantido sua presença na leitura — a Família em sua totalidade, menos o patriarca. Menka se sentiu reenergizado e embarcou em um novo surto de atividades frenéticas. Se pudesse, teria se juntado à solitária equipe avançada em Salzburgo para começar a desenterrar o amigo do solo estrangeiro, se necessário com as próprias mãos. Deixar os preparativos para a exumação nas mãos da Família com certeza iria garantir atrasos. Atrasos deliberados. Era o mais lógico a se fazer, e ele notou todos eles, um após o outro. Os atos secretos acusando alguns dos membros de perfídia, a recusa em embalsamar seu irmão e, ainda assim, mentir que o haviam feito. Naturalmente, todos eles desejavam adiar o momento da verdade até que não importasse mais. Prosseguir somente depois que o calor do duelo tivesse se dissipado e o resto não passasse de um ritual despersonalizado. A guarda avançada precisava ser reforçada.

Com tristeza, Menka verificou seus recursos — sim, ele podia pagar mais uma passagem aérea. Talvez até duas. Se necessário, pediria emprestado. Bisoye estava obviamente fora de si — ela deveria ser deixada sozinha com sua dor e com as exigências culturais de sua condição de recém-viúva. Menka falou com ela, e ela ficou muito grata de poder deixar tudo com ele — "Por favor, faça o que tiver que fazer, o que quiser, mas traga-o de volta". Debbie foi a próxima. Como a filha mais velha, ela representaria a autoridade da família e estava pronta para a batalha mesmo sem o apoio do testamento. Com a validação formal do testamento de Duyole, o cirurgião se sentiu pronto para enfrentar dez Famílias! No entanto, mesmo em seu ímpeto agora galvanizado, Menka conseguiu impor a si mesmo um senso de propriedade, sempre consciente do fato de que ele era estritamente um estranho, não era membro nem da Família, nem da família. *Por Duyole, Espertinho de Gumchi, vamos lá! Quatro por um e um por quatro. Segure as pontas e só exploda quando estiver tudo acabado. Vamos lá, vamos lá, respire fundo!*

Com um espírito conciliador, usando todos os truques adquiridos na prática profissional, o dr. Menka se preparou e partiu para cima da Família. Chamou Kikanmi com o médico recrutado a reboque e o apresentou como sua contribuição pessoal para os esforços da Família em cumprir os últimos desejos de Duyole, que, ele sabia, haviam se tornado primordiais em suas mentes. Explicou que o médico era apenas uma equipe avançada, enviada para facilitar o que agora era um compromisso obrigatório. Ele, Menka, planejava segui-lo de imediato, uma vez que tivesse colocado em prática uma série de ofertas logísticas para o retorno para casa. Sabia que a Família devia estar sentindo a pressão do tempo — como amigo da família, ele estava ali para aliviar um pouco essa pressão. De fato, deveria viajar com o jovem médico, mas havia algumas coisas que precisavam ser organizadas ali mesmo. Rapidamente, Menka fez uma verificação rápida de seu pronunciamento, e teve certeza de que Duyole teria aplaudido sua fala apaziguadora. Pretendia manter o tom.

Kikanmi por fim pareceu reconhecer que a paralisação havia terminado. Entretanto, ainda havia objeções. Então, o Grande Irmão lembrou a Menka que, em Salzburgo, ele mesmo havia declarado abertamente que o caso não estava concluído, que os restos mortais ainda poderiam ser trazidos para casa depois que a confusão sobre a morte de Duyole terminasse. Não conseguia entender como um cirurgião treinado podia se submeter a tal pressa — por que apenas não seguia o ritmo que o bom senso e os aspectos práticos ditavam? "Podemos deixar tudo em segurança nas mãos da Lindtz." A máquina da Lindtz era, de qualquer forma, muito mais eficiente do que qualquer coisa que até mesmo o homem de Gumchi, com todo o respeito devido ao laureado de Preeminência Nacional, pudesse colocar em ação, quaisquer que fossem as suas conexões. A Lindtz podia até mesmo fazer com que o corpo de Duyole voltasse no mesmo avião que o havia levado, o que simplificaria muito o curso da ação. Afinal de contas, eles não haviam decepcionado a equipe na primeira repatriação. E a Família poderia enviar uma das crianças para acompanhar o corpo até a casa — Debbie, por exemplo. "Seja como for, dr. Menka, os Lindtz estão no local, conhecem o terreno, têm os contatos e a influência necessários, experiência e por aí vai."

Kighare Menka ouviu atentamente, reconheceu que tudo o que a Família propunha fazia sentido e foi de fato atencioso. Tudo o que ele estava fazendo era aumentar os esforços óbvios deles para repatriar o irmão. Ele havia apenas recrutado especialistas para uma operação urgente, nada mais. E era sensível ao tempo. Mover um corpo vivo era menos complicado do que exumar e depois repatriar um cadáver. "Temos uma situação em nossas mãos em que o fator tempo é determinante — não concorda?" Quanto mais cedo, melhor, e esse médico aceleraria consideravelmente o processo. Menka olhou Kikanmi direto nos olhos e se dirigiu a ele em voz baixa, enfatizando cada palavra.

"Mesmo com o melhor embalsamamento, antes de ser removido de seu local de descanso atual o corpo vai precisar de alguns cuidados cosméticos finais, concorda? Se concordar, então, obviamente, quanto mais cedo o desenterro for realizado, melhor. O dr. Ekundare vai trabalhar com o agente funerário. Suas descobertas afetarão os preparativos aqui — por exemplo, ainda será possível que Duyole repouse em estado de saúde para suas honras finais? Ou será uma viagem direta de túmulo para túmulo? Como pode ver, não estamos falando de um mesmo objetivo. Agora que os desejos de Duyole foram expressos de forma inequívoca, cada momento é vital. Ekundare é uma dádiva de Deus, praticamente um nativo. Conhece bem a Áustria e fala alemão. Acontece que ele também conhece a própria Salzburgo. Sua visita antecipada vai facilitar todas as ações necessárias que naturalmente fluiriam de Badagry — ou mesmo da Lindtz."

Por fim, o magnata do setor imobiliário tentou recuperar o controle e revelou uma posição firme da Família. A Família tinha que proteger a sua honra. Portanto, não aceitaria de bom grado que outros gastassem seu próprio dinheiro em nome da Família. Não havia necessidade disso, já que o pessoal da Lindtz estava mais do que pronto para isso. Eles eram praticamente membros da família, então por que Kighare apenas não esperava mais um ou dois dias para que a empresa pudesse providenciar o voo do jovem médico? Até mesmo o dele, o de Menka — a empresa pagaria por tudo, bastava esperar mais um ou dois dias. As coisas deveriam ser feitas de forma ordenada — ele achava o procedimento do médico muito apressado e desordenado.

Menka sinalizou total concordância com a posição da Família. Não tinha a intenção de atacar a honra da Família. Se isso fosse reforçado pelo fato de o parceiro de negócios estrangeiro, Lindtz, pagar a passagem, reembolsar o custo ou o que quer que fosse, tudo isso seria bom para o seu saldo bancário, não tinha a menor objeção. No entanto, ele era médico de profissão e sabia que seu papel era voltar imediatamente e prestar assistência. Porém, não podia, então esse jovem iria em frente e agiria por ele. E, sim, que grande ideia essa — Debbie deveria de fato acompanhá-lo! Tinha certeza de que ela estaria pronta para partir a qualquer momento! Portanto, nada de errado com um revezamento — dr. Ekundare nesta mesma noite; ele, Menka, no dia seguinte; Debbie seguiria em seu próprio ritmo. Impossível não concordar com esse arranjo.

"A viúva expressou o desejo de que continuemos com essa iniciativa. Então, o que você acha disso? Isso não tira nada de ninguém." Kikanmi olhou para o espaço, emitindo sons de descompromisso.

Ao ver o dr. Ekundare em seu caminho, Menka foi parado pelo jovem.

"Dr. Menka, sinto-me honrado por ter recebido esta tarefa, mas posso lhe fazer uma pergunta?"

"Claro, vá em frente."

Ekundare hesitou.

"Qualquer um poderia perceber a tensão — isso me deixou muito desconfortável. Você, um estranho, querendo o corpo de volta — aquele homem, o irmão, era como um homem sendo arrastado para a forca. Por quê? A menos, é claro, que seja uma questão de confidencialidade médica?"

"Nem um pouco. Eu só quero contar as partes do corpo, para ter certeza de que não está faltando nada."

Ekundare pareceu assustado.

"O senhor está falando sério, doutor?"

Menka balançou a cabeça.

"Não, claro que não. Um dia eu sacio a sua curiosidade. É uma longa história. No momento, *bon voyage*. Mantenha-me informado em todas as etapas."

Quase ao mesmo tempo, em sua casa, o patriarca, Pai Eterno, estava se exercitando totalmente com o mesmo quebra-cabeça, embora de uma posição oposta. É claro que ele fora informado de imediato sobre o conteúdo do testamento e sobre a pressa imprudente de Menka, até mesmo a tentativa insolente do homem de assumir o que era claramente uma responsabilidade da Família. Ele arrancou o pé dos dedos suaves de Mamma Kressy, levantou-se distraído e se irritou.

"Mas qual é o problema desse primitivo — seja lá de qual buraco ele saiu? Por que ele se intromete em um assunto de família? Espero que esses rapazes saibam que precisam se mexer para proteger a honra da família!"

Talvez tenha sido esse famoso senso de "honra da família" que agora começava a impulsionar as coisas. Foi uma reviravolta imediata e extraordinária que, no entanto, não deveria ter sido surpreendente, já que a família do grande *Otunba* Pitan-Payne dava muita importância à imagem pública. A família abandonou todas as outras objeções, deixou que um círculo público restrito soubesse que estava felizmente envolvida na repatriação de seu filho e que a filha mais velha acompanharia um médico em nome da família em uma missão preliminar com esse mesmo objetivo.

A missão preliminar ocorreu conforme o planejado. O dr. Ekundare parecia ter começado com o pé direito. Logo após a aterrissagem, depois de um voo noturno e reforçado pela equipe sênior da embaixada, ele pegou o trem para Salzburgo e encontrou-se com o agente funerário, que havia sido alertado e de fato realizara a primeira etapa, depois de receber autorização da embaixada: a exumação. Ekundare ligou para o dr. Menka para informá-lo de que não havia necessidade de correr para Salzburgo ainda; não havia absolutamente nada para ser feito até que o agente funerário tivesse concluído seu trabalho. Na verdade, ele o aconselhou a não viajar até que alguma restauração tivesse sido feita nos restos mortais. Ekundare ficaria apenas mais um dia, faria uma parada em Frankfurt para ver a família e depois voltaria quase imediatamente para retomar o trabalho em Lagos. Ele traria de volta um relatório detalhado, com fotografias. Por telefone, ele transmitiu o resumo a Menka — nada que se aproximasse de uma revelação, apenas que o corpo não fora embalsamado.

O coveiro, relatou Ekundare, revelou-se um homem muito perturbado. Todos os envolvidos no falecimento do engenheiro pareciam estar muito ansiosos para se livrar do fardo. Nesse caso, o agente funerário ficou aliviado por falar com alguém da mesma parte do mundo que o falecido e, para variar, com alguém que, felizmente, falava o idioma do agente funerário, entendia sua cultura e era um colega — bem, no sentido de que ambos trabalhavam com o mesmo material: o corpo humano.

Sim, de fato, ele havia aconselhado — e com veemência — que o corpo deveria ser embalsamado e havia advertido o irmão mais velho, por experiência própria, de que funerais que tomavam um rumo tão contestado dificilmente terminavam em permanência em solo estrangeiro. Não era incomum que a família mudasse de ideia mais tarde. O coveiro havia interagido com o pessoal da Lindtz. Todos expressaram profunda preocupação. Ninguém em toda a equipe Lindtz, declarou ele, demonstrou apoio ao enterro de Duyole na Áustria. Na verdade, os funcionários que trabalhavam na Nigéria ficaram chocados e desapontados; eles haviam começado os preparativos para desempenhar um papel de destaque nos planos — eles supunham — de receber e acompanhar o descendente dos Pitan-Payne até seu local de descanso final. Deixando o cinismo de lado, o agente funerário disse que era uma boa imagem pública para a empresa. Operavam na Nigéria havia décadas, mesmo antes de sua franquia nigeriana formal ter sido concedida ao Pitan-Payne mais velho. Seus gerentes foram absorvidos pela cultura, já que visitavam com frequência as fazendas de cacau para estabelecer o controle de qualidade e estavam envolvidos no combate à doença da vagem negra na África Ocidental, enviando especialistas para treinar produtores de cacau em medidas preventivas. Consideravam-se parte do desenvolvimento econômico do país, muito antes da descoberta do petróleo. Estavam ansiosos para celebrar com seus compatriotas adotivos a passagem desse indivíduo por suas vidas.

Sua certeza sobre esse resultado, contou o coveiro, fez com que desse mais conselhos a Kikanmi sobre a escolha de um caixão. Não poupou esforços para entrar em detalhes técnicos com o negociante de imóveis: o solo era pesado, ele o informou, então era aconselhável escolher um caixão resistente que não fosse esmagado pelo peso da terra. O irmão, no entanto, ignorou todos os conselhos. Preferiu um caixão feito de madeira barata e de baixa densidade — sua própria expressão —, mas com uma impressionante camada de verniz. Quanto ao embalsamamento, contentou-se com cosméticos faciais simples, nada muito elaborado.

O coveiro era apenas mais um anel nos círculos dos instruídos, mas a instrução de Kighare era de um tipo diferente. Apesar de todos os esforços para afastar a imagem indesejada, Kighare seguiu seu amigo até a escuridão e testemunhou a lenta deterioração de seu corpo. Na verdade, ele podia ver seu rosto, observando-o se desintegrar lentamente. Sentiu que podia tocar sua pele. Sua última instrução — feita por telefone para Ekundare na sala de embarque — tinha sido implacável:

"Primeiro, tire o corpo da terra o mais rápido possível. Imediatamente. Já perdemos um tempo precioso, mas deixe o agente funerário ver o que pode ser feito com o rosto. Quando o trouxermos de volta, o caixão vai permanecer lacrado durante seu estado de repouso. Um vidro colorido sobre seu rosto, até mesmo fosco, o mais escuro possível, para que possa haver algum contorno físico, uma forma visível através do vidro colorido, do Duyole Pitan-Payne que todos nós conhecemos. Isso é o melhor que podemos esperar."

Ekundare retornou com fotografias. O rosto havia de fato começado a desmoronar. O agente funerário prometeu fazer o melhor possível, mas aconselhou que a família mais próxima deveria ser mantida longe até mesmo do visor de vidro colorido. Somente aqueles com uma constituição forte deveriam tentar olhar, e mesmo esses deveriam ser avisados para se protegerem com antecedência. Ekundare lhe assegurou que todos os detalhes estavam em mãos competentes e até mesmo entusiasmadas — o coveiro, os agentes funerários, a paróquia, a empresa parceira, a embaixada, todos estavam a bordo. Debbie estava no local, bem no centro das atividades. Menka pôde finalmente se concentrar nos preparativos para receber o corpo em casa, garantindo que Duyole por fim recebesse a despedida que merecia, uma despedida também desejada por aqueles que haviam tropeçado, mesmo que por acidente e ainda que marginalmente, em sua órbita. Com gratidão, cancelou o setor planejado do revezamento. A embaixada faria esse papel, levando o corpo para o avião. Ele permaneceria em sua terra natal para recebê-lo.

Então, veio a notícia de Debbie: seu escritório nos Estados Unidos havia ordenado que ela voltasse. Sua licença terminara, e o chefe se recusava a prorrogar a sua volta. Quando ela partisse para a Áustria, deveria voltar para os Estados Unidos assim que se despedisse do pai em Frankfurt. E lá se foi o alívio anterior, quando Menka teve a garantia de que a embaixada cobriria a sua função designada. Agora, mais uma vez, em uma subestimação de sua própria infecção pelo inseto da possessão, ele sucumbiu a uma profunda desconfiança inserida em sua medula. Qualquer debate interno que se seguiu foi de curta duração — permanecer e receber ou viajar e acompanhar? Menka decidiu viajar para a Áustria e trazer pessoalmente o corpo para casa. Por um lado, ele sentiu — sim — que isso prometia um bônus terapêutico. Mas por outro lado — tentou avaliar a si mesmo — não seria um início de paranoia? Admitiu que era possível. Se ao menos ele pudesse imaginar, quanto mais entender, o que motivava a Família, isso ajudaria. Mas é fato que ninguém que ele tivesse encontrado dentro do círculo daquela morte poderia. Não tinha opção, então, a não ser projetar seus prováveis atos como ampla e irracionalmente inconcebíveis. Naquele momento, suas projeções sombrias se recusavam a evitar a possibilidade de a Família obter o cadáver de algum imigrante ilegal e levá-lo para casa para um enterro nigeriano. Ele poderia acabar sendo guarnecido com o famoso schnitzel de salsicha para ser servido em um jantar macabro do pai.

Parecia uma opção melhor do que perder mais noites de sono. Menka revalidou sua passagem e se preparou para partir. E assim, mais uma vez, o ciclo implacável — a divisão de tarefas — com a relutante e até mesmo intencionalmente descortês complacência da Família! De fato, como era de esperar, a capitulação da Família não passou de uma pose fingida de relações públicas. O quarteto havia se retirado apenas para se reagrupar, se recuperar e lançar um ataque de retaguarda, com base em táticas de desgaste. Menka percebeu que havia subestimado o domínio tenaz de algum tipo de condicionamento mental neles que era semelhante a um fanatismo religioso, envolvendo talvez um ritual exorcista que tinha de ser conduzido à distância? Teria ele, talvez, truncado um ritual familiar? Sua mente se voltou para o relato de Selina sobre o outro irmão enterrado no exterior. Acidente? Ou projeto? Fosse qual fosse o caso, já eram dois. Cabia à Família aceitar que ele também sofria da mesma aflição, só que a dele operava do lado oposto do eixo demoníaco. Fez uma careta, lembrando-se de uma de suas primeiras induções rudimentares no campo científico, uma falácia comprovada em todos os campos, mas ainda aplicável como princípio orientador: Ação e reação são iguais e opostas.

Ao listar as responsabilidades pela volta de Duyole para casa, tudo o que precisava ser feito enquanto o dr. Intruso estivesse ausente, a Família se retirou para uma posição de sócio júnior de um empreendimento conjunto, parecendo satisfeita — não sem o que só poderia ser descrito como uma mistura de desprezo e mau humor — em deixar que os outros trabalhassem até a morte enquanto eles observavam. Na aparência, isso não apenas convinha a Menka, mas também servia como um paliativo para as áreas negligenciadas de sua existência. Isso o fez esquecer a causa principal de sua saída de Jos, embora ele ligasse ocasionalmente para Costello e Baftau — será que eles precisavam de alguma informação dele? Não precisavam. Isso o deixou totalmente grato. Um repórter do estabelecido jornal A *Vanguarda* tinha feito uma longa entrevista sobre o seu trabalho com as vítimas do bombardeio do Boko Haram e seu prêmio subsequente; Menka entrou em contato com ele e o apresentou a Damien. Eles trabalhariam juntos na modesta quantidade de publicidade que deveria preceder a chegada de Duyole, permitindo que seus amigos viessem e fizessem suas últimas despedidas. O jornalista ficou tão grato por estar envolvido que ofereceu a Damien uma mesa em seu próprio escritório para que tivesse todas as facilidades à mão. Qualquer coisa de que precisasse, era só pedir, ele prometeu.

Como Menka temia sensatamente, a capitulação da Família foi apenas parcial e planejada. Outros poderiam trabalhar, mas eles iriam minar. A cada passo do caminho, a fórmula se tornava transparente. Mesmo quando a equipe de Menka, reunida às pressas, começou a implementar os arranjos acordados, a hostilidade implacável, inexplicável, mas ativa da Família começou a eliminar os últimos vestígios de sutileza. As ordens foram emitidas sem rodeios, em grande parte da mesa do próprio Grande Irmão — a volta de Duyole para casa deveria ser mantida o mais secreta possível. A teologia de Salzburgo estava de volta. Utilizando todas as táticas conhecidas, a Família resistiu a todas as tentativas de fazer com que o povo de Duyole, sua família adquirida, soubesse que seu homem estava voltando para casa. Damien, nomeado sr. Coordenador de Publicidade, foi simplesmente cooptado como ponta de flecha do engano e da manipulação. Contornando Bisoye, como já havia se tornado rotina, e contra todos os concorrentes, a Família insistiu em um dia útil, e não em um fim de semana, para o reenterro. Mas por quê? O que significava para eles? Por que um dia de semana? Com a partida de Debbie e a incapacidade da viúva, Menka só podia se mover até certo ponto. E sua principal tarefa, ele decidiu, era levar o corpo para casa. Mesmo que o dia da semana escolhido fosse um dia em que o movimento humano se tornasse impossível, não deixando ninguém para acompanhar o caixão até o cemitério, o que importava era que Duyole descansasse no solo de Badagry. Menka deu de ombros para um enterro em um dia de semana, confiante de que um número suficiente de pessoas sacrificaria até mesmo um mês de salário para homenagear seu colega, desde que soubessem do evento com antecedência. A Família reclamou da simples redação de um comunicado à imprensa, dispensou, recusou, concordou, na verdade insistiu, em assumir outras tarefas, outras funções, com o único propósito de garantir que nunca fossem realizadas, sabotou outros com declarações descaradas de que essas tarefas já haviam sido cumpridas. Menka deu de ombros e insistiu em apenas uma coisa:

ele mesmo se certificaria de que aquele corpo entrasse na carga do avião, e ele viajaria no mesmo avião. Acompanharia Duyole até a sua casa. E enterraria pessoalmente seu corpo em sua morada final escolhida!

Não era de todo adequado, mas Menka colocou uma sombra por trás de cada tarefa de que a Família se apropriara, incluindo as funções mais básicas, mundanas e não qualificadas, que foram de repente transformadas em "responsabilidades da família", sagradas demais para serem deixadas para pessoas de fora. Felizmente, as entradas cruciais, como a segurança, provaram seu escopo de apropriação. Pelo menos ali, Menka conseguiu afirmar o controle total, com um sinal firme e não roteirizado de "MANTENHA DISTÂNCIA". Tudo o que o médico teve que fazer foi dar um lembrete severo e irritado de como a missão externa quase terminara em um fiasco, graças ao alardeado controle de Characo sobre todas as agências de segurança do país. "Pretendo cuidar disso eu mesmo", Menka avisou com calma e começou a delinear metodicamente um cronograma de movimentos passo a passo. Ao sair, ele mesmo visitaria seu amigo recente, o comandante do aeroporto. Não era preciso ser psiquiatra ou adivinho para prever que uma mistura de culpa vinda de duas direções — uma, sua conduta obstrutiva anterior, e a outra, a notícia da eventual morte do paciente no centro de tudo — colocaria até mesmo o gladiador mais duro em um estado de espírito compassivo e compensatório. Menka resolveu explorar isso ao máximo, sem nenhum pudor. Ele insistiria que um grupo de seus pilotos, junto com a escolta da Patrulha Rodoviária da viagem de ida, encontrasse o avião na pista, descarregasse sua carga sombria e acompanhasse o cortejo diretamente do aeroporto para a casa da família em Badagry. Um cortejo de não mais do que uma dúzia de veículos, Menka assegurou à vítima do clã funerário. Uma vigília seria realizada na sala de estar de Duyole, com o caixão em estado de velório. Sua viúva, seus parentes e os filhos de Duyole assumiriam essa fase. Na manhã seguinte, ele enterraria pessoalmente o corpo em sua morada final escolhida.

Todos declararam que haviam entendido suas partes — o que fazer quando Duyole por fim chegasse em casa. Com o coração quase leve, Menka finalmente voou para Frankfurt e depois para Salzburgo. O mistério da atitude da família continuava sendo um ponto incômodo, mas ele não permitiu que isso perturbasse sua recém-adquirida tranquilidade mental. Tranquilo, sim, mas nem o avião nem o trem conseguiam se mover rápido o suficiente para deixá-lo em Salzburgo. Sua primeira parada, antes mesmo de fazer o check-in no hotel, foi a agência funerária. Conheceu o coveiro. A exumação havia sido realizada sem problemas, ele garantiu de novo ao visitante. Apenas lamentou que não era como ele gostaria que o corpo saísse de sua clínica. Menka o questionou sobre suas conversas com os membros da Família, que conselhos ele havia oferecido sobre o embalsamamento e a escolha do caixão. O agente funerário confirmou cada detalhe do relatório do dr. Ekundare. Era um coro incessante — ainda não havia encontrado uma atitude tão perversa em toda a sua carreira. Bom, disse com um gesto, ele tinha feito o que podia. Menka gostaria de ver o corpo? O cirurgião lhe disse que já havia visto o corpo. O homem pareceu assustado.

"Com certeza você se lembra de mim. Fui eu que me recusei a entrar no cemitério no dia do enterro." Sim, agora o homem se lembrava.

"Bom", continuou Menka, "desde aquele momento que não deixo mais o meu amigo e sei como ele está agora. Sei exatamente como ele está. Sou médico, cirurgião. Também o vi quando ele foi colocado em sua capela antes do enterro, mas já decidi qual vai ser a nossa imagem de despedida e não vejo razão para apagá-la. O senhor quer saber qual é ela?"

O agente funerário assentiu com a cabeça.

"Uma caneca de cerveja espumante na Oktoberfest."

Kighare deparou-se com um obstáculo em sua viagem precipitada, algo sobre as leis de outros países. Não, ele não podia viajar de Salzburgo para Frankfurt, atravessando a fronteira austro-alemã com o caixão de Duyole como bagagem; as leis de ambas as nações pareciam desaprovar tais peculiaridades. A transferência da custódia para a companhia aérea começava na casa funerária e só seria liberada em Lagos. Selado e entregue, Duyole tornou-se responsabilidade da companhia aérea. Assim, o médico pegou um trem mais cedo para o aeroporto de Frankfurt, para esperar o amigo, acompanhando seu movimento a cada centímetro do caminho até chegar ao depósito da alfândega. *Então, meu amigo Duyole, você agora é designado como carga?* Isso o teria deixado muito feliz. Saber que era mais ou menos assim que todo mundo acabava, de qualquer forma, não facilitava as coisas. Duyole como *carga*! Mas o cirurgião estava imerso demais no procedimento para se permitir pensar por muito tempo em tais absurdos. Ele operava como um autômato. Sua tarefa era garantir que a carga não fosse deixada para trás por motivo nenhum.

Menka seguiu todas as exigências e conselhos burocráticos. Obteve uma cópia da guia de remessa do frete e, de sua base no Sheraton Airport Hotel, em Frankfurt, continuou a monitorar cada movimento da entrega, garantindo que o caixão fosse realmente embarcado no compartimento de carga. Do frete à guia de remessa, seu amigo do peito, Duyole? Ele nem mesmo teve permissão para entrar no armazém para verificar — apenas a identidade alfanumérica substituiu Duyole Pitan-Payne. A documentação agora o tranquilizava de que Duyole não estava sendo descartado para uma entrega mais urgente, talvez móveis para uma mansão recém-concluída de um político ou empresário. Acomodado calmamente em seu assento de voo, sentiu que deveria ter percebido, talvez, que na verdade não havia motivo para preocupação. Esse não era o tipo de carga que as companhias aéreas gostavam de ter em suas mãos por um momento a mais do que o necessário, e, de qualquer forma, a tão falada eficiência germânica havia assumido o controle.

Era tarde da noite e já estava escuro lá fora quando o avião aterrissou em Lagos. Todos estavam em alerta, e o comandante do aeroporto estava em seu elemento. Encontrou-se com Kighare bem na porta do avião, na companhia do chefe dos carregadores de bagagem e do funcionário mais graduado da alfândega em serviço. Nada poderia dar errado nesse retorno do filho da terra, o embaixador não credenciado do povo nas Nações Unidas, acompanhado por ninguém menos que o vencedor do Prêmio de Preeminência Nacional. Juntos, eles desceram o pórtico lateral até a pista, para cuidar da carga enquanto ela era descarregada. Dessa vez, o carro funerário, e não uma ambulância, esperava na pista. Dirigiu até o porão do avião para receber seu augusto ocupante e se aproximou do compartimento de descarga. A sensação de déjà-vu foi às avessas. Tudo ocorreu sem problemas. O funcionário da alfândega já havia tomado posse da carta de porte. Tudo o que restava era ajustar o número ao pacote. Seus homens, alertados para a natureza da carga, continuaram virando as etiquetas, comparando, passando de um para o próximo objeto de formato provável abaixo da barriga do avião. Impaciente, o dr. Menka se juntou a eles, com a ajuda do comandante. Quando Menka se endireitou uma vez para olhar ao redor, viu um observador não programado nos procedimentos — o Cérebro de Badagry, Kikanmi, de pé, distante, de braços cruzados, com os lábios curvados em um distanciamento familiar elevado, até mesmo desdém, sua postura ostensivamente negando qualquer conexão com a atividade obscena ao seu redor. Menka teve vontade de atacar o homem. Por que ele estava ali?, se perguntou. Suas tarefas não envolviam a sua presença no aeroporto — na verdade, ele havia deixado claro que preferia não participar do recebimento do cadáver do irmão. Então, por que havia aparecido, se tudo o que planejava fazer era ficar parado e observar a cena com uma compostura tão óbvia e condescendente? Seria esse algum jogo macabro que os não membros da Família não conheciam?

Os minutos se passaram. O porão de bagagens foi esvaziado. Então veio o momento de pânico. O caixão não estava em lugar algum entre as peças espalhadas no compartimento de descarga.

Menka passou por vários pacotes de tamanhos prováveis, todos retirados do porão sob seus próprios olhos. Mas não havia nenhum sinal do caixão. Ele se afastou um pouco, tentou olhar ao redor e abordar algum funcionário de terra da Lufthansa. Foi então que ouviu uma voz, misturada com o mais profundo desprezo, atrás dele:

"É, o que mais se pode esperar? Muitos cozinheiros para pouca comida."

Ele se virou. Não havia percebido que o irmão havia mudado de posição. O corretor de imóveis não estava virado em sua direção, mas ele não teve dificuldade em perceber a indescritível careta em seu rosto enquanto se afastava para contemplar atividades mais elevadas na pista.

Com dificuldade, Menka voltou suas preocupações para a intenção original: encontrar o responsável oficial pela Lufthansa. Ele viu o funcionário da alfândega vindo em sua direção, com a guia de remessa piscando em sua mão.

"Acho que houve uma confusão, senhor. Tem uma caixa ali com o número certo, mas não é o que estamos procurando."

O dr. Menka olhou na direção indicada e, de repente, se deu conta. É claro! Lá estava ele, bem visível na pista! Ele tinha feito com que todos procurassem um caixão, estavam todos procurando algo no formato de um caixão, mas desde que ele o tinha visto pela última vez, ao chegar de Salzburgo e entrar no depósito da companhia aérea, ele tinha sido reembalado em um contêiner de papelão simples, disfarçado para parecer com qualquer outra carga de tamanho grande. Os passageiros, ele se lembrava, não gostam de viajar em um avião com um cadáver; até onde sabia talvez até as tripulações de voo se recusem a fazê-lo. Daí o trabalho final de camuflagem em uma embalagem simples. Enquanto Menka apontava com alívio para a carga correta, um movimento chamou sua atenção e ele se virou bem a tempo de ver o Grande Irmão dar as costas e se afastar, iluminado pelo holofote que incidia sobre a área de atividade. Ele entrou em seu carro e deixou o local.

Os veículos cruciais — carro funerário, carro-piloto, segurança — estavam alinhados, mas onde estava o restante da linha de recepção? Durante os dois dias frenéticos de planejamento, o número de amigos que haviam anunciado sua intenção de ir ao aeroporto para receber Duyole era de mais de quarenta. O retorno de Duyole fora planejado como uma reentrada triunfal, mas não carnavalesca — a carreata foi reduzida a um máximo de doze pessoas. Agora Menka via apenas três ou quatro carros de propriedade particular. O cheiro de sabotagem era intenso. No entanto, sentiu uma pontada de pena dos sabotadores na Família — a insistência em uma dúzia como o mínimo tinha vindo de outros, especialmente dos filhos. Pela primeira vez, se viu solidário com o lado da Família. Não importava a direção do aeroporto, o tráfego continuava sendo um pesadelo, e menos carros significavam menos transtornos para o já problemático comboio. Ainda assim, era óbvio que algo estava errado. Esses eram amigos que, se soubessem que Duyole seria de fato enterrado na Áustria, teriam voado para lá por conta própria — a maioria tinha dinheiro para isso. Alguns não podiam, mas teriam viajado de qualquer forma. Eles simplesmente não haviam imaginado essa possibilidade, e a ação terminou antes que pudessem improvisar. No entanto, no momento em que souberam do retorno final ao lar, fizeram os preparativos para ir ao aeroporto, jurando não ficar muito distantes até o enterro final. Então, onde é que estavam?

O comboio partiu para Badagry. O dr. Ekundare havia se juntado ao médico da empresa, e um patologista do Hospital Universitário foi chamado. Eles estavam esperando em uma sala reservada no subsolo das Millennium Towers, a icônica adição de Duyole à paisagem de Badagry. Kighare tinha expectativas, ansiava por expressar uma expectativa, de que o patriarca tivesse sido devidamente avisado e tivesse se trancado em algum lugar remoto. Menka se recusaria a aceitar a responsabilidade por qualquer encontro acidental com o caixão, o que poderia obrigar o Pai Eterno a comer o seu conteúdo. Ficou combinado que os três médicos inspecionariam o corpo; o agente funerário avisou que o voo e outros movimentos certamente teriam desfeito alguns dos remendos que ele tinha feito. Menka não os acompanhou até o necrotério improvisado.

Após a inspeção, aconselharam que até mesmo o vidro colorido fosse coberto com a lâmina de madeira fornecida para essa eventualidade. Damien estava ansiosamente presente — o que foi útil, segundo Menka. Ele testemunharia para os irmãos e para a família ausente que aquele era de fato o cadáver do pai deles, e não um substituto. Por outro lado, como receptor privilegiado da essência secreta da vida de um pai moribundo, estaria à disposição para receber qualquer emanação residual que ainda estivesse presa no caixão, talvez? Independente do que se passava na mente do jovem lorde, o trio médico cumpriu seu dever e o advertiu de que não era aconselhável ver o corpo. No entanto, foi essa sua escolha, e ele teve permissão para entrar no porão. Talvez seis pares de olhos tenham visto o corpo naquele estado — os três médicos, Ekete, um membro da diretoria da Marca da Terra e, é claro, Damien — um número suficiente para se certificar de que aquele era, de fato, uma aproximação do Duyole Pitan-Payne que todos conheciam. Só então o levaram para casa, a uns quinze quilômetros de distância. Colocaram-no em um catafalco improvisado composto de duas mesas cobertas com o famoso *aso oke*, o tecido tradicional dos iorubás.

Menka não via a hora de conduzir Damien a um canto. *Onde estão os amigos do seu pai? Onde estão os amigos e colegas dele, que estavam gritando de frustração? Onde? Você os avisou?* Não, Damien não os avisara. *A lista — o que aconteceu com a lista, a lista absolutamente minimalista de conhecidos concedida pela Família à humanidade inferior? Mostre. Com quem está? Aqueles que, até mesmo a mais grosseira sensibilidade admitia, devem ser notificados, não importa o que aconteça — eles sabem que o velório é hoje?* O olhar sombrio de Damien assumiu o controle, e ele arranhou o carpete com os pés. Eram os tios de novo. Os tios tinham colocado um fim em tudo. *Tudo?* Tudo! *Isso inclui os anúncios nos jornais, que — mais uma vez em concessão às delicadas sensibilidades da Família — não seriam inseridos até o dia anterior à sua chegada, de modo a minimizar a aglomeração, para manter afastados os olhares indiscretos, os intrometidos, os nobres, as cabras comedoras de coroas, a horda vulgar, as massas não lavadas e os fofoqueiros que profanariam o decoro da*

Família — onde estavam os poucos, os muito seletos, bons o suficiente para limpar os pés na soleira da porta da Família? Os jornais do dia tinham publicado alguma coisa, conforme combinado? O anúncio de que fora tudo reduzido ao essencial, ou seja, que Duyole estava voltando para casa, que a notificação dos detalhes do funeral e da cerimônia fúnebre viria em seguida, que não haveria mais do que um dia entre o aparecimento desse aviso e o dia do sepultamento — em outras palavras, amanhã, no dia seguinte, o engenheiro gregário seria sepultado no cemitério da Capela dos Apóstolos? E que outros eventos fúnebres ocorreriam algum tempo depois, quando os portões do Purgatório seriam abertos para que os internos saíssem e entoassem canções de recordação, arrotando por comer e beber em excesso e banalizando a imagem rarefeita da Família? O que tinha acontecido com essa concessão absoluta reductio ad absurdum?

Bisoye ficou o tempo todo em seu quarto, acompanhada por uma tia que viera da sua cidade natal para ficar com ela. Ela havia sido despachada do palácio — tudo parte do sistema de apoio da família. Realeza ou peão, a tradição era sacrossanta e muito eficaz para o luto. No entanto, Bisoye permaneceu alheia a tudo o que acontecia ao seu redor. Ela não fazia ideia de que todos os anúncios haviam sido retirados, nem que Damien murmurava, olhando ao seu redor como um animal encurralado. Foi uma blitz completa. Assim que o dr. Menka levantou voo, o desmantelamento começou. O pároco, convidado a realizar um breve serviço sobre o caixão, foi contatado pela Família e instruído a levar os ofícios dos mortos para outro lugar. Até mesmo aqueles que estavam na menor das listas já elaboradas para uma notificação oral do enterro de um indigente em uma nação famosa pela alegria e celebração de vivos e mortos tinham sido desativados. No máximo, umas dez ou doze pessoas, a maioria das Millennium Towers, passaram pela casa de Duyole naquela noite. Descobriu-se então, por mero acaso, que a esposa de Ekete era, na verdade, diácona na igreja deles. Ela foi convocada para realizar um breve culto de louvor sobre o caixão dele. Menka ficou cada vez mais perplexo. Isso ia além do mistério. Sentiu que havia caído no meio de uma batalha feroz, cujas causas não conseguia nem imaginar. E agora, além disso, seus membros estavam tremendo. Sabia que a causa não era a emoção da raiva, mas a fome física. Tinha sido um dia tenso, em grande parte sustentado por cafeína e bebidas alcoólicas que dilaceravam a garganta. Durante o voo, ele recusou até mesmo os lanches antes do almoço. Na hora do almoço, estava dormindo profundamente, acordando pouco antes de aterrissar — o voo noturno do dia anterior, durante o qual ele mal fechou os olhos, havia cobrado seu preço. Seu estômago sinalizou a privação, mas agora estava clamoroso. Isso foi útil. Ele precisava se afastar da casa para pensar, então saiu daquele lugar de abandono tarde da noite para procurar comida. Tudo o que precisava fazer era chamar o mordomo, Godsown, mas ele não queria comer entre aquelas paredes, e não havia nada, conforme se lembrava, para comer em seu apartamento — ele havia se abstido de mais provisões, querendo remover os últimos vestígios de sua breve ocupação no dia seguinte ao segundo funeral. Conhecia apenas um lugar onde, àquela hora, poderia encontrar algo para seu estômago antes de se retirar — um restaurante libanês não muito distante, onde ele certamente seria lembrado como um contraste alimentar para a gourmetização de Duyole. Dirigiu até lá, rezando para que a cozinha ainda estivesse aberta. E estava. Engoliu uma refeição enquanto os proprietários cantavam louvores, entusiasmados por saber que Duyole estava de volta a Badagry.

Ainda não eram onze horas quando ele voltou. Ao passar de carro pela casa principal, reduziu a velocidade. Parecia escura por dentro, com algumas manchas de luz fraca. Tudo parecia muito quieto, pacífico e silencioso. Isso era estranho. Uma vigília, conhecida como serviço de cânticos, deveria estar ocorrendo e normalmente só terminava por volta das duas da manhã. Homenagens, reminiscências, brincadeiras, solistas, leituras de poesias, hinos, recitais líricos da história ancestral, bebidas tranquilas, até mesmo a ocasional explosão de barulho… Menka deu a ré no carro, estacionou e entrou na casa. Toda a multidão desapareceu; o pequeno grupo de pessoas de fora tinha se retirado para suas casas. Até mesmo a Família estava faltando. Entrou na sala de estar onde Duyole estava deitado, invisível em seu caixão. Ao entrar, viu uma figura solitária debruçada sobre um livro, sentada ao lado do caixão. Não havia mais ninguém, nem uma alma sequer. Ninguém das Millenium Towers. Nem a pequena família, hospedada, é claro, na casa dos Pitan, nem os parentes. Nenhum conhecido. Apenas a viúva. Estivera fora por menos de uma hora, e não era nem perto da meia-noite. Esperava encontrá-los agrupados, sentados em fileiras bem arrumadas ou espaçados ao acaso, entregando-se a cerimônias de velório que, Duyole adorava contestar, tinham sido roubadas da África pelos irlandeses.

A pergunta era inútil, mas mesmo assim ele perguntou:

"Onde estão todos?"

"Foram para casa."

"E Katia? Damien?"

"Foram para os quartos deles. Acho que estão todos exaustos."

"Mas a vigília — o programa diz que vai ter uma cerimônia com canções?"

Ela ficou olhando. Depois, voltou a ler o missal — pelo menos ele supôs que era esse o livro que ela tinha nas mãos.

"Você está aqui sozinha?"

"A minha tia está lá em cima. Eu a fiz subir quando os outros saíram — ela não tem dormido muito. Mas daqui a pouco a sra. Ekete volta. Ela veio direto do trabalho, depois foi para casa, se trocar, quando o irmão K. mandou todo mundo ir embora. Daqui a pouco ela volta."

O silêncio era assustador. Essas vigílias às vezes se estendiam pela madrugada e até mesmo, para os mais radicais, pela manhã, quando o café da manhã poderia ser oferecido. Essa era uma casa cuja hospitalidade era notória, onde inimizades permanentes eram criadas entre amigos pelo fato de um ter conseguido um convite para a festa de Duyole e o outro não. A casa de um homem que às vezes se apoderava das alegrias e das tristezas dos outros e as transformava em suas próprias alegrias e tristezas. Duyole atravessara metade do globo em um caixão, só para ficar abandonado em um mundo onde velórios eram uma tradição. Onde diabos ficava essa terra de felicidade, mesmo na morte?

Menka não era apaixonado por esses rituais, mas aquilo lhe pareceu uma acusação. Havia trazido Duyole para Badagry, na única noite que faltava para o seu enterro, especificamente programada para um velório, uma das terapias que a sociedade havia criado para lidar com a perda. A ironia não lhe passou despercebida — era indiferente, até mesmo hostil, a velórios. Se Gumchi não fosse tão distante, teria se contentado em levar o corpo até lá, dormir pesado enquanto Duyole ficava em paz em sua sala de estar até a manhã seguinte e depois levá-lo de volta para casa para o enterro. Sentiu-se enganado. Havia entregado seu amigo àqueles para quem essas coisas importavam, apenas para que fosse abandonado? Foi tudo programado para isso, inclusive a decisão de um voo diurno, para permitir a chegada apenas algumas horas antes do início do velório. Não planejava deixá-lo sozinho em sua própria casa, abandonado pelo ódio por um lado e, sem querer, por aqueles que o ódio manteve afastados.

Ouviu passos. Era a diácona Ekete voltando, cumprindo sua palavra. Menka puxou uma cadeira para ela e os três se sentaram ao lado do caixão. As duas mulheres se revezaram na leitura da Bíblia e depois começaram a orar. Ele se sentou com elas e observou a tensão, o cansaço total no rosto da viúva. De repente, ela começou a soluçar de novo. Ambos insistiram para que ela fosse para a cama, mas ela resistiu — "Desculpe, desculpe, eu vou ficar bem, eu vou ficar bem". Isso ia além da dor; as aberrações que cercavam essa morte começaram a minar o moral dela. Por fim, Menka persuadiu a diácona a acompanhá-la até a cama e depois ir para casa. Houve uma breve discussão, mas Bisoye concordou em subir quando a sra. Ekete saísse. Ninguém mais apareceu, nem mesmo a irmã mais nova, Selina, que havia se jogado no leito do irmão doente, aspergindo água benta e lançando imprecações contra quem quer que fosse responsável por agredi-lo. Menka não pôde deixar de sentir que a aspersão de água benta era realmente necessária naquela casa, um serviço completo de exorcismo dedicado a se livrar dos demônios que a atormentavam.

Ouviram um carro se aproximando.

"Deve ser o meu marido", disse a diácona Ekete. "Ele deveria vir me buscar depois de duas horas." Não houve mais resistência por parte de Bisoye. Menka as viu subir as escadas, depois ouviu alguém encontrá-las no primeiro patamar — era a tia, e ela assumiu o controle. A diácona desceu alguns instantes depois e saiu pela porta da frente. Menka ficou parado por um longo tempo, olhando para o nada. Em seguida, caminhou lentamente em direção ao túmulo e colocou a mão sobre o caixão.

"Esta", anunciou, "é minha segunda vigília ao seu lado, Duyole. Mas desta vez não preciso me preocupar em adormecer durante o trabalho e não tenho intenção de cair da cadeira. Portanto, se não tiver nenhuma objeção..." Pegou uma almofada de uma cadeira, ajustou-a no carpete como travesseiro e se esticou ao lado do esquife, com um grande bocejo já surgindo. Caiu quase instantaneamente em seu sono mais profundo dos últimos dias. Foi acordado pela luz do sol que entrava na sala de estar, com seus raios incidindo sobre seu rosto e espirrando sobre o jazigo. Duyole e ele ainda eram os únicos ocupantes da sala de estar. Não havia nenhum movimento na casa.

Esfregando o sono dos olhos, Menka foi até o banheiro para jogar água no rosto. Em seguida, foi até as janelas francesas e afastou as cortinas para deixar entrar um pouco mais de luz do sol. Viu um movimento lá fora e percebeu que, afinal, não tinha feito companhia a Duyole sozinho. Sentado na grama, de costas para a porta de vidro do lado de fora, estava a figura de Godsown. Era evidente que ele também havia ficado de vigília a noite toda. Menka ficou comovido. Enquanto seus olhos percorriam o gramado vazio com a piscina, os arbustos de cróton bem aparados e os cachos amarelo-avermelhados de buganvílias, sem nenhum outro sinal de vida, sentiu uma súbita apreensão.

Será que um cenário semelhante de deserção também fora montado para o reenterro físico de Duyole? A Família havia trabalhado para privar Duyole de companhia até mesmo em seu enterro? Parecia não apenas possível, mas extremamente provável. Talvez vissem isso como uma espécie de triunfo pessoal de que precisavam, para garantir que, embora Duyole tivesse voltado para casa para descansar, isso não fosse um acontecimento, uma vitória vã. Ninguém saberia disso, então poderiam negar que ele tivesse voltado para casa. O que queriam, ou, talvez mais precisamente, o que temiam de um tributo de despedida que envolvesse a presença de seu corpo? Na verdade, de qualquer homenagem final? Um serviço memorial posterior — sim, isso também foi acordado no programa, mas não os comprometia com nada. A nação sabia que Duyole já tinha sido enterrado na Áustria, e a maioria poderia ser levada a endossar isso como um fato permanente.

Menka subiu as escadas e acordou Damien de seu sono. Até onde tinha ido, perguntou, esse apagão das notícias sobre o retorno de Duyole? Em que outro lugar a censura estava em operação desenfreada? Damien parecia destinado a ser o substituto de seu tio, e Menka arrancou a verdade dele. Sim, de fato, o tio Kikanmi ligara para a mesa que lhe fora designada no escritório do *A Vanguarda*, onde estava desempenhando suas funções. Esse telefonema não era para verificar a redação dos anúncios, nem quaisquer alterações ou detalhes do programa. Era para interromper todas as outras atividades na mídia. Outras providências estavam sendo tomadas para transmitir a notícia àqueles que precisavam estar presentes, informaram o jornalista e seu invasor. O acordo com o jornal não era mais necessário.

Agora o quadro se revelava, para além de qualquer outro subterfúgio. Menka correu para o telefone e ligou para a casa dos editores de um jornal local de Badagry, depois para outros dois em Lagos e Ibadan. A reação deles foi, como era de esperar, de incredulidade. Duyole Pitan-Payne, o engenheiro assassinado, sr. Marca da Terra, fora trazido de volta à Nigéria? Então, onde estava? Não tinham ouvido nada. Ninguém entrara em contato. E ele seria enterrado naquela manhã, naquela mesma manhã? Sim, Menka lhes garantiu. "Estou ligando de sua casa e planejamos passar por seus portões daqui a uma hora. Seguiremos em um comboio para o local de sepultamento da capela da universidade, de acordo com a vontade dele." Depois de um culto na igreja? "Não, nada de missa", informou Menka, apenas orações e alguns hinos à beira do túmulo. Não era uma hora em que os repórteres pudessem ser encontrados em suas redações, mas ambos os editores prometeram localizar seus jornalistas e enviá-los para a casa dos Payne ou para o túmulo.

"Eu quero fotógrafos", disse Menka, "não deixe de mandar fotógrafos!"

A batalha de restrições estava amadurecendo, ao que parecia, e todas as máscaras foram progressivamente arrancadas. Não havia mais cinza, apenas preto e branco, nitidamente delineados. A Família garantiu à equipe de Duyole nas Millennium Towers que os restos mortais de seu líder seriam levados para a casa que Duyole construíra, o Milagre de Badagry, a Marca da Terra, e que o caixão permaneceria lá por quinze minutos, talvez meia hora, enquanto prestavam suas últimas homenagens. Eles vieram para o trabalho em trajes adequadamente sombrios e ficaram sentados em seus escritórios esperando serem convocados. Runjaiye e Ekete precisaram de horas de negociações duras para arrancar essa concessão da Família, mas por fim Kikanmi garantiu solenemente essa última homenagem. No entanto, quando Runjaiye foi até a casa de luto, apenas para saber quando o cortejo sairia da casa, foi confrontado com uma negação. Kikanmi, agora aparentemente mestre de cerimônias, condutor do funeral e chefe do luto, havia chegado cedo. Ele informou a Runjaiye que o cortejo atrairia muita atenção. Eles seguiriam direto para o local do enterro.

O pobre representante da equipe não acreditava que tinha ouvido direito. Atrair muita atenção? Em sua opinião, seu amigo e chefe estava atraindo muito pouco. O que, segundo ele, a equipe poderia oferecer ao seu falecido empregador em troca de tanto, a não ser prestar-lhe apenas aqueles últimos minutos de homenagem? Não, não era a homenagem dos funcionários que preocupava o Grande Irmão, era a homenagem barulhenta e vulgar da multidão, todos aqueles intrometidos ao redor das Millennium Towers que nunca aprenderam a não se meter na vida alheia. Não podiam escapar deles, reclamou.

Menka tinha voltado para a sala de estar quando ouviu as conversas. Ficou ouvindo por um tempo, perguntando-se novamente se não teria entrado em mais um pesadelo em que habitantes do espaço sideral assumiram os corpos de um estranho clã que se autodenominava a Família. Tudo bem levar o cadáver de Duyole para um necrotério improvisado perto da meia-noite, no porão da casa que ele construíra, mas era indecoroso fazer com que o seu caixão passasse por aquele prédio em plena luz do dia, enquanto seus colegas, sua equipe, sim, até mesmo as suas amantes, passavam e lhe davam adeus? Perguntou-se em que tipo de nó ele se metera desde Salzburgo, com o corpo de Duyole, ele próprio uma entidade tão insubstancial quanto um fantasma? Preso? Bom, talvez, mas também possuía os meios práticos de desligar a torrente louca e impor alguma aparência de realidade ao presente. Sentiu o seu sangue de Gumchi subir. Tudo ficava mais estranho a cada segundo. Faltava algo, algo que, se ao menos pudesse revelar, faria com que os participantes dos procedimentos surreais soubessem que o mundo que estava sendo projetado no caixão de Duyole era irreal e que seus atores eram loucos. Que eles soubessem que bastaria uma palavra dele, um gesto, um olhar ou um toque para que percebessem que eram vítimas de forças fora de seu controle e que sua salvação estava em sintonizar-se com a realidade que pertencia ao mundo de Duyole Pitan-Payne. Procurando por um código rápido, um código instantâneo para induzi-los a esse mundo, uma chave mágica instantânea, ele ficou um pouco furioso.

Foi por acaso, mas talvez por sorte para todos, que o médico recém-recrutado, Ekundare, chegou às instalações da família naquele momento. Seu plantão terminara na noite anterior, mas ele portava um traje formal e voltara para tomar seu lugar atrás do cortejo para a procissão até o cemitério. Foi a voz do jovem médico que trouxe Menka de volta da beira da insanidade, interrompendo sua própria voz, que agora estava estridentemente cortando e dilacerando o ar da vizinhança. Menka ouviu o jovem Ekundare lhe dizer:

“Não, você tem toda a razão, dr. Menka. São aqueles que estão se opondo a isso que têm algo a esconder. São eles que têm algo de que se envergonhar.”

Só então Menka se deu conta do que estava gritando e pôde ouvi-lo ecoar em sua cabeça mais uma vez, sinos dementes batendo nas paredes de seu crânio, nas paredes, nos portões de ferro, nos caminhos de cascalho que cruzavam a fachada da casa de Duyole, e tudo o que declamava era que estava farto dos obstrucionistas da Família.

"Vocês o odeiam tanto assim? Tem alguma coisa que eu não sei? Algum segredo terrível de família que eu não conheço? Será que o meu amigo cometeu alguma abominação, algum ato indescritível que faria com que a terra de Badagry o vomitasse se tentássemos colocá-lo em seu seio? As pessoas de Badagry vão vomitar e cuspir no caixão se souberem que ele está sendo enterrado aqui? Existe algum crime imperdoável que ele tenha cometido para que seu cortejo fúnebre não passe pacificamente pelas ruas de Badagry, pelos antigos barracões de escravos, pelos barracos e as casas coloniais? Como é possível que os restos mortais de Duyole não passem pela casa que ele construiu, pelo símbolo de sua conquista? Como é possível que todas as pessoas que eu conheci, que o reverenciavam, o criticavam e que riam com ele, mesmo as que invejavam o seu sucesso, ou que aplaudiam suas conquistas, que juravam por sua generosidade, que se emocionavam com a sua companhia? Que eram tolerantes ou se distraíam com as suas excentricidades e excessos, que procuravam imitá-lo ou se distanciar de suas peculiaridades, todos aqueles que conheciam todas as fraquezas que o tornavam humano, porém maior do que todos vocês — como é que esses de repente se tornaram "intrometidos" que devem ser excluídos dos ritos finais de passagem do seu… sim, amigo, mentor e benfeitor em suas ruas? Se vocês, Pitan-Payne, têm um segredo sinistro na família, exponham-no abertamente para que todos possamos ir para casa e vocês possam pegar o cadáver dele e jogá-lo no arbusto maligno, ou que possam se empanturrar com ele, se preferirem. Até esse momento, entretanto, até que revelem o que os incomoda, estou encarregado dos restos mortais. Não encontramos nada além de obstrução, hostilidade e manipulações! A cada centímetro do caminho, sabotagem! Com que objetivo? Em fidelidade a qual costume, qual uso, qual tradição? A quais deuses vocês servem, se é que servem a algum? Que crime Duyole cometeu? Eu quero saber agora! Qual é o segredo indescritível? Não importa, o corpo dentro deste caixão é meu. Eu o trouxe para casa e tomei conta dele. Duyole está passando pelas Millenium Towers, e ninguém está atrapalhando!"

Damien saiu de casa, despertado pelo delírio de Menka. Estava de pé, parecendo um pouco assustado, ao lado de um Cardoso perplexo, o executor do testamento de Duyole. Menka não sabia, de fato, que eles estavam conversando com Kikanmi, e Cardoso estava fazendo o papel de intermediário entre aqueles que queriam essa homenagem a Duyole e aqueles que estavam decididos a negá-la. Depois de Ekundare, Menka ouviu Damien dizer, com uma voz suave da qual ele às vezes também era capaz:

"Está tudo bem, tio, está tudo bem. O tio Kikanmi concordou. Está tudo bem."

Menka, no entanto, já não podia ser apaziguado. O verdadeiro alvo de sua raiva não eram os pessimistas, mas ele mesmo. Achava que, de alguma forma, havia traído o amigo ao se colocar em uma situação em que alguém achava que poderia negociar com o corpo dele. Tinha todas as cartas. A equipe de segurança era dele, e eles recebiam ordens dele e de mais ninguém. Estava infligindo a si mesmo uma ferida evitável chamada compromisso, e ela estava apodrecendo. Voltou sua ferocidade para Damien e para um Ekundare perplexo.

"Concordando ou não, Duyole passa pelas Millenium Towers. O conteúdo desse caixão pertence a mim. Os que deixaram seus bens em Salzburgo que voltem lá para procurar. Mas o corpo naquele caixão é meu. Ele vai para onde eu o direcionar e pelo caminho que eu escolher. Eu concedo o caixão. Se alguém achar que o caixão é dele, sinta-se à vontade para abri-lo, esvaziá-lo e levá-lo embora neste minuto. Mas esse corpo fica comigo!"

Damien assegurou novamente a Menka que Runjaiye, Ekete e outros estavam resolvendo os detalhes, mas que a passagem pelas Millenium Towers já estava garantida. Isso, pelo menos, estava resolvido. Tudo o que restava era decidir a rota que o cortejo seguiria até o local do enterro. Menka riu alto, um som incongruente que fez com que a pequena multidão se arrepiasse. Parecia que ele tinha se esquecido de como rir, e agora um funeral o estava ensinando a ser humano de novo. O que estava resolvido?, perguntou mais uma vez. Resolvido por quem? Ninguém tinha escolha, repetiu, e os motoristas do carro-piloto e do carro funerário iriam seguir as suas instruções. Não havia mais nada a ser decidido.

Mais uma vez, a capitulação foi parcial, ao que parecia, e o lado que cedeu estava constantemente lutando por mais concessões ou mordiscando as bordas do consentimento. Diante do inevitável, mesmo naquele momento, o Grande Irmão ainda se recusava a fazer uma retirada graciosa. De repente, parecia haver dois mundos — Lagos e Badagry — e, não pela primeira vez, Menka aceitou a diferença ou, pelo menos, que os dois definiam duas composições conflitantes, ainda que dentro de uma única família. Percebeu que a Família podia ter suas raízes em Badagry, até mesmo uma antiga casa de família, mas que eles viviam em Lagos, tinham sido criados em Lagos. Comiam, bebiam e respiravam Lagos. O próprio patriarca era um filho de Lagos de coração, sua confeitaria ficava em Lagos, sua órbita social em Lagos, seus afetos eram todos saturados de Lagos, até mesmo a sua percepção de mundo. Ele havia criado o quarteto, mas não conseguiu expandi-lo para abranger o mais humano, o mais talentoso e o mais bem-sucedido de sua família. Bom, Menka resolveu, iria fazer com que todos entendessem que, naquele dia, em Badagry, Duyole era agora a morte de seus colegas, a morte de sua família Badagry, não da família Lagos, da qual, ficou evidente, ele tinha bons motivos para fugir, embora não longe o suficiente. Mas que havia se distanciado, por opção. Poderia ter construído as Millennium Towers em Lagos, estabelecido a Marca da Terra em Lagos, mas escolhera Badagry. Badagry era a sua Gumchi. Duyole simplesmente não era um deles. Deixara de ser um deles a partir do momento em que tomara a decisão de se mudar para Badagry, buscar a sua identidade pessoal e planejar seu futuro por conta própria.

Após negociações com o chefe da equipe das Millennium Towers em frente à casa, enquanto Menka andava inquieto na sala de estar, finalmente chegou-se a um acordo. Duyole não seria velado nas Millennium Towers. Por ordem de Lagos? Ou proveniente da própria alergia reducionista de Kikanmi? O cortejo de Duyole agora entraria pelos portões traseiros, construídos em um nível mais baixo, e depois passaria pela entrada de automóveis que ligava os portões traseiros e dianteiros no nível superior da rua. Os funcionários se alinhariam na entrada da garagem e se despediriam enquanto ele partia lentamente pela fachada e pela rua movimentada. Isso os levaria direto para o coração da cidade de Badagry, em uma hora em que os trabalhadores e comerciantes estavam se mudando para o local, retomando o trabalho e montando barracas. Menka só podia se perguntar o que o Cérebro de Badagry achava que havia ganhado para o quarteto com a falta de tempo, com a exclusão dos quinze minutos em que Duyole teria permanecido em uma mesa improvisada na sala de conferências das Millennium Towers, prestigiado por sua equipe.

Mesmo assim, foi com enorme dificuldade que Menka se conteve para não gritar um veto adstringente ao acordo. Isso não seria um problema. As escoltas estavam sob seu controle. Tomara a precaução de garantir que até mesmo o carro fúnebre fosse doado por alguém que não fosse da família. E, é claro, cada pessoa na procissão, com exceção dos membros da Família, era um aliado. Por fim, o povo de Badagry, todo o entorno das Millennium Towers, constituía os renegados da não família. Uma palavra em um minuto, no máximo, e eles bloqueariam qualquer desvio determinado, tomariam conta das ruas e garantiriam que Duyole permanecesse em seu território pelo tempo que lhes conviesse.

No entanto, outros esperavam por eles no cemitério, amigos que foram contatados com sucesso, contornando as barricadas da Família. A próxima consideração era a sensação de profanação que já era real e que só seria agravada por uma disputa pelo corpo de Duyole. Isso ensinaria uma lição à Família, mas no fim? De qualquer forma, já tinha se acalmado consideravelmente. Estava grato ao jovem médico, que praticamente cuidara dele — sorriu — em sua idade! A calma de Ekundare apagou a fornalha que estava acesa em sua cabeça. Seu conteúdo recaiu e voltou a funcionar em uma fase semidestacada, dando ordens de uma forma automatizada. Todos seriam diminuídos por qualquer briga, mas, acima de tudo, era seu amigo, já privado do descanso legal por meio dessa sucessão indecorosa de enterro alienado, exumação, a recusa traiçoeira de embalsamá-lo, seu enclausuramento em um caixão desmontável, uma recepção órfã no aeroporto... A lista de agravos era interminável. Não podia aumentá-la. Esse era o seu amigo, sobre o qual um irmão tinha proferido palavras na pista, palavras que Menka tentou inutilmente eliminar de sua cabeça — "Olhe para ele, deitado ali, indefeso, onde está toda a sua *gra-gra* agora?" —, enquanto o outro lançava seu olhar de desdém para o momento do retorno de Duyole à sua própria terra. Sim, qualquer demora adicional em colocá-lo para descansar era mais um ato de profanação, um ato que ele não merecia e que diminuiria a todos, sem exceção.

Ainda assim, isso doía. Em seu íntimo, Menka teve que admitir que doía. E ansiava por se lançar como um fantasma vingativo e soltar as cabras de Selina em suas máscaras de palha de pretensão, hipocrisia e falsidade, de modo a fazer com que o patriarca ansiasse por seu espaço de direito, agora usurpado pelo filho. O cirurgião ansiava por instruí-los de que conhecia o filho deles melhor do que poderiam sonhar, que era aquele filho que transformara um gongo Edo em uma marca mundial com seu humor ilimitadamente desleixado e até mesmo bizarro — para instruir os infiéis de que o cortejo de Duyole estava passando, como se fosse por sua própria escolha, por seus primórdios, onde ele ergueu uma cabana temporária que levou a suas construções mais sofisticadas. Pela primeira vez, Menka tentou amenizar sua tristeza com a humilhação deles, mas entoou silenciosamente o mantra do Gongo. Não podia transformar o retorno de Duyole à terra de sua escolha em um melodrama; já bastava de anticlímax.

Duyole tivera pouco tempo para a religião, embora tendesse a oscilar entre a crença e o ceticismo. Certamente, não frequentava igrejas. No entanto, ao contrário de Badetona, não era um zombeteiro. Apenas preferia deixar a religião em paz, insistindo, por sua vez, que a religião o deixasse em paz. Nunca fizera questão de um funeral cristão. A não adesão a uma religião era a desculpa perfeita para a Família, como se a ausência de cerimônias fúnebres cristãs significasse que qualquer ser desse tipo deveria ser enterrado como um indigente — não, pior, como um vagabundo sem identidade, ou então como um galho perdido de uma árvore genealógica suspeita. Ainda assim, a Família contratou um padre cristão para conduzir um truncado ofício cristão dos mortos junto ao túmulo, apoiado por um pequeno coro. Menka garantiu a presença de dois grupos, um coral tradicional e um grupo de dança. Enviou-os à frente para se apresentarem ao lado do túmulo antes da chegada do cortejo. O irmão Kikanmi também foi à frente do cortejo, provavelmente para garantir que tudo estivesse preparado e que as cabras não tivessem comido as flores próximas. Não havia lugar para ele na procissão — isso contradizia sua abstinência patrícia.

Os cantores tradicionais de Menka já estavam reunidos ao lado do túmulo, os cantores zangbeto de Badagry. A Família não previra tal acréscimo. Ao chegar, Kikanmi não conseguiu reconhecer os cantores como artistas, pois não estavam fantasiados, ao contrário dos dançarinos, que se destacavam com seus trajes enfeitados e, portanto, foram facilmente identificados. Assim, o corretor de imóveis os expulsou muito antes da chegada do cortejo. Os cantores abriram as vozes ao avistar o cortejo, e Kikanmi entrou em um frenesi controlado de exasperação. Menka o observou, ainda à distância, continuando a insistir consigo mesmo — *Calma, calma, Gongo dos Quatro, calma, falta pouco.* Ele observou o irmão falando com o líder do grupo, que sabiamente se afastou dos cantores. Kighare não estava muito animado; sua missão estava praticamente cumprida, Duyole estava perto de seu destino final. No entanto, o líder do grupo foi até ele para reclamar que havia um homem que insistia para que eles se dispersassem e parassem de cantar — ele prometeu que eles seriam pagos do mesmo jeito. Kighare lhe disse:

"Pegue o dinheiro dele e depois pare de cantar. Quando eu der o sinal, volte. Ele ameaçou os seus cantores?"

Não, admitiu o líder.

"Bom, então, sendo este um campus universitário, fazemos as coisas do nosso jeito aqui — ele não sabe disso. É um corretor de imóveis e acha que é o dono da Terra. Comecem com os cânticos solenes — não sou iorubá, mas tenho certeza de que vocês têm alguns cânticos que seria um sacrilégio alguém interromper. Estou certo?"

O homem sorriu e assentiu.

"Ótimo, comece com um desses e, quando ele vier até você, simplesmente faça um sinal de dissuasão com um dedo, assim. Ele vai se retirar, eu prometo. Depois das canções rituais, passe para os encantamentos, cante o *ewi*, *ijala* — esses são os dois únicos nomes que conheço. Você sabe como honrar seus semelhantes, não sabe?"

O líder acenou com a cabeça e voltou ao coro.

A universidade prosseguiu com seus afazeres normais, sem saber que, a poucos metros das salas de aula e do clube dos funcionários, onde Duyole encantara o público com a sua voz de barítono improvisada, seu colega e amigo estava sendo enterrado. Os alunos que participaram da infame festa de rua maluca de Duyole admitiram mais tarde que realmente passaram por eles, sem suspeitar que seu agente provocador estava sendo enterrado ali. O mesmo aconteceu com um líder de banda que tocava com regularidade religiosa nas famosas festas de Ano-Novo de Duyole Pitan-Payne. Quando soube do sepultamento, se desmanchou em lágrimas e chorou como uma criança. Os primeiros instrumentos musicais que ele teve foram comprados por Duyole Pitan-Payne — os instrumentos que lhe permitiram criar a sua própria banda, que ficou famosa como The Benders. Não conseguia acreditar que aquilo aconteceria com ele, que estava a poucos metros do túmulo aberto de Duyole, preocupado com nada além de suas tarefas diárias, quando o seu amigo e benfeitor estava sendo enterrado. Outros ficaram simplesmente atônitos, sem palavras e confusos. Alguns xingaram. E não foram poucos os que se esforçaram para decifrar o que estava acontecendo e, não conseguindo, se agarraram à convicção de que não se tratava de Duyole, cujo corpo não fora repatriado, mas sim de um substituto, ou nada. Um caixão vazio. O boato se espalhou, tomou conta e não pôde ser desfeito, dizendo que existia uma doença até então inédita, uma doença tão devastadora que não sobrara nenhum fragmento de Duyole para ser enterrado. Tudo foi resultado de uma farsa elaborada e cara, na qual o seu melhor amigo, o vencedor do Prêmio Nacional, por lealdade, colaborou.

O sacerdote entoou os seus últimos ofícios. O pequeno mas ressentido grupo prestou breves homenagens, depositou as coroas de flores e jogou torrões de terra sobre o caixão abaixado. Os olhos de Menka procuraram o grupo de dança, que, descobriu ele, fora expulso pelos agentes da Família pouco antes da chegada do cortejo, confusos com as frenéticas atividades contrárias do encarregado do cemitério, supostamente um pranteador e irmão do falecido. Menka fez um leve aceno de cabeça para os dançarinos, que começaram a se movimentar. Mais uma vez, o cirurgião ficou perplexo com o irmão, pois uma animação até então desconhecida tomou conta de seus membros ressentidos, um completo contraste com a letargia sorrateira com a qual ele fora tomado no aeroporto enquanto os "muitos cozinheiros" procuravam a caixa que continha os restos mortais de seu irmão. Ele correu até os dançarinos e tentou afastá-los novamente. Eles resistiram, pois assistiram aos grupos de coral, tanto cristãos quanto o zangbeto, entregarem seus produtos. Os enlutados mostraram a sua desaprovação, e o Cérebro de Badagry se retirou. A trupe abriu seus membros em outra dança, uma rotina lenta e sinuosa que narrava o lamento da finalidade e selava a partida de Duyole.

A breve cerimônia havia terminado. Para Kikanmi, os coveiros que aguardavam não conseguiam se mover rápido o suficiente para começar a selar a sepultura com concreto. Essa era uma precaução habitual para impedir os ladrões de túmulos em suas atividades noturnas. No entanto, no estado de espírito acusador de Menka, essa ansiedade era vista apenas como a continuação de uma impaciência para isolar o seu irmão da vista, para colocar placas de nulidade sobre a sua existência. Ainda assim, até mesmo Menka concordou que essa não era uma tarefa para ser postergada, e sabia que Damien, a quem o dever de supervisão havia sido confiado, fecharia a menor fresta que permitisse a entrada de qualquer raio de luz no túmulo. Pela primeira vez, o contentamento era mútuo, mas, enquanto observava as lajes de concreto serem cimentadas de forma impermeável, o dele vinha do fato de saber que, dessa vez, Duyole estaria por fim em repouso, dormiria profundamente, além das intrigas e mesquinharias. Ficou o tempo suficiente para ver a colher de pedreiro fazer as primeiras incisões na lama, bater na primeira massa de concreto e achatá-la. Então, virou-se e foi embora.

Mais uma vez ele estava no meio de seus pertences, espalhados ao acaso como estavam desde que tinham sido descarregados, poucas semanas antes. Parecia estranho sentir que não precisava ter chegado tão cedo para um funeral, já que agora percebia que isso era tudo o que tinha vindo fazer em Badagry — enterrar o amigo. Era para estar aliviado, pensou. Finalmente se livrara de um fardo que o sobrecarregaria pelo resto da vida. Esse enterro definitivo deveria ter constituído os papéis de liberação que lhe permitiriam retomar a sua vida. É verdade que não pôde garantir a sobrevivência do coração, mas pelo menos o invólucro estava onde pertencia, onde desejava ficar para se transformar em pó. Esse deveria ter sido o início de uma retirada, de um encerramento e talvez até mesmo o início do luto. Não foi nada disso. Ainda não havia experimentado o luto como uma dimensão da ausência de Duyole, e a causa era inequivocamente as exigências intrusivas impostas a um vínculo pela conduta não natural que se seguiu à morte de Duyole. Foi, de fato, deixado no limbo, como os espíritos inquietos das lendas cujas mortes permanecem insatisfeitas.

O retorno de Menka ao apartamento desordenado deveria ser o início da reconciliação com a perda, mas não, isso ainda não estava acontecendo. Existiam sinais que não podiam ser ignorados. De fato, a conduta da Família no segundo enterro de Duyole o deixou em alerta sobre uma tempestade feroz e vingativa que estava por vir. A capitulação graciosa, mesmo para os desejos moribundos de um espírito livre, não estava no vocabulário da Família. Eles não iriam se sentir aliviados, mas sim humilhados. “Essa ideia de trazer de volta é para você colocar na mesa e servir no meu jantar?" E então um forasteiro fez exatamente isso, trouxe de volta um jantar indigesto. Ele antecipou uma tempestade que por fim traria alívio, pois afogaria o que restava das cortesias falsas entre a Família e a família, aqueles "arrogantes presunçosos". Ela quase conseguiria afogar a paz de todos os que algum dia desfrutaram da amizade de Duyole e responderam com lealdade, mas não conseguiria.

Seria uma tempestade purificadora — disso tinha certeza. Limparia a terra de Duyole da sujeira que acompanhara a sua passagem para casa. No final de tudo, ele, Kighare Menka, conheceria a paz e se tornaria completo de novo.

21. Zigurate ou morte

A tempestade fúnebre, ao que tudo indicava, tinha diminuído. Mamma Kressy abriu a confeitaria do *Otunba* como de costume e assumiu sua posição habitual atrás da caixa registradora. Esse era o ponto de venda do *Otunba*, seu modesto e lucrativo local de descanso no antigo bairro de Onikan, na Ilha de Lagos. Antes exclusivamente residencial, agora a região estava repleta de supermercados, escritórios, academias de ginástica e até um estacionamento de vários andares. A loja em si, um contraste arquitetônico com o resto do prédio, tinha uma fachada modernista e um cheiro refinado no interior, com fotos desbotadas em molduras pesadas forrando as paredes e se equilibrando em suportes estreitos, uma mesa redonda no centro, uma escrivaninha importada com dois tinteiros, um de tinta preta e um de tinta vermelha, ambos secos por falta de uso, com as pontas de aço ainda enfiadas nas tampas e um bloco de couro com papel mata-borrão. As capas das poltronas falavam de uma época passada e os tapetes grossos que iam de parede a parede ainda mantinham intacta a sua eficácia absorvente. Nesse cômodo, o *Otunba* recebia amigos e companheiros sociais e, ocasionalmente, realizava reuniões de negócios. Na maioria das vezes, isolados do resto do mundo, seus visitantes e ele dissecavam as notícias do dia, refletiam sobre as últimas fofocas, comparavam as cotações da bolsa de valores e tentavam ser mais espertos que os especialistas em suas previsões para as indicações ao Prêmio Denovo. A principal atração, a loja em si, era um estudo ultramoderno em contraste com o salão interno — como o *Otunba* e a família ainda se dirigiam à sala de estar. As vitrines eram uma combinação de cromo e vidro, tão sedutoras quanto o seu conteúdo — doces de grife, chocolates de todas as nações do mundo, caixas de presente temáticas extravagantes, potes de formatos variados, caramelos e cubos de manjar turco exótico em embalagens brilhantes e ornamentadas. Havia uma seção para charutos e acessórios. Todo o equipamento fora um presente de seu falecido filho, que o projetara, construíra e ocasionalmente o reabastecia. O toque final foi uma concessão, uma variação filial de sua própria marca de qualidade, um cartaz que balançava em um cordão dourado sobre a cortina aveludada da entrada do santuário interno: MARCA DA GRANDEZA.

O patriarca estava sentado no banco alto que às vezes ocupava, bem perto da entrada interna, que lhe permitia escapar de clientes indesejados. Segurava uma pasta jurídica e virava as páginas uma após a outra, semicerrando os olhos e examinando o conteúdo com óculos de aros de aço. De vez em quando, franzia a testa, colocava a pasta sobre o balcão e fazia anotações na margem com um lápis. O documento em sua mão era o testamento do filho, já falecido.

Mamma Kressy estava sentada atrás do balcão do caixa, olhando cada vez mais inquieta para o sócio. Em uma ruptura sísmica com a norma de sua inserção de quatro anos na família estendida Pitan-Payne, Kressy rompeu discretamente o silêncio matinal, levantou a voz e perguntou:

"Papa", era como ela sempre se dirigia ao *Otunba*, "esse não é o testamento do seu filho?"

"Ah-hein?"

"Acho que dá azar."

Seguiu-se uma pausa genuína de mistificação.

"O que dá azar?"

"Ler o testamento do seu próprio *pickin*. Dá má sorte."

O patriarca olhou para ela com uma leve curiosidade. Ainda não tinha percebido a quebra de rotina.

"Onde você aprendeu essa superstição boba?"

"Lá na minha terra, achamos que dá má sorte."

O *Otunba* sibilou:

"Você acha que é má sorte tentar descobrir quem matou o meu filho?"

A mulher digeriu isso por um tempo.

"Papa, cê acha que o testamento pode dizer quem matou o seu *pickin*?"

"Eu sei quem matou. Só quero confirmar o que eu sei. Este testamento pode ter a resposta."

"Papa", continuou ela, no mesmo tom monótono, "por que você acha que o amigo matou ele?"

A pasta quase caiu das mãos do patriarca. Mesmo assim, a ruptura da norma, incorporada à identidade do inquisidor, ainda não havia penetrado completamente.

"Do que você está falando, mulher?"

"Você acha que o amigo matou ele. O doutor."

Enfim, o patriarca se deu conta. Muito mais desestabilizador do que o que ela realmente dizia era o fato de Mamma Kressy estar falando. Tirando a incômoda obrigação que todos que trabalham em uma loja têm de conversar, pois precisam falar com os clientes — uma tarefa que, na maioria das vezes, ela atribuía a um assistente, que deveria voltar ao trabalho dali a uma hora —, e as perguntas rotineiras sobre o que Papa queria para o almoço ou para o jantar, quando ele queria comer ou se iriam ter companhia etc., Mamma Kressy quase nunca participava de uma conversa, muito menos a iniciava. Todo o seu mundo de apreensão se resumia à faculdade de ouvir, e sem qualquer sugestão de estar, mesmo que remotamente, envolvida em uma ocupação tão cansativa.

O *Otunba* agora estava fascinado.

"Desde quando você se envolve nos assuntos da família?"

Ela deu de ombros.

"Não estou me envolvendo, Papa. Mas as pessoas dizem coisas no meu ouvido. Não dá pra não ouvir."

"Bom, entre as coisas que você ouve, você já me ouviu dizer que alguém matou o meu filho?"

"Não. Mas você acha que ele o matou, Papa."

"O que você tem nessa cabeça, mulher? Santo Deus. Está querendo virar uma bruxa na minha casa?"

"Toda vez que alguém fala no nome do doutor", ela continuou, "alguma coisa acontece com você, Papa. Eu percebo, principalmente quando estou massageando os seus pés. Eu sinto um formigamento neles. Igual a um choque elétrico."

"Bom, talvez você devesse trabalhar para a NEPA. Assim íamos ter eletricidade, em vez de escuridão. É só conectar você nos aparelhos elétricos. O homem que você está falando trouxe o Duyole de volta. Contra a vontade da Família. Só isso já basta para eu descarregar eletricidade quando escuto o nome dele. Se é choque elétrico ou maluquice da sua cabeça, isso é problema seu. Ele foi contra os desejos da Família."

"Foi." Mamma Kressy assentiu com a cabeça, um tanto triste. "É por isso que eu sei que você acha que foi ele que matou. Porque trouxe o corpo de volta."

O *Otunba* bateu com as mãos abertas na lateral da cabeça.

"Deus me ajude com essa mulher! Na sua terra, dois e dois são cinco? Tudo bem, estou ouvindo. Me explique como uma coisa segue a outra nesse caldeirão que você usa como mente."

"Você me contou uma história uma vez, sobre Badagry. Cê sabe, não muito depois que a nossa igreja nos apresentou e nós começamos a nos juntar. Lembra? Da época em que o nosso povo capturava uns aos outros e vendia escravos para os brancos. Algo sobre quando os capturados iam marchando para a costa e fizeram eles beber de um poço."

Era chamado de Poço da Atenuação, implantado no solo a cerca de três quilômetros do ponto de embarque. Era uma parada rotineira para descanso, e os escravos eram obrigados a saciar a sede em suas águas. Todos bebiam sem hesitar; não precisavam ser persuadidos — aquilo valia para qualquer parada na longa jornada desde o interior. Dizia-se que a água estava misturada com algum alucinógeno à base de ervas, já que aqueles que bebiam do poço perdiam a memória — pelo menos, essa era a intenção. Eles se esqueciam do lar, da terra, dos captores e até dos assassinos de seus amigos e parentes. As memórias desapareciam totalmente. Nenhum desejo de vingança os acompanhava até os navios, nenhum estímulo à rebelião. E quando morriam nas fazendas do outro lado do oceano, seus fantasmas mantinham o mesmo vazio mental. Eles não sentiam desejo de voltar e assombrar aqueles que os haviam arrancado violentamente de sua terra natal. Seus espíritos inquietos permaneciam onde deram o último suspiro, entre os seus senhores estrangeiros.

O *Otunba* parecia perplexo. Lembrava-se de ter contado a ela histórias sobre os empreendimentos da família no comércio; e essa era uma delas. Lançou um olhar de desprezo para a mulher.

"É isso que está incomodando você agora? Como essa história embaralhou o seu cérebro? Você ainda consegue usar a cabeça? O médico trouxe o corpo de volta. Se eu achasse que ele havia matado Duyole, por que deveria me opor a que sua vítima fosse trazida de volta? Eu não iria querer que o assassino fosse assombrado pelo resto da vida? Eu mesmo o enterrava na aldeia dele, em Gumchi, do lado da casa da família dele!"

"Então, Papa, cê tá dizendo que não acredita que o doutor matou ele?"

"Não estou dizendo nada sobre o meu filho para você, sua estúpida. Desde quando eu discuto os meus filhos com você? Quem a convidou a meter o nariz em meus assuntos da família?"

"Você, Papa."

"Eu? O *Otunba* Pitan-Payne? Mulher, você andou bebendo de novo? Está muito cedo para essa bobagem." A voz do *Otunba* se elevou a um grito. "Você voltou a beber em segredo. Onde está? Onde você esconde o seu *ogogoro*?" Saltou de seu banquinho e seus olhos examinaram os possíveis esconderijos da loja.

"Papa, foi o que eu ouvi você dizer. Cê tava no telefone com alguém. E disse que o dr. Menka pôs alguma coisa no corpo do tio Duyole, durante a operação aqui. Cê disse que ele tem que tirar de novo, depois que ele morreu, porque é igual àqueles escravos, só que ao contrário. O doutor achou que ele ia morrer aqui. Primeiro tentou matar ele com a bomba. Aí ele pôs aquela coisa no corpo dele durante a operação, mas o filho morreu no estrangeiro. E é por isso que ele teve de trazer o corpo de volta. Alguma coisa que ele precisa tirar e usar de novo aqui. Eu não queria ouvir, mas eu tava lá, e cê tava falando alto. Você disse que é por isso que não queria que o corpo voltasse, que o corpo devia continuar no estrangeiro. Estou mentindo?"

O *Otunba* estava gaguejando loucamente, quase incoerente.

"De todas as bruxas perigosas que já encontrei! Quer dizer que não posso conversar com o meu filho sobre o que escuto as pessoas dizerem?"

Kressy assentiu lentamente com a cabeça.

"Bem que eu achei. Então você estava falando com o seu filho."

"É, com o meu filho, sua fofoqueira maldita! E isso é o que acontece quando se tenta colocar algum conhecimento em uma cabeça vazia. Você misturou fatos e história. Mamma Kressy, espero que você nunca tenha aberto a boca para falar esse lixo com ninguém. Em todos os meus oitenta anos, nunca ouvi tanta besteira saindo da boca de uma mulher! Vá lavar. Vá lavar essa sua boca. Ela está suja. Vá lavar com um detergente forte. Agora!"

Ela se levantou calmamente. No entanto, ao dar a volta no balcão, se abaixou e pegou um objeto um pouco pesado. Quando ela chegou à frente, o *Otunba* viu o que era: uma mala.

Ele arfou.

"O que é isso? Aonde você pensa que vai com isso?"

"Foi só isso que eu trouxe, Papa. Só estava esperando por você antes de me despedir."

"E vai para onde, sua bêbada? Eu a tirei da sarjeta, limpei e trouxe para uma casa respeitável. Você sabe onde está? Quer voltar para a sua favela?"

"Eu tenho medo de ficar aqui. Toda essa história de dizer para o doutor trazer o seu filho para servir no jantar e várias outras coisas. Tá me deixando assustada. Nunca ouvi esse tipo de conversa em toda a minha vida. Pode ser que, na minha terra, a gente tome muito *ogogoro*, mas não comemos o nosso *pickin*. Só me deixe ir embora."

Incrédulo, o *Otunba* Pitan-Payne observou a figura de Mamma Kressy atravessar a porta, caminhar com os passos voluptuosos que o haviam seduzido em seu primeiro encontro e que o levaram a pedir ao sacerdote que a apresentasse. Observou-a recuar calmamente pela estrada, arrastando a mala e carregando a bolsa pendurada no ombro. Ela virou no final do trecho, parou, olhou e acenou para o patriarca da maneira mais amigável possível, depois virou a esquina e sumiu de vista.

O *Otunba* permaneceu imóvel onde estava. Só voltou ao presente com o som de uma voz tímida que repetia "Bom dia, senhor", talvez pela sexta vez. Era o atendente da loja se apresentando para o serviço matinal.

Na noite daquele mesmo dia, do outro lado da Ilha de Lagos, em uma expansão nova, mas já degradada, chamada Lekki Gardens Phase 4, onde um quarto às vezes era compartilhado por uma família de sete ou oito pessoas, com um banheiro que servia a um bloco inteiro de seis ou sete quartos, um coro de dezenas de milhares de gritos e xingamentos, gemidos de sofrimento, resignação, frustração e raiva de repente rasgou o céu sobre os cortiços. Godsown mal havia chegado à metade de sua narrativa quando um gesto da enorme mão enluvada o silenciou e apagou a vizinhança. Enorme, preta como carvão, ela apagou todas as coisas visíveis de um extremo ao outro da Terra. Outro apagão! Era sempre assim, pensou Godsown; quase se podia sentir a marca da palma diabólica na testa. Ou seria celestial? Tudo dependia da — hesitou — sim, da perspectiva envolvida. O pensamento lhe trouxe um sorriso ao rosto. Mesmo que não fosse nada além disso, a teologia da "perspectiva" de seu pregador sem dúvida o havia contagiado, e estava profundamente impressionado com o fato de que por conta própria a invocava quase sem pensar. Assim como o pregador massageava de leve a testa do crente antes de bater nela com a palma da mão e com uma força que empurrava a cabeça oferecida para trás e levava seu dono a um paroxismo de possessão, autorrepúdio, retratação e/ou testemunho, essa mão invisível acariciava suas vítimas terrenas, cujos gemidos, no entanto, não eram de rendição espiritual, mas de impotência furiosa. Ninguém jamais era avisado de sua aproximação, mas de repente lá estava ela, forçando todos instintivamente a se arrastarem, a tatearem e a se juntarem sob a imposição de uma nuvem universal.

Para os que foram pegos ao ar livre — como Godsown e seu interlocutor, o dr. Kighare Menka —, uma fina faixa de luz residual permaneceu sobre uma borda distante de telhados, copas de árvores e colinas, sendo que as últimas eram, às vezes, montes camuflados de lixo de várias texturas que se projetavam entre os dedos largos da luva e a lama invisível. O espaço permitido à população afetada ficava circunscrito por essa mortalha impenetrável, pressionada para frustrar o reconhecimento de marcos familiares, domésticos e companheiros de transações humanas. Quanto aos sons, a mistura de altos decibéis do rap *fuji*, sobrevivências do *juju*, afro-reggae, arengas revivalistas, relíquias do Top 20 internacional e as últimas supostas descobertas musicais da nova geração, batidas cruzadas e gêneros exóticos — todos foram de repente silenciados. No entanto, o silêncio não foi prolongado. Foi substituído pela orquestração progressiva do barulho dos geradores, que se preparavam para um longo turno de trabalho. Eles abafaram os gritos agoniados e ressentidos que, presumivelmente, tranquilizavam os cidadãos frustrados quanto a sinais de vida sob o súbito eclipse. De certa forma, esse peso se assemelhava ao que Menka sentia dentro de si enquanto Godsown transmitia a sua longa mensagem em um fluxo quase ininterrupto — pelo menos, até o apagão. O gravador, conectado a uma extensão puxada pela janela do quarto recém-alugado de Godsown no edifício apinhado de apartamentos muito próximos uns dos outros, estalou e depois parou devagar.

Menka suspirou, lamentando a perda da fluidez que havia se acumulado na alma reveladora de Godsown à medida que ele se aquecia em sua narrativa. Olhou em volta, com os olhos apertados para distinguir as características de quem o cercava, enquanto refletia sobre o que havia ouvido até então. Godsown estava igualmente frustrado e ansioso para continuar e concluir. Afinal, tinha demorado um pouco para encontrar o dr. Menka em sua nova residência temporária e tinha ficado agradavelmente surpreso e agradecido quando o médico se oferecera para encontrá-lo em Lekki, poupando-o do trabalho de atravessar a Ilha de Lagos para ir até Badagry.

"Tem uma barraca pequena na outra rua", Godsown sugeriu. "Aposto que a dona tem pilha no meio daquela *wosi-wosi* toda."

Menka assentiu, procurou um dinheiro no bolso e entregou a ele. Godsown saiu bamboleando nas pernas descoordenadas, que, como Duyole havia comentado uma vez, com crueldade, mas só quando o mordomo já não podia mais ouvir, apontavam uma para Maiduguri e a outra para Sokoto. Essa era uma das poucas características que Menka achava desconfortável em seu "gêmeo" — as provocações de Duyole eram com frequência muito pesadas, principalmente quando se tratava de aparência física. Era um incorrigível, nunca conseguia resistir a comparar nádegas que recuavam ou "faróis" que avançavam. Menka sorriu — bem que podia ter um farol de verdade naquele momento, ou uma fonte de energia.

O coro de protestos da vizinhança continuou, aumentou e se entrecruzou em imprecações contra a violação costumeira, e depois diminuiu. Era tudo muito familiar. Menka decidiu colocar o walkman na bateria, feliz por ter testado o equipamento antes. Ninguém mais usava aquelas coisas, mas a aptidão dele para aparelhos tinha parado no fax e no walkman. Contava com Duyole, além da equipe polivalente da fábrica, para qualquer ajuda técnica, exceto, é claro, em seu próprio campo — a medicina. O gravador girou, e a luz da bateria acendeu em um tom pálido de amarelo, indicando que ainda tinha alguma vida útil, mas não muita. Quis morrer. Ia comprar pilhas no caminho, mas... Não era à toa que Duyole o chamava de AMA — Açougueiro de Mente Ausente —, jurando que jamais confiaria o seu corpo à lâmina cirúrgica de Menka, pois Menka sem dúvida iria colher as partes erradas ou deixar o fórceps lá dentro. Que estranha reviravolta quando uma brincadeira como essa tomava dimensões reais de vida e morte e agora acusações de homicídio deliberado! Algum deles teria sido capaz de imaginar que um momento de descontração poderia se transformar em insinuações de intenções sinistras? E então o pacto — aquele pacto, aquele pacto estranho, ou deveria chamá-lo de presciente — firmado entre eles, havia pelo menos sete anos!

Com a lembrança do pacto, sentiu um calafrio renovado nos ossos, enquanto aguardava Godsown naquela escuridão implacável, e se viu assaltado por uma onda de vertigem. Era como se o mundo estivesse se dissolvendo ao seu redor, uma sensação quase idêntica à que tivera na oficina de Duyole. Naquela época, Menka tinha mais tempo livre — ainda não se ouvia falar no Boko Haram — e ia a Badagry sempre que lhe dava na telha, onde ficava observando Duyole trabalhar, curioso para ver a última engenhoca sob seus cuidados. Naquele dia, algo aconteceu, e ele se sentiu tonto, talvez por ter inalado muita fumaça. Sentou-se em um banco para não desmaiar na garagem convertida, repleta de motores entupidos, juntas queimadas, bobinas e tubos, descartes normais que se tornavam um desafio pessoal para os inquietos dedos de mecânico de Duyole. Da escuridão total, surgiu uma tela flutuante, sobrepondo o Duyole todo ensanguentado na mesa de operação, com uma matriz de aço em uma bandeja cirúrgica, braços enluvados sondando seu corpo em busca de peças metálicas estranhas que ameaçavam interromper o bom funcionamento de um motor danificado. Empoleirado em um espaço estreito da bancada de trabalho entre ferramentas e peças sobressalentes, Menka começou a se sentir tonto. Balançou a cabeça e se aproximou de uma tela de ventilação instalada no alto da parede. Duyole percebeu a mudança de posição e avaliou com precisão o motivo. Menka ouviu aquela voz de novo, seu riso irreprimível:

“Bem feito, você nocauteia os seus pacientes com aquele negócio de anestésico, agora não consegue suportar um pouco do cheiro do meu próprio equivalente na garagem.” E então Duyole parou abruptamente. Parou de falar por tanto tempo que Menka se sentiu compelido a perguntar o que de repente o estava incomodando. “Acabei de pensar em uma coisa. Eu vi um documentário ontem e não gostei nem um pouco.”

"E aí?"

"Nem um pouco. Então, aqui vai outro pacto."

Kighare suspirou.

"Tudo bem, diga lá."

Eles tinham vários pactos, em sua maioria ridículos, surgidos da negociação das últimas gotas de uma garrafa de vinho. Alguns, porém, estavam longe de ser triviais, como os que envolviam os negócios ou a família, os dependentes, tanto próximos quanto distantes. Nada era anotado, mas assim que chegavam a um acordo começavam a se lembrar dos detalhes de tempos em tempos, sempre que o tema surgia por acaso ou os indivíduos envolvidos cruzavam suas linhas de visão, mesmo que tangencialmente. Menka estremeceu. Imagine se ele estivesse em Salzburgo! A voz de Duyole voltou a assombrá-lo:

"Não. Não gostei nem um pouco. Quero dizer, terminar igual àquele homem, prolongando as coisas daquele jeito... De que adianta?"

Menka esperou pacientemente.

"Me avise quando for me explicar do que você está falando."

"Desculpe, não tem nada de complicado. Vamos fazer assim. Se alguma vez acontecer de um de nós ter que desligar a tomada, tem que ser você. Está bem? Você toma essa decisão, mais ninguém."

"Normal", concordou Menka. "Nós incentivamos isso no nosso meio. Isso libera a nossa mão, e podemos nos concentrar no que importa."

"Acho que isso é melhor escrever e registrar em cartório. Eu lhe dou uma cópia. Não gostei do que aconteceu no documentário. Foi uma revelação. A briga de família? Nunca vi nada nem remotamente parecido com aquilo."

Menka assentiu.

"Como quiser. E é claro que você vai fazer o mesmo por mim, se eu for primeiro."

A rejeição de Duyole foi veemente.

"Eu? Você deve estar brincando. O pacto não é mútuo — não neste caso. Você é médico, e não só um amigo. Você está acostumado com essas coisas, eu não."

"Pare de tentar me passar a perna", advertiu Menka.

"Não. Eu não estou tentando passar a perna em você. Nesse caso não dá para ter reciprocidade. É elementar."

Menka se livrou da névoa da aparição e engoliu uma golfada do ar noturno, agora perfumado pela fumaça de uma centena de geradores.

Sintonizou seus pensamentos com as decisões práticas. O ressurgimento de Godsown o havia assustado e, no entanto, o que mais poderia esperar? Os telefonemas, que começaram logo após o enterro; a persistência, até mesmo o desespero. Podia quase vê-lo, com o bigode eriçado, o sempre fiel mordomo em uma sensibilidade ininterrupta de lealdade, procurando-o depois de deixar a casa destruída sem aviso prévio. Simplesmente fez as malas e se despediu, primeiro se certificando de que o *megadi* (vigia do portão) revistasse a mala reluzente, polida até, com todos os seus pertences. E também se certificou de que o restante da equipe da casa estivesse presente — cozinheiro, jardineiro, lavadeiro residente e até mesmo a equipe de segurança da casa ao lado, mudando, como de costume, para a sua linguagem fragmentada do idioma do homem branco.

"Meu aviso de demissão por escrito tá na mesa de jantar", anunciou grandiosamente. Esperou até que a casa estivesse praticamente vazia, lamentando apenas o fato de ter de fazer isso com a viúva, demitindo-se na sua ausência e quando ela estava mais vulnerável. "Tenho novo emprego, mas num quero problema. Só quero ir embora de boa. Que ninguém venha me atazanar por qualquer coisa que eu esquecer. Diante de Deus e do homem, assim como vim, assim eu vou. O que eu trouxe é o que vou levar." E se ofereceu para pagar a corrida de táxi do jardineiro de volta para casa, se ele concordasse em segui-lo até a casa de seu novo empregador e verificasse seu emprego novo e suas posses.

Menka se perguntou se, apesar dos protestos, Godsown havia de fato deixado o antigo empregador sem um item sequer, nem ao menos uma lembrança à qual talvez tivesse se apegado apenas sentimentalmente. Era um pensamento injusto, e ele se repreendeu, mudando a pergunta para saber se Godsown sentia ou não falta do sininho de cristal que Menka achava tão embaraçoso. Essa era uma das pequenas irritações que ele se esforçava para controlar naquele segundo lar. Um sininho bonito com um tilintar penetrante, que garantia o desencadeamento de uma irritação ideológica rotineira, com pequenas variações, tudo dependendo do estado de sua lubrificação. Menka sempre achava a peça incongruente entre os dedos carnudos de Duyole, mas era assim que ele escolhia chamar a equipe da cozinha para a mesa, Godsown com mais frequência, já que era quem o servia na maior parte do tempo. O sino de cristal, para dizer a verdade, era bastante musical aos ouvidos — Duyole o comprara em Salzburgo, em uma lojinha de souvenirs. No entanto, era um item ao qual Menka nunca se adaptara, achava feudal que alguém usasse um sino para invocar outro ser.

"Por que você simplesmente não o chama?", perguntou uma vez. "Use esse maldito berro de barítono!"

A resposta de Duyole foi imediata:

"Prefiro sopranos, camarada Gentry", o que garantiu que a noite mergulhasse nas mesmas águas contumazes: o sino de cristal era igual à burguesia, o berro humano era um nivelador, mas ambos eram incapazes de escapar das relações mestre-servo, para as quais Menka ainda não havia encontrado uma solução. E a única questão relevante que lhes restava resolver era qual dos defensores seria o primeiro a ser jogado na fornalha revolucionária quando ela fosse finalmente acesa e alimentada. Ou poderia ser a ópera — será que admitiam a culpa por esse passatempo da classe média e dos ricos, uma marca da decadência? Que produto puro e simples da negritude senghoriana iria assistir a uma ópera? Os dois assistiam, mesmo Menka, que tinha problemas com o ouvido. Se já estava condenado, que fosse logo até o fim, rosnou um, enquanto o outro concordava com a cabeça — "Passe o malte, ogro capitalista". "Que vergonha, açougueiro proletário, você só devia beber *ogogoro*, de preferência misturado com ácido de bateria de motor." Duyole empurrou o decantador de cristal em sua direção… e assim foi. Agora Menka interrogava a escuridão: Era esse o amigo que ele devia ter assassinado ou ajudado a assassinar? Damien mencionara casualmente a seus tios que o pai o enviara, tarde da noite, para buscar um pacote trazido pelo dr. Menka. Ele não encontrara o pacote, mas o pai tinha certeza de que o tinha deixado em sua mesa de trabalho. Damien não se lembrava mais de todos os detalhes, mas aquilo se tornou um ingrediente central no almoço que se seguiu à leitura do testamento. A polícia ainda não tinha revelado o ponto exato e os meios de detonação, mas o pacote proporcionou trocas solenes de olhares — entre outros significados terríveis.

A princípio, Menka imaginou que iria só ouvir Godsown, fazer um resumo e pedir que ele o assinasse. No último momento, pouco antes de sair de sua nova residência, se lembrou de ter visto o antigo walkman entre as suas coisas. Testou-o, e ainda estava funcionando — e é claro que pretendia comprar pilha no caminho até Lekki, onde haviam combinado de se encontrar, em um posto de gasolina, e depois seguir para a nova casa de Godsown. Instintivamente, ele apertou o botão de rebobinar. O gravador fez um zumbido, e então ele apertou o play, para ouvir a gravação até aquele momento. Parecia ter bastante pilha ainda. Sua voz foi a primeira a surgir.

"Bom, Godsown, temos que fazer isso direito. Primeiro, se apresente. Um breve histórico, sabe — a polícia vai querer saber tudo sobre você, onde trabalhava antes de entrar para a família Pitan-Payne, o seu emprego atual. Depois vamos ao que realmente interessa, Godsown. O que fez você deixar os Pitan-Payne e assim por diante. Com as suas próprias palavras, para não parecer que eu estou induzindo você ou algo assim. Nas suas próprias palavras, por que você decidiu me encontrar e pedir para falar comigo. Você entende por que tudo isso é importante?"

Godsown estava ansioso para começar.

"*Oga*, é tudo entre mim e a minha consciência. É o zigurate ou a morte."

"Desculpe, o que você disse?"

"Ah, não se preocupe, senhor, você vai saber o que é isso quando eu contar a história da minha vida. Primeiro, deixe eu terminar de contar o almoço, quando eles discutem o assunto."

"Tudo bem, faça do seu jeito. É tudo seu. O gravador já está ligado."

"Meu nome é Godsown Porkari. Tenho quarenta e seis anos e trabalhava para o engenheiro sr. Duyole Pitan-Payne, de abençoada memória, que construiu as Millenium Towers. Eu quero dizer o que eu sei sobre essas pessoas da família do engenheiro e o que elas dizem sobre quem matou o meu mestre. Eu ainda não tenho filhos, mas não é à toa que os meus pais me chamaram de Godsown, porque Deus não se esquece dos seus e todos nós sabemos que o tempo de Deus é o melhor.

"Antes, eu estava no norte, em Kabba. Não importa como eu fui parar no norte, mas foi lá que eu conheci a minha esposa, filha de um comerciante de nozes-de-cola. Só posso dizer que ela era como a mistura de nozes-de-cola na bandeja que equilibrava na cabeça. Quero dizer, sr. Menka, o jeito como ela anda, equilibrando aquela bandeja bonita na cabeça, e aquela cabeça equilibrada no pescoço delicado. Eu olho para aquela pele, e é como quando Deus pega a noz-de-cola vermelha e mistura com um pouco de noz-de-cola amarela e branca, e você tem uma aparência pela qual até um anjo venderia uma das asas, juro. Um dia o meu pastor me avisa que foi o Diabo que entrou na minha boca para falar essa blasfêmia, mas eu não resisto. Enfim, isso não foi nada comparado à maldição que saiu da boca dele quando eu falo que aquele peito de noz-de-cola ambulante, no qual quero deitar a minha cabeça, era muçulmano! Ele me amaldiçoa, então eu saio da sua igreja e me caso com ela no vilarejo dela mesma, onde me aceitam como filho. Me mudo para Kabba com meu então mestre, que eles transferem de Yenagoa para se tornar o chefe da estação ferroviária. Nunca pisei no norte antes, mas posso dizer que é o destino que me leva até lá, para encontrar a Zainab, que vende a noz-de-cola do pai na estação ferroviária. Já chega da minha família. Ela ainda está com o pai, vem me visitar de vez em quando na casa do mestre Pitan-Payne, mas com esse emprego novo, vou trazer ela para Lagos.

"Agora, quanto a esse assunto do meu mestre e seu amigo, o doutor. Isso acontece no almoço que a família teve depois da leitura do testamento do sr. Pitan. Foi na sala de estar da casa do meu mestre. Eu sirvo todas as pessoas que vêm para a leitura e depois atendo à mesa. Os dois irmãos e a irmã estão lá, e alguns parentes. Depois que terminam de ler o testamento, eles fazem uma pequena oração. Muitas pessoas da família vão embora, mas os dois irmãos e a irmã ficam. Aliás, os dois irmãos têm mais ou menos morado na casa desde o funeral. Sou eu quem ainda serve eles. O filho também, Damien, e uma das filhas, Katia, e acho que mais três pessoas. Conheço um dos outros porque é o advogado dos dois irmãos e ele tem ido à casa ainda mais do que antes. Mas ele não é o advogado do meu *oga*. O advogado do meu *oga* é o Cardoso, que vai embora logo depois de lerem o testamento. Então, naquele dia, enquanto conversavam, o irmão mais novo até trouxe um jornal que ele mostrou aos outros. Era um jornal antigo, não o jornal inteiro, só duas páginas que ele tinha guardado, e trazia a história do meu mestre e do médico, dr. Menka. Eu vi a manchete enquanto os servia: RIVALIDADE DOS INSEPARÁVEIS. Era uma história especial. Tinha as fotos deles, e sei que estava escrito que eles eram rivais desde os tempos de escola, até mesmo no estrangeiro, e depois que eles voltam para cá e começam a ganhar medalhas. Eu lembro muito bem, porque o jornal até os chamava de *korikosun* — o que significa que, se não se veem, não conseguem dormir. E agora essas pessoas começam a rir. Dizem o tempo todo que o dr. Menka era um falso amigo, porque ele inveja muito o amigo. Dizem que ele sabia da bomba. E quando isso não funcionou, que ele colocou alguma coisa dentro do mestre quando operaram ele no hospital universitário em Badagry.

"Eu tenho que dizer que isso me deixou muito triste. As pessoas estavam rindo e falando coisas muito ruins, e sei que tudo isso é pelo amigo trazer o irmão de volta a Badagry, e o assunto irrita muito o pai. Aliás, enquanto estavam comendo, o pai liga para eles. Eu não escuto o que o velho diz, mas é óbvio que é sobre colocar alguma coisa dentro do corpo do mestre, pois percebi que o irmão Kikanmi está respondendo e falando coisas para os outros na mesa. Ele até dá o telefone para o irmão mais novo, Timi, e acontece tudo de novo. Isso tudo me faz sentir muito mal, tudo isso só uma semana depois de terem enterrado o engenheiro. Como se isso fosse um crime, quando era o que todos queriam desde que ele morreu no estrangeiro. Uma coisa de que me lembro muito bem é que, depois que o sr. Timi termina de falar com o *Otunba*, ele se vira para os outros e diz algo como: 'Estão vendo, eu sempre digo que o Pai Eterno é profundo, simplesmente profundo. Enxerga mais longe do que todos nós'. Algo assim.

"Graças a Deus, desde o dia em que o meu mestre morre, eu decido que devo sair daquela casa, então começo a procurar um novo emprego. Recebo ofertas dos amigos do sr. Pitan. Digo a todos a verdade, por que quero ir embora, e depois daquele almoço acho que chego ao meu limite. Eu sei, eu tenho que escolher. Na verdade, não se trata de uma questão de escolha. É uma sensação terrível, senhor, o momento em que um homem olha para a direita e para a esquerda, para cima e para baixo, para dentro e para fora, e sabe que só tem um caminho para ir. Mas isso é o mesmo que dizer que você não tem escolha, porque se você só tem uma escolha, então está escolhendo o quê? Quero dizer, o que dentre o quê? Se você não passou por isso, nunca vai entender. O pessoal do meu mestre pode falar toda a gramática que quiser — a missão deles na vida parece ser discutir tudo, depois fica tudo igualzinho como era antes —, mas eu acho que eles nunca ficaram cara a cara com o momento em que descobrem que precisam escolher, escolher de verdade. Ou talvez façam isso depois de toda a discussão e não contam para ninguém. Estou falando do momento que só posso comparar com estar sentado em um formigueiro no meio de uma enchente. Não que esteja falando por experiência própria, mas vamos dizer que foi o que aconteceu na aldeia perto de Kabba, quando o rio menor que deságua no Níger transbordou no meio da noite e não havia mais nada seco em que sentar. Até os poucos baobás e amargoseiros sumiram, ficando só os galhos de cima, que não aguentam o peso de um pinto recém-nascido. Todos fugiram das cabanas. As escadas dos silos foram levadas pela água, então não tinha como buscar segurança lá no alto. O único lugar que restava até que as águas secassem era em cima dos formigueiros, na esperança de que os próprios montes de lama não se dissolvessem nas águas que subiam e te sugassem para baixo. Mas todas as formigas — soldado, operárias, cortadeiras — que haviam passado tantos anos escondidas, fazendo todos pensarem que tinham abandonado o andar de cima havia muito tempo, começaram a desertar os seus quartos subterrâneos e a subir, à medida que as águas inundavam os túneis secretos. As águas não arrefeceram o apetite delas por picadas e ferroadas terríveis, então era preciso fazer uma escolha: suportar os ferrões ou correr o risco de atravessar a água, que agora estava batendo acima dos ombros, na esperança de encontrar algo mais alto e mais amigável antes de ser arrastado. Você pensava logo em uma torre de igreja ou uma mesquita ou minarete, zigurate ou o que quer que fosse — tínhamos um de cada na vila ao lado, que é muito mais antiga que a nossa. Pela primeira vez, eles iam poder fazer aquilo para o qual foram construídos — salvar almas. Mas primeiro você tinha que conseguir chegar lá, claro. Agora, isso é o que eu chamo de uma péssima questão de opinião: você pode abandonar as formigas furiosas e procurar segurança no telhado da igreja ou da mesquita, ou ficar na casa delas e ser picado até morrer. Então, lá estava eu, pensando em um dos meus zigurates preferidos — ninguém chamava assim no vilarejo, lógico, nem eu na época. Mas quando comecei a trabalhar com a família Pitan-Payne e a relaxar com os pesados livros ilustrados da sala de estar, eu vi o nome e disse: 'Ah, então isso que é um zigurate'. E sempre que eu enfrentava um momento de perigo ou um problema em que tinha que escolher, dizia a mim mesmo: 'Godsown, é zigurate ou morte'. Então era isso que eu estava querendo dizer lá início, a questão do zigurate.

"Sabe, você está sentado no alto dessa colina de lama, e elas estão subindo em você, de todos os lados, às pressas, competindo umas com as outras, filas e mais filas de formigas, cada vez mais nervosas. Quando você as perturba, elas começam a picar. Você sobe cada vez mais, até que não tem mais para onde ir. E como elas picam! As formigas-soldado e as que chamamos de formigas-de-fogo, que não só picam e mordem, mas deixam uma bolha vermelha dolorida — pois é, elas começam a trabalhar. Toda aquela suposta coragem do homem desaparece. As formigas-de-fogo, você não sabia, já tinham subido pelas pernas da sua calça...

"Então, que escolha você tem? Nenhuma. Primeiro você tira a calça, mas já é tarde demais. As formigas-soldado já estão emaranhadas nos pelos dos seus *blokos*! Você tem que tirar a calça e depois a cueca. E não é um lugar discreto, onde você pode se esconder, é em público, na frente de outras pessoas, homens, mulheres e até crianças. Mas você precisa tirar a calça, e está todo mundo olhando para você do seu canto na enchente, algumas pessoas no alto das árvores, e você começa a pegar as formigas-de-fogo que já estão alojadas dentro do arbusto que você esconde da vizinha. E lá está a vizinha em quem você já deu um tapa por meter o nariz nos seus assuntos de família! Ela está olhando para o seu verdadeiro assunto de família e não tem nada que você possa fazer a respeito. A menos que você pule na água e nade até a próxima árvore, formigueiro ou torre de igreja que ainda está acima da água. Ou zigurate.

"Então, senhor, é assim. Permanecer naquela casa por mais um dia simplesmente não era uma questão de escolha. Essas pessoas são como formigas-de-fogo. Entram nas suas narinas e na sua boca, picam os seus *blokos*. Se você não tá do lado delas, você vira inimigo. Um amigo me encontrou este lugar bem depressa, porque eu disse que era urgente. Não posso ficar naquela casa nem mais um dia..."

O zumbido constante se transformou em um gemido fraco e, por fim, surgiu apenas um gemido triste. Fim da bateria. O retorno de Godsown foi uma façanha de timing perfeito, mas isso não importava. O que Menka tinha ouvido até então era mais do que suficiente. Já havia tomado uma decisão e estava concentrado só nos procedimentos triviais. Depois de gravar tudo, fazer algumas perguntas, seu primeiro dever — não que ele considerasse isso um dever, mas simplesmente o primeiro curso de ação, mesmo que apenas como uma etapa preliminar — era uma visita à delegacia de polícia. A noção parecia estranha, mas, por outro lado, bastante lógica. Ninguém diria que sua situação era inédita. Mesmo assim, não era todo dia que um médico, um cirurgião muito procurado, se via associado a um crime. A vítima desse crime não era outro senão o seu amigo, uma pessoa proeminente e pronta para entrar nas zonas rarefeitas da influência global. Duyole já estava se deliciando com a perspectiva de se livrar do fardo dos interesses adquiridos, ascendendo — como sempre brincava — de um cientista particular a um estadista científico. "De agora em diante", se gabava ele, "não preciso mais de passaporte. Juntei-me às fileiras dos apátridas."

Isso era verdade. Duyole de fato cumpriu a sua previsão atemporal, juntando-se às fileiras dos apátridas. Permanentemente. Mais uma vez, as imagens alvoroçadas — o único homem que ele conhecia que, mesmo envolto em um terno constritivo de três peças, rompia o molde robótico e realizava proezas inigualáveis por qualquer homem das trincheiras da história, comemorando sem esforço cada novo encontro culinário com uma pequena ode, assim como Muhammad Ali. Estranhos se tornavam seus alunos e repetiam depois dele um de seus refrões favoritos — "pinças e amígdalas, língua e amígdalas, hora da língua e amígdalas" —, enquanto revirava os olhos como se cada prato fosse um corpo planetário recém-descoberto em exploração, afinando um paladar discriminador, porém complacente, que provocava estranhos à emulação fútil. Era algo único, o fato de alguém fazer da busca comum da humanidade conhecida como alimentação uma arte, criar em torno de si uma zona de isolamento reverencial — um cartão invisível onde se lia "Não Perturbe" — e, ao mesmo tempo, exalar uma atitude que proclamava: "Hora da comunhão, entrai, vinde e fazei-vos o mesmo". Era um mistério, mas que produzia um rico álbum de imagens relembradas, a sucessão sempre intrusiva de slides festivos que misturavam trabalho e diversão. Menka tinha visto Duyole desmontar uma máquina complexa, obsoleta ou simplesmente descartada. Uma vez foi uma turbina resgatada do depósito de um governador perdulário. Podia ser um "izofone" — algo que ele inventou e patenteou, mas que nunca explicou nem mesmo para Menka, pois rosnava que não dava seminários enquanto estava em contato com assuntos de *pinças e torque*. O rosnado se tornava mais acentuado quando utilizava seu estúdio no porão e o aroma de comida vinha da cozinha. Era o único momento em que as suas mãos se moviam um pouco mais rápido — engraxar, desmontar, limar, lubrificar, reequipar, desparafusar, remontar. No entanto, esses gestos nunca deixavam de receber a mesma dedicação, e aqueles que o viam no trabalho juravam que ele lidava com as peças da máquina com a mesma solicitude que tinha ao limpar e preparar um pedaço de carne de veado — macerar, cozinhar em fogo brando, apertar de leve, virar e deslizar para o forno, apenas para tirar no devido tempo, ressuscitado e transformado em tons, texturas e funções.

Dizimação não era diferente em termos estéticos. A mastigação cuidadosa, cada pedaço rolando em torno dos nós secretos em um trabalho unificado de mãos e cúmplices metálicos leves que transferiam pedaços escolhidos para a sua boca para uma interação interna prolongada de sabores, como se tivesse um periscópio secreto por meio do qual visualizava a infiltração interna de condimentos na carne e na corrente sanguínea. Seria outra pessoa, ou poderia realmente ser esse artista compulsivo sobre o qual Godsown continuava a falar, o gêmeo adotivo de Menka, conforme designado por familiares, amigos e conhecidos? No entanto, a história de Godsown, interrompida pelo Punho das Trevas, era de que Kighare Menka fora acusado de permitir, até mesmo de ajudar, o atentado contra a vida de seu gêmeo, Duyole, e depois terminara o negócio inacabado sob o disfarce de cuidados profissionais.

Estremeceu de novo. Como se estivesse implacavelmente empenhado em complicar a sua existência, o testamento de Duyole o tornara seu principal beneficiário, depois da viúva e dos filhos — e não apenas substancialmente, mas em dedicação à promessa de Gumchi! Não é de admirar que Cardoso tenha se esforçado tanto para fazê-lo participar da leitura. Esse esforço foi um fracasso de toda uma vida — ele não tinha nenhum desejo de colocar os olhos nem mesmo no mais inocente dos Pitan-Payne sobreviventes. Mas achou extremamente comovente o fato de Duyole lembrar-se e manter-se fiel a uma promessa de juventude, viva ou morta, levando-o a um estado de grande euforia pelo fato de, de sua parte, ter trazido o corpo do amigo para casa em cumprimento a uma promessa inexistente. *Pela primeira vez, o superei, meu amigo, admita!* Havia apenas o pensamento angustiante: suponhamos que estivesse ao lado do leito em Salzburgo. E se os médicos, mesmo sem saber do pacto entre eles, tivessem insistido que ele, no duplo papel de colega de profissão e amigo do paciente, tomasse a decisão sobre quando desligar a tomada? Recusou-se a pensar no resultado.

Um por quatro e quatro por um, vamos lá? Antecipando a certeza de que as forças já estavam se mobilizando para impedir o sonho de Gumchi, ele se permitiu sentir uma pontada de pena da Família do morto.

22. O Conselho da Felicidade

Ao que parecia as intervenções do falecido engenheiro na existência infeliz estavam longe de ter terminado. Na verdade, ele continuava a dominar o ambiente, embora não exatamente da maneira que teria escolhido em seu modo de existência anterior. Sua vontade assumiu vida própria, conspirando assim para tornar perpétuo o banquete da vida. A julgar pelas atas da Força-Tarefa do Primeiro-Ministro, em associação com a organização do *Inquérito Nacional*, de Oromotaya, não seria surpresa alguma o fato de que, no final, o Festival da Escolha do Povo, que fora rebatizado como Festival Marcando a Terra, em homenagem ao engenheiro morto, provou-se um evento para os livros de recordes, improvável de ser igualado, muito menos superado, neste século ou no seguinte. E, no entanto, por muito pouco isso não aconteceu. E, como sempre, a preparação dos bastidores foi muito mais instrutiva — e até mesmo empolgante — do que o grandiloquente evento em si.

A reunião pré-festival do Conselho Nacional da Felicidade, convocada pelo acionista majoritário, Sir Godfrey Danfere, consistia em um conjunto altamente eclético de representação, uma rede entrecruzada que buscava atender a todos os interesses, gostos e adesões sociais de grupos — sindicatos, a magistratura instruída, serviços domésticos, academia etc., etc., sem esquecer… a religião! Papa Davina estava presente de forma magnífica, enquanto o estado de Zamfara ostentava uma seleção feita quase exclusivamente pela seita islâmica dinâmica e progressista conhecida como Yantulai al-Yarimeh. Foi esse grupo que lançou a ameaça mais potente ao que se pretendia ser uma união harmoniosa para uma nação de diversidade notável. Mesmo antes do início das deliberações, os yantulai se mobilizaram para organizar uma greve. Quando foram lembrados de que a reunião não havia começado e, portanto, não havia nada do que sair, eles resolveram razoavelmente entrar em uma jihad de oração até que a reunião começasse formalmente, tomar seus lugares, permanecer sentados durante o hino nacional, cantar durante todas as orações de abertura, aguardar o início da abertura de boas-vindas do primeiro-ministro e, em seguida, fazer uma caminhada de protesto até os ansiosos braços do corpo de imprensa da vila.

Seus líderes folhearam o rascunho do programa exuberantemente impresso entregue a cada participante na chegada à antessala. Seus olhos aguçados detectaram no mesmo instante um item repulsivo, que obviamente fora inserido para ofender suas sensibilidades religiosas. O item era o *concurso de beleza*! Nada, declararam, poderia persuadi-los a participar de um festival que continha tal exercício, que promovia a prostituição feminina. Isso era pior do que servir bebidas alcoólicas no festival ou assar um porco no espeto, como, segundo eles, foi cogitado pelo chefe Oromotaya e seus fanáticos religiosos, ou seja, Papa Davina. O chefe se levantou como se tivesse sido picado por um bando de escorpiões, negou com veemência e exigiu a retirada. Teribogo estava abrigado em meio a um pequeno grupo de devotos em uma parte diferente da antessala, alheio à tempestade que se formava a poucos metros dele. Os yantulai insistiam que sabiam de fonte segura. Sabiam que um conselho mais sábio havia prevalecido e que a ofensiva suína tinha sido eliminada. No entanto, havia fortes indícios de que o álcool estava sendo contrabandeado por uma rota muito tortuosa — e por ninguém menos que alguém que se dizia um homem de Deus e defensor do pluralismo religioso. Que ele negue que tenha tentado incluir um evento com álcool no festival em nome dos valores ecumênicos. Felizmente, eles fizeram o dever de casa e sabiam do que estavam falando. Queriam que o mundo soubesse que representavam a nova geração de crentes, não devendo ser confundidos com meros agitadores fanáticos. Eram científicos em sua abordagem e não podiam ser facilmente manipulados por cristãos e outros islamofóbicos não assumidos.

Os olhos se voltaram curiosamente para o local onde o Papa Davina estava, trocando sabedoria urbana com seu círculo de delegados adoradores. Outros delegados convergiram para o acusado, curiosos, mas também ansiosos para preservar a paz.

Teribogo ficou um pouco surpreso, pois o assunto havia surgido no estágio mais elementar do planejamento. Isso consistiu na habitual convocação nacional para propostas de eventos, à qual artistas de todos os gêneros, cineastas, faculdades, associações de veteranos de guerra, clubes sociais, mulheres do mercado e todas as instituições e caçadores de contratos imagináveis responderam com ideias, ofertas de suprimentos e até vídeos de demonstração. Tudo foi resolvido de forma amigável. Seria essa uma ofensiva renovada de uma ramificação agressiva de uma das escolas de persuasão religiosa do Boko Haram? Pediu ao chefe Oromotaya que se juntasse a eles e corroborasse sua versão dos eventos, cuja falha inicial, revelou, fora desencadeada por uma escola diferente de manifestantes. Não era outro senão o cada vez mais poderoso movimento Verde do país, ávidos protetores do ecossistema mundial. Ao abordar o espírito da festa do povo por meio de sua perspectiva ecumênica reconhecida mundialmente, Papa Davina explicou que, de fato, sentiu-se motivado a oferecer uma contribuição religiosa única — um Templo de Fogo Zoroástrico a ser erguido no local do festival.

"De acordo com os cálculos de nosso ministério Ekumenika", Teribogo detalhou ainda mais, "a época do festival cai no auge do aniversário de Zoroastro. Assim, pareceu-nos uma oportunidade divinamente ordenada de matar dois coelhos com uma cajadada só — introduzir a presença zoroástrica na família ecumênica e, ao mesmo tempo, abençoar o festival com um templo de fogo. A única questão era onde? Não há montanhas em Lagos. Olhamos ao redor e nossa visão foi divinamente guiada para nada menos que a capital do país, que ostenta nosso famoso ponto de referência, o monte Zuma. No entanto, há outros morros rochosos menos conhecidos nessa área, em especial os morros rochosos de Gumchi, próximos ao centro da nação e a maior elevação na região de Abuja — mais altos, muitos não sabem disso, do que até mesmo o monte Zuma."

Isso fez com que o movimento Verde disparasse um alarme. Temiam que houvesse poluição atmosférica, o que, obviamente, foi comprovado como algo sem fundamento científico.

Oromotaya aceitou a história. Admitiu que sua imaginação tinha de fato disparado ao receber o conceito inflamado de Teribogo. Era uma oportunidade de elevar o festival literalmente a novos patamares dramáticos. Gumchi voltou a ser notícia desde o assassinato do ilustre representante do país nas Nações Unidas. O vilarejo de colinas rochosas, completamente anônimo, foi notado pelo público pela primeira vez quando seu filho cirurgião, o dr. Kighare Menka, ganhou o prestigioso Prêmio de Preeminência Nacional. Então, antes que pudesse voltar de todo à sua obscuridade habitual, veio o trágico assassinato de seu amigo de longa data, o famoso engenheiro Duyole Pitan-Payne. O testamento do falecido foi lido, e eis que ele havia legado a esse mesmo filho da terra uma grande parte de sua riqueza para a construção de uma clínica de reabilitação de última geração na mesma Gumchi. Tudo isso foi em cumprimento a uma promessa feita em seus tempos de escola. A mídia não se cansou de mais um episódio na longa saga das rivalidades da dupla inseparável.

Merutali se juntou a ele, dando um impulso político. O primeiro-ministro, um político muito sensível, comprometeu-se imediatamente com seu governo a igualar o legado, agir como um parceiro completo — pessoal e operação, equipamentos etc. — para garantir que se tornasse uma meca médica tanto para os cidadãos do país quanto para o fluxo mundial do turismo de saúde. A clínica receberia o nome do próprio engenheiro falecido. A cerimônia de abertura da terra foi incluída no programa do festival. A nação contaria com uma edição única e multidisciplinar. O que mais se poderia esperar? O mundo estava testemunhando o triunfo da parceria criativa entre o governo e o setor privado. Demonstração, mais uma vez, do compromisso do Pompa com a parceria cidadã, que era a pedra angular das políticas do Pompa desde o início do governo, com a certeza de que se expandiria como um compromisso solene assim que o governo voltasse ao poder.

A palavra voltou a Oromotaya. Ele lembrou a todos que o festival sempre fora uma festa comovente. Trazê-lo para Abuja consolidaria ainda mais o senso de unidade e pertencimento que era a base das políticas do governo desde que a capital do país fora transferida de Lagos, uma cidade costeira e à margem do país, para o centro geográfico da nação. A festa do ano agora fora projetada para explodir dentro e ao redor do ultramoderno estádio nacional, e não no decrépito Teatro Nacional, que estava afundando aos centímetros nos pântanos de Iganmu, um subúrbio decadente de Lagos.

Agora caberia aos membros da força-tarefa espalhar a palavra e expandir a ação, cada um em sua própria zona de influência e operações. A morte de um grande homem aproximaria o povo do povo, o que acentuaria a popularidade do visionário e experiente partido. Isso já tinha inspirado a introdução de novas variações nas homilias semanais de Teribogo na Ekumenika, permitindo que ele evocasse a mensagem universal em um fogo antigo que era diferente dos fogos do Purgatório, purificando em vez de queimar a visão de um antigo vidente chamado Zoroastro. Oromotaya era ainda mais vibrante e inovador, muito bem em seu elemento. Um súbito lampejo da Tocha Olímpica descendo dos céus o impulsionou na direção da embaixada da Suíça. A embaixada poderia recomendar uma empresa de rapel profissional? Sim, poderia, veteranos dos Alpes cuja experiência ia do monte Everest ao Kilimanjaro. O acordo foi fechado. Papa D. obteve a franquia para construir o seu Templo do Fogo na borda do monte Gumchi, protegido por pedras antigas. A Tocha do Festival seria acesa a partir do templo zoroástrico. Os praticantes do rapel — todo o espetáculo capturado e transmitido em todo o país por drones — acenderiam a tocha do monte Gumchi, primeiro descendo e subindo em um jogo de tochas, passando a tocha de um para o outro até que o último portador colocasse os pés na base da montanha. Em seguida, os corredores continuariam em terreno plano até o Estádio Nacional, onde acenderiam a Chama Eterna, que permaneceria iluminada durante todo o festival agora chamado Marcando a Terra. O conceito fez Oromotaya vibrar com um êxtase que só foi igualado pela expectativa de Teribogo de garantir um ponto de apoio muito desejado em Gumchi. O rochedo daquela aldeia ultrapassada pelo tempo permaneceu em feliz ignorância de seu futuro serviço como local histórico futurista de uma nação.

Tudo parecia espetacularmente inspirado, até que começaram as objeções. Os ecoguerreiros registraram na mesma hora uma oposição estridente e exigiram que fosse realizada uma verificação da qualidade do ozônio ao redor do monte Gumchi para garantir que nenhum dano fosse causado por um fogo aceso tão perto dos céus, um monte rochoso que era notório por desaparecer por semanas a fio, inteiramente envolto em nuvens. Seguiram-se as negociações. A conclusão foi favorável ao projeto — um pouco de lenha salpicada com um pouco de parafina para combustão instantânea no momento dramático não constituiria nenhum dano às camadas de ozônio. E, é claro, não havia risco de incêndio florestal nas rochas estéreis. A intervenção dos Verdes, entretanto, proporcionou um debate animado que consumiu dias e resmas de papel-jornal. Os preparativos para o festival se tornaram praticamente o conteúdo monopolizador do discurso nacional. Lenha, palitos de fósforo e parafina pareciam ter resolvido a questão, e a atenção da mídia estava voltada para os aspectos mais mundanos do evento, quando foi reavivada de uma forma inesperada.

A provocação simplesmente trocou de dono, fornecendo os motivos básicos para os objetores de consciência da Yantulai al-Yarimeh. Que fique bem entendido, gritavam, que a nação não estava mais lidando com nenhum tipo de *almajiri* sem instrução. Eles representavam a nova onda de muçulmanos, tão instruídos quanto qualquer outra parte da nação. Tinham engenheiros aeroespaciais entre eles; em suas fileiras havia autores de vários livros sobre todos os fenômenos terrestres. Eles tinham feito as suas pesquisas e sabiam que a parafina era à base de álcool e, portanto, inaceitável como fluido inflamatório. Começaram a se mobilizar para um boicote em massa. Às pressas, Sir Goddie fez com que seu ministro de Ciência e Tecnologia emitisse refutações e garantisse à nação que a parafina era extraída da resina da madeira e não continha álcool. Chefe Benzy e Papa Davina intervieram e emitiram garantias públicas separadas e conjuntas de que, independente do desmentido científico, não precisavam de parafina e evitariam cuidadosamente seu uso durante todo o festival, mesmo que apenas em deferência às sensibilidades religiosas. Se contentariam com querosene ou até mesmo petróleo, o que também demonstraria um compromisso com o uso de material nativo, já que a nação teria que importar parafina, enquanto o petróleo estava em abundância local suficiente para encharcar toda a área de Gumchi e deixá-la para sempre em chamas se o festival assim o exigisse. Foi esse último lembrete que veio em socorro. Relutantes em serem denunciados como antipatriotas por preferirem o material importado ao local, os muçulmanos suavizaram um pouco sua postura. O boicote foi suspenso, mas eles se reservaram o direito de voltar a discutir o assunto.

Reunidos em um canto, com a minuta do programa do festival balançando e se eriçando em relação ao resto, os yantulai al-yarimeh declararam que, de repente, perceberam que todo o debate sobre o álcool não passava de uma farsa. Um ardil. O debate sobre a parafina era uma cortina de fumaça. Foi uma grande conspiração de todos os três — o Templo da Ekumenika, *O Inquérito* de Oromotaya e os Verdes, com o Pompa de Sir Goddie possivelmente mexendo os pauzinhos nos bastidores —, todos se unindo para criar uma distração do verdadeiro propósito. Enquanto eles, os yantulai, estavam ocupados denunciando esse ultraje, o verdadeiro negócio estava sendo organizado, preparado para a suposta aprovação da Força-Tarefa do Primeiro-Ministro para se tornar um fato consumado — um Concurso de Beleza! A delegação da Yantulai al-Yarimeh passou a usar sua estratégia de bloqueio, agora patenteada — declararam uma jihad de oração, fizeram uma barreira virtual contra todos os que chegassem na antessala e a sitiaram. Não podia ser violada. De dentro de seu santuário, exigiram nada menos que a remoção daquele evento do programa — caso contrário, o boicote suspenso seria reativado. Juntamente com os estados simpatizantes, eles se retirariam de qualquer participação futura. E ainda esperavam que o primeiro-ministro soubesse o que isso significava para seus cobiçados votos naqueles círculos eleitorais. A Vila Potência foi inundada pela cadência das orações que subiam e desciam com a longa prática, passando de um cantor para outro, uma nova arma de resistência que se tornou a marca registrada da Yantulai e que estava se espalhando consideravelmente por vários estados da região norte.

Shekere Garuba subiu ofegante as escadas da seção residencial de Vila Potência e encontrou Sir Goddie no café da manhã. Explicou a situação. Goddie pensou por um momento.

"De que estado você disse que eles são?"

"Zamfara. É a seita Yantulai al-Yarimeh. Eu os conheço muito bem."

"Tudo bem. Primeiro, vou terminar este *akamu*, enquanto está quente. Depois eu falo com o governador — não, melhor ainda, com o Papa Davina. Enquanto isso, volte para a sala de conferências. Mantenha-os trancados. Eles não devem sair da vila."

"Não precisa se preocupar com isso, M.P.", o conselheiro garantiu. "Assim que declaram uma jihad de oração, eles não saem do lugar até uma contra-*fatwa* ser recitada. Isso leva pelo menos meia hora do início ao fim. Assim como a jihad de oração original, ela é feita em ciclos de meia hora e não pode ser interrompida. Portanto, temos pelo menos mais meia hora para entrar em ação."

"Ótimo. Posso terminar meu café da manhã em paz. Espere lá fora enquanto eu penso." O Mordomo do Povo continuou a tomar o café da manhã, resmungando: "Que jeito de começar o dia, caramba. O que mais vem por aí?".

Um arroto suave e empático, seguido de uma carícia atenciosa em seu estômago, sinalizou o fim do café da manhã. Sir Goddie pegou o celular e apertou os botões. A voz do outro lado da linha anunciou:

"Paz de Ahura Mazda, Lúmen ascendente, Druj em voo, aqui é o padre Davina do Ministério Ekumenika."

Sir Goddie se irritou.

"Pare com isso. Ouvi dizer que você está bem no meio de uma crise — está na hora de usar o tapete de oração?"

"Tem hora para tudo, Sir Goddie. Deixe-me aconselhá-lo com o capítulo e o versículo bíblicos..."

"Não, obrigado. Teribogo, vamos nos ater ao capítulo e versículo do negócio. E a última coisa que você me disse foi que havia trazido os yantulai para uma parceria completa."

"De fato, trouxemos. Dois de seus membros fazem parte do conselho de governadores."

"E os pagamentos. Esses pagamentos são regulares?"

"Adiantados. O departamento de Recursos Humanos guarda zelosamente seu histórico — ninguém sabe disso melhor do que o senhor, Excelência."

"Então, por que eles estão causando problemas?"

"Ganância, e o que mais? A falha humana chamada — avareza. Ignorei-os até agora. Recomendo que você faça o mesmo."

"É fácil para você dizer isso. Não é você que está concorrendo às eleições."

"Eles vão acabar baixando a cabeça. É tudo uma questão de barganha. Aguardar por mais."

"Nesse caso, que tal aumentar as ações deles?"

O tom de Papa Davina era firme e desdenhoso.

"Não é o caminho a seguir, Sir Goddie. Que Pedro roubamos para pagar a Paulo? O senhor? Ou a mim? Não podemos ter um negócio baseado em extorsão. Não é ético."

Sir Goddie fechou o celular com um estalo, rosnando:

"Hipócrita!"

Por um tempo, ele ficou parado, olhando para frente. Limpou os lábios com um guardanapo e começou a palitar os dentes. Com esse ritual, foram realizados alguns dos pensamentos mais inspirados de Sir Goddie. De repente, parou, colocou cuidadosamente o palito de dente no chão e levantou a voz.

"Você, aí. Volte aqui!", Shekere retornou. "Explique à delegação que a idade máxima das participantes será de treze anos. Então esse evento com que eles estão tão incomodados vai ser composto só de beldades entre três e treze anos de idade. Nada acima disso. E vai ter oportunidade para se retirar. Agora vamos lá."

Shekere se moveu, depois parou. Virou-se lentamente.

"O que você esqueceu?" Sir Goddie rosnou. "Não ouviu minhas ordens?"

Shekere gaguejou mal.

"Só queria ter certeza, M.P., senhor. O senhor disse trinta? Ou treze?"

"O tolo também é surdo! Treze! Treze! Agora vá embora!"

"Sim, Mordomo do Povo. Quando o esperamos, senhor?"

"Que horas marcamos?"

"Dez horas, M.P."

Goddie deu uma olhada no relógio.

"Bom, está quase na hora. Vá, faça o anúncio e coloque-os em seus lugares. E não quero ouvir mais nenhuma objeção a nada. Aja sempre com sensibilidade cultural e não haverá problema."

Sir Goddie estava certo. O Festival do Povo da Felicidade agora podia seguir em frente. Quando um Garuba sem fôlego retornou à sala de conferências, bateu em uma mesa para chamar a atenção e fez seu anúncio, o canto de revezamento da Yantulai al-Yarimeh parou abruptamente. A pausa durou apenas alguns segundos e depois foi retomada. Até mesmo o *kafri* mais surdo poderia avaliar uma mudança distinta de tonalidade que exalava êxtase espiritual puro e não diluído.

Shekere deu um suspiro de alívio, permitiu-lhes mais alguns minutos de êxtase, sentiu a aproximação do fim da atual rodada do contrarrecital e começou a reunir os convidados.

"Honrados delegados, por favor, tomem seus lugares. Está tudo resolvido. O Mordomo do Povo estará com vocês em breve e a cerimônia inaugural terá início."

Os indicados, rostos novos e antigos, encontraram seus lugares nos pequenos cartazes colocados na longa mesa oval semibifurcada da Sala de Gabinete da Vila Potência. Era lá que o Conselho Executivo normalmente realizava sua reunião mensal. Os novos membros do conselho já haviam sido empossados. Só então Sua Excelência o Mordomo do Povo, Sir Godfrey, entrou na sala. Todos se levantaram. Assim que a cadeira do Mordomo do Povo foi empurrada para trás e ele se inseriu no espaço criado, o hino nacional ressoou — apenas o primeiro verso. Ele permaneceu de pé, assim como os outros.

Seus olhos viram Papa Davina imediatamente e voltaram-se para ele.

"Padre Davina, talvez o senhor possa nos ajudar com orações para que as deliberações sejam bem-sucedidas?"

Papa Davina, vestido como não poderia deixar de ser em nenhum conceito pós-modernista de Zoroastro em pessoa, fez uma reverência. Com as mãos erguidas liturgicamente na altura do cotovelo e ambas as palmas voltadas para cima, Papa Davina pronunciou seu atestado divino, especialmente preparado para a ocasião e colocado com antecedência diante de cada assento dos participantes.

"A você, Deus Todo-Poderoso Deusalá, conhecido em outros climas como Ahura Mazda, Criador do Universo e Benevolente Mestre da Sabedoria, Distribuidor da Felicidade, nós louvamos, agradecemos e buscamos bênçãos. Presida nossa reunião nestas câmaras. Conceda-nos a força criativa que concentra a mente e a imaginação, permitindo-nos entregar ao nosso povo o desejo de seu coração neste festival que se aproxima. Que Asha, o Bem, prevaleça sobre Druj, o Escravo do Mal. Que a bondade e a harmonia prevaleçam entre nós. Amém. Oooom. Allah Akhbar. Shanti. A-a-se. Que assim seja."

Sir Goddie se sentou, seguido pelos outros. Já havia uma pasta diante dele. O Mordomo do Povo a abriu e deu início aos assuntos do dia — a inauguração do Conselho da Felicidade, décima edição.

"Mais uma vez, senhoras e senhores, é hora de começar os preparativos para o grande dia. Como alguns de vocês devem ter notado, temos alguns rostos novos entre nós. À medida que prosseguirmos, vocês se conhecerão melhor. Neste momento, gostaria de lhes dar as boas-vindas. Somos uma nação de grande diversidade, e nisso reside nossa força. Assim, continuamos a nos esforçar para atender a essa riqueza de diversidade e garantir que todos os setores da nação, todos os grupos de interesse, todos os setores profissionais tenham voz na tarefa onerosa de garantir a esta nação um estado sustentável de felicidade. É isso que sustenta o compromisso deste governo com a *Fiesta* da Escolha do Povo anual. Para aqueles que não sabem, esta mesma câmara é a sala do poder. É a mesma sala onde o Conselho Executivo realiza sua reunião mensal. O que isso significa? Vou lhes dizer. Significa que nas próximas três semanas a um mês, ou seja, na contagem regressiva para a Festa do Povo, vocês são o governo. Sua palavra é lei!"

Os registros nesse momento dizem: *Aplausos espontâneos*.

"Não quero pintar um quadro desanimador, mas preciso ser franco. Este foi um ano particularmente problemático. Crise após crise. Terrorismo. Incêndios criminosos. Assassinatos. O orgulho de nossa nação, de nossa própria raça, um ícone global, foi explodido debaixo do nosso nariz. Abordarei esse trágico evento com mais detalhes antes do final de nossas sessões. Enquanto isso, permitam-me dar boas-vindas especiais e sinceras à irmã desse mártir, Selina Pitan-Payne. A viúva de nosso cidadão assassinado, infelizmente, não pôde se juntar a nós, pois ainda está de luto, e nossa cultura não permite sua participação. A senhora que vocês veem aqui, a irmã enlutada, ofereceu-se para substituí-la, e sua presença aqui, cooptada como membro do Conselho da Felicidade, não está, como vocês certamente já devem ter adivinhado, desvinculada desse trágico evento e da declaração de solidariedade de uma nação.

"Permitam-me afirmar aqui novamente, sem medo de contradição — tudo o que se possa imaginar, de fato, às vezes além da imaginação, trabalhou contra a celebração pacífica e alegre da Festa do Povo. Na verdade, em alguns momentos meu governo debateu se deveríamos ou não continuar com o festival. Algumas vozes clamavam que seria mais apropriado substituir o festival por uma semana nacional de luto. Felizmente, isso levantou a questão dos direitos autorais, pois já existe um movimento conhecido como A Nação Enlutada, que se veste de pano de saco e cinzas por uma semana inteira todos os anos. É sempre mais seguro ser original nessas questões, para evitar chover no molhado. E assim, no final, o bom senso e o orgulho nacional triunfaram sobre o pessimismo. A festa se tornou uma tradição. Não preciso lembrá-los de que já solicitamos sua inclusão no calendário anual da Unesco, tornando-a assim um destino para o turismo global. Perder uma edição sequer é dizer ao mundo que não somos um povo sério. Portanto, tudo continua como planejado. Se não for preciso nada menos do que um milagre para conseguir isso, então devemos produzir um milagre. Afinal de contas, temos entre nós o homem de Deus Papa Davina — que acabou de nos conduzir com uma invocação ecumênica — não que ele precise de apresentações." *Aplausos moderados*. "No entanto, também se diz que o céu ajuda apenas aqueles que ajudam a si mesmos, e temos mãos experientes e de espírito público como o chefe Modu Oromotaya — lá está ele." *Aplausos moderados*. "Nosso governador imparável, o chefe Akpanga, também entrou para a diretoria. Esse é um homem que certamente vai adicionar tempero e cor a qualquer ocasião. Como podem ver, continuamos a injetar sangue novo, o que significa nova energia, novas ideias..."

O Mordomo do Povo parou de repente e virou a cabeça para a direita. Irritado, cuspiu:

"O que foi?"

A porta lateral que levava direto aos escritórios do Mordomo se abriu furtivamente e uma cabeça reconhecível como pertencente ao conselheiro presidencial para energia, Shekere Garuba, apareceu na abertura. Ela foi seguida pelo restante do corpo, pedindo desculpas.

"Sim, o que foi?"

Shekere entrou de vez, trotou os poucos passos em pés acolchoados até a cadeira de Sir Goddie e colocou um bilhete virado para cima na mesa. Sir Goddie leu, e seu semblante se alterou. O bilhete dizia: "Mayday! Mayday! Abortar, senhor, abortar! Abandone o discurso, senhor".

Ele acenou para o conselheiro e voltou-se para o público.

"Vocês terão que me desculpar. Do que acabei de me queixar? De uma temporada de crises. Assim que resolvemos uma, surge outra." Voltou-se para o assessor chefe de imagem. "Dr. Merutali, por favor, assuma a palavra. Isso pode demorar um pouco. Dr. Merutali, sugiro que você simplesmente prossiga com o brainstorming geral e a troca de ideias. O chefe Oromotaya pode informar a todos sobre como planejou as coisas, a situação atual etc., etc. Afinal, é o bebê dele."

Sir Goddie levantou-se, parando a assembleia em sua respeitosa ascensão.

"Não, não, sem mais interrupções. Merutali, pode prosseguir." Um Goddie nervoso saiu correndo da sala, seguido por seu obediente assistente, que carregava seus papéis atrás dele.

Seu chefe de gabinete o aguardava em seu escritório, pedindo desculpas.

"Achei prudente interromper, Mordomia, sabendo de alguns itens cruciais na minuta do discurso que havia preparado. A situação era desesperadora."

Sir Goddie acenou com o bilhete na cara de seu chefe de gabinete.

"'Mayday! Mayday!' O senhor é piloto? De quem é o avião que está caindo?"

"Senhor, eu só citei o homem. Ele estava frenético — e eu também, Vossa Mordomia. Isso tem a ver com a própria reunião da diretoria. E me lembro que o senhor disse que ele teria acesso prioritário quando retornasse."

"Quem? Eu? Quem é ele?"

"O homem que foi para Zamfara, Mordomia."

"Zamfara? O que eu tenho a ver com Zamfara? Quer dizer que você não perguntou do que se tratava?"

"Foi a primeira coisa que eu fiz, senhor, mas acho que é melhor ouvi-lo pessoalmente, Mordomia. Me lembro que as suas instruções eram..."

"Tudo bem, tudo bem. Traga-o aqui."

"Muito bem, senhor."

"Espere um pouco. Ah, sim. Só quero ter certeza de que estamos falando do mesmo homem — é o indiano? O geólogo? Ele já voltou?"

"Esse mesmo, Vossa Mordomia."

"É melhor me trazer os jornais de hoje."

"Bem diante do senhor, M.P. E mais isto. Por favor, leia, senhor. Foi isso que o fez correr para a vila."

Sir Goddie olhou para a sua mesa e viu que as notícias do dia estavam, de fato, sob a tigela de nozes-de-cola, para que não as deixasse de notar. Ferozmente, seus olhos percorreram as notícias relevantes. Ele exalou.

"Graças a Deus, aqui só tem especulações. O faquir parece ter certeza dos seus fatos."

"Acho que é sensato presumir isso, M.P."

"Tudo bem. Mande-o entrar. Se isso for um engano, ele estará no próximo avião de volta para o seu curry com *chapati*!"

Sir Goddie se acomodou atrás da mesa e se recompôs. Alguns momentos depois, o motivo da interrupção foi conduzido pelo chefe de gabinete, que prontamente se despediu. O Mordomo do Povo estava sozinho com o convidado, o geólogo dr. Mukarjee. Sir Goddie piscou os olhos.

"Suas notícias devem ser realmente desesperadoras."

O interlocutor olhou para baixo e viu os recortes.

"Vejo que o senhor tem o assunto diante de si. Foi por isso que o senhor teve de interromper o discurso."

"Ah, sim, eu me lembro. Você veio me ver pouco antes de partir."

"A mesma pessoa que fugiu de Zamfara com o rabo entre as pernas. Hoje, no entanto, é uma reunião muito diferente, Excelência. Muito, muito diferente. A última vez foi muito estressante. Mas o senhor instruiu o seu chefe de gabinete a garantir o meu acesso imediato quando voltasse. Foi muito presciente. Não sei que fé o senhor segue, mas deve ter sido uma intimação divina."

"Sente-se, por favor. Não esperava que voltasse tão cedo e em pessoa. Recebemos muitos desses alarmes falsos. Sorte sua ter meu CDG do seu lado. Tem sido um defensor muito consistente de seus empreendimentos."

"Ah, sim, Excelência. Voltei de Delhi tem só duas noites. Não imaginava que estava em uma situação de emergência. Então, vi as notícias nos jornais, hoje de manhã. A inauguração do conselho e, Sir Goddie, quase me engasguei no meu café. Vi a notícia sobre a construção de uma clínica no vilarejo de Gumchi, em homenagem ao filho falecido da nação, como parte de um festival que se aproximava. Senhor, assim que me recuperei, liguei para o seu chefe de gabinete. O senhor vai me perdoar, mas eu disse que era uma questão de vida ou morte — e o invoquei como estando em perigo de morte. Espero que o senhor me perdoe. Era fundamental que o senhor não mencionasse nada sobre o testamento em público."

"Eu já falei", disse Sir Goddie.

"Mas foi uma declaração oficial, senhor? Nos jornais, ela não veio diretamente do senhor."

"Quer tenha vindo ou não, sr...."

"Mukarjee, Sua Excelência. Mukarjee."

"Isso, independentemente de ter sido ou não, um testamento é sacrossanto. A menos, é claro, que seja declarado inválido pelos tribunais."

"Se me permite fazer um comentário, senhor, um testamento é a última vontade do falecido. Mas tem também a questão da vontade do povo."

Sir Goddie se reclinou, com um sorriso largo se espalhando no rosto e se transformando em uma risada.

"Sabe, dr. Murkajee, você não vai acreditar, mas eu sempre preguei que temos muito a aprender com a Índia, além das suas lições sobre pequenas indústrias caseiras. É verdade, a vontade testamentária é uma coisa, já a vontade pública — pela qual o Estado é responsável — é outra. Aqui, esta última é conhecida como Doutrina da Necessidade. Não somos estranhos a esse recurso, mesmo na história recente, lhe garanto!"

Sir Goddie se recostou e cruzou os dedos sobre a escrivaninha.

"Agora, presumo que esteja ansioso para me esclarecer por que podemos acabar invocando essa doutrina, certo?"

"Eu não estava enganado", respondeu o dr. Mukarjee, com alívio estampado no rosto. "Mas queria evitar aborrecimentos desnecessários. Sou indiano e acho que o senhor sabe que as nossas políticas são muito parecidas. Por isso, me senti em casa aqui desde minha primeira chegada, há quinze anos. Então, por favor, entenda por que entrei em pânico."

Sir Goddie tentou deixá-lo à vontade.

"Relaxe, meu bom compatriota indiano. Ainda não tinha chegado à inauguração formal da diretoria, portanto, felizmente, não há nenhum compromisso público. Nem mesmo tinha terminado meu discurso de boas-vindas. Vocês conhecem a mídia, ela adora especular. Esse é o trabalho deles, tentar dar um furo na concorrência. Sim, mencionamos que o testamento do engenheiro estaria em suas agendas, com suas disposições integradas ao Festival da Escolha do Povo. Há outros prêmios póstumos propostos, mas nada foi anunciado até o momento. As especulações são normais. Em todo caso, um governo é livre para reverter a si mesmo."

O indiano sorriu e acenou com a cabeça.

"É verdade, é verdade. Você deve perdoar meu nervosismo. Mas notei que, entre seu povo, tendem a aceitar os pronunciamentos do governo ao pé da letra. Depois, a mídia entra em cena."

Goddie deu uma risadinha.

"O público é o mesmo em todos os lugares. Assim como a humanidade. E daí? Bem-vindo de volta. Agora vamos às boas notícias que o meu CDG disse que você trouxe."

O dr. Mukarjee relaxou e ficou mais expansivo.

"A tradição, Excelência, é uma força poderosa. Louvo a tradição familiar na qual fui criado. Sim, Sir Goddie, como sugeri cuidadosamente em minha mensagem, o senhor está sentado sobre ouro."

Goddie ajustou melodramático sua postura sentada.

"Como pode ver, estou me acomodando em meu assento."

"Eu já tinha certeza, mas é claro que, como lhe disse mais uma vez, queria voltar para casa e fazer mais testes."

"Sinceramente, achei que você estava louco. Você foi para Zamfara e teve sorte de voltar com a pele, e ainda assim estava falando de ouro."

"Aquele governador me fez passar por um inferno. A minha equipe e esse humilde que vos fala. Quando ele nos convidou para prospectar, não disse que o banditismo religioso tinha algo a ver com isso. Entramos com os olhos fechados."

"Você saiu vivo, graças a Deus. Outros não saíram."

"E vim direto ao senhor para reclamar, Sir Goddie. Para fazer uma reclamação formal antes de falar com o nosso governo. Se a ideia é procurar seriamente por parceiros estrangeiros, essa não é a maneira de tratá-los. As pessoas devem sempre colocar as suas cartas na mesa, pois assim haverá confiança. Os negócios dependem da confiança." O Mordomo do Povo mostrou sinais de estar perdendo a paciência. O dr. Mukarjee piorou a situação apontando para a tigela de cristal. "Isso inclui o senhor, Excelência."

Agora, o nervosismo de Sir Goddie não admitia disfarces.

"Explique-se."

Mas o sorriso complacente do geólogo só aumentava.

"Antes de partir, enviei uma mensagem. O seu chefe de gabinete me garantiu que foi entregue. Mas não recebemos nenhuma resposta."

"Que tipo de resposta você esperava? Recebeu uma audiência. Você me deixou ainda tremendo com a experiência em Zamfara. Essa foi a última vez que esperei ouvir falar de você. Então, alguns dias depois, você solicita uma licença de prospecção em um lugar onde admite nunca ter estado. Nunca colocou os pés naquele solo. A pergunta era: o que descobriu de repente, lá da Índia?"

Parecia impossível, mas o sorriso de Mukarjee ficou ainda mais largo.

"Que mistério o mundo nos reserva, Excelência, que mistério. Que surpresas. Aqui estava eu, ainda grato por minha vida. Havia respondido a um chamado de um de seus governadores. Essa visita termina em nada além de perda e lamentação. Saio de Zamfara e vou para casa lamber minhas feridas. Felizmente, nossos parceiros nigerianos me incentivam a parar na vila e fazer uma reclamação formal. Faço isso. O senhor é um homem ocupado,

Sir Goddie, mas conseguiu me dispensar um ou dois minutos. Pediu desculpas e depois me mandou embora."

Sir Goddie tentou acalmar o geólogo, que evidentemente ainda estava sofrendo os efeitos do trauma.

"O senhor sabe que, como homem de negócios, a gente se dá mal de vez em quando."

Mukarjee balançou a cabeça vigorosamente em discordância.

"Não, Sir Goddie, isso não foi nada parecido com um fracasso. Deixe-me explicar, Excelência. Veja bem, há grandes famílias de ourives, artesãos sublimes por direito próprio, em toda a Índia. Em minha região, no entanto, que fica perto de Kerala, uma pequena cidade chamada Kochi, há algumas famílias que não são apenas ourives, mas também provadores treinados. Você sabe, como chá. Ou café. Até mesmo vinho ou álcool e licores. Observe que eu disse 'provar', e não testar. Estou falando de lugares onde a tradição é bater o ouro tão fino que é preciso muita sensibilidade dos dedos para pegar uma folha dele. Você precisa de uma pinça. E você tem que escolher o ouro certo para isso. Não é qualquer ouro que você pega. O tipo de ouro que você pode bater fino. Muito, muito fino. Mais fino do que um simples fio de aranha. Pense nas asas em pó de uma borboleta, nem mesmo a asa em si, mas o pó sobre ela, e depois imagine esse pó como uma única folha. É isso que fazemos. Nós batemos o ouro tão fino que você não consegue segurá-lo. O senhor está acompanhando, Sir Goddie?"

"Estou prestando toda a atenção."

"Eu tinha que lhe dar o contexto. Veja os casamentos. O que você normalmente vê são pulseiras, brincos, braceletes e colares de ouro etc., etc. Mas quando uma moça se casa, isso faz parte de sua festa de casamento. Essas quase intangíveis hóstias de ouro são colocadas sobre sua comida. O significado dessa guarnição é que, não importa o que mais aconteça com ela na vida, ela provou o ouro. Riquezas. A riqueza se tornou parte de seu corpo e espírito, e ninguém pode tirá-la dela. Ela come esse ouro em sua noite de núpcias."

Os olhos de Goddie se arregalaram.

"Comer... ouro? Isso é metálico!"

"Não quando nós o tornamos insubstancial. A sua refeição é coberta por essas hóstias. Sim, Excelência. E assim, para nós dessa linhagem de ourives, o nosso paladar é treinado desde a infância para saborear minúsculos flocos de ouro, às vezes só o pó. Pegamos os pequenos pedaços da superfície de trabalho — um material de cobertura muito especial — com a ponta da língua, pedaços minúsculos, quase invisíveis. É assim que crescemos detectando a presença de ouro em qualquer coisa. Senhor Goddie, a maior parte do mundo não sabe disso, mas o ouro tem um gosto, um sabor. Para aqueles de nós que são especialmente dotados, o ouro tem até um cheiro. Os verdadeiros magos do ouro podem sentir seu cheiro do outro lado da sala. Mas, na maioria das vezes, para o restante de nós com talento normal, só podemos sentir o gosto. Mas isso é suficiente para a nossa profissão."

Sir Goddie ficou fascinado.

"Sim, continue."

"Infelizmente, a minha visita anterior foi curta — um dia muito ocupado para o senhor. Mas o senhor foi muito compreensivo. Muito gentil. Ao sair, o senhor me ofereceu uma noz-de-cola da tigela em sua mesa — sim, essa mesma tigela. Vejo que o senhor ainda tem algumas." Uma risada envergonhada saiu de sua garganta. "Confesso que não compartilhei muito do seu gosto pelo revigoramento da noz-de-cola — acho que é um gosto adquirido. No entanto, ao retornar ao meu quarto de hotel, dei uma mordida..."

O corpo do Mordomo do Povo se ergueu.

"Você quer dizer...?"

"Isso mesmo — ouro, Sir Goddie. A sua noz-de-cola tinha gosto de ouro."

"Você não está falando sério!"

"Sim, estou. Acredito que seja o mesmo filão de formação geológica, com rupturas em alguma história sísmica há muito esquecida, do depósito de Zamfara. E aqui, Sir Goddie, a formação é mais superficial do que subterrânea. Isso explica a formação rochosa mais incomum que tem sido comentada com tanta frequência por todos os especialistas, incluindo o Discovery, na televisão. As colinas rochosas de Gumchi estão repletas de ouro. Aposto a reputação de minha família nisso."

O Mordomo do Povo se recostou. Respirou fundo.

"Salvo pelo gongo", disse. Virou uma página de seu discurso interrompido e esfaqueou uma seção dela com o dedo. "Leia isto!"

Mukarjee leu a seção indicada.

Quando o testamento do falecido engenheiro foi lido, a família descobriu que ele havia legado uma parte de sua riqueza para a construção de um centro de reabilitação modelo no vilarejo de seu amigo de longa data, não muito longe deste mesmo local. O governo do nosso grande partido, o Pompa, aproveita esta ocasião para se associar a esse legado e se comprometer a construir a clínica como sua primeira ação importante assim que retornar ao cargo. Ela se tornará um centro de reabilitação de classe mundial para as vítimas do Boko Haram e um centro de diagnóstico para outras vítimas de trauma. No final deste discurso, todos vocês testemunharão a minha assinatura formal do C.O., o Certificado de Ocupação, para esse amigo, dr. Kighare Menka, testemunhada pela representante da família, aqui presente entre nós.

O geólogo assobiou.

"Sir Goddie, essa foi por pouco mesmo."

Sir Goddie assentiu com a cabeça.

"Como o nosso bom pregador gosta de dizer, é realmente a mão de Deus. Não há nada de incomum em um governo que muda de ideia. Sempre poderíamos substituir por um lugar nas proximidades, mesmo aqui em Abuja, mas essa teria sido uma decisão difícil. Essa mídia pestilenta não iria desistir nunca. Quanto ao próprio beneficiário, o cirurgião — outra dor de cabeça!"

O sr. Mukarjee balançou a cabeça em sinal de satisfação e se levantou.

"Eu sei que é uma manhã agitada para o senhor, Excelência. Permita-me despedir-me."

"Com certeza, com certeza, sr. Mukarjee. É claro que você vai ter notícias minhas. Você é parte integrante disso — fique tranquilo."

"Excelência, eu me coloco totalmente em suas mãos."

"Você deu um início muito auspicioso ao festival deste ano."

O primeiro-ministro já havia apertado a campainha, e o Equivalente apareceu na hora certa para se despedir de seu visitante. Recostou-se pensativo, instintivamente pegou a tigela de revigorantes, tirou uma noz-de-cola, separou os lóbulos e enfiou distraidamente um pedaço na boca. Ao mordê-la, seu semblante mudou e todo o seu corpo foi galvanizado. Movendo-se rápido, aproximou a tigela de cristal com uma das mãos e abriu a gaveta da escrivaninha com a outra. Deixou de lado os caramelos, doces e outros biscoitos, pegou as nozes-de-cola restantes, uma a uma, e as colocou cuidadosamente na gaveta. Fechou a gaveta e retirou a chave, guardando-a no bolso do peito do *agbada*. Recompôs-se e apertou um botão. Pouco depois, o chefe de gabinete apareceu.

"Traga-me esse Certificado de Ocupação. Dê-me dez minutos e depois chame Teribogo para a sala de Comissão Executiva."

"Sim, Vossa Mordomia."

Quando a porta se fechou atrás dele, Sir Goddie mordeu selvagemente a noz-de-cola ainda alojada atrás dos dentes.

"Aquele maldito engenheiro! Ainda está criando problemas para mim do além-túmulo. Desta vez, porém... Vamos esperar para ver."

O Padre Davina entrou um pouco mais tarde, com seu habitual ar de recolhimento um pouco distorcido. Para a ocasião inaugural, estava vestido como convém a um sacerdote de Zoroastro, cujo aniversário do dia da revelação de si mesmo para a humanidade — pronunciado por Papa Davina como o Dia da Iluminação — fora calculado para aquela semana. As celebrações já tinham começado em seu professítio, conduzidas por seus assistentes de adoração, na longínqua Lagos e nas proximidades da confluência de Lokoja. Ele tinha organizado um pequeno culto de adoração em — dentre todos os lugares — Gumchi! A cerimônia divina da purificação das almas já estava em andamento em um Templo do Fogo improvisado, que seria aceso na hora marcada e na presença de ninguém menos que o chefe Modu Oromotaya. O chefe ficara encantado e perplexo com o convite, mas não totalmente surpreso. Não era fã de Davina e de seu ministério, considerava-o um charlatão e um hipócrita. Entretanto, o profissionalismo exigia profissionalismo, e ele não podia negar uma admiração secreta pelas habilidades e pelo talento mobilizador de Davina. A concessão de um dos prêmios Denovo já estava em andamento pelo astuto empresário — *faça alianças com seus concorrentes se não puder vencê-los*. O Mordomo do Povo fora indicado como convidado de honra, mas ainda não havia aceitado formalmente. Sir Goddie era um homem prático. A lista de eleitores em Gumchi, na última contagem, não passava de trinta e três mil. Mesmo na situação mais desesperadora, esse número dificilmente poderia ser aumentado para mais do que o dobro do número autêntico. Gumchi não tinha apenas uma população reduzida, mas era fisicamente circunscrita. Qualquer pessoa poderia subir em um daqueles montes de rocha e contar fisicamente a população se tivesse paciência suficiente para permanecer ali algumas horas após o amanhecer. Mais cedo ou mais tarde, toda a população viria à tona e, então, tudo o que restaria era levar em conta os acamados e os geriátricos e fazer a aritmética.

Ainda assim, a inovação do Festival do Fogo? Seria o prelúdio perfeito para a Festa da Escolha do Povo. Pitan-Payne Pai não estava muito errado em sua descrição do vilarejo, mas não sabia da notável saliência do penhasco logo abaixo da rocha mais alta, como se uma rocha tivesse mudado de ideia no meio da formação e se achatado em vez de se arredondar. Era praticamente invisível para os que estavam abaixo, pois seu posicionamento estava quase uniformemente coberto por nuvens. Como estava situado no lado leste, o sol se derramava sobre ele em sua primeira aparição. Gumchi era repleta de lendas de todo desproporcionais ao seu tamanho e à sua população, todas mantidas vivas entre os aldeões taciturnos, sobretudo quando se converteram em grande parte ao cristianismo. A plataforma já teve a fama de ser um local de culto que envolvia sacrifício humano, com a vítima presa ao centro da plataforma — e de que modo, na verdade, ninguém poderia dizer, já que a borda em si era lisa e polida, sem evidência de estacas cravadas nela, sem marcas de nenhum tipo, sem inscrições. No entanto, o parapeito não era uniformemente plano. No meio dela, quase matematicamente centrada, havia uma depressão larga, com cerca de seis metros de diâmetro, suavemente simétrica, como uma antena de televisão, mas embutida. Seu ponto mais profundo no centro não tinha mais de um metro e meio.

A lenda dizia que a vítima era colocada ali ao amanhecer e desaparecia ao pôr do sol, sugada, presumivelmente, por tubos solares invisíveis. O sacrifício da vítima era uma garantia de chuvas. No equivalente ao verão, surgiam evidências de que uma fogueira era acesa dentro da depressão, que obviamente fora construída pelo homem. No final da estação seca, era limpa em um ritual pelo sacerdócio para prepará-la para as chuvas. A água da chuva, coletada dentro da tigela, servia aos habitantes do vilarejo como água potável durante o ano seguinte. Eles faziam uma peregrinação pelas rochas, cada família reunia reverente água suficiente para beber — apenas para beber. Existia um riacho na base que fluía pela plantação de nozes-de-cola, cujo valor estava prestes a aumentar astronomicamente e colocar em risco o caráter da aldeia. Esse riacho servia para todos os outros fins: cozinhar, lavar, tomar banho, limpar etc. Mas a água da bacia de rocha elevada da plataforma era restrita para beber — nenhum outro propósito. Alegava-se que ela prevenia ou curava todo tipo de doença. Era um sacrilégio usar até mesmo uma gota dela para qualquer outra função.

Apesar da conversão cristã, o povo de Gumchi acreditava quase totalmente que a plataforma era uma morada das divindades e um local de encontro dos ancestrais. Eles desciam todos os anos dos céus para observar a sorte de seus descendentes e intervir em suas atividades e bem-estar. Era um local de reverência no qual nenhum estranho era permitido, pelo menos até a chegada dos missionários cristãos. Em Gumchi podiam coletar água somente em determinados dias do ano, quando se supunha que as divindades estivessem presentes. Alojavam-se na borda em seu caminho para a humanidade e depois partiam. Ao que parece, eram os que acendiam o fogo na cavidade a cada ano, faziam um banquete, desciam para o resto do mundo, inspecionavam, retornavam, escalavam, desfrutavam de um banquete final e depois eram sugados de volta para o céu nos transportadores originais, muito antes de *Jornada nas estrelas*.

Essa lenda se prestava à fácil conversão como a escada de Jacó original; assim, os missionários, para seu desgosto posterior, incentivaram seu domínio místico sobre o povo. Mesmo antes das inúmeras missões de reconhecimento do Papa Davina em busca de um lar permanente para o primeiro professítio do mundo, ele já tinha ouvido falar da lenda. Tinha conquistado os vales, os rios e suas confluências, os guetos e outras habitações marginais da humanidade. Mesmo quando estava instalado na confluência de rios em Lokoja, Papa Divina objetivava as colinas rochosas de Gumchi e suas nuvens envolventes como uma reserva espiritual, a elevação física da marcha Ekumenika de colonização divina. Agora, com a aproximação do festival, as exigências dos negócios o chamavam. As colinas Gumchi haviam adquirido um potencial polivalente.

Teribogo entrou na presença de Sir Goddie e se sentou. Ficou surpreso ao se deparar com um Mordomo do Povo sério, uma transformação dramática em relação ao ser avuncular que se dirigira aos novos membros do conselho na câmara executiva apenas meia hora antes. Sem dizer uma palavra, Sir Goddie empurrou os formulários em sua direção. Na primeira página do Certificado de Ocupação havia duas linhas diagonais grossas desenhadas em vermelho e a palavra RESCINDIDO.

Davina olhou para o Mordomo e perguntou:

"O que é isso?"

"Decidi que devemos obedecer aos termos do testamento", disse Sir Goddie. "É melhor assim. O mais limpo e seguro. Surgiram algumas complicações, e não é hora para controvérsias. O projeto não é seguro."

Teribogo balançou sua cabeça zoroástrica em descrença.

"Você está preocupado com a segurança? O pessoal da Julius Berger construiu uma plataforma de escalada em série de primeira classe, com estações de descanso. Foi tudo testado."

"Não estou falando de segurança física. E, de qualquer forma, nada impede sua procissão e seu serviço de purificação ou como quer que você o chame. Mas, a partir de agora, está tudo limitado ao seu Templo do Fogo. O festival começa com esse evento — nada mudou. Será como a chama olímpica — para lançar formalmente a semana de festividades. Uma novidade. Todos vocês devem estar orgulhosos. Acho que, embora seja a minha opinião, é uma modificação brilhante."

Teribogo também estava passando por uma transformação. Sua voz ficou dura.

"E o que acontece com a sede mundial da Ekumenika de Deus?"

"Já pensei nisso. Vamos encontrar outro lugar para a sua sede."

"Com uma elevação equivalente? Com as próprias nuvens dos céus tocando aquelas pedras arredondadas? Você pode sugerir um equivalente funcional dos arranha-céus de Gumchi — literalmente — das próprias pedras de Deus? Sir Goddie, esse foi um projeto assinado e selado em Lokoja. É Gumchi ou nada. Só a vista já representa nove décimos da capital espiritual!"

"Vejo que você está chocado. As exigências políticas têm sua maneira de interferir em planos bem-feitos. É assim que a vida é. Meu trabalho é permitir e administrar o inesperado. É só isso que está acontecendo."

"Imprimimos centenas de milhares de folhetos, investimos em pontos de venda auxiliares. Sir Goddie, o senhor e eu analisamos os estudos de viabilidade — esta é uma vaca leiteira, o auge do turismo espiritual. Há ativos derivados, infinidades que se estendem até o infinito. Você não pode deixar passar essa oportunidade."

O Mordomo do Povo deu de ombros.

"Não me culpe. Você matou um homem inocente. Que deixou um testamento. Já lhe disse várias vezes que não gosto dos seus métodos. Considero-os desagradáveis. Abomináveis. E perigosos. Colocam-me em perigo. Ameaçam minar tudo o que eu construí meticulosamente. Isso é diferente do bandido de Ikorodu, que teria acabado na forca de qualquer maneira. Várias vezes. Concordo que você poupou muita dor de cabeça à nação. Mas isso!"

"Ninguém queria matá-lo", protestou Teribogo calmamente. "Foi um acidente. A operação era só para destruir alguns itens perigosos no estúdio dele."

"Por causa de quê, Teribogo? Talvez seja hora de você confessar. Você continua escondendo coisas de mim — não gosto de surpresas. De agora em diante, nada mais de agenda oculta!"

Teribogo respirou fundo e olhou nervoso ao redor. Sir Goddie o tranquilizou.

"Este escritório é seguro. Eu mando vistoriar regularmente, todo dia de manhã. Você vai achar difícil acreditar na ironia, mas o homem que está no centro de todo esse problema — foi a empresa dele que criou o sistema."

"A Marca da Nação?"

Sir Goddie abriu um sorriso.

"Ela mesma. A empresa dele prestou consultoria para nós, lembra-se? Sobre a crise de energia. Bom, enquanto ele estava aqui, eu fiz com que nos apresentasse seus parceiros austríacos. Não usamos o pessoal daqui — de jeito nenhum! Mas ele facilitou o processo. Os especialistas vieram e montaram o sistema de bloqueio. Qualquer escuta e o sistema é acionado de forma desagradável." Ele apertou um botão no viva-voz, em sua mesa. Uma luz vermelha se acendeu e uma voz áspera respondeu.

"Sim, Mordomo do Povo?"

"Diga a Merutali que eles podem sair para almoçar quando quiserem. Peça a Shekere para cuidar desse item e para deixá-los bem confortáveis."

"Sim, M.P."

"E não quero ser incomodado até que eu dê o sinal."

"Muito bem, senhor."

Sir Goddie se levantou e se despiu de seu volumoso *agbada*, deixando apenas a túnica de mangas compridas, menos incômoda. Começou a alongar o pescoço e os ombros como um gladiador prestes a entrar em uma arena, retomou seu assento e posicionou-se de frente para Teribogo.

"Muito bem. Estou ouvindo."

Teribogo se levantou, começou a erguer o turbante, desenrolou o xale solto que estava enrolado em sua mandíbula e arrumou tudo cuidadosamente no canto da mesa do seu lado. Seu semblante mudou para um de alívio.

"Muito bem, Sir Goddie, aqui vamos nós."

"Esqueça o Sir. Estamos sozinhos. Apenas presuma que estamos na loja."

Teribogo deu de ombros.

"Vou incluir você na operação completa. Apenas lembre-se disso, estamos juntos nessa."

"Mas não todos juntos. Tenha isso em mente."

"Isso são sutilezas. Nós afundamos ou nadamos juntos."

"A esta altura, não preciso ser lembrado", respondeu o Mordomo do Povo. "São dois lados da mesma moeda. O seu é o lado espiritual, o meu é o político. O ponto de encontro são os negócios. Mas você tem a vantagem sobre mim, porque eu tenho um prazo determinado. Faltam apenas mais quatro anos — se vencermos, o que não é uma suposição, ou se meu nome não for Godfrey Danfere. Mas o seu tem a garantia de continuar e continuar e continuar e continuar. Nesse meio-tempo, seremos colocados para pastar enquanto você regula a sua aliança com o recém-chegado. Portanto, lembre-se disso, Teribogo. Isso significa que é provável que eu fique mais desesperado. Mas, neste momento, eu tenho o poder. Está entendido?"

Teribogo assentiu com a cabeça.

"É hora de colocarmos as nossas cartas na mesa, viradas para cima. Não devemos trabalhar com objetivos opostos — há muita coisa em jogo. Não é bom para os negócios."

"Esse é exatamente o tipo de som que gosto de ouvir."

"Muito bem, vou colocá-lo a par de tudo, começando na noite anterior à explosão. Eu recebi uma ligação na Ekumenika. Veio de um número conhecido por umas dez pessoas. Ele só é usado em casos extremos — a nossa regra fundamental, como sempre digo, é que mantemos a carne longe do reino do espírito. Dessa forma, cada um está protegido contra qualquer fraqueza do outro. Assim, receber uma ligação naquele número só poderia pressagiar algo próximo de uma catástrofe.

"A voz era a de um jovem assustado que eu havia recrutado pessoalmente e treinado para o trabalho. Tudo o que ele disse foi: 'Medina caiu'."

23. Duelo de titãs

Após o fim dos dias de estudante, seguidos pelas inevitáveis dispersões, o antigo Gongo dos Quatro manteve contato entre si, pelo menos no início. Farodion foi o primeiro a desaparecer. Sempre fora o mais distante do grupo — um distintivo que carregava com orgulho, muitas vezes se gabando de que seria o mais distante mesmo em um grupo de dois. Exceto com o sexo feminino, do qual nunca lhe faltava companhia, mas mesmo nesses relacionamentos ele continuava sendo o distante, e, portanto, o vínculo nunca se enraizava ou durava muito. O que tinha o temperamento mais parecido era Badetona, mas sua indiferença estava em uma categoria diferente: os números eram os seus únicos amigos e amantes verdadeiros. Tinha pouco tempo para qualquer outra coisa. Todos reconheciam que Duyole era o centro gregário, a jazida de ideias que podiam ser compartilhadas, e não acumuladas. Não é de admirar que todos gravitassem em torno desse centro, mas é claro que seu vínculo com Kighare era especial. Quando o então estudante de engenharia se delineou como um pai, a turma se uniu — *Quatro por um, um por quatro, vamos lá!* Eles compartilhavam as tarefas e as consequências, do mundano ao sensível, como, por exemplo, quem iria notificar o Pai Eterno de que ele iria se tornar Avô Eterno, por bem ou por mal. Aceitou extremamente "bem" — um austríaco? Um austríaco completo respirando e se reproduzindo na família? Sempre soube que a classe chamava a classe, pedigree chamava pedigree. Mal podia esperar para visitar seus recém-adquiridos sogros e nunca entendeu por que um convite nunca chegava pelo correio ou era transmitido por seu filho. Enviava chocolates; que eram respondidos com uma aguardente chamada Korn. Mas não passava disso.

Tiveram tarefas menores, como a busca por um imigrante versado na tradição iorubá. Duyole desejava desesperadamente um imigrante para a cerimônia de nomeação, de preferência um que soubesse onde encontrar os itens sagrados — óleo de palma, noz-de-cola, *orogbo*, sândalo africano etc. — para a indução do recém-chegado. No final, eles improvisaram. Um aluno recitou a liturgia de uma tese de doutorado em antropologia que continha o odu da adivinhação de Ifá. E eles encontraram na embaixada em Viena um funcionário disposto que cozinhava comida nigeriana, de modo que um autêntico banquete nigeriano deu início à vinda do recém-nascido ao mundo. Cada um, à sua maneira, garantiu que a mãe se sentisse parte da família de quatro pessoas. Eles acompanhavam Duyole quando ele levava a criança a parques, andavam de burro juntos, apareciam em casa para levá-lo a um circo que estava passando pela cidade ou simplesmente doavam tardes inteiras para passear. O divórcio veio em pouco tempo. A mãe da criança se casou novamente logo depois. Para eles, isso apenas impôs um encargo adicional — garantir que o jovem não se sentisse isolado ou indesejado no novo lar. Monitoraram enquanto ele crescia, observaram o início da formação de seu caráter, sobretudo a forma como encarava a sua situação pessoal.

Talvez fosse de esperar — o jovem Damien logo começou a culpar o abandono paterno por sua indiferença até mesmo em relação a um modesto desempenho nos estudos. Isso os alarmou. Duyole manteve contato com a ex-mulher até onde a nova situação dela permitia. A educação era primordial para ele; garantiu o conforto financeiro do jovem, até o ponto da indulgência compensatória, durante toda a escola e até a universidade, até que Damien optou por se formar como um desistente confirmado. Ao crescer, o jovem herdeiro mostrou sinais de que esperava ser mantido no estilo ao qual achava que o pai estava acostumado.

O pai ficou desiludido. Estava lidando com um parasita adulto que, apesar de já ser casado e pai de dois filhos em rápida sucessão, ainda esperava ser subsidiado pelo resto da vida. O engenheiro o descartou. O autodenominado coletivo paterno foi se afastando progressivamente, mas não de todo. Um deles continuou a estudá-lo, a acompanhar suas notícias, até que o próprio desapareceu de vista — era Farodion. Ele estudava a todos, inclusive a si mesmo, mas não com precisão. Como os outros, identificou um caráter fraco, facilmente manipulável. Mantinha contato com ele e até mesmo o socorreu uma ou duas vezes, quando recebeu um bilhete seu em uma situação difícil — uma zona inconstante que era também o segundo lar do guru do marketing em ascensão e homem de muitos papéis. Foi o tio Farodion que provocou a delicada intervenção de Menka que acabou levando o seu pai a entrar em contato com ele. Damien recebeu um convite aberto para experimentar a casa paterna como uma moradia alternativa e a chance de uma carreira estável. Assim, o filho pródigo voltou para casa com esposa e filhos. Além da nuvem de hostilidade incessante e maldisfarçada da tia do marido, Selina, e de sua pouca proficiência em inglês, foi um choque cultural em todas as frentes. Ela logo abandonou um ambiente inclemente e voltou para a sua carreira de sucesso em Graz, uma parte da Áustria onde se fala italiano. Damien ficou para trás e a visitava de vez em quando, levando a família para casa no Natal e no Ano-Novo.

O ambiente agradável da empresa do pai, no entanto, não estava isento de uma forte dose de ressentimento. O jovem herdeiro presumia que havia sido trazido de volta para ser o herdeiro aparente, como o filho mais velho e, de fato, único. Foi difícil se adaptar ao senso de ética profissional de Duyole. O engenheiro o obrigava a começar de baixo, como todo novo funcionário. Damien se irritava com o fato de receber ordens e consultas formais de seus superiores. Olhou em volta e resolveu se aventurar por conta própria. Misturou-se com a comunidade de expatriados e logo se sentiu totalmente à vontade na vida local. Seu recrutamento por caçadores de talentos para qualquer empresa de alto nível era limitado apenas por sua própria escolha — o jovem Damien Pitan-Payne era muito procurado.

O engenheiro Duyole tinha uma mente tenaz. Continuou a se preocupar com o código — não importava sua concessão de que o código estava além de suas habilidades; nada estava mais longe da verdade. O código atormentava sua mente, tornando-se um desafio. Ser um demônio da eletrônica e da microengenharia não bastava. Um de seus hobbies eram as palavras cruzadas. Quando estudante, também foi campeão de Scrabble nos dois idiomas em que atuava, alemão e inglês. Mesmo enquanto seus dedos brincavam com uma fiação sensível em uma placa modular, sua mente estava ocupada com acrônimos e jogos de palavras. “Marca da Terra” era uma criação sua, assim como “Gongo dos Quatro”, para não falar das pequenas cantigas de almoço ou de jantar, como *pinças e torque*, *pinças e torque*, e a poética de Muhammad Ali. E assim, por duas ou três noites após a visita, um pequeno grupo de letras que decifrara das páginas carbonizadas continuava a fazer malabarismos e a se reformular em sua cabeça, transformando-se uma na outra. Por fim, algo coerente se fixou. Tranquilamente, comentou sobre a coincidência com a esposa, Bisoye — era algo que ele fazia o tempo todo, lançando ideias e gestos. Continuou a brincar com a palavra na cabeça. A palavra era “median”. Deixe de molho, aconselhou Bisoye. Um dia vai fazer sentido.

Bem cedo na manhã seguinte, Duyole despertou e sentou na cama, com os olhos arregalados. Levantou-se, desceu até o estúdio e foi direto para as prateleiras onde ficavam os pesados tomos das bíblias dos fabricantes. Pegou uma e correu para a sua mesa. Duyole parecia um possuído. Juntou os pedaços de papel nos quais tinha rabiscado combinações de palavras e imagens associadas. Retomou — dessa vez com os dedos trabalhando freneticamente — os arranjos de restos de palavras em grandes colunas cruzadas verticais, horizontais, temáticas e aleatórias. Abriu seu gordo volume de um livro alemão de receitas técnicas chamado *Medina*, havia muito esquecido, e começou a reorganizar as letras de forma mais metódica no quadro magnético que desenterrara de suas prateleiras de tralhas desde que tomou posse do caderno queimado…

Median: fronteiras — separação e conexão. *Medina* era uma invenção alemã. Duyole levantou as páginas pesadas. A descrição resumia a sua lembrança: “pré e pós-processador… análise de elementos…”. As pistas voaram e o atingiram na cara! E o assustaram. O engenheiro calculou a probabilidade de algum fabricante local estar de posse de um livro que ele adquirira quando estudante mais de trinta anos antes, uma cópia de sua primeira tiragem — não à venda —, quando a Daimler-Benz patenteou o sistema. Mais uma vez, seu cérebro tentou calcular a probabilidade de qualquer outra empresa possuir aquela edição pioneira. Ao virar as páginas fortemente laminadas com bandeiras multicoloridas, começou a encontrar trechos sublinhados, anotações, círculos desenhados em torno de diagramas e fotos de peças automotivas e aeroespaciais. Parou em uma anotação na margem: CS, seguido de um número; certamente, uma referência de página.

"Se CS não significa *Codex Seraphinianus*, então eu não me chamo Aduyole Pitan-Payne!", murmurou ele. Tanto *Medina* quanto *Median* — e não precisava fazer o menor esforço para ver aquilo — eram acrônimos de um mesmo nome: Damien! Juntos, os dois volumes continham o código, fácil de acessar por meio de referências cruzadas, simplesmente combinando as imagens do *Codex* com as peças mecânicas sobressalentes. Era criativo, sofisticado — mas também egocêntrico.

Agora, com muito mais calma e em posse de todas as suas faculdades, Duyole se sentou e se esforçou para se lembrar. Começou com uma série de ausências incomuns, pessoas estranhas que ligavam para Damien, pacotes que chegavam e desapareciam por meio de serviços especiais de entrega. Certa vez, o jovem solicitou um escritório diferente de sua alocação original — e isso foi pouco depois de entrar para a Marca da Terra. Como filho da casa, ele foi tranquilamente acomodado — de qualquer forma, não havia nada de incomum em um jovem expatriado que exigisse seu próprio espaço isolado. Ele optou por um depósito fora de uso com janelas protegidas por grades fortes, supostamente adequado às exigências de sua tarefa especializada. Afinal de contas, fora trazido de volta a Badagry por causa de um avanço altamente confidencial com parceiros estrangeiros, uma descoberta que já era alvo de espionagem tecnológica por parte de empresas rivais, desde potências ocidentais até a Coreia do Norte — quem iria discutir com isso?

As atividades de Damien se intensificaram visivelmente durante o período prolongado de Duyole em Abuja, onde o chefe estava totalmente preocupado com sua missão no governo. Damien estabeleceu uma aura de operação secreta que não tolerava intrusos. O espaço estava restrito a todos, abrindo-se gradualmente para tolerar alguns poucos selecionados, que, por sua vez, assumiram o ar de uma cabala privilegiada e de elite. O chefe permanecia felizmente distraído com o desafio da produção de energia. Suas únicas ordens foram: o novo recruta deveria ser tratado como um membro da equipe executiva júnior. Nos poucos intervalos que o engenheiro fazia para reocupar Badagry o encontravam em seu escritório na cobertura, tomando decisões críticas para a Marca da Terra. O aumento drástico no tráfego de pacotes — entregues e redirecionados — estava fora de seu radar. No entanto, não deixou de observar o aumento dos sinais de riqueza ostensiva — um SUV Mazda novinho em folha, com certeza além das posses e dos ganhos de Damien. O filho explicou que era um presente de aniversário de trinta e cinco anos da esposa, em Graz. O pai preferiu não interferir. Havia as noites na cidade, na companhia de filhos de bilionários, os cruzeiros e as festas de fim de semana em iates particulares; apenas as alturas sociais mais incomuns eram aceitáveis para o exigente jovem executivo. Mas, acima de tudo, havia a facilidade e a rapidez com que o recém-chegado se infiltrara na nata da sociedade. Era como se ele tivesse chegado com uma chave mestra antecipada que abria todas as portas, ou com uma acompanhante socialite dedicada a esse exato propósito, acima de qualquer coisa que a família Pitan-Payne já tivesse conhecido... Duyole fitou o implacável livro de acusações: as Millennium Towers como o epicentro das transações do *Codex*! Um mercado de carne luxuoso para uma clientela em constante expansão.

Faltavam apenas cinco dias para sua partida, e o engenheiro passava cada vez mais tempo em seu estúdio, transcrevendo febrilmente. O que encontrou foi nada menos que uma lista de nomes e designações do infame santuário de Okija, no estado de Anambra, no leste da Nigéria, uma saga que transfixou a nação com sua exposição necrófila cerca de dez a vinte anos antes. O aspecto mais fascinante do culto de Okija era que seus membros eram obrigados, por meio de juramentos temíveis, a doar seus restos mortais ao santuário. Era um compromisso inquebrável, ao que parecia, tão irrevogável quanto os juramentos administrados às prostitutas recrutadas, sobretudo de um estado irmão, Edo. Depois disso, os recrutas, em sua maioria jovens e vulneráveis, comprometiam-se a atender às necessidades exóticas da Europa e de outros destinos. Os juramentos eram tão convincentes que as moças, uma vez presas no comércio, temiam não apenas por suas vidas e sanidade, mas também pelas de suas famílias, caso pensassem em romper seus termos de serviço. Foi necessário que o também reverenciado governante tradicional, o obá do Benin, desafiasse o Estado de escravidão. O obá realizou um ritual de exorcismo público em massa, no qual tentou libertar as meninas de seus juramentos e, em seguida, colocou seus "gerentes" e madames sob uma maldição complementar.

A característica macabra do santuário de Okija era que os cadáveres nunca eram enterrados, mas condenados a ficar expostos ao ar livre, alguns em seus caixões — a classe alta, talvez? —, mas ainda assim expostos até apodrecerem, dessecarem e depois... o quê? Em troca, os membros pediam o que mais desejavam: riqueza, filhos, fama, poder, posição, prêmio na loteria americana, mulheres ou o que quer que fosse. A lista de chamada, segundo se dizia, incluía um ou dois ex-chefes de Estado. Não se tratava de crendice, fanatismo, nem jogo de búzios, mas de uma empresa sofisticada e burocratizada, tão metódica quanto o serviço de venda de chocolates Lindtz do *Otunba*. Ela mantinha registros, livros meticulosos de pagamentos e taxas, nomes e endereços com assinaturas e impressões digitais. A carapaça de sigilo foi rompida, no entanto, quando o cargo de governador de Anambra entrou em disputa — não antes ou durante as eleições, mas depois, com um vencedor declarado. O candidato bem-sucedido foi sequestrado, detido e trancado em um banheiro até que cumprisse as condições impostas pelo culto Okija para assumir as rédeas do governo.

O tecnocrata sem sorte foi salvo por um sargento da polícia solidário que se tornou carcereiro e que viu seu juramento de posse ser bombardeado pelo intolerável clamor da consciência. Ele ajudou na fuga do governador. No interesse de sua própria segurança, o ameaçado ocupante do cargo soltou um grito que foi ouvido nos Urais, fugiu para a proteção de uma força contrária do reino espiritual — sua igreja —, se desvencilhou e se submeteu a ritos de purificação. O chefe de polícia, para quem parecia ser apenas uma convocação de rotina — havia uma clara quebra na cadeia de comunicação —, invadiu o domínio e espalhou seu conteúdo sagrado mais do que o rei Penteu fizera com as penas de corvo e outros apetrechos sagrados dos santuários de Tirésias nas Bacantes.

Para seu desgosto, o sr. C de P se viu chamado à ordem por autoridades além de sua compreensão. Tarde demais, o inocente saqueador revelou publicamente que tomara posse do registro de membros da Okija e que a nação seria abalada por sua lista de membros. Depois disso, a nação foi abandonada em um casulo de silêncio. O chefe de polícia, que também não era nenhum inocente delirante, mais tarde se viu pendurado na corda da acusação — bilhões haviam entrado em suas contas pessoais, que eram muitas. As contas, nunca tocadas por ele, eram administradas por signatários fantasmagóricos, servindo como canais para outras contas misteriosas, que se esvaziavam como riachos em canais secos de campos de irrigação insaciáveis. Ele foi indiciado, condenado e sentenciado a um período de prisão irrisório. Para completar, também foi imposta uma multa que mal dava para cobrir o custo de uma cabaça de vinho de palma velho.

Essa história, há muito esquecida, acelerou o domínio de Duyole sobre a criptografia. À medida que decodificava nome após nome, lugar após lugar, soma após soma, item após item, tudo ficava óbvio; o manifesto pioneiro de Recursos Humanos simplesmente entrou na era ultramoderna das planilhas eletrônicas. Poderia ler o resto com os olhos vendados e como um sonâmbulo.

Na casa dos Pitan-Payne, onde Damien fazia as vezes de vigia das ações inimigas vindas de qualquer direção, não foi difícil descobrir a hora em que o engenheiro decifrou o código, quase o minuto exato. Apenas doze horas depois, enquanto se debruçava sobre a tela de transcrições de seu trabalho triunfante, o teto pareceu se elevar e depois descer em movimentos quase simultâneos. O barulho amorteceu seus tímpanos e extinguiu sua consciência. O som acordou a todos, exceto Damien. Ele permanecera bem acordado desde que telefonara para o apóstolo da Ekumenika, Teribogo.

"Ele me ligou tarde da noite, no dia anterior à explosão", admitiu Teribogo. "'Medina caiu' foi tudo o que ele disse."

"Ele ligou para você? Por que para você?"

"E para quem mais, Goddie? Eu cuidava dele. Ele respondia direto a mim. Era muito eficiente no mais seguro e respeitável dos esconderijos. Como se tivesse encontrado sua verdadeira vocação. O jovem Damien realmente era excelente nisso. Ninguém jamais suspeitaria que as prestigiosas Millenium Towers fossem o centro dos... Recursos Humanos."

"Presumo, então, que Damien sabia tudo sobre o código."

"Se sabia? Foi ele que o criou para a empresa. Era a sua principal tarefa. Mas a vaidade! Vaidade e mais vaidade, tudo é vaidade. A fraqueza do homem desde a criação. Essa foi definitivamente uma característica que não herdou do pai. O tolo usou o seu próprio nome como base da criptografia — uma construção de três camadas. Uma vez que você descobre uma... Isso eu tenho de admitir a favor do pai — ele nunca teria feito uma coisa dessas. Teria procurado algo longe de sua própria pessoa. Então, o que eu deveria fazer?

Toda a operação estava comprometida. Tínhamos que dar um jeito naquele estúdio, nem que fosse para ganhar tempo."

"Igual a Hilltop Mansion?"

Teribogo deu um sorriso discreto.

"Nunca tivemos a pretensão de ser originais, Sir Goddie. Quantos prédios do governo pegaram fogo no meio de uma auditoria? Nós apenas seguimos a tradição."

"Tente não desviar a atenção do presente, Vossa Eminência."

"Não estou tentando. Nem um pouco. É simplesmente caridoso dar crédito onde o crédito é devido." Levantou-se e olhou em volta. "Já que parece que vamos perder o almoço, pelo menos..."

Goddie fez um gesto por cima do ombro para a parte de trás.

"Sirva-se à vontade."

"Obrigado."

O armário de bebidas, uma importação ornamentada e cintilante, estava coberto por uma cortina leve. Teribogo abriu a cortina, apertou um botão e as portas se abriram suavemente, com um coro de crianças aprisionado dentro dele cantando "Jingle Bells". Ele levantou um decantador pesado, tirou um copo e serviu-se de uma dose generosa, jogou metade na garganta e voltou para a mesa.

"Mas é isso mesmo. Igual a Hilltop Mansion. Com uma evacuação tão delicada, tinha que haver uma distração. Você acha que íamos arriscar outro Okija? Kighare Menka foi um erro. Por que um cirurgião deveria se importar com partes do corpo, desde que não fossem criadas de propósito? E ele tinha um histórico — aquele trabalho de amputação do vendedor de *kilishi*. Seria de esperar que isso eliminasse qualquer dúvida moralista. Mas veja como ele reagiu! Podia ter dito um simples não. Mas não aquele cruzado da aldeia. Se lançou em um caminho de guerra contra nós. Lamento dizer isso, mas, às vezes, não se pode confiar que até mesmo a humanidade mais bem-sucedida se comporte de forma racional!"

Sir Goddie jogou a cabeça para trás e se entregou a um rugido prolongado. "Gostei dessa, Teri. Na verdade, você se torna quase humano quando diz coisas assim. Tem tanta honestidade na sua decepção que chega a ser revigorante. Quase me faz sentir um hipócrita."

"Ria o quanto quiser, Goddie, mas foi uma operação muito complexa. Evacuar, realocar tudo em uma noite..."

"Para não falar de incinerar um antigo marco histórico..."

"Era um anacronismo. Lixo descartável. Quem sente falta daquilo, tirando alguns *touranchi* negros? E foi conveniente. Todos culpam os infiltrados do Boko Haram."

Seguiu-se um longo período de silêncio. Ambos os homens pareciam perdidos em seus próprios pensamentos. Esses pensamentos consistiam principalmente em avaliar um ao outro, mas sem um confronto real, apenas olhando para o espaço, para as perspectivas de poder, recompensas, dominação e intrigas. Por fim, foi Teribogo quem quebrou o silêncio.

"Temos que sair das Millenium Towers."

"Temos mesmo?", perguntou Goddie. "Ainda é seguro o suficiente. O seu *Median* ainda está lá — é muito eficiente. Está em uma posição de influência. Por que mudar de novo? Deixe como está."

De volta à escrivaninha, Teribogo pousou seu copo, colocou as duas mãos sobre a superfície e se postou diante do Mordomo do Povo.

"Meu bom amigo Goddie, você conhece a família? O irmão? Conhece a irmã, mas de verdade? Até o nosso companheiro de loja, o *Otunba*? Ele dorme com uma cópia do testamento. É capaz citar as suas determinações palavra por palavra!"

"Testamento é um negócio complicado. Você já pensou em transferir tudo para sua própria paróquia — Oke Konran? A religião é a camuflagem perfeita para não importa o que aconteça."

Teribogo ergueu a mão.

"Por favor, Deus, já passamos por tudo isso. Dai a César o que é de César."

"Não é um pouco tarde para escrúpulos?"

"Quem falou alguma coisa de escrúpulos? Estamos falando de segurança. Você não pode lidar com a carne e atender à alma — não no mesmo espaço. Os dois não se misturam. Chame-me de supersticioso se quiser, mas olhe para Zamfara. Ouro e fanatismo — é uma mistura tóxica. O Deus zeloso não vai tolerar isso. Dê uma olhada nos nossos parceiros em Yantulah. Eles recebem os dividendos na hora, mas não, se recusam a nos ceder espaço de armazenamento nos minaretes deles."

"Então, o que dizer de Zoroastro?"

"Um belo disfarce. Quem já ouviu falar do vidente? Vai servir como motivo do festival e depois permanecer como uma fachada. Quantos convertidos você acha que ele vai angariar? Daria para contar nos dedos de uma só mão. Mas o templo dele — que instalação!"

"Talvez Lokoja..."

"Impraticável. Não é seguro. É muito aberto, igual a Oke Konran. No alto da colina, é impossível. Subir e descer aquele setor rançoso — vamos fazer o quê, usar burros? Por outro lado, Gumchi é perfeito. Tão seguro quanto as Millennium Towers e tão imune a suspeitas. Ninguém jamais iria imaginar Gumchi como um depósito. É contido, praticamente um enclave independente. Vai precisar só de um destacamento pequeno das forças especiais para fazer o policiamento. Escute, Goddie, Gumchi está no meu radar há anos, e não só para o ministério. É, eu já pensei que servia como locação de filmes — os vilões caindo das alturas, gritando ao mergulhar no inferno. Você devia visitar. Eu gostei do que vi. Uma única visita e fui fisgado — mentalmente."

Goddie não estava sorrindo.

"Pois pode ir soltando o anzol. O testamento do homem assassinado eliminou a possibilidade, graças a ninguém menos que o senhor, Sua Eminência Zoroástrica. E o seu tenaz cirurgião não me parece ser do tipo que desiste da sua visão."

Teribogo estava perdendo a paciência.

"Vamos lá, Goddie. Já lidamos com questões muito mais complicadas do que essa antes. E tornamos tudo mais fácil para você. Ele vai ficar tão ocupado que não vai se lembrar do projeto de estimação."

"Como vocês fazem isso?"

"De várias maneiras. Para começar, ele é um suspeito óbvio de assassinato. Um dos primeiros suspeitos. Não acredito no motivo *Otunba* — inveja. Fraco. Ou nos boatos sombrios da irmã, de que ele tinha um caso com a esposa dele."

"O quê?"

"Você não ficou sabendo? Devia prestar mais atenção. Como nós."

"Gostaria de ter sabido disso. Nunca a teria deixado ficar por perto."

"É aí que somos diferentes. Ela é o tipo perfeito para representar a família no Denovo. Mas o motivo não é importante. Ele tinha todos os meios. Teve a oportunidade. É muito simples. Quem trouxe o *kilishi*?"

Sir Goddie parecia perdido.

"*Kilishi*? O que o *kilishi* tem a ver com isso?"

Foi a vez de Teribogo fingir incredulidade. Ele retomou seu assento.

"Você não viu o relatório da polícia? Seria de imaginar que o chefe se reportaria primeiro a você. Você não sabe como a bomba foi disfarçada?"

"Não. Tento não intervir sempre que posso. E esse é um caso de grande visibilidade, com a comunidade internacional rondando como falcões. Deixo que a polícia faça seu trabalho e depois me informe. A investigação ainda está em andamento."

"É claro que está em andamento. Mas o relatório está pronto. Esse é o procedimento — sem dúvida você sabe disso, Goddie. Quer ligar para o seu chefe de polícia?"

Goddie suspirou.

"Não, não, só me diga o que você sabe. O que estiver no relatório."

"É simples. Kighare Menka visitou o local na companhia de dois homens — um estrangeiro e outro aposentado chamado Alhaji Baftau, conhecido como o Velho do Deserto. E eles trouxeram um pacote de *kilishi*, um presente para o seu amigo, o honrado cirurgião. Pelo menos, era o que se dizia ser. O cirurgião o transferiu para Duyole e o pacote ficou no estúdio. Na hora marcada, foi detonado — por controle remoto, é óbvio. Na verdade, havia dois pacotes. O esquadrão antibombas encontrou o primeiro *kilishi* no estúdio, intacto. Bastante inofensivo. Mas o que foi trazido pelo dr. Menka — esse era o pacote letal."

Goddie olhou para seu informante, maravilhado. Murmurou:

"Eu deveria ser o primeiro-ministro."

"E é, sr. Primeiro-Ministro, mas o senhor não pode supervisionar tudo. Nós existimos para facilitar o seu trabalho. Se o senhor se limitar a governar, nós cuidaremos do resto — inclusive da sua reeleição. Meu amigo, como você observou, você só está aqui por… oito anos, no máximo? Nós estamos aqui para sempre. Essa é a realidade. Temos mais em jogo do que você. Quando protegemos você, nós nos protegemos."

Sir Goddie assentiu gravemente com a cabeça. Continuou a estudar o sacerdote de Zoroastro — pelo menos durante o festival Denovo.

Teribogo se inclinou para frente.

"É claro que tem também a teoria alternativa. Quer ouvir?"

"Estou curioso."

"Vamos voltar um pouco. Lembre-se, eu estava aqui, bem perto, esperando, quando o nosso falecido engenheiro lhe fez uma visita de cortesia."

"E?"

"Você saiu com ele. Aquele sujeito, um dos seus assessores — nós o chamamos de Cérebro de Potência —, ele devia acompanhar o engenheiro na saída com um pacote de bem-estar."

"Aham? Eu me lembro. O tolo não estava com o pacote pronto na hora de Pitan sair."

"É isso mesmo. E você ordenou que ele pegasse o endereço do homem em Badagry e mandasse entregar o pacote na casa dele. Não foi?"

Goddie sentou-se ereto e, incrédulo, fitou o orador, com os pensamentos se agitando instantaneamente. Ficou sem palavras.

Os lábios de Teribogo se franziram de satisfação.

"Que bom que você enxergou a possibilidade. Nada precisa ser provado. Mas é época de eleição. O festival Denovo está chegando. Qualquer especulação banal é capaz de influenciar o eleitorado."

O Mordomo do Povo não mexeu nem uma pálpebra por um tempo. Então, de forma abrupta, seu comportamento mudou. Ele pegou a chave da gaveta de sua escrivaninha, abriu e tirou uma noz-de-cola. Pesou-a em sua mão, jogou-a a alguns centímetros de altura e a pegou. Deixou-a girar em sua mão, então a pousou na escrivaninha. Em seguida, levantou-se, pegou seu *agbada* descartado do suporte, enfiou a cabeça pela abertura e o colocou sobre os ombros, arrumando as mangas com cuidado.

"Vamos nos juntar aos outros? Não queremos que eles pensem que estamos preparando uma agenda separada. Eu o detive aqui por tempo demais."

Teribogo não se mexeu.

"E a procissão? Ainda vai acontecer?"

Goddie sorriu largo.

"Eu mesmo vou participar. Todos os líderes do partido vão estar lá. E os ministros. Vamos estar todos reunidos para acender a tocha olímpica zoroástrica. Existem surpresas das quais você não sabe. O nosso amigo Benzy realmente caprichou nesta edição — vai ser uma edição para o livro dos recordes. Ele mesmo vai lhe informar. Eu vou lhe dar uma prévia: eles estão importando praticantes de rapel da Suíça. Um deles vai acender a tocha do seu Templo do Fogo e um revezamento vai levá-la pela superfície da rocha. Em seguida, vai começar o revezamento em terra até o Estádio Nacional de Abuja, para acender a chama eterna do Denovo. Você vai ter o seu dia no Denovo, mas sabe de uma coisa?"

"O quê?"

"Tente Lokoja. Ou qualquer outro lugar. Mas nem mais uma palavra sobre a mudança para Gumchi."

"Você vai cumprir os termos desse testamento?"

"Digamos apenas, Teri, que o interesse do partido Pompa coincide com o respeito às disposições do testamento de Pitan-Payne." E Goddie pegou a noz-de-cola que estava sobre a escrivaninha. "Devo lembrá-lo de que Gumchi é o lar da pequena fazenda onde essa noz-de-cola foi plantada."

Teribogo levantou as mãos em sinal de desgosto.

"Pelo amor de Deus, o que tem de tão especial nessa maldita noz-de-cola? Eu já provei. Você vai sacrificar todo esse investimento por um mero sabor de noz-de-cola? Os Recursos Humanos precisam ser realocados!"

"É, Teribogo. Sabe, você pode se gabar de ter até mesmo o meu chefe de polícia sob seu feitiço, ou no seu bolso, ou as duas coisas, mas nem mesmo você sabe tudo sobre esse estimulante."

"O que tem para saber sobre noz-de-cola?"

"Tudo." Ele cravou a unha na fissura da noz, separou os lóbulos e colocou um pedaço na mão de Teribogo. "Experimente este pedaço. Ela vem direto daquela reserva especial. Aqui, nós a chamamos de vagem do primeiro-ministro."

Um Teribogo perplexo olhou para cima e se levantou lentamente, com os olhos fixos no rosto de Sir Goddie.

"Você está escondendo algo de mim, não está?"

O primeiro-ministro deu de ombros.

"Não fizemos nenhum pacto de revelação mútua. E o senhor? Tem certeza de que não está escondendo nada de mim?"

Teribogo o olhou fixamente.

"Tudo bem. Vamos embora." Seguiu Goddie em direção à porta.

Goddie parou, olhou-o de cima a baixo e depois apontou para a mesa.

"Não se esqueça do seu traje."

Teribogo se esforçou para recuperar a compostura. Virou-se para trás, totalmente concentrado ajeitou o turbante e enrolou e enfiou o laço sob o queixo, para prender na orelha. Goddie permaneceu junto da porta, com a mão na maçaneta.

Enquanto se arrumava, Teribogo, em seu registro de aconselhamento mais prático, disse:

"Ah, espero que não se oponha se a polícia deportar o jovem Damien."

"Com base em quê? Não tenho objeções, estou só curioso."

"A polícia vai decidir isso. Eu lhe disse que existem vários roteiros possíveis, então... o roteiro de Damien. Ele poderia ter instalado e/ou detonado a bomba. Hora, local, motivos — tudo se encaixa. Qualifica-o como principal suspeito. Quando for confrontado com isso, vai se calar."

"E com toda razão. O jovem agora é um risco para todos, inclusive para ele mesmo."

"Sem dúvida. Sua presença contínua aqui é uma bomba-relógio — bom, uma expressão apropriada. Quanto mais cedo, melhor. Talvez até hoje à noite. Ele não pode ter tempo para se preparar... não pode levar nada além do passaporte... e mesmo isso vai receber quando estiver em segurança, a bordo do avião." Teribogo jogou o último pedaço de xale solto sobre o ombro e fez um gesto de que estava pronto. Sir Goddie abriu a porta e fez sinal para que o outro saísse primeiro, dizendo, com a voz baixa, mas com absoluta clareza:

"Depois de você, *Fa-ro-dion*."

O sacerdote de Zoroastro parou em seu caminho, completamente imóvel. Ficou ali por quase um minuto. Por fim, seus ombros se afrouxaram, e ele sorriu, um pouco envergonhado.

"Bom, você ia acabar descobrindo. Isso é mais do que os outros foram capazes — o Gongo dos Quatro."

"Não tenha tanta certeza disso. Você deixou rastros. De qualquer forma, Menka vai ligar os pontos hoje à noite. O relatório interno diz que ele está trabalhando nas coisas, e, como o verdadeiro cirurgião que é, investiga. Compulsivamente. De qualquer forma, já está a caminho. Ele foi convidado e recebemos notícias hoje pela manhã de que vai chegar em tempo para a sessão da tarde. Tirando alguns outros... benefícios colaterais, você tem noção de quantos votos em potencial esse projeto representa? Esta é a Vila Potência — tentamos merecer o nome."

"Nós também, nós também — como Marca da Nação — cada um em seu próprio campo escolhido." A expressão de Teribogo, antes impassível, passou a ser a de seu apostolado favorito — o sorriso brando e solícito. "Fizemos uma aposta — pelo menos eu interpretei assim — sobre qual de nós quatro seria a marca proeminente da nação. A… sua pesquisa foi assim tão longe?"

"O suficiente", respondeu Sir Goddie. "É preciso se proteger."

"É claro. No seu lugar, eu pesquisaria tudo, até o útero."

Sir Goddie se balançou sobre os calcanhares e olhou atentamente para Farodion.

"Devo admitir que você definitivamente vai além do que eu poderia imaginar. Quero dizer, recrutar o próprio filho e herdeiro do Líder Gongo para esse negócio. E se apropriar do seu quartel-general!"

"Por que não? São negócios."

"Esse é o espírito." Goddie abriu mais a porta, sorrindo grandiosamente: "Como seus amigos declamam na Broadway: *Está na hora do show, baby!*".

Agradecimentos

Pelo isolamento criativo extremamente necessário para o surgimento destas *Crônicas*, tenho uma dívida de gratidão com meu jovem colega Manthia Diawara, da Universidade de Nova York, cuja casa de campo em Yene, no Senegal, não permitia nada mais intrusivo do que o rugido das ondas do mar.

O ex-presidente John Agyekum Kufuor, de Gana, com a ajuda e o incentivo de seu filho, o chefe Addo Kufuor, elevou o isolamento a patamares baroniais nas colinas de Aburi, sustentado por uma hospitalidade generosa.

A todos e a cada um, além dos "exploradores espaciais" voluntários Alessandra di Maio, David Awam Amkpa e Ivor Agyeman-Duah — obrigado!

ESTA OBRA FOI COMPOSTA PELO ESTÚDIO O.L.M./ FLAVIO PERALTA EM ELECTRA
E IMPRESSA EM OFSETE PELA LIS GRÁFICA SOBRE PAPEL PÓLEN NATURAL
DA SUZANO S.A. PARA A EDITORA SCHWARCZ EM AGOSTO DE 2025

FSC
www.fsc.org
MISTO
Papel | Apoiando o manejo florestal responsável
FSC® C112738

A marca FSC® é a garantia de que a madeira utilizada na fabricação do papel deste livro provém de florestas que foram gerenciadas de maneira ambientalmente correta, socialmente justa e economicamente viável, além de outras fontes de origem controlada.